"江苏高校品牌专业建设工程"资助项目
国家"双一流"建设学科"南京大学中国语言文学艺术"资助项目

汉语言文学本科专业核心课程
研究导引教材

主编 徐兴无
　　　徐雁平

中国古代文学

许结　俞士玲　等编

南京大学出版社

汉语言文学本科专业核心课程研究导引教材

顾　问

［学校按汉语拼音顺序排列］

北京大学	陈晓明
北京师范大学	过常宝
复旦大学	陈引驰
华东师范大学	朱国华
吉林大学	张福贵
南开大学	沈立岩
武汉大学	涂险峰
中山大学	彭玉平

序

徐兴无

任何一所大学的本科课堂教学,都要随着知识内涵和教学手段的更新而不断地改进。课堂教学改进的途径是多种多样的,在当下中国高等教育"以本为本,植根课堂",打造"金课"的基调中,中国的高校主要在三个方面下功夫,一是培育教学名师和优秀教学团队;二是变革教学方式,有所谓"线下课堂"、"线上课堂"、"线上线下混合课堂";三是打造精品教材,"精品"是一个流行词汇,应该指有内涵、高等级的产品,包括文化产品。这三方面的核心是提高学生的知识积累和学习能力。

但是,不同的学科、不同的培养目标,其课堂教学的三个方面各有其规律与特点。汉语言文学是基础性人文学科,按照英国学者托尼·比彻和保罗·特罗勒尔所著《学术部落及其领地》中形象的学科分类,属于所谓的"纯软科学",其知识带有整体性和有机性的特点,关注事物的特殊性和复杂性,包含着人的主观色彩以及价值观与信仰,本质上是人类对世界的理解或阐释,因而涉及的领域广,问题分散,甚至很难有共识。上述特点,决定了人文学科的主要传授方式就是讲学与讨论,古人叫做"讲习"、"讲论"或者"讲辩"。"讲"的本义,就是不同观点与思想的商议,《说文解字》曰:"讲,和解也。"段玉裁注曰:"不合者调龢之、纷纠者解释之是曰讲。"从孔子、苏格拉底这些人类文明"轴心时代"的思想家开始直到现代大学的人文学科教育,无不如此,既古老,又现代,即便线上课堂也应设计讨论的场域,但终究不如面对面,"见而知之"。这和具有普遍性、规律性、客观性的知识传授不同,后者主要通过验证事实、计算推理、技能训练等方式教学。

因此,尽管不需要很多物质条件的支撑,人文学科的教学永远是成本最高的教学,因为它对人力资源的要求最为苛刻,所以荀子在《劝学篇》中说:"学莫便乎近其人。学之经莫速乎好其人。"这里的人,指的是知识渊博、富有智慧而且能以人格和道德魅力影响学生的师长。人文学科的教学方式,绝不是一两本教材、一张嘴、一支笔、一块黑板或一个PPT、一教室的学生、一两张考试卷子。人文学科教学的第一步,就是要真正地将"一言堂"改进为"多言堂",由集中讲授与平行小班研讨共同构成课堂教学的实践过程。只有学会聆听不同的声音,才能提出问题;只有学会与他者对话,才能克服偏见;只有学会自我陈述,才能主动学习。需要特别指出的是:这样的理想绝不是什么先进的教学改革理念,而是大学人文学科教学方式的"题中之义"和"应然"的状态,只是当下的"实然"状态,与此相差甚远。作为研究型大学的人文学科,如果具备师资基础和教学投入能力,与其不断地创新教学方式,还不如让课堂教学回到其"应然"状态。

随着知识信息的网络化和云端化,人文学科的主要教学目标必须由获得与掌握系统化知识或纯粹的信息,转变为培养问题意识、提升理解与阐释能力。这就要求教师的教学水平要从讲授技巧的提升转变为讲授内容的提升:集中讲授讲得少,讲得精,讲成有新意有深度的学术讲座。还要求教师从一个讲授者转变为训练者与组织者:在平行小班研讨课上和助教一道,向学生抛出有启发性的问题,提供研习材料与书目,训练、督促学生开展阅读、讨论、报告,辅导课程论文、习题训练,管理学生的学习环节和评价环节;既要避免漫谈式的研讨,又要避免小班化的"一言堂"。

传统的中文本科专业,以通史、通论和作品选作为专业核心课程的教材形式，旨在传授系统的知识和经典作品的内容。现在看来，这些常识性的知识只能是工具性的，起到接引和背景坐标的作用，而不是教学内容的主体。如果以问题作为教学的核心内容，就要围绕问题设计一系列的研讨活动与研究课题，这就需要有面向"应然"的课堂教学，并为其提供示范的教材。早在2006年，南京大学就已经规划编纂文史哲等人文学科本科专业的"大学研究型课程专业系列教材"，由周宪教授担任总主编，并出版了其中"中国语言文学类导引系列"8种，部分教材如《中国古代文学研究导引》《文学理论研究导引》等已经在南京大学汉语言文学本科教学中使用，受到师生们的广泛好评，作为"中文本科专业研究型课程体系建设"的成果之一，荣获2009年国家优秀教学成果二等奖。随着一流学科建设的开展，创新型人才培养的教学改革逐步深化，南京大学文学院自2018年起，对汉语言文学本科和戏剧影视文学本科专业的核心课程实行全面提升计划，实施集中讲授与平行小班研讨教学，编纂了《核心课程助教手册》，各核心课程的任课教师也编纂了《小班研讨教学资料汇编》《学生研讨会论文集》等，边实践边总结，积累了一些经验。在此基础上，我们决定对2006版"中国语言文学类导引系列"8种的内容进行改编，有的重新编纂，有的修订三分之一以上的内容并修改体例，经过各专业一年的努力，推出这套新编的"汉语言文学本科专业核心课程研究导引"教材。

这套教材的编纂思路体现在三个方面：

一、以问题建构教材的内容体系。在每门课程的知识领域内，结合本课程的教学实践与科研成果，提炼最主要的问题集群。这些问题既是本课程的核心知识集群，又是本学科基础性或前沿性乃至带有方法论启示性的科研课题。通过对问题的发现、分析和研究，培养学生的问题意识和科研能力。

二、围绕问题，选择具有权威性、文献性、可读性与引导性的经典学术文献。通过对这些典范性文献和研究方法的解析，训练学生把握或体会研究方法和理论。

三、设计研讨、研究和课外延展学习的方案。这些方案，既可以为平行小班研讨课程提供参考,又可以为本科生的学年论文与毕业论文写作提供前期训练,甚至对研究生的学习也具有参考价值。

梁启超先生说过:"教科书死物,教员所讲则活物也。"在人文学科中,任何教材都是知识或学术的"导游图",在使用时,既不能指定教材,也不能"照本宣科",绝不能将"导游图"当成在场的体验。因此,我们将这套教材定义为一个开放的体系,它的目的只是"导引"而已,老师和学生可以参考教材的体例与功能,在具体的教学过程中,创造性地自行拓展问题,选择研讨文献,设计研究方案,深化、更新教学内容。我们衷心地希望这套教材能够帮助、启发师生进入学术对话的场域,变被动接受知识为主动探求知识,从而创新中文本科专业教材的形式。更希望广大师生在教学实践中对这套教材提出批评与建议。

前 言

本书的编撰宗旨,是将学术的经典性融入实用性的教学中,以达到提高学生对中国古代文学的认知水平与研究能力之目的。

中国古代文学的经典性,源于中国古代文学创作经长期的历史积淀而形成的经典性。众所周知,中国古代文学肇始先秦,终于晚清,因历史的悠久而作家众多,因作品的丰富而体类完备。从历史的演进来看,文学史又尝分为先秦、两汉、魏晋南北朝、隋唐五代、宋元、明清等文学时段,而从文体的划分来看,又有诗歌、散文、辞赋、词曲、戏剧、小说等文学体类,于是又有学者试图绾合二者,提出文学"一代有一代之胜"的观点。比如清人焦循于《易余籥录》中谈及欲编辑历代文学作品集的设想,就是"汉则专取其赋,魏晋六朝至隋则专录其五言诗,唐则专录其律诗,宋专录其词,元专录其曲,明专录其八股"。至近人王国维《宋元戏曲史序》又以楚骚、汉赋、六朝骈文、唐诗、宋词、元曲为各时代文学的代表,后人复续以"明清小说"以完备其说。而古人所谓的"昭体"观与"本色"论,也就兼备了文学的时代发展与体类特色的经典思想。

值得注意的是,中国古代文学的经典性,也与中国古代学术的经史传统有关,比如《诗》三百篇与《离骚》的经学化,神话与历史、散文与历史的密切关系,即具有创作论的意义,而中国古代文学家与文学批评家所尊奉的"文道"观,又与思想史的发展潜符默契。当然,在文与道的冲突与交融过程中,文学的独立性与创造性,亦随着时代的发展而不断彰显,而伴随文学创作自觉的进程,文学批评的繁荣与自觉,以及由此产生的对文学艺术内涵及形式的追求,同样出现了诸多光耀史册的经典。

基于这些考虑,本书以历史为线索,以专题为章目,选录近现代著名学者的古代文学研究论文 30 篇,分为"中国文学的传统"、"神话与历史"、"《诗》《骚》与比兴"、"诸子与散文"、"赋家之心"、"文学的自觉"、"乐府与五言"、"唐音宋调"、"文与道"、"词别是一家"、"小说与戏曲"十一章。域外汉籍研究是本学科新的学术增长点,性别研究是近二三十年来全球兴起的学科,趁此次修订,我们增加了"域外汉籍"、"文学与性别"两章。每章前冠以"导论",综述一章大意,包括文学史的发展,文学与文体的研究概况,以及选文的意义与价值。选文前有"导言",主要起介绍论文作者,提摄论文要旨之作用。选文后设"研究与思考",旨在培养与提升学生中国古代文学的研究能力。这一部分又分为三项:"延伸阅读",列出若干篇与选文相类的论文篇目及出处,供学生阅读参考;"问题与思考",提出若干研究课题,供学生自习、讨论与研究;"研究实践",则提供研究课题、背景材料、方法提示、参考研究等,让学生或就此撰写论文,或选择某一种看法进行研讨。

本卷选文及相关文字的撰稿人分别是:第一章,张伯伟、黄若舜;第二章,徐兴无;第三章,许结、孙立尧;第四章,徐兴无;第五章,许结;第六章,张伯伟、程章灿;第七章,程章灿;第八章,莫砺锋、巩本栋;第九章,孙立尧、许结;第十章,张宏生、冯乾、闵丰;第十一章,苗怀明、赵益、俞士玲;第十二章,张伯伟、金程宇、卞东波、童岭;第十三章,俞士玲、徐雁平、赫兆丰、于溯。

目 录

第一章 中国文学的传统 …………………………………… (001)
  导论 ……………………………………………………… (001)
  选文 ……………………………………………………… (005)
    儒道两家思想在文学中的人格修养问题(徐复观) ……… (005)
    古典诗歌描写与结构中的一与多(程千帆) …………… (017)
  研究与思考 ……………………………………………… (037)

第二章 神话与历史 ………………………………………… (039)
  导论 ……………………………………………………… (039)
  选文 ……………………………………………………… (044)
    商周神话之分类(张光直) ……………………………… (044)
    《左传》叙事的倾向性(节选)(胡念贻) ………………… (072)
    试论司马迁的散文风格(节选)(苏仲翔) ……………… (079)
  研究与思考 ……………………………………………… (095)

第三章 《诗》《骚》与比兴 ………………………………… (098)
  导论 ……………………………………………………… (098)
  选文 ……………………………………………………… (102)
    诗教(朱自清) ………………………………………… (102)
    论屈原文学的比兴作风(游国恩) ……………………… (128)
  研究与思考 ……………………………………………… (139)

第四章　诸子与散文 …………………………………………… (141)

　　导论 …………………………………………………………… (141)

　　选文 …………………………………………………………… (144)

　　　　论读子之法（吕思勉） …………………………………… (144)

　　　　庄子（闻一多） …………………………………………… (151)

　　研究与思考 …………………………………………………… (163)

第五章　赋家之心 ………………………………………………… (166)

　　导论 …………………………………………………………… (166)

　　选文 …………………………………………………………… (170)

　　　　赋在中国文学史上的位置（郭绍虞） …………………… (170)

　　　　辞赋起源：从语言时代到文字时代的桥（万曼） ……… (176)

　　研究与思考 …………………………………………………… (182)

第六章　文学的自觉 ……………………………………………… (184)

　　导论 …………………………………………………………… (184)

　　选文 …………………………………………………………… (187)

　　　　魏晋文学思想述论（台静农） …………………………… (187)

　　　　从文学角度看《文选》所收齐梁应用文（曹道衡） …… (197)

　　　　梁代文论三派述要（周勋初） …………………………… (210)

　　研究与思考 …………………………………………………… (230)

第七章　乐府与五言 ……………………………………………… (233)

　　导论 …………………………………………………………… (233)

　　选文 …………………………………………………………… (237)

　　　　略谈乐府诗的曲名本事与思想内容的关系（王运熙） … (237)

　　　　古诗十九首初探·前言（节选）（马茂元） …………… (248)

　　　　论"荒涂横古今"（王叔岷） …………………………… (259)

　　研究与思考 …………………………………………………… (271)

第八章　唐音宋调 (273)

导论 (273)

选文 (281)

　　李太白古体诗散论(顾随) (281)

　　杜甫七律之演进的几个阶段(叶嘉莹) (291)

　　论宋诗(缪钺) (308)

　　论"同光体"(钱仲联) (318)

研究与思考 (332)

第九章　文与道 (336)

导论 (336)

选文 (340)

　　杂论唐代古文运动(节选)(钱穆) (340)

　　明代唐宋派古文四大家"以古文为时文"说(邝健行) (363)

　　桐城派在中国文学史上的地位与作用(王气中) (379)

研究与思考 (400)

第十章　词别是一家 (402)

导论 (402)

选文 (406)

　　论词的起源(唐圭璋　潘君昭) (406)

　　宋词发展的几个阶段(龙榆生) (417)

研究与思考 (430)

第十一章　小说与戏曲 (434)

导论 (434)

选文 (439)

　　唐之传奇文(节选)(鲁迅) (439)

　　《红楼梦》的两个世界(余英时) (447)

　　元剧之结构文章(王国维) (464)

　　南戏名称(钱南扬) (471)

研究与思考 (477)

第十二章　域外汉籍 ……………………………………………… (480)
导论 ……………………………………………………………… (480)
选文 ……………………………………………………………… (484)
　　域外汉籍与中国文学研究(节选)(张伯伟) ……………… (484)
　　陶渊明《归去来辞》与韩国汉文学(曹虹) ……………… (492)
研究与思考 ……………………………………………………… (503)

第十三章　文学与性别 …………………………………………… (505)
导论 ……………………………………………………………… (505)
选文 ……………………………………………………………… (509)
　　闺塾师·前言(节选)(高彦颐) …………………………… (509)
　　张门才女·结语(节选)(曼素恩) ………………………… (518)
研究与思考 ……………………………………………………… (541)

第一章　中国文学的传统

导　论

中国文学是以汉语为主要表现手段的文学,她是世界上历史最悠久、遗产最丰富的文学。中华民族是一个多民族的共同体,在民族文化的融合过程中,文学是一个极其活跃的因素。在历史上,曾出现大量少数民族的优秀诗人,他们也用汉语为表现手段从事创作,从而大大丰富了中华民族的诗歌宝库。在更广泛的范围来看,汉文化对于周边国家和地区也产生了很大的影响,汉文学成为朝鲜半岛、日本、越南文学史上的正统文学,所以中国文学在整个东亚文学中起到了种子和核心的作用。

如果将中西文学传统稍加比较的话,那么,能与西方的史诗、戏剧分庭抗礼,并最能代表中国文学传统的无疑是诗。更确切地说,这一由诗歌所代表的中国文学的传统,实际上也就是一个抒情传统。即使在后起的戏曲或小说等叙事文学体裁中,也同样充满了抒情的调子,诗词在其中扮演了重要的角色。

根据可靠的古代文献,"诗"字最晚在《诗经》中已多次出现。战国以来,最流行的有关诗的观念就是"诗言志"。文字学家解释"诗"的意思,也认为"诗,志也。从言,寺声"(许慎《说文解字》),一方面偏于"言",一方面又根于"心"。我们不难为这一文字学上的说明找到文学上的佐证。在《诗经》中,充满了以谐和音乐的语言所表达的人们内心的欢乐与哀伤,这正体现了抒情诗的两大要素:音乐节奏的语言和内心意志的独白。这就奠定了中国文学的基础,即文学是由生发于内的情感意志和表现于外的语言文字的高度融合。而充分表

达这一观念,并且在诗学上奠定了牢固基础的是《诗大序》:

> 诗者,志之所之也。在心为志,发言为诗。情动于中而形于言,言之不足故嗟叹之,嗟叹之不足故永歌之,永歌之不足,不知手之舞之、足之蹈之也。

在这里,"诗"既是"志"的停蓄("在心为志"),又是"志"的表现("发言为诗"),同时,诗还是和音乐、舞蹈同源的艺术形式。这两个方面的意义,既展示了"诗"的观念的演变痕迹,也标志着中国早期诗歌概念的成熟。

从《说文解字》对"诗"的解释来看,"从言"即表示其义类,所以诗是和语言紧密联系在一起的。这里的"言"当指书面语言,即汉字。由于汉字以形声字为主,特别适合于文字的修辞。字形作用于视觉,字声作用于听觉,以形和音表现内在的感情。《文心雕龙·情采》说:"故立文之道,其理有三:一曰形文,五色是也;二曰声文,五音是也;三曰情文,五性是也。"这是就广义的"文"而言,所以包括了天地自然之文。若是就狭义的"文",其本身就是综合了形、音、情三者的。《左传·襄公二十五年》有"言之无文,行而不远"之说,这里的"文"则指文采、修辞。"修辞"连文见于《周易·乾·文言》:"修辞立其诚。"如果说,修辞是属于"美"的话,那么,"诚"所包含的是"真"和"善",真善美的结合,便是中国文学的基础。此外,中国文学中的某些特殊技巧和句法,也是和汉字的特征分不开的。例如骈偶,这是利用了汉字在字形上的特征;又如双声、叠韵,则利用了汉字在声韵上的特征。至于从双声、叠韵演化出声对,而不犯形与义之忌;从字形字义而演化出的形对,又不犯声韵之忌;交叉为用,互相制约,更是综合了汉字的形音特征。此外,还有声调上的要求,讲究清浊和平仄,形成了中国文学如赋、骈文、律诗、词、曲等在技巧上的若干特色,成为精美的语言形式。汉字是没有语尾变化的语言,所以也就没有"格"、"数"以及"时态";同时在诗歌语言中,还常常省略动词主语和介词,有时甚至将动词也省去。这就使语序富于变化,内涵因此而有欠精确。反过来说,这也使中国诗歌的意蕴变得更加丰富,从而形成诗多义、无达诂等一系列理论和实践上的问题。在汉诗翻译成外文的时候,这个特点表现得尤为突出。

在中国文学史上,就其对后世影响的广度和深度而言,恐怕没有任何一部书能与《诗经》相比。在 305 篇作品中,除了《大雅》和《周颂》的部分篇章外,绝大多数的作品都远离了宗教的迷恋和神话的虚幻。即使在某些表现祭祀的作品中，对人的道德因素的强调也往往胜过对神的依赖，这就奠定了中国文学以人文世界为核心展开其内容的基础。这些诗被孔子列为人生行为的教材，至汉代又被列为"五经"之一，之后成为历代士人的基本读物，从而进一步增添了权威性。同时，它也得以兼经学与文学于一身。在传统诗教的影响下，中国文人对于当时的政治生活和社会思潮的敏感性，在世界文学史上也是相当突出的。现代评论家往往指出我们的文学传统中缺乏"纯文学"的观念，太多的作品中含有道德训诫和政治讽谏的意味。即便是表达男女爱情的诗歌，其中也往往寄托着君臣遇合之感。因此，中国文学中的文化因素也显得格外突出。唐代杜甫、李白、王维所拥有的"诗圣"、"诗仙"、"诗佛"的称号，正代表了中国文学中的儒、道、释思想的影响。而孔子"有德者必有言"的教诲，使得中国文学思想中尤其重视作者的人格修养，重视文学的社会功能。至宋人而提出"文以载道"的观念，就其最基本的意义上着眼，实际指的是作者对人生、社会所应有的责任心和使命感。张载的四句名言："为天地立心，为生民立命。为往圣继绝学，为万世开太平。"这既是传统文化中士人的理想，也是对士人的要求。这一要求若推扩至文学，就必然会导致"文以载道"说。由于这个"心"是为天地而立，这个"命"是为生民而立，所以，作者凭借其人格上的修养，以某种道德来转化、提升其生命的境界，就能在根源处发现并把握人性的本质，就能在个体的生命中生发出群体的感动。故"文以载道"实际上便是"文以载心"。

　　诗、书、画、乐是中国古代文人的基本修养，而文学与艺术之间的关系也极为密切。魏晋以来，文章和艺术往往"靡不毕综"地集中于文人一身，于是便会发生"触类兼善"的效果。如唐代诗人王维不仅精通音乐，而且还是南宗画的开创者。宋代的苏轼不仅在诗歌中表达文学思想，同时也表达他对于音乐、书法和绘画的见解。因此，将文学艺术作为一个整体来看待，就能够发现各个门类间的相互关系并辨析其异同。以文学和音乐的关系而论，一方面是两者的结合而不断产生新的文学样式，如汉魏乐府、唐诗、宋词、元曲，另一方面是两者的不断脱离，从而突出了文学作为语言艺术的特色，如由歌诗变为诵诗、赋诗，由可歌可不歌的《楚辞》发展为完全不可歌的汉赋，汉魏乐府、唐诗、宋词、元曲也都由合乐之辞逐渐变为"哑诗"。而中国的文学理论，甚至也可以说是源起于音乐理论的。袁枚《随园诗话》卷三指出：

> 千古善言诗者,莫如虞舜。教夔典乐,曰"诗言志",言诗之必本乎性情也;曰"歌永言",言歌之不离乎本旨也;曰"声依永",言声韵之贵悠长也;曰"律和声",言音之贵均调也。知是四者,于诗之道尽之矣。

又词学理论著作中所常用的点染、钩勒、浓淡、疏密等,其实也是来自绘画批评的。

中国幅员辽阔,不同的自然环境有不同的风俗习惯,并造成了人的不同性格和气质,也就形成了不同的文学风貌。《诗经》中的"风"包含了15国,加上"雅"(西周)和"颂"里的鲁和商(宋),一共涉及了18个地域。就中国文学的地域特征而言,《吕氏春秋·音初篇》溯东南西北四方之音,各有其渊源。如以《破斧》之歌"实始为东音",以《周南》、《召南》为南音之始,以《秦风》为西音,而以"'燕燕往飞',实始作为北音"。尽管这一说法带有某些神话色彩和附会成分,但指出《国风》中有四方之音的差别,还是透露出早期中国文学的地域性特征。但中国的地域若就差异较大者言之,东西之别远不及南北之异来得显著,后人常常把《诗经》和《楚辞》分别作为南北文学的代表,虽然是一种粗略的划分,但也显示了人们对中国文学地域性演变的一种认识。大要而言,南方文学富于浪漫情思,风格旖旎靡丽;北方文学则重在实际生活的描写,风格质朴。到南北朝之世,政治上的南北对峙,也使得文学上的地域特征表现鲜明,所谓"江左宫商发越,贵于清绮;河朔词义贞刚,重乎气质"(《隋书·文学传序》)。唐代禅宗兴起以后,人们又往往借用"南北宗"来论文、论诗、论词、论画、论书等。当然,南北文学一方面有差异,另一方面也有交融。尤其在大一统帝国的情况下,文学的地域性特征也只是整个文学发展中的一条支流。

文章是表现中国文学实用性特征最明显的文体。最早的文章是《尚书》,主要是当时在政治上的诏令诰命等,春秋战国时代的历史散文和诸子散文代表了文章的进一步发展。前者崇尚真实,后者重在思想。东汉末至魏晋,文章走上了骈偶化的道路,是追求形式上精工的美文,逐步失去了真实和思想这两大要素。唐代古文运动的兴起,重在恢复文章中的思想性原则,此时古文家多思想家;宋代古文运动再兴,重在恢复文章中的真实性原则,此时古文家多史学家。而实用性很强的散文,至此强化了其抒情的功能,很多脍炙人口的篇章流传至今,受到众多读者的喜爱。

虽然中国文学的最大特征是抒情,但叙事文学也有其自身悠久的传统,先秦、两汉的史传文学奠定了中国叙事文学的基础,六朝的志怪和志人小说将这一基础继续扩大,至唐人传奇而有意识从事小说创作,在情节结构、人物形象等方面皆取得很高的成就。随着城市经济的发达,为适应市民文化消费的需要,民间的说书艺人大量涌现,到宋代而产生了相当成熟的话本小说,至明清时代而出现长篇章回体小说,形成小说创作的高峰。戏曲则萌芽于汉代的百戏,经过唐代的参军戏和宋金杂剧的过渡,到元代而演变为成熟的艺术形式,继此再发展为明清传奇和近代戏曲。此外,如民间的弹词、宝卷、子弟书等艺术形式,也都在不同程度上反映了中国文学在叙事方面的成就。但中国的叙事传统有别于其他文学传统的地方,正在于叙事中连带着强烈的抒情性。

选 文

儒道两家思想在文学中的人格修养问题

徐复观

导言——

本文选自《中国文学精神》(上海书店出版社,2005年)。

作者徐复观(1903—1982),湖北浠水人。早年参加国民革命军,卢沟桥事变后投身抗战,后在熊十力开导下弃政从学,曾任台湾东海大学、香港新亚研究所教授,香港中文大学中华文化研究所研究员等。

本文原为作者任新亚书院哲学系客座教授时应唐君毅之请所作的演讲(1969年9月),当时反响热烈。1982年,唐先生已经去世,而作者罹患胃癌,"每念前尘,感伤不已",遂"清出当时讲演残稿,略加补缀,凡经十日而成篇"。

作者中西哲学修养深厚,对于宋明理学尤有深造自得之处。文中以道家虚静论、《文心雕龙》修养论和韩愈的古文工夫论三个要点为中心,重审儒、道两家关于文学、心性、自然物、道德诸端的论述,高屋建瓴地揭示出中国传统文学教育具备人格教育指向的重要特征。演说情理兼备,既富古典文教濡染下的博雅气象,又别具现代人文学术的理性思致。

一

首先应说明的是,各民族的文学创造,必定受到各民族传统及流行思想的"正、反、深、浅"各种程度不同的影响。中国文学,自西汉后,几乎都受有儒、道两家直接与间接的思想影响。六朝起,又加上佛教。由思想影响,更前进一步,便是"人格修养"。所谓"人格修养",是意识地,以某种思想,转化、提升一个人的生命,使抽象的思想,形成具体的人格。此时人格修养所及于创作时的影响,是全面的、由根而发的影响。而一般所谓思想影响,则常是片段的、缘机而发的。两者同在一条线上滑动,但有深浅之殊,因而也有纯驳之异。

其次应当说明的是,人格修养,常落实于生活之上,并不一定发而为文章,甚至也不能发而为文章。因为人格修养,可形成创作的动机,并不能直接形成创作的能力。创作的能力,在人格修养外,还另有工夫。同时文学创作,并非一定有待于人格修养。原始文学,乃来自生活中喜怒哀乐的自然感发,再加以天赋的表现才能,此时连思想的影响也说不上,何待于人格的修养。所以各民族原始文学的歌谣,常出现于文字创造之前,即使有了文字以后,也有不识字的人能创造歌谣。及至"文学家"出现,当然要有基本学识,更需要由过去文学作品中获得创作经验,得到创作启发与技巧。愈是大文学家,此种工夫愈为深厚。杜甫说"读书破万卷,下笔如有神",又勉励他的儿子,应"熟精《文选》理",都是说明此点,这也可以说是一种"修养",但这是"文学修养"。文学修养深厚而趋于成熟时,也便进而为人格修养,但也并非以人格修养为创作的前提,乃至基本条件。文学中所反映出的作者的个性(性情),多为原始生命的个性,不一定是由修养而来的个性。

但文学、艺术,乃成立于作者的主观(心灵或精神)与题材的客观(事物)互相关涉之上。不仅未为主观所感所思的客观,根本不会进入于文学艺术创作范围之内。并且作者的主观,是可以塑造而上升或下坠,形成许多不同的层次。进入于创作范围内之客观事物,虽赋予以形象性的表出;但成功作品中的形象性,必然是某客观事物的价值或意味。客观事物的价值或意味,在客观事物的自身,常隐而不显,必有待于作者的发现,这是创造的第一意义。由文学、艺术家发现客观事物的价值或意味,与科学家发现客观事物的"法则",其间最大不同之点,在于法则只有一个层级,因而有定性定位,一经发现,即固定于一个位置而没有变化。价值意味,则有高低浅深等无限层级,可以说是变动不居的。同一题材的客观事物,可以容纳无数创作的原因在此。对客观事物价值意味所含层级的发现,不关系于客观事物的自身,客观事物自身是"无记"的,无颜色的,而系决定于作者主观精神的层级。作者精神的层级高,对客观事物价值、意味,所发现的层级也因之而高;作者精神的层级低,对客观事物价值、意味,所发现的层级也低。决定作品价值的最基本准绳,是作者发现的能力。作者要具备卓异的发现能力,便必须有卓越的精神;要有卓越的精神,便必须有卓越的人格修养。中国较西方早一千六百年左右,把握到"作品与人"的不可分的关系(见拙著《〈文心雕龙〉的文体论》)。则由提高作品的要求进而提高人自身的要求,因之提出人格修养在文学艺术创造中的重大意义,乃系自然的发展。

二

中国只有儒、道两家思想,由现实生活的反省,迫进于主宰具体生命的心或性,由心性潜德的显发,以转化生命中的夹杂,而将其提升,将其纯化,由此而落实于现实生活之上,以端正它的方向,奠定人生价值的基础。所以只有儒、道两家思想,才有人格修养的意义。因为这种人格修养,依然是在现实人生生活上开花结果,所以它的作用,不止于是文学艺术的根基,但也可以成为文学艺术的根基。印度佛教在中国流行后,所给与于文学的影响,常在善恶因果报应范围之内,这只是思想层次的影响,不是由人格修养而来的影响。由人格修养而给文学以影响的,一般都指向佛教中的"禅"。但如实地说,禅所给与于文学的影响,乃成立于禅在修养过程中与道家——尤其是与庄子,两相符合的这一阶段之上。禅若更向上一关,便解除了文学成就的条件。所以日本人士所夸张的禅在文化中、在文学艺术中的巨大影响,实质是庄子思想借尸还魂的影响。试以道家中的庄子与禅宗中的《坛经》,互作比较如下:

(1) 动机　道:解脱精神的桎梏
　　　　　禅:因生死问题发心

（2）工夫　道：无知无欲
　　　　　　禅：去"贪、嗔、痴"三毒
（3）进境　道："至人之心若镜"
　　　　　　禅："心如明镜台"
（4）归结　道："故胜（平声）物而不伤"
　　　　　　禅："本来无一物"

由上比较，道与禅，仅在（2）与（3）的两点相同。但禅若仅如此，便不足以为禅。禅之所以为禅，必归结于"本来无一物"。道家由若镜之心，可归结为任物，来而不迎，去而无系（"不将不迎"），与物同其自然，成其大美，此之谓"胜物而不伤"。由此可以转出文学，转出艺术。禅宗归结为"本来无一物"，除了成就一个"空"外，再不要有所成。凡文人禅僧在诗文上，若自以为得力于禅，实际乃得力于被五祖所呵斥，却与道相通的"心如明镜台"之心，而以此为立足点。既以此为立足点，本质上即是"道"而非"禅"。所以这里只举道而不及佛，也可以说道已包含了佛。

三

从西汉起，儒生已因各种要求，追求儒、道两家的思想，若就人生、社会、政治而表现于作品之上时，由贾谊起，在一篇作品中的积极的一面，常是出于儒家。由积极而无可奈何地转为消极时，便由儒家转入道家。其间大概只有班固是例外。这说明两汉的大作家已同时受到儒、道两家或浅或深的影响。但汉人常把儒、道两家由外向内的发掘，发掘到生命中的心或性，再由心或性向外发皇的工夫历程加以略过，偏于向外的虚拟性的大系统的构造，不一定把握到心或性的问题，这在道家尤为显著。因此他们接受的是道家消极的人生态度与方法，但不一定把握到道家的"虚、静、明"的心；这便不容易由外铄性的思想影响，进而为内在化的人格修养。对儒家也重在积极性的功用，与人格修养的工夫尚有距离。

经东汉党锢之祸，再加以曹氏与司马氏之争，接着又是八王之乱，知识分子接连受了三次惨烈的打击，于是儒家的积极精神自然隐退，代之而起的是"以无为体"的新形上学，亦即是当时的所谓"玄学"，以此掩饰消极的逃避的人生态度。这是以老子为主的前期玄学。此种玄学影响到文学创作上，便出现了"正始（魏废帝年号）明道（倡明道家思想），诗杂仙心（超出现实世界之心）。何晏之徒，率多浮浅"，及"江左篇制，溺乎玄风。……而辞趣一揆，莫能争雄"（以上皆见《文心雕龙·明诗》篇），用现代的语言表达，这是抽象的哲学诗。这种诗，乃是由道家思想的外铄而来，不是由人格修养的内发而出。

但江左玄风，是以庄子为主。在长期庄学熏陶之下，他们也不知不觉地"撞着了"庄子所提出的"虚、静、明"之心。我在《中国艺术精神》一书的第二、第三、第四各章中，已再三指出，"虚、静、明"之心，乃是人与自然，直往直来，成就自然之美的心，我便说这是艺术精神的主体。所以意识的自然美的发现，及文学艺术理论的提出与发展，皆出现在此一时代。由此再进一步，便是刘彦和在《文心雕龙·神思》篇中为文学所提出的道家思想的人格修养。他说：

> 是以陶钧文思（如陶工用模盘以成器样，此盖塑造提升之意），贵在虚（无成见故虚）静（无欲扰故静）。疏瀹（疏通调畅）五藏（脏），澡雪（成《疏》："犹精洁也。"按不杂则精，不污则洁）精神。

按庄子所提出的心的本来面目是"虚、静、明"，此处未言及明，盖虚静则明自见。为了陶钧文思，亦即为了塑造、提升自己文学心灵活动的层级、效能，而贵在能虚能静，以保持心的本来面目，心是身的主宰，这便是意识地以道家思想修养自己的人格，作为提高创作能力的基础。下面两句见于《庄子·知北游》篇，乃达到虚静的修养工夫。这是玄学对文学、艺术，发生了约两百年影响后所达到的一个最高到达点，通过刘彦和的笔写了出来。所以他所提倡的写作态度是"秉心养术，无务苦虑，含章司契，不必劳情"（《神思》篇）。这与陆机《文赋》所提倡的勤苦积极精神成一显明对照。而他的《养气》篇的所谓"养气"，上不同于孟子，下不同于韩愈，实乃道家的养生论对文学作者的进言。他认为"率志委和，则理融而情畅。钻砺过分，则神疲而气衰"。更以由三皇到春秋时代，"虽沿世弥缛，并适分胸臆，非牵课才外"。而以"汉世迄今……虑亦竭矣"。他主张"从容率情，优柔适会"，"吐纳文艺，务在节宣；清和其心，调畅其气，烦而即舍，勿使壅滞。意得则舒怀以命笔，理伏则投笔以卷怀。逍遥以针劳，谈笑以药倦……虽非胎息之万术，斯亦卫气之一方也"。总结他的意思是"元神宜宝，素气资养，水停以鉴，火静而朗"（以上皆见《养气》篇）。可以说这是前引《神思》篇四句话的发挥。由此可知他对修养问题的见解是统一的。也可以说，他的思想的基底是出自道家。由此再进一步，便只好出家当和尚，于是写《文心雕龙》的刘勰便成为空门的慧地了。

前面已经提到，以道家思想为文学修养之资，便常对人生社会政治采取消极逃避的态度，此时形成创作动力，作为创作对象的，常是指向自然的"兴趣"。刘彦和因此而写出了非常出色的《物色》篇。他说："是以四序纷回，而入兴贵闲。物色虽繁，而析辞尚简。""尚简"是技巧的问题，"贵闲"则是虚静的心灵状态。何以"入兴贵闲"？他已说过："水停以鉴，火静而朗。"无人世利害关系的自然景物，只能进入于虚静之心而呈现其美的意味。苏东坡《送参寥师》诗"欲令诗语妙，无厌空且静。静故了群动，空故纳万境"，也是这种意思。顺着玄学之流而再下一格的，便是梁简文帝（萧纲）之所谓"文章且须放荡"（《诫当阳公大心书》），由此而"连篇累牍，不出月露之形；积案盈箱，惟是风云之状"（隋李谔上隋文帝书中语）。这正是顺着这一脉流演下来的。

四

若如上所说，则何以许多人认为《原道》篇的"道"，是道家的"自然之道"，而我又坚持《原道》的"道"，指的是"天道"，并且此天道又直接落实于周公、孔子的道呢？这很简单。《原道》篇第一段之所谓"文"，乃指艺术性而言。这段先说"日月叠璧"等，是艺术性的天道。接着说由艺术性的天道所生的万物之灵的人，也生而即具有艺术性，他认为这是自自然然的道理。此处扯不到道家的"自然"上去。

然则刘彦和为什么写《征圣》、《宗经》等篇，并且通过全书看，他非常推重儒家的"圣"与"经"，远在道家之上呢？这里有四点提出加以解释：

第一，儒道两家有一共同之点，即是皆立足于现实世界之上，皆与现实世界中的人民共其呼吸，并都努力在现实世界中解决问题。道家"虚静之心"与儒家"仁义之心"，可以说是心体的两面，皆为人生而所固有，每一个人在现实具体生活中，经常作自由转换而不自觉。儒家发展了"仁义"的这一面，并非必如有的宋儒一样，必须排斥"虚静"的一面。孔子也提出"仁者静"的意境。道家发展了"虚静"的一面，并非必如《庄子》中的《盗跖》篇一样，必须排斥"仁义"的一面。所以老庄提出"大仁"、"大义"，极其究，皆未尝不以天下百姓为心。老庄以后的道家，尤其是魏晋玄学，才孤立于社会之上。儒、道两家精神，在生活实践中乃至于在文学创作中的自由转换,可以说是自汉以来的大统。因此刘彦和由道家的人格修养而接上儒家的经世致用,在他不感到有矛盾。

第二,仅凭虚静之心,可以成就一个人在现实生活中对自然之美的观照,但并不能保证把这种观照写成作品。要把观照所得写成作品,还需要有学问的积累与表现技巧的熏陶。所以彦和在前引四句的后面,接着便是:"积学以储宝,酌理以富才(才指表现的能力)。研阅以穷照(研究检阅各家作品,以彻底了解各种文体的变化),驯致以怿辞(由不断练习,以达到表现时文字语言的流畅)。"前两句是学问的积累,后两句是技巧的熏陶,有了这两个条件以充实虚静之心,才能从事于持久的创作。但这已突破了原有道家的羁勒,伸入到儒家的范围。因儒家承传,发展了历史文化,成为学问的大统。彦和在《宗经》篇说:"至根柢槃深,枝叶峻茂……是以往者虽旧,余味日新。后进追取而非晚,前修久用而未先,可谓太山遍雨,河润千里者也。"又说:"若禀《经》以制式,酌《雅》以富言,是即山而铸铜,煮海而为盐也。"这并非虚拟的话。并且能以虚静之心,追求学问,只会提高效能,决无所扞格。荀子以心的"虚静而一",为知"道"的根源条件,即其明证。

第三,彦和是由文学的发展以作文学的批评。所以他主张"沿根讨(求)叶,思转自圆"(《体性》篇)。中国有文字的文学的根,只能求之于儒家的经。他在《宗经》篇说:"故论说辞序,则《易》统其首。诏策章奏,则《书》发其源。赋颂歌赞,则《诗》立其本。铭诔箴祝,则《礼》总其端。纪(记)传铭(盟)檄,则《春秋》为根。并穷高以树表,极远以启疆。所以百家腾跃,终入环内者也。"这说的正是文学发展的事实。则在文学发展中追求文学的根,自然接上了周、孔。

第四,彦和写《文心雕龙》的基本用心,在于从形式与内容两方面挽救当时文学的衰弊。而形式与内容,刘彦和认为是不可分的。他说"宋初讹而新"(《通变》篇),"自近代辞人,率好诡巧。原其为体,讹势所变","密会者以意新得巧,苟异者以失体成怪……新学之锐,则逐奇而失正。势流不反,则文体遂弊"(以上皆见《定势》篇)。"殷仲文之孤兴,谢叔源之闲情,并解散辞体,缥缈浮音。虽滔滔风流,而大浇文意。"(《才略》篇)"自中朝贵玄,江左称盛。因谈余气,流成文体。是以世极迍邅,而辞意夷泰。诗必柱下(老)之旨归,赋乃漆园(庄)之义疏。"(《时序》篇)他对自身所处的宋代,则采"世近易明,无劳甄序"(《才略》篇)的态度;但由一个"讹"字亦可以概括。这类批评,全书随处可见。总之，从形式上说，是因讹势而"失体成怪"，就内容上说，则因玄风而肤浅无用。他要"矫讹翻浅"，不能在"因谈余气"中找出路，而只有"还宗经诰"(《通变》篇)。这便不能不由道家回到儒家的大统，亦即是回到文学的主流。他在《序志》篇的总结说："唯文章之用，实经典枝条。五礼资之以成，六典因之致用，君臣所以炳焕，军国所以昭明。详其本源，莫非经典。而去圣久远，文体解散。辞人爱奇，言贵浮诡……离本弥甚，将遂讹滥。盖《周书》论辞，贵乎体要。尼父陈训，恶乎异端。辞训之异，宜体于要。于是搦笔和墨，乃始论文。"他当迍邅的世运，未尝无救世之苦心，于是想把文章的形式与内容，挽回到儒家经世致用的大统；但还要保持汉魏以来，抒情及文采上的成就，于是因梦见孔子而发心，以"征圣"、"宗经"为主导，写成《文心雕龙》一书，这与他主张以道家的虚静为文学的修养，并无扞格。我们只要留心现代反孔反儒最烈的人，多是成见最深、胸怀鄙秽之辈，便可反映出虚静之心的意义了。

五

站在文学的立场，自觉地、很明确地，以儒家思想作人格修养工夫的，大概始于韩愈(大历三年至长庆四年，西纪七六八至八二四年)。《唐书·文艺传》序，虽谓"唐有天下三百年，文章无虑三变"，然终唐之世，朝野所通行的，毕竟以承江左余风的骈四俪六之文为主。这种形式僵化了的文章，必然气体卑弱，内容空泛，所以自萧颖士、李华、独孤及、权德舆以来，已开始了古文运动，不断要求以质朴救文弊。但至韩愈而始达到成功，奠定以后发展的基础。唐代在思想上，开国时虽张儒、释、道同流并进之局，但玄宗以后，终以释教为主导。在韩愈以前的古文运动，并未明显地提出与古文形式相应的思想运动，至韩愈则不仅正面提出"文以载道"，要求以文章的内容决定文章的形式，更进一步以儒家的仁义，作为人格修养之资，由道与作者生命自然的融合，发而为文章内容与形式的自然融合，以此达到文章的最高境界。从这一点说，则苏东坡说他是"文起八代之衰，道济天下之溺"(《韩文公庙碑》)，不算没有根据。兹就他《答李翊书》略加申述。

> 将蕲至于古之立言者(古文)，则无望其速成，无诱于势利。养其根而俟其实，加其膏而希其光。根之茂者其实遂，膏之沃者其光晔。仁义之人，其言蔼如也。

上文的所谓"古",是针对当时之"时"而言。所谓"古之立言者",即是所谓"古文",是针对当时的骈四俪六的"时文"而言。"时文"是长期的风气,顺着这种风气写文章,是因袭性的,其势易。"古文"是反抗这种风气来写文章,是创造性的,其事难;所以说"无望其速成"。骈四俪六的时文,可以猎取功名,应付官场需要,而古文则没有这种作用,可以说古文是为满足文学自身要求所作的独立性的创造,所以说"无诱于势利"。这种反抗与势利结合在一起的时文,以从事于古文的新创造,必须具有深厚远大的胸襟,以形成持久不变的创造动机,这便必须有人格的修养;这便有后面的一段话。但这还是一般性的陈述。以后他分三段历述自己进程的经验,将上面一般性的陈述加以印证。

  抑又有难者,愈之所为,不自知其至犹未也。虽然,学之二十余年矣。始者非三代、两汉之书不敢观(此盖在学习上决然与四六文章的系统分途),非圣人之志不敢存(此盖在趋向上决然不诱于势利)。处若忘,行若遗(此言学习的专一),俨乎其若思,茫乎其若迷(此言学有所得,但尚未能纯熟)。当其取于心(取其所得者于心),而注于手也(而宣之于文),惟陈言之务去(此"陈言"指时文的陈腔滥调而言,指摆脱四六文的一套语言,非泛说),戛戛乎其难哉(使用时文以外的语言,等于是新创造一套语言,这是很不容易的事。当时只有他与柳宗元,宋代则要到欧阳修,才得到成熟)。其观于人,不知其非笑之为非笑也,如是者亦有年,犹不改。

此段叙述他开始立志之坚毅,取则之高卓,用力之勤苦,创造之艰辛。此乃在《文心雕龙·神思》篇"积学以储宝"四句的阶段。但加上了预定的意志与方向,便不同于"积学以储宝"四句的泛指。

  然后识古书之正伪(按此处之正伪,系由思想内容言,不关文献。如他以孔、孟为正,以老、韩为伪)与虽正而不至焉者(如他以"荀与扬,大醇而小疵"),昭昭然白黑分矣,而务去之,乃徐有得也(按此指对书中义理确有得于心,而加以别择)。当其取于心而注于手也,汩汩然来矣(按此时已经纯熟,故汩汩然来)。其观于人也,笑之则以为喜(喜自己之为新创),誉之则以为忧(忧其摆脱时文不尽）。以其犹有人之说者存也。如是者亦有年，然后浩乎其沛然矣。吾又惧其杂也，迎而距之，平心而察之（此就创作时，对内容的权衡取舍而言），其皆醇也，然后肆（发挥）焉。

上一段乃较前一段更进一步的消化、成熟之功。这已经是由知识而进入于修养。然此种修养工夫主要乃在临文而始见；换言之，这是创作时的修养。下面一段，则正式进入而为平时（即未创作时）生活的人格修养。

虽然，不可以不养也（不可不养之于平时）。行之乎仁义之途，游之乎《诗》《书》之源（源指文字后面的精神）。无迷其途，无绝其源，终吾身而已矣。

以儒家思想，作平日的人格修养，将自己的整个生命转化、提升而为儒家道德理性的生命，以此与客观事物相感，必然而自然地觉得对人生、社会、政治有无限的悲心，有无限的责任。仅就文学创作（不仅限于文学创作）来讲，便敞开了无限创作的源泉，以俯视于蠕蠕而动的为一己名利之私的时文之上。范仲淹《岳阳楼记》中说："嗟夫！予尝求古仁人之心，或异二者（随景物遭遇而或悲或喜）之为，何哉？不以物喜，不以己悲。居庙堂之高，则忧其民；处江湖之远，则忧其君。是进亦忧，退亦忧，然则何时而乐耶？其必曰：'先天下之忧而忧，后天下之乐而乐乎！'"这几句话，庶几可以形容以儒家思想修养人格所得的结果于一二。

六

这里有几点意见须提出加以补充。

第一，文学创造的基本条件，及其成就的浅深大小，乃来自作者在具体生活中的感发及其感发的浅深大小，再加上表现的能力。一个作者，只要有高洁的情操，深厚的同情心，便能有高洁深厚的感发，以形成创作的动机，写出伟大的作品。此时的儒、道乃至其他一切思想，只不过是一种可有可无的外缘。断不可执儒、道两家思想乃至任何其他思想，以部勒古今一切的作品，甚至也不可以此部勒某一家的全部作品，这在诗的范围内尤其明显。但有一点不容忽视的是，一位伟大的作家或艺术家，尽管不曾以儒、道两家思想作修养之资，甚至他是外国人，根本不知道有儒、道两家思想。可是在他们创造的心灵活动中，常会不知不觉地，有与儒、道两家所把握到的仁义虚静之心，符应相通之处。因为儒道所把握的心，不是像希腊系统的哲学一样，顺着逻辑推理向上向前（实际是向外）推出来的，而是沉潜反省，在生命之内，所体验出来的两种基源的精神状态。不从表达这种精神状态的形式、格局着眼，而仅从精神状态的自身去体认，便应当承认"人同此心，心同此理"的判断，任何人可以不通过儒、道两家表现出来的格局，以自力发现、到达与儒、道两家所发现、达到的生命之内的根源之地。世界上伟大作家、艺术家之所以成为伟大，正因为他们能发现、到达得比一般人更为深切。所以我年来常感到，从文学艺术上中西的相通，较之从哲学上中西的相通，实容易而自然。同时，也应指出不仅儒家思想对文学的最大作用，首先是在于加深、提高、扩大作者的感发；即以老庄为主的道家思想，我们试从其原典的放达性的语言中，同样可以听到他们深重叹息之声。不错，他们要从这种深重叹息中求得解放，使精神得一安息之地，由此而下开以"兴趣"为主的山水诗、田园诗。但没有深重的叹息，即没有真正的精神解放感。而"兴趣"与"感发"，两者之间，是不断地互相滑动，并没有不可逾越的界域。不仅受老庄思想影响很大的阮籍的《咏怀》、嵇康的《幽愤》，感发多于兴趣；即在陶渊明的田园诗中，难说仅有兴趣而没有感发？所以一个作者，可以有偏向于感发的作品，也可以有偏向于兴趣的作品。王维的《蓝田》、《辋川》等以兴趣为主的作品，与他的《夷门歌》、《老将行》等由感发而来的作品，气象节律，完全不同，但同出于一人之手，即是很显明的例证。魏晋的玄学诗何以没有价值，因为它既无所感发，甚至也没有真正的兴趣，而只是将玄学化为教条而已。

第二，由韩愈所提倡的"文以载道"，更进而以儒家思想作文学的人格修养，是否束缚了文学发展的问题；换言之，强调了"道德"，是否束缚了"文学"的问题。由乾嘉学派的反宋儒，因而反桐城派的古文，提出此一问题以后，经五四运动以下，逮今日模拟西方反理性的现代文艺派，及在专制下特为发达的歌功颂德派，对这一点的强调，可说是愈演愈烈；以至只要说某种作品是文以载道派，某种作品便被打倒了。我应借此机会，将此问题加以澄清。

首先是，一位作者的心灵与道德规范，事实上是隔断而为二，写作的动机，并非出于道德心灵的感发，而只从文字上把道德规范套用上去，甚至是伪装上出，此时的道德便成为生硬的教条。凡是教条，便都有束缚性、压抑性，自然也束缚了文学应有要求的发展。

其次,假定如前所述,由修养而道德内在化,内在化为作者之心。"心"与"道德"是一体,则由道德而来的仁心与勇气,加深扩大了感发的对象与动机,能见人之所不及见,感人之所不能感,言人之所不敢言,这便只有提高、开拓文学作品的素质与疆宇,有何束缚可言。古今中外真正古典的、伟大的作品,不挂道德规范的招牌,但其中必然有某种深刻的道德意味以作其鼓动的生命力。道德实现的形式可以变迁,但道德的基本精神,必为人性所固有,必为个人与群体所需要。西方有句名言是"道德不毛之地,即是文学不毛之地",这是值得今日随俗浮沉的聪明人士,加以深思熟考的。

又其次,人类一切文化,都是归结于为人类自身的生存、发展,文学也不例外。假定道德真正束缚了文学,因而须通过文学以反道德,则人类在二者选一的情势之下,为了自身长久的利益,也只有选择道德而放弃文学。以反道德猎取个人利益的黄色作家、黑色作家,我认为与贩毒者并无分别。

其实,真正束缚文学发展的最大障碍的,是长期的专制政治。假定把诸子百家的著作,都从文学作品去加以衡量,则先秦的作品,把《诗经》、《楚辞》包括在内,反成为中国文学发展的高峰。何以故?因为尚没有出现专制政治。东汉文学何以不及西汉,因为开国的局面及言论尺度,西汉较东汉为宽大。宋代文学不如唐;明代文学不如宋;清代除明、清之际及咸光以后的文学外,不如明,是因为专制一代胜过一代。何以在改朝换代之际,反而常出现好的作品,因为此乃新旧专制脱节的时代。中国现代的三十年代作家,何以都失掉了光彩;而歌功颂德、反道德、反人性、反一切文化的作品,何以发展到亘古未有的绝顶,因为专制达到了亘古未有的绝顶。文学的生命是对人世、人类不合理的事物,而有所感发。在专制之下,刀锯在前,鼎镬在后,贬逐饥寒弥满于前后之间,以设定人类良心所不能触及的禁区;凡是最黑暗、最残暴、最反人性的,禁区的禁愈严,时间一久,多数人变麻木了,有的人变为走向反面的爬虫动物了。最好的作家,为了求得生命最低条件的存在,也不能不自觉地或不自觉地限制自己的感发,或在表达自己的感发时,从技巧上委曲求全,以归于所谓"温柔敦厚"。试以大文学家苏轼为例:他于元丰二年(年四十四)三月,由何正臣等人,摭录他的诗文表中若干文字,说他讥讽朝廷,送御史台狱。想在他平日所作的十四首诗中,锻炼成他的死罪,这即是有名的"乌台诗案"。从现在看来,他的诗文中是有偶然露出一点因感发而来的不平之气,若连这点不平之气也没有,还作什么诗呢?但竟因此把这位大天才陷于"魂飞汤火命如鸡"(《狱中寄子由》)的境地。他虽因神宗母亲临终时的解救,改在黄州安置,尔后又贬惠州,再贬琼州,这都是不明不白地受了文字之累。他虽常以道家思想作自己遭遇中的排遣,如前后《赤壁赋》特为显著,但到琼州后,终于不得不以"管宁投老终归去,王式当年本不来"之句,唱出他在专制下毕生的悲愤,这便不是儒、道两家思想所得而担当排遣的。中国历史中无数天才,便在这种专制下压抑以死。不从这种根本地方去了解中国文学乃至整个学术,何以会连续走着退化的路,却把责任推到儒家的道德之教身上,以至今日稍有良知良识的智识分子,"来"无存身之地,"归"无可往之乡,较苏东坡更为悲惨;于此而高谈文学创作,使我不能不有一片苍白迷茫之感了。

古典诗歌描写与结构中的一与多

程千帆

导言——

本文选自张伯伟编《程千帆诗论选集》(山西人民出版社,1990年)。

作者程千帆(1913—2000),原名逢会,改名会昌,字伯昊,四十以后,别号闲堂。湖南宁乡人。千帆是其诸多笔名之一,后通用此名。1937年毕业于金陵大学,历任金陵大学、四川大学、武汉大学教授,1978年起任南京大学教授,兼任江苏文史馆馆长。

美是和谐,平衡与对称是达到和谐的有效手段之一。中国文学中,尤其是诗歌和骈文中讲究的对偶、平仄等艺术手段,反映的就是这样一种美学追求。但是,在平衡中注意到变化,在对称中掺入参差错落的因素,由差异而达成一种新的和谐与完美,也是古代文学作品中广泛存在的美学现象。本文从大量的古典诗歌作品中提炼出这一对美学范畴和艺术手段,着重就描写和结构两方面展开讨论,使得这一美学范畴在中国文学作品中表现的诸形态完整地呈现在读者面前。

需要特别注意的是,本文提出了从理论角度研究古代文学的"两条腿走路"的策略,一是研究"古代的文学理论",二是研究"古代文学的理论"。后者是今人很少使用而又特别重要的方法,应该引起重视。

一

对立统一规律是人类在反复探索自然界和社会生活的发展规律中所逐步发现和总结出来的。可说是诸规律之中最基本的和最重要的。

我国古代哲人对于对立统一规律的发现、认识和阐述,最初见于《周易》经、传和《老子》。在这两部书中,先民们从复杂的自然现象和社会现象中抽象出阴阳这一对基本范畴,来概括地说明:整个宇宙就是在这两种对立物的运动中,孳生着,发展着,变化着,从而表达了他们对于对立统一规律的理解。① 阴阳观念不仅代表着比较明确具体的自然现象如天地、男女、寒暑、水火等,而且也显示了非常复杂的人类的物质生活和精神生活的多方面。两书中提出的,由阴阳派生出来的吉凶、祸福、刚柔、静躁、损益、智愚、高下、大小、往来、难易等范畴,都反映了生活中互相依存、对立和转化的两种力量或倾向。

一与多也是在《周易》经、传及《老子》中被总结出来的对立范畴之一。《老子》第四十二章说:"道生一,一生二,二生三,三生万物。万物负阴而抱阳,冲气以为和。"奚侗《〈老子〉集解》释之云:"《淮南子·天文训②》:'道者,规始于一,一而不生,故分而为阴阳,阴阳合和而万物生。故曰:一生二,二生三,三生万物。'《易·系辞》:'是故《易》有太极,是生两仪。'道与易异名同体。此云一,即太极;二,即两仪,谓天地也。天地气合而生和,二生三也。和气合而生物,三生万物也。"这位学者敏感地察觉到,在一多对立的理解上,《易》《老》相通。二、三、万,对一来说,都是多,故《老子》所论,实质上就是一与多的关系。

一与多被先民们抽象出来,成为一对哲学范畴的同时,也就被他们认识到,这也是一对美学范畴和一种艺术手段。作为对自然的虔诚的摹仿,人类所创造的文学艺术,一方面,本来就应当而且自然会去如实地反映存在于客观世界和主观世界中的一多现象,而另一方面,文艺要求有平衡、对称、整齐一律之美。汉语古典诗歌,由于其所使用的基本手段本来就具有倾向于声和偶的特色,因而也几乎是一开始就极其自然地朝着平衡、对称、整齐的方向发展。这就是为什么在古典诗歌诸样式中,五七言古今体诗,特别是今体律绝

---

① 参看任继愈主编《中国哲学史》第一册中有关《周易》经、传和《老子》的章节。
② 训当作篇,训乃高诱自称其注,非《淮南》诸篇本有训名。也如《逸周书》诸篇称解,乃指孔晁注,非此书诸篇本有解名。

诗特别流行的根本原因。可是,只有平衡对称,整齐一律,而没有参差错落,变化多端,也必然会显得单调、呆板,反而损害甚至破坏了平衡、对称、整齐所构成的美。这是不能忽视的。

　　有才能的、善于向生活学习的文学艺术家们有鉴于此,就不能不在其创作中注意并追求整齐中的变化,平衡、对称与不平衡、不对称之间的矛盾统一,并努力使这种表现为数量及质量的差异并存于一个和谐的整体中,从而更真实、更完美地反映出生活的多样性和复杂性。这也就是一与多的对立(对比,并举)作为表现方式之一在古典诗歌的描写与结构中广泛存在的原因。

　　本文只想探索一下这种广泛存在方式的诸形态,而没有从历史发展过程的角度来讨论这个问题,因为它的发展过程是复杂的,需要另作专门研究。

二

　　先谈描写。

　　在古典诗歌中,一与多的对立统一通常是以人与人,物与物,以及人与物,物与人的组合方式出现的,而且一通常是主要矛盾面,由于多的陪衬,一就更其突出,从而取得较好的艺术效果。

　　汉乐府《陌上桑》:

> 东方千余骑,夫婿居上头。何用识夫婿?白马从骊驹,青丝系马尾,黄金络马头。

这里先以居上头之夫婿与其他千余骑士相比,又以黄金络头、青丝系尾之白马与其他马匹相比,都是一与多的关系,前者是人比人,后者是物比物。

　　白居易《长恨歌》:

> 后宫佳丽三千人,三千宠爱在一身。

以及陈师道据此而加以浓缩的《妾薄命》中的名句:

> 主家十二楼,一身当三千。

也是如此,不过后宫和十二楼两词中所暗含的"一身"所居之处(比如说昭阳殿)与其他"三千"所居之处(可能包括长信宫)相去悬绝之意却不及"白马"三句之明显,使人一览可知。然而若证以王昌龄的《春宫曲》中"平阳歌舞新承宠,帘外春寒赐锦袍"和《长信秋词》中"火照西宫知夜饮,分明复道奉恩时"等语,则"一身"所居之热闹繁华,"三千"所居之凄凉冷落,也就跃然纸上了。

杜甫《丹青引》在人与人、物与物同时进行的一多对比上显示出更广阔的图景:

> 先帝天马玉花骢,画工如山貌不同。是日牵来赤墀下,迥立阊阖生长风。诏谓将军拂绢素,意匠惨澹经营中。斯须九重真龙出,一洗万古凡马空。玉花却在御榻上,榻上庭前屹相向。至尊含笑催赐金,圉人太仆皆惆怅。

这一段描写是两组多层次结构:人的方面,曹霸是一,其他众多的画工、圉人和太仆寺①的官员是多;物的方面,曹霸所画的玉花骢是一,其他画师所画的是多,玉花骢是一,其他御苑的良马是多。杜甫在这里强调了,只有曹霸笔下的玉花骢才是形神兼备的,与真的玉花骢完全一致的,画既逼真,真亦如画。而其余的人、物都被比下去了。

从上面的讨论可以看出,对立的一与多在这些例子中,虽然从逻辑范畴上看只是一种数量上的区别,但是诗人们在创作中运用这种对比的手段,与其说他们着重的是一与多的本身,毋宁说是意在表现同时蕴藏并且展示在这一对矛盾当中的另外一对或几对在生活、思想、感情上的矛盾。如前所举,就有贵贱、宠辱、优劣、欢戚等几对矛盾包含在一多这对矛盾之内。

现在我们不妨来看一下,诗人们在描写景物的时候是怎样运用这种方式的。李白《梦游天姥吟留别》云:

> 天姥连天向天横,势拔五岳掩赤城。天台四万八千丈,对此欲倒东南倾。

---

① 诗中太仆,系指太仆寺的官员们,不仅指太仆寺正卿。关于太仆寺的官员职掌详见《旧唐书》卷四十四《职官志》三、《新唐书》卷四十八《百官志》三。

又杜甫《青阳峡》云：

> 昨忆逾陇坂，高秋视吴岳。东笑莲华卑，北知崆峒薄。超然侔壮观，已谓殷寥廓。突兀犹趁人，及兹叹冥漠。

这两篇诗里，都是以一连串的高山和比它们更高的另一座山来对比，从而突出了后者崇高的形象。

诗人们还注意到了色彩在自然景物描写中的对比关系。如王安石的失题断句①：

> 浓绿万枝红一点，动人春色不须多。

这一精彩的意象，后来转变为更流行的成语"万绿丛中一点红"。近代著名诗人陈三立则在其《散原精舍诗》续集卷下，《沪上偕仁先晚入哈同园》中，将其化为"绿树成围红树独"之句，而将春天的红花变成了秋天的红叶。

在有些作品中，色彩的一多对比并不像王安石这两句那样强烈，因而容易被人们忽略过去。如韦应物《滁州西涧》：

> 独怜幽草涧边生，上有黄鹂深树鸣。

幽草、深树，也就是浓绿，但黄鹂藏于深树，非同红一点之独占枝头，就需要读者用想象去弥补视觉之不及了。又如苏舜钦的《淮中晚泊犊头》：

> 春阴垂野草青青，时有幽花一树明。

---

① 胡仔《苕溪渔隐丛话》前集卷三十四引《遁斋闲览》云："唐人诗：'浓绿万枝红一点，动人春色不须多。'不记作者名氏。邓元孚曾见介甫亲书此两句于所持扇上。或以为介甫自作，非也。"又周紫芝《竹坡诗话》云："仪真沈彦述为余言，荆公诗如'浓绿万枝红一点，动人春色不须多'、'春色恼人眠不得，月移花影上栏干'等篇，皆甫诗，非荆公诗也。"但叶梦得《石林诗话》卷中则认为这两句是王安石的诗，《王荆文公诗集》卷四十七《龙泉寺石井》李壁注也引据叶说，所以我们还是以此诗归之王安石，虽然今本王集中已佚去。

在古汉语中,明主要是指光,而非指色。但由于这树幽花是和阴沉的高天、青碧的平野对衬,则此花可能是白的,也可能是具有较强光感的色如粉红之类。我们从这篇诗中获得的启示是:在诗人透过视觉从事一多对比时,不但运用了色觉,也注意同时运用光觉。

当然,就光觉而论,人们很容易想到黑白分明这个基本事实,所以在杜甫笔下,就出现了《春夜喜雨》中的这两句:

野径云俱黑,江船火独明。

应当注意到,云是俱黑,火是独明,黑多而白一,所以显得特别分明。

张继《枫桥夜泊》是唐绝名篇,古代诗话、当代论文,都对它进行过不少的探索,指出过它许多艺术上的特色。但似乎还可以加上一点,即诗人采用了一多对比的手法。

月落乌啼霜满天,江枫渔火对愁眠。

这两句以茫茫长夜与一灯渔火对比。

姑苏城外寒山寺,夜半钟声到客船。

这两句以万籁俱寂中的数声乌啼与一杵钟声对比。前两句是写光觉,与《春夜喜雨》中那两句正好可以互证;后两句则是写听觉。无论是目之所及,耳之所闻,这冷荧荧的渔火,慢悠悠的钟声,对于客途中的典型环境,都具有深化的作用,从而使诗人所要在作品中表达的旅愁更为突出。

诗人们在描写声音时,还有许多运用这种方法而极为成功的例子,如韩愈的《听颖师弹琴》:

喧啾百鸟群,忽见孤凤凰。

这里形容琴调突然拔高,而且利用人类的通感,以鸟声为喻,使人若闻琴声之高低,兼见凤凰及百鸟形状大小、品格圣凡之别。

上面的例句说明,诗人在描写景物的大小、高低、明暗、强弱时,常常利用一与多的对立统一这个规律,来展示其所突出的方面。

以上我们讨论的是人与人、物与物之间的关系。现在再简略地来看一下他们的交叉关系,即人与物、物与人的一多对立在诗中的情况。

诗人有以人为一面,物为另一面而加以对衬的写法。但如庾信《枯树赋》所云"树犹如此,人何以堪"之类,虽然人和树衬,却并不具体涉及一与多的问题。而苏轼《八月七日初入赣,过惶恐滩》所写,则是另一种情况:

七千里外二毛人,十八滩头一叶身。山忆喜欢劳远梦,地名惶恐泣孤臣。

这位二毛人(即一叶身,也就是作者)显然是一面,而与许多他所经过的地方如错喜欢铺、十八滩(其中包括惶恐滩)对立。人是一,物是多。反过来,如李益《从军北征》:

碛里征人三十万,一时回首月中看。

则以三十万征人为一面,一轮明月为另一面,人是多而物是一了。苏轼的《次韵穆父尚书侍祠郊丘,瞻望天光,退而相庆,引满醉吟》"令严钟鼓三更月,野宿貔貅万灶烟",也和李益两句完全一样。

但要注意的是,这些诗中所涉及的人(征夫、迁客)和物(险境、月光),都并不属于一对矛盾的两个方面。他们之间的关系,是诗人在观察生活以后,加以主观安排的结果,这也是我们研究这个问题时所必须加以考虑的。不仅人与物之间的对立不一定存在互相依存的关系,即人与人、物与物之间也有这种情形,例如王之涣的《登鹳雀楼》:

欲穷千里目,更上一层楼。

或张炎的词《清平乐》:

只有一枝梧叶,不知多少秋声。

都是运用了一多对比手法的传诵千古的名句,但无论是千里目与一层楼,或一枝梧叶与多少秋声,都只有因果关系,而没有对立统一的即互相依存、互相转化的不可分割的关系。

由此可见,讨论到作品中所具有的一多对比手法时,无论就人与人、物与物或人与物哪方面说,必须区分两种情况:一种是除了一与多这对矛盾外,还有与这对矛盾同时存在并通过它来显示的其他一对或数对矛盾。当一与多这种数量上的对立出现时,同时也就出现了其他质量上的对立。然而还有另外一种,即一与多这两个数量所表示的内容,双方并没有互相依存、转化因而是不可分割的矛盾,因此其一与多所表现的对立,只限于显示两种或多种事物在数量上的差异。

前者,如我们所指陈的,其一与多的对立由于包含了其他的矛盾,所以能够具有较为丰富的内涵;但后者也并非可以轻视的。许多诗人都用这种方法写出了不朽的名句,随便举例来说,如王湾《次北固山下》"潮平两岸阔,风正一帆悬",李白《听蜀僧濬弹琴》"为我一挥手,如听万壑松",韦应物《淮上喜会梁州故人》"浮云一别后,流水十年间"就都属此类。

近代文学史的揭幕人龚自珍也以此见长,即以见于他的著名组诗《己亥杂诗》中者为例,如第二一一首"万绿无人喁一蝉,三层阁子俯秋烟。安排写集三千卷,料理看山五十年",第二二九首"从今誓学六朝书,不肄山阴肄隐居。万古焦山一痕石,飞升有术此权舆",第三一五首"吟罢江山气不灵,万千种话一灯青。忽然搁笔无言说,重礼天台七卷经"都是有意识地以一件单数事物和若干件多数事物互相联系,形容,衬托,来展示他丰富的联想,从而发展了这一手法。

三

人类生活在无始无终的时间与无边无际的空间之中,不能脱离时间和空间而生存、生活着。因此,人们对于生活的观察体验也必然在某个有限的即特定的时间和空间之中进行,至于对于生活中的事物加以反映,或写景,或抒情,更不能脱离具体的人和物、时间和地点。诗人们、作家们在表现作品中的时间与地点时,也广泛地利用了对立统一这个法则,显示了它们之间相对和交叉的一多关系,从而展现多彩多姿的生活画面。

以时间对于某一事物说来是凝固的、永恒的而对于许多其他事物说来是流逝的、短暂的来对比而产生的人事无常之感,来源于古人对宇宙认识的科学局限和阶级局限。但这种感慨却震撼着、燃烧着诗人们的心灵,使他们唱出了激动人心的歌。在人所熟知的《春江花月夜》中,张若虚写下了如下的句子:

> 江天一色无纤尘,皎皎空中孤月轮。江畔何人初见月?江月何年初照人?人生代代无穷已,江月年年只相似。不知江月待何人,但见长江送流水。

闻一多先生早在 20 世纪 40 年代就对这篇杰作做过精辟的分析和高度的评价。① 近来李泽厚先生又就闻先生的意见加以发挥。② 闻先生认为上引的这几句诗是诗人的一种"更夐绝的宇宙意识",他所表现的是"有限与无限,有情与无情——诗人与永恒猝然相遇,一见如故",反映了诗人对待宇宙的"不亢不卑,冲融和易"的态度。李先生更引申说,这是诗人显示"面对无穷宇宙,深切感受到的是自己青春的短促和生命的有限。它是走向成熟期的青少年时代对人生、宇宙的初醒觉的'自我意识':对广大世界、自然美景和自身存在的深切感受和珍视,对自身存在的有限性的无可奈何的感伤、惆怅和留恋"。这都是一些微至之谈,但从我们所研究的角度来说,诗人之所以能够把自己的思想感情表现得如此地完美,正因为他以似乎是凝固的、永恒的、超时间的月和不断在时间中变化的自然界的新陈代谢、人事上的离合悲欢进行了对比;用闻先生的话来说,就是月的无限、无情、永恒与其他种种的有限、有情、短暂对比,月代表永恒,是一,其他均属短暂,是多。一始终是控制着、笼罩着多,这就使诗人不能不产生所谓无可奈何之感了。

《春江花月夜》中的月代表着凝固的时间,而李白《峨眉山月歌》中的月则代表着具体的空间。

> 峨眉山月半轮秋,影入平羌江水流。夜发清溪向三峡,思君不见下渝州。

---

① 见《宫体诗的自赎》,载《闻一多全集·唐诗杂论》。
② 见所著《美的历程》第七章《盛唐之音》,第一节《青春·李白》。

王世贞在《艺苑卮言》卷四中说:"此是太白佳境,然二十八字中有峨眉山、平羌江、清溪、三峡、渝州,使后人为之,不胜痕迹矣。益见此老炉锤之妙。"而沈德潜在《唐诗别裁》卷二十中则认为:"月在清溪、三峡之间,半轮亦不复见矣。'君'字即指月。"沈德潜这个解释,乍看似乎有清代常州派说词的所谓"作者之用心未必然,而读者之用心何必不然"①之嫌,但我们熟玩全诗,这个"君"字如果不照沈德潜的解释,实在也没有着落,因此我们还是同意沈的见解。李白的构思是在以孤悬空中的月与自己所要随着江水东下而经过的许多地方对比,来展现自己乘流而下的轻快心情。正因为他所经过的地方有的可以看到月光,有的则看不到,或现或隐,并不单调,所以才不显痕迹。这也许是王世贞所没有察觉的另外一种"炉锤之妙",即将一多对比中的天上地下融于一炉之妙。

以上我们讨论的是时间与时间、空间与空间之间的关系,而时空之间,在古典诗歌的表现方法中,也同样存在着交叉的一多对立或并举的情况。王维的《九月九日忆山东兄弟》是我们所熟悉的:

独在异乡为异客,每逢佳节倍思亲。遥知兄弟登高处,遍插茱萸少一人。

再如白居易的《邯郸至除夜思家》:

邯郸驿里逢冬至,抱膝灯前影伴身。想得家中夜深坐,还应说着远行人。

都是写在同一时间却在不同空间中的自己和他人的思想感情和行动。虽然一个是现实,一个是想象。杜甫著名的《月夜》"今夜鄜州月,闺中只独看,遥怜小儿女,未解忆长安"也是如此。白居易的"共看明月应垂泪,一夜乡心五处同"(《自河南经乱,关内阻饥,兄弟离散,各在一处。因望月有感,聊书所怀,寄上浮梁大兄、于潜七兄、乌江十五兄,兼示符离及下邽弟妹》)则是以同一时间和多数空间并举,其范围更为广阔。

---

① 谭献《复堂词话》语。

反过来，也有以同一空间和多数不同时间并举的。如刘禹锡的《杨柳枝》：

　　春江一曲柳千条，二十年前旧板桥。曾与美人桥上别，恨无消息到今朝。

还有李益的《上汝州郡楼》：

　　黄昏鼓角似边州，三十年前上此楼。今日山川对垂泪，伤心不独为悲秋。

这两首诗都是从不同的年月来描述同一地点的，即空间是一，时间是多。但不同之点是：前者和崔护的《题都城南庄》"去年今日此门中，人面桃花相映红。人面只今何处去，桃花依旧笑春风"一样，都是写物是人非，今与昔异；而后者则是在同一空间与前后相距三十年的不同时间中，看出政治局势并无改善，一切如旧，发人哀感，所强调的是今与昔同。①

四

次谈结构。

每一篇好诗，无论大小，都是一个完整的有机体，其艺术结构是相当复杂的。一与多的对立统一关系也曾被诗人们在布局、用韵等方面加以应用。

杜甫《北征》的主题和基调是明显的，它写了国家的丧乱和家庭的艰难，自己的忠愤、忧郁、伤感和希望，整个的气氛是严肃的，沉重的。但诗中有一小段描写了旅途中的景色和自己观赏这些景色的愉悦心情。

　　菊垂今秋花，石戴古车辙。青云动高兴，幽事亦可悦：山果多琐细，罗生杂橡栗；或红如丹砂，或黑如点漆；雨露之所濡，甘苦齐结实。

杨伦《杜诗镜铨》卷四引张溍《读书堂杜工部诗集注解》云："凡作极要紧极忙文字，偏向极不要紧极闲处传神，乃夕阳反照之法，惟老杜能之。如篇中青云

---

① 关于李益这首诗的背景和解释，请参看沈祖棻《唐人七绝诗浅释》。

幽事一段,他人于正事实事尚铺写不了,何暇及此?此仙凡之别也。"在旧注中,这个说法算得上是有见解的,但是他只注意到了极忙文字中用极闲之笔传神这一点,还没有体会到杜甫的这种写法乃是我国古典美学中一张一弛原则的应用。《礼记·杂记下》说:"张而不弛,文、武弗能也;弛而不张,文、武弗为也;一张一弛,文、武之道也。"张与弛事实上也属于对立统一的范畴。杜甫正是由于生活上、精神上所承受的压迫,使他透不过气来,才在旅途中强自排遣,从而感到幽事之可悦的。在紧张的神经松弛了一阵之后,诗人不可避免地仍然要回到严酷的现实中来,而"缅思桃源内,益叹身世拙"二句则是弛而复张的过脉。中间这一轻松愉快的场面和前后许多严肃痛苦的场面对比,不但显示了诗篇在艺术上的节奏,更重要的还在于表现了诗人感情上的起伏及其自我调节作用。

具有对称平衡之美,是古典诗歌重要的艺术特征,今体律绝诗尤其突出。但是有才能的诗人在经过长期的实践使之达到对称、平衡之后,又企图突破它们而达到新的对立统一。这也正如当律绝诗的声律已经严密地完成以后,却又有人喜欢写拗体一样,其美学上的依据已如前述。在律绝诗中,人与我、情与景、时与地等等,对等地或者交替地来写,是常见的,因而双方所占有的篇幅悬殊不会太大。但是,如杜甫的《天末怀李白》:

凉风起天末,君子意如何。鸿雁几时到,江湖秋水多。文章憎命达,魑魅喜人过。应共冤魂语,投诗赠汨罗。

以及他的《秦州杂诗》二十首之四:

鼓角缘边郡,川原欲夜时。秋听殷地发,风散入云悲。抱叶寒蝉静,归山独鸟迟。万方声一概,吾道竟何之!

前者,首句属自己,后七句属李白;后者,末句属诗人之思想,前七句属诗人之环境。虽然这两首诗都严格遵守了律体的规律,但在内容的分配上突破了律诗结构的一般程式。

绝句中也有这种情形。李白《越中览古》云:

越王勾践破吴归,战士还家尽锦衣。宫女如花满春殿,只今惟有鹧鸪飞。

又郑文宝阙题云:

亭亭画舸系寒潭,直到行人酒半酣。不管烟波与风雨,载将离恨过江南。

石遗老人(陈衍)《宋诗精华录》卷一选有郑诗,评云:"案此诗首句一顿,下三句连作一气说,体格独别。唐人中惟太白'越王勾践破吴归'一首,前三句一气连说,末句一扫而空之。① 此诗异曲同工,善于变化。"

照我们看来,李白的一首是前三句写过去之盛,后一句写今日之衰;郑文宝的一首则是前一句写现在离别的场面,后三句预示离别的情怀,其中第二句是眼下的必然,第三、四句则是随着这个必然而出现的或然。这两首诗的特色正在于利用篇幅分合的一多悬殊使古代和当代越王台之盛衰以及现在和将来离愁之浅深作出了强烈的对比。

也许还有一种结构应当附带在这里谈一下,就是诗人在自己的创作中,引用了古人或今人(包括自己)的少数成句,使之成为自己这篇作品中的有机组成部分,因而也出现了一多并举。引彼诗入此诗,最早的而且为人所共知的例子是曹操的《短歌行》。在这篇诗中,他用了《诗经·郑风·子衿》中的两句"青青子衿,悠悠我心",又用了《小雅·鹿鸣》中的四句"呦呦鹿鸣,食野之苹。我有嘉宾,鼓瑟吹笙",使这些古句加入了自己创作的行列。但这不过是兴之所至,信手拈来的。很显然,它们在全诗当中并不占有主要的位置,也不具有核心的意义。但这种方式到了后人手里却有用自己的或他人的成句作为主意或重点写进一篇诗里的,这就和曹操的运用成语并不一样了。

欧阳修《余昔留守南都,得与杜祁公唱和,诗有答公见赠二十韵之卒章

---

① 此诗,沈德潜《唐诗别裁》卷二十评《越中览古》云:"三句说盛,一句说衰,其格独创。"查慎行《初白庵诗评》卷上亦云:"用一句结上三句,章法独创。"均陈说所本。今按在唐人诗中,韩愈的《同水部张员外籍曲江春游,寄白二十二舍人》及元稹的《刘阮妻》,也与李白此诗同格,敷子发已指出,见王琦《李太白文集注》卷三十四,附录四,丛说引敷说。故陈云"唐人中惟太白……一首",不确。

云:"报国如乖愿,归耕宁买田。期无辱知己,肯逐利名迁?"逮今二十有二年,祁公捐馆,亦十有五年矣。而余始蒙恩,得遂退休之请。追怀平昔,不胜感涕,辄为短句,置公祠堂》:

> 掩涕发陈编,追思二十年。门生今白首,墓木已苍烟。"报国如乖愿,归耕宁买田。"此言今始践,知不愧黄泉。

这是以己作旧句一联纳入新作之例。又元好问《淮右》:

> 淮右城池几处存,宋州新事不堪论。辅车谩欲通吴会,突骑谁当捣蓟门。"细水浮花归别涧,断云含雨入孤村。"空余韩偓伤时语,留与累臣一断魂。

施国祁《元遗山诗集笺注》卷八引顾氏云:"五、六全用韩致光语,即以结联标出,自成一体。遗山诗用前人成语极多,陶、杜句尤甚,又未可以此例概之也。"这是以古人成句一联纳入己作之例。又王士禛《渔洋诗话》卷上云:"余在广陵,偶见成都费密(字此度)诗,极击节。赋诗云:'成都跛道士,万里下峨岷。虎口身曾拔,蚕丛句有神。大江流汉水,孤艇接残春。'(二句即密诗)十字须千古,胡为失此人?密遂来定交,如平生欢。"这是以今人成句一联纳入己作之例。①

从上面三个例子可以看出:第一,无论是将自己的旧句移植到新作里,或者是将他人的成句移植到自己的诗里,其所移植的都已成为本诗的有机组成部分,与本诗不可分割;而第二,其所表现的正是本诗所需要突出的内容,如果离开了这引用的一联,则其他三联就都失去了存在的意义。显然,这也是

---

① 《带经堂诗话》卷十,指数类上所附张宗柟识语曾引诸家说以明此三诗之递嬗关系。本文此点受到张氏启发。又王士禛也曾于七言绝句中采用成句借以标榜其他诗人。如其《论诗绝句》有云:"'溪水碧于前渡日,桃花红似去年时。'江南肠断何人会,只有崔郎七字诗。"此诗属崔华,前二句即崔诗。又云:"'淡云微雨小姑祠,菊秀兰衰八月时。'记得朝鲜使臣语,果然东国解声诗。"此诗赞美朝鲜使节金尚宪之精于汉诗,颇多佳句,前二句即其《登州次吴秀才韵》诗中句。详见《带经堂诗话》卷十二"佳句类"及卷二十一"采风类"。

诗人使用一多并举的手法之一,虽然它们并不常见。

我国古典诗歌的格律,是由声和偶构成的。在声方面,既注意每一个句子以及句子与句子之间的平仄谐调,也注意句尾的押韵。句句押韵,隔句押韵,数句转韵而平仄交替,是尾韵通常使用的几种方式。历代诗人,通过长期创作的实践,取得了以语言的音响传达生活的音响的成功经验。他们利用节奏上的一与多的对立和变化,来显示思想感情上和描写进程上的起伏、疾徐、动定,从而更好地表达了作品的内容。杜甫在用韵方面的创造是值得注意的。著名的《同谷七歌》的韵式如下(汉语拼音字母代表平韵或仄韵诸不同韵部在诗组中出现的先后,〇代表不押韵的句子):

一、上 A 上 A(平)〇上 A(入)〇上 A——平 A 平 A
二、去 A 去 A 去 A 去 A(平)〇去 A——去 B 去 B
三、平 B 平 B(去)〇平 B 平 B 平 B——入 A 入 A
四、平 C 平 C(去)〇平 C(上)〇平 C——去 C 去 C
五、入 B 入 B(平)〇入 B(入)〇入 B——平 D 平 D
六、平 E 平 E(入)〇平 E(入)〇平 E——平 F 平 F
七、上 B 上 B(平)〇上 B(入)〇上 B——入 C 入 C

这组诗每首八句,都是前六句一韵,后二句转另一韵。其中一、三、四、五四首是前六仄则后二平,前六平则后二仄。第二首通篇去声韵,第六首通篇平声韵,但前六后二并不在一部。第七首通篇仄声,但前六上声,后二入声。这种有意识的安排,显然是为了操纵自己的心潮思绪的,在主题的一个侧面描绘完成之后,停顿一下,咏叹一番,然后再从事另一个侧面,这在文字上表现为"呜呼□歌兮……",而在音节上则表现为平仄声及韵部的改变。苏轼的《与潜僧绿筠轩》对于转韵方式,也作了与《同谷七歌》相同的处理,虽然两诗在其他方面绝不相同。

> 可使食无肉,不可使居无竹。无肉令人瘦,无竹令人俗。人瘦尚可肥,俗士不可医。旁人笑此言,似高还似痴。若对此君仍大嚼,世间那有扬州鹤!

这末二句的一转,非常成功地表达了诗人"嬉笑怒骂皆成文章"的创作特色以及他写此诗时神采飞扬的精神状态。

《同谷七歌》前六句即三联为一韵,后两句一联为一韵,体现了情绪的顿挫转折,而《曲江三章章五句》如下的韵式则体现了情绪的间歇:

一、平 A 平 A 平 A(去)○平 A
二、上 上 上(平)○上
三、平 B 平 B 平 B(上)○平 B

杜甫这一独创的诗体,题目取法《诗经》,句式则来自七言古绝句而加以变化,他在句句押韵的古绝句的第三句与第四句之间,或第三句不押韵的古绝句第二句与第三句之间,增加了不押韵而且末字平仄与其余的韵脚正相反的一句,这就使前面句句押韵的三句所给与人的迫促之感缓和了下来,然后又用同一韵脚的第五句来保持其音节上的连续性。在湖北东部蕲春一带的山歌基本上是这样的七言五句,第一、二、三、五句押韵,第四句不押韵的形式。1958年夏天,我在蕲春城关镇住医院时,隔壁病房里住着一位农村猎手,他不时地唱起了这样的山歌。他那种或慷慨或悲凉的情绪,往往由于这在音节上具有间歇性的第四句而摇曳生姿,使得整曲歌声更为出色。可惜当时我因为心绪不好,没有把那些纯朴、粗犷而又深沉的词曲记录下来,但却从此对于杜甫所创造的这三篇诗的音节之美,有了更多的体会。这些声情相应的作品,其中也含有一多对比的原则,值得我们注意。

五

古典诗歌的篇幅多数是不大的。但组诗这种形式使得篇幅短小的缺陷得到适当的弥补。诗人们精心构思的组诗,少则三五篇,多到百篇以上,事实上都是一个有机体。一多对立这个艺术原则,在组诗的结构中也曾被诗人们所成功地运用过。这可以从题材、手法和声律三个方面来考察。

师法《诗经》和《楚辞·九辩》而形成的一题数首的组诗,在建安时代即已出现,刘桢的《赠五官中郎将》四首和《赠从弟》三首即是。到了太康时代,左思的《咏史》八首才把组诗提高到一个更成熟的阶段,八首诗杂引历史上的著名人物,通过他们的贵贱、穷通、仕隐、祸福,来反复表达自己在门阀制度压制之下的委曲情绪和自我慰安,把历史人物的形象和诗人自己的形象巧妙地交织在一起,错落有致,摇曳生姿,而且全诗又有首有尾,构成了一个严密的整体。但在他所举的历史人物中,第六首对荆轲的赞美,乍看起来,却是令人难以理解的。

> 荆轲饮燕市，酒酣气益振。哀歌和渐离，谓若傍无人。虽无壮士节，与世亦殊伦。高眄邈四海，豪右何足陈。贵者虽自贵，视之若埃尘。贱者虽自贱，重之若千钧。

大家知道，荆轲是一个以"士为知己者死"为生活信条的侠客，他平生最大的事业就是那次对秦王政的不成功的行刺。这既非诗人所仰慕的，所鉴戒的，也不是他认为与自己境界相似或可能相似而用来自比的。这个历史人物的出现显然和组诗主题有些游离。这只是诗人在寂寞当中的一种奇想：即使去当刺客，也比默默无闻的庸人要强些。（这使我联想起茅盾笔下的一个人物。在《追求》第六章中，章秋柳因为找不到正确的人生道路，决心要过享乐刺激的生活，竟然想去当淌白。）这种奇想充满了浪漫主义的色彩，和诗中对于其他历史人物的咏叹和譬况全不一样，但也正是荆轲这一形象的独特性才使诗人愤激的情感达到高潮。这一首诗的最后四句说明了这一点。① 以对荆轲的赞美与对许多其他历史人物的评价对立，体现了这一现实主义组诗中的浪漫主义因素，而这是通过一与多对比的手法来完成的。

杜甫早期组诗的名篇《陪郑广文游何将军山林》十首也曾运用一多对比的手法而获得成功，旧日有些注家已经注意到了这一点。这一组诗九首都是咏山林景物，独第三首专咏异花。

> 万里戎王子，何年别月支。异花开绝域②，滋蔓匝清池。汉使徒空到，神农竟不知。露翻兼雨打，开拆日离披。

王嗣奭《杜臆》卷二云："止赋一花，便是变调。"浦起龙《读杜心解》卷三之一

---

① 关于左思《咏史》的一些问题，请参看拙著《左太冲〈咏史〉诗三论》。
② 此句，仇兆鳌《杜诗详注》卷二作"异花来绝域"，云："旧作开，犯重。《杜臆》作'来'，盖音近而讹耳。"《杜诗镜铨》卷二及《读杜心解》卷三之一皆从改。但今印全本《杜臆》卷一云："'异花开绝域'，已别月支，又开绝域，况下又重一开字，故余疑必为'来'字之误，又细思之，非误也。谓如此异花，本开绝域，而蔓匝清池，是汉使、神农所不及见者，而今忽有之，非幽兴中所亟赏者乎？"顾廷龙在《影印本〈杜臆〉前言》中曾讨论到仇《注》所采《杜臆》与今全本文字颇有异同的问题，作了合理的推测。但从这一条材料来看，则仇《注》所引《杜臆》稿本在先而今印本在后。后者当系定稿。

云：" 此以其名奇种远，故专咏之。"杨伦《杜诗镜铨》云：" 十首全写山林，便觉呆板，忽咏一物，忽忆旧游①，自是连章错落法。"三家所论均是，而《镜铨》之说尤为明白。苏轼的《中隐堂诗》五首，其中一、二、三、五四首都是写王绅在长安的居第园亭，而第四首却专咏翠石。

  翠石如鹦鹉，何年别海壖？贡随南使远，载压渭舟偏。已伴乔松老，那知故国迁。金人解辞汉，汝独不潸然？

纪昀在其所批《苏文忠公诗集》卷四中一针见血地指出"分明是'万里戎王子'一首"。可见杜、苏于写园林景物的组诗中特别用一篇来对其中某物加以特写，使咏物写景一多对衬，以见错落之致，具有同心。

  王建的《宫词》一百首是古典诗歌中反映宫廷生活比较突出的作品。今本已有残缺，后人曾以他人诗补入②，但在北宋时代，王安石所见应当还是全本。郭辑本《陈辅之诗话》第四条《王建宫词》云："王建《宫词》，荆公独爱其：'树头树底觅残红，一片西飞一片东。自是桃花贪结子，错教人恨五更风。'谓其意味深婉而悠长也。"我们都知道，王安石对于诗歌往往有独特而精辟的见解，他为什么在一百首诗中单独看中了这第九十一首？陈辅之说是因为它"意味深婉而悠长"，这符合王安石的原意吗？如果符合，这个所谓"深婉而悠长"，又何所指？经过反复通读，我才发现被王安石看中的这一首诗和其余的现存九十多首写法完全不同：即那许多诗都是描写宫廷生活，直叙其事，是赋体；而这一首却是以桃花的命运比喻那些深宫怨女的命运，而非直接描写，是比兴之体，这首诗通过对于残花的凭吊，来显示诗人对于那些贪图富贵却误入贾元春所说的"那不得见人的去处"（《红楼梦》第十八回）的广大宫女们的同情。这些零落的桃花事实上也就是白居易的《新乐府·上阳白发人》中那位女尚书或曹禺的剧本《王昭君》中的孙美人。所以陈辅之的意见是符合王安石的原意的。所谓"深婉而悠长"，是指比兴之体所达到的艺术效果而言，而有了这样一首，就打破了其余几十首都是赋体的统一局面，耳目一新，显示

---

① "忽忆旧游"，指第八首。但这首乃以因今日游何将军山林而联想到过去游定昆池，因觉两地情景有相类之处，与专咏戎王子者仍有区别，不能相提并论。
② 见胡仔《苕溪渔隐丛话》后集卷十四及朱承爵《存余堂诗话》。

了"万绿丛中一点红"之美和手法上一多对立之妙。

诗人们也注意到了在组诗的声律方面运用这一方式来显示其在统一中的变化。例如杜甫的《将赴成都草堂,途中有作,先寄严郑公》五首,前四首都是律诗正格,而第五首却是拗体。

> 锦官城西生事微,乌皮几在还思归。昔去为忧乱兵入,今来已恐邻人非。侧身天地更怀古,回首风尘甘息机。共说总戎云鸟阵,不妨游子芰荷衣。

刘禹锡的《金陵五题》前四首用的是律化绝句的正格,而第五首《江令宅》则是仄韵的古绝句。

> 南朝词臣北朝客,归来唯见秦淮碧。池台竹树三亩余,至今人道江家宅。

这都是显而易见,并为人们所熟悉的例子,无需详加说明。

六

根据以上的探索,可以初步得出下列几点结论。

第一,作为对立统一规律的诸表现形态之一,一多对立(对比、并举)不仅作为哲学范畴而被古典诗人所认识,并且也作为美学范畴、艺术手段而被他们所认识,所采用。

第二,一与多的多种形态在作品中的出现,是为了如实反映本来就存在于自然及社会中的这一现象,也是为了打破已经形成的平衡、对称、整齐之美。在平衡与不平衡,对称与不对称,整齐与不整齐之间达成一种更巧妙的更新的结合,从而更好地反映生活。

第三,在一与多这对矛盾中,一往往是主要矛盾面,诗人们往往借以表达其所要突出的事物。

第四,一与多虽然仅是数量上的对立,但也每在其中同时包含着其他一对或数对矛盾,因而能够表现更为丰富的内容。

第五,也有的一多对比或并举只限于显示不同事物在数量上的差异,双方并不存在互相依存的关系,但运用得合适,也能使不相干的事物发生联系,表达了诗人丰富的联想,也同样能给人以艺术上的满足。

这种表现方式,在空间艺术中是常见的。南宋马远的山水构图,将所画景物压缩在整个空间的某一角落里,而使其余部分形成大片空白,因此被称为马一角。清初的八大山人以及当代白石老人所画花卉中,也都出现过类似的布局。这是世人所共知共见的。但由于诗歌是时间艺术,它不用色彩、线条去直接塑造形象,而用语言这种符号来间接描绘形象,所以这种手段虽然也被广泛使用,但又容易被人忽略。这也许就是自来的理论批评家没有就这一现象加以深入探讨的原因。①

我们认为:从理论角度去研究古代文学,应当用两条腿走路。一是研究"古代的文学理论",二是研究"古代文学的理论"。前者是今人所着重从事的,其研究对象主要是古代理论家的研究成果;后者则是古人所着重从事的,主要是研究作品,从作品中抽象出文学规律和艺术方法来。这两种方法都是需要的。但在今天,古代理论家从过去的及同时代的作家作品中抽象出理论以丰富理论宝库并指导当时及后来创作的传统做法,似乎被忽略了。于是,尽管蕴藏在古代作品中的理论原则和艺术方法是无比的丰富,可是我们并没有想到在古代理论家已经发掘出来的材料以外,再开采新矿。这就使我们对古代文学理论的研究,不免局限于对它们的再认识,即从理论到理论,既不能在古人已有的理论之外从古代作品中有新的发现,也就不能使今天的文学创作从古代理论、方法中获得更多的借鉴和营养。这种用一条腿走路的办法,似乎应当改变;直接从古代文学作品中抽象出理论的传统方法,也似乎应当重新使用,并根据今天的条件和要求,加以发展。基于这种想法,我作了这样一次尝试。对一与多在古典诗歌中存在诸形态的探索,可能是失败的;但我

---

① 杜甫对广阔的天空飘着一片孤云,似乎特别感到兴趣,所以在诗中一再加以描绘。如《秦州杂诗》二十首之十六中说"晴天卷片云",《江汉》中说"片云天共远",《陪诸贵公子丈八沟携妓纳凉,晚际遇雨》中说"片云头上黑",《野老》中说"片云何意旁琴台"。而王辟之《渑水燕谈录》卷七,书画门云:"翟院深,营丘伶人,师李成山水,颇得其体。一日,府院张乐,院深击鼓为节,忽停挝仰望,鼓声不续。左右惊愕,太守召问之,对曰:'适乐作次,有孤云横飞,淡伫可爱。意欲图写,凝思久之,不知鼓声之失节也。'太守笑而释之。"这两位异代不同行的人所具有的共同爱好,虽不无巧合,但恰好证明艺术中的一多对比之美,诗画一致。

写此文的动机却希望得到理解,我的看法也希望引起讨论。

一九八一年十月,南京

研究与思考

延伸阅读

1. [日]吉川幸次郎著,章培恒等译《中国文学史一瞥》,载《中国诗史》,安徽文艺出版社,1986年。
2. 饶宗颐《汉字与诗学》,载《文辙》(上),台湾学生书局,1991年。
3. 周勋初《文学"一代有一代之所胜"说的重要历史意义》,载《文学遗产》2000年第1期。
4. 陈伯海《民族文学的特质》,载《中国文学史之宏观》第二章,中国社会科学出版社,1995年。
5. 钱穆《中国文化与中国文学》,载《中国文学讲演集》,巴蜀书社,1987年。
6. 陈世骧《论中国抒情传统》,载陈世骧《中国文学的抒情传统》,生活·读书·新知三联书店,2015年。

问题与思考

1. 中国文学有哪些基本特点?
2. 中国文学特征的形成与传统文化的关系是什么?
3. 学习中国文学史应该注意哪些问题?
4. 中国文学的研究如何开拓与创新?

研究实践

研究课题:

1. 从《诗经·关雎》看中国文学的若干特征。

2. 从《诗经·关雎》的解读探讨中国文学研究方法的开拓。

背景材料：

孔颖达《毛诗正义》。

朱熹《诗集传》。

方玉润《诗经原始》。

王先谦《诗三家义集疏》。

《论语》(朱熹《四书集注》本)。

方法提示：

1. 反复阅读该作品原文，达到背诵程度。
2. 仔细阅读汉、宋、清人对该诗的注释，并且留意其方法、重心、释义方面的联系和区别。
3. 结合孔子对该诗"乐而不淫，哀而不伤"的评论，体会其深意。
4. 将此诗与《郑风》中的情诗作比较。

思考方向：

1. 此诗与儒家"温柔敦厚，诗教也"的关系。
2. 分析此诗在艺术手法上"兴"的运用。
3. 分析此诗的双声、叠韵词。
4. 是恋情诗还是政治诗？
5. 此诗接受史的演变。

呈现形式：

1. 小论文。
2. 小型讨论。

第二章 神话与历史

导 论

迄今关于神话的定义相当之多,从历史的角度看,神话属于人类的先民,是不同的早期文明与民族的艺术形式和对自然与社会的解释,并且是维持其社会生活的重要工具;从思维方式的角度看,神话是一种以幻想为特征的巫术、宗教思维和文学、艺术思维,它至今仍存在于我们的社会生活当中。

按照西方文学史理论建构起来的现代中国文学史理论,也将神话作为文学史的开端。作为人类巫术时代信仰与文化的综合样式,神话并不是天生的文学作品,只是从文学史的角度看,神话中包含了最早的文学因素,因此神话被看作是人类最早的文学形式之一。对神话的研究还涉及另一个更为重要的领域,即文学乃至艺术的起源。同时,神话不仅是远古先民的文化形态,也是现代人类边缘群体的文化形态,甚至活跃于现代文明之中。所以,神话不仅是文学史研究的领域,而且与宗教学、美学、人类学、民俗学、考古学、民族学等学科有着密切的关联。研究神话要注意吸收诸多研究领域的研究方法与研究成果。

鲁迅的《中国小说史略》(1923年)第二篇《神话与传说》较早地用西方文学理论阐述了文学起源与神话的定义:

> 昔者初民,见天地万物,变异不常,其诸现象,又出于人力所能以上,则自造众说以解释之:凡所解释,今谓之神话。神话大抵以一"神格"为中枢,又推演为叙说,而于所叙说之神之事,又从而信仰敬

畏之,于是歌颂其威灵,致美于坛庙,久而愈进,文物遂繁。故神话不特为宗教之萌芽,美术所由起,且实为文章之渊源。

但是,当鲁迅根据西方的神话概念来审视中国古代神话时,他发现"如天地开辟之说,在中国所留遗者,已设想较高,而初民之本色不可见"。他认为造成中国神话仅存零星的原因在于华土之民重实际而黜玄想;孔子又以道德为教,不欲言鬼神,太古荒唐之说,俱为儒者所不道;此外,神鬼不别,人神淆杂,原始信仰无由蜕尽,因此传说日出而不已,旧有者于是僵死,新出者亦更无光焰①。

早期引入西方人类学神话理论对中国神话展开系统研究的是茅盾。从1918年到1930年前后,他从译介西方文艺思想的目的出发,进而探究中国古籍中的神话,陆续出版了《中国神话研究ABC》、《北欧神话ABC》、《神话杂论》等论著。他依据人类学的神话理论,注重探讨神话中所包含的民族心理。在此基础上,将中国神话与外国神话作了类型的比较,将中国神话划分为天地开辟的神话、日月风雨及其他自然现象的神话、万物来源的神话、记述神或民族英雄的武功的神话、幽冥世界的神话和人物变形的神话六大类型,通过比较中外神话类型的同异,分析不同的文化心理与民族精神。在承继了鲁迅观点的基础上,他还认为中国神话被修改的主要原因是历史化,即把神话变成了古史。他说:

> 一民族最古的史家大都认为神话乃本国最古的历史,希腊的希罗多德(Herodotus,纪元前482—前425)就是一例。不过最古的史家——历史之父——如果直录古代神话,不加修改,则后人尚可从中分别何者为神话,何者为真历史,而神话亦赖以保存。如果那史家对于神话修改得很多,那就不但淆乱了真历史,并且消灭了神话。不幸中国的古史家是最喜欢改动旧说的,以此我们的古史常动人怀疑,而我们的神话亦只存片断,毫无系统可言了。……但是我以为

---

① 参见鲁迅《中国小说史略》第二篇"神话与传说",人民文学出版社,1973年,第12～13页。

我们可以假定一个系统。这个假定的系统立脚在什么地方呢？我以为就可立脚在中国古史上。……史家虽然勇于改神话，而所改的，度亦不过关于神之行事等，而非神的世系——即所改者多为神话的内容而非神话的骨骼。①

此外，他认为神话中有些绝对不能改写附会为史事的内容，往往被古代的文学家、政论家、哲学家所引用，保存在《楚辞》、《山海经》、《庄子》等先秦两汉魏晋的典籍之中。

其后又有闻一多"站在民俗学的立场，用历史神话去解释古籍"②，他对《山海经》、《诗经》、《楚辞》和诸子中的神话作了深入的研究，并注重将这些古代神话与考古文物、少数民族传说和民间风俗进行广泛的比较，写出了《伏羲考》等著名的神话学论文。此外钟敬文从民间文学的领域以及袁珂从文献整理的领域对中国神话的研究也是硕果累累。新时期以来，西方的人类学、民俗学、民族学以及众多的哲学人文理论再次影响神话学的研究，一度呈现出繁荣的景象。

要之，由于中国的神话研究一开始就面临着西方神话的镜子，因此，中国神话在中国文学中的地位与意义是靠西方神话学的理论来建立的。但中国神话的独特面目，使得它不能成为西方神话理论普世化的完美例证，因此中国神话的系统与表述方式就成了研究领域中的重要问题。早期的研究者大都认为中国也有和西方一样的神话，但不像西方古代神话那样有系统，也不太具备远古先民的思想和艺术特征。他们将这一原因归之于古代史官、诸子和文学家们对神话采取了实用性的改写。但事实远非如此简单。

首先，中国传统文化中只有古史的概念而没有神话的概念。其次，考古学已经证明，中国文明的起源是多元的。从逻辑的角度看，远古中国的许多氏族文化中，应该有各自的神话及其仪式系统。但是由于中国早期的国家形态是夏、商、周三代迭进的氏族王国，因此，各自的史官制度与载籍中大多只记录本氏族（即占统治地位的王族或联盟氏族）的古史。这就是为何在《诗

---

① 茅盾《中国神话研究》。见茅盾《神话研究》，百花文艺出版社，1981年，第78页。

② 参刘烜《闻一多研究中国文学的独创性》，《中国文学研究现代化进程》，北京大学出版社，1996年，第474页。

经》这样的早期文献中只能见到姬姓周族和子姓殷族的祖先神话的原因。而到了春秋战国之际,氏族王国体制崩溃,异姓诸侯崛起,统一的郡县制国家形态在孕育之中。同此,覆盖在周族文化以下的异姓氏族文化纷纷复兴,涌入了载籍。而此际的文化教育也由官守普及到平民,旧的史官制度与书写体例瓦解,诸子、楚辞等个体作者出现,语言出现了个性化的倾向。因此,华夏各氏族的神话在进入载籍的同时也被改写,赋予时代的解说。最后又被再次整理为更有系统的古史。这就是为何女娲造人、伏羲造物、华夏各族皆出自炎黄谱系等有关人类、文明诞生的丰富神话反而产生于春秋末期至战国秦汉时代的典籍之中的原因。其目的在于建构华夏各族同出一源的大国家与大文明的信仰,为秦汉郡县制统一国家寻求文化根据。这便是以顾颉刚为首的古史辨派提出的"层累地造成的中国古史"给我们的启发。顾颉刚自己也曾运用这一十分辩证的史观研究、清理了中国上古史中的神话,他的《三皇考》、《孟姜女故事的转变》以及《庄子和楚辞中昆仑和蓬莱两个神话系统的融合》等涉及古史、传说和神话领域的论文都是神话史研究的杰作。本章所选张光直《商周神话之分类》一文将涉及中国神话的这一特有的重要问题。总之,中国的神话一方面是上古神话的遗存,一方面也是成熟的政治神话,他以古代信史的面目出现,少了些人类童年时代的幼稚色彩。

不仅上古的神话与古史难以分割,神话进入载籍与历史散文的发展也不可分割。不仅是远古口头流传的神话到了春秋战国时代被大量地记录和叙述,商周以来的文字记录形式到了春秋战国时代也产生了重大的分化与发展,因而春秋战国时代也是历史散文光彩四溢的时期。孟子曾说:"《春秋》,天子之事也。"这说明氏族王国制度中,统治氏族的神话传说(古史)和历史事件(近现代史)的记载皆执掌于王族官守。无论是《尚书》、《春秋》,还是甲骨文、青铜器铭文,它们记事、记言的简洁、典重的风格皆出自严格的史官书法,而早期儒家为补充、解释《春秋》而编纂《左传》等历史文献,开始改变传统史官制度的书写体例与风格,最大的变化便是从记录转向叙事与论说;通过叙事将事件的结构与意义展开,通过解释史例和议论史事对历史进行价值评判。书写的内容也从神灵、祖先、政治、道德的范围扩大到具体的事件、人物甚至心灵世界。其思想倾向与艺术手法皆奠定了后世历史散文的典范。而战国诸子、《战国策》等充满语言个性的典籍在叙述史事时,其叙述的真实性往往超越了历史的真实性,脱衍为散文的样式,直至《史记》的出现,形成了中国历史散文艺术的第一个高峰。

先秦两汉历史散文的研究不仅是中国古代文学史研究的重要内容,而且是中国传统的经、史之学和现代中国学术史研究的重要内容。《尚书》、《春秋》以及《左传》、《公羊传》、《谷梁传》是经学的组成部分,一直就是显学。《史记》、《汉书》也是中国史学的典范。东汉以降,各种注解、研究已蔚然大观。魏晋南北朝时期,文学自觉,骈文兴盛,文学的修辞形式与抒情性受到重视,有所谓的"文、笔之辨",历史散文往往被排斥于"文"的范畴之外。而唐宋以后,古文成为散文的主流样式,古文家皆奉先秦两汉历史散文为源头和范式之一,因而《尚书》、《左传》、《史记》、《汉书》以及其他先秦两汉历史散文如《国语》、《战国策》等也受到了重视与评判。20世纪以来,除了沿续并深化传统学术对先秦两汉历史散文的文献整理与问题考辨之外,西方的散文概念和散文理论被引入先秦两汉历史散文的研究之中。先秦两汉散文的文学性与非文学性以及他们的文学成就与艺术经验得到了新的发掘与阐述。本章所选的《左传叙事的倾向性》和《试论司马迁的散文风格》两篇文章将展示学术界在这方面的探索。但在西方散文理念的审视下,先秦两汉历史散文往往被抽离出他们的文化语境,被单纯地当作文学文本加以研判,有些研究成果尚缺乏整体的观照与亲切的评价。

还有一个值得关注的现象是,先秦时期对神话传说(古史)和历史的记叙,包括汉代的小说,都被后世的文学史家当作是讨论中国小说起源和早期小说的重要资料。尽管先秦两汉时期的小说概念与西方文学理论中的小说概念区别甚大,但《山海经》、《穆天子传》、《左传》、《战国策》包括诸子寓言等已是后世中国小说的重要源头。

选 文

商周神话之分类

张光直

导言——

本文选自张光直著《中国青铜时代》(三联书店,1983年)。

作者张光直(1931—2001),生于北平,原籍台湾台北。哈佛大学哲学博士。曾任美国耶鲁大学人类学系和哈佛大学人类考古系教授、主任。1994年任台湾"中央研究院"副院长。

这是一位著名的考古学家写的神话学论文。他在《导言》中,运用古史文献与现代考古成果这二重证据,吸取了中国现代"古史辨派"的历史观念,阐述了中国古史与神话之间的辩证关系,提出了处理中国神话文献的原则。接着,他便运用这个原则,探讨了中国古代神话的四大类型。这四大类型决非西方神话类型的套用,而是贯穿着中国神话的特点与演进过程。他用犀利的历史眼光和丰富的历史证据,揭示了中国古代社会文化形态的发展对神话主题的影响,特别是殷周之际与东周以降的社会大变革造成的神话变革。正如他自己所言:"我们不能仅仅在神话本身里兜圈子,而非得先把神话变化之文化变迁的背景说明不可。"应该说,这篇文章对中国的古史研究和神话研究极具指导价值。

导 言

在20世纪20年代期间,疑古派与信古派的官司,今天已经不必再打,这是我们这一代学者的幸运。今天凡是有史学常识的人,都知道《帝系姓》、《晋语》、《帝系》、《五帝本纪》,与《三皇本纪》等古籍所载的中国古代史是靠不住的,从黄帝到大禹的帝系是伪古史。从1923年顾颉刚的《与钱玄同先生论古史书》与1924年法国汉学家马伯乐的《书经中的神话传说》以后,我们都知道所谓黄帝、颛顼、唐尧、虞舜、夏禹都是"神话"中的人物,在东周及东周以后转化为历史上的人物的。"古史是神话"这一命题在今天已经是不成其为问题的了。①

但是，在另一方面，这些神话资料又当怎样研究，却仍是一个不得解决的问题。"疑古"的气氛极浓的时候，大家颇有把伪古史一笔勾销，寄真古史之希望于考古学上的趋势。② 考古学在华北开始了几年，史前的文化遗物开始出现以后，史学家逐渐对考古资料感觉失望起来，因为在这些材料里，固然有石斧有瓦罐，但可以把黄帝、尧舜等古史人物可以证实的证据之发现，似乎渐渐成为一个渺茫的希望。20世纪30年代以后，有的史学家似乎逐渐采取了"各行其是"的态度——考古者考其古史，而神话资料上亦可以"重建"先殷古史。换言之，传统的先殷古史是神话，但其材料可以拿来拆掉重新摆弄一番，建立一套新的先殷古史。③ 这一类的工作，有蒙文通的三集团说④、徐炳昶的

---

① 对于古史的怀疑，其实在东周记述古史的时代就已经开始，见顾颉刚《战国秦汉间人的造伪与辨伪》，《史学年报》第2卷，第2期，第209～248页，1935年。但是，把古史传说当作商周时代的神话加以科学性的分析与研究，则似乎是20世纪的新猷。在这方面开山的论著，从中国古代神话史研究史来看，始于1923年顾颉刚《与钱玄同先生论古史书》(《努力》杂志增刊《读书杂志》第9期，收入《古史辨》第一册)，及1924年Henri Maspero: Légendes mythologiques dans le *Chou King* (*Journal Asiatique*, t. 204, pp. 1～100, 1924)。接着出现的早期论著，有沈雁冰《中国神话研究》(《小说月报》第16卷第1号，第1～26页，1925年)、Marcel Granet: *Danses et Légendes de la Chine Ancienne* (2 t., Travaux de l'Année Sociologique, Paris, Librairie Félix Alcan, 1926)、顾颉刚编《古史辨》第一册 (北平朴社，1926年)、Eduard Erkes: "Chinesisch-amerikanische Mythenparallelen" (*T'oung Pao*, n. s. 24, pp. 32～54, 1926)、John C. Ferguson: "Chinese Mythology" (*in*: *The Mythology of All Races*, Vol. 8, Boston, 1928)、玄珠《中国神话研究ABC》(两卷，上海，世界书局，1928年) 及冯承钧《中国古代神话之研究》(《国闻周报》第六卷，第9～17期，天津，1929年)。这些文章与专著，可以说是把"古史是神话"这一个命题肯定了下来，并进一步代表研究这些神话资料的各种途径。民国二十年(1931)以后，神话学者开始作深入的专题研究，但我们可以说中国现代古神史研究的基础是奠立于民国十二年到十八年(1923～1929)这七年之间。
② 如李玄伯《古史问题的惟一解决方法》，《现代评论》第1卷第3期，1924年。(收入《古史辨》第1册)。
③ 李玄伯先生在1924年时主张"古史问题的惟一解决方法"是考古学，但到了1938年出版了《中国古代社会新研》(上海开明书局)，几乎全部用的纸上的史料，可以代表史学界态度的一个转变。
④ 蒙文通《古史甄微》，上海，商务印书馆，1933年。

三集团说①,傅斯年的夷夏东西说②,以及 W. Eberhard 氏的古代地方文化说。③ 新的先殷古史,固然仍使用老的材料,但都是经过一番科学方法整理以后的结果,其可靠性,比之传统的神话,自然是大得多了。

从一个考古学者的立场来说,这些史学家对考古研究所能达到的"境界"的怀疑是有根据的,因为先殷的考古学恐怕永远是不能全部说明中国上古神话史的。考古学的材料是哑巴材料,其中有成群的人的文化与社会,却没有英雄豪杰个人的传记。假如夏代有文字,假如考古学家能挖到个夏墟,也许将来的考古学上能把三代都凑齐全也说不定。但绝大部分的神话先殷史,恐怕永远也不可能在考古学上找到根据的。这是由于考古这门学问的方法和材料的性质使然,是没有办法的事。

但是上面所说,恐怕先殷的考古永远不可能证实先殷的神话,并不是仅仅着眼于考古学的性质所下的断语。我们说先殷考古中很难有先殷神话的地位,主要的理由是:所谓先殷神话,就我们所有的文献材料来说,实在不是先殷的神话,而是殷周时代的神话。固然殷周时代的神话所包含的内容,是讲开天辟地以及荒古时代一直到商汤以前的事迹,但就我们所知所根据的材料而言,它们实在是殷周人所讲的。殷周人的神话无疑是殷周文化的一部分,但它们未必就是先殷的史实,甚至不一定包括先殷的史料在内。先殷的考古固然未必能证实殷周时代的神话,但殷周的考古与历史则是研究殷周神话所不可不用的文化背景。很多的史学家恐怕是上了古人的当:殷周人说他们的神话记述先殷的史实,我们就信以为然,把它们当先殷的史料去研究;研究不出结果来,或研究出很多古怪或矛盾的结果来,都是可能的。因此,我们觉得,研究中国古代神话的一个基本出发点,乃是:殷周的神话,首先是殷周史料。殷周的神话中,有无先殷史料,乃是第二步的问题。举一个例:周神话中说黄帝是先殷人物;但我们研究周代史料与神话的结果,知道黄帝乃是"上

---

① 徐炳昶《中国古史的传说时代》,上海,中国文化服务社,1943 年初版,1946 年再版。徐氏对"重建上古史"的态度,见上书第一章《论信古》,及与苏秉琦合著的《试论传说材料的整理与传说时代的研究》,《国立北平研究院史学研究所史学集刊》第 5 期,第 1~28 页,1947 年。
② 傅斯年《夷夏东西说》,《庆祝蔡元培先生六十五岁论文集》。
③ Wolfram Eberhard: *Lokalkulturen im alten China*, I (Leiden, 1942), II (Peiping 1942).

帝"的观念在东周转化为人的许多化身之一。① 因此,如果我们把黄帝当作先殷的历史人物或部落酋长,甚至于当作华夏族的始祖,岂不是上了东周时代人的当?

我们在上面确立了"先殷古史是殷周神话"的前提,第二步便不能不接着问:什么是"神话"? 殷周史籍里哪些材料是神话的材料?

稍微浏览一下神话学文献的人,很快地就会发现:研究神话的学者对"什么是神话"这个问题,提不出一个使大家都能满意接受的回答。再进一步说,我们甚至不能笼统地把神话的研究放在某一行学问的独占之下:文学批评家、神学家、哲学家、心理学家、历史学者、人类学家、民俗学家,以及所谓"神话学家",都研究神话而有贡献。自从开始学人类学这一门学问以来,我逐渐发现,在我自己有兴趣研究的题目中,只有两个是几乎所有的人文社会科学者都感觉兴趣,喜欢从事研究的:一是城市发达史,二是神话。写这两个题目中的任何一个,或是其范围之内的一个小问题,有好处也有坏处。好处是志同道合的人多,可以互相切磋琢磨;坏处是写起来战战兢兢,牵涉不少人的"本行",挑错的人就多。

为什么神话的研究具有这种魔力? 固然我不想给神话下一个一般的定义,却不能不把本文挑选神话材料的标准申述清楚;换言之,也就是说明所谓"神话材料"有哪些特征。这个说明清楚以后,我们就不难看出何以神话的研究使如许众多的学科都发生兴趣。

第一,我们的神话材料必须要包含一件或一件以上的"故事"。故事中必定有个主角,主角必定要有行动。② 就中国古代神话的材料来说,一个神话至少得包含一个句子,其中要有个句主,有个谓词,而谓词又非得是动词。假如在商周文献里我们只能找到一个神话人物的人名或特征(譬如说"夔一足"),或只能找到两个神话人物的关系(譬如帝某某生某某),我们就没法加以讨论。

其次,神话的材料必须要牵涉"非常"的人物或事件或世界——所谓超自然的,神圣的,或者是神秘的。故事的主角也许作为一个寻常的凡人出现,但他的行动或行为,则是常人所不能的——至少就我们知识所及的范围之内来说。也许故事所叙述的事是件稀松平常的事——人人会做的——,但那做事

---

① 如杨宽《中国上古史导论》,《古史辨》第七册。
② Claude Lévi-Strauss, *Anthropologie structurale*, Paris, Plon, 1958, pp.228~235.

的人物则是个非凡的人物或与非凡的世界有某种的瓜葛牵连。换句话说,在我们的眼光、知识、立场来看,神话的故事或人物是"假的",是"谎"。

但神话从说述故事的人或他的同一个文化社会的人来看却决然不是谎!他们不但坚信这些"假"的神话为"真"的史实——至少就社会行为的标准而言——而且以神话为其日常生活社会行动仪式行为的基础。① 这也是我给神话材料所下的第三个标准。

从商周文献里找合乎这三个条件的材料,我们就可以把它当作神话的材料,否则就不。说来这些"标准"好像有些含糊,有些飘荡,但在实际上应用起来则是非常清楚明白的。开天辟地的故事显然是神话故事,而中国上古这些故事并不多见。常见的是圣贤英雄的事迹;这些事件只要是带有"超凡"的涵义,同时在商周的社会中又有作为行为之规范的功能,则我们就把它看做神话的材料。在下文对商周的神话具体的叙述中,什么是商周神话,就将表露得清楚明白。事实上,当我们选择神话材料的时候,很少会有游移的决定。

从本文所用的神话之选择标准——事实上也与其他学者选择其他民族或文明的神话之标准极相近或甚至于相同——看来,我们很清楚地就看出何以神话的研究引起许多学科的共同兴趣。首先,任何的神话都有极大的"时间深度":在其付诸记载以前,总先经历很久时间的口传。每一个神话,都多少保存一些其所经历的每一个时间单位及每一个文化社会环境的痕迹。过了一个时间,换了一个文化社会环境,一个神话故事不免要变化一次;但文籍中的神话并非一连串的经历过变化的许多神话,而仍是一个神话;在其形式或内容中,这许多的变迁都压挤在一起,成为完整的一体。因此,对历史变迁有兴趣有心得的学者,以及对社会环境功能有兴趣有心得的学者,都可以在神话的研究上找到他们有关的材料与发挥各自特殊的心得。同时,就因为神话的这种历史经历,它一方面极尖锐地表现与反映心灵的活动,另一方面又受到社会文化环境的极严格的规范与淘汰选择。完备而正当的神话研究,因此,必须是心体二者之研究,兼顾心灵活动与有机的物质关系,兼顾社会的基本与文化的精华。照我个人的管见,神话不是某一门社会或人文科学的独占

---

① David Bidney, *Theoretical Anthropology*, Columbia University Press, 1953, pp.294, 297;Read Bain, "Man, the myth-maker", *The Scientific Monthly*, Vol.65, No.1, 1947, p.61.

品,神话必须由所有这些学问从种种不同的角度来钻研与阐发。因此我也就不能同意若干学者①对过去神话研究之"单面性"的批评:神话的研究只能是单面性的。②

因为有这个悲观式的看法,我要在这里赶快强调:本篇各文的研究多是单面性的研究。在这里我只提出下面的几个问题以及自己对这些问题所作的解释,而没有解决其他问题的野心:我们对商周文献中神话的资料可以作怎样的研究?这些研究对先殷文化史及商周文化史可有何种的贡献?商周神话研究与商周考古研究可以如何互相发明辅翼?为了试求这些个问题的解答,下文的研究自然要受到资料与方法两方面的限制。因此,在提出本文之研究内容以前,我们不得不先把资料的性质以及方法论上的若干基本问题作一番初步的说明。

本文所讨论的资料的时代为商周两代;周代包括西周与东周。传统的古史年代学上商周二代的年代分别为公元前 1766—公元前 1122,及公元前 1122—公元前 221。近年来学者之间对商代始终之年颇多异议,但似乎还未得到公认的定论。商周二代自然都是有文字记录的文明时代,并且大致言之,都是考古学上的所谓青铜时代,虽然自春秋末年以后铁器已经大量使用。

商周二代的所谓"文字记录",照我们对当时文明的理解来推论,大部分是书之于竹或木制的简册之上。③ 这些商周的简册今日所存的极为罕少;而所存者其所包含的历史材料为量又极为有限。在商代,文字亦书之于占卜用的甲骨上,常包含不少商代文化社会上的资料,尤以宗教仪式方面的为多;这

---

① Ihan H. Hassan, "Toward a Method in Myth", *Journal of American Folklore*, Vol. 65, 1952, p. 205;Richard Chase. *Quest for Myth*, Baton Ronge, Louisiana State University Press, 1949;E. Cassirer, *Myth of the State*, London, 1946, p. 35.
② Joseph Campbell, *The Hero with a Thousand Faces*, New York, Pantheon Books, 1949, p. 381.
③ 参看 T. H. Tsien(钱存训), *Written on Bamboo and Silk, the Beginnings of Chinese Books and Inscriptions*, The University of Chicago Press, 1962;陈槃《先秦两汉简牍考》,《学术季刊》第 1 卷第 4 期,第 1~13 页,1953 年;陈槃《先秦两汉帛书考》,《"中央研究院"历史语言研究所集刊》第 24 期,第 185~196 页,1953 年;容庚《商周彝器通考》,北平,哈佛燕京学社,1941 年;李书华《纸未发明以前中国文字流传工具》,《大陆杂志》第 9 卷第 6 期,第 165~173 页,1954 年;孙海波《甲骨文编》,北平,哈佛燕京学社,1934 年,及金祥恒《续编》,1959 年。

种甲骨文字在西周以后就行衰落,迄今很少发现。商周两代的铜器亦常铸有文字,多为颂圣纪功记录赏赐的词句,但各代文字的内容颇有不同,所包括的历史资料之量亦因代而异。除了这三种最常见的文字记录——简册、甲骨、吉金——以外,商周文字有时亦书写在其他物事之上,如陶器、兽骨及纸帛,但这类文字所存尤少。除文字记录以外,古人直接留下来的史料,自然以考古学家所研究的对象——遗迹遗物——为大宗,而其中也有若干相当直接的表达古人的思想观念,尤其是宗教神话方面的思想观念,如青铜器或陶器上的装饰艺术。

专就神话的研究来讲,我们的资料很少来自这些古人直接记录其上的文字典籍;我们所知的商周神话,绝大多数来自纸上的史料——这些史料在商周时代为口传及手缮,而传到后代为后人书之于纸或刊之于梓。我们今日将这些纸上的史料当做商周的史料来研究,就不得不涉及它们的年代问题以及真伪问题。不用说,这些问题有不少是未解决的,而且有许多也许是解决不了的。

再专就神话的研究来讲,我们也许可以把古书之真伪及其年代问题分为两项大问题来讨论:(一)世传为商周的文献是否真为商周文献,其在商周二代 1500 年间的年代先后如何?(二)东周以后的文献是否有代表先秦史料而晚到东周以后才付诸载籍的?这两项问题看来简单,但每一个古代史的学者无不知其复杂与聚讼纷纭。我自己对古书之真伪及其年代考这一个题目,尤是外行。让我们先来看看,在这个大问题之下有些什么事实,而这些事实包括些什么较小的问题。①

在现存的历史文献中,真正的商代文献恐怕是不存在的。《书经》里的《汤誓》、《盘庚》、《高宗肜日》等历来认为是商代的几篇,至少是非常的可疑。其中或许有少数的句子,或零碎的观念,代表商代的原型,但其现存的形式无疑是周人的手笔。《诗经》里的《商颂》多半是东周时代宋国王公大夫的手笔,所包含的内容也许不无其子姓祖先的遗训,但其中的资料自然最多只能当做支持性的证据来用。因此,要研究商代的宗教和神话,我们非用卜辞来做第一手的原始资料不可。比起商代来,西周的情形好不了多少。《书经》里少数

---

① 关于古书的真伪及其年代问题的主要参考著作,在此无法一一列举。下文除特别的说法以外,其出处概不列举。

的几篇和《诗经》中的一小部分(尤其是《雅》),多半可以代表这个时代的真实文献。除此以外,西周的史料则零碎而不尽可靠。商代的卜辞到西周又成了绝响。幸而西周时代颇有几篇金文可用,可以补文献资料之不足。在商与西周二代,我们研究神话所用的资料,就只限于这几种。读者或觉此种限制失之太严。诚然,但严格精选的资料,可信性高,谈起来我们可以富有信心。拣下来的次一等的资料,也许可以做辅助之用。

到了东周,尤其是战国时代,我们可用的资料在数量上陡然地增加。在《诸子》(尤其是《论语》、《老子》、《庄子》及《孟子》)、《诗》、《书》、《春秋三传》(尤其《左传》)、《国语》及《楚辞》中,可以确信为先秦时代的部分很多,其中又有不少富有神话的资料。《山海经》、《三礼》和《易》,尤有很多先秦宗教与神话的记载。《史记》常用的《世本》显然是本先秦的书,虽然泰半佚失,仍有不少辑本可用。晋太康间河南汲县魏襄王冢出土的简册,包括《周书》(《逸周书》)、《纪年》、《琐语》及《穆天子传》等,固然也多半不存,所谓"古本"的辑文也未必代表先秦的本貌,而现存诸书中无论如何一定包括不少先秦的资料。

东周时代神话研究资料之陡然增加,固然是一件令人兴奋的事实,却也带来一个不小的令人头痛的问题。这个问题在我们讨论东周以后的文献资料——其中包含先秦文献所无的神话资料尤多——时,就更为显明。这一问题已在上文略略提到:若干商与西周时已经流行的神话,到了东周方才付诸记录的可能性如何?若干商周两代已经流行的神话到了汉代方才付诸记录的可能性又如何?换言之,我们是否可以东周的文献中所记的部分资料当做商或西周的神话来研究?又是否可以把东周以后的若干新资料当做商周的神话来研究?① 要回答这些问题,我们显然要把有关的典籍拿出来逐一讨论。一般而言,我们的回答似乎不出下面的三者之一:

(一)商与西周之神话始见于东周者,及商周之神话始见于秦汉者,为东周与秦汉时代的伪作,适应当时的哲学思想与政治目的而产生,因此不能为商与西周之史料。

---

① 见沈雁冰《中国神话研究》,《小说月报》第 16 卷第 1 期,第 22 页,1925 年;Bernhard Karlgren, "Legends and Cults in Ancient China", *Bulletin of the Museum of Far Eastern Antiquities*, No.18, 1946;及 W. Eberhard 对 Karlgren 一文之 Review (*Artibus Asiae*, Vol.9, pp.355~364,1946)中之讨论与辩论。

(二) 东周以后文字与知识普及,文明版图扩张,因此下层阶级与民间之神话以及若干四夷之神话到了东周时代为中土载籍所收,其中包括不少前此已经流传的故事,因此可为前代神话资料之用。

(三) 不论后代所记之神话为当代之伪作或为前此口传故事之笔述,东周时代付诸记录之神话无疑为东周时代流行之神话,而可以作为——且应当作为——东周时代之神话加以研究。这些神话是否在东周以前已经有了一段口传的历史,对东周本身神话之研究无关,而对东周以前神话之研究的贡献亦在可疑之列。

上述三种可能的答案之中,第(三)显然是我的选择。这种选择无疑代表一种个人的偏见,但我对这种偏见可以加以下述的解释。

首先,最重要的一点是我同意大多数研究神话学者把神话当作文化与社会的一部分的观念:神话属于一定的文化与社会,为其表现,与其密切关联。譬如东周的神话在东周时代的中国为中国文化活生生的一部分,而可以,甚至应当,主要当作东周时代中国文化之一部分加以研究。对商代的及西周的神话,我们所取的态度也是一样的。从现存的证据的肯定方面来说,我们就知道什么是商、西周与东周时代的神话资料。这三段时期的神话资料多半不完备,不能代表当时神话的全部;任何时候如有新的资料可以利用,我们便加以利用,加以补充。新资料积到一种程度使我们非修改我们对当代神话的了解不可的时候,我们便作适当的修改。假如我们采取"等待"的态度,也许我们就永远不必作古代神话的研究,因为资料完备的那一天我们也许永远等待不到。后代的资料,对前代的神话,只有补充参考的价值,因为前代自有前代的资料,而后代的资料主要是后代神话的一部分。

其次,我们对于商周文化的发展,从考古资料与历史资料为基础,事实上已有了一个相当清楚的认识。我们在研究每一代的神话时,并非仅用当代的神话资料作孤立的研究,而实际上对每一个朝代的神话之文化与社会的背景已经有了相当的了解。假如某一种神话在某一时期之缺如,在当时的文化社会背景来说是"合乎时代潮流"的,而其存在则是在其文化社会背景上难以解释的,则其缺如多半就不是偶然的现象。换言之,我们在作神话史的解释时,有文化史的一般基础为核对的标准,并不是在作猜谜或是游戏。

最后的一个理由,是商周神话史的本身,的确已有相当丰富的材料,纵然这些资料绝非完备,而且事实上也永远不会完备。自商代开始,我们从文字记录上已经可以看到一部商周文明各方面的资料；固然各种文字记录——典册、卜辞、金文，以及其他——保存的机会不等，专就其内容而言，我们实在没有根据来主张，保存下来的资料与未经保存的文献，记录全部不同的事件。换言之，我们没有根据来主张：现存的文献多保存非神话的部分，而佚失的文献里才有神话的记录。在商周时代神话为文化的前锋，其记录发见于各种的典籍。现存史料中的神话资料很可能即代表当时社会上扮演重要作用的神话的一大部分。因此，现存史料中特殊神话之"有无"本身即具有极大的意义。

上文的说法，并非主张研究商周神话的资料在目前已经齐备了。事实上，如上文屡次强调，离齐备的一天还远。但在最近的将来，大批新史料的出现，虽非绝无可能，似乎是颇为渺茫的指望；同时，我相信，根据现有的资料我们已经可以把商周神话史作一个合理的解释。

商周神话史包括的范围甚广，牵涉的资料亦多。本篇就上文所界说的商周神话资料作一历史性的分类，下篇系对各类神话在商周二代之内的演变，作一个初步的诠释。神话之分类，一如任何文化现象之分类①，可以从不同的标准，作不同的归类，服用于不同之目的。本文分类的目的，是为历史解释上方便而作的，在下篇的讨论中可以明了。

我想把商周的神话分为四类：自然神话、神仙世界的神话与神仙世界之与人间世界分裂的神话、天灾的神话与救世的神话及祖先英雄事迹系裔的神话。② 这四类神话之间的界限自然不能极清楚地完全分开，而相当程度的叠合是常规而非例外。下文把这四类神话分别叙述，并讨论其各自在商周史上出现的程序。

一、自然神话

任何古代文明都有其一套特殊的对自然界的观念，但各文明之间之对自

---

① Clyde Kluckhohn,"The use of typology in anthropological theory", *Selected Papers of the Fifth International Congress of Anthropological and Ethnological Sciences* (Anthony F.C. Wallace ed.), University of Pennsylvania Press, 1960, p.134.
② 关于中国神话的若干其他分类法，见沈雁冰《中国神话研究》；玄珠《中国神话研究ABC》；郑德坤《山海经及其神话》，《史学年报》，第1卷第4期，1932年，第134页；出石诚彦《支那神话传说の研究》，东京，中央公论社，昭和十八年，第18～63页；森三树三郎《支那古代神话》，京都大雅堂，昭和十九年。

然界秩序的看法与将自然神化的方式，则各因其文化与社会的特征而异，而且随文化与社会之变化而变化。从殷商的卜辞与东周的文献（如《周礼·大宗伯》），我们对商周的自然秩序的观念，颇有资料可供研究；而最要紧的一点，是在商周二代之内，自然观念与和自然有关的宗教信仰与仪式行为上都发生了显著的变化。这个问题我不想在此地详述，但只想从自然神话上指出若干与本题有关的重要的端倪出来。

商代卜辞中有对自然天象的仪式与祭祀的记录，因此我们知道在商人的观念中自然天象具有超自然的神灵，这些神灵直接对自然现象，间接对人事现象具有影响乃至控制的力量。诸神之中，有帝或上帝；此外有日神、月神、云神、风神、雨神、雪神、社祇、四方之神、山神与河神——此地所称之神，不必是具人格的；更适当的说法，也许是说日月风雨都有灵（spirit）。① 在商代的神话传说中，也许这些自然神灵各有一套故事，但这些故事，假如曾经有过，现在多已不存。商代的自然观念大体上为周人所承继，如《诗经》与《周礼》中对自然诸神之记载所示。此外，星在周人观念中也有神的地位，② 而其在商代文献中的缺如也许只是偶然的。商周两代文献中对这些自然神的神话，非常稀少，现存的只有有关上帝、帝廷、"天"的观念，及日月神的零星记述。

卜辞中关于"帝"或"上帝"的记载颇夥。③ "上帝"一名表示在商人的观念中帝的所在是"上"，但卜辞中决无把上帝和天空或抽象的天的观念联系在一起的证据。卜辞中的上帝是天地间与人间祸福的主宰——是农产收获、战争胜负、城市建造的成败，与殷王福祸的最上的权威，而且有降饥、降馑、降疾、降洪水的本事。上帝又有其帝廷，其中有若干自然神为官，如日、月、风、雨；帝廷的官正笼统指称时，常以五为数。帝廷的官吏为帝所指使，施行帝的意旨。殷王对帝有所请求时，决不直接祭祀于上帝，而以其廷正为祭祀的媒介。同时上帝可以由故世的先王所直接晋谒，称为"宾"；殷王祈丰年或祈天气时，

---

① 陈梦家《殷虚卜辞综述》，1956 年，第 561 页；陈梦家《古文字中之商周祭祀》，《燕京学报》第 19 期，1936 年，第 91～155 页；陈梦家《商代的神话与巫术》，《燕京学报》第 20 期，第 485～576 页，1936 年。
② 《诗·小雅·大东》："维天有汉，监亦有光。跂彼织女，终日七襄。虽则七襄，不成报章。睆彼牵牛，不以服箱。"
③ 陈梦家上引诸著；又见胡厚宣《殷卜辞中的上帝和王帝》，《历史研究》，1959 年第 9、10 期。

诉其请求于先祖,先祖宾于上帝,乃转达人王的请求。事实上,卜辞中上帝与先祖的分别并无严格清楚的界限,而我觉得殷人的"帝"很可能是先祖的统称或是先祖观念的一个抽象。在这个问题上,以后还要详细讨论。在这里我们只须指出,商人的此种上帝观念,并未为西周全副照收。周人的观念中也有上帝,周人的上帝也是个至尊神,但周人的上帝与"天"的观念相结合,而与先祖的世界之间有明确的界线。

日、月之名,都见于卜辞为祭祀的对象,但同时卜辞中又有"东母"与"西母"。①《山海经》中上帝称为帝俊,②在帝俊之诸妻中,有一个羲和,"生十日"(《大荒南经》),又有一个常羲,"生月十有二"(《大荒西经》)。《楚辞》的《离骚》,有"吾令羲和弭节兮,望崦嵫而勿迫"之句,是以羲和为日神(王逸《楚辞注》说羲和为"日御"之说或为后起),但《九歌》则称日为"东君"。卜辞中的"西母",或许就是东周载籍中所称的"西王母",为居于西方昆仑山中的一个有力的女王,与其月神的本貌已经相差遥远了。《山海经》里的西王母,"其状如人,豹尾虎齿而善啸,蓬发戴胜,是司天之厉及五残"(《西山经》),或"梯几而戴胜杖,其南有三青鸟,为西王母取食"(《海内北经》),或"戴胜虎齿而豹尾,穴处"(《大荒西经》)。但《穆天子传》里的西王母,则为穆王"享于瑶池之上,赋诗往来,辞义可观"(郭璞注《山海经》序)。

上面所叙述的是商周文献中所见的零星的关于自然世界的神话,似乎是文明开始以前原始中国社会泛灵信仰的遗留与进一步的发展。至于宇宙自然现象构成之来源的解释,所谓"创世神话",则在东周以前的文献中未存记录。这一点反面的证据,绝不足证明商殷与西周两代对宇宙生成的来源不感兴趣。但是这种现象似乎正面的可以说明,这种兴趣似乎到了东周时代才普遍付诸记录。为什么?这是个值得一问的问题。

在东周人的观念中,宇宙在初形之时是一团混沌,无有边际,无有秩序。《淮南子·精神篇》说:"古未有天地之时,惟像无形,窈窈冥冥,芒芠漠闵,澒

---

① 陈梦家《古文字中之商周祭祀》,第122、131~132页。
② 玄珠《中国神话研究 ABC》下册,第86页云:"中国神话的'主神',大概就是所谓帝俊"。郑德坤《山海经及其神话》,第146页云:"他(帝俊)在人事界占了很重要的位置,他的威权可以称为诸神之元首……可是他只见于《山海经》而别处反不见。"此外又见郭沫若《青铜时代》(重庆文治出版社,1945年,第8~9页)及徐炳昶《中国古史的传说时代》二氏的讨论。

濛鸿洞,莫知其门"的说法,固然是汉人的宇宙观,但从《天问》"上下未形,何由考之,冥昭瞢闇,谁能极之"的两问,可见在东周时代,这种天地初为混沌的说法已经占有很大的势力。这种混沌的状态之形成天地分明,万物俱立的自然世界,在东周的神话里有两种不同的解释,我们姑称之为"分离说"与"化生说"。

分离说的原则是细胞分裂式的:原始的混沌为"一","一"分裂为"二","二"在若干文献中称为阴阳。阴阳二元素再继续分裂成为宇宙万物。这种宇宙创造的神话在世界各地分布甚广,一般称为"世界父母型"(world parents)的神话,但在先秦的文献中没有这种神话的完整形式,虽然先秦诸子的哲学思想中颇富这类的观念。《老子》说"道生一,一生二,二生三,三生万物;万物负阴而抱阳,冲气以为和";《易·系辞》云"易有太极,是生两仪,两仪生四象,四象生八卦"。这种哲学思想的后面,很可能也有神话的支持;《天问》说:"阴阳三合,何本何化?"《庄子·应帝王》有儵忽二帝为混沌开窍的寓言,也许都可表示若干的消息。《天问》中又提到天以八柱或鳌鳖负天盖之事:"斡维焉系,天极焉加,八柱何当,东南何亏?""鳌戴山抃,何以安之?"都表现东周时代对天地组织的神话观念。这些零星的东周时代的分离说的宇宙形成与组成的神话,在汉代及三国的文献中发展成完整的世界父母型神话,如伏羲女娲传说①,及盘古开天辟地传说②。至于这种神话的成分在商与西周时代是否存在,是个目前不易解答的问题。世界父母型神话在世界分布之广③,或表示其起源时代之古;商代安阳西北冈殷王大墓出土木雕中有一个交蛇的图案④,似乎是东周楚墓交蛇雕像与汉武梁祠伏羲女娲交蛇像的前身。

化生说则在东周文献中比较多见,但这种神话所解释的宇宙形成经过只是比较个别的现象。其主要内容是说若干自然现象是由一个神秘的古代生物身体之诸部分化生而成的。《山海经》里提到三种这类的神物:(1)烛阴,

---

① 闻一多《伏羲考》,《神话与诗》,1956年,第3~68页。
② 《太平御览》卷二引徐整《三五历记》:"天地混沌如鸡子,盘古生其中,万八千岁,天地开辟,阳清为天,阴浊为地,盘古在其中,一日九变,神于天,圣于地,天日高一丈,地日厚一丈,盘古日长一丈,如此万八千岁,天数极高,地数极深,盘古极长,故天去地九万里。"
③ Anna B. Rooth, "The Creation Myths of the North American Indians". *Anthropos* Vol.52, No.3/4, p.501.1957.
④ Li Chi, *The Beginnings of Chinese Civilization*, Seattle, the University of Washington Press, 1957, p.26.

"钟山之神,名曰烛阴,视为昼,瞑为夜,吹为冬,呼为夏,不饮不食不息,息为风,身长千里,在无䏿之东;其为物,人面蛇身,赤色,居钟山下"(《海外北经》)。(2)烛龙,"西北海之外,赤水之北,有章尾山,有神人面蛇身而赤,直目正乘,其瞑乃晦,其视乃明,不食不寝不息,风雨是谒,是烛九阴,是谓烛龙"(《大荒北经》)。《天问》也说:"日安不到,烛龙安照?"(3)女娲,"有国名曰淑士,颛顼之子,有神十人,名曰女娲之肠(或作腹),化为神"。

在《山海经》中,女娲虽然未尝化生为自然现象,但由《天问》"女娲有体,孰制匠之?"来看,女娲对世界或人类的产生必曾有过相当重要的贡献。东汉应劭《风俗通义》说女娲抟黄土作人;许慎《说文》说"娲,古神圣女,化万物者也",似乎都代表东周化生说宇宙神话的残留。三国时代所记盘古"垂死化身"的故事,便是这一系神话发展完全的形式。①

二、神仙世界及其与人间世界分裂的神话

历殷周两代,历史文献中都有关于一个神仙世界的神话,与这种神话一起的还有关于生人或先祖之访问这个世界的信仰。但是,在早期这个访问,或人神之交往,是个轻而易举的举动;时代越往后,神仙世界越不易前往,甚至完全成为不可能之事。

如上所述,卜辞中称先祖之谒上帝为宾,事实上先祖亦可以宾于自然界诸神。② 这种现象,一直到东周的文献中仍可见到:《尧典》说尧"宾于四门";《孟子·万章》说"禹尚见帝……迭为宾主";《穆天子传》卷三说"天子宾于西王母"。尤其重要的一段神话是关于启的。《山海经·大荒西经》:

> 赤水之南,流沙之西,有人珥两青蛇,乘两龙,名曰夏后开。开上三嫔于天,得九辩与九歌以下。此穆天之野,高二千仞,开焉得始歌九招。

---

① 《绎史》卷一引徐整《五运历年记》:"首生盘古,垂死化身,气成风云,声为雷霆,左眼为日,右眼为月,四肢五体为四极五岳,血液为江河,筋脉为地里,肌肉为田土,发髭为星辰,皮毛为草木,齿骨为金石,精髓为珠玉,汗流为雨泽,身之诸虫因风所感化为黎甿。"《广博物志》卷九引《五运历年记》:"盘古之君,龙首蛇身,嘘为风雨,吹为雷电,开目为昼,闭目为夜。"
② 陈梦家《综述》,第573页;《古文字中之商周祭祀》,第122页。

所谓"九辩九歌",即是仪式上的礼乐,而这个神话是中国古代神话很罕见的一个 Malinowski,所谓的"执照"(charter)的例子。《楚辞·天问》说:"启棘宾商(帝),九辩九歌。"郭璞注《山海经》引《竹书》也说:"夏后开舞九招也。"

东周的文献中,除了这种人神交往的神话之外,还有不少关于一个与凡俗的世界不同的世界的记录;这个世界常常是美化了与理想化了的,为神灵或为另一个境界中的人类所占居,偶然也可以为凡人所达。这种美化的世界似乎可以分为三种:

其一为神仙界,如《天问》、《穆天子传》、《九章》,以及《淮南子》之类的汉籍所叙述的"昆仑"与"悬圃"。《穆天子传》说:"春山之泽,清水出泉,温和无风,飞鸟百兽之所饮食,先王之所谓悬圃。"凡人可能登达到这种仙界中去,有时借树干之助,而一旦进入,可以"与天地兮同寿,与日月兮同光"(《九章·涉江》)。《淮南子·地形训》分此一世界为三层:"昆仑之丘,或上倍之,是谓凉风之山,登之而不死;或上倍之,是谓悬圃,登之,乃灵,能使风雨;或上倍之,乃维上天,登之乃神,是谓太帝之居。扶木在阳州,日之所曊;建木在都广,众帝所自上下。"这最后一句中,颇得"扶木"与"建木"在这一方面所扮的作用。

其二为远方异民之国,如《山海经》之载民之国(《大荒南经》)、沃之国(《大荒西经》)与都广之国(《海内经》),及《列子》中的终北之国与华胥氏之国。这些远方异民之国都是一种乐园(paradise),其民生活淳朴,和平逸乐,享乐于自然与百兽。①

其三为远古的世界,此一世界与当代之间隔以无限的时间深度,一如上一世界与当代之间隔以无限的空间距离。这些深度与距离都不是可以测量的,或远或近,而其为另一世界是代表种类与品质的一个绝对的变化。这种远古的世界见于不少的东周的子书,如《庄子·盗跖》、《庄子外篇·胠箧》、《商君书·画策》、《商君书·开塞》,与《吕氏春秋·恃君览》;其中最为人所称道的是《庄子外篇·胠箧》的一段:"昔者,容成氏、大庭氏、伯皇氏、中央氏、栗陆氏、骊畜氏、轩辕氏、赫胥氏、尊卢氏、祝融氏、伏羲氏、神农氏;当是时也,民结绳而用之,甘其食,美其服,乐其俗,安其居,邻国相望,鸡狗之音相闻,民至老死而不相往来。"东周人之设想此种远古的社会,很可能借用了民间关于古代生活的传说来作一个范本;在这里我们要强调的,是这一个古代的世界也

---

① 玄珠《中国神话研究 ABC》,上册,第 99~105 页。

是代表一个东周人设想中的乐园,与当代的文化社会生活有天渊之别。

上面引述的这些东周文献中对于"另一个世界"的神话描写的意义,我们可以用另一个东周时代的神话来点破,这即是重黎二神将神仙世界与人间世界分隔开来的神话。这个神话在东周古籍中见于三处。《山海经·大荒西经》:

> 大荒之中有山名曰日月山,天枢也,吴姖天门,日月所入。有神人面无臂,两足反属于头山,名曰嘘。颛顼生老童,老童生重及黎。帝令重献上天,令黎邛下地,下地是生噎,处于西极,以行日月星辰之行次。

《书·吕刑》:

> 苗民弗用灵,制以刑,惟作五虐之刑曰法,杀戮无辜……皇帝哀矜庶戮之不辜,报虐以威,遏绝苗民,无世在下,乃命重黎,绝地天通。

《国语·楚语》:

> 昭王问于观射父曰:"《周书》所谓重黎实使天地不通者何也?若无然,民将能登天乎?"对曰:"非此之谓也。古者民神不杂,民之精爽不携贰者,而又能齐肃衷正,其智能上下比义,其圣能光远宣朗,其明能光照之,其聪能听彻之;如是,则明神降之,在男曰觋,在女曰巫。是使制神之处位次主,而为之牲器时服,而后使先圣之后之有光烈,而能知山川之号、高祖之主、宗庙之事、昭穆之世、齐敬之勤、礼节之宜、威仪之则、容貌之崇、忠信之质、禋絜之服,而敬恭明神者,以为之祝,使名姓之后,能知四时之生、牺牲之物、玉帛之类、采服之仪、彝器之量、次主之度、屏摄之位、坛场之所、上下之神祇、氏姓之所出,而心率旧典者,为之宗。于是乎,有天地神民类物之官,是谓五官,各司其序,不相乱也。民是以能有忠信,神是以能有明德,民神异业,敬而不渎,故神降之嘉生,民以物享,祸灾不至,求用不匮。及少皞之衰也,九黎乱德,民神杂糅,不可方物,夫人作享,

> 家为巫史,无有要质,民匮于祀,而不知其福,烝享无度,民神同位,民渎齐盟,无有严威,神狎民则,不蠲其为,嘉生不降,无物以享,祸灾荐臻,莫尽其气。颛顼受之,乃命南正重司天以属神,命火正黎司地以属民,使复旧常,无相侵渎,是谓绝地天通。"

这个神话的意义及其重要性,以后将有详细的讨论。但在这里,有几点不妨提出来一说,以作本题下面所叙述的这一方面的神话资料上若干问题的澄清。第一点我们可以马上指出来的,即在商周仪式上,假如不在商周观念上,人神之交往或说神仙世界与人间世界之间的交通关系,是假借教士或巫觋的力量而实现的。在商人的观念中,去世的祖先可以直接到达神界,生王对死去的祖先举行仪式,死去的祖先再去宾神,因此在商人的观念中,祖先的世界与神的世界是直接打通的,但生人的世界与祖先的世界之间,或生人的世界与神的世界之间,则靠巫觋的仪式来传达消息。但东周时代的重黎神话,说明祖先的世界或是人的世界都需要靠巫觋的力量来与神的世界交通,因此代表商周神话史的一个关键性的转变,即祖先的世界与人的世界为近,而与神的世界直接交往的关系被隔断了。它进一步说明东周时代的思想趋势是使这神仙的世界"变成"一个不论生人还是先祖都难以达到的世界;另一方面使这个世界成为一个美化的乐园,代表生人的理想。

三、天灾与救世的神话

上面已经说明,商人的宇宙观里,神的世界与人的世界在基本上是和协的,甚至于在若干方面是重叠、符合的。祖先和神属于一个范畴,或至少属于两个大部分互相重叠的范畴。在西周时代,这种观念已经开始变化,到了东周,则祖先的世界与神仙的世界在概念上完全分开。不但如此,祖先与人的世界和神的世界,不但分开,而且常常处于互相对立冲突的地位。神的世界,既有至尊的上帝在内,又控制人间以求生的自然现象,乃有超于人间世界之上的权威与神力,但是在东周的神话里,已经表示对上帝或其神仙世界的权威加以怀疑或甚至挑战的思想。人之与神争,败者多是人,但也有的时候人能取得相当程度的胜利。不论胜负的结果如何,东周神话中之有这种思想出现,便在本身上是件极其值得注意的事实。

例如《山海经》里有夸父的故事:"大荒之中有山,名曰成都载天,有人珥两黄蛇,把两黄蛇,名曰夸父。后土生信,信生夸父。夸父不量力,欲追日景,逮之于禺谷,将饮河而不足也,将走大泽,未至,死于此。"(《大荒北经》)"夸父与日逐走,入日,渴,欲得饮,饮于河渭,河渭不足,北饮大泽,未至,道渴而死。"(《海外北经》)又有刑天的故事:"刑天与帝至此争神,帝断其首,葬之常羊之山,乃以乳为目,以脐为口,操干戚以舞。"(《海外西经》)这都是与神争而败的例子。

《史记》里又记有"射天"的故事:"帝武乙无道,为偶人,谓之天神,与之博,令人为行,天神不胜,乃僇辱之。为革囊盛血,卬而射之,命曰射天。武乙猎于河渭之间,暴雷,武乙震死。"(《殷本纪》)"偃自立为宋君,君偃十一年自立为王……乃与齐魏为敌国,盛血以韦囊,悬而射之,命曰射天。淫于酒妇人,群臣谏者辄射之,于是诸侯皆曰桀宋。"(《宋微子世家》)照我们对殷人天道观的了解,武乙射天辱神的行为是不可理解的;说这是东周时代的举动,倒是很有可能。《史记》虽是汉籍,这两段所代表的观念倒未必不可以追溯到东周。

这类人神之争,可以再举共工为例。《淮南子·天文训》:"昔者共工与颛顼争为帝,怒而触不周之山,天柱折,地维绝。天倾西北,故日月星辰移焉;地不满东南,故水潦尘埃归焉。"《原道训》:"昔共工之力触不周之山,使地东南倾,与高辛争为帝,遂潜于渊,宗族残灭。"这固然是汉代的记载,而《天问》所云:"八柱何当,东南何亏?"与"康回冯怒,坠何故以东南倾?"可证东周时代已有类似的传说。

人神之争以外,东周的神话又有很多天灾地变而英雄救世的故事。这种故事的背后,似乎有这样一种思想:天是不可靠的,它不但遥远为人所不及,不但可以为人所征,而且常常降祸于人,而解救世界灾难人间痛苦的,不是神帝,而是祖先世界里的英雄人物。天灾之起,有的是上帝对人间恶行的惩罚,但也有时并无原因解释。天灾的种类繁多,如"天雨血,夏有冰,地坼及泉,青龙生于庙,日夜出,昼日不出"(《通鉴外纪》一引《纪年》);如"龙生广,夏木雨血,地坼及泉,日夜出,昼不见"(《路史》后记十二注引《纪年》,墨子言);如"猰貐、凿齿、九婴、大风、封豨、修蛇,皆为民害"(《淮南·本经》);如"猛兽食颛民,鸷鸟攫老弱"(《淮南·览冥》);如"草木畅茂,禽兽繁殖,五谷不登,禽兽逼人,兽蹄鸟迹之道交于中国"(《孟子·滕文公》)。但最严重,在神话中最强调的天灾有两种:旱魃与洪水。

旱水两灾是中国有史以来最大的灾害,其在神话中的出现从一方面看是自然现象的反映。卜辞与周文献中对这两者都记载不歇,《左传》屡言"秋大水";桓公元年《传》"凡平原出水为大水",语气之下似是司空见惯不足为奇之事。但是值得我们注意的,是东周的神话以此种灾害为题材来表露人神关系的思想。

旱灾的神话有黄帝女魃之说,但最常见的是十日神话。东周的文献里没有十日神话的全形,但有零星的记录,如《庄子·齐论物》:"昔者十日并出,万物皆照。"《山海经·海外东经》注等引《纪年》:"天有妖孽,十日并出。"《通鉴外纪》二引《纪年》:"十日并出。"《山海经·海外东经》:"黑齿国,……下有汤谷,汤谷上有扶桑,十日所浴。"《楚辞·招魂》:"十日代出,流金铄石些。"《海内经》:"帝俊赐羿彤弓素矰,以扶下国。"《天问》:"羿焉彃日,乌焉解羽?"这些零碎的记载,似乎可以凑成《淮南子·本经训》"十日并出,焦禾稼,杀草木,而民无所食……尧乃使羿……上射十日"这个完整的神话之在东周时代的原型。十日的故事与羿的故事,或许各有不同的历史。《山海经》上说十日与十二月,《左传·昭公元年》说"天有十日",杜注曰"甲至癸",可见十日之说或与古代历法有关。羿为古之射手,见于《孟子·离娄》、《海内经》与《左传·襄公四年》少康中兴故事。同时,不少的学者主张射日的神话与日食、祭日与救日的仪式有关。① 但不论这个神话构成单元的来源如何,在东周时代这些单元结合成为一个天灾与救世的母题,而不妨从这一个意义上加以理解。

东周的神话中对于水灾的来源也有种种不同的解释。《孟子·滕文公》以"洪水横流,泛滥于天下"为"天下未平"的原始状态;但《国语·周语》说是共工为害所致。救洪水之患的英雄,众知为鲧或禹,不必举例证明。② 但《山海经·海内经》有一段话很值得注意:"洪水滔天,鲧窃帝之息壤以堙洪水,不待帝命,帝令祝融杀鲧于羽郊。"似乎鲧救民心切,偷了上帝的息壤,上帝有此宝物不但不用以救民,而且杀鲧以使之不成,好像是故意与人为难。

由这些例子里,我们可见在东周的神话中上帝与其神界有时被描写成人间世界的对头;人可以与神为敌,而且有时立于不败;神常致患于人,而人能拯救世界,驱退天患。也许有人要说:救世的禹与羿,其实也都是神,或是神

---

① 贝冢茂树《龟卜と筮》,《京都东方学报》第19卷,第4页,1947年;杉本直治郎、御手洗胜:《中国古代における太阳说话について》,《民族学研究》第19卷第3~4期,1951年。

② 顾颉刚《洪水之传说及治水等之传说》,《史学年报》第2期,第61~67页,1930年;赵铁寒《禹与洪水》,《大陆杂志》第9卷第6期,1954年。

所"降",所以他们之救世,并非人力而仍是神力。禹与羿为神为人的问题,此地暂且不论。从下面即将讨论的资料上看,他们都是先祖,在东周的观念中属于祖先的世界而不属于神的世界。

四、英雄世系

上面所叙述的三类商周神话都是与宇宙之形成、起源及变化有关的。商周的这一类神话或非上述的资料可以包括殆尽,但上述的类型可以说是包括了所有的已知的神话在内。对古代其他文明的神话多少有些知识的人,多半都同意,中国古代对于自然及对于神的神话,比起别的文明来,要显得非常的贫乏。[①] 而且所有的这些,又多半是由于其牵涉到人间的世界才被付诸记述的。这种现象是个很有意义的事实,历来的学者对之也有不少的解释,我们且留到下面再谈。

商周神话除了上述者以外,还有一大类,即所谓英雄神话(hero myths)。这一方面的资料,比起前者来,要丰富得多。事实上,文献中英雄的名字多到无法整理、收拾的程度,因为与个别的名字有关的故事则保存的较为有限。大多数研究中国神话的学者都相信,有很多的古代英雄是更早先时候的神或动植物的精灵人化的结果,所谓"神话之历史化"(euhemerization)。神话之历史化是在各国都有的一个程序,但在古代的中国特别发达,而这也许就是关于自然与神的世界的神话不多的主要原因。

商周神话中的英雄故事,又可以分成两个大类:(1) 亲族群始祖诞生的神话;(2) 英雄的事迹及彼此之间的系裔关系的神话。这两种神话的共同特点是"英雄即是祖先"这一个基本的原则,所不同者,一个中的祖先与确实的特殊的亲族群有关,一个中的祖先是比较空泛而不著根的。

丁山说,从卜辞中他可以辨认出两百以上的氏族来,各有其不同的"图腾"[②]。我们也许不能接受他所举的全部族名,但是我们没有理由怀疑,在商代的中国有许许多多不同的亲族群,可以适当地称之为民族学上的氏族(clan, sib, 或 gens)的。我们不知道这许许多多的氏族是否各有其特殊的"图腾",但是我们多半可以相信,每一个氏族都各有其自己的始祖诞生神话。在西周,从《逸周书·世俘解》上的"憝国九十有九……服国六百五十有二"的统

---

① 玄珠《中国神话研究 ABC》,上册,第 7~8 页。
② 丁山《甲骨文所见氏族及其制度》,1956 年,第 32 页。

计来看,大概氏族的数目及其始祖诞生神话的数目也不在少数。事实上,我们颇有理由可以相信,商周之初年神话里最盛的就是花样繁多的各种族原的神话。顾颉刚说:

> 我以为自西周以至春秋初年,那时人对于古代原没有悠久的推测。《商颂》说"天命玄鸟,降而生商",《大雅》说"民之初生,自土沮漆",又说"厥初生民,时维姜嫄"。可见他们只是把本族形成时的人作为始祖,并没有很远的始祖存在他们的意想之中。他们只是认定一个民族有一个民族的始祖,并没有许多民族公认的始祖。①

顾先生说这话的当时是1923年,学术界还未公认殷商时代的存在,我们现在可以把上文"西周"二字改为"殷商"。但是,在殷商与西周两代的许多氏族始祖诞生的神话中,今天在文献中存录下来的,只有两个,即商的子姓与周的姬姓的始祖诞生神话。显然这是因为子姬两姓是商与西周的统治氏族的缘故。

子姓氏族始祖的起源神话,在东周的典籍如《诗·商颂》及《楚辞》的《天问》和《离骚》中都有详细的记录。大致的故事,大家熟知:简狄为有娀氏女,因与鸟的接触而怀孕生契,为商子之始祖。怀孕的经过,其说不一。或说玄鸟使简狄怀孕,或说简狄吞鸟卵而有孕。"鸟"皆称为"玄鸟",传统的解释,是燕,《说文·燕部》:"燕,玄鸟也。"但郭沫若及少数其他学者认为玄鸟之玄,非指黑色,乃是神玄之意,玄鸟即凤。郭氏更主张,不论燕也好,凤也好,神话中之鸟都是《水浒传》李逵口中所说之鸟。② 这种说法,也许不无道理,从弗洛依德的著作中可以得到印证,但这是题外之话。除此以外,各神话中又指明简狄与上帝或帝喾的关联。《商颂·长发》说"帝立子生商",而《玄鸟》说"天命玄鸟,降而生商",东周时代之天即是上帝,这在上文是已经说明了的。《楚辞》也说:"简狄在台喾何宜,玄鸟致贻女何喜?"(《天问》)"高辛之灵盛兮,遭玄鸟而致诒"(《九章·思美人》)。从这些东周的材料上,我们可以看出,商子的祖先是简狄与玄鸟接触所生,而简狄或玄鸟与上帝或其人化的帝喾有关。《商颂》一般同意是春秋宋人所作③,宋为子姓,商之遗民,而《楚辞》产生其中

---

① 顾颉刚《古史辨》卷一,第61页。
② 郭沫若《青铜时代》,第11页。
③ 王国维《殷周制度论》,《观堂集林》卷十,1923年,第24~25页。

的楚文化,也有不少人相信曾继承许多商的文化。① 因此,《商颂》与《楚辞》虽然都是东周的文学,其玄鸟的神话则颇可能为商代子族起源神话的原型。不但如此,而且帝喾简狄及娀的名字据说都见于卜辞,为殷人自己祈献的对象,而且殷金文的"玄鸟妇壶"又以玄鸟二字为族徽之用,因此关于上帝与简狄生子祖的神话在殷代已有的可能性是非常的大。② 傅斯年举出不少的证据证明鸟生传说或卵生传说在古代东夷中非常流行,而东夷与商文化关系之密切又是大家都承认的。③

周姬始祖的诞生神话,则直接见于西周时代的文献,即《诗·大雅》的《生民》与《閟宫》。④《生民》云:"厥初生民,时维姜嫄,生民如何,克禋克祀,以弗无子,履帝武敏歆,攸介攸止,载震载夙,载生载育,时维后稷。诞弥厥月,先生如达,不坼不副,无菑无害,以赫厥灵,上帝不宁,不康禋祀,居然生子。诞置之隘巷,牛羊腓字之,诞置之平林,会伐平林,诞置之寒冰,鸟覆翼之,鸟乃去矣,后稷呱矣。"《閟宫》云:"赫赫姜嫄,其德不回……弥月不迟,是生后稷。"《生民》所记的,有两点特别有趣,一是"履帝武敏歆",一是诞生以后动物对他的保护。前一句话意义,虽不甚明,基本上与《史记·周本纪》所说"履大人迹"是一回事。

如上文已提出,子姬两姓的起源神话是商与西周两代惟有的两个氏族始祖神话之保存于文献中的,虽然我们可以假定在这两代除了子姬以外的氏族尚可以十百计。到了东周,英雄诞生的神话突然增加许多,而这些英雄之中有不少是被当作当时族群的祖先的。在下文我将试求解释其所以然之故。在此地我不妨先指出,东周文献中的新的英雄诞生神话不外有下列的几个来源。

第一个来源可能是商殷或西周已有的氏族始祖诞生神话,在商代及西周(就我们所知)未付诸记录,而到了东周才被记载留存下来的。为什么到了东周才见诸文字的原因可能很多,但我相信主要的原因有二:(1)文字的使用到了东周普遍化,不复为王族公族所专用;(2)姬族到了东周已经逐渐失去其

---

① 杨宽《中国上古史导论》,载《古史辨》第7册,1941年,第151~153页。
② 杨树达《积微居甲文说卜辞琐记》,1954年,第32~33页,第40~41页;于省吾《略说图腾与宗教起源和夏商图腾》,《历史研究》1959第11期,第60~69页。
③ 傅斯年《夷夏东西说》;又见三品彰英《神话と文化境域》,昭和二十三年,京都。
④ 顾颉刚《古史辨》卷一,第61页;闻一多:《姜嫄履大人迹考》,《神话与诗》,1956年,第73~80页。

在政治与文化上独占的权威,较小的氏族抬头,将其族原神话付诸记录以为其争取政治地位的执照。后文对此还有讨论。属于这一类的神话,或者包括少皞氏的神话与所谓祝融八姓的传说。①

第二个来源可能是在殷及西周为边疆的蛮夷而到了东周被吸收容纳到中原文明的氏族神话。上文已经说明,东周时代为中土文明大扩张的时代,不但与夷夏的接触频繁,不少在早先是"夷"的,到东周都成为正统文化的一部分,而他们的族原神话也就混入了东周的文献。属于这一类的,也许有伏羲氏的神话。②

第三个同时也是最重要的一个来源,可能是古代以及当代的神物历史化、人化,而形成的英雄先祖。一个最熟知的例子,就是黄帝,黄帝很可能就是上帝尊神的一个人化的形式,到了东周的文献中如《国语》与《大戴礼》成为许许多多氏族的共同祖先。古史中的祖先人物原来是"神"这个说法,本是顾颉刚③与马伯乐④等提出来的。杨宽在《中国上古史导论》里,孙作云在一连串的论文⑤中,都提出丰富的证据证明那些古代的圣贤王臣是哪些神物变化出来的。杨宽的结论说:

  吾人归纳言之,则古史中之圣帝贤臣,其原形如下:
  (1)本为上帝者:帝俊帝喾帝舜大皞颛顼帝尧黄帝泰皇。

---

① 李宗侗《中国古代社会史》,中华文化出版事业委员会,1954 年,第 10~35 页;闻一多《高唐神女传说之分析》,《神话与诗》,第 81~116 页。
② 芮逸夫《苗族洪水故事与伏羲女娲的传说》,《"中央研究院"历史语言研究所人类学集刊》第 1 期,1938 年。
③ 顾颉刚《古史辨》卷一。
④ Henri Maspero, 上引 *Journal Asiatique* 一文,又见:"Les Religions Chinoises", *Mélanges Posthumes sur les religions et l'histoire de la Chine*,I,Musée Guimet,Paris,1950,pp.179~180。
⑤ 孙作云《蚩尤考——中国古代蛇族之研究·夏史新探》,《中和月刊》第 2 卷 4 期,第 27~50 页,5 期,第 36~57 页,1941 年;《飞廉考——中国古代鸟氏族研究》,《华北编辑馆馆刊》第 2 卷,3、4 期,1943 年;《后羿传说丛考》,《中国学报》1 卷 3 期,第 19~29 页,4 期,第 67~80 页,5 期,第 49~66 页,1944 年;《中国古代鸟氏族诸酋长考》,《中国学报》第 3 卷 3 期,第 18~36 页,1945 年;《说丹朱——中国古代鹤氏族之研究·说高跷戏出于图腾跳舞》,《历史与考古》第 1 号,第 76~95 页,1946 年,沈阳;《饕餮考——中国铜器花纹所见之图腾遗痕》,《中和月刊》第 5 卷,第 1,2,3 期,1944 年;《说羽人》,《国立沈阳博物馆筹备会汇刊》第 1 期,1947 年。

(2) 本为社神者：禹句龙契少暭后羿。
(3) 本为稷神者：后稷。
(4) 本为日神火神者：炎帝(赤帝)朱明昭明祝融丹朱驩兜阏伯。
(5) 本为河伯水神者：玄冥(冥)冯夷鲧共工实沈台骀。
(6) 本为岳神者：四岳(太岳)伯夷许由皋陶。
(7) 本为金神刑神或牧神者：王亥蓐收启太康。
(8) 本为鸟兽草木之神者：句芒益象夔龙朱虎熊罴。①

杨宽的若干结论，即若干古史人物之还原，也许不无问题，但我们对他的结论中由神变人的一个大原则，则是不能不加以赞同的。下文即将讨论这种神话历史化的因素。

从以上及其他可能的来源而产生的英雄先祖，在东周的文献中真有济济乎之盛。这些先祖，照许多文献的解释，又互相之间有直接间接的亲戚关系。从《国语》、《世本》与《大戴礼》关于帝系的记录，我们可以作出整然有序的英雄族谱出来：契不仅是子姓之祖，弃不仅是姬姓之祖，二者还成了同父异母的兄弟，黄帝与嫘祖的后代。这些系裔关系从文末的几个表上可以看得很清楚。好几位前辈的学者，很严肃认真地在东周文献中的这些家谱上下功夫，把这些英雄先祖分成若干集团，把他们当作中国先殷时代的几个不同的民族看。② 这一类的工作自然不失其重要性，但就其目的来说，似乎是上了东周古人的一个大当。为了解释这一点，我们便不能不了解东周时代神话人物转化为历史人物，而且这些历史人物又都发生了亲戚关系的根本原因。下面一篇文字的讨论便集中在这些问题之上。

上文对于商周神话的分类的讨论中，并没有把有关的资料一一征引出来。我只选择了一些重要的资料，在一个型式学的框架之下描述了出来。但是所有在文献中能够找到的商周神话之有相当的实质内容而且又有重要的历史意义的，上文的分类事实上都已包含了进去；而且这里的分类所依据的标准仍是神话本身的内容与性质。所遗漏的资料，绝大部分都是只有断简残篇，无法处理的一些古人或神物的名字。就现存的文献而言，商周两代每一

---

① 杨宽《中国上古史导论》序。
② 上引徐炳昶《中国古史的传说时代》；蒙文通《古史甄微》，孙作云诸论文，及 W. Eberhard《古代中国之地方文化》。

个时期的神话大概都包括在上面了。

我们似可把商周两代的神话史分为三个大的阶段：殷、西周和东周。商代的神话以氏族始祖之诞生，及自然神祇之组织为最主要的主题。始祖与神祇的分别并不明确，而其彼此的世界互相重叠。神界的上帝至尊神，或为先祖的抽象观念，或与某一个先祖相叠合。从现存的文献上看，商代没有宇宙起源的神话，没有神祖世界分离的神话，也没有天灾和救世的神话。或者换个说法，即使这些神话在商代有过，他们在仪式上的重要性与普遍性尚未达到在各种文献中出现的程度。

西周的神话与殷代的差不太多，从文献上看，西周也有氏族始祖神话，及自然诸神之神话，而其他神话诸型则仍未出现。但是在商与西周的神话之间，有一点非常基本的分别：商人的观念中祖先的世界与神仙的世界并未作清楚的分辨，而西周人则在这方面迈进了一步，把上帝及其神界放到一个新的范畴，即"天"里去，把人王当作"天子"，而不复把人王之先祖与上帝合而为一。

东周（本文所说"东周"，多指春秋中叶以后，并非皆自平王东迁之年始，但为说明叙述方便，即以"东周"概括之）的神话则自西周的基础上又发生了一连串的剧烈变化：（1）先祖英雄神话在文献中陡然增加；（2）很多超自然世界中的神祇灵物"人化"为传说历史上的英雄人物；（3）这些先祖英雄常互相有亲戚关系，可以溯为少数的几个系谱；（4）先祖的世界与神的世界明确地分为两个不同的世界，各自朝着不同的方向发展与复杂化；（5）这两个世界的关系常是互相敌对与竞争的；（6）人类世界由天降灾祸而受害，但灾祸继为先祖之英雄所消灭；（7）自然的世界既完全与人的世界分开，其形成、结构，与起源乃有一套宇宙生成的神话来加以说明。

指出上述的神话之变化的，决不是自本文始，我也绝非第一个试求加以解释的。照许多学者的意见，商周神话之若干类型之"少"，或"多"，或"比其他文明为贫乏"这一类的特征，事实上代表一种反面的证据并反映古代文献之缺乏及保存不均衡的情况。换言之，我们所知道的商周神话只是真正的商周神话中极不完全极不富代表性的一些抽样（random samples）。根据这种看法，对商周神话整个的一般性的研究从根本上就非失败不可。另外有若干学者也承认"文献无征"这一条基本的假定，但使用所谓"民族学"的方法，宣称可以利用后代的材料来填充前代的空白。对于这两种说法，在上文都已经讨论过了。

　　还有的学者承认我们所知的商周神话是可靠而有相当的代表性的,同时进一步加以解释。例如,Derk Bodde 就主张,中国古代自然创造神话之稀少是由于古代中国人对人类社会政治关系之集中注意及相应的对自然世界的疏略。① 有几位很知名的学者曾经主张,中国古代神话之"不发达"是因为中国先天不厚,古人必须勤于度日,没有工夫躺在棕榈树下白日作梦见鬼。② 这后一种说法,自然是很可笑的。

　　但是绝大多数研究中国古代神话的学者,都同意下面这一种有力而合理的解释:古代中国神话之少与在这甚少的资料中先祖英雄故事之多,主要的原因是商与西周时代神话的历史化。神话历史化的原因,一方面是东周与汉代儒家思想不容"怪力乱神",因而有意识地将玄秘的神话加以合理化的解释,另一方面这也是春秋末年以迄战国时代人文主义与文艺复兴潮流下的必然趋势。杨宽举了很有力的例子来对这个理论加以说明:神话说黄帝有"四面",孔夫子解释成为"四面灵通"的四面;神话说"夔一足",孔夫子解释说:夔,有一个也就够了。③ 东周时代是中国文化、政治、经济与社会上大变革的时代。中国的文明同时在幅度上与深度上扩张,知识与技术普遍化甚而商业化。在这种情况之下,士大夫与平民之间都产生了在世界观上的觉醒,因而造成神话支配势力的减削与理性力量的发达。因此,我相信这种解释,即东周时代神话之历史化乃是人文主义与文艺复兴运动的结果,一如欧洲人文主义与文艺复兴征服了中世纪的宗教独霸思想,是一个合理的解释。

　　但是,我对这个解释并不觉得完全满意。这并不是说,这个解释本身有什么错误。我所不满意的,是这个解释还不能把东周时代文化社会的变化与神话上的变化很具体地扣合起来,还不能把致其变化的具体关键(mechanism)清楚地说明。我在下文以及其他数篇计划中的文字里,将进一步提出一个新的理论。这个理论在基本的原则上与既有的说法是相合的,但

---

① Derk Bodde, "The Myths of Ancient China", in: (S.Kramer, ed.), *Mythologies of the Ancient World*, 1961, p.405; Derk Bodde, "Dominant Ideas in the Formation of Chinese Culture", *Journal of American Oriental Society*, Vol.62, No.4, pp.293~299, 1942.
② 如玄珠《中国神话研究 ABC》上册,第 8~10 页所引的说法。
③ 杨宽《中国上古史导论》,第 125~126 页;主张此说的,又如徐炳昶及冯承钧及袁珂《中国古代神话》,1960 年,第 17 页。

它能进一步把变化的种种细节说明,并将神话的变化与文化社会的变化更具体地联系起来。简略说来,我想证明,中国古代的神话在根本上是以亲族团体为中心的;亲族团体不但决定个人在亲属制度上的地位,而且决定他在政治上的地位;从商到周末,亲属制度与政治制度之间的密切关系发生了剧烈的变化,而神话史上的演变是这种政治与亲属制度之演进所造成的。

为了证明这个理论,我们不能仅仅在神话本身里兜圈子,而非得先把神话变化之文化变迁的背景说明不可。下文代表朝这个方向努力的一个初步的尝试。

1.《大戴礼·帝系姓》世系表

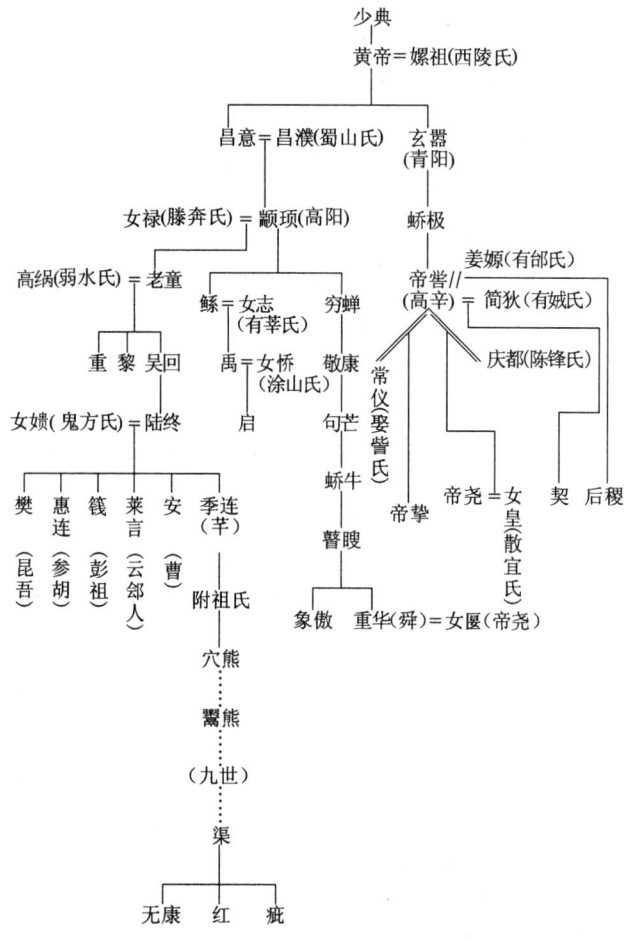

2.《世本·帝系》世系表

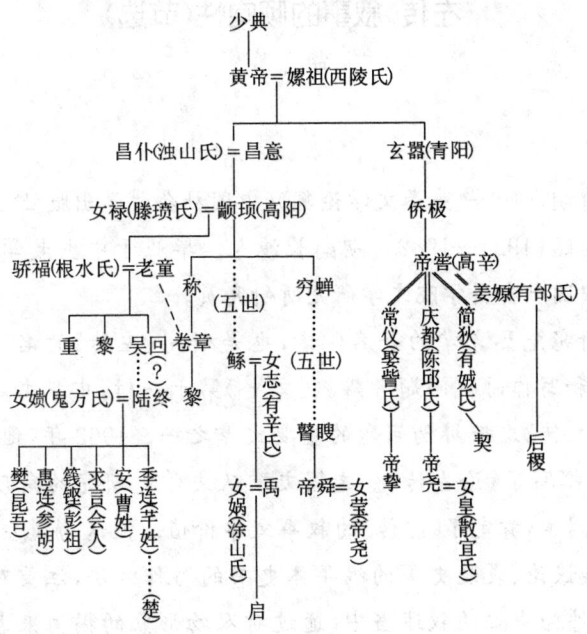

3.《国语·晋语》世系

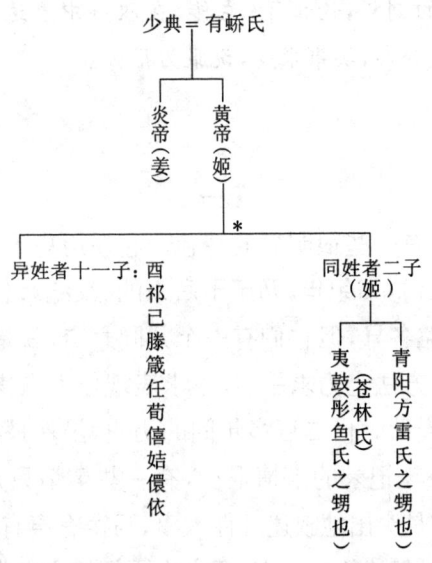

＊黄帝之子二十五人。凡黄帝之子二十五宗。其同生而异姓者四母之子，别为十二姓。其得姓者十四人，为十二姓。

《左传》叙事的倾向性（节选）

胡念贻

导言——

本文选自胡念贻著《先秦文学论集》（中国社会科学出版社，1981）。

作者胡念贻（1924—1982），湖南长沙人。毕业于中央大学，后为北京大学研究生。中国社会科学院文学研究所研究员。

作者是研究先秦文学的著名学者，也是研究《左传》的名家。他所作的《左传的真伪和写作时代问题考辨》（《文史》第十一辑，中华书局，1981）是晚清以来有关《左传》文献辨伪问题的重要文章之一。1962年，他撰写了本文，1978年，他又撰写了《论左传》。这篇文章从文学史研究的角度，分析了《左传》中的文学因素，肯定了《左传》的叙事文学价值。他认为，《左传》突破了记录史实和直接议论、褒贬史事的编年体史书的写作方法，注重对历史大事的叙述；在以事件为中心的叙述当中，通过对人物形象的描写来表现作者的倾向性，从而加强了这部历史经典的文学性。文中，作者对城濮之战、邲之战和鄢陵之战作了细致的剖析，论证了《左传》在叙事中表达倾向性的艺术成就。文章思路清晰，学风朴实，实事求是，说服力很强。

一

《左传》的叙事，有一些很明显的特色。它在历史著作中是编年体，但它和编年体的《春秋》、《竹书纪年》乃至于后来的《汉纪》、《资治通鉴》等都很不同。那些书虽然详略各异，但它们有一个共同之点，就是只求按实记录历年重要的史实，在叙述方法上力求平实，不求表现作者纵横驰骋的文学手腕和才情。《左传》记载春秋时代二百多年间的历史，虽然是按年编次，然而并非平实地记去，往往一年记录的事情很少，有一些事情只是简略地一笔带过。在某一个时期，常常是突出地叙述几件大事，写得有声有色。读者的注意力，常常是集中在这些所叙述的大事上，把它当不朽的文学作品来欣赏。书中所叙的一些比较细小的事件，有许多也和这些大事有关。

因此我们可以说，《左传》虽然是一部编年体的著作，它有许多地方却是以事件为中心。这给它的作者在历史事件的叙述上带来很大的方便,使作者在叙述事件时有无限广阔的天地来施展他的才情。

《左传》在叙述一些比较重大的事件时,作者总是对于这一事件作出了他的评断;他在叙述中表现出了鲜明的观点,使每一事件在叙述过程中呈现出鲜明的倾向性,其表现方式也是很独特的。

在一般历史著作中,表现作者的观点,表现它的叙事的倾向性,多是通过作者的议论和一些褒贬性的字句来体现。在文学作品中,表现作者的观点和表现它的倾向性,多是通过人物形象的展开描写来体现的。《左传》在叙事中表现的倾向性,有时插入了作者的一些议论,但它主要不是凭借作者议论,也不借助于一些抽象的褒贬性的字句,更多的是通过人物形象的描写来体现。但它是在叙述历史事实,不能像一般文学作品那样凭作者的想象来创造人物;人物形象的描写不能随意展开。然而它在表现它的倾向性时,却自有它的独特方式。作者充分地利用了这部书的以事件为中心的这种写法上的有利条件。他对于每一比较重大事件的前因后果等各方面的线索都充分予以注意,通过一些人物的活动把它清晰地表现出来。因此,这部书在一些比较重大的事件中,既突出地描写了几个主要人物,也描写了不少和这事件有关系的其他一些人物,写出了他们的行动和他们的议论。作者的目的就在于把这次事件的性质和它发生的原因以及促使它在发展变化过程中的各种因素等生动地描写出来。这就构成了它在叙事中的鲜明的倾向性。

《左传》在叙事中的这种倾向性的表现,是符合它作为一部历史著作的要求的。作为一部历史著作,要求它在叙事中能把事件的性质和前因后果揭示出来。当然,作者对于他所描写的事件的性质和前因后果的看法,不一定都是经过很深刻的研究的。从这部书中所写的事件看,作者的抽象分析少,具体的描写多。作者在这部书中,不是重在对事件进行抽象的分析,而是多从一些历史人物的性格的特点和他们的行动的动机着眼,来评论他们的成败得失。他在表现事件的有关方面的成败得失时,总是联系一些参与人物的性格特点和他们行动的动机;他在写这些人物的性格特点和行动的动机时,也总是照应他们在事件中的成败的结局。作品在写人物和事件时,倾向性也正是这样表现。这样就加强了这部书的文学性。作为一部历史著作来要求,也许会使人感到不足。因为历史著作虽然要求表现人物行动的动机,但不一定要求表现人物的性格,而重要的是要求它能写出政治、经济、文化的各个方面,反映历史的整个面貌。《左传》还不能说做到了这一步。但作为一部文学作品来看,《左传》却有很高的典范性。读者能够从书中对于人物的性格特点和行动的动机等一些生动的描绘中,发现它的深厚的社会意义,而且可以透过这些形象的描写去探求这些事件的社会的原因和历史的动向。

《左传》里面出色地写了许多次的各国间的战争,也出色地写了各国的许多政治事件。下面就晋国和楚国三次大的战役——城濮之战、邲之战、鄢陵之战,和楚灵王被杀、鲁国逐昭公两次比较重要的政治事件来对《左传》在叙事中怎样表现倾向性问题作一些分析和说明。

二

《左传》在写晋楚之间这三次大战时,除了叙述战争的起因外,还特别着重叙述了每次战争中两方胜败的原因,而且都是从头到尾贯串了这样一个线索,使人觉得眉目十分清楚。城濮之战是写晋国要"报施救患,取威定霸",遇到了楚国这样一个强敌,必须和它一决胜负。《左传》里面写晋文公能够获胜的原因,是在于他的手下有狐偃、赵衰、先轸等一批智略之士,而他又能善于听用他们的计谋。他的对方楚子玉,却是一个刚愎自用的骄横的人。两人的性格成了很鲜明的对照。《左传》里面在这事件发展过程的描写中,很明显地突出了这一点。它从晋文公(公子重耳)出亡的时期叙述起,就表现了他的这个性格和品质。如他在出亡时,途中经过卫国,"乞食于野人,野人与之块",当时他发怒,"欲鞭之",狐偃劝他接受下来,说是"天赐也",他就"稽首受而载之"①。以后凡是遇到大事,他都征询和采纳一些谋臣的意见。他经过楚国时,楚王说他"广而俭,文而有礼"②。这是描写他的风度。这种风度正是他的深沉和有智略的表现。在城濮之战中,他遇到许多很复杂的问题,如要伐曹、伐卫,又要救宋,还要争取齐秦;而楚国兵力很强,不易制胜。这些问题他都采用臣下的计谋一个一个地解决。晋文公是这样冷静,楚子玉却是十分浮躁。城濮之战发生的前夕,楚国的蒍贾已经看出了子玉的"刚而无礼",断定他要"败国"③,说他不配当一个统帅。子玉领兵围宋,要和晋国交锋时,楚王

---

① 僖公二十三年。
② 同上。
③ 僖公二十七年。

叫人劝他撤离宋国,要他"知难而退",认为晋文公是"有德"的人,"有德不可敌"①。子玉连楚王的话也不听,还要向楚王请求增兵。所有这些描写,都显示了晋国的必然战胜,楚国的必然失败。书中在写完城濮之战以后,还写了子玉的一个故事,说子玉有一件"琼弁玉缨",梦见黄河之神向他索取,他不肯。大心和子西叫荣黄去劝他,他也不听。荣黄出来对大心和子西说:"非神败令尹,令尹其不勤民,实自败也。"这里还把子玉战败的原因补叙了一笔,对子玉这个人物作了更深刻的批判。

在邲之战中,《左传》的描写却又是从头到尾显示了楚国的必然战胜和晋国的必然战败。这次战争的起因是楚庄王围郑,晋国要和楚国争夺霸权,不能坐视楚国把郑国攫夺了去,就起兵救郑。但晋国的军队还没有达到郑国,郑国就已经跟楚国讲和了。这时晋国统帅中一些老成谋国的人主张收兵,认为师出无名。他们分析了楚国的形势,如士会说"楚军讨郑,怒其贰而哀其卑,叛而伐之,服而舍之,德刑成矣"。还说楚国"昔岁入陈,今兹入郑,民不罢劳,君无怨讟,政有经矣。荆尸而举。商农工贾,不败其业,而卒乘辑睦,事不奸矣。"②认为不容易把它打败。但是晋国统帅中另外一些计谋短浅和争功夺利的人却主张战。他们展开了争辩。主战一派的人竟然不肯服从统帅部的指挥,单独行动。这已显出了它的必败的征兆。书中写楚国一方面却不同。楚国方面的情形,大都从晋国统帅的口中说出,除了前面所引的士会的话外,栾书还说"楚自克庸以来,其君无日不讨国人而训之于民生之不易、祸至之无日、戒惧之不可以怠。在军,无日不讨军实而申儆之于胜之不可以保、纣之百克而卒无后。训之以若敖、蚡冒,筚路蓝缕,以启山林"。这里写楚国统治者是那样精明和兢兢业业,而晋国的统帅却是意见不和,处于一种纷乱状态。它们的对比也是很鲜明的了。

鄢陵之战是晋胜楚败的,《左传》里面的描写也是从头到尾很清晰地表现了这个形势。这次战争的起因是楚国把郑争取过去了,晋国出兵伐郑,楚王亲自领兵去救。楚兵经过申地时,司马子反去见一个老人申叔时,问他见到楚兵以后的观感。申叔时和他讲了一番战争的道理,然后批评楚国"内弃其民,而外绝其好。渎齐盟,而食话言。奸时以动,而疲民以逞。民不知信,进

---

① 城濮之战,在僖公二十八年。
② 邲之战,在宣公十二年。

退罪也。人恤所底,其谁致死?子其勉之,吾不复见子矣!"①他断定楚国统帅子反的有出无归。郑国的姚句耳观察了楚师,说:"其行速,过险而不整。速则失志,不整丧列,将何以战?楚惧不可用也!"楚师的不中用,已经在战争刚开始进行时,就从申叔时和姚句耳的眼里看出。晋国的统帅还对它作了一些分析:栾书说它"轻窕";郤至说它统帅不和,楚王手下的兵士老不堪用,还有其他一些不利条件,说楚兵是"各顾其后,莫有斗心"。在晋国方面,虽然范文子不主张战,但他是考虑晋厉公骄侈,害怕战胜以后会增长他的骄侈的气焰,于晋国统治者不利。他是相信晋国能战胜的。晋国的统帅都很和洽,他们都从容不迫,和楚国的"轻窕"和"各顾其后,莫有斗心"等,又成了鲜明的对比。

作为一部历史著作,对于这样的大战,是应该叙述双方胜负的原因的。《左传》的难能可贵,在于写得很不枯燥,通过人物的对话和许多事实的渲染,生动而富有情趣。尽管它在战争的开始以前就在叙述中显示了谁胜谁负,读者却并不觉得因此一览无余而乏味,反而能够从中获得很大的兴味。

如果《左传》写战争只是能够这样用一些巧妙的办法把双方胜负的原因揭示出来,那它可能还没有这样引人入胜。它的引人入胜还在于一些细节的描写中也具有这种暗示的力量。这在邲之战中表现得很明显。邲之战中写晋国的统帅荀林父、士会等不欲战,下面一些将领如魏锜、赵旃等却极力要打,他们两人去向楚师挑战。晋军怕他们激怒了楚军,派了兵车去接他们回来,下面写:

> 潘党望其尘,使骋而告曰:"晋师至矣!"楚人亦惧王之入晋军也,遂出陈。孙叔曰:"进之!宁我薄人,无人薄我!《诗》曰:'元戎十乘,以先启行。'先人也。军志曰:'先人有夺人之心。'薄之也。"遂疾进师,车驰卒奔,乘晋军。桓子不知所为,鼓于军中曰:"先济者有赏!"中军、下军争舟,舟中之指可掬也。

这里很突出地表现了楚军的严整和晋军的纷乱。楚军望见兵车从晋军营垒里驰来引起的尘土,以为是晋军突然来袭击,但他们不慌不忙,像早做好了准备,它的统帅孙叔敖还引经据典,这说明了他的从容不迫。晋军方面恰好相

---

① 鄢陵之战,在成公十六年。

反。它的最高统帅荀林父(桓子)看见楚军进逼,慌得"不知所为",竟至于鼓励后退,引起军中因为争舟而"舟中之指可掬"的惨局。这说明晋军的没有准备,和楚军的经常处于警备状态者根本不同。这和前面所叙述的一些情形恰好相印证。晋军不但在争舟后退时死伤很惨,书里还描写了它败退时的悲惨情形:

> 赵旃以其良马二,济其兄与叔父,以他马反。遇敌不能去,弃车而走林。
> 逢大夫与其二子乘,谓其二子无顾。顾曰:"赵傻在后。"怒之,使下,指木曰:"尸女于是!"授赵旃绥以免。明日,以表尸之,皆重获在木下。

这位挑战的赵旃,弄得这样狼狈。逢大夫救了赵旃,就牺牲了他的二子。这充分显示了晋军在没有作战准备下仓皇溃退的狼狈情形。最后战斗结束时:

> 及昏,楚师军于邲。晋之余师不能军,宵济,亦终夜有声。丙辰,楚重(辎重)至于邲。

楚师追击晋师,晋师晚间渡河,"终夜有声",溃散的情形可以想见了。
这样的细节描写在城濮之战和鄢陵之战中也都可以见到。如城濮之战中写双方交战前,晋文公的举动是:

> 晋侯登有莘之虚以观师,曰:"少长有礼,其可用也。"遂伐其木,以益其兵。

而楚子玉的情态则是:

> 子玉以若敖之六卒将中军,曰:"今日必无晋矣。"

写晋侯的端详和审慎,子玉的轻敌和鲁莽,都把之欲出。在鄢陵之战中,写楚军开始气势很盛。甲午那天,"楚晨压晋军而陈",晋军却在众将协议之下,从

容调度,挡住了楚军的来势。第二天大早,楚子反部署了军事行动,准备大战,可是当楚王召他商议时:

> 谷阳竖献饮于子反,子反醉而不能见。王曰:"天败楚也夫!余不可以待!"乃宵遁。

楚国的统帅在这样紧急的时刻,竟至于饮酒而醉,把战斗当儿戏,符合晋人所说的"轻窕"的批评。

(以下第三节略去)

四

……《左传》所写的一些事件的原因和它的变化发展的因素有许多还是实在的。它写战争总是写有礼有节和统帅和睦士卒尽力的一方获胜,骄纵涣散的一方失败。它写历史人物总是深谋远虑和知"礼、义"的人在事业上成功,暴戾和昏暗的人失败。这些同时也是表现了作者对于历史人物的肯定和批判的态度。它在叙事时,非常重视文章主旨的组织安排,既有连贯性,又能突出中心。《左传》叙一件大事,它的来龙去脉很广,不限于一年或一段文章之中,它通过许多线索的叙述,把它的中心思想渲染和突出出来。例如城濮之战虽然发生在鲁僖公二十八年,而书中所写从晋公子重耳流亡时起,就有许多东西和这一战有关。这就是我前面所说的《左传》这部书在事件叙述上有它的便利。在叙述上以某些人物活动为中心的纪传体,就没有这样便利。《左传》利用了这样的便利条件,把许多事件叙述得十分出色,在史传文学中成为一部不朽的杰作。

试论司马迁的散文风格(节选)
苏仲翔

导言——

本文选自《文学遗产增刊》第四辑(作家出版社,1957年)。

作者苏仲翔(1908—1995),又名渊雷,别名钵翁。浙江平阳人。上海华东师范大学教授。

这篇论文的着眼点虽是司马迁的散文风格,但作者的思路与视野却相当的开阔,议论也显得纵横捭阖,洋洋洒洒。作者从司马迁的思想倾向、社会态度、情感品质、艺术手法、语言个性等方面,全面论述了形成司马迁散文风格的原因。特别值得注意的是,作者专辟一节论述了司马迁的"文心",运用了中国古代文学理论中的批评话语,归纳出司马迁散文的六个境界。这说明作者不是一味地根据现代文学理论来审视、指认司马迁的散文价值,而是重视司马迁散文在中国古代散文体系中的价值与地位。

一 作为文史学家、社会批评家的司马迁

公元前1世纪左右,正当西汉封建帝国全盛时期。由于汉初70年间实施"休养生息"政策的结果,社会经济文化各方面导向全面发展。生产力的上升,国力的膨胀,引起国内外军事、外交、贸易等大规模的活动。以汉武帝及其左右统治集团为中心的西汉帝国,50年间,对于四邻外族,展开频繁的接触和周旋,通过葡萄、天马、枸酱、竹杖等异方风物的感发,于是"南开两越、东定朝鲜、北逐匈奴、西伐大宛";接着封禅、巡游、打猎、求仙、采诗种种戏剧性、展览性、粉饰性的活动,随着整个"狂飙突起"的时代,都一幕幕地映现出来了。恰恰与此同时,我们历史上最伟大的思想家、历史家、文学家之一的司马迁,便以古代文化的继承者和时代批评家的姿态出现。凭他深厚的家学渊源(世代为天官太史),丰富的生活体验(耕牧、壮游、出使、侍从),广博的科学知识(天文、历数、六艺、诸子百家),累积的专业资料(遗稿、图书、档案),加上他那与人民苦乐息息相关的洋溢的同情和强烈的正义感,映发着"时代批判"的精神,使他得有条件,从传说中的黄帝起直到同时并世的汉武帝时代止,把3000

多年来劳动人民在政治、经济、文化各方面的斗争历史（包括周围兄弟民族在内），进行了批判性的总结工作。他运用敏锐的观察力、高度的概括力、谨严的组织形式，而又出以"笔端挟有感情"的笔调，20年间，发愤著书，上下3000年，纵横数万里，写下了52万言的中国第一部通史——《史记》，为那个大转变、大波动时代，提供了一部纪念碑式的长篇巨制，实在具有深刻的政治现实意义；而且以百科全书式的体裁，囊括3000年来我们祖先的辛勤劳动所积累下来的生产和斗争知识，更为此后国民修养、文化抉择尽了极深远的启蒙教育作用。《史记》无疑是一部划时代的巨著。

用司马迁自己的话，他写《史记》的主旨是在"述往事，思来者"；是在"网罗天下放失旧闻，考之行事，综其终始，稽其成败兴坏之理……亦欲以究天人之际，通古今之变，成一家之言"。他是以"经世"的"春秋"来比方"史记"，以500年后的第二孔子自任的。毫不夸张，司马迁在《史记》这一巨著中所体现出来的进步的世界观、史识和文心，正是他广泛地吸收齐鲁楚文化的精神（道家的自然唯物观点，儒家的人本礼治思想，屈原的悲天悯人精神），饱参当世与政治紧相结合反映时代一定要求的新兴学说（黄老和董仲舒的新儒学、贾谊的政论），加上他因李陵案下狱受刑、"意有所郁结"的身世感，和他那对于历史上高义奇节之士的向往、对于失败者与受侮辱被损害者的同情，以及对于汉武后期穷兵黩武、消耗国力、严刑峻法、陷民于死的种种政治现实的不满，错综复杂、互映交织而成的。不但这样，司马迁高瞻远瞩，在他那发展的具有素朴辩证法的世界观基础上，负有独立苍茫、承先启后的历史使命；他想及身完成对于古代文献和当代史迹的整齐编次，作出批判性、总结性的"实录"，成为"春秋"以后惟一的创造性的史学巨著。事实上，史记的"藏之名山传之其人"的大业，没有辜负他的愿望；而他的艰苦写作过程，"隐忍苟活，幽于粪土之中而不辞"的心情，也已昭然大白于天下后世，引起千百万读者的感叹敬慕、歔欷而不能自已了。

《史记》之所以能够获得后世史家的推崇，取得"六经之后惟有此作"的最高评价，绝不是偶然的。我们今天来纪念司马迁，研究《史记》，正如他自己所说："非好学深思，心知其意，固难为浅见寡闻道也。"主要的，我想应当从他的整部著作出发，看他在书中怎样贯穿着3000年来中华人民社会活动的发展红线，又怎样充分反映出那个一统向上时代的人民要求，以及他们怎样从事生产斗争等活动，通过各阶层杰出人物的典型塑造，他又怎样体现出丰富多彩的人类文化生活的内心。在哲学思想上,他是怎样从道家的自然主义出发,接受了儒家学说中进步的一面(即人本思想和《春秋》的批判性)。在史学上,他又怎样继承"春秋经世"的旨趣,把历史著作提高到作为"批判的武器"的地位;改"断烂朝报"的编年体为以人物的线索的血肉停匀的纪传体,而"通古为书",强调历史长流的不可分割性。在文学上,他又怎样继承着现实主义的文学传统,确立传记文学的典范,为后代散文学开辟出无数清新的风格和刺激淋漓、笔歌墨舞的境界。一句话,《史记》全书内容既如此其繁富,人物性格、时代脉络又如此其鲜明,我们要想一览无余地、"鸟瞰式"地来研究它,叙述它,是比较困难的。现在,我仅想从他的散文风格和精神实质方面,以及他怎样影响后来的作家,试作初步的重点的论述。

(以下第二节略去)

三 爱憎分明,笔端挟有感情

秉笔直书,不避权贵,是我国古代史家的优良传统。晋史臣董狐直书"赵盾弑其君",孔子赞为"古之良史"。孟子也说:"孔子作春秋而乱臣贼子惧。"历史被用来作为战斗武器,司马迁是体会得十分深切的。他身为史官,负有是非"当世得失之林"的职责,不可能是个白眼看世无动于衷的旁观者或历史的客观主义者;应是一个富有极强烈的正义感和斗争性的战士。对于特定历史人物和事件的评价,他是完全从人民利益和社会发展的角度来着眼的,所以能爱憎分明,是非厘然!

他爱才如命。写项羽就说"才气过人",写韩信就说"国士无双",写李广就说"才气天下无双";但对他们后来的失败和不幸,则又不胜其惋惜之情:于项羽则惜其"背关怀楚"为非计,于韩信则责其"天下已集,乃谋叛逆"为失时,于李广则悯其"终不能复对刀笔之吏,遂引刀自刭",然而"死之日天下知与不知,皆为尽哀",足见李广的"忠实心诚信于士大夫"了。言外之意,宛然可寻。

他嫉恶如仇。写酷吏总括一句:"皆以酷烈为声。"就中特别提出:宁成"其治如狼牧羊",人们甚至说:"宁见乳虎,无见宁成之怒。"王温舒杀人,"至流血十余里",杀人不够,竟"顿足叹曰:嗟乎,令冬月益展一月,足吾事矣"。司马迁补插一句:"其好杀伐、行威、不爱人如此!"心中的痛恨可知。张汤、杜周更会揣摩主子的心理,"舞文巧诋以辅法"。一个是"为人多诈,舞智以御人";一个是"重迟外宽,内深次骨。上所欲挤者,因而陷之,上所欲释者,久系待问,而微见其冤状"。这些酷吏,以张汤为首,互相仿效,都"以斩杀缚束为务",天子反称之为"能","赵禹、张汤以深刻为九卿矣"。结果,"百姓不安其生,骚动",于是"盗贼滋起……发兵以兴击……散卒失亡复聚党山川者,往往而群居,无可奈何"。司马迁就这样集中地、铁面无情地刻画出一般酷吏恶毒狠辣的面目,语带有"嗫龂"之声。

在《平准书》里,他同样对汉武帝时代"残民以逞"的政治现实,给以无情的暴露。由于"通西南夷道","筑卫朔方","迎降赏赐","穿渠转漕","伐胡养马","大出击胡"等大量人力物力的消耗,于是先后推行"铸钱"、"牧马"、"转粟"、"算商"、"造缗"、"卖官鬻爵"乃至"均输平准"一系列的财政措施,造成人民与统治者间不可调和的矛盾,以至天下汹汹,饥馑频仍。司马迁站在卫护人民利益的立场,掀床露柱、刺激淋漓,全面地揭露出这些政治现实的本质,最后借农民出身的卜式之口,说出"烹弘羊、天乃雨"的愤语。从此可见,司马迁对于所谓"兴利之臣"剥削能手的桑弘羊,是如何憎恨了。

他不但憎恨酷吏,而且也憎恨佞臣;他不但爱才气纵横的名将,而且也爱"言必信,行必果,已诺必诚,不爱其躯"的游侠和"谈言微中,亦可以解纷"的滑稽家。皇家权贵,尤其是他讽刺鞭责的对象,甚至皇帝,汉高祖的"流氓相",文帝的"阴忍",景帝的"刻薄相",汉武帝的"内多欲而外施仁义"的一套作风,都被司马迁声东击西、详彼略此的高超手法所彻底暴露出来了。

…………

(以下第四节略去)

五 人物典型的塑造和刻画

《史记》以前,有关人物典型的形象塑造,如《诗·卫风》的描写"硕人"的美,《左传》的刻画郑庄公的阴险、晋灵公的暴虐,都是比较著名的例子,可是篇幅有限,比重不大,远不如《史记》对于历史人物形象塑造和性格描绘得多而且好,而且还具有文学上的典范意义。

司马迁的雕塑形象、刻画性格,是从三方面来进行的。一是社会的,即从本人的阶级出身和社会基础上发掘他的典型性格(如汉初将相多出平民,《史记》一一写出他们贱时的职业,如屠狗、贩鱼等);二是外形的,即从本人的形貌上透露出他的特征(如张良貌如好女子,陈平美如冠玉,武安貌寝等);三是写他的内心,即通过他本人的言语和生活细节的表现上,勾勒出他的灵魂(如写项羽的不忍、妇人之仁,刘邦的开口乃翁、闭口乃翁)。三者交融,不可强为分割。更重要的还是他在选择人物对象时,总是首先要有广泛的代表性;其次要抓住这个人一生的重大情节,再其次是要有插曲,在错综复杂的斗争场面中插入一两段小故事,豁人耳目,使读者为之观感一新,对于这一特定人物的印象,就显得更加鲜明生动了。从"实录"到典型化,从历史到传记文学,艺术加工的过程大体是这样的。

例如,在《陈涉世家》里,司马迁一开始就从"辍耕太息"、"篝火狐鸣"、"自立为王"一直写到"内部摩擦"、"失败身死",最后才插入一段"故人晤见"的故事,点出陈涉从起义到失败,是经历了怎样的阶级变化,因而说明一个农民起义军首领怎样从团结、机智、坚定,走向猜忌、骄傲自满以致脱离群众而失败的教训。全文结束时,司马迁用回头振起的笔法,照顾全局,写了下面一段生动而含意深刻的故事:

> 陈胜王凡六月。已为王,王陈。其故人尝与庸耕者闻之,之陈,扣宫门曰:"吾欲见涉。"宫门令欲缚之,自辩数,乃置,不肯为通。陈王出,遮道而呼"涉"。陈王闻之,乃召见,载与俱归。入宫,见殿屋帷帐,客曰:"夥颐!涉之为王沉沉者!"楚人谓多为夥,故天下传之,"夥涉为王",由陈涉始。客出入愈益发舒,言陈王故情。或说陈王曰:"客愚无知,颛妄言,轻威。"陈王斩之。诸陈王故人皆自引去,由是无亲陈王者。……

从这里,旧伙伴的天真,上层与群众的隔阂,陈王的落后,左右的逢迎,以及群众的不满,司马迁只用几行疏疏朗朗的粗线条的笔触,就曲曲传出农民革命阵营内部朽腐的一面,使我们读后,不但认识了陈涉,而且通过他,还可以找出我国历史上的农民起义为什么老是失败的共同原因。这篇文章的典型性是非常鲜明突出的。

又如《魏公子列传》,这一向被称为完全是司马迁的创作,很少因袭《战国策》的地方,可能是游大梁时得之于故老传闻,因而加以穿插成篇的。全篇刻画出一位尊贤养士、爱国重义的贵公子,为了却秦、救赵、存魏,通过侯嬴、朱亥、毛公、薛公四人的献计活动,终于助成信陵君的事业。其中以"公子置酒车迎侯生"一节最为逶迤宛转、抑扬顿挫,活画出信陵君谦虚诚挚的性格来:

> 公子于是乃置酒大会宾客。坐定,公子从车骑,虚左,自迎夷门侯生。侯生摄敝衣冠,直上载公子上坐,不让,欲以观公子。公子执辔愈恭。侯生又谓公子曰:"臣有客在市屠中,愿枉车骑过之。"公子引车入市,侯生下见其客朱亥,俾倪,故久立,与其客语。微察公子,公子颜色愈和。当是时,魏将相宗室宾客满堂待公子举酒。市人皆观公子执辔,从骑皆窃骂侯生。侯生视公子色终不变,乃谢客就车。至家,公子引侯生坐上坐,遍赞宾客,宾客皆惊。

战国四公子都好客,司马迁特别推重信陵君,而且尊称为魏公子,不名。因为他"能以富贵下贫贱,贤能诎于不肖,唯信陵君为能行之"。又说:"天下诸公子,亦有喜士者矣。然信陵君之接岩穴隐者,不耻下交,有以也。名冠诸侯,不虚耳。高祖每过之而令民奉祠不绝也。"信陵君能够深入下层社会,不摆臭架子,正是他自别于好客"徒豪举耳"的平原君之处。这也就和司马迁早岁想"推贤"、晚年渴望友情的心理有共同之点。"信陵君是太史公胸中得意人,故本传亦太史公得意文"(茅坤说)。

此外,《史记》中描绘外戚豪门争权夺利因而牵涉到整个统治阶级上层内部矛盾的总暴露,结果酿成两败俱伤的悲剧,在文字上达到沉郁顿挫、刺激淋漓的最高境界的,我想无过于"魏其武安侯列传"一篇。

这篇文章,情节非常紧凑,主要是写外戚豪门田(蚡)窦(婴)两家的倾轧,插入以将门子起家的灌夫,这就使关系复杂起来了。由于他们当中互相倚重,加之宾客的倾移,"主上"的喜怒,于是展开统治阶级内部矛盾斗争极紧张的场面,那就是全篇中田蚡的"会饮宾客"和"东朝廷辩"两次高潮。在司马迁笔下,窦婴是个"沾沾自喜,多易,难以为相持重"的权奇自喜的人物;田蚡则是"貌寝","为诸郎,未贵,往来侍酒魏其,跪起如子姓"的逢迎小人,后来因缘时会,爬上高位,则又表现为极其"贪鄙"与"骄横"的权贵,甚至"荐人或至二千石,权移主上",迫得武帝不得不说:"君除吏已尽未?吾亦欲除吏。"灌夫不喜文学,好任侠,是个功名意气之士,与窦婴最为接近。司马迁描述他的性格,是:"为人刚直使酒,不好面谀。贵戚诸有势在己之右,不欲加礼,必陵之;诸士在己之左,愈贫贱,尤益敬,与钧。稠人广众,荐宠下辈,士亦以此多之。"下语概括集中,各如其人。

兹引文中田蚡会饮一段,以见司马迁处理紧张的斗争场面和复杂的人物

性格时,是怎样运用精练、确切、概括、集中的语言来达到"惊心动魄"的艺术效果:

> 酒酣,武安起为寿,坐皆避席伏。已,魏其侯为寿,独故人避席耳。余半膝席。灌夫不悦。起行酒,至武安。武安膝席,曰:"不能满觞。"夫怒,因嘻笑曰:"将军,贵人也。属之。"时武安不肯。行酒次至临汝侯。临汝侯方与程不识耳语,又不避席。夫无所发怒,乃骂临汝侯,曰:"生平毁程不识不直一钱,今日长者为寿,乃效女儿呫嗫耳语。"武安谓灌夫曰:"程李俱东西宫卫尉,今众辱程将军,仲孺独不为李将军地乎?"

这就是有名的"使酒骂座"的故事。原来田窦二家的相倾,既由窦婴之待田蚡幸临、田蚡之向窦婴求田而逐步加深矛盾;更由灌夫的失势家居,窦婴引以为重:"引绳批根生平慕之后弃之者",杯酒之间,遂起风波。结果演成田蚡对灌夫施用暴力,麾骑缚置传舍而至于不可收拾。东朝廷辩,大臣局促如辕下驹,在田蚡多方陷害下,终使窦婴、灌夫二人走向被判弃市的一幕。这是一个封建统治阶级内部争权夺利的必然结局。这个事例,充分揭露出特定历史人物生活冲突的内部规律。这些人物的存在,决非偶然,恰恰是 2000 年来整个封建统治阶级内部诸种矛盾不得调和的产物。自然,这是一个大悲剧。在司马迁笔下,窦婴和灌夫二人的性格,比起田蚡那样势利来,还是值得同情的。这也就是司马迁塑造形象、刻画性格取得成功的地方。他对三人所下的最后结论,也还是正确的。

有人说:"武安势力盛时,以魏其之贵戚元功,灌夫之强力盛气,无如之何;内史等心非之,主上不直之,而亦无如之何。子长深恶势利之足以移易是非,故叙之沉痛如此。"这是较有现实意义的评语。

六 生活体验的深广,语汇的新鲜

创作要有丰富的生活体验,语言要有新鲜的生命。前者决定题材的实质,后者助成主题的表达。一篇文学作品,是具有多种因素的复合体,结构和语言更是不可分的一体两面。司马迁善于选择题材,处理人物,重要的还应归功于他的生活经验的深广和掌握语言艺术的纯熟。说到他的写作素材,不外纸上的文献、实地的调查、口头的访问三种,这些原是古人所能做到的,不算稀奇;其中最能起主导作用的,还是贯穿他全部作品中的一股强烈的人民感情和对生活的批判精神。

司马迁少时耕牧河山之阳,习惯劳动生活。二十以后浪游四方,据王国维《太史公行年考》,这一年他所游历过的地方,按先后排列是这样的:

> 适长沙,观屈原所自沉渊(《屈原贾生列传》)。浮于沅湘(《自序》)。窥九疑(《自序》)。南登庐山,观禹疏九江,遂至会稽大湟(《河渠书》)。上会稽,探禹穴(《自序》)。上姑苏,望五湖(《河渠书》)。适楚,观春申君故城宫室(《春申君列传》,据《越绝书》,则春申君故城宫室在吴)。适淮阴(《淮阴侯列传》)。行淮泗济漯(《河渠书》)。北涉汶泗,讲业齐鲁之都,观孔子之遗风,乡射邹峄(《自序》)。适鲁观仲尼庙堂车服礼器,诸生以时习礼其家(《孔子世家》)。厄困鄱薛彭城(《自序》)。过薛(《孟尝君列传》)。适丰沛(《樊郦滕灌列传》)。过梁楚以归(《自序》)。适大梁之墟(《魏世家及信陵君列传》)。

这一次有计划的全国性旅行,实在是司马迁精神成长过程最重要的一环。26岁以后,扈驾西至崆峒。后又奉使蜀滇,并得参与百年未行的封禅大典礼,开始北中国的遨游。中间负薪塞河,亲自参加水利工作;回来继承父任——作太史公,直至李陵案起,下蚕室而隐忍著书。这些不平凡的经历,使得司马迁的生活内容更加丰富和深刻起来。至于漫游期间,访问故老,勘踏遗迹,得江山之助,以疏畅其文气,那是古人早有此论了。可以说,关系最深切的,乃在司马迁能够见人所未见,发人所未发,深入民间,遍求民隐,对当时苛察为政、厚敛于民的现实,最所疾首腐心,因而发为文章,尤多悲凉激楚之调;借秦皇以讽汉武的地方更是不少。他那素朴辩证法的运用,能见事物内在的关联,和"时势之流,相激使然"(《平准书》结语)的矛盾发展,所以在写作过程更能提高认识,加强了作品的"现实意义"。这里,茅坤的说法可以帮助我们说明问题:

> 其入汉以后,太史公所最不满当时情事者,汉开边衅及酷吏残

民,故次"匈奴"、"大宛",并"郅都"以下,文特精悍。太史公自以救李陵犯主上,并无故人宾客出救,又贫不能赎,卒下蚕室;故于剧孟、鲁朱家之"任侠",于猗顿、卓氏辈之"货殖",俱极摹画。诸将中所最怜者李广之死,与卫霍以内宠益封,故文多感欷。淮阴黥布之特将,樊灌以下之偏裨,详画以差。他如张耳、陈余,则感其两人以刎颈之交相贼杀;窦婴、田蚡、灌夫,则感其三人以宾客之结相倾危;郦食其、陆贾、朱建之客游;刘敬、叔孙通之献纳,季布、栾布之节侠;袁盎、晁错之刑名;张释之、冯唐、韩长孺之正议;石奋、卫绾、直不疑之谨厚;淮南衡山之悖乱;汲黯、郑当时之忼声:此皆太史公所慨于心者,言人人殊,各得其解。譬如善写生者,春华秋卉,并中神理矣。(见《史记评抄》。宋晁无咎也有同样看法)

正因为司马迁有过丰富深厚的生活体验和人民感情,所以在语汇创造和文体采择上,有可能继承战国以来嫖姚跌荡、酣畅纵恣的文体;而民间语言的生动有力,更助长了司马迁抒情说理、夹叙夹议、一唱三叹、徘徊流荡多样性风格的形成。另一方面,文字上素朴质直、浑厚大方的优点,依旧保存下来,对于古史像《尚书》那样"诘屈聱牙"的文章,司马迁引用时总是经过一番语译的,如把"克明峻德"写作"能明驯德","钦若昊天"写作"敬顺昊天",这就不难看出他的进步倾向来。郑樵曾经叹恨过司马迁的文章"雅不足",实在是多余的。殊不知他的质直俚俗处,正是使人感到亲切有味处。随便引几段如下:

项王则受璧,置之坐上。亚父受玉斗,置之地,拔剑撞而破之。曰:唉!竖子不足与谋。夺项王天下者,必沛公也。吾属今为之虏矣!(《项羽本纪》)
帝欲废太子,而立戚姬子如意为太子。大臣固争之,莫能得。上以留侯策即止,而周昌廷争之强,上问其说。昌为人吃,又盛怒,曰:"臣口不能言,然臣期期知其不可,陛下虽欲废太子,臣期期不奉诏。"上欣然而笑。(《张丞相列传》)

一个"唉"字,两个"期期",绘声绘影,如见其人。至于描写对话,夹着小动作的,有如下面二例:

> 万石君少子庆为太仆,御出,上问:"车中几马?"庆以策数马毕,举手曰:"六马。"庆于诸子中最为简易矣,然犹如此。(《万石张叔列传》)
> 郦生至,入谒。沛公方倨床。使两女子洗足,而见郦生。郦生入,则长揖不拜。曰:"足下欲助秦攻诸侯乎?且欲率诸侯破秦也?"沛公骂曰:"竖儒!夫天下同苦秦久矣。故诸侯相率而攻秦,何谓助秦攻诸侯乎?"郦生曰:"必聚徒合义兵诛无道秦,不宜倨见长者。"于是沛公辍洗,起摄衣,延郦生上坐,谢之。(《郦生陆贾列传》)

明白如话,且合口语语法,正是司马迁的别调。其他语汇,如"干没"、"纵酒"、"暴露"、"天下汹汹"、"四海为家"、"后来居上"、"多多益善"、"公知其一未知其二"、"郁郁不得意"、"疎人图肉"等,为现在流行通用的,几乎俯拾即是,这些都是当时口语的遗留,从生活实验中提炼出来的。

说到运用"鄙语"、"谚曰"入文,来增加文气,尤为司马迁所擅长。有时他还借歌谣寄讽,如引"一尺布,尚可缝,一斗粟,尚可舂,兄弟二人,不能相容"的民谣,来讽文帝的摧折淮南王至死。引"颍水清,灌氏宁;颍水浊,灌氏族"的儿歌,以见人民对豪强横行不法的痛恨,都能恰当地增强主题的突出。这些应当是《史记》之所以被称为人民性、现实性的历史文学的主因。比起《汉书》等专为统治阶级说话,并以"典雅整饬"的文字自命,实有本质的不同。

七 参差的句法,不同的节奏

语言是表达感情的工具。文学上的语言,更是贯彻着思想与艺术的统一体。每个作家的风格不同,首先表现在他掌握语言艺术的不同规律上。司马迁善于从民间吸取语源,因之,他所特有的语汇、句调、章法,就处处显现出参差错落的音节与葛藤之美来。先说句法:他惯用长句来集中表现复杂的事物关系。例如:

> 项羽怨怀王不肯令与沛公俱西入关而北救赵。(《高祖本纪》)
> 而李园女弟初幸春申君有身而入之王所生子者遂立。(《春申君列传》)

每个例子都包含着好几个子句联结而成。既无碍于表达一种复杂的情绪,也不违背我国传统的语法,流荡婉转、十分自然。司马迁驱遣语言的天才,古无前例。有时长短句相间,抑扬顿挫,更显得错落有致,而人物的动作,事态的发展,都跟着它在变化发展。例如:

> 秦王发图,图穷而匕首见。因左手把秦王之袖,而右手持匕首揕之。未至身,秦王惊,自引而起,袖绝。拔剑,剑长,操其室;时惶急,剑坚,故不可立拔。荆轲逐秦王,秦王环柱而走。……左右乃曰:"王负剑!"负剑,遂拔以击荆轲,断其左股。荆轲废,乃引其匕首以擿秦王。不中,中铜柱。秦王复击轲,轲被八创。轲自知事不就,倚柱而笑,箕踞以骂。曰:"事所以不成者,以欲生劫之,必得约契以报太子也!"(《刺客列传》)

短兵相接,生死一间,这是紧张的一例。又如:

> 窦皇后兄窦长君,弟曰窦广国,字少君。少君年四五岁时,家贫,为人所略卖,其家不知其处。传十余家,至宜阳,为其主入山作炭。寒,卧岸下百余人,岸崩,尽压杀卧者,少君独得脱,不死。自卜数日当为侯,从其家之长安。闻窦皇后新立,家在观津,姓窦氏。广国去时虽小,识其县名及姓,又常与其姊采桑堕,用为符信,上书自陈。窦皇后言之于文帝,召见,问之。具言其故,果是。又复问他何以为验。对曰:"姊去我西时,与我决于传舍中,丐沐沐我,请食饭我,乃去。"于是窦后持之而泣,泣涕交横下。侍御左右皆伏地泣,助皇后悲哀。(《外戚世家》)

家事琐屑,娓娓而谈。这是委婉的一例。司马迁句调的优美,上举二则,足见一斑。

再说节奏。亦即韵律,通于词句篇章之间。有时急促,有时流转,有时重复取势,有时摇曳生姿,有时奇峰突起,有时远意无尽。韵致悠扬,各极其妙。

急促的例子,如项羽本纪"巨鹿之战"一节及刺客列传"荆轲刺秦王"一节,急转直下,紧张处几使读者屏气绝息。有时为了冲淡主题,侧媚求姿,每于紧张中忽然放松,于正经处忽插闲文,使人得有一种快感。司马迁常用此法(《伯夷列传》、《老子韩非列传》首段),最为后代文家可追摹。

宋洪迈曾举《平原君列传》与毛遂对话一节,以为"重沓熟复,如骏马下驻千丈坡";又举《魏世家》魏公子无忌与王论韩事,说"韩必德魏、爱魏、重魏、畏魏,韩必不敢及魏",十余语之间,五用"魏"字。《苏秦列传》,秦说赵肃侯"择交而得则民安,择交而不得,则民终身不安;齐秦为两敌而民不得安;倚秦攻齐而民不得安;倚齐攻秦而民不得安"等例,说明《史记》文字的流转和重复取势,都可帮助我们理解。

至《大宛列传》开始即说:"大宛之迹,见自张骞",下接"张骞汉中人",波澜壮阔,从此展开。突起硬接,文势自健。凌稚隆云:"退之送廖道士序、子厚游黄溪记,发端皆仿此法。"(《史记评林》)封禅书结尾:"自此之后,方士之祠神者弥众,然其效可者矣!"对于汉武封禅、求仙种种愚蠢活动,正言若反,一语推翻,正足"发人深省"。又封禅书"三神山"一段:

> 自威、宣、燕昭,使人入海求蓬莱、方丈、瀛洲。此三神山者,其传在勃海中,去人不远;患且至,则船风引而去。盖尝有至者,诸仙人及不死之药皆在焉。其物禽兽尽白,而黄金银为宫阙。未至,望之如云;及到,三神山反居水下;临之,风辄引去,终莫能至云。世主莫不甘心焉。

最为历代文家所欣赏,正因它能于"要紧处多跌荡",大有"江上峰青"之概。这些都属于"远意无尽"一类的。

以上随举数例,已很可观。此外,如《魏其武安侯列传》,前言"灌夫亦持武安阴事",后言"夫系,遂不得告言武安阴事",迫出末句"及闻淮南王金事,上曰:使武安侯在者,族矣!"画龙点睛,跃跃然动,最为得神。又如《平准书》中以卜式为"奇兵",大宛传中以张骞为"导游",在全篇中出没无常,互为主宾,收得"活着"之用,更是司马迁得意之笔。至于提笔振起文气,用"当是时"、"当此之时";否定时用"矣"字送韵;加重语气、联结动作时用叠字(《项羽本纪》"军壁垓下"一段连用十六个"乃"字,二十二个"骑"字;《樊郦滕灌列传》连用十一个"以"字,十五个"从"字;淮阴侯列传连用三个"奇"字,七个"亡"字),叠句(《张释之冯唐列传》言"久之"者五、"顷之"者三;田叔列传连用七个"长者")等,大都是司马迁运用语言艺术的独创规律,变化多端,不拘一格。

八 丰富多彩的"文心"

最后要说他的文心,亦即文字所能达到的最高境界。这是思想与艺术上的创造性的统一,句调、节奏、文心三者合一,才是司马迁散文风格的全貌。

古今文评家,自唐韩愈柳宗元、宋苏辙以下拈出"雅"、"洁"、"奇气"等品藻以后,元明而下对于司马迁的风格及其"深意",尤多新的见解,兹摘引几条,以当导引:

(1) 太史公但若热闹处就露出精神来了。如今人说平话者然:一拍手又说起,只管任意说去,如说平话者,有兴头处就歌唱起来。

(2)《史记》如作游山记然:本是说本处景致,乃云前有某山,后有某水等,乃为大家文字。他人文字一条鞭的,他人之文如临小画,非不工致,子长之文如画长江万里图。(以上见归有光《〈史记〉总评》)

(3) 文贵奇。有奇在字句者,有奇在意思者,有奇在笔者,有奇在邱壑者,有奇在气者,有奇在神者。奇气最难识。大约忽起忽落,其来无端,其去无迹。读古人文,于起灭转接之间,觉有不可测识处,便是奇气。

(4) 文贵大。古文之大者莫如史迁。震川论《史记》,谓为大手笔。又曰:"起头处来得勇猛。"又曰:"连山断岭,峰头参差。"又曰:"如画长江万里图。"又曰:"如大塘上打纤,千船万船不相妨碍。"此气脉洪大,邱壑远大之谓也。

(5) 文贵远。远必含蓄。或句上有句,或句下有句,或句中有句,或句外有句,说出者少,不说出者多。昔人谓子长文字,微情妙旨,寄之笔墨蹊径之外。又谓如郭忠恕画天外数峰,略有笔墨而无笔墨之迹。故子长文并非孟坚所知。

(6) 文贵疏。孟坚文密,子长文疏。凡文力大则疏,气疏则纵,密则拘;神疏则逸,密则劳;疏则生,密则死。子长拿捏大意,行文不妨脱略。

(7) 文贵变。上古实字多、虚字少。典谟训诰,何等简奥,然文法自是未备。孔子时虚字详备,左氏情韵并美,至先秦更加疏纵。

汉人敛之，稍归劲质，惟子长集其大成。（以上见刘大櫆《〈论文〉偶记》）

上引二家，一用"说平话"、"作游记"来比方；一则提出"奇"、"大"、"远"、"疏"、"变"五个字来加以概括，都是非常亲切有味而妙于形容的。现在我想拈出下面几点，来分析司马迁散文风格所已到达的最高境界，并说明他对后人有了哪些影响。

（1）悲歌感慨　无过《项羽本纪》、《伯夷列传》、《屈原贾生列传》、《李将军列传》。这是抒情的，处处有我在。《项羽本纪》中"军壁垓下"一段，最可代表。

（2）刺激淋漓　无过《酷吏列传》、《魏其武安侯列传》。这是暴露的、讽刺的，见其愤世嫉俗之情，是批判的现实主义的典范。"灌夫骂座"一段，最有声色。

（3）疏荡流转　无过《平原君虞卿列传》、《郦生陆贾列传》。叙事婉曲，说理明畅，对话流利。刻画形象尤其生动。"毛遂定从"一段最可代表。

（4）沉酣畅足　无过《刺客列传》、《魏公子列传》。前揭"刺激淋漓"一境，略偏于讽刺；此则重在摹绘人物，神理气味必求其十分尽致，如《荆轲传》中"与高渐离歌泣于市"及《滑稽传》中"淳于髡饮酒"一段，最为典型。欧阳修文往往规抚此种笔调。

（5）飘逸淡远　无过《封禅书》、《张释之冯唐列传》。如宋人淡笔画，远山无尽，风神绝佳。历来最为文家欣赏的，是《封禅书》中"三神山"一段（见前）及《张释之冯唐列传》中："是时慎夫人从，上指示慎夫人新丰道曰：此是邯郸道也。使慎夫人鼓瑟，上自倚瑟而歌，意惨凄悲怀，顾谓群臣曰：'嗟乎！以北山石为椁，用纻絮错陈，蔹漆其间，岂可动哉！'左右皆曰，'善。'释之前进曰：'使其中有可欲者，虽锢南山犹有郄，使其中无可欲者，虽无石椁，又何戚焉？'文帝称善。"为最具远韵深致。

（6）委曲迂徐　无过《外戚世家》及《万石张叔列传》。刻画性格，叙述家常，如画工著色，曲尽其妙。后世文家如欧阳修、归有光等学《史记》,多从此处着手。林纾译言情小说,亦好以此种笔调出之。

司马迁文内容繁富,往往突破形式,人物连叙,情节交错,有时闲文与本事互相映发,有时本人与书中主人翁人格合抱,有时前后呼应,对比到底,使人读后,不觉为之移情。正如茅坤所说:

> 今人读《游侠传》即欲轻生,读《屈原贾谊传》即欲流涕,读《庄周鲁仲连传》即欲遗世,读《李广传》即欲立斗,读《石建传》即欲俯躬,读《信陵平原传》即欲养士,若此者何哉?盖各得其物之情而肆于心故也,而固非区区句字之激射者也。(《史记评抄》)

司马迁文字感染力的深远,可想而知。这是读者方面所得的印象。若从司马迁下笔时的心理活动和创造过程论,则又是一种情况:当他满怀同情,为心爱的特定历史人物形象,进行艺术加工而予以复制、特写时,那种迫切的创作冲动,常常使得他设身处地,不觉跃身其中,因而写出作品来也就"文如其所欲写之人"了。杨慎说:"《屈原传》,其文便似《离骚》,其论作骚一节,婉雅凄怆,真得骚之趣者也。"又说:"史公赞滑稽语,亦近滑稽。"茅坤说:"李将军于汉最为名将而卒无功,故太史公极力摹写,淋漓悲咽可涕。"从此又可知道,司马迁对书中之主人翁的爱憎,又是如何分明的了。

他写《循吏传》,选的都是春秋时人,表示汉代官吏一无足纪。开头就说:"奉职循理,亦可以为治,何必威严哉!"写《酷吏传》,尤不辞"口诛笔伐",结尾罗列一批无能的酷吏,总的加以批判道:"至若蜀守冯当暴挫,广汉李贞擅磔人,东郡弥仆锯项,天水骆璧推咸,河东褚广妄杀,京兆无忌、冯翊殷周蝮鸷,水衡阎举扑击卖请,何足数哉!何足数哉!"用同样"酷烈"的词句,来判决这批酷吏的罪状,斩钉截铁,可谓确切不移。司马迁所以能够成为人民的历史家,成为现实主义的大师,意义就在于此。

九 简短结论

为了结束上文,补充说明,我想,可以做出下面几点结论来:
(1) 司马迁是我国第一个继承《国风》抒情、《小雅》讽刺、《春秋》谨严、《左氏》浮夸、《庄子》放恣、《离骚》悱恻等古典文学的优良传统,同时吸收战国以来嫖姚跌荡、酣畅淋漓的散文倾向,并且广泛地汲取民间语言,不断加以洗炼、简洁,因而自成一家独具风格的现实主义大师。

（2）由于他生长在那个动荡的时代,生活于广大人民群众中间,从而笔下挟有极强烈的人民感情和正义感;又因身为太史,"扬历中外",所以得有条件搜罗古代文献、民间传说以及他所亲闻目睹可歌可泣的故事,通过一定的艺术形式,集中地概括地记录下3000年来我国人民种种斗争和活动事迹,而给以鲜明、生动、深刻、完整的表现;同时由于他在一定程度上反映出人民对于生活理想的不断追求和展望,因此更使他的作品饶有"多爱好奇"的浪漫特征。这样,就规定他不仅是个批判的现实主义者,而且也是个浪漫主义者！

（3）通过《史记》,由附庸蔚为大国的"传记文学"的确立,一方面总结了古代文学家的丰富经验,同时为后之文史学家提供许多光辉卓越的范例。那种通过形象、反映实质、集中表现、重点突出的现实主义创作方法,已为"传记文学"本身开拓出无数宽广的创造道路和艺术境界。这一人民性、现实性、斗争性的历代相承的文学传统,通过司马迁伟大人格的感召及其辉煌巨著《史记》的广泛传诵,千百年来已为我国古典文坛留下一份极为珍贵的遗产,它那丰富的宝藏,一直是我国文学家从事创作时汲取不尽的灵感的源泉。

（4）特别是司马迁独创并惯用了的新鲜语汇、参差句法、抑扬的韵律、雄奇飘逸的境界以及入木三分的性格描写、曲尽人情的生活摹绘,夹叙夹议、负责评论（太史公曰）的笔调,几乎打破了文史哲学的形式三分法,把抒情、叙事、说理的不同文体有机地综合起来,达到思想上艺术上高度的统一。这一系列的艺术上的卓越成就,以及贯注全部作品中的爱人民、爱祖国、爱才如命、嫉恶如仇与人民血肉相连的现实主义创作精神,仍然是一种富于启发性、示范性的指导原理,值得我们向他学习,并加以继承、发展和提高的。

无可否认,到现在为止,仅就文学范围说,司马迁仍然是我国古典文学中创立传记文学规范、掌握语言规律达到艺术高峰的巨匠之一。不但在中国文学史上的地位如此,即在世界的意义上,也是如此。

研究与思考

◉ 延伸阅读 ◉

1. [美]韦勒克、沃伦《文学理论》第四部《文学的内部研究》第十五章《意象、隐喻、象征、神话》,三联书店,1984年。

2. 闻一多《伏羲考》,《闻一多全集》第1卷,三联书店,1982年。

3. 顾颉刚《〈庄子〉和〈楚辞〉中昆仑和蓬莱两个神话系统的融合》,《中华文史论丛》第二辑,上海古籍出版社,1997年。

4. 王靖宇《从〈左传〉看中国古代叙事文学》,王靖宇《〈左传〉与传统小说论集》,北京大学出版社,1989年。

5. [美]李惠仪《〈左传〉的书写与解读》"引言",江苏人民出版社,2016年。

6. 李长之《司马迁之人格与风格》,上海开明书店,1948年;三联书店,1984年再版。

7. 宇文所安《叙事的内驱力》,宇文所安《他山的石头记——宇文所安自选集》,江苏人民出版社,2003年。

8. 莫砺锋《〈左传〉人物描写艺术对〈史记〉的影响》,《南京大学学报》,1983年第4期。

◉ 问题与思考 ◉

1. 中国古代神话与历史有何关系?

2. 谈谈中国古代神话的分类,每类举出几个具体的例子,并试述其中体现的民族精神和文化心理。

3. 谈谈先秦两汉历史散文的发展脉络。

◉ 研究实践 ◉

下面两题,可选做,或由教师组织学生做。内容可以是资料整理设计、学术笔记设计、论文设计、口头报告会设计、专题报告设计等。是否采用表格式,可以自行决定,也可以自行设计其他样式。

1. 研究课题:

昆仑山与西王母。

背景材料:

《山海经》。

《楚辞》。

《穆天子传》。

《汉武帝故事》。

《汉武内传》。

方法提示:

(1) 了解上述文献的著录、作者、时代、版本等情况,收集有关昆仑与西王母的传说,如能旁及其他有关昆仑与西王母的文献则更好。可查阅袁珂、周明《中国神话资料萃编》(四川省社会科学院出版社,1985年)、袁珂《中国神话传说词典》(上海辞书出版社,1985年)等资料。

(2) 阅读鲁迅《中国小说史略》第二篇、第四篇,顾颉刚《庄子和楚辞中昆仑和蓬莱两个神话系统的融合》等论文,并能利用研究论文索引等,尽可能地查阅前人的研究成果和神话理论方面的论著,拓展自己的思路。

(3) 参考研究向度:

A. 昆仑山与西王母在不同时代的神话、传说、小说中的形象变化;神话话语与小说话语的比较。

B. 人间天子登昆仑山,宾于西王母的神话含义。

C. 神话与仙话的关系。

D. 昆仑或西王母在中国文化中的地位,在中国文学中的隐喻与象征含义等。

E. 昆仑山与中国文化中对黄河与西域的认识。

F. 其他。

呈现形式:

(1) 论文。题目自拟,可参考的题目如《略论昆仑山与西王母崇拜》,《穆天子与汉武帝西行传说的文化意义》等。

(2) 小型学术研讨会,在课题中选择一个研究方向展开讨论,也可以就课题进行讨论。讨论时请事先定好作主题发言的同学,作重点准备。

(3) 其他,如写学术札记,请某位老师作专题报告等。

2. 阅读以下资料,并在《史记》中找一些例证,写一篇有关《战国策》的叙事艺术对《史记》的影响的论文。在写作时可参照苏仲翔《试论司马迁的散文风格》、莫砺锋《〈左传〉人物描写艺术对〈史记〉的影响》等论文的写法。

A. 王正德《余师录》卷一引晁补之语:"文者气之形,太史公周览四海名山大川,与燕赵间豪杰游,故其文疏荡,颇有奇气,然未尝役意学为如此之文也。"

B. 苏辙《古史·序》:"战国之际,诸子辩士各自著书,或增损古事以自信一时之说,迁一切信之,甚者或采世俗相传之语,以易古文旧说。"

C. 张耒《张右史文集》卷五六《司马迁论》:"司马迁尚气好侠,有战国豪士之余风,故其为书,叙用兵、气节、豪侠之事特详。"

D. 朱熹《朱子语类》卷一三九:"司马迁文雄健,意思不帖帖,有战国文气象。贾谊文亦然,老苏文亦雄健,似此皆有不帖帖意。仲舒文实。刘向文又较实,亦好,无些虚气象,比之仲舒,仲舒较滋润发挥。大抵武帝以前文雄健,武帝以后更实。"

E. 楼昉《过庭录》:"太史公作《苏秦》、《张仪》、《范雎》、《荆轲传》,分外精神,盖子长胸中有许多侠气,所谓爬着他痒处。"

F. 茅坤《〈史记〉钞》卷首《读〈史记〉法》:"《列传》七十,凡太史公所本《战国策》者,文特嫖姚跌宕,如传刺客,则聂政、荆轲,如传公子,则信陵、平原、孟尝,他如传谋臣战将,则商鞅、伍胥、苏秦、张仪、范雎、蔡泽、吕不韦、春申、司马穰苴、孙武、吴起、乐毅、廉颇、蔺相如、赵奢、李牧、田单、白起、王翦、李斯、蒙恬,虽不尽出《战国策》,而秦汉相间不远,故文献犹足,章章著明,太史摹画绝佳。"

第三章 《诗》《骚》与比兴

导 论

从纯粹的文学观念来看,在先秦能够称得上纯文学作品的也许只有《诗经》和《楚辞》。这两种典籍,对后世文学有极其深远的影响,而其最核心的文学传统之一就是作为中国文学特质的比兴传统。

上古文学总是处于一种浑然不分的状态,中国文学自不能例外。先秦时期,诗、乐、舞不分,文、史、哲不分,尽管我们以现代文学的观念来诠释上古的文学,但是"一切真历史都是当代史"(克罗奇语),"一切历史都是思想史"(柯林武德语),一代有一代的诠释理念及方法,我们的理解在很大程度上偏离了古典文学的本来面目。《诗经》作为先秦的儒家经典之一,在两千多年中国传统学术的发展中,经历了一个从歌到诗、从经学到文学的过程。在现代意义上的文学尚未确立之前,《诗经》作为一部典籍,其诗教的敦厚远过于审美的欢愉。诗教的意义,即是《诗大序》中所说的:"先王以是经夫妇,成孝敬,厚人伦,美教化,移风俗。"

自先秦至今天,《诗经》学作为一门显学,有它自身的发展过程。先秦《诗经》学以"致用"为根本,孔子说:"小子何莫学夫《诗》?《诗》可以兴,可以观,可以群,可以怨。迩之事父,远之事君。多识于鸟兽草木之名。"(《论语·阳货》)又说:"诵《诗》三百,授之以政,不达;使于四方,不能专对;虽多,亦奚以为?"(《论语·子路》)"不学《诗》,无以言。"(《论语·季氏》)这都是从事父、事君、言语、政事等传统的伦理范围出发的。

西汉时《齐》、《鲁》、《韩》三家诗列入学官,《毛诗》独在民间传授,而自东汉郑玄融汇今、古文,为《毛诗》作笺以后,三家诗逐渐消亡,至唐代孔颖达《毛诗正义》也以毛、郑之学为核心,故从东汉至唐近千年间,毛、郑《诗》学实为《诗经》学的主流,其特色始由经世致用而转为一门纯粹的学术,并以训释经文为其核心。

宋代以朱熹《诗集传》为核心的《诗经》学,是在宋代浓重的疑经风气之下逐步形成的。自欧阳修开始对于《诗序》的怀疑,宋代一大批学者如王安石、苏辙、郑樵、王质、程大昌、王柏等都对《诗经》作了一些专题的研究,并多有著作传世。宋代《诗经》学最主要的功绩是放弃《诗序》的权威,而从《诗经》本身来寻求诗旨,这与毛、郑之学是大异其趣的,这种风气一直绵延到明末。

有清三百年间,《诗经》学以文字、声韵、训诂、考据为其最重要的特征,虽然对于诗旨的解释并没有很多超越前人的地方,而对于《诗经》字句训诂则大大超越前贤,从而为进一步理解《诗经》廓清了大量文字障碍,以马瑞辰《毛诗传笺通释》、胡承珙《毛诗后笺》、陈奂《诗毛氏传疏》等著作为其中坚。同时三家诗的辑轶工作也取得很大的成绩。代表作有陈乔枞《三家诗遗说考》、王先谦《诗三家义集疏》。

要之,从汉至清的《诗经》学研究都可以归结为经学研究,而在整个《诗经》学史上,这些研究也贯穿了《诗经》中的一些基本的问题,例如采诗与赋诗、《诗经》的"六义"、《诗序》等问题,都在学术史上聚讼不休。

20世纪以来,《诗经》的研究在各方面都取得了突出的成绩。《诗经》学从经学研究而转入文学研究,并涉及到《诗经》研究的各个方面。20世纪的《诗经》学主要是在诗义的阐释上与前人完全不同,并融入了民俗学、社会学、文化人类学等诸多学术范围,例如闻一多的《风诗类钞》、《诗经新义》等著作,以及其多篇讨论《诗经》的论文如《诗新台鸿字说》等,都是较早运用这些方法来对《诗经》进行研究的。又张西堂的《诗经六论》、朱东润《诗三百篇探故》等都是对《诗经》的基本问题所作的研究,而孙作云《诗经与周代社会研究》则探讨其与历史的关系。

《诗经》学也是一门国际化的学术,国外学者对《诗经》的学习及研究同样由来已久,《诗经》自汉代始即已开始向国外传播,包括西域以及东南亚的越南、朝鲜、日本等国家,而且在许多国家的学术中占有重要地位,如高丽实行科举时,曾以《诗经》作为士子的考试科目,而18世纪以前日本学者同样是将《诗经》作为经学来研究的,深受中国传统学术的影响。《诗经》向欧洲的传播始于 16 世纪,至今已有英、法、德、俄等各种语言的多种译本,如史陶思(V.Strauss)的德译本,理雅各(J. Legge)、阿瑟·韦利(A. Waley)、高本汉(B. Karlgren)等的英译本,都具有代表性。西方学者对于《诗经》的研究同样具有重要的意义,如法国汉学家葛兰言(M.Granet)的著作《中国古代的节日与歌谣》是最早运用社会学及民俗学的方法对《诗经》进行深入研究的重要著作,而晚近的典型著作王靖献的《钟与鼓》则是以帕里-洛德理论对《诗经》进行研究的代表性论著。

《楚辞》以其原始瑰丽的诗风和浪漫奇特的想象而成为中国文学的另一源头。王国维称之为"一代之文学,而后世莫能继焉"(《宋元戏曲史序》)。大体而言,《诗经》产生于中原文化之下,是礼乐文明的象征,而《楚辞》则产生于南方的楚国,虽然在屈原手中得以成熟,而其中体现出来的原始性以及"巫系文学"的特色,则足以与中原的礼乐文明形成鲜明的对照。《楚辞》在我国的古典学术中虽然没有《诗经》那么高的地位,在四部典籍中也仅列入集部,但对后世文学创作同样有极大影响,如刘勰称其"文辞丽雅,为辞赋之宗"(《文心雕龙·辨骚》)。而其奇丽的语言特色、"游"的精神内核则对唐代诗人李白、李贺等人有更大的启发。

就《楚辞》的研究而言,汉武帝时,淮南王刘安已对《楚辞》作了训解和评论,而司马迁《史记·屈原列传》中对屈原其人其文的评论则更具有代表性:

> 《国风》好色而不淫,《小雅》怨诽而不乱。若《离骚》者,可谓兼之矣。上称帝喾,下道齐桓,中述汤武,以刺世事。明道德之广崇,治乱之条贯,靡不毕见。其文约,其辞微,其志洁,其行廉,其称文小而其指极大,举类迩而见义远。其志洁,故其称物芳。其行廉,故死而不容自疏。濯淖污泥之中,蝉蜕于浊秽,以浮游尘埃之外,不获世之滋垢,皭然泥而不滓者也。推此志也,虽与日月争光可也。

这里既说出了失意文人的心声,同时也指出《离骚》的创作价值是与《诗经》一脉相承的。东汉王逸《楚辞章句》奠定了"楚辞学"的基础,他将《楚辞》称为"经",从忠君爱国的儒家伦理对《楚辞》进行训释,从而提高了"楚辞学"本身的地位和价值。

魏晋至唐,虽然儒学衰微,但是《楚辞》的奇丽使人们从文学方面进一步认识了它的价值,因此它更作为一种文学传统而为人所接受。

宋代为中国学术史上的新变期，每种学术都体现出一种崭新的面目，"楚辞学"也不例外，大量的学者如晁补之、洪兴祖、朱熹等人都对"楚辞学"的发展有很大的推动作用，如洪兴祖《楚辞补注》、朱熹《楚辞集注》都是"楚辞学"史上的重要著作，而尤以朱熹的《集注》最能发明其中的儒家意蕴，同时，朱熹对于《楚辞》的艺术也予以了很多重视。明代"楚辞学"著作如汪瑗《楚辞集解》、黄文焕《楚辞听直》等对旧注已多有驳正，是较有价值的两种。

清代"楚辞学"大盛，重要的著作如王夫之《楚辞通释》、林云铭《楚辞灯》、蒋骥《山带阁注楚辞》、戴震《屈原赋注》等著作，或寄故国之思，或长于考证训诂，或长于分析艺术，都各有特色。晚清学者马其昶、刘师培、王国维、梁启超等也对于《楚辞》有不同程度的研究；而近代学者闻一多、姜亮夫、游国恩、马茂元等人则对《楚辞》的文字训诂学、文学及文化学研究做出了重要贡献。

与《诗经》一样，《楚辞》也较早流入海外。盛唐时代，即日本奈良时代，《楚辞》随同《文选》一书传入日本，且成为官方取仕之必读书，因而《楚辞》对日本的古代文学已经有影响，从而也较早有人进行研究。20世纪以来的研究著作如桥川时雄《楚辞》、藤野岩友《巫系文学论》、星川清孝《楚辞之研究》以及竹野贞夫《楚辞研究》等。而《楚辞》传入欧美等国则只有100余年的时间，而至今已有多种语言的译本。然而研究的专著及论文则很少，且多出华裔学者之手，如英国霍克思《求宓妃之所在》、陈世骧《论时：屈赋发微》、杨牧《衣饰与追求》等。

作为中国文学特质的比兴传统，古人早已经有许多论述，自郑众、郑玄等经学家以来，都对这一概念作了阐释，"比兴"的确切含义，虽然至今仍是学术界没有定论的问题之一，但是作为一种文学传统，"比兴"决不仅仅代表一种创作方法，而是渗透在中国整个诗歌史上的一种内在精神。刘勰说："附理者切类以指事，起情者依微以拟议。起情故兴体以立，附理故比例以生。比则畜愤以斥言，兴则环譬以记讽。"（《文心雕龙·比兴》）而钟嵘《诗品·总论》中说："故诗有三义焉：一曰兴，二曰比，三曰赋。文已尽而义有余，兴也；因物喻志，比也；直书其事，寓言写物，赋也。宏斯三义，酌而用之，干之以风力，润之以丹采，使味之者无极，闻之者动心，是诗之至也。"则已将其作为诗歌的最高标准。《楚辞》的比兴继承《诗经》而来，王逸《楚辞章句》中说："《离骚》之文，依诗取兴，引类譬谕"，刘勰《文心雕龙·辨骚》中也说："故其陈尧舜之耿介，称禹汤之祗敬，典诰之体也；讥桀纣之猖披，伤羿浇之颠陨，规讽之旨也；虬龙以喻君子，云蜺以譬谗邪，比兴之义也；每一顾而淹涕，叹君门之九重，忠怨之辞也。观兹四事,同于《风》、《雅》者也。"事实上,比兴在《楚辞》中最为突出的即是其以"香草美人"的传统而继续。

与比兴相关联的是《诗经》的"美刺"的传统。郑玄在释"六诗"时已经说:"赋之言铺,直铺陈今之政教善恶。比,见今之失,不敢斥言,取比类以言之。兴,见今之美,嫌于媚谀,取善事以喻劝之。"《诗经》学最初的形成,即已与社会民生联系在一起,对我国以后的诗歌创作也有相当大的影响,诗歌的复兴每以《诗经》的创作方法为其典范。如唐代陈子昂的古诗运动从理论上对于六朝以来的文学作批判,提倡风雅,言"风骨",称"兴寄":"文章道弊五百年矣。汉魏风骨,晋宋莫传。……齐梁间诗,采丽竞繁,而兴寄都绝,每以咏叹,思古人。常恐逶迤颓靡,风雅不作,以耿耿也。"李白《古风》诗云:"《大雅》久不作,吾衰竟谁陈?王风萎蔓草,战国多荆榛。"至杜甫"即事名篇"的乐府诗,同样是继承《诗经》"美刺"的传统,而这一传统到了元、白诗派就更加明白地提出"歌诗合为事而作",而其所作之新乐府,更完全实践了其文学主张。白居易《读张籍古乐府》诗云:"为诗意如何?六义互铺陈。风雅比兴外,未尝著空文。"我国诗歌史上的这些现象,都是与这一传统直接联系在一起的,直至清代常州词派的"词非寄托不入,专寄托不出",犹是比兴的遗义。

本章所选的两篇文章,《诗教》一文剖析了中国最重要的诗学传统,而《论屈原文学的比兴作风》则是论"比兴"这一基本创作方法在《楚辞》中的发展。

选　文

诗　教
朱自清

导言——

本文选自朱自清《诗言志辨》(上海开明书店,1947年)。

朱自清(1898—1948),曾任清华大学、西南联合大学等校教授。著有《诗言志辨》、《古诗十九首释》等,后人辑有《朱自清全集》。

诗教为《诗经》学上最重要的问题之一,朱自清这一篇文章从历史的观点阐明"诗教"的发展过程,使我们能够进一步了解中国诗歌的特性。

文章分三部分来论述。"六艺之教"由礼、乐、射、御、书、数变而为《诗》、《书》、《礼》、《乐》、《易》、《春秋》,是古代中国的教育由文武兼备而发展为文教与武教的分离。而六艺之中,以"诗教"之影响最为广泛;第二部分论述诗教实际上向"断章取义"这一方向的发展;第三部分为论述"诗教"的核心在后世的发展,即从温柔敦厚到"思无邪"而到"文以载道"。全文历史线索分明,对于中国诗学特性的概括简明而确切。

一　六艺之教

"诗教"这个词始见于《礼记·经解篇》:

> 孔子曰:"入其国,其教可知也。其为人也,温柔敦厚,《诗》教也;疏通知远,《书》教也;广博易良,《乐》教也;絜静精微,《易》教也;恭俭庄敬,《礼》教也;属辞比事,《春秋》教也。故《诗》之失愚,《书》之失诬,《乐》之失奢,《易》之失贼,《礼》之失烦,《春秋》之失乱。其为人也,温柔敦厚而不愚,则深于《诗》者也。疏通知远而不诬,则深于《书》者也。广博易良而不奢,则深于《乐》者也。絜静精微而不贼,则深于《易》者也。恭俭庄敬而不烦,则深于《礼》者也。属辞比事而不乱,则深于《春秋》者也。"

《经典释文》引郑玄说:"《经解》者,以其记六艺政教得失。"这里论的是六艺之教;《诗》教虽然居首,可也只是六中居一。《礼记》大概是汉儒的述作,其中称引孔子,只是儒家的传说,未必真是孔子的话。而这两节尤其显然。《淮南子·泰族训》也论六艺之教,文极近似,不说出于孔子:

> 六艺异科而皆同道(《北堂书钞》九十五引作"六艺异用而皆通")。温惠柔良者,《诗》之风也。淳庞敦厚者,《书》之教也。清明条达者,《易》之义也。恭俭尊让者,《礼》之为也。宽裕简易者,《乐》之化也。刺几(讥)辩义(议)者,《春秋》之靡也。故《易》之失鬼,

《乐》之失淫，《诗》之失愚，《书》之失拘，《礼》之失忮，《春秋》之失訾。六者，圣人兼用而财（裁）制之。失本则乱，得本则治。其美在调，其失在权。

"六艺"本是礼、乐、射、御、书、数，见《周官·保氏》和《大司徒》；汉人才用来指经籍。① 所谓"六艺异用而皆通"，冯友兰先生在《原杂家》里称为"本末说的道术统一论"②；也就是汉儒所谓"六学"。六艺各有所以为教，各有得失，而其归则一。《泰族训》的"风"、"义"、"为"、"化"、"靡"其实都是"教"；《经解》一律称为"教"，显得更明白些。——《经解篇》似乎写定在《淮南子》之后，所论六艺之教比《泰族训》要确切些。《泰族训》"诗风"和"书教"含混，《经解篇》便分得很清楚了。汉儒六学，董仲舒说得很明白，《春秋繁露·玉杯》云：

> 君子知在位者之不能以恶服人也，是故简六艺以赡养之。《诗》、《书》序其志，《礼》、《乐》纯其美，《易》、《春秋》明其知。六学皆大，而各有所长。《诗》道志，故长于质。《礼》制节，故长于文。《乐》咏德，故长于风。《书》著功，故长于事。《易》本天地，故长于数。《春秋》正是非，故长于治人。能兼得其所长，而不能遍举其详也。

他将六艺分为"《诗》、《书》"、"《礼》、《乐》"、"《易》、《春秋》"三科，又说"六学皆大，而各有所长"，可见并不特别注重诗教，和《礼记·经解篇》、《淮南子·泰族训》是相同的。《汉书》八十八《儒林传叙》也道：

> 古之儒者博学虖六艺之文。六艺（原作"学"，从王念孙《读书杂志》校改）者，王教之典籍，先圣所以明天道、正人伦、致至治之成法也。……及至秦始皇……六学从此缺矣。

这就是所谓"异科而皆同道"了。六艺中早先只有"《诗》、《书》、《礼》、《乐》"并称。《论语·述而》："《诗》、《书》执礼，皆雅言也"，《泰伯》："兴于《诗》，立于

---

① 许冲《上说文解字表》"六艺群书之诂"注，《说文解字注》十五下。
② 《云南大学学报》第一期。

礼,成于乐";前者《诗》、《书》和礼并称,后者《诗》和礼乐并称。《庄子·徐无鬼篇》:"横说之则以《诗》、《书》、《礼》、《乐》",《荀子·儒效篇》:"故《诗》、《书》、《礼》、《乐》之〔道〕归是矣"(从王先谦《荀子集解》引刘台拱说加"道"字);"《诗》、《书》、《礼》、《乐》"已经是成语了。《诗》、《书》、《礼》、《乐》加上《易》、《春秋》,便是"六经",也便是六艺。《庄子·天运篇》和《天下篇》都曾列举《诗》、《书》、《礼》、《乐》、《易》、《春秋》,前者并明称"六经",《荀子·儒效篇》的另一处却只举《诗》、《书》、《礼》、《乐》、《春秋》,没有《易》;可见那时"六经"还没有定论。段玉裁《说文解字叙注》里谈到这一层:

> 周人所习之文,以《礼》、《乐》、《诗》、《书》为急。故《左传》曰:"说《礼》、《乐》而敦《诗》、《书》。"①《王制》曰:"春秋教以《礼》、《乐》,冬夏教以《诗》、《书》。"而《周易》,其用在卜筮,其道最精微,不以教人。《春秋》则列国掌于史官,亦不以教人。故韩宣子适鲁,乃见《易》象与鲁《春秋》;此二者非人所常习明矣。②

段氏指出《易》、《春秋》不是周人所常习,确切可信。不过周人所习之文,似乎只有《诗》、《书》;礼乐是行,不是文。《礼古经》等大概是战国时代的记载,所以孔子还只说"执礼";乐本无经,更是不争之论。而《诗》在乐章,古籍中屡称"诗三百",似乎都是人所常习;《书》不便讽诵,又无一定的篇数,散篇断简,未必都是人所常习。《诗》居六经之首,并不是偶然的。

董仲舒承用旧来六经的次序而分《诗》、《书》,《礼》、《乐》,《易》、《春秋》为三科,合于传统的发展。西汉今文学序列六艺,大致都依照旧传的次第。这次第的根据是六学发展的历史。后来古文学兴,古文家根据六艺产生的时代重排它们的次序。《易》的八卦,传是伏羲所画,而《书》有《尧典》,这两者该在《诗》的前头。所以到了《汉书·艺文志》,六艺的次序便变为《易》、《书》、《诗》、《礼》、《乐》、《春秋》;《儒林传》叙列传经诸儒,也按着这次序,《诗经》改在第三位。一方面西汉阴阳五行说极盛,汉儒本重通经致用,这正是当世的大用,大家便都偏着那个方向走。于是乎《周易》和《尚书·洪范》成了显学。

---

① 《左传·僖公二十七年》。
② 许冲《上说文解字表》"六艺群书之诂"句下段玉裁注,见《说文解字注》十五下。

而那时整个的六学也多少都和阴阳五行说牵连着,一面更都在竭力发挥一般的政教作用。这些情形,看《汉书·儒林传》就可知道:

> (《易》)宣帝时,闻京房为《易》明,求其门人得〔梁丘〕贺。……贺入说,上善之,以贺为郎。……以筮有应,繇是近幸,为大中大夫、给事中,至少府。京房……以明灾异得幸。费直……治《易》为郎,至单父令。长于卦筮。高相……治《易》……专说阴阳灾异。
>
> (《书》)许商……善为算,著《五行论历》。李寻……善说灾异,为骑都尉。
>
> (《诗》)申公……见上,上问治乱之事。申公……对曰,"为治者不在多言,顾力行何如耳"。……即以为大中大夫,……议明堂事。……弟子为博士十余人,……其治官民,皆有廉节,称其学官。王式……为昌邑王师。昭帝崩,昌邑王嗣立,以行淫乱废。昌邑群臣皆下狱诛。惟中尉王吉、郎中令龚遂以数谏减死论。式系狱当死。治事使者责问曰:"师何以亡谏书?"式对曰:"臣以《诗》三百五篇朝夕授王,至于忠臣孝子之篇,未尝不为王反复诵之也;至于危亡失道之君,未尝不流涕为王深陈之也。臣以三百五篇谏,是以亡谏书。"使者以闻,亦得减死论。
>
> (《礼》)鲁徐生善为颂(容)。孝文时,徐生以颂为礼官大夫。传……孙延、襄。……襄亦以颂为大夫,至广陵内史。延及徐氏弟子公户满意、桓生、单次皆为礼官大夫。而瑕丘萧奋以《礼》至淮阳太守。
>
> (《春秋》)眭孟……为符节令,坐说灾异诛。

这里《易》、《书》、《春秋》三家都说"阴阳灾异"。而见于别处的,《齐诗》说"五际"①,《礼》家说"明堂阴阳"②,也一道同风。这也是所谓"异科而皆同道",不

---

① 《汉书》七十五《翼奉传》载奉封事,有云:"《易》有阴阳,《诗》有五际,《春秋》有灾异。"颜师古注引孟康曰:"《诗内传》曰:'五际,卯酉午戌亥也。阴阳终始际会之岁,于此则有变改之政也。'"
② 《汉书·艺文志》有"明堂阴阳三十三篇","明堂阴阳说五篇"。

过是另一方面罢了。

"阴阳灾异"是所谓天人之学,是阴阳家言,不是儒家言。汉儒推尊孔子,究竟不能不维持儒家面目,不能奉阴阳家为正传;所以一般立说,还只着眼在人事的政教上。前节所引《儒林传》,《易》主卜筮,《诗》当谏书,《礼》习容仪,正是一般的政教作用。而《书》"长于事"。《尚书大传》记子夏对孔子论《书》道:"《书》之论事也,昭昭若日月之明,离离若参辰之错行。上有尧、舜之道,下有三王之义。"①这几句话可以说明所谓《书》教。《春秋》"长于治人"。《春秋繁露·精华篇》:"《春秋》之听狱也,必本其事而原其志。志邪者不待成,首恶者罪特重,本直者其论轻。……听讼折狱,可无审邪!"《汉书》三十《艺文志》有"《公羊董仲舒治狱》十六篇"。《后汉书》七十八《应劭传》记着应劭的话:"董仲舒老病致仕,朝廷每有政议,数遣廷尉张汤亲至陋巷问其得失。于是作《春秋决狱》二百三十二事,动以经对。"这就是《春秋》之教。这些是所谓六学,"异科而皆同道"所指的以这些为主。就这六学而论,应用最广的还得推《诗》。《诗》、《书》传习比《礼》、《易》、《春秋》早得多,上文已见。阮元辑《诗书古训》六卷,罗列先秦、两汉著述中引用《诗》、《书》的章节;《续经解》本分为十卷,《诗》占七卷,《书》只有三卷。可见引《诗》的独多。这有三个原故。《汉书·艺文志》云:"凡三百五篇,遭秦而全者,以其讽诵,不独在竹帛故也。"《诗》因讽诵而全,因讽诵而传,更因讽诵而广传。《周易》也并无亡佚,《汉书·儒林传叙》云:"及秦禁学,《易》为卜筮之书,独不禁,故传受者不绝。"可是《易》在汉代虽然成了显学,流传之广到底不如《诗》。这就因为《诗》一向是讽诵在人口上的。清劳孝舆《春秋诗话》卷三论引诗道:

〔春秋时〕自朝会聘享以至事物细微,皆引《诗》以证其得失焉。大而公卿大夫,以至舆台贱卒(?),所有论说,皆引《诗》以畅厥旨焉。……可以诵读而称引者,当时止有《诗》、《书》。然《传》之所引,《易》乃仅见,《书》则十之二三。若夫《诗》,则横口之所出,触目之所见,沛然决江河而出之者,皆其肺腑中物,梦寐间所呻吟也。岂非《诗》之为教所以浸淫人之心志而厌饫之者,至深远而无涯哉?

---

① 《艺文类聚》六十四《居处部》引。

这里所说的虽然不尽切合当日情形,但《诗》那样的讽诵在人口上,确是事实。——除了无亡佚和讽诵两层,诗语简约,可以触类引申,断章取义,便于引证,也帮助它的流传。董仲舒说"《诗》无达诂,《易》无达占,《春秋》无达辞"①,是就解经论,不就引文论。——王应麟以为"《诗》无达诂"就是《孟子》的"不以文害辞,不以辞害志"②,是不错的。——就引文论,像《诗》那样富于弹性,可以说是独一无二的。

二　著述引诗

言语引《诗》,春秋时始见,《左传》里记载极多。私家著述从《论语》创始③,著述引《诗》,也就从《论语》起始。以后《墨子》和《孟子》也常引《诗》,而《荀子》引《诗》独多。《荀子》引《诗》,常在一段议论之后,作证断之用,也比前人一贯。荀子影响汉儒最大。汉儒著述里引《诗》,也是学他的样子;汉人的《诗》教,他该算是开山祖师。汪中《述学·荀卿子通论》云:

> 荀卿之学,出于孔氏,而尤有功于诸经。《经典叙录》:"《毛诗》……一云,子夏传曾申。……根牟子传赵人孙卿子。孙卿子传鲁人大毛公。"由是言之,《毛诗》,荀卿子之传也。《汉书·楚元王交传》:"少时尝与鲁穆生、白生、申公同受诗于浮邱伯。伯者,孙卿门人也。"……由是言之,《鲁诗》,荀卿子之传也。《韩诗》之存者《外传》而已。其引荀卿子以说《诗》者四十有四。由是言之,《韩诗》,荀卿子之别子也。……盖自七十子之徒既殁,汉诸儒未兴,中更战国暴秦之乱,六艺之传赖以不绝者,荀卿也。

荀子其实是汉人六学的开山祖师。而四家《诗》除《齐诗》外都有他的传授,可见他在《诗》学方面的影响更大。四家中《毛诗》流传较晚,鲁、齐、韩别称三家《诗》。《史记》卷一二一《儒林传》说:"韩生推诗人之意而为内、外传数万言,其语颇与齐、鲁间殊,然其归一也。"《齐诗》虽然多采阴阳五行说,而"其归"还

---

① 《春秋繁露·精华》。
② 《困学纪闻》卷三。
③ 近人多以为《老子》书在孔子后,可信。

在政教。《毛诗》因为与经传诸子密合，为人所重，不用说更其如此。陈乔枞在《韩诗遗说考序》里先引了《史记·儒林传》"其归一也"的话，接着道：

> 今观《外传》之文，记夫子之绪论与春秋杂说，或引《诗》以证事，或引事以明《诗》，使"为法者章显，为戒者著明"（郑玄《诗谱序》语）。虽非专于解经之作，要其触类引申，断章取义，皆有合于圣门商、赐言《诗》之义也。况夫微言大义往往而有，上推天人性理，明皆有仁义礼智顺善之心，下究万物情状，多识于鸟兽草木之名，考风雅之正变，知王道之兴衰，固天命性道之蕴而古今得失之林邪？

这段话除一二处外可以当作四家《诗》的总论看，也可以当作著述引《诗》的总论看，也可以当作汉人《诗》教的总论看。

汉人著述引《诗》，当推刘向为最。他世习《鲁诗》。①《汉书》卷三十六《楚元王传》云：

> 向睹俗弥奢淫而赵、卫之属起微贱，逾礼制②；向以为王教由内及外，自近者始。故采取《诗》、《书》所载贤妃贞妇兴国显家可法则，及孽嬖乱亡者，序次为《列女传》凡八篇，以戒天子，及采传记行事，著《新序》、《说苑》凡五十篇，奏之。

他这三部书多"引《诗》以证事，或引事以明《诗》"，而《列女传》引《诗》更为繁密。《汉书》本传中存着他的封事、奏、疏五篇，一篇谏造陵，别篇都论灾异。各篇屡屡引《诗》，繁密不下于《列女传》。他的用意无非要"使为法者章显，为戒者著明"。他家著述引《诗》，引申或有广狭，用意也都不外乎此。阮元《诗书古训序》云：

> 《诗》三百篇，《尚书》数十篇，孔、孟以此为学，以此为教，故一言一行皆深奉不疑。即如孔子作《孝经》，子思作《中庸》，孟子作七篇，

---

① 见陈乔枞《鲁诗遗说考序》。
② 颜师古注："赵皇后、昭仪、卫婕妤也。"

多引《诗》、《书》以为证据。若曰,世人亦知此事之义乎?《诗》曰某某即此也。否则尚恐自说有偏弊,不足以训于人。……元录《诗书古训》……乃总《论语》、《孝经》、《孟子》、《礼记》、《大戴记》、《春秋》三传、《国语》、《尔雅》十经。……降至《国策》,罕引《诗》、《书》。……汉兴,……《诗》、《书》复出,朝野诵习,人心反正矣。子史引《诗》、《书》者,多存古训。……以晋为断。盖因汉、晋以前,尚未以二氏为训,所说皆在政治言行,不尚空言也。①

所谓"以此为学,以此为教,故一言一行皆深奉不疑",以及"多引《诗》、《书》以为证据",正可见出段玉裁说的《诗》、《书》是周人所常习。"所说皆在政治言行"是征引《诗》、《书》的用意所在,也就是《诗》、《书》之教。《诗》、《书》之教,浑言之"异科而皆同道",析言之又各有分别。现在单论汉人引《诗》,以著述为主,略为归类,看看所谓《诗》教的背景是什么样子。

阮元只概括地举出"政治言行",我们看著述引《诗》要算宣扬德教的为最多。德教属于言行,可也包括在广义的政治里。如《韩诗外传》五云:

德也者,包天地之大,配日月之明,立乎四时之周,临乎阴阳之交,寒暑不能动也,四时不能化也。敛乎太阴而不湿,散乎太阳而不枯,鲜洁清明而备,严威毅疾而神,至精而妙乎天地之间者,德也。微圣人,其孰能与于此矣!《诗》曰:"德辖如毛,民鲜克举之。"(《大雅·烝民》)

这是陈乔枞所谓微言大义,也是引《诗》断案。又如《列女传》三《鲁漆室女传》云:

漆室女曰:"夫鲁国有患者,君臣父子皆被其辱,祸及众庶。妇人独安所避乎!吾甚忧之。"……君子曰:远矣漆室女之思也。《诗》云"知我者谓我心忧,不知我者谓我何求"(《王风·黍离》),此之谓也。

---

① 《揅经室续集》卷一。

这里赞叹漆室女忧国的美德,是"引《诗》以证事"。又同书四《卫宣夫人传》云:

> 弟立,请曰:"卫,小国也,不容二庖,请愿同庖。"终不听。卫君使人诉于齐兄弟。齐兄弟皆欲与君,使人告女。女终不听,乃作诗曰:"我心匪石,不可转也。我心匪席,不可卷也。"(《邶风·柏舟》)

这里说《邶风·柏舟》是"贞一"的卫宣夫人所作,是"引事以明《诗》"。次于德教的是论政治的引《诗》。如《春秋繁露》十六《山川颂》云:

> 且积土成山,无损也,成其高,无害也,成其大,无亏也,小其上,大其下。久长安,后世无有去就,俨然独处,惟山之意。《诗》云"节彼南山,惟石岩岩。赫赫师尹,民具尔瞻"(《小雅·节南山》),此之谓也。

这是以山象征领袖的气象。又如《新书·礼篇》云:

> 故礼者,所以恤下也。……《诗》曰:"投我以木瓜,报之以琼琚。匪报也,永以为好也。"(《卫风·木瓜》)上少投之,则下以躯偿矣。弗敢谓报,愿长以为好;古之蓄其下者,其施报如此。

这是论待臣下的道理,所谓触类引申。又如《汉书》六《武帝纪》元狩元年诏云:

> 盖君者,心也,民犹支体。支体伤则心憯怛。日者淮南、衡山修文学,流货赂,两国接壤,怵于邪说而造篡弑,此朕之不德。《诗》云:"忧心惨惨,念国之为虐。"(《小雅·正月》)已赦天下,涤除与之更始。

诏书引《诗》自责,汉代用《诗》之广可见。又《后汉书》八十七《刘陶传》,陶上议云:

> 臣尝诵《诗》,至于鸿雁于野之劳,哀勤百堵之事(《小雅·鸿

雁》:"之子于征,劬劳于野","之子于垣,百堵皆作"),每喟尔长怀,中篇而叹。近听征夫饥劳之声,甚于斯歌。

悼古伤今,蔼然仁者之言,可作"温柔敦厚"的一条注脚。

引《诗》论学养的也不少。如《礼记·大学》云:

《诗》云:"瞻彼淇奥,菉竹猗猗。有斐君子,如切如磋,如琢如磨。瑟兮僩兮!赫兮咺兮!有斐君子,终不可谖兮!"(《卫风·淇奥》)"如切如磋"者,道学也。"如琢如磨"者,自修也。"瑟兮僩兮"者,恂栗也。"赫兮咺兮"者,威仪也。"有匪君子,终不可谖兮"者,道盛德至善,民之不能忘也。

切磋琢磨久已成为进德修业的格言,也可见《诗》教的广远了。又如《韩诗外传》三云:

问者曰:"夫仁者何以乐于山也?"曰:"夫山者,万民之所瞻仰也。草木生焉,万物植焉,飞鸟集焉,走兽休焉,四方益取与焉。出云道风,嵷乎天地之间。天地以成,国家以宁。此仁者所以乐于山也。"《诗》曰:"太山岩岩,鲁邦所瞻"(《鲁颂·閟宫》),乐山之谓也。

"仁者乐山"原是孔子的话(《论语·雍也》),这里是断章取义,以见仁者的修养与气度。引《诗》也是断章取义的作证。这一节可以跟前面引的《山川颂》比较着看。又《韩诗外传》二云:

上之人所遇,色为先,声音次之,事行为后。故望而宜为人君者,容也。近而可信者,色也。发而安中者,言也。久而可观者,行也。故君子容色,天下仪象而望之,不假言而知为人君者。《诗》曰:"颜如渥丹,其君也哉!"(《秦风·终南》)

容色也是学养的表现。孟子道:"仁义礼智根于心,其生色也睟然,见于面,盎于背,施于四体"(《尽心》上),正是这个意思。德教、政治、学养都属于人事;

与人事相对的是天道。论天道的也常引诗。如《礼记·中庸》云：

《诗》曰"德𰷈如毛"（《大雅·烝民》），毛犹有伦，"上天之载，无声无臭"（《大雅·文王》），至矣！

这正是《论语》上孔子说的"天何言哉！四时行焉，百物生焉。天何言哉！"（《阳货》）又如《春秋繁露·尧舜不擅移汤武不专杀篇》云：

且天之生民，非为王也，而天立王以为民也。故其德足以安乐民者，天予之；其恶足以贼害民者，天夺之。《诗》云："殷士肤敏，祼将于京。""侯服于周，天命靡常！"（《大雅·文王》）言天之无常予，无常夺也。

"天命靡常"在阴阳家五德终始说的解释下，成为汉代一般的信仰。这里却没有提到五德说，只简截地引《诗》为证。又，汉人常谈的灾异也属于天道。同书《必仁且智篇》云：

天地之物有不常之变者谓之异，小者谓之灾。灾常先至而异乃随之。灾者，天之谴也；异者，天之威也。谴之而不知，乃畏之以威。《诗》云"畏天之威"（《周颂·我将》），殆此谓也。

这一节可以作"灾异"的界说看。《汉书》九《元帝纪》，永光四年六月"戊寅晦，日有蚀之"，诏云：

今朕晻于王道，夙夜忧劳，不通其理，靡瞻不眩，靡听不惑。是以政令多还，民心未得。……公卿大夫，好恶不同，或缘奸作邪，侵削细民。元元安所归命哉！乃六月晦日有蚀之。《诗》不云呼？"今此下民，亦孔之哀！"（《小雅·十月之交》）

《十月之交》正是纪日食之异的诗，所以诏书中引《诗》语，见得民生可哀，天变可畏，是罪己并责勉公卿大夫的意思。

此外有引《诗》以述史事、明制度、记风俗的。如《汉书》七十三《韦玄成传》,太仆王舜、中垒校尉刘歆议〔宗庙〕曰:

> 臣闻周室既衰,四夷并侵,猃狁最强——于今匈奴是也。至宣王而伐之。诗人美而颂之曰:"薄伐猃狁,至于太原。"(《小雅·六月》)又曰:"啴啴推推,如霆如雷,显允方叔,征伐猃狁,荆蛮来威。"(《小雅·采芑》)故称中兴。……孝武皇帝……遣大将军、骠骑、伏波、楼船之属南灭百粤,……北攘匈奴,降昆邪十万之众。……东伐朝鲜,……断匈奴之左臂。西伐大宛,……裂匈奴之右臂。……中兴之功未有高焉者也。……

这里引《诗》述史,颂美武帝的中兴。又如《韩诗外传》八云:

> ……于是黄帝乃服黄衣,戴黄冕,致斋于宫。凤乃蔽日而至。黄帝降于东阶,西面,再拜稽首曰:"皇天降祉,不敢不承命!"凤乃止帝东囿(原作"国",据《说苑·辨物篇》校改),集帝梧桐,食帝竹实,没身不去。《诗》曰:"凤凰于飞,翙翙其羽,亦集爰止。"(《大雅·卷阿》)

这是神话,可是在古人眼里也是史。这不是引《诗》述史而是引《诗》证史。又如蔡邕《独断》下云:

> 宗庙之制:古学以为人君之居,前有朝,后有寝;终则前制庙以象朝,后制寝以象寝。庙以藏主,列昭穆;寝有衣冠几杖象生之具。总谓之宫。《月令》曰"先荐寝庙",《诗》云"公侯之宫"(《召南·采蘩》),《颂》曰"寝庙奕奕"(《鲁颂·閟宫》;《毛诗》作"新庙",蔡当据《鲁诗》),言相连也。

这是引《诗》以证宫的制度。又如《春秋繁露·郊祭篇》云:

> 为人子而不事父者,天下莫能以为可。今为天之子而不事天,

何以异是？是故天子每至岁首，必先郊祭以享天，乃敢为地，行子礼也。每将兴师，必先郊祭以告天，乃敢征伐，行子道也。文王受天命而王天下，先郊乃敢行事而兴师伐崇。其诗曰："芃芃棫朴，薪之槱之。济济辟王，左右趋之。济济辟王，左右奉璋。奉璋峨峨，髦士攸宜。"（《大雅·棫朴》）此郊辞也。其下曰："淠彼泾舟，烝徒楫之。周王于迈，六师及之。"（同上）此伐辞也。

这里引《诗》以明郊祭的制度。又如《汉书》二十八《地理志》云：

天水、陇西，山多林木，民以板为室屋。及安定、北地、上郡、西河，皆迫近戎狄，修习战备，高上气力，以射猎为先。故《秦诗》曰"在其板屋"（《小戎》），又曰"王于兴师，修我甲兵，与子偕行"。（《无衣》）及《车辚》、《四载》、《小戎》之篇，皆言车马田狩之事。

这是记风俗的引《诗》。

还有引《诗》以明天文地理的。又有用《诗》作隐语的。而诗篇入乐的意义，著述中也常论及。如《汉书》二十六《天文志》云：

西方为雨，雨，少阴之位也。月去中道，移而西入毕，则多雨。故《诗》云"月离于毕，俾滂沱矣"（《小雅·渐渐之石》），言多雨也。

这两句诗里的天文学早就反映在孔子的故事里。《史记》六十七《仲尼弟子列传》云：

他日，弟子进问〔有若〕曰："昔夫子当行，使弟子持雨具。已而果雨。弟子问曰：'夫子何以知之？'夫子曰：'《诗》不云乎？"月离于毕，俾滂沱矣。"昨暮月不宿毕乎？'"

故事未必真，却可见劳孝舆说的"事物细微，皆引《诗》以证其得失"（见前）那句话确有道理。又如《汉书·地理志》云：

> 魏国亦姬姓也,在晋之南河曲。故其诗曰"彼汾一曲"(《汾沮洳》),"置之河之侧"(《伐檀》)。

这里引《诗》以明魏国的地理。至于用《诗》为隐语,春秋时就有了①,直到汉末还存着这个风气。《后汉书》八十三《徐稺传》云:

> ……及林宗有母忧,稺往吊之,置生刍一束于庐前而去。众怪不知其故。林宗曰:"此必南州高士徐孺子也。《诗》不云乎?'生刍一束,其人如玉'(《小雅·白驹》)。吾无德以堪之。"

这是无语的隐语,所以"众怪不知其故"。又,解释入乐《诗》篇的意义的,如《礼记·射义》云:

> 其节:天子以《驺虞》为节,诸侯以《狸首》为节,卿大夫以《采苹》为节,士以《采蘩》为节。《驺虞》者,乐官备也。《狸首》者,乐会时也。《采苹》者,乐循法也。《采蘩》者,乐不失职也。

这中间《狸首篇》是逸《诗》。

汉人著述引《诗》之多,用《诗》之广,由以上各项可见。无论大端细节,他们都爱引《诗》,或断或证——这自然非讽诵烂熟不可。陈乔枞所谓"上推天人性理","下究万物情状",以至"古今得失之林",总而言之,就是包罗万有。春秋以后,要数汉代能够尽《诗》之用。春秋用《诗》,还只限于典礼、讽谏、赋《诗》、言语;②汉代典礼别制乐歌,赋《诗》也早已不行,可是著述用《诗》,范围之广,却超过春秋时。孔子道:

> 小子,何莫学夫《诗》?《诗》可以兴,可以观,可以群,可以怨。

---

① 顾颉刚先生《〈诗经〉在春秋战国间的地位》一文中说:"最奇怪的用《诗》,是把诗句当歇后语或猜谜一样看待。"他举《国语·鲁语》下叔孙穆子说的"豹之业及《匏有苦叶》矣"和《左传》定公十年驷赤说的"臣之业在《扬水》卒章之四言矣"为例(《古史辨》三下,第340~341页)。

② 见《〈诗经〉在春秋战国间的地位》文中,《古史辨》三下,第322页。

迩之事父,远之事君。多识于鸟兽草木之名。(《论语·阳货》)

这是《诗》教的意念的源头。孔子的时代正是《诗》以声为用到《诗》以义为用的过渡期,他只能提示《诗》教这意念的条件。到了汉代,这意念才形成,才充分地发展。不过无论怎样发展,这意念的核心只是德教、政治、学养几方面——阮元所谓政治言行——也就是孔子所谓兴、观、群、怨。"温柔敦厚"一语便从这里提炼出来。《论语》中孔子论《诗》、礼、乐甚详,而且说:

兴于《诗》,立于礼,成于乐。(《泰伯》)

好像看作三位一体似的。因此《经解》里所记孔子论《诗》教、乐教、礼教的话,便觉比较亲切而有所依据,跟其他三科几乎全出于依托的不同。汉代《诗》和礼乐虽然早已分了家,可是所谓"温柔敦厚",还得将《诗》礼乐合看才能明白。《韩诗外传》八有一个《诗》的故事:

〔魏〕文侯曰:"中山之君亦何好乎?"〔苍唐〕对曰:"好《诗》。"文侯曰:"于《诗》何好?"曰:"好《黍离》与《晨风》。"文侯曰:"《黍离》何哉?"对曰:"彼黍离离,彼稷之苗。行迈靡靡,中心摇摇。知我者谓我心忧,不知我者谓我何求。悠悠苍天,此何人哉!"文侯曰:"怨乎?"①曰:"非敢怨也,时思也。"文侯曰:"《晨风》谓何?"对曰:"'鴥彼晨风,郁彼北林,未见君子,忧心钦钦。如何如何!忘我实多!'——此自以'忘我'者也。"(原无末七字。许维遹先生据《文选·四子讲德论注》与《御览》七七九补。)于是文侯大悦,……遂废太子诉,召中山君以为嗣。

这是一个很著名的故事,西汉王褒作《四子讲德论》,已经引用。② 宋王应麟《困学纪闻》三列举"兴于《诗》"的事例,第一件便是"子击(中山君名击)好《晨

---
① 皮锡瑞《〈诗经〉通论·论诗教温柔敦厚在婉曲不直言》条夹注云:"《韩诗》以《黍离》为伯奇之弟伯封作,言孝子之事,故能感悟慈父。与《毛诗》以为闵周者不同。"
② 句云:"太子击诵《晨风》,文侯谕其旨意。"

风》、《黍离》而慈父感悟"。其次是周磐。《后汉书》六十九本传云：

> 居贫养母,俭薄不充。尝诵《诗》至《汝坟》之卒章,慨然而叹。乃解韦带就孝廉之举。

《周南·汝坟》末章道："鲂鱼赪尾,王室如燬。虽则如燬,父母孔迩。"章怀太子《后汉书注》引《韩诗薛君章句》："以父母甚迫近饥寒之忧,为此禄仕。"周磐是"兴于《诗》""而为亲从仕"（《纪闻》语）的。后世因读诵而兴的例子还有些,多半也是"兴于《诗》",而以孝思为主。① 这些都是实践的温柔敦厚的《诗》教。可是探源立论,事亲事君都是礼的节目,而礼乐是互相为用的,是相反相成的；所以要了解《诗》教的意义,究竟不能离开乐教和礼教。

三 温柔敦厚

《经解篇》孔颖达《正义》释"温柔敦厚"句云：

> 温谓颜色温润,柔谓情性和柔。《诗》依违讽谏,不指切事情,故云温柔敦厚是《诗》教也。

又释"《诗》之失愚"云：

> 《诗》主敦厚。若不节之,则失在愚。

又释"温柔敦厚而不愚"句云：

> 此一经以《诗》化民,虽用敦厚,能以义节之；欲使民虽敦厚,不至于愚。则是在上深达于《诗》之义理,能以《诗》教民也。故云"深于《诗》者也"。

更重要的是《正义》里下面一番话：

---

① 见《太平御览》卷六一六。

然《诗》为乐章,《诗》乐是一,而教别者:若以声音干戚以教人,是乐教也;若以《诗》辞美刺讽谕以教人,是《诗》教也。此为政以教民,故有六经。……此六经者,惟论人君施化,能以此教民,民得从之;未能行之至极也。若盛明之君为民之父母者,则能恩惠下及于民。则《诗》有好恶之情,《礼》有政治之体,《乐》有谐和性情,皆能与民至极,民同上情。故《孔子闲居》云:"志之所至,《诗》亦至焉。《诗》之所至,礼亦至焉。《礼》之所至,乐亦至焉。"是也。其《书》、《易》、《春秋》,非是恩情相感与民至极者,故《孔子闲居》无《书》、《易》及《春秋》也。

这里将所谓六经分为二科,而以《诗》、《礼》、《乐》为"与民相感恩情至极者";《诗》、《礼》、《乐》三位一体,合于《论语》里孔子的话。而所谓"以《诗》化民",所谓"在上深达于《诗》之义理,能以《诗》教民",是概括《诗大序》的意思,《诗大序》又是孔子论"学《诗》"那一节话的引申和发展。所谓"以义节之",就是《诗大序》说的"发乎情,止乎礼义",也就是儒家说的"不偏之谓中"(《礼记·中庸》)。《诗》教究竟以意义为主,所以说"以《诗》辞美刺讽谕以教人";美刺讽谕不离乎政治,所谓"《诗》依违讽谏,不指切事情",就指美刺讽谕而言。

孔子时代,《诗》与乐开始分家。从前是《诗》以声为用;孔子论《诗》才偏重在《诗》义上去。到了孟子,《诗》与乐已完全分了家,他论《诗》便简直以义为用了。从荀子起直到汉人的引《诗》,也都继承这个传统,以义为用。上文所分析的汉代各例,可以见出。但"《诗》为乐章,《诗》乐是一"是个古久的传统,就是在《诗》乐分家以后,也还有很大的影响。论乐的不会忘记《诗》。《礼记·乐记》云:

德者,性之端也。乐者,德之华也。金石丝竹,乐之器也。《诗》言其志也,歌咏其声也,舞动其容也。三者本于心,然后乐气(阮刻本原作"器",据《校勘记》改)从之。

《诗》与歌舞合一。又云:"乐师辨乎声《诗》。"又云:"然后正六律,和五声,弦歌《诗》颂,此之谓德音。德音谓之乐。"都说的《诗》乐是一"。论《诗》的也不能忘记乐。《诗大序》云:

> 情动于中而形于言。言之不足，故嗟叹之。嗟叹之不足，故永歌之。永歌之不足，不知手之舞之、足之蹈之也。情发于声，声成文谓之音。治世之音安以乐，其政和。乱世之音怨以怒，其政乖。亡国之音哀以思，其民困。

前七语历来论《诗》的不知引过若干次。但这一整段话也散见在《乐记》里，其实都是论乐的。而《诗》教更不能离乐而谈。一来声音感人比文辞广博得多，若只着眼在"《诗》辞美刺讽谕"上，《诗》教就未免狭窄了。二来以声为用的《诗》的传统——也就是乐的传统——比以义为用的《诗》的传统古久得多，影响大得多，《诗》教若只着眼在意义上，就未免单薄了。所以"温柔敦厚"该是个多义语；一面指"《诗》辞美刺讽谕"的作用，一面还映带着那"《诗》乐是一"的背景。这只要看看乐之所以为教，就可明白。《经解》以"广博易良"为乐教。《正义》云："乐以和通为体，无所不用，是广博；简易良善，使人从化，是易良。"《乐记》阐发乐教最详。《记》云：

> 乐也者，圣人之所乐也，而可以善民心，其感人深，其移风易俗。故先王著其教焉。

"乐以和通为体"，所以说："乐者，天地之和也"，"异文合爱者也"。又说："仁近于乐"，"乐者敦和"。又说："立之学等，广其节奏，省其文采，以绳德厚。"又说："乐者，天地之命，中和之纪，人情之所不能免也。"从消极方面看，"乐至则无怨"，"暴民不作，诸侯宾服，兵革不试，五刑不用，百姓无患，天子不怒，如此则乐达矣"。"中和之纪"的"中"是"适"的意思。《吕氏春秋·适音篇》云：

> 夫音亦有适。……太钜太小，太清太浊，皆非适也。何谓适？衷，音之适也。何谓衷？小（原作"大"，据许维遹先生《吕氏春秋集释》引陶鸿庆说改）不出钧，重不过石，小大轻重之衷也。

"衷""中"通用。"适"又有"节"的意思。同书《重己篇》"故圣人必先适欲"。高诱注："适犹节也。"又《荀子·劝学篇》道："诗者，中声之所止也"（王先谦《荀子集解》云："此不言乐，以《诗》乐相兼也"），所谓"中声"当兼具这两层意思。杨倞注"诗谓乐章,所以节声音,至乎中而止,不使流淫也",大致不错。以上所引《乐记》和《荀子》的话,都可作"温柔敦厚"的注脚,是乐教,也未尝不是《诗》教。

礼乐是不能分开独立的。虽然《乐记》里说:"乐者为同,礼者为异;同则相亲,异则相敬。"又说:"礼节民心,乐和民声。"又说:"乐者,天地之和也;礼者,天地之序也。"好像礼乐的作用是相反的。可是说"礼乐之情同",《正义》云:"致治是同。"又云:

> 是故先王之制礼乐也,非以极口腹耳目之欲也,将以教民平好恶而反人道之正也。

所以说"知乐则几于礼矣"。"平好恶"是"和"也是"节",二者是相反相成的。《论语》,有子曰:

> 礼之用,和为贵。……知和而和,不以礼节之,亦不可行也。（《学而》）

礼也以和为贵,可见"和"与"节"是一事的两面,所求的是"平",也就是"适",是"中"。孔子论《关雎》"乐而不淫,哀而不伤"（《论语·八佾》）。何晏《集解》引孔安国云:"乐不至淫,哀不至伤,言其和也。"是"和",同时是"节"。又,《管子·内业篇》云:

> 凡人之生也,必以平正;所以失之,必以喜怒忧患。是故止怒莫若《诗》,去忧莫若乐,节乐莫若礼,守礼莫若敬,守敬莫若静。

《诗》与礼乐并论,说"敬",说"节",说"平正",也都可以跟《乐记》印证。而"止怒莫若《诗》"一语,更得温柔敦厚之旨。《经解》以"恭俭庄敬"为礼教,《正义》云:"礼以恭逊、节俭、齐（斋）庄、敬慎为本。"恭俭是"节",庄敬是"敬";从另一角度看,也是一事的两面。所谓"《诗》依违讽谏,不指切事情",正是"敬"与"节"的表现。古代有献诗讽谏的传统——汉代王式还以《三百五篇》当谏书,《周语》上邵公谏厉王说:"天子听政,使公卿至于列士献诗,……而后王斟酌焉,是以事行而不悖。"《晋语》六范文子也向赵文子说到古之王者"使工诵谏于朝,在列者献诗,使勿兜(感也)"。《白虎通·谏诤篇》云:

> 谏有五:其一曰讽谏,二曰顺谏,三曰窥谏,四曰指谏,五曰陷谏。讽谏者,……知祸患之萌,深睹其事未彰而讽告焉。……顺谏者,……出词逊顺,不逆君心。……窥谏者,……视君颜色不悦,且郤;悦则复前,以礼进退。……指谏者,……指者,质也,质相其事而谏。……陷谏者,……恻隐发于中,直言国之害,励志忘生,为君不避丧身。……孔子曰:"谏有五,吾从讽之谏。"事君……去而不讪,谏而不露。故《曲礼》曰:"为人臣,不显谏。"

这里前三种是婉言一类,后两种是直言一类;婉言占五之三,可见谏诤当以此种为贵。而文中引孔子的话,独推"讽谏",并以"谏而不露"和《曲礼》"不显谏"等语申述意旨。《文选·甘泉赋》李善注"不敢正言谓之讽"①,大概讽谏更为婉曲。《诗大序》云:"下以风刺上,主文而谲谏;言之者无罪,闻之者足以戒。"郑玄笺:"风刺""谓譬谕不斥言","谲谏,咏歌依违不直谏"。"主文"②当指文辞,就是所谓"《诗》辞美刺讽谕"。讽谏似乎就是"谲谏",似乎就指献诗讽谏而言。讽谏用诗,自然是最婉曲了。谏诤是君臣之事,属于礼;献诗主"温柔敦厚",正是礼教,也是《诗》教。

"温柔敦厚"是"和",是"亲",也是"节",是"敬",也是"适",是"中"。这代表殷、周以来的传统思想。儒家重中道,就是继承这种传统思想。郭沫若先生《周彝铭中之传统思想考》(《金文丛考》一)论政治思想云:

> 人臣当恪遵君上之命,君上以此命臣,臣亦以此自矢于其君。……为政尚武,……征伐以威四夷,刑罚以威内,为之太过则人民铤而走险,故亦以暴虐为戒,以壅遏庶民,鱼肉鳏寡为戒,而励用中道。

---

① "奏《甘泉赋》以风"句下,引《毛诗序》"下以风刺上",云:"音讽,不敢正言谓之讽。"
② 郑笺:"主文,主与乐之官商相应也。"似乎不确切。朱子解为"主于文辞而托之以谏"(见《吕氏家塾读诗记》卷三),今依朱说。

又论道德思想云：

> 德字始见于周文,于文以"省心"为德。故明德在乎明心。明心之道欲其谦冲,欲其荏染,欲其虔敬,欲其果毅,此得之于内者也。其得之于外,则在崇祀鬼神,帅型祖德,敦笃孝友,敬慎将事,而益之以无逸。

所说的君臣之分,"中道",以及"谦冲","荏染","敦笃孝友,敬慎将事"等,"温柔敦厚"一语的涵义里都有。周人文化,继承殷人,这种种思想真是源远流长了。而"中"尤其是主要的意念。"温柔敦厚"本已得"中",可是说这话的（不会是孔子）还怕人"以辞害志",所以更进一层说"《诗》之失愚",必得"温柔敦厚而不愚"才算"深于《诗》"。所谓"愚"就是过中。《孟子·告子下》云：

> 公孙丑问曰："高子曰：'《小弁》,小人之诗也。'"孟子曰："何以言之？"曰："怨。"曰："固哉,高叟之为诗也！有人于此,越人关弓而射之,则己谈笑而道之。无他,疏之也。其兄关弓而射之,则己垂涕泣而道之。无他,戚之也。《小弁》之怨,亲亲也；亲亲,仁也。固矣夫,高叟之为诗也！"曰："《凯风》何以不怨？"曰："《凯风》,亲之过小者也；《小弁》,亲之过大者也。亲之过大而不怨,是愈疏也；亲之过小而怨,是不可矶（赵岐注：激也）也。愈疏,不孝也；不可矶,亦不孝也。"

高子因《小弁》诗（《小雅》）怨亲,便以为是小人之诗；公孙丑并举出《凯风》诗（《邶风》）的不怨亲作反证。孟子说,《诗》也可以怨亲,只要怨得其中。他解释怎样《小弁》的怨是得中,《凯风》的不怨也是得中；而得中是仁,也是孝。高子以为凡是怨亲都不得中,他的看法未免太死了；他那种看法就是过中。孟子评他为"固","固"就是"《诗》之失愚"的"愚"。像孟子的论《诗》,才是"温柔敦厚而不愚",才是"深于《诗》"。——论《诗》如此,"为人"也如此；所谓愚忠、愚孝,都是过中,过中就"失之愚"了。

有过中自然有不及中。但不及可以求其及,不像过了的往回拉的难,所以《经解篇》的六失都只说过中。一般立论却常着眼在不及中,因为不及中的多。就《诗》教看,更显然如此。高子以《小弁》为小人之诗,就是说它不及中,不过他错了。汉代关于屈原《离骚》的争辩,也是讨论《离骚》是否不及中,或不够温柔敦厚。《史记》八十四《屈原贾生列传》云:

> 屈平正道直行,竭忠尽智以事其君,谗人间之,可谓穷矣。信而见疑,忠而被谤,能无怨乎?屈平之作《离骚》,盖自怨生也。

又引淮南王刘安《叙离骚传》云①:

> 《国风》好色而不淫,《小雅》怨诽而不乱。若《离骚》者,可谓兼之矣。……其文约,其辞微,其志洁,其行廉。其称文小而其指极大,举类迩而见义远。……濯淖污泥之中,蝉蜕于浊秽,以浮游尘埃之外,不获世之滋垢,皭然泥而不滓者也。推此志也,虽与日月争光可也。

刘安以《诗》义论《离骚》,所谓"好色而不淫"、"怨诽而不乱"都是得其中;所以虽"自怨生",还不失为温柔敦厚。但班固以为不然。他作《离骚序》,引刘氏语,以为"斯论似过其真",又云:

> 且君子道穷,命矣。故潜龙不见是而无闷,《关雎》哀周道而不伤,蘧瑗持可怀之智,宁武保如愚之性,咸以全命避害,不受世患。故《大雅》曰"既明且哲,以保其身"(《烝民》),斯为贵矣。今若屈原,露才扬己,竞乎危国群小之间,以离谗贼。然责数怀王,怨恶椒、兰,愁神苦思,强非其人,忿怼不容,沈江而死,亦贬絜狂狷景行之士。多称昆仑、冥婚、宓妃虚无之语,皆非法度之政(正),经义所载。谓之兼《诗》风雅而与日月争光,过矣。……虽非明智之器,可谓妙才者也。

这里说屈子为人和他的文辞中的怨责譬谕都不及中。总之,"露才扬己",不

---

① 《史记》并未说明出处,这里根据班固《离骚序》、洪兴祖《楚辞补注》引。

够温柔敦厚。后来王逸作《楚辞章句》,叙中指出屈子"独依诗人之义而作《离骚》,上以讽谏,下以自慰"。又驳班氏云:

> 今若屈原,膺忠贞之质,体清洁之性,直若砥矢,言若丹青,进不隐其谋,退不顾其命。此诚绝世之行,俊彦之英也。而班固谓之露才扬己,……而损其清洁者也。昔伯夷、叔齐让国守分,不食周粟,遂饿而死。岂可复谓有求于世而怨望哉?且诗人怨主刺上,曰:"呜呼!小子,未知臧否,……匪面命之,言提其耳。"(《大雅·抑》)风谏之语,于斯为切。然仲尼论之,以为《大雅》。引此比彼,屈原之词,优游婉顺,宁以其君不智之故,欲提携其耳乎?而论者以为"露才扬己",怨刺其上,强非其人,殆失厥中矣。

又说"《离骚》之文依托五经以立义焉,……诚博远矣",也是驳班氏的。王氏似乎也觉得屈原为人并非"中行"之士,但不以为不及中而以为"绝世"——"绝世"该是超中。至于屈原的文辞,王氏却以为"优游婉顺",合于"诗人之义"——"优游婉顺"就是温柔敦厚。屈子的"绝世之行"在乎自沈;自沈确是不合乎中——说是超中,倒未尝不可。战国文辞,铺排而有圭角;他受了时代的影响,"体慢"①语切,不能像《诗》那样"不指切事情"也是有的。可是《史记》里说得好:

> 屈平……虽放流,眷顾楚国,系心怀王,不忘欲反,冀幸君之一悟,俗之一改也。其存君兴国而欲反覆之,一篇之中,三致志焉。然终无可奈何。

又以人穷呼天,疾病呼父母喻他的怨。他这怨只是一往的忠爱之忱,该够温柔敦厚的。至于他"引类譬谕",虽非"经义所载",而"依《诗》取兴"②,异曲同工,并不悖乎《诗》教。班氏也承认"后世莫不……则象其从容"③,这从容的气

---

① 《文心雕龙·辨骚篇》论《楚辞》云:"体慢于三代。"
② 以上三语都见王逸《离骚经章句序》。
③ 《离骚序》。

象便是温柔敦厚的表现,不仅是"妙才"所能有。那么,"露才扬己"确是"失中"之语,而淮南王所论并不为"过其真"了。

汉以后时移世异,又书籍渐多,学者不必专读经,经学便衰了下来。讽诵《诗》的少了,引《诗》的自然也就少了。乐府诗虽然代《三百篇》而兴,可是应用不广,不能取得《三百篇》的权威的地位;建安以来,五言诗渐有作者,他们更没有涵盖一切的力量。著述里自然不会引用这些诗。《诗》教的传统因而大减声势。不过汉末直到初唐的诗虽然多"缘情"而少"言志"①,而"优游不迫"②,还不失为温柔敦厚;这传统还算在相当的背景里生活着。盛唐开始了诗的散文化,到宋代而大盛;以诗说理,成为风气。于是有人出来一面攻击当代的散文化的诗,一面提倡风人之诗。这种意见北宋就有,而南宋中叶最盛。③ 这是在重振那温柔敦厚的《诗》教。一方面道学家也论到了《诗》教。道学家主张"文以载道",自然也主张"诗以言志"。当时《诗》教既经下衰,诗又在散文化,单说"温柔敦厚"已经不足以启发人,所以他们更进一步,以《论语》所记孔子论《诗》的"思无邪"一语为教;他们所重在道不在诗。北宋程子、谢良佐论《诗》,便已特地拈出这一语④,但到了南宋初,吕祖谦的《吕氏家塾读诗记》里才更强调主张,他成为这一说的重要的代表。他以为"作《诗》之人所思皆无邪"⑤,以为"《诗》人以无邪之思作之,学者亦以无邪之思观之,闵惜惩创之意,隐然自见于言外"⑥。朱子却觉得如此论《诗》牵强过甚,以为不如说"彼虽以有邪之思作之,而我以无邪之思读之,则彼之自状其丑者,乃所以为吾警惧惩创之资"。又道:"曲为训说而求其无邪于彼,不若反而得之于我之易也。

---

① 陆机《文赋》:"诗缘情而绮靡。"《今文尚书·尧典》:"诗言志。"《左传·襄公二十七年》:"诗以言志。""言志"离不开政教,详《诗言志篇》。
② 严羽《沧浪诗话·诗辩》云:"(诗之)大概有二:曰优游不迫,曰沈著痛快。"
③ 北宋时沈括论韩愈诗,以为是"押韵之文",不是诗,见惠洪《冷斋夜话》二。南宋提倡风人之诗的以刘克庄、严羽为代表。刘说散见《后村先生大全集》,严说见《沧浪诗话》。
④ 《吕氏家塾读诗记》卷一引程氏曰:"思无邪,诚也。"又引谢氏曰:"……其(诗)为言率皆乐而不淫,忧而不困,怨而不怒,哀而不愁,……其与忧愁思虑之作,孰能优游不迫也?孔子所以有取焉。作诗者如此,读诗者其可以邪心读之乎!"
⑤ 朱子《读吕诗记桑中篇》云:"孔子之称'思无邪'也,……非以作诗之人所思皆无邪也。"(《朱文公文集》七十)
⑥ 《吕氏家塾读诗记》卷五。

巧为辨数而归其无邪于彼,不若反而责之于我之切也。"① 这便圆融得多了。

朱子可似乎是第一个人,明白地以"思无邪"为《诗》教。在《吕氏诗记》的序里,他虽然还是说"温柔敦厚之教",但在《诗集传》的序里论"《诗》之所以为教",便只发挥"思无邪"一语。他道:

> 诗者,人心之感物而形于言之余也。心之所感有邪正,故言之所形有是非。惟圣人在上,则其所感者无不正,而其言皆足以为教。其或感之之杂,而所发不能无可择者,则上之人必思所以自反,而因有以劝惩之。是亦所以为教也。
>
> 昔周盛时,上自郊庙朝廷而下达于乡党闾巷,其言粹然,无不出于正者。圣人固已协之声律而用之乡人,用之邦国,以化天下。至于列国之诗,则天子巡狩,亦必陈而观之,以行黜陟之典。降自昭、穆而后,浸以陵夷;至于东迁而遂废不讲矣。孔子生于其时,既不得位,无以行劝惩黜陟之政。于是特举其籍而讨论之,去其重复,正其纷乱。而其善之不足以为法,恶之不足以为戒者,则亦刊而去之,以从简约,示久远。使夫学者即是而有以考其得失,善者师之而恶者改焉。是以其政虽不足以行于一时,而其教实被于万世。是则《诗》之所以为教者然也。

这是以"思无邪"为《诗》教的正式宣言。文中以正邪善恶为准,是着眼在"为人"上。我们觉得以"思无邪"论《诗》,真出于孔子之口,自然比"温柔敦厚"一语更有分量;但当时去此取彼,却由于道学眼。其实这两句话一正一负,足以相成,所谓"合之则两美"。道学眼也无妨,只要有一只眼看在诗上。文中从学者方面说到"考其得失,善者师之而恶者改焉",阐明诗是怎样教人。又从作诗方面说到所感有纯有杂,纯者固足以为教,杂者可使上之人"思所以自反,而因有以劝惩之",也足以为教。这都足以补充温柔敦厚说之所不及。原来不论"温柔敦厚"也罢,"无邪"也罢,总有那些不及中的。前引孔颖达说人君以六经教民,"能与民至极"者少,"未能行之至极"者多,可是都算行了六艺之教。那是说"教"虽有参差,而为教则一——《诗》教自然也如此。朱子却是

---

① 见《读吕氏诗记桑中篇》。

说,"诗"虽有参差,而为教则一。经过这样补充和解释,《诗》教的理论便圆成了。但是那时代的诗尽向所谓"沈着痛快"一路发展。一方面因为散文的进步,"文笔""诗笔"的分别转成"诗文"的分别,选本也渐渐诗文分家,不再将诗列在"文"的名下,像《文选》以来那样。诗不是从前的诗了,教也不及从前那样广了;"温柔敦厚"也好,"无邪"也好,《诗》教只算是仅仅存在着罢了。这时代却有用"温柔敦厚"论文的,如杨时《龟山集》十《语录》云:

> 为文要有温柔敦厚之气;对人主语言及章疏文字,温柔敦厚尤不可无。……君子之所养,要令暴慢邪僻之气不设于身体。

这简直将《诗》教整套搬去了,虽然他还是将诗包括在"文"里。这时代在散文的长足的发展下,北宋以来的"文以载道"说渐渐发生了广大的影响,可以说成功了"文教"——虽然并没有用这个名字。于是乎六经都成了"载道"之文——这里所谓"文"包括诗——于是乎"文以载道"说不但代替了《诗》教,而且代替了六艺之教。

论屈原文学的比兴作风

游国恩

导言——

本文选自游国恩著《游国恩学术论文集》(中华书局,1989年)。

作者游国恩(1899—1978),江西临川人。毕业于北京大学中文系。曾先后任山东大学、华中大学、西南联合大学教授,后任北京大学教授。著有《楚辞概论》、《楚辞论文集》、《离骚纂义》等。

本文是一篇系统探讨屈原文学之比兴特征之作。文章继承王逸《楚辞章句》中《离骚》之文,依《诗》取兴,引类譬喻"、刘勰《文心雕龙·辨骚》中"虬龙以喻君子,云霓以譬谗邪,比兴之义也"的说法,肯定了屈原辞赋的比兴价值,并进而深入探讨其文学史的意义。该文论述精微,分析细密,对屈骚的比兴现象及方法归纳出十类,即"以栽培香草比延揽人才"、"以众芳芜秽比好人变坏"、"以善鸟恶禽比忠奸异类"、"以舟车驾驭比用贤为治"、"以车马迷途比惆怅失志"、"以规矩绳墨比公私法度"、"以饮食芳洁比人格高尚"、"以服饰精美比品德坚贞"、"以撷采芳物比及时自修"、"以女子身份比君臣关系"。在同类研究中,此说最为周备。论者认为屈骚比兴的产生渊源主要来自"古诗"与"隐语",意取"谲谏",并由此形成古代诗歌重"寄托"的文学传统。

一 屈赋的特征

1943 年,我作过一次讲演,题目是《论楚辞中的女性问题》。后来这篇讲稿被附录于 1946 年出版的《屈原》之后,改题为《楚辞女性中心说》。大意是从屈赋用"比兴"的作风上说明屈原自比为女子,以发明屈赋在文艺上一种独特的风格及其影响,然而这只是从文字上证明或解释屈原每每以女性自比的一个观点立说,并未涉及屈原全部文艺作风的根本问题。即是说:屈赋何以会有这一种作风呢?而且它所用的"比兴"材料除了以女性为中心外,仍极广泛;从文学技巧上说,这作风的根本意义又是什么呢?这些进一步的推论便是今天此文的目的。

屈原辞赋多用"比兴",这一现象前人早已指出。例如王逸说:

> 《离骚》之文,依《诗》取兴,引类譬喻。故善鸟香草,以配忠贞;恶禽臭物,以比谗佞;灵修美人,以媲于君;宓妃佚女,以譬贤臣;虬龙鸾凤,以托君子;飘风云霓,以为小人。(《楚辞章句·离骚序》)

刘勰也承袭着说:

> 虬龙以喻君子,云霓以譬谗邪,比兴之义也。(《文心雕龙·辩骚》)

又说:

> 楚襄信谗,而三闾忠烈;依《诗》制《骚》,讽兼比兴。(《文心雕龙·比兴》)

他们这些话虽未免挂一漏万,也不甚正确;但所谓"引类譬谕",所谓"讽兼比兴"的原则却是无可怀疑的。

倘若需要一一指出屈赋中关于"比兴"的文辞,恐怕"遽数之,不能终其物"了。然而为加强我的论据起见,得先把显而易见的例子概括地介绍一下:

一、"以栽培香草比延揽人才"的有如:

"余既滋兰之九畹兮,又树蕙之百亩。畦留夷与揭车兮,杂杜衡与芳芷。冀枝叶之峻茂兮,愿俟时乎吾将刈。虽萎绝其亦何伤兮,哀众芳之芜秽!"(《离骚》)

二、"以众芳芜秽比好人变坏"的有如:

"兰芷变而不芳兮,荃蕙化而为茅。何昔日之芳草兮,今直为此萧艾也!岂其有他故兮?莫好修之害也!余以兰为可恃兮,羌无实而容长;委厥美以从俗兮,苟得列乎众芳。椒专佞以慢慆兮,樧又欲充夫佩帏……览椒兰其若兹兮,又况揭车与江离?"(《离骚》)

三、"以善鸟恶禽比忠奸异类"的有如:

"鸷鸟之不群兮,自前世而固然。"(《离骚》)"鸾鸟凤皇,日以远兮;燕雀乌鹊,巢堂坛兮。"(《涉江》)"有鸟自南兮来集汉北。"(《抽思》)"凤皇在笯兮,鸡鹜翔舞。"(《怀沙》)

四、"以舟车驾驶比用贤为治"的有如:

"乘骐骥以驰骋兮,来吾道夫先路。""彼尧舜之耿介兮,既遵道而得路;何桀纣之猖披兮,夫唯捷径以窘步!惟夫党人之偷乐兮,路幽昧以险隘。岂余身之惮殃兮?恐皇舆之败绩。"(以上《离骚》)"乘骐骥而驰骋兮,无辔衔而自载;乘泛泭以下流兮,无舟楫而自备。"(《惜往日》)

五、"以车马迷途比惆怅失志"的有如:

"悔相道之不察兮,延伫乎吾将反①,回朕车以复路兮,及行迷之未远。步余马于兰皋兮,驰椒丘且焉止息。"(《离骚》)"知前辙之不遂兮,未改此度;车既覆而马颠兮,蹇独怀此异路!勒骐骥而更驾兮,造父为我操之。迁逡次而勿驱兮,聊假日以须时。"(《思美人》)

六、"以规矩绳墨比公私法度"的有如:

---

① 昔《楚辞概论》中论《离骚》写作时代,以相道不察,延伫将反数语为《离骚》放逐的证者未审。盖此乃用比语为设想,非正言也。

"固时俗之工巧兮,偭规矩而改错;背绳墨以追曲兮,竞周容以为度。""何方圆之能周兮?夫孰异道而相安?""举贤而授能兮,循绳墨而不颇。""不量凿而正枘兮,固前修以菹醢。""勉陞降以上下兮,求矩矱之所同。"(以上《离骚》)"刓方以为圆兮,常度未替。""章画志墨兮,前图未改。"(以上《怀沙》)

七、"以饮食芳洁比人格高尚"的有如:

"朝饮木兰之坠露兮,夕餐秋菊之落英。苟余情其信姱以练要兮,长顑颔亦何伤?""折琼枝以为羞兮,精琼爢以为粻。"(以上《离骚》)"捣木兰以矫蕙兮,鑿申椒以为粮;播江离与滋菊兮,愿春日以为糗芳。"(《惜诵》)"登昆仑兮食玉英。"(《涉江》)"吸湛露之浮源兮,漱凝霜之雰雰。"(《悲回风》)

八、"以服饰精美比品德坚贞"的有如:

"扈江离与辟芷兮,纫秋兰以为佩。""擥木根以结茝兮,贯薜荔之落蕊;矫菌桂以纫蕙兮,索胡绳之纚纚。謇吾法夫前修兮,非世俗之所服。""制芰荷以为衣兮,集芙蓉以为裳。不吾知其亦已兮,苟余情其信芳。高余冠之岌岌兮,长余佩之陆离。芳与泽其杂糅兮,唯昭质其犹未亏。忽反顾以游目兮,将往观乎四荒。佩缤纷其繁饰兮,芳菲菲其弥章。""溘吾游此春宫兮,折琼枝以继佩,及荣华之未落兮,相下女之可诒。"(以上《离骚》)"余幼好此奇服兮,年既老而不衰。带长铗之陆离兮,冠切云之崔嵬。被明月兮佩宝璐……"(《涉江》)

九、"以撷采芳物比及时自修"的有如:

"汩余若将不及兮,恐年岁之不吾与。朝搴阰之木兰兮,夕揽中洲之宿莽。"(《离骚》)"惜吾不及古人兮,吾谁与玩此芳草?"(《思美人》)

十、"以女子身份比君臣关系"的有如:

"众女嫉余之蛾眉兮,谣诼谓余以善淫。"(《离骚》)"众踥蹀而日进兮,美超远而逾迈。"(《哀郢》)"惟佳人之永都兮,更统世而自贶。""惟佳人之独怀兮,折芳椒以自处。"(以上《悲回风》)"结微情以陈词兮,矫以遗夫美人。昔君与我成言兮,曰黄昏以为期。羌中道而回畔兮,反既有此他志。"(《抽思》)"思美人兮,擥涕而伫眙。媒绝路阻兮,言不可结而诒。"(《思美人》)"妒佳冶之芬芳兮,嫫母姣而自好;虽有西施之美容兮,谗妒入以自代。"(《惜往日》)此外还有通篇以物比人的如《橘颂》;通篇以游仙比遁世的如《远游》;以古事比现实的,如《离骚》中对重华的"陈词",灵氛劝告的"吉故",及《涉江》的"接舆髡首",《惜往日》的"百里为虏"等段都是。其中又有比中的比,如《离骚》既以托媒求女比求通君侧的人,却更以"鸩"和"鸠"来比媒人的不可靠;《思美人》既以媒理比说项介绍的人,而又以"薜荔"、"芙蓉"比媒人的不易得。因为他既怕举趾缘木,又怕褰裳濡足,所以下文说:"登高吾不说,入下吾不能。"若此之类,都是比中有比,意外生意,在表现技巧上可谓极尽巧妙的能事。至于屈赋各篇中尚有虽非正式用"比兴",而其词句之间有意无意,仍隐含"比兴"意味者尤不可胜举。(如《惜诵》"欲高飞而远集兮,君罔谓汝何之;欲横奔而失路兮,坚志而不忍"。一则以鸟为喻,一则以驾为喻。)由此看来,屈原的辞赋差不多全是用"比兴"法来写的了,其间很少有用"赋"体坦白地、正面地来说的了。所以说他"依《诗》取兴,引类譬喻",是不可否认的事实。后来许多作家,从宋玉到两汉,甚至于更后,都一直承袭着这种作风,而成为辞赋中甚至于我国文学中的一个特殊的风格。

二 屈赋比兴作风的来源

现在我要问:屈赋这种比兴的特殊风格是从哪里来的呢?我的答案是:它一面与古诗有关,一面又与春秋战国时的"隐语"有关。归根究底,都是从人民口头创作出来的,并反映出人民在统治者压力下的反抗。但两者相较,《楚辞》与后者关系或更密切些。

《诗》有"六义",第一是"风",第二是"赋"。"风"是什么呢?《毛诗序》说:"'风',风(讽)也。"又说:"下以风刺上,主文而谲谏,言之者无罪,闻之者足以戒,故曰'风'。"可见"风"就是讽刺,就是"谲谏"。这儿,当然需要说话的艺术了。为了要达到说话的目的,尽管不妨运用语言的技巧,所以李善注说:"'风刺',谓譬喻,不斥言也。……'谲谏',咏歌依违,不直谏也。"这是够说明一部分"风"诗的基本精神了。至于辞赋的目的也是讽谕。《楚辞》如此,汉赋也是如此。这一点汉朝人是深切了解的。《史记·屈原传》说:"屈原既死之后,楚有宋玉、唐勒、景差之徒者,皆好辞而以赋见称。然皆祖屈原之从容辞令,终莫敢直谏。"从容辞令而不直谏,岂不明明是讽谏的态度吗?淮南王刘安叙《离骚传》说:"其文约,其辞微,……其称文小而其指极大,举类迩而见义远。"文约辞微,称小指大。类迩义远,不是风诗主文谲谏的作风吗?《汉书·司马相如传赞》:"相如虽多虚辞滥说,然其归,引之于节俭,此亦《诗》之风谏何异?"又《扬雄传》:"雄以为'赋'者,将以风也。"又谓:"往时武帝好神仙,相如上《大人赋》,欲以风。"又《汉书·艺文志》:"大儒孙卿,及楚臣屈原,离谗忧国,皆作赋以风(谕)。"又班固《两都赋序》:"或以抒下情而通讽谕。"所以从文学的性质和技巧上说,辞赋与诗歌根本没有什么不同。所以王逸谓屈原依诗人之义而作《离骚》;所以班固谓屈赋有恻隐古诗之义而目之为"古诗之流"。

  还有一点很重要,那就是春秋时的赋诗与歌诗。《汉书·艺文志》:"古者诸侯卿大夫交接邻国,以微言相感。当揖让之时,必称诗以谕其志。……春秋之后,周道浸坏,聘问歌咏不行于列国,学《诗》之士,逸在布衣,而贤人失志之赋作矣。"接着他就说荀卿、屈原的赋都有古诗的意味。这段话不但最足以说明辞赋的起源,而且连带说明了辞赋本身的继承性。但我以为这里当特别注意的便是"微言相感"四个字。这就是说:在诸侯大夫交际的场合里,彼此需要互相表示意志的,都不肯直白地说出来,而必须赋一章或一篇古诗以为暗示。这便是"以微言相感"。这种戏剧意味,在今日或不免觉得可笑;但在当时的士大夫看来,反而觉得是雍容闲雅的事罢。不过古诗的意义随赋者的利用而不同,其中多半是断章取义的。而所赋或所歌的诗,其用意所在,又必须视双方私人或国家的关系、感情及国际地位种种不同,教对方去猜,去捉摸,往往言在此而意在彼,听者或受者若不能立刻发见其用意何在,那真会教人受窘而不能答赋的;或虽勉强应付,而不能与赋者的意思针锋相对,牛头不对马嘴,也是很丢人的事。后者的例子如《左传》襄公十六年所载晋侯盟齐高厚,因其歌诗不类。前者的例子则如《左传》昭公十二年一段记载:

  夏,宋华定来聘,通嗣君也。享之。为赋《蓼萧》,弗知,又不答赋。昭子曰:"必亡!宴语之不怀,宠光之不宣,令德之不知,同福之不受,将何以在?"

原来《蓼萧》诗云:"燕笑语兮,是以有誉处兮。"是表示主人乐与华定燕语的意思。又云:"既见君子,为龙为光。"是表示主人以得见客人为光荣的意思。又云:"宜兄宜弟,令德寿岂。"是表示客人有令德,祝他既寿且乐的意思。又云:"和鸾雍雍,万福攸同。"是表示愿与客人同享福禄的意思。这简直是一个谜,相当难猜。华定不能针对这些意思答谢,便引起了主人的大不满,而遭受到严重的批评。

  还有主人赋诗不伦不类,客人不敢接受,因而也不答赋的,如文公四年卫宁武子聘鲁,公与之宴,为赋《湛露》及《彤弓》的事便是。可见春秋时诸侯大夫相交接,赋诗和答赋都不是一件容易事。但出谜的还比较容易些,猜谜的可十分困难了。因为至少要具备三个条件:第一,要诗篇读得烂熟;第二,要相当了解它的意义;第三,要神经敏感,对方一说出来,马上就抓得住他的用意,而能迅速对付。例如《左传》僖公二十三年记秦穆公享公子重耳一事:

  他日,公享之。子犯曰:"吾不如衰之文也,请使衰从。"公子赋《河水》,公赋《六月》。赵衰曰:"重耳拜赐!"公子降,拜,稽首。公降一级而辞焉。衰曰:"君称所以佐天子者命重耳,重耳敢不拜?"

《小雅·六月》一篇是尹吉甫佐周宣王征伐的诗,秦伯引来比喻若将来公子返晋,必能匡扶王室。这个意义太隆重了,幸亏那位随从秘书,不然,或竟不免失礼了。

  一部《左传》所载赋诗答诗的事不知多少,无非是借诗为喻,不能全切合事情,亦不能不切合事情,仿佛依稀的有点像,又有点不像,但彼此心里的中心意思都不曾说出来。所以春秋时诸侯卿大夫这种国际交接的仪式,若说他就等于今日猜谜的游戏,毫不为过。

  春秋以来,楚人与诸侯各国交际频繁,自然会感到有学诗的必要;所以在《左传》中楚人引诗来谈话的,或赋诗见意的已是数见不鲜。对于那"主文而谲谏"的讽刺文学及其应用已经证明其肄习娴熟,运用自如了,国际上猜谜式的文学游戏也弄惯的了。然则屈原辞赋中的"从容辞令"、"婉而多讽"的"比兴"作风是不难得到合理的解释的。

  以上是说明《楚辞》的作风与古诗的关系,以下再推论它与"隐语"的关系。

"隐"或作"讔",春秋时又名"廋辞"。《国语·晋语》五:"范文子暮退于朝。武子曰:'何暮也?'对曰:'有秦客廋辞于朝,大夫莫之能对也,吾知三焉。'"韦昭注:"廋,隐也;谓以隐伏谲诡之言问于朝也。"《文心雕龙·谐隐》云:"'讔'者,隐也;遁辞以隐意,谲譬以指事也。"《汉书·艺文志》有《隐书》十八篇。颜师古引刘向《别录》云:"《隐书》者,疑其言以相问,对者以虑思之,可以无不谕。"先秦的所谓"隐",大概就是现今的"谜",至少它是"谜"的前身。故刘彦和又说:"君子嘲隐,化为谜语。"春秋、战国时,这种隐戏颇为流行。齐、楚两国的人且有以"隐语"为讽谏的风气。我们试看那时候的"隐":

一、《韩非子·难三》:"人有设桓公'隐'者,曰:'一难,二难,三难,何也?'

桓公不能射,以告管仲。管仲对曰:'一难也,近优而远士;二难也,去其国而数之海;三难也,君老而晚置太子。'桓公曰:'善!'不择日而庙礼太子。"

二、《吕氏春秋·审应览·重言》:"荆庄王立,三年不听(政),而好'谲'。成公贾入谏。王曰:'不穀禁谏者,今子谏,何故?'对曰:'臣非敢谏也,愿与君王"隐"也。'王曰:'胡不设不穀矣?'对曰:'有鸟止于南方之阜,三年不动,不飞,不鸣,是何鸟也?'王射之,曰:'……三年不动,将以定志意也;其不飞,将以长其羽翼也;其不鸣,将以览民则也。是鸟虽无飞,飞将冲天;虽无鸣,鸣将骇人。'……明日,朝,所进者五人,所退者十人。群臣大说,荆国之众相贺也。"(按《韩非子·喻老》、《史记·楚世家》、《新序·杂事》二并载其事,互有出入。而《史记·滑稽传》又以为淳于髡说齐威王事。)

三、《列女传·楚处庄侄传》:"处庄侄言'隐'于襄王曰:'大鱼失水,有龙无尾。墙欲内崩,而王不视。'王曰:'不知也。'对曰:'大鱼失水者,王离国五百里也;乐之于前,不思祸之起于后也。有龙无尾者,年既四十,无太子也;国无强辅,必且殆也。墙欲内崩,而王不视者,祸乱且成,而王不改也。'"

四、《史记·田完世家》载淳于髡见驺忌子曰:"得全全昌,失全全亡。"驺忌子曰:"谨受令,请谨毋离前。"淳于髡曰:"狶膏棘轴,所以为滑也,然而不能运方穿。"驺忌子曰:"谨受令,请谨事左右。"淳于髡曰:"弓胶昔干,所以为合也,然而不能傅合疏罅。"驺忌子曰:"谨受令,请谨自附于万民。"淳于髡曰:"狐裘虽敝,不可补以黄狗之皮。"驺忌子曰:"谨受令,请谨择君子,毋杂小人其间。"淳于髡曰:"大车不较,不能载其常任;琴瑟不较,不能成其五音。"驺忌子曰:"谨受令,请谨修法律而督奸吏。"淳于髡说毕,趋出至门,而面其仆曰:"是人者,吾语之微言五,其应我若响之应声。是人必封不久矣。"(按"微言"即"隐语")

五、《新序·杂事》二:"齐有妇人,丑极无双,号曰无盐女。……自诣宣王,愿一见。……于是宣王乃召见之,谓曰:'亦有奇能乎?'无盐女对曰:'无有,直窃慕大王之美义耳。'王曰:'虽然,何喜?'良久曰:'窃尝喜隐。'王曰:'隐,固寡人之所愿也。试一行之。'言未卒,即隐矣。宣王大惊,立发《隐书》而读之。退而惟之,又不能得。明日,复更召而问之,又不以'隐'对。但扬目衔齿,举手拊肘,曰:'殆哉!殆哉!'如此者四。"

以上五条都是属于"隐"的故事。此外还有许多无其名而有其实者,若臧文仲母识文仲被拘(见《列女传·鲁臧孙母传》),齐人说靖郭君罢城薛(见《战国策·齐策》一),及淳于髡为齐威王请救于赵(见《史记·滑稽传》)等等,不胜枚举。我们试一分析"隐"的性质,不外(一)用事物为比喻;(二)设者与射者的辞原则上须为韵语;(三)用以讽谏。上引五条除第一条和第四条的第一则外,其余都有比喻,惟第五条则全是"哑谜",乃属罕见。又第二条的"设辞"无韵,而《韩非子·喻老》有之。《喻老》篇:"右司马御座,而与王'隐'曰:'有鸟止南方之阜,三年不翅,不飞不鸣,嘿然无声,此为何名?'"全用韵语,似较《吕览》、《史记》、《新序》诸书所记为得其实。至于以"隐"为讽谏的工具,先秦时有此风气。这作用与"三百篇"以诗为讽的意义也相同。刘彦和所谓"大者兴治济身,其次弼违晓惑"(《文心雕龙·谐隐》),确有此等功效。到后来像东方朔之流只用它来开开玩笑,"谬辞诋戏,无益规补",那就失掉用"隐"的本意了。①

由此见来,"隐"的性质无论为体为用,其实都与辞赋相表里。所谓"遁辞以隐意,谲譬以指事"的讽谏方法与屈赋惯用"比兴"的作风初无分别。它们简直是一而二,二而一的讽刺文学。所以《汉志》列《隐书》于"杂赋"之末,不是为了这个缘故么?(以上参看拙著《先秦文学》第十六章及本书《屈赋考源》"余论")

所以我说屈赋这种作风,远溯一点,他的来源与古诗有关,与古者诸侯卿大夫相交接,聘问歌咏时的"微言相感"有关。而关系更密切的莫过于春秋、战国时的"隐语"。因为从春秋到战国,设"隐"讽谏已经成为风气,尤其在齐、楚两国特别流行;所以屈原文艺的作风直接受其影响是不足怪的。

三 余 论

我们试再进一步研究,不但《楚辞》与"隐"有关,而且发见战国时一般的赋乃至其他许多即物寓意、因事托讽的文章几乎无不带有"隐"的意味。例如荀卿的《赋篇》便是这样。试看他的《箴赋》云:

有物于此:生于山阜,处于室堂。无知无巧,善治衣裳;不盗不

---

① 《汉书·东方朔传》:"(郭)舍人恚曰:'朔擅诋欺天子从官,当弃市!'上问朔:'何故诋之?'对曰:'臣非敢诋之,乃与为隐耳。'……舍人不服,因曰:'臣愿复问朔隐语。'……朔应声辄对,变诈锋出,莫能穷者。"

窈,穿窬而行。日夜合离,以成文章。以能合从,又善连衡。下覆百姓,上饰帝王。功业甚博,不见贤良。时用则存,不用则亡。臣愚不识,敢请之王。王曰:"此夫始生钜,其成功小者邪?长其尾而锐其剽者邪?头铦达而尾赵缭者邪?一往一来,结尾以为事。无羽无翼,反覆甚极。尾生而事起,尾邅而事已。簪以为父,管以为母。既以缝表,又以连里——夫是之谓箴理。"

《赋篇》中包括五赋,这是最末一首,作风完全相同。看它种种"疑其言以相问"的影射法,来描写关于"箴"的事情,显然是一种隐语了。它通篇除最末一句外,都暗射着针的,都是针的谜面;最后一句才说出答案来,那就是谜底;所以这篇小赋简直是一根针儿的谜语了。在《赋篇》中第三首《云赋》里有云:"君子设辞,请测意之。"设辞测意,这不明明白白告诉我们是猜谜吗?猜谜说是先秦的"射隐",汉以后又变为"射覆"(见《汉书·东方朔传》)。荀卿的时代稍后于屈原,他的赋竟由《楚辞》的"比兴"作风完全变成隐语,这其间的关系可以思过半矣。又按《战国策·楚策》四载有荀子谢春申君一书,书后有赋云:

宝珍隋珠,不知佩兮;袆布与丝,不知异兮;闾姝子奢,莫知媒兮;嫫母求之,又甚喜之兮。以瞽为明,以聋为聪,以是为非,以吉为凶。呜呼上天!曷惟其同?(《荀子·赋篇》及《韩诗外传》四略异)

这不消说仍是屈赋用"比兴"的作风了。但我们应该注意:荀卿曾经游学于齐,三为祭酒。后来又宦游于楚,春申君以为兰陵令,遂家于兰陵。他与齐楚两国的关系如此之深,所以他的辞赋必然受屈原的影响,同时也受过当时隐语家淳于髡等人的影响是可以断言的。(参看《先秦文学》第十六章及拙文《屈赋考源·余论》)

此外那时还有许多非赋非隐,似赋似隐的文章,例如宋玉《对楚王问》一篇(见《新序·杂事篇》,《文选》题宋玉作,恐非,但改"威王"为"襄王"则近是),庄辛说楚襄王一篇(见《战国策·楚策》四),楚人以弋说襄王一篇(见《史记·楚世家》),都是始则"遁辞以隐意,谲譬以指事",终则"言之者无罪,闻之者足以戒"。又如齐驺忌以琴音说齐威王(见《史记·田完世家》),淳于髡以饮酒说威王罢长夜之饮(见《史记·滑稽传》),及庄子与赵文王说剑(见《庄

子·说剑篇》)等等,都是因事托讽,借题发挥,其性质又无乎不同。兹录宋玉《对楚王问》一篇以示例:

> 楚襄王问于宋玉曰:"先生其有遗行与?何士民众庶不誉之甚也?"宋玉对曰:"唯,然,有之。愿大王宽其罪,使得毕其辞:客有歌于郢中者,其始曰《下里》、《巴人》,国中属而和者数千人。其为《阳阿》、《薤露》,国中属而和者数百人。其为《阳春》、《白雪》,国中属而和者不过数十人。引商刻羽,杂以流徵,国中属而和者不过数人而已。是其曲弥高,其和弥寡。故鸟有凤而鱼有鲲:凤皇上击九千里,绝云霓,负苍天,足乱浮云,翱翔乎杳冥之上。夫藩篱之鷃,岂能与之料天地之高哉?鲲鱼朝发昆仑之墟,暴鬐于碣石,暮宿于孟诸。夫尺泽之鲵,岂能与之量江海之大哉?故非独鸟有凤而鱼有鲲也,士亦有之。夫圣人瑰意琦行,超然独处,世俗之民,又安知臣之所为哉?"

推而论之,自"风""骚"的"比兴"作风完成以后,我国文学——尤其是诗,便一直向这条道路迈进。所谓"寄托",所谓"微辞",所谓"婉而多讽",所谓"兴发于此而义归于彼"者,无不据此为出发点。汉、魏以后诗家有一种主要作风,白乐天生平所兢兢自守,惟恐失之者,也就是这一点。其后咏物的诗,鸟兽草木鱼虫一类的赋之专以物比人者,是属于这一类的;乐府诗中如《子夜》、《读曲》等歌专以事物谐声切义的方法为比者,也是属于这一类的;纬书中图谶,诸事记及史籍《五行志》中的歌谣,在可解不可解之间,而事后往往"应验"者,也是属于这一类的;甚至后世的骈体文专以典故为象征者,也是属于这一类的。其在散文,则先秦诸子用之以说理(尤其是《庄子》、《韩非》、《吕氏春秋》等),纵横家用之以说事(尤其是《战国策》),乃至后世古文家集中的杂说,小说戏剧的讽刺与嘲骂,往往借着一个故事或一件事物来做根据,以为推论、解释、辩驳、寓意、抒情的助者,莫不与"风"、"骚"的"比兴"及战国时滑稽优倡者流所乐道的"隐语"同源而分流,殊途而同归。于此,不但"风"、"骚"和"隐语"的关系我们看得极其清楚,就是"比兴"及"隐语"与我国一切文学的关系也是极其清楚的了。然则"比兴"与"隐语"对我国文学的因缘不是够深的么?

研究与思考

📍 延伸阅读 📍

1. 夏承焘《采诗与赋诗》，载《中华文史论丛》第一辑，上海古籍出版社，1979年。

2. 陈世骧《原兴：兼论中国文学特质》，载《陈世骧文存》，辽宁教育出版社，1998年。

3. 朱东润《诗大小雅说臆》，载《诗三百篇探故》，上海古籍出版社，1981年。

4. 王靖献《钟与鼓——〈诗经〉的套语及其创作方式》，四川人民出版社，1990年。

5. 游国恩《楚辞女性中心说》，载《游国恩学术论文集》，中华书局，1989年。

6. 李嘉言《初期五言诗因袭〈诗〉、〈骚〉成意举例》，载《李嘉言古典文学论文集》，上海古籍出版社，1987年。

7. 杨牧《衣饰与追求》，载其《传统的与现代的》一书，台北志文出版社，1974年。亦见《楚辞资料海外编》，湖北人民出版社，1986年。

8. 叶庆炳《文章合为时而著，歌诗合为事而作》，载《唐诗散论》，台北洪范书店，1981年。

📍 问题与思考 📍

1. 和西方文学传统相比较，《诗经》和《楚辞》从一开始就奠定了我国诗歌的抒情传统，这与我国史诗的未成形有何关系？

2. 《诗经》和《楚辞》分别属于南北两大文学，试分析中原文化与楚地文化对这两种诗歌的形成有何影响。

3. 试从《诗经》与《楚辞》的比较，讨论中国文学的"比兴"传统。

研究实践

研究课题：

释"比兴"。

背景材料：

唐孔颖达《毛诗正义》。

宋朱熹《诗集传》。

方法提示：

1. 这一课题有众多学者研究过，自古以来对于"比兴"的解释并不一致，而从近代以来，其解释更有一些新的发展，因此，对于这一问题作一定论，非常困难，但是可以在前人的基础上作进一步的探讨。

2. 这两种材料是对《诗经》进行研究的最基本的材料，也是《诗经》汉学与《诗经》宋学的集大成的著作。对这两种基础材料中涉及这一命题的地方应作一细致了解，并比较其定义及涉及篇目的不同。

3. 对于前人已经出现的重要论著须先有一个了解，掌握几种基本的观点，比较其异同，除了郑玄、朱熹、郑樵等古人的见解以外，对于今人如顾颉刚、朱自清、何定生、陈世骧、王靖献等人的见解也要有一个较为全面的掌握。

参考研究方法：

1. 利用古代文献的比较，仔细列出基本著作中涉及"比兴"的篇目，结合具体的诗篇进行分析，必要时也可以利用古人其他的注本，如清人的注解等。

2. "比兴"出现之时间甚早，因此与古代各种文化之间的联系必然很紧密，因此也可以考虑这一方法与原始文化的关系。

3. 考虑到中国古代文学或学术的术语具有延伸性和不定性，也可以不必给它一个确切的界定，而分析其动态变化，或给它一个现代的解释。

呈现方式：

1. 论文。

2. 选择某一种看法进行研讨，或结合某一诗篇进行讨论。

第四章 诸子与散文

导 论

春秋战国时期,氏族王国的封建制度解体,士阶层兴起,教育向平民普及。与之相适应,统治氏族的王官之学分散为平民私家的诸子之学,形成中国历史上第一个思想活跃的时代,有些学者借用西方文明史的研究术语,称其为"哲学的突破"。其实中国的庄子早就带着悲观的情绪说出了中国古代思想由混沌走向突破的过程:"悲夫,百家往而不反,必不合矣!后世之学者,不幸不见天地之纯,古人之大体,道术将为天下裂。"(《庄子·天下》)

私家之学的出现,他们之间日益激化的辩难和最终融合的归宿,使得中国古代的思想论说形式由《尚书》、《金文》中的训令、箴言发展为语录、对话、寓言和阐论。诸子散文遂与《左传》、《国语》、《战国策》等历史散文构成了先秦散文的双峰。

划分诸子的流派,先秦往往以人为单位。如《庄子》中称"孔子"、"老子"、"墨子",或直呼诸子之名,如"孔丘"、"墨翟"、"老聃";《荀子》中有《非十二子》;《韩非子·显学》称"子张之儒"、"孙氏之儒"等等;至汉代司马谈《论六家要旨》,始以家为单位划分诸子的流派。这篇文章一开始引述了《易·大传》的思想:"天下一致而百虑,同归而殊途。"接着阐述了诸家学说的地位:"夫阴阳、儒、墨、名、法、道德,此务为治者也,直所从言之异路,有省不省耳。尝窃观阴阳之术,大祥而众忌讳,使人拘而多所畏。然其序四时之大顺,不可失也。儒者博而寡要,劳而少功,是以其事难尽从。然其序君臣父子之礼,列夫妇长幼之别,不可易也。墨者俭而难遵,是以其事不可遍循。然其强本节用,不可废也。法家严而少恩。然其正君臣上下之分，不可改矣。名家使人俭而善失真。然其正名实，不可不察也。道家使人精神专一，动合无形，赡足万物。其为术也，因阴阳之大顺，采儒、墨之善，撮名、法之要，与时迁移，应物变化，立俗施事，无所不宜，指约而易操，事少而功多。"显然，司马谈的思路是以道家思想为主导的，其旨趣是汉初的无为政治。

两汉时期，统一的郡县制帝国确立了传统文化色彩浓厚的经学为主导思想，此后的主流思想，均以阐释六经或发扬儒家道统的面目出现。先秦的思想典籍在经过刘向、刘歆父子的整理之后，以另一种逻辑结构呈现在"辨章学术，考镜源流"的目录学著作之中。在《七略》基础上写成的《汉书·艺文志》分诸子为九流十家，其中以儒家居于首位。即儒、道、阴阳、法、名、墨、纵横、杂、农、小说。指出："诸子十家，其可观者九家……今异家者各推所长，穷知究虑，以明其指，虽有蔽短，合其要归，亦六经之支与流裔。"

两汉以后，中国的学术秩序由经、子之学转为经、史之学，子学退居史学之后。诸子之学虽然逐渐消沉，但在中国的文化学术史上却波澜迭起。东汉至魏晋，《孟子》、《吕氏春秋》、《淮南子》、《老子》、《庄子》均得到了重新的解释，为魏晋玄学提供了思想资源。唐宋时期，儒家的《孟子》、《荀子》，道家的《老子》、《庄子》，甚至《列子》、《墨子》、纵横家的思想与文风皆受到评判与吸收。此际也是新儒家和古文运动兴起之际，需要汲取更多的资源以建立新思想，与道教和佛教抗衡。南宋高似孙的《子略》标志着对诸子文献的重新梳理。明代文学家们更注重从文章学的角度，吸收先秦散文包括诸子散文的精华。诸子的著作也在明代成规模地刊行。清代朴学兴起，诸子的文献继群经之后被重新校勘、训诂。晚清西学东渐，中国的学术急需寻找自身的资源以抗衡或迎接西学，诸子的思想再次受到重视与阐释。20世纪以来，诸子的研究在哲学史、思想史、学术史、文学史等诸多学科领域内充分地展开，取得了丰硕的成果。如章太炎的《诸子学略说》、梁启超的《先秦政治思想史》、胡适的《中国哲学史大纲》、冯友兰的《中国哲学史》、吕思勉的《先秦学术概论》、钱穆的《先秦诸子系年》、郭沫若的《十批判书》、罗根泽的《诸子考索》等等。随着中国君主制政体的消灭和西方现代人文学科体系的引入，经学已不再作为国家思想和学术主体，更不具有独立的学科地位，因此，诸子的地位再次被抬高，成为中国古代的原创性思想而构成了先秦甚至两汉哲学史的主体。本章所选《读诸子之法》，可以让我们了解诸子研究的门径。

由于诸子之学在历史上的消沉，许多诸子文献在流传过程中或亡佚，或被增益、删改，或有伪书造作。加之先秦古书本来就不成于一时一人之手，又往往单篇独行，文献面貌复杂。因此后世学者特别是现代学术受疑古思潮的影响，往往对传世的诸子文献采取怀疑在先的态度。这一方面促进了诸子文献的考订、整理，但另一方面，也影响了学术界对诸子的文献体系和思想价值的判断。20世纪70年代以来，由于马王堆、银雀山、定州、阜阳、郭店等地的战国秦汉间简帛佚籍的大量出土，原先被认定为伪书的诸子面目再现，同时还出土了大量的未被著录过或已经亡佚的先秦文献，使得我们不得不重视这些诸子佚籍并重新审视传世诸子文献的真伪与价值。诸子学的研究，将随着考古学的进展获得更大的学术空间。

先秦诸子从一开始就具备自觉的修辞意识，这与中国古代"立言"的传统有关。战国之前虽无私家著述，但从《左传》、《国语》中看，当时卿大夫和士人往往引述古人之言。如"史佚有言曰"、"史佚所谓"、"周任有言曰"、"叔向有言曰"、"臧纥叔有言曰"、"子犯有言曰"、"古人有言曰"、"先民有言曰"、"人有言曰"、"孔子曰"、"仲尼曰"、"子思曰"等等。《左传·襄公二十四年》载鲁国贵族叔孙豹曰："太上有立德，其次有立功，其次有立言。"言又指在亲身体验的基础上总结出的人生志向和智慧，故介之推曰："言，身之文也。"（《左传·僖公二十四年》）孔子曰："有德者必有言，有言者未必有德。"（《论语·宪问》）但这样的言需要经过文饰才能成为公言，即文辞。《左传·襄公二十五年》引《志》曰："言以足志，文以足言。"又曰："言之无文，行而不远。"故诸子之中，充满着对修辞立言的讨论。如《论语》有"巧言令色，鲜矣仁"；"观其行听其言"之说。上海博物馆藏战国楚竹书《孔子论诗》载孔子曰："诗亡离志，乐亡离情，文亡离言。"《易·系辞》："圣人立象以尽意，设卦以尽情伪，系辞焉以尽其言，变而通之以尽利，鼓动之舞之以尽神。"《墨子》有《辞过》、《三辩》；《孟子》强调养气知言；《庄子》中论寓言、重言、卮言之用，又讨论了言、意关系，提出"得意忘言"的辩证思想。而《韩非子》又有《说难》之篇，备言辩说之难。所以，诸子虽为私言，但皆欲修辞立诚，成为公言。可以说，对言与辞的关注影响了诸子散文的辞章（文学）；对言与意的关注影响了诸子散文的思辨（哲学）。由于诸子的思想倾向、学术流派不同，其语言风格异彩纷呈，给后世的文学提供了丰富的营养。刘勰《文心雕龙·诸子》曰：

> 研夫孟、荀所述，理懿而辞雅；管、晏属篇，事核而言练；列御寇之书，气伟而采奇；邹子之说，心奢而辞壮；墨翟、随巢，意显而语质；

尸佼、尉缭，术通而文钝；鹖冠绵绵，亟发深言；鬼谷眇眇，每环奥义。情辨以泽，文子擅其能；辞约而精，尹文得其要；慎到析密理之巧；韩非著博喻之富；吕氏鉴远而体周；淮南泛采而文丽。斯得百氏之华采，而辞气之大略也。

因此，后世的文学家即使不赞同诸子的思想，也十分自觉地吸收他们的文风，如柳宗元所言："参之《孟》、《荀》以畅其支，参之《庄》、《老》以肆其端。"(《答韦中立论师道书》)刘师培在《论文杂记》中说："中国文学，至周末而臻极盛。庄列之深远，苏张之纵横，韩非之排奡，荀吕之平易，皆为后世文章之祖。"而本章所选《庄子》一文，则更多地体现了现代学术对诸子哲学、美学和文学价值的全新评估。

选　文

论读子之法

吕思勉

导言——

本文选自吕思勉《经子解题》(华东师范大学出版社，1995年)，有删节。

吕思勉(1884—1957)，字诚之，江苏常州人。曾任东吴大学、光华大学、华东师范大学历史系教授。

本文从辨章学术、考镜源流的角度，揭示了先秦诸子思想的发生背景和思想渊源，特别是诸子思想中蕴籍的上古哲学传统，进而辨析诸子的派别与重要的文献，提倡以求其大义，重在贯通的方法解读诸子，对于诸子文献的训释、校勘、辨伪、考据等须有辩证的观点。作者将诸子研究的重心放在解释思想观念，而不是凿求客观知识，这样的认识是对清代考据学的反拨，具有现代学术方法论意义上的创新价值。作者认为诸子是中国文学中极具个性的文学，是中国文学的根柢之一。

作者另著有《先秦学术概论》一书，其中对诸子的思想有详尽的阐论，可以参考。

吾国书籍，分为经、史、子、集四部；而集为后起之物，古代只有经、史、子三者。经、子为发表见解之书，史为记载事物之书，已见前。逮于后世，则子亡而集代兴。集与子之区别：集为一人之著述，其学术初不专于一家；子为一家之学术，其著述亦不由于一人。勉强设譬，则子如今之科学书，一书专讲一种学问；集如今之杂志，一书之中，讲各种学问之作皆有也。

子书之精者，讫于西汉。东汉后人作者，即觉浅薄。然西汉子书之精者，仍多祖述先秦之说；则虽谓子书之作，讫于先秦，可也。然远求诸西周以前，则又无所谓子。然则子者，春秋、战国一时代之物也。其故何邪？

予谓专家之学兴而子书起，专家之学亡而子书讫。春秋、战国，专家之学兴起之时也，前乎此，则浑而未分；后乎此，则又裂而将合。故前此无专家之学，后此亦无专家之学也。请略言之：

诸子之学之起原，旧说有二：（一）出《汉志》，谓其原皆出于王官。（二）出《淮南要略》，谓皆以救时之弊。予谓二说皆是也。何则？天下无无根之物；使诸子之学，前无所承，周、秦之际，时势虽亟，何能发生如此高深之学术。且何解于诸子之学，各明一义，而其根本仍复相同邪。（见下。）天下亦无无缘之事，使非周、秦间之时势有以促成之，则古代浑而未分之哲学，何由推衍之于各方面，而成今诸子之学乎。……

人群浅演之时，宗教哲学，必浑而不分；其后智识日进，哲学乃自宗教中蜕化而出。吾国古代，亦由是也。故古代未分家之哲学，则诸子之学所同本；而未成哲学前之宗教，则又古代不分家之哲学之根原也。必明乎此，然后于诸子之学，能知其源；而后读诸子书，乃有入处。

……

诸子派别：《史记·太史公自序》述其父谈之论，分为阴阳、儒、墨、名、法、道德六家。《汉志·诸子略》，益以纵横家、杂家、农家、小说家为十家，其中去小说家为九流。此外兵家、数术、方技，《汉志》各自为略，而后世亦入子部。案兵家及方技，其为一家之学，与诸子十家同。数术与阴阳家，尤相为表里。《汉志》所以析之诸子之外者，以本刘歆《七略》，《七略》所以别之者，以校书者异其人,《七略》固书目,非论学术派别之作也。十家之中,阴阳家为专门之学,不易晓。小说家无关宏旨。(九流之学,皆出王官,惟小说家则似起民间。《汉志》所谓"街谈巷语,道听涂说者之所造也,闾里小知者之所及"也。《庄子·外物篇》:"饰小说以干县令,其于大达亦远矣。"《荀子·正名篇》:"故知者论道而已矣,小家珍说之所愿皆衰矣。"所谓"饰小说"及"小家珍说",似即《汉志》之小说家。盖九流之学,源远流长,而小说则民间有思想,习世故者之所为;当时平民,不讲学术,故虽偶有一得,初不能相与讲明,逐渐改正,以薪进于高深;亦不能同条共贯,有始有卒,以自成一统系;故其说蒙小之名,而其书乃特多。《汉志》小说家之《虞初周说》,至九百四十三篇,《百家》至百三十九卷是也。其说固未尝不为诸家所采,如《御览》八百六十八引《风俗通》,谓"城门失火,殃及池鱼",本出《百家书》是。然徒能为小说家言者,则不能如苏秦之遍说六国,孟子之传食诸侯;但能饰辞以干县令,如后世求仕于郡县者之所为而已。墨家上说之外,更重下教。今《汉志》小说家有《宋子》十八篇,实治墨学者宋钘所为;盖采小说家言特多也。古之所谓小说家者如此;后世寄情荒怪之作,已非其伦;近世乃以平话尸小说之名,则益违其本矣。)农家亦专门之学,可暂缓。纵横《鬼谷子》系伪书。其真者《战国策》,今已归入史部。所最要者,则儒、墨、名、法、道及杂家六家而已。儒家之书,最要者为《孟子》,又《礼记》中存儒家诸子实最多,今皆已入经部。存于子部者惟一《荀子》。此书真伪,予颇疑之。然其议论,固有精者;且颇能通儒法之邮;固仍为极要之书也。墨家除《墨子》外,更无传书。(《晏子春秋》虽略有墨家言,而无甚精义。)名家《经》及《经说》见《墨子》;其余绪论,散见《庄子》、《荀子》及法家书中。法家《商君书》精义亦少,间有之,实不出《管》、《韩》二子之外。道家又分二派:(一)明"欲取姑与"、"知雄守雌"之术,《老子》为之宗;而法家之《管》、《韩》承其流。(二)阐"万物一体"、"乘化待尽"之旨,其说具于《庄子》。《列子》书晚出,较《庄子》明白易解,然其精深,实不逮《庄子》也。而杂家之《吕览》、《淮南》,兼综九流,实为子部瑰宝。《淮南王书》虽出西汉,然所纂皆先秦成说,精卓不让先秦诸子也。兵家精义,略具《荀子·议兵》、《吕览·孟秋·仲秋》二纪、《淮南·兵略》及《管子》中言兵法诸篇。医经经方,亦专门之学,非急务。然则儒家之《荀》,墨家之《墨》,法家之《管》、《韩》,道家之《老》、《庄》,杂家之《吕览》、《淮南》,实诸子书中最精要者;苟能先熟此八书,则其余子部之书,皆可迎刃而解;而判别其是非真伪,亦昭昭然白黑分矣。(读此八书之法:宜先《老》,次《庄》,次《管》、《韩》,次《墨》,次《荀》,殿以《吕览》、《淮南》。先《老》、《庄》者,以道家专言原理,为诸家之学所自出也;次《管》、《韩》者,以法家直承道家之流也;次《墨》,以见哲学中之别派也;《荀子》虽隶儒家,然其书晚出,于诸家之学,皆有论难,实兼具杂家之用;以之与《吕览》、《淮南》,相次并读,可以综览众家,考见其异同得失也。)

读诸子书者,宜留意求其大义。昔时治子者,多注意于名物训诂,典章制度,而于大义顾罕研求。此由当时偏重治经,取以与经相证;此仍治经,非治子也。诸家固亦有知子之大义足贵,从事表章者。然读古书,固宜先明名物制度;名物制度既通,而义乃可求。自汉以后,儒学专行,诸子之书,治之者少;非特鲜疏注可凭,抑且乏善本足据,校勘训释,为力已疲。故于大义,遂罕探讨。善夫章太炎之言曰:"治经治子,校勘训诂,特最初门径然。大略言之:经多陈事实,诸子多明义理。校勘训诂而后,不得不各有所主。故贾、马不能理诸子,而郭象、张湛不能治经。"(《与章行严论墨学第二书》,见《华国月刊》第四问。)胡适之亦谓:"治古书之法有三:(一)校勘,(二)训诂,(三)贯通。清儒精于校勘训诂,于贯通工夫,尚有未逮。"(见所著《中国哲学史大纲》上卷第一篇。)诚知言之选也。今诸子之要者,经清儒校勘训释之后,近人又多有集解之本,初学披览,已可粗通。若求训释更精,及以其所述制度,互相比较,并与群经所述制度相比较,(制度以儒家为详,故以诸子所述制度与经比较尤要。)则非初学所能。故当先求其大义。诸家大义,有彼此相同者,亦有相异者。相同者无论矣,即相异者,亦仍相反而相成。宜深思而求其会通,然后读诸子书,可谓能得其要。至于校勘疏解,偶有所得,亦宜随时札记,以备他日之精研。读书尚未终卷,即已下笔千言,诋排先儒,创立异说,此乃时人习气,殊背大器晚成之道,深愿学者勿效之也。(凡人著书,有可速成者,有宜晚出者。创立新义,发前人所未发;造端宏大,欲求详密,断非一人之力所能;只可姑引其端,而疏通证明,则望诸异人,或俟诸后日;此可早出者也。此等新义之发明,恒历数百千年而后一见。乃时会为之,非可强求,亦决非人人可得。至于校勘考证之学,正由精详,乃能得阐。必宜随时改订,以求完密;苟为未定之说,不可轻出误人。今人好言著书,而其所谈者,皆校勘考证之事,此则私心期期以为不可者也。)

读古书固宜严别真伪,诸子尤甚。(秦、汉以后之书,伪者较少,辨别亦较易,古书则不然。古书中之经,治者较多,真伪已大略可睹,子又不然也。)然近人辨诸子真伪之术,吾实有不甚敢信者。近人所持之术,大要有二:(一)据书中事实立论,事有非本人所能言者,即断为伪。如胡适之摘《管子·小称篇》记管仲之死,又言及毛嫱、西施,《立政篇》辟寝兵兼爱之言,为难墨家子论是也。(二)则就文字立论,如梁任公以《老子》中有偏将军、上将军之名,谓为战国人语;(见《学术讲演集》评胡适之《中国哲学史大纲》。)又或以文字体制之古近,而辨其书之真伪是。予谓二法皆有可采,而亦皆不可专恃。何则?子为一家之学,与集为一人之书者不同,前已言之。故读子者,不能以其忽作春秋时人语,忽为战国人之言,而疑其书之出于伪造;犹之读集者,不能以其忽祖儒家之言,忽述墨家之论,而疑其文非出于一人。先秦诸子,大抵不自著书。今其书之存者,大抵治其学者所为;而其纂辑,则更出于后之人。书之亡佚既多;辑其书者,又未必通其学;(即谓好治此学;然既无师授,即无从知其书之由来,亦无从正其书之真伪;即有可疑者,亦不得不过而存之矣。)不过见讲此类学术之书共有若干,即合而编之,而取此种学派中最有名之人,题之曰某子云耳。然则某子之标题,本不过表明学派之词,不谓书即其人所著;与集部书之标题为某某集者,大不相同。集中记及其人身后之事,及其文词之古近错出,固不足怪。至于诸子书所记事实,多有讹误,此似诚有可疑;然古人学术,多由口耳相传,无有书籍,本易讹误。而其传之也,又重其义而轻其事,如胡适之所摘庄子见鲁哀公,自为必无之事。然古人传此,则但取其足以明义,往见者果为庄子与否,所见者果为鲁哀公与否,皆在所不问。岂惟不问,盖有因往见及所见之人,不如庄子及鲁哀公之著名,而易为庄子与鲁哀公者矣。然此尚实有其事。至如孔子往见盗跖等,则可断并其事而无之。不过作者胸中有此一段议论,乃托之孔子、盗跖耳,此则所谓"寓言"也。此等处若据之以谈史实,自易缪误;然在当时,固人人知为"寓言"。故诸子书中所记事实,乖缪者十有七八,而后人于其书,仍皆信而传之。胡适之概断为当时之人,为求利而伪造;又讥购求者之不能别白;亦未必然也。(误之少且小者,后人或不能辨;今诸子书皆罅漏百出,缪误显然,岂有概不能辨之理。)设事如此,行文亦然。今所传五千言,设使果出老子,则其书中偏将军、上将军,或本作春秋以前官名,而传者乃以战国时之名易之。此则如今译书者,于书中外国名物,易以中国名物耳。虽不免失真,固与伪造有别也。又古人之传一书,有但传其意者,有兼传其词者。兼传其词者,则其学本有口诀可诵,师以是传之徒,徒又以是传之其徒;如今瞽人业算命者,以命理之书口授其徒然。

此等可传之千百年，词句仍无大变。但传其意者，则如今教师之讲授，听者但求明其意即止；迨其传之其徒，则出以自己之言；如是三四传后，其说虽古，其词则新矣。故文字气体之古近，亦不能以别其书之古近也，而况于判其真伪乎。今各家学术，据其自言，皆有所本。说诚未必可信。(《淮南子·修务训》已言之。)然亦不能绝无关系。如管夷吾究但长于政事，抑兼长于学问，已难质言。即谓长于学问，亦终不似著书之人。然今《管子·戒》载流连荒亡之说，实与孟子引晏子之言同，(《梁惠王下》)《晏子春秋》亦载之，则此派学术，固出于齐，既出于齐，固不能断其与管仲无关也。(《中、小匡》所述治制，即或为管仲之遗。)其他自谓其学出于神农、黄帝者视此。(《孟子》"有为神农之言者许行"，梁任公谓其足为诸子托古之铁证。其意谓许行造作言语，托之神农也。然此语恐非如此解法。《礼记·曲礼下》："医不三世，不服其药。"《疏》引又说云："三世者，一曰黄帝针灸；二曰神农本草；三曰素女脉诀，又云夫子脉诀。"然则"神农本草"四字，乃一学科之名。今世所传《神农本草经》，非谓神农氏所作之《本草经》；乃谓神农本草学之经，犹今言药物学书耳。世多以其有后世郡县名，而訾其书非神农氏之旧，误矣。《月令》：季夏之月，"毋发令以妨神农之事"。此"神农"二字，决不能作神农氏解。然则诸书所引神农之教，如"一男不耕，或受之饥；一女不织，或受之寒"云云，亦非谓神农氏之教，乃谓神农学之说矣。"有为神农之言者"，为当训治，与《汉书·武帝纪》"丞相绾奏所举贤良方正，或治申、商、韩非、苏秦、张仪之言"，句法相同。《汉志》论农家者流曰"鄙者为之，以为无所事圣王，欲使君臣并耕"，正许行之说；初非谓其造作言语，托之神农也。)夫神农、黄帝、管仲，诚未必如托之者之言；然其为此曹所托，亦必自有其故；此亦考古者所宜究心矣。要之古书不可轻信，亦不可抹煞。昔人之弊，在信古过甚，不敢轻疑；今人之弊，则又在一概吐弃，而不求其故。楚固失之，齐亦未为得也。

明乎此，则知诸子之年代事迹，虽可知其大略，而亦不容凿求。若更据诸子中之记事以谈古史，则尤易致误矣。盖古书之存于今，而今人据为史料者，约有数种：(一) 史家所记，又可分为四种：《尚书》，一也。《春秋》，二也。《国语》，三也。(孔子所修之《春秋》，虽为明义而作，然其原本则为记事之书。《左氏》真伪未定，即真，亦与《国语》同类也。)世系，四也。此最可信。(二) 私家纪事之作。其较翔实者，如孔门之《论语》；其务恢侈者，则如《管子·大、中、小匡》三篇是也。前者犹可置信，后者则全不足凭矣。(古代史家所记之事，诚亦未必尽信。然较诸私家传说，则其谨严荒诞，相去不啻天渊。试取《大、中、小匡》三篇一读便见。此三篇中，《大匡》前半篇及《小匡》中"宰孔赐胙"一段，盖后人别据《左氏》一类之书补入，余则皆治法学者传述之辞也。）（三）诸子中之记事，十之七八为寓言；即或实有其事，人名地名及年代等，亦不可据；彼其意，固亦当作寓言用也。据此以考事实，苟非用之十分谨慎，必将治丝益棼。夫诸子记事之不可尽信如此；而今人考诸子年代事迹，顾多即以诸子所记之事为据；既据此假定诸子年代事迹，乃又持以判别诸子之书之信否焉，其可信乎？一言蔽之，总由不知子与集之异，太重视用作标题之人，致有此误也。

吾谓整治诸子之书，仍当著重于其学术。今诸子书急待整治者有二：（一）后人伪造之品，窜入其中者。（二）异家之言，误合为一书者。盖诸子既不自著书；而其后学之著书者，又未尝自立条例，成一首尾完具之作；而其书亡佚之多；故其学术之真相，甚难窥见。学术之真相难见，则伪品之窜入自易，异家之误会亦多。夫真伪混淆，则学说湮晦；异家错处，则流别不明；此诚足为治诸子学之累；故皆急宜拣剔。拣剔之法，仍宜就其学术求之，即观其同，复观其异；即观其同异，更求其说之所自来；而求其所以分合之由。如是，则诸子之学可明；而诸子之学之根源，及其后此之兴替，亦可见矣。此法今人必讥其偏于主观；然考校书中事实及文体之法，既皆不足恃，则仍不能不出于此也。

旧时学者，于吾国古书，往往过于尊信，谓西方学术，精者不出吾书。又或曲加附会，谓今世学术，皆昔时所已有。今之人则适相反，喜新者固视国故若土苴；即笃旧者，亦谓此中未必真有可取；不过以为旧有之物，不得不从事整治而已。此皆一偏之见。平心论之：社会科学之理，古人皆已引其端；其言之或不如后世之详明，而精简则远过之。截长补短，二者适足相偿也。且古代思想，恒为后世学术风俗之原；昧乎其原，则于其流终难深晓。诸子为吾国最古之学，虽其传久晦，而其义则已于无形中蒸为习尚，深入于人人之心。不知此者，其论世事，纵或持之有故，终不免隔河观火之谈。且真理古今不异，苟能融会贯通，心知其意，古书固未必不周今用，正可以今古相证而益明也。惟自然科学，中国素不重视；即有发明，较诸今日，亦浅薄已甚，稍加疏证，不过知古代此学情形如何，当作史材看耳。若曲加附会，侈然自大，即不免夜郎之诮矣。

读诸子者，固不为研习文辞。然诸子之文，各有其面貌性情，彼此不能相假；亦实为中国文学，立极于前。留心文学者，于此加以钻研，固胜徒读集部之书者甚远。(中国文学,根柢皆在经史子中,近人言文学者,多徒知读集,实为舍本而求末,故用力多而成功少。予别有论。)即非专治文学者,循览讽诵,亦足所祛除鄙俗,涵养性灵。文学者美术之一;爱美之心,人所同具;即不能谓文学之美,必专门家乃能知之,普通人不能领略也。诸子之文,既非出于一手,并非成于一时。必如世俗论文者之言,谓某子之文如何,固近于凿,然其大较亦有可言者。大约儒家之文,最为中和纯粹。今荀子虽称为儒,其学实与法家近,其文亦近法家。欲求儒家诸子之文,莫如于《小戴记》中求之,前已论及。道家《管》、《老》一派,文最古质。以其学多传之自古,其书亦非东周时人所撰也。(见后。)《庄子》文最诙诡,以当时言语程度尚低,而其说理颇深,欲达之也难,不得不反复曲譬也。法家文最严肃。名家之文,长于剖析;而法家论事刻核处,亦实能辨别豪芒,以名法二家,学本相近也。《墨子》文最冗蔓,以其上说下教,多为愚俗人说法,故其文亦随之而浅近也。(大约《墨子》之文,最近当时口语。)纵横家文最警快,而明于利害。《战国策》中,此等文字最多,诸子中亦时有之,说术亦诸家所共习也。杂家兼名、法,合儒、墨,其学本最疏通,故其文亦如之。《吕览》、《淮南》,实其巨擘。而《吕览》文较质实,《淮南》尤纵横驰骋,意无不尽,则时代之先后为之也。要之言为心声,诸子之学,各有专门,故其文亦随之而异,固非有意为之;然其五光十色,各有独至之处,则后人虽竭力摹仿,终不能逮其十一矣。以今语言之,则诸子之文,可谓"个性"最显著者,欲治文学者,诚不可不加之意也。

庄　子

闻一多

导言——

　　本文选自《闻一多全集》第 2 册(三联书店,1982 年)。原刊《新月》第二卷第九期(1929 年 11 月)。

　　作者闻一多(1899—1946),湖北浠水人。曾任武汉大学、清华大学、西南联合大学教授。

　　作者是一位敏睿的诗人和受过西方人文学术训练的学者,文章的文风流畅,辞采华美,视角开阔,论述深刻。全文共有五部分,分论庄子的生平与地位、哲学、文辞、抒情、寓言。在文章一开头,作者便引述庄子"臣之所好者,道也,进乎技矣"一语,认为庄子的哲学是超越哲学的,是绝妙的诗;庄子的文辞是超越文字的,是思想的美;庄子的文学是纯粹的,是抒情的诗;庄子的寓言是诙谐讥虐的,但却展现了最为健全的精神境界。总之,"庄子是一位哲学家,然而侵入了文学的圣域"。作者发掘了《庄子》在思想和文学上的伟大性与超越性,并通过庄子充分评价了诸子的文学价值。

> 臣之所好者,道也,进乎技矣。
> ——《庄子·养生主》

一

庄子名周,战国宋之蒙人①(今河南商丘县东北)。宋在战国时属魏,魏都大梁,因又称梁。《史记》说他与梁惠王、齐宣王同时。《庄子·田子方》、《徐无鬼》两篇于魏文侯、武侯称谥,而《则阳》篇、《秋水》篇径称惠王的名字,又称公子,《山木》篇又称为王,《养生主》称文惠君,看来他大概生于魏武侯末叶,现在姑且定为周烈王元年(前375)。他的卒年,马叙伦定为周赧王二十年(前295),大致是不错的。

与他同时代的惠施只管被梁王称为"仲父",齐国的稷下先生们只管"皆列第为上大夫",荀卿只管"三为祭酒",吕不韦的门下只管"珠履者三千人",——庄周只管穷困了一生,寂寞了一生,《庄子·外物》篇说他"家贫,故往贷粟于监河侯",《山木》篇说他"衣大布而补之,正緳系履而过魏王"。这两件故事是否寓言,不得而知,然而拿这里所反映的一副穷措大的写照,加在庄周身上,决不冤枉他。我们知道一个人稍有点才智,在当时,要交结王侯,赚些名声利禄,是极平常的事。《史记》称庄子"其学无所不窥",又说他"善属书离辞,指事类情,用剽剥儒墨,虽当世宿学不能自解免也"。庄子的博学和才辩并不弱似何人,当时也不是没人请教他,无奈他脾气太古怪,不会和他们混,不愿和他们混。据说楚威王遣过两位大夫来聘他为相,他发一大篇议论,

---

① 阎若璩曰:"凤阳(濠梁)为其游览之地,曹县(漆园)为其宦游地。"

盼咐他们走了。《史记》又说他做过一晌漆园吏,那多半是为糊口计。吏的职分真是小得可怜,谈不上仕宦,可是也有个好处——不致妨害人的身份,剥夺人的自由。庄子一辈子只是不肯做事,大概当一个小吏,在庄子,是让步到最高限度了。依据他自己的学说,做事是不应当的,还不只是一个人肯不肯的问题。但我想那是愤激的遁辞。他的实心话不业已对楚王的使者讲过吗?

> 子独不见郊祭之牺牛乎?养食之数岁,衣以文绣,以入太庙,当是之时,虽欲为孤豚,岂可得乎?

又有一次宋国有个曹商,为宋王出使到秦国,初去时,得了几乘车的俸禄,秦王高兴了,加到百乘。这人回来,碰见庄子,大夸他的本领,你猜庄子怎样回答他?

> 秦王有病,召医。破痈溃痤者得车一乘,舐痔者得车五乘,所治愈下,得车愈多。子岂治其痔邪?何得车之多也?子行矣!

话是太挖苦了,可是当时宦途的风气也就可想而知。在那种情况之下,即使庄子想要做事,叫他如何做去?

我们根据现存的《庄子》三十三篇中比较可靠的一部分,考察他的行踪,知道他到过楚国一次,在齐国待过一晌,此外似乎在家乡的时候多。和他接谈过的也十有八九是本国人。《田子方》篇见鲁哀公的话,毫无问题是寓言;《说剑》是一篇赝作,因此见赵文王的事更靠不住。倒是"庄子钓于濮水","庄子与惠子游于濠梁之上","庄子游乎雕陵之樊","庄子行于山中……出于山,舍于故人之家"——这一类的记载比较合于庄周的身份,所以我们至少可以从这里猜出他的生活的一个大致。他大概是《刻意》篇所谓"就薮泽,处闲旷,钓鱼闲处,无为而已矣"的一种人。我们不能想象庄子那人,朱门大厦中会常常有他的足迹,尽管时代的风气是那样的,风气干庄周什么事?况且王侯们也未必十分热心要见庄周。凭白地叫他挖苦一顿做什么!太史公不是明讲了"自王公大人不能器之"吗?

惠子屡次攻击庄子"无用",那真是全不懂庄子而又懂透了庄子。庄子诚然是无用,但是他要"用"做什么?

> 山木自寇也，膏火自煎也。桂可食，故伐之；漆可用，故割之。人皆知有用之用，而莫知无用之用也。

这样看来，王公大人们不能器重庄子，正合庄子的心愿。他"学无所不窥"，他"属书离辞，指事类情"，正因犯着有用的嫌疑，所以更不能不掩藏、避讳，装出那"其卧徐徐，其觉于于，一以己为马，一以己为牛"的一副假痴假呆的样子，以求自救。

归真的讲，关于庄子的生活，我们知道得很有限。三十三篇中述了不少关于他的轶事，可是谁能指出哪是寓言，哪是实录？所幸的，那些似真似假的材料，虽不好坐实为庄子的信史，却满足以代表他的性情与思想；那起码都算得画家所谓"得其神似"。例如《齐物论》里"庄周梦为蝴蝶"的谈话，恰恰反映着一个潇洒的庄子；《至乐》篇称"庄子妻死，惠子吊之，庄子则方箕踞鼓盆而歌"，又分明影射着一个放达的庄子；《列御寇》篇所载庄子临终的那段放论，也许完全可靠：

> 庄子将死，弟子欲厚葬之。庄子曰："吾以天地为棺椁，以日月为连璧，星辰为珠玑，万物为赍送。吾葬具岂不备邪？何以加此？"弟子曰："吾恐乌鸢之食夫子也。"庄子曰："在上为乌鸢食，在下为蝼蚁食，夺彼与此，何其偏也！"

其余的故事，或滑稽，或激烈，或高超，或毒辣，不胜枚举，每一事象征着庄子人格的一方面，综合的看去，何尝不俨然是一个活现的人物？

有一件事，我们知道是万无可疑的，惠施在庄子生活中占一个很重要的位置。这人是他最接近的朋友，也是他最大的仇敌。他的思想行为，一切都和庄子相反，然而才极高，学极博，又是和庄子相同的。他是当代最有势力的一派学说的首领，是魏国的一位大政治家。庄子一开口便和惠子抬杠，一部《庄子》，几乎页页上有直接或间接糟蹋惠子的话。说不定庄周著书的动机大部分是为反对惠施和惠施的学说，他并且有诬蔑到老朋友的人格的时候。据说（大概是他的弟子们造的谣言）庄子到梁国，惠子得着消息，下了一道通缉令，满城搜索了三天。说惠子是怕庄子来抢他的相位，冤枉了惠子，也冤枉了庄子。假如那事属实，大概惠子是被庄子毁谤得太过火，为他办事起见，不能不下那毒手？然而惠子死后，庄子送葬，走到朋友的墓旁，叹息道："自夫子之死也，吾无以为质矣，吾无与言之矣！"两人本是旗鼓相当的敌手，难怪惠子死了，庄子反而感到孤寂。

除了同国的惠子之外，庄子不见得还有多少朋友。他的门徒大概也有限。朱熹以为"庄子当时亦无人宗之，他只在僻处自说"，像是对的。孟子是邹人，离着蒙不甚远，梁宋又是他到过的地方，他辟杨墨，没有辟到庄子。《尸子》曰"墨子贵兼，孔子贵公，皇子贵衷，田子贵均，列子贵虚，料子贵别囿"，没提及庄子。《吕氏春秋》也有同类的论断，从老聃数到倪良，偏漏掉了庄子。似乎当时只有荀卿谈到庄子一次，此外绝没有注意到他的。

庄子果然毕生是寂寞，不但如此，死后还埋没了很长的时期。西汉人讲黄老而不讲老庄。东汉初班嗣有报桓谭借《庄子》的信札，博学的桓谭连《庄子》都没见过。注《老子》的邻氏、傅氏、徐氏、河上公、刘向、毋丘望之、严遵等都是西汉人；两汉竟没有注《庄子》的。庄子说他要"处乎材与不材之间"，他怕的是名，一心要逃名，果然他几乎要达到目的，永远湮没了。但是我们记得，韩康徒然要向卖药的生活中埋名，不晓得名早落在人间，并且恰巧要被一个寻常的女子当面给他说破。求名之难哪有逃名难呢？庄周也要逃名，暂时的名可算给他逃过了，可是暂时的沉寂毕竟只为那永久的赫烜作了张本。

一到魏晋之间，庄子的声势忽然浩大起来，崔譔首先给他作注，跟着向秀、郭象、司马彪、李颐都注《庄子》。像魔术似的，庄子忽然占据了那全时代的身心，他们的生活，思想，文艺，——整个文明的核心是庄子。他们说"三日不读《老》、《庄》，则舌本间强"。尤其是《庄子》，竟是清谈家们灵感的泉源。从此以后，中国人的文化上永远留着庄子的烙印。他的书成了经典，他屡次荣膺帝王的尊封。① 至于历代文人学者对他的崇拜，更不用提。别的圣哲，我们也崇拜，但哪像对庄子那样倾倒、醉心、发狂？

二

庖丁对答文惠君说"臣之所好者道也，进乎技矣"。这句话的意义，若许人变通的解释一下，便恰好可以移作庄子本人的断语。庄子是一位哲学家，然而侵入了文学的圣域。庄子的哲学，不属本篇讨论的范围。我们单讲文学

---

① 唐玄宗封为"南华真人"，宋徽宗封为"微妙玄通真君"。

家庄子；如有涉及他的思想的地方，那是当作文学的核心看待的，对于思想本身，我们不加批评。

古来谈哲学以老庄并称，谈文学以庄屈并称。南华的文辞是千真万真的文学，人人都承认。可是《庄子》的文学价值还不只在文辞上。实在连他的哲学都不像寻常那一种矜严的，峻刻的，料峭的一味皱眉头，绞脑子的东西；他的思想的本身便是一首绝妙的诗。

一壁认定现实全是幻觉，是虚无，一壁以为那真正的虚无才是实有，庄子的议论，翻来覆去，不外这两个观点。那虚无，或称太极，或称涅槃，或称本体，庄子称之为"道"。他说：

> 夫道，有情有信，无为无形，可传而不可受，可得而不可见，自本自根，未有天地，自古以固存，神鬼神帝，生天生地，在太极之先而不为高，在六极之下而不为深，先天地生而不为久，长于上古而不为老。豨韦氏得之以挈天地，伏戏氏得之以袭气母，维斗得之终古不忒，日月得之终古不息，堪坏得之以袭昆仑，冯夷得之以游大川，肩吾得之以处大山，黄帝得之以登云天，颛顼得之以处玄宫，禺强得之立乎北极，西王母得之坐乎少广，莫知其始，莫知其终，彭祖得之上及有虞，下及五伯，傅说得之以相武丁，奄有天下，乘东维，骑箕尾，而比于列星。

有大智慧的人们都会认识道的存在，信仰道的实有，却不像庄子那样热忱地爱慕它。在这里，庄子是从哲学又跨进了一步，到了文学的封域。他那婴儿哭着要捉月亮似的天真，那神秘的怅惘，圣睿的憧憬，无边际的企慕，无涯岸的艳羡，便使他成为最真实的诗人。

然而现实究竟不容易抹煞，即使你说现实是幻觉，幻觉的存在也是一种存在。要调解这冲突，起码得承认现实是一种寄寓，或则像李白认定自己是"天上谪仙人"，现世的生活便成为他的流寓了。"万物生于有，有生于无"，庄子仿佛说，那"无"处便是我们真正的故乡。他苦的是不能忘情于他的故乡。"旧国旧都，望之怅然"，是人情之常。纵使故乡是在时间以前，空间以外的一个缥缈极了的"无何有之乡"，谁能不追忆，不怅望？何况羁旅中的生活又是那般龌龊、逼仄、孤凄、烦闷？

> 悲歌可以当泣，远望可以当归。

庄子的著述，与其说是哲学，毋宁说是客中思家的哀呼；他运用思想，与其说是寻求真理，毋宁说是眺望故乡，咀嚼旧梦。他说"卮言日出，和以天倪，因以曼衍，所以穷年"，一种客中百无聊赖的情绪完全流露了。他这思念故乡的病意，根本是一种浪漫的态度，诗的情趣。并且因为他钟情之处，"大有径庭，不近人情"，太超忽，太神秘，广大无边，几乎令人捉摸不住，所以浪漫的态度中又充满了不可逼视的庄严。是诗便少不了那一个哀艳的"情"字。《三百篇》是劳人思妇的情；屈、宋是仁人志士的情；庄子的情可难说了，只超人才载得住他那种神圣的客愁。所以庄子是开辟以来最古怪最伟大的一个情种；若讲庄子是诗人，还不仅是泛泛的一个诗人。

或许你要问：《庄子》的思致诚然是美，可是哪一种精深的思想不美呢？怎见得《庄子》便是文学？你说他的趣味分明是理智的冷艳多于情感的温馨，他的姿态也是瘦硬多于柔腻，那只算得思想的美，不是情绪的美。不错。不过你能为我指出思想与情绪的分界究竟在哪里呢？唐子西在惠州给各种酒取名字，温和的叫作"养生主"，劲烈的叫作"齐物论"。他真是善于饮酒，又善于读《庄子》。《庄子》会使你陶醉，正因为那里边充满了和煦的、郁蒸的、焚灼的各种温度的情绪。向来一切伟大的文学和伟大的哲学是不分彼此的。你若看不出《庄子》的文学，只因他的神理太高，你骤然体验不到。

> 又恐琼楼玉宇，高处不胜寒。

是就下界的人们讲的，你若真是隶籍仙灵，何至有不胜寒的苦头？并且文学是要和哲学不分彼此，才庄严，才伟大。哲学的起点便是文学的核心。只有浅薄的、庸琐的、渺小的文学，才专门注意花叶的美茂，而忘掉了那最原始、最宝贵的类似哲学的仁子。无论《庄子》的花叶已经够美茂的了，即令他没有发展到花叶，只他那简单的几颗仁子，给投在文学的园地上，便是莫大的贡献，无量的功德。

三

讲到文辞,本是庄子的余事,但也就够人赞叹不尽的。讲究辞令的风气,我们知道,春秋时早已发育了;战国时纵横家以及孟轲、荀卿、韩非、李斯等人的文章也够好了,但充其量只算得辞令的极致,一种纯熟的工具,工具的本身难得有独立的价值。庄子可不然,到他手里,辞令正式蜕化成文学了。他的文字不仅是表现思想的工具,似乎也是一种目的。对于文学家庄子的认识,老早就有了定案。《天下》篇讨论其他诸子,只讲思想,谈到庄周,大半是评论文辞的话:

> 以谬悠之说,荒唐之言,无端崖之辞,时恣纵而傥①,不以觭见之也。以天下为沉浊,不可与庄语,以卮言为曼衍,以重言为真,以寓言为广。……其书虽瑰玮,而连犿无伤也;其辞虽参差,而諔诡可观。……其理不竭,其来不蜕,芒乎昧乎,未之尽者。

这可见庄子的文学色彩,在当时已瞒不过《天下》篇作者的注意,假如《天下》篇是出于庄子自己的手笔,他简直以文学家自居了。至于后世的文人学者,每逢提到庄子,谁不一唱三叹的颂扬他的文辞?高似孙说他:

> 极天之荒,穷人之伪,放肆迤演,如长江大河,滚滚灌注,泛滥乎天下;又如万籁怒号,澎湃汹涌,声沉影灭,不可控抟。

赵秉忠把他和列子并论,说他们:

> 摛而为文,穷造化之姿态,极生灵之辽广,剖神圣之渺幽,探有无之隐赜……
> 呜呼! 天籁之鸣,风水之运,吾靡得覃其奇矣!

凌约言讲得简括而尤其有意致:

---

① 诸本作"不傥",《释文》无"不"字,今据删。

> 庄子如神仙下世,咳吐谑浪,皆成丹砂。

读庄子本分不出哪是思想的美,哪是文字的美。那思想与文字,外型与本质的极端的调和,那种不可捉摸的浑圆的机体,便是文章家的极致;只那一点,便足注定庄子在文学中的地位。朱熹说庄子"是他见得方说到",一句极平淡极敷泛的断语,严格的讲,古今有几个人当得起?其实在庄子,"见"与"说"之间并无因果的关系,那譬如一面花,一面字,原来只是一颗钱币。世界本无所谓真纯的思想,除了托身在文学里,思想别无存在的余地;同时,是一个字,便有它的涵义,文字等于是思想的躯壳,然而说来又觉得矛盾,一拿单字连缀成文章,居然有了缺乏思想的文字,或文字表达不出的思想。比方我讲自然现象中有一种无光的火,或无火的光,你肯信吗?在人工的制作里确乎有那种文字与思想不碰头的偏枯的现象,不是辞不达意,便是辞浮于理。我们且不讲言情的文,或状物的文。言情状物要做到文辞与意义兼到,固然不容易,纯粹说理的文做到那地步尤其难,几乎不可能。也许正因那是近乎不可能的境地,有人便要把说理文根本排出文学的范围外,那真是和狐狸吃不着葡萄,说葡萄酸一样的可笑。要反驳那种谬论,最好拿《庄子》给他读。即使除了庄子,你抬不出第二位证人来,那也不妨。就算庄子造了一件灵异的奇迹,一件化工罢了——就算《庄子》是单身匹马给文学开拓了一块新领土,也无不可。读《庄子》的人,定知道那是多层的愉快。你正在惊异那思想的奇警,在那踌躇的当儿,忽然又发觉一件事,你问那精微奥妙的思想何以竟有那样凑巧的、曲达圆妙的辞句来表现它,你更惊异;再定神一看,又不知道哪是思想哪是文字了,也许什么也不是,而是经过化合作用的第三种东西,于是你尤其惊异。这应接不暇的惊异,便使你加倍的愉快,乐不可支。这境界,无论如何,在庄子以前,绝对找不到,以后,遇着的机会确实也不多。

四

如果你要的是纯粹的文学,在庄子那素净的说理文的背景上,也有着你看不完的花团锦簇的点缀——断素,零纨,珠光,剑气,鸟语,花香——诗,赋,传奇,小说,种种的原料,尽够你欣赏的,采撷的。这可以证明如果庄子高兴做一个通常所谓的文学家,他不是不能。

他是一个抒情的天才。宋祁、刘辰翁、杨慎等极赏的:

> 送君者皆自崖而反，君自此远矣！

果然是读了"令人萧寥有遗世之意"。《则阳篇》也有一段极有情致的文字：

> 旧国旧都，望之畅然，虽使丘陵草木之缗，入之者十九，犹之畅然，况见见闻闻者也？以十仞之台悬众间者也？

明人吴世尚曰"《易》之妙妙于象，《诗》之妙妙于情，《老》之妙得于《易》，《庄》之妙得于诗"。这里果然是一首妙绝的诗——外形同本质都是诗：

> 天其运乎？地其处乎？日月其争于所乎？孰主张是？孰维纲是？孰居无事推而行是？意者其有机缄而不得已邪？意者其运转而不能自止邪？云者为雨乎？雨者为云乎？孰隆施是？孰居无事淫乐而劝是？风起北方，一西一东，有上彷徨——孰嘘吸是？孰居无事而披拂是？

这比屈原的《天问》何如？欧阳修说"参差奇诡而近于物情，兴者比者俱不能得其仿佛也"，只讲对了作者的一种"百战不许持寸铁"的妙技，至于他那越世高谈的神理，后世除了李白，谁追上他的踪尘？李白仿这意思作了一首《日出入行》，我们也录来看看：

> 日出东方隈，似从地底来，历天又入海，六龙所舍安在哉？其始与终古不息，人非元气，安得与之久徘徊！草不谢荣于春风，木不怨落于秋天。谁挥鞭策驱四运？万物兴歇皆自然。……

古来最善解《庄子》的莫如宋真宗。张端义《贵耳集》载着一件轶事，说他"宴近臣，语及《庄子》，忽命《秋水》至，则翠鬟绿衣，小女童也，诵《秋水》一篇"。这真是一种奇妙批评《庄子》的方法。清人程庭鹭说"向秀郭象应逊，此女童全具《南华》神理"，所谓"神理"正指诗中那种最飘忽的，最高妙的抒情的趣味。

庄子又是一位写生的妙手。他的观察力往往胜过旁人百倍，正如刘辰翁所谓"不随人观物,故自有见"。他知道真人"凄然似秋,暖然似春",或则"尸居而龙见,渊默而雷声"。他知道"生物之以息相吹";他形容马"喜则交颈相靡,怒则分背相踶";又看见"泽雉十步一啄,百步一饮"。他又知道"槐之生也,入季春五日而兔目,十日而鼠耳,更旬而始规,二旬而叶成"①。一部《庄子》中,这类的零星的珍玩,搜罗不尽。可是能刻画具型的物件,还不算一回事,风是一件不容易描写的东西,你看《齐物论》里有一段奇文:

> 夫大块噫气,其名为风,是唯无作,作则万窍怒呺。而独不闻之翏翏乎?山林之畏佳,大木百围之窍穴——似鼻,似口,似耳,似枅,似圈,似臼,似洼者,似污者——激者,謞者,叱者,吸者,叫者,譹者,宎者,咬者,前者唱于而随者唱喁,泠风则小和,飘风则大和,厉风济则众窍为虚,而独不见之调调、之刁刁乎?

注意那写的是风的自身,不像著名的宋玉(?)《风赋》只写了风的表象。

五

讨论庄子的文学,真不好从哪里讲起,头绪太多了,最紧要的例如他的谐趣,他的想象;而想象中,又有怪诞的,幽渺的,新奇的,秾丽的各种方向,有所谓"建设的想象",有幻想;就谐趣讲,也有幽默,诙谐,讽刺,谑弄等等类别。这些其实都用得着专篇的文字来讨论,现在我们只就他的寓言连带的谈谈。

寓言本也是从辞令演化来的,不过庄子用得最多,也最精;寓言成为一种文艺,是从庄子起的。我们试想《桃花源记》、《毛颖传》等作品对于中国文学的贡献,便明了庄子的贡献。往下再不必问了,你可以一直推到《西游记》、《儒林外史》等等,都可以说是庄子的赐予。《寓言》篇明讲"寓言十九"。一部《庄子》几乎全是寓言②,我们暂时无需举例。此刻急待解决的,倒是何以庄子的寓言便是文学。讲到这里,我只提到前面提出的谐趣与想象两点,你便恍然了;因为你知道那两种质素在文艺作品中所占的位置,尤其在中国文学中,

---

① 万希槐辑《庄子逸文》引《御览》。
② 近人胡远濬曰"庄子自别其言有寓重卮三者,其实重言皆卮言也,亦即寓言也"。按所见甚是。

更是那样凤毛麟角似的珍贵。若不是充满了他那隽永的谐趣,奇肆的想象,庄子的寓言当然和晏子、孟子以及一般游士说客的寓言,没有区别。谐趣和想象打成一片,设想愈奇幻,趣味愈滑稽,结果便愈能发人深省——这才是庄子的寓言。

> 有国于蜗之左角者,曰触氏,有国于蜗之右角者曰蛮氏,时相与争地而战。伏尸数万,逐北,旬有五日而后反。
> 今之大冶铸金,金踊跃曰"我必且为镆铘",大冶必以为不祥之金;今一犯人之形,而曰:"人耳,人耳!"夫造化者,必以为不祥之人。

庄子的寓言竟有快变成唐宋人的传奇的。他的"母题"固在故事所象征的意义,然而对于故事的本身——结构、描写、人格的分析,"氛围"的布置……他未尝不感觉兴味。

> 儒以《诗》、《礼》发冢,大儒胪传曰:"东方作矣,事之何若?"小儒曰:"未解裙襦,口中有珠。""《诗》固有之,曰:'青青之麦,生于陵陂,生不布施,死何含珠为!'接其鬓,压其颧,儒以金椎控其颐,徐别其颊,无伤口中珠。"……①

以及叙庖丁解牛时的细密的描写,还有其他的许多例,都足见庄子那小说家的手腕。至于书中各种各色的人格的研究,尤其值得注意,藐姑射山的神人,支离疏,庖丁,庚桑楚,都是极生动,极有个性的人物。

> 支离疏者,颐隐于脐,肩高于顶,会撮指天,五管在上,两髀为胁;挫针治繲,足以糊口,鼓筴播精,足以食十人。上征武士,则支离攘臂而游于其间;上有大役,则支离以有常疾不受功;上与病者粟,则受三钟与十束薪。

文中之支离疏,画中之达摩,是中国艺术里最特色的两个产品。正如达摩是

---

① 按此下疑有脱文。

画中有诗，文中也常有一种"清丑入图画，视之如古铜古玉"①的人物，都代表中国艺术中极高古、极纯粹的境界；而文学中这种境界的开创者，则推庄子。诚然《易经》的"载鬼一车"，《诗经》的"牂羊坟首"早已开创了一种荒怪丑恶的趣味，但没有庄子用得多而且精。这种以丑为美的兴趣，多到庄子那程度，或许近于病态；可是谁知道，文学不根本便犯着那嫌疑呢！并且庄子也有健全的时候。

> 藐姑射之山，有神人居焉，肌肤若冰雪，淖约若处子，不食五谷，吸风饮露，乘云气，御飞龙，而游乎四海之外，其神凝，使物不疵疠，而年谷熟。……之人也，物莫之伤，大浸稽天而不溺，大旱金石流，土山焦而不热。

讲健全有能超过这样的吗？单看"肌肤若冰雪"一句，我们现在对于最高超也是最健全的美的观念，何尝不也是二千年前庄子给定下的标准？其实我们所谓健全不是庄子的健全，我们讲的是形骸，他注重的是精神。叔山无趾"犹有尊足者存"②，王骀"且不知耳目之所宜，而游心于德之和，物视其所一，而不见其所丧，视丧其足，犹遗土也"。庄子自有他所谓的健全，似乎比我们的眼光更高一等。即令退一百步讲，认定精神不能离开形骸而单独存在，那么，你又应注意，庄子的病态中是带着几分诙谐的，因此可以称为病态，却不好算作堕落。

研究与思考

延伸阅读

1. 罗根泽《战国前无私家著作说》，载罗根泽《诸子考索》，人民出版社，1958年。

---

① 语见龚自珍《书金伶》。
② 宣颖释曰"有尊于足者，不在形骸"。

2. 郑子瑜《论先秦诸子的修辞技巧》,《社会科学战线》1980 年 4 月。

3. 余英时《古代知识阶层的兴起与发展》,载余英时《士与中国文化》,上海人民出版社,1987 年。

4. 谭家健《略谈孟子散文的艺术特征》,载谭家健《先秦散文艺术新探》,首都师范大学出版社,1995 年。

5. 李学勤《新出简帛与学术史》,载李学勤《简帛佚籍与学术史》,江西教育出版社,2001 年。

6. [英] 葛瑞汉《中国思想与汉语的关系》,载葛瑞汉《论道者:中国古代哲学论辩》"附录 2",中国社会科学出版社,2003 年。

问题与思考

1. 试比较吕思勉与闻一多二人在诸子研究中运用的方法有何不同。
2. 试叙述、评价诸子的主要流派及其文献与思想特征。
3. 从《论语》、《墨子》、《孟子》、《庄子》、《荀子》、《韩非子》几部诸子的代表作出发,谈谈诸子文体的嬗变脉络。

研究实践

研究课题:

诸子皆注重立言的方法。请借助注释阅读下列《墨子》与《庄子》中的文本(建议采用中华书局《新编诸子集成本》),收集相关学术资料,进行讨论或写作论文。

阅读文本:

1. 墨子三表

子墨子言曰:言必立仪。言而毋仪,譬犹运钧之上而立朝夕者也,是非利害之辨,不可得而明知也。故言必有三表。何谓三表?子墨子言曰:有本之者,有原之者,有用之者。于何本之?上本之于古者圣王之事。于何原之?下原察百姓耳目之实。于何用之?废以为刑政,观其中国家百姓人民之利。此所谓言有三表也。(《墨子·非命上》)

2. 庄子三言

寓言十九,重言十七,卮言日出,和以天倪。

寓言十九,藉外论之。亲父不为其子媒。亲父誉之,不若非其父者也;非吾罪也,人之罪也。与己同则应,不与己同则反;同于己为是之,异于己为非之。

重言十七，所以已言也，是为耆艾。年先矣，而无经纬本末以期年耆者，是非先也。人而无以先人，无人道也；人而无人道，是之谓陈人。

　　卮言日出，和以天倪，因以曼衍，所以穷年。不言则齐，齐与言不齐，言与齐不齐也，故曰无言。言无言，终身言，未尝言；终身不言，未尝不言。有自也而可，有自也而不可；有自也而然，有自也而不然。恶乎然？然于然。恶乎不然？不然于不然。恶乎可？可于可。恶乎不可？不可于不可。物固有所然，物固有所可，无物不然，无物不可。非卮言日出，和以天倪，孰得其久！万物皆种也，以不同形相禅，始卒若环，莫得其伦，是谓天均。天均者，天倪也。（《庄子·杂篇·寓言》）

　　芴漠无形，变化无常，死与生与，天地并与，神明往与！芒乎何之，忽乎何适，万物毕罗，莫足以归，古之道术有在于是者。庄周闻其风而悦之，以谬悠之说，荒唐之言，无端崖之辞，时恣纵而不傥，不以觭见之也。以天下为沈浊，不可与庄语，以卮言为曼衍，以重言为真，以寓言为广。独与天地精神往来而不敖倪于万物，不谴是非，以与世俗处。其书虽瑰玮而连犿无伤也。其辞虽参差而諔诡可观。彼其充实不可以已，上与造物者游，而下与外死生、无终始者为友。其于本也，弘大而辟，深闳而肆，其于宗也，可谓稠适而上遂矣。虽然，其应于化而解于物也，其理不竭，其来不蜕，芒乎昧乎，未之尽者。（《庄子·杂篇·天下》）

　　参考论题：

　　1. 试论"三表"与墨子的立言方法。

　　2. 试论"三言"与庄子的立言方法。

　　3. 试比较墨子的"三表"与庄子的"三言"。

　　按时代的顺序，收集评论《孟子》散文艺术的资料，编纂《孟子散文艺术汇评》。

第五章　赋家之心

导　论

赋作为中国古代文学中的一种特殊体裁,在诗歌、散文、戏曲、小说诸文体中独树一帜。美国学者康达维(D. R. Knechtges)在《论赋体的源流》文中曾将"赋"比喻作植物中的"石楠花",取品类繁多并且容易产生新品种(如杜鹃花)的意思,说明"赋"异于诗文体裁的本质。对此文体,历代研究甚多,尤其是20世纪80年代以来,赋学研究呈复兴趋势,研究焦点也相对集中在对赋的起源、赋的历史与赋在文学史上的地位的探讨。

考察赋的创作,肇端于战国,盛极于汉晋,传衍至唐宋元明清,历时2000余年而未绝。清人王芑孙《读赋卮言·导源》谓:"赋家极轨,要当盛汉之隆。"近代学者王国维《宋元戏曲史序》继承元明以来文学辨体之说,认为"凡一代有一代之文学:楚之骚,汉之赋,六代之骈语,唐之诗,宋之词,元之曲,皆所谓一代之文学",以明确汉赋在文学史上的特殊地位。针对汉赋创作,《西京杂记》引录西汉赋家司马相如"答盛览问作赋"有段评论:"合綦组以成文,列锦绣而为质,一经一纬,一宫一商,此作赋之迹也。赋家之心,苞括宇宙,总揽人物,期乃得之于内,不可得而传也。"所言"赋迹",说明赋文纵横交织、排比对偶、音声和谐之美;所谓"赋心",则突出赋家胸中才学与气象,也是汉赋艺术应契于汉代自然哲学之天人合一思想的反映。这段话被历代赋论反复引述,成为赋体异于它体的重要判词。

近代学者研究辞赋,多从目录学入手,如刘师培的《论文杂记》、章炳麟的《国故论衡》与顾实的《汉书艺文志讲疏》等,皆延展《汉志·诗赋略》的思路,考文征献，以期对赋体文学的起源等问题做出圆通的解释。继此，当代诸多赋学研究者均依据文献，而勘进于理论研究。所以从学理意义来看，有关赋的研究，可分为赋的文献学研究与赋的创作历史及理论批评的研究两大方面。

赋的文献学研究首先在相关赋文献的整理。概括地说，其成就主要在赋总集的编纂、赋选本的编辑、赋家专集的整理、赋论资料的辑录、敦煌赋的校订、出土赋残简（卷）的整理、赋学工具书的编纂与赋的翻译等。就一般性研究所依据的文献来看，古代的《文选》"赋类"与陈元龙编的《历代赋汇》利用最多，而今人编辑的《全汉赋》与《历代辞赋总汇》①，则为当代赋学研究提供了较为周备的蓝本。从赋文献的整理又延伸出相关赋文献的研究，这相对突出表现在两方面：一是赋的辨伪，比如有关宋玉赋与"梁王宾客"赋的真伪问题；二是有关敦煌赋与出土赋（如汉简《神乌赋》）的考订与研究。

赋的创作历史与理论批评的研究，范围广泛，成就亦多。撮要可述以下几点：

赋的渊源是争议较多的问题。概述其要，有"一源说"与"多元说"。古人论赋，多持一源说，如班固《两都赋·序》引《传》曰"赋者，古诗之流也"，为《诗》源说；刘勰《文心雕龙·诠赋》谓"赋也者，受命于诗人，而拓宇于《楚辞》也"，为《诗》《骚》说；章学诚《校雠通义·汉志诗赋》谓"原本《诗》《骚》，出入战国诸子"，又杂以诸子散文说，其后刘师培云"欲考诗赋之流别者，盍溯源于纵横家哉"（《论文杂记》），则引出纵横散文为赋源说。现代学者的赋论持一元说者，在延承古人三种说法之外，又另立"隐语说""俳词说"，代表见解为朱光潜的《诗论》、陶秋英的《汉赋之史的研究》与任二北的《优语集》等。而持多元说者改变了过去的单一模式，认为赋有由楚歌演变而来、由诸子问答体与游士说辞演变而来、由《诗》三百篇演变而来的三条途径。② 由于汉赋渊承于楚辞的特殊关系，对辞与赋之异同的看法亦多歧义。概括起来有三种见解：一是辞与赋名异而实同，故通称辞赋，视为同一文体之总称。二是辞赋间有渊源，但作为文体，则分镳立异。三是视辞赋异名为一文体的发展流程，可依据历史的变迁观其分合衍化。

---

① 费振刚等辑校《全汉赋》，北京大学出版社1993年版。《历代辞赋总汇》，湖南文艺出版社2014年版。
② 参见马积高《赋史》第一章《导言》，上海古籍出版社1987年版。

历代对赋的评价,与诗、文不尽相同,最重"体类"意识。而对赋"体"的研究,一般有三种指向:一是溯源而以作家论为主,如《汉志·诗赋略》分"屈原赋"、"荀卿赋"与"陆贾赋"等,后人衍其说又生出"抒情"、"说理"与"骋词"的创作风格之别。二是从结构形式着眼划分为"骋词大赋"与"小品赋"①。三是以语言形式划分为"诗体赋"、"骚体赋"、"散体赋"、"骈体赋"、"律体赋"与"股赋"等②,这是赋学研究最常见的分类方法。从语言形式来看赋的体类,同具时间与空间的意识。就时间意识而论,其"诗""骚""散""骈""律"的衍化实与文学总体发展趋势相关,如"骈赋"包含于魏晋以降兴起的骈文,"律赋"与齐梁以后律诗的发展同步。就空间意识而论,赋的各"体"又在特定的时期凝定了与它体相异的语境与风格,并经后世的不断模拟完成一种超越时间限制的创作范式。当然,在赋学研究领域中,对赋的分类研究除以作家、风格与结构划分外,尚有"应制赋"、"拟古赋"与"和赋"等相关讨论,但研究重点显然仍在语言形式的划分,而成果最突出的又是汉代散体大赋与仿骚作品的研究,至于唐宋律赋的研究,逐渐已为赋学界重视,成为新的研究视域。

离开题材就没有艺术,赋作为一种文体的成立,自有适合其语言形式的题材,可以说,赋题材的复杂性与赋体的包容性相关,赋题材的独特性同样决定于赋体的特色。萧统《文选》分赋有"京都"等15类,陈元龙《历代赋汇》分赋有"天象"等38类(正集30类、外集8类),驳杂中亦见特色。而考察赋的基本创作现象,一在异于诗歌类文体之隐秀婉转,而以骋才炫学,体示万类见长;一在不同于政论散文及颂赞箴铭类文体之简明尚理,而以文学性的描绘见其铺采摛文的才华。出于这种考虑,赋的题材又相对集中地体现于"狩猎武功"、"京殿都邑"、"祭祀典礼"、"边塞疆舆"、"人物歌舞"、"言志明理"、"述行游观"、"咏物托喻"、"科技巧艺"、"寓言故事"等方面,以显彰赋体文学的特点。也正因为赋的博物知类的特征,与其他文体相比,其描写的题材比较广泛,研究视域也非常开阔。所以赋与其他学科如地理、科技、宗教、艺术的交叉研究,也成为当代赋学研究的重要内涵。

清人刘熙载《艺概·赋概》说:"赋取穷物之变,如山川草木,虽各具本等

---

① 参见许结《论小品赋》,载《文学评论》1994 年第 3 期。
② 参见铃木虎雄《赋史大要》,日本富山房 1936 年初版,正中书局 1942 年版殷石臞中译本,1976 年重版。

意态,而随时异观,则存乎阴阳晦明风雨也。赋家之心,其小无内,其大无垠。"颇能说明赋体结构宏整而描述精密的特征。其实,赋的主要属性从词源学考虑就是"铺陈",与其他文体相比照,赋学界对赋体的艺术特征的研究又可归纳为"四美",即修辞美、描绘美、结构美与才学美。分别而言,从语言学的角度考察赋的创作特性,赋是一种典型的修辞艺术;从创作论来看,赋以描绘性为其文体的基本特征;就文体形式而言,赋最突出的是空间艺术结构;而赋创作的"恢廓声势"、"征材聚事"的博杂之象,又在于"赋兼才学"的文化意义。今人饶宗颐在《辞赋大辞典·序》中给赋下定义云:

> 赋以夸饰为写作特技,西方修辞术所谓 Hyperbole 者也;夫其著辞之虚滥(exaggeration),构思之奇幻(fantastie),溯源诗、骚,而变本加厉。汉人取其体以咏物述志,牢笼山川,驱遣风物,益以文字、词汇之递增,遂肆为侈丽闳衍之辞,浸以涓流,蔚为大国。

其说虽不能涵盖赋的全部意义,但以"修辞"为赋艺之本,是可信的。

赋在文学史上的地位,是赋学研究中较为宏观的课题,论者甚多。而落实到具体的研究,最显明的仍是对作为"一代文学之胜"的汉赋的讨论。这类成果除了大量的研究论文之外,则主要体现在赋史类著作中。通史类如马积高的《赋史》、郭维森与许结的《中国辞赋发展史》对汉赋均有较高评价;断代赋史如龚克昌的《汉赋研究》、姜书阁的《汉赋通义》、万光治的《汉赋通论》、简宗梧的《汉赋史论》等,皆从对汉赋作家、作品的考证、诠释到汉赋理论思想的批评,形成了科学的汉赋学研究体系。而由汉赋研究延伸到魏晋南北朝赋的研究,成绩也相当突出,这同样是当代赋学研究值得注意的现象。

当代赋学研究的一大特色还在于国际化,也就是说赋学已由对汉民族实用性文章的认知转向世界性的学术研究。在日本,铃木虎雄的《赋史大要》早在 20 世纪 40 年代即介绍到中国,而中岛千秋的《赋之成立与展开》更是内涵丰富,后来居上。欧美学界对赋的研究也有数十年的发展历史,其中如许士(E. R. Hughes)的《中国两诗人(班固、张衡)》、吴德明(Yves Hervouet)的《汉廷一诗人——司马相如》(或作《汉代的宫廷诗人司马相如》)、海陶玮(J. R. Hightower)的《陶潜赋与贾谊〈鵩鸟赋〉》、华滋生(B. Watson)的《汉魏六朝赋选》、康达维(D. R. Knechtges)的荀子、贾谊、扬雄赋系列研究以及英译《文选》

等,代表了西方学者对东方赋学的参与并取得的卓越成就。

　　赋体文学曾受到历代文学理论批评家的重视,魏晋南北朝时期出现的陆机《文赋》、刘勰《文心雕龙·诠赋》等,是历史上第一个赋论高峰。唐宋律赋进入科举考试,围绕这种制度出现了一批教举子作赋之法的"赋格"、"赋谱"类著述,代表了这一阶段的赋论特征。至清代进入古典文学的总结时期,清人编著了大量的《赋话》,标志了又一赋论高峰的出现。20世纪赋学批评范围更加广泛,特别是80年代以来,赋体文学重新受到研究者的更多重视,赋论已成古典文学研究领域的重要部分。本章选录《赋在中国文学史上的位置》和《辞赋起源:从语言时代到文字时代的桥》两篇文章,一论赋的文学史地位,一谈赋的起源,均为赋学研究的重要课题。

选　文

赋在中国文学史上的位置

郭绍虞

导言——

　　本文作于1926年,发表于1927年《小说月报》十七卷号外《中国文学研究》,并收录于《照隅室古典文学论集》(上海古籍出版社,1983年)。

　　作者郭绍虞(1893—1984),江苏苏州人。曾任燕京大学国文系教授、同济大学文法学院院长,后任复旦大学中文系教授兼系主任。著有《中国文学批评史》、《照隅室论文集》等。

　　本文是现代赋学研究史上第一篇讨论赋在文学史上地位的专题论文,具有较大的学术影响。文章首先确立"赋"是介乎诗、文之间,或亦诗亦文的特殊文体,并从"性质"与"作用"两方面探讨诗与赋的异同。文中有诸多可资借鉴的见解,比如从赋的演进历史看赋体的形成与演变,其中包括"短赋"、"骚赋"、"辞赋"、"骈赋"、"律赋"、"文赋"等的分类论述。又如通过苏轼《赤壁赋》比较赋与游记的异趣,提出"用文的体裁而有诗的意境者是赋"的看法;通过小说与诗歌的关联,指出"小说与诗歌之间本有赋这一种东西,一方面为古诗之流,而另一方面其述客主以首引,又本于庄、列寓言"的现象,有烛见之明。特别是论者有关赋体文学在现代文学创作领域可以"白话赋"形式出现的预测和推论,尤具纵览古今文学史实的开新意义。

一

中国文学中有一种特殊的体制就是"赋"。中国文学上的分类,一向分为诗、文二体,而赋的体裁则界于诗文二者之间,既不能归入于文,又不能列之于诗。可是,同时另有一种相反情形,赋既为文,又可称之为诗,成为文学上属于两栖的一类。就总的趋势来讲,赋是越来越接近于文的一类的,所以现在就专从赋与诗的关系来谈。

诗、赋二体不很相同,《文心雕龙》早已把《明诗》和《诠赋》分作两篇来讲,这就给我们一个很明划的区别。

但是诗、赋二体的末流虽不同,若上溯其源,则固有连带的关系。所以,刘勰在《诠赋篇》中又说:"诗序则同义,传说则异体,总其归途,实相枝干。"照这几句话说,那么诗赋在后世虽有区别,在古代却是同源的。就其最初而言,赋本是诗的一种创作方法。所以班固《两都赋序》说:"赋者古诗之流也。"早已说明赋从诗出。到后来赋家云起,体构严密,遂与诗划境,而由"六艺附庸,蔚成大国"了。所以赋之源是合于诗,而其末却不同于诗。

至于所以不同之点,亦可以分数项来说明:

(一) 从性质上讲

诗——"在心为志,发言为诗"。(《诗大序》)

赋——"赋者铺也,铺采摛文,体物写志也"。(《文心雕龙·诠赋篇》)

"铺采摛文",言赋之体;"体物写志",述赋之旨。所以诗偏于抒情,而赋则是偏于写景的。赋虽也有抒情的成分,但不及写景的成分之多,所以是"铺采摛文";即或抒情,也是即景生情,所以是"体物写志"。《汉书·艺文志》说:"传曰:'……登高能赋,可以为大夫。'言感物造端,材知深美,可与图事,故可以为列大夫也。"这些话也同样说明了赋的特殊本质。由于这一点不同,所以赋是更重在形象的描写的。

(二) 从作用上讲

诗——"《书》曰'诗言志,歌咏言',故哀乐之心感,而歌咏之声发。诵其言谓之诗,咏其声谓之歌"。(《汉书·艺文志》)

赋——"不歌而诵谓之赋"。(《汉书·艺文志》)那么,诗、赋的分别,又是一能歌唱一不能歌唱的关系。抒情之诗,有时嗟叹永歌之不足,不知手之舞之足之蹈之,所以宜于歌;写景之作,只是铺采摛文,所以宜于诵。造端于情的宜歌,感兴于物的宜诵。

上溯其源,不过这一些的不同,后来越走越远,赋的倾向渐渐偏于文的方面,所以姚鼐的《古文辞类纂》有辞赋一类,而不列诗歌,诗与赋显然分为二途了。

二

我们先从赋的演进的历史,来说明这种特殊体制的形成与演变。

一、短赋 我们也可以称它为不歌的小诗。当时的诗都与音乐发生关系,而这些小诗是脱离音乐关系的,是徒歌而不是乐歌。《左传》载郑庄公感颍考叔之言,与武姜隧道相见:"公入而赋'大隧之中,其乐也融融。'姜出而赋'大隧之外,其乐也泄泄'。"旧时也有不把大隧之中云云当作歌辞的,所以解释的时候,往往加上一个于字,解为:公入而赋于大隧之中,其乐也融融,姜出而赋于大隧之外,其乐也泄泄。那就只成纪事文而不是歌辞了。我们若把这数句加上标点符号,成为:

> 公入而赋:"大隧之中,其乐也融融。"姜出而赋:"大隧之外,其乐也泄泄。"

那就变成此唱彼和的短歌了。孔颖达《左传疏》亦谓"中融外泄,各自为韵,盖所赋之诗有此辞,传略而言之也"。照这样讲,大隧之中云云,就是短赋的辞句。《左传》又载士苏为夷吾筑城不慎,被献公所斥责,士苏便退而作赋:"狐裘龙茸,一国三公,吾谁适从。"这亦是短赋的好例。其他类此之例甚多,完全都是抒情的小诗,不过并不用以歌唱罢了。所以《文心雕龙》称它为"虽合赋体,明而未融"。

二、骚赋 《文心雕龙》有《辨骚》、《明诗》、《诠赋》三篇:由形式言之,三者各不相同；由精神言之，则实归一致，不过骚体成为诗赋中间过渡的产品罢了。刘勰谓骚"轩翥诗人之后，奋飞辞家之前"，诚是不错。《汉书·艺文志》说：

> 春秋之后，……学诗之士，逸在布衣，而贤人失志之赋作矣。大儒孙卿及楚臣屈原离谗忧国，皆作赋以风，咸有恻隐古诗之义。

《离骚》"好色而不淫，怨诽而不乱"。无论如何，我们不能不承认它是诗。然而有诡异之辞，有谲怪之谈，"叙情怨，则郁伊而易感，述离居，则怆怏而难怀，论山水，则循声而得貌，言节候，则披文而见时"，亦不能不说是已开赋家之先声。刘勰谓："赋也者，受命于诗人，拓宇于《楚辞》"；徐师曾《文体明辨》谓："屈平后出，本诗义以为骚，盖兼六义而赋之意居多。"这都是说明骚赋承前启后的关系。

三、辞赋　赋的名称的成立，由于荀卿、宋玉。屈原之赋全属抒情，犹有古诗遗意。荀卿之赋则与屈原异趣。《文心雕龙·诠赋篇》说：

> 荀况《礼》、《智》，宋玉《风》、《钓》，爰锡名号，与诗画境。

自是以后，宋玉、唐勒、枚乘、司马相如、扬雄之徒，风飚云起，"述客主以首引，极声貌以穷文"（《诠赋篇》），"竞为侈丽闳衍之词，没其风谕之义"（《汉书·艺文志》），于是形式内容全与诗歌不同，扬雄谓：

> 诗人之赋丽以则，辞人之赋丽以淫。（《法言·吾子》）

他所谓诗人之赋，指骚赋而言，辞人之赋，指辞赋而言。可知即在赋的领域中，也应当再作进一步的区分了。辞赋时期是赋的正宗时期，刘勰所谓"兴楚而盛汉"，就是说赋到此时而定型，离诗较远而自成一体了。所以我们从骚赋与辞赋的区别，正可看出赋体从诗转向到文的关键。骚赋尚情而辞赋尚知，骚赋近诗而辞赋近文，所以一则虽丽而犹合法度，一则偏于丽而不免过度了。因此章学诚就以为自成一家之学。

> 古之赋家者流,原本《诗》、《骚》,出入战国诸子。假设问对,庄、列寓言之遗也;恢廓声势,苏、张纵横之体也;排比谐隐,韩非《储说》之属也;征材聚事,《吕览》类辑之义也。虽其文逐声韵,旨存比兴,而深探本原,实能自成一子之学,与夫专门之书,初无差别。(《校雠通义》卷三)

赋体演进到"与夫专门之书,初无差别",也就可知赋体散文化的程度已达到怎样的高度了。左思《三都赋》成,豪贵之家,竞相传抄,洛阳为之纸贵,也可能即因这种赋篇有类书性质的缘故。

四、骈赋 魏晋以后的赋,篇幅虽较短,但讲究词藻,丽而益淫,所以昔人称为俳体。当然,在此时期的赋并不是没有重在抒情,有古诗之义的,但大势所趋,总是更近妍丽。孙梅论赋谓:"左、陆以下渐趋整炼,齐、梁而降益事妍华,古赋一变而为骈赋,江、鲍虎步于前,金声玉润;徐、庾鸿骞于后,绣错绮交。固非古音之洋洋,亦未如律体之靡靡也。"(《四六丛话》卷四)可知魏晋六朝时期之赋,每况愈下,益趋小道。形式方面既渐趋整炼,益事妍华,内容方面则命题遣辞,更尚琐屑。《文心雕龙·诠赋篇》说:

> 夫京殿苑猎,述行序志,并体国经野,义尚光大。

这是指汉赋说的。下文续说:

> 至于草区禽族,庶品杂类,则触兴致情,因变取会。拟诸形容,则言务纤密,象其物宜,则理贵侧附。

这又是指魏晋以后之赋说的。当然此风不始于魏晋,如贾谊《鵩鸟》、王褒《洞箫》、马融《长笛》之类,早开咏物小赋之端,但魏晋以后,此风实比前更为发展。《琴赋》、《笙赋》、《鹦鹉赋》、《鹡鸰赋》、《舞鹤赋》等篇触目皆是,真所谓"小制之区畛,奇巧之机要也"(《诠赋篇》)。此种赋已等诸游戏,真如刘勰所谓"繁华损枝,膏腴害骨,无贵风轨,莫益劝戒"了。

五、律赋 自沈约四声八病之说起,于是到唐时诗有律诗,赋亦由骈赋而入于律体。孙梅又说:

> 自唐迄宋，以赋造士，创造律赋，用便程式，新巧以制题，险难以立韵，课以四声之切，幅以八韵之凡，……然后铢量寸度，与帖括同科。（《四六丛话》卷四）

这真是更趋极端，与后世八股文没有什么分别了。这已不足与于文学之列，当然，律赋中也有一些警句，在以前是脍炙人口的。

六、文赋　文赋则是散文赋之有韵者。其体出于荀子《礼》、《智》等赋，而实完成于宋人。宋代文坛上，散文战胜骈文；韩、柳虽创古文于先，而古文的势力实至宋代而始盛。所以宋人改用散文的方法以作赋，遂能别创一格，成为文赋了。如欧阳修的《秋声赋》，苏轼的前后《赤壁赋》之类，皆是如此。此种赋矫律体之失，情韵不匮，不得不称为赋界复古的革新，不过此种赋的体裁更近于散文，所以更觉得"与诗画境"，而不再能把它与诗合在一起讲了。

这是以前赋体演进的历史。

三

现在且看：赋体演进的历史，是否便止于此呢？我们在刚才讲的赋体演变的历史中，可以看出赋体屡经变迁的缘故，很多受当时文体的影响。一方面有与歌相合的诗，一方面便有不歌的小诗——短赋。一方面有楚狂《凤兮》、孺子《沧浪》之歌，都以兮字为读，为楚声之萌芽，于是便有骚赋。一方面有庄、列寓言，苏、张纵横之体，于是便有辞赋。此外于骈文盛行的时期有骈赋，律体盛行的时期有律赋，古文盛行的时期有文赋，则当现在语体盛行的时期，不应再有语赋——白话赋——的产生吗？

白话赋是什么？也许便是一部分的散文诗，也许便是与古赋相类的小品文字。所以我以为赋体演进的历史正在继续进行，并不是到了文赋为止。

四

有些讲文学史的人，因为反对旧时汉赋唐诗宋词元曲之说，而以为汉赋在文学史上为最无价值，或且不认之为文学。这由于太偏于只主抒情的文学之故。假使知道赋的性质重在体物，重在描写，那就不致认为赋是一无足取，甚至不算是文学作品了。至于赋的描写，起了什么作用，有些什么成就，那是另一问题。

前人对于苏轼《赤壁赋》，也有何以不称为游赤壁记之疑问，但是我们假若明白赋的性质，凡用文的体裁而有诗的意境者是赋，那么这种疑问也就不会有了。再说《赤壁赋》也还是有韵的呢。

近人对于小说与诗歌之区分，往往不能得一个明确的观念。由于有的小说似诗，有的诗似小说，于是有些人复创了诗的小说与小说的诗之名称。其实，这不过使人徒起名词上的混淆罢了。假使明白小说与诗歌之间本有赋这一种东西，一方面为古诗之流，而另一方面其述客主以首引，又本于庄、列寓言，实为小说之滥觞，那么对于小说与诗歌的混淆，便不成问题了。

此文是 1926 年所作，本于论文不拘形貌，于是认为不妨有语赋之目。所以此后看到《盛明杂剧》中《不伏老》剧论科场一节，即称为白话的骈体赋。解放以后，《人民日报》有一度特辟名城赋一栏，而如孙峻青同志的《秋色赋》，更可与《秋声赋》媲美，这又是白话的散文赋体了。此文在当时，不过是为了不赞成用"散文诗"或"小说的诗"的名称，故立语赋之目，到现在，则幸而言中，旧时臆度，竟成事实，因于修改此文之时，附赘数语。

1963 年 6 月附记

辞赋起源：从语言时代到文字时代的桥
万 曼

导言——

本文选自《国文月刊》第 59 期（1947 年）。

作者万曼（1903—1971），天津人。毕业于新学书院，中华人民共和国成立后任河南文教出版社副社长、开封师范学院副教授。著有赋学论文《辞赋起源》《司马相如赋论》《读文赋杂记》及著作《唐集叙录》等。

本文是现代辞赋研究的代表作之一，其从历史学与语言学的角度对赋体文学起源问题进行了系统研究。文章将"辞赋"视为从"语言时代"到"文字时代"的"桥"，认为在辞赋的时代以前，文学作品多半是口语记录，辞赋出现以后，才完全是书面写作，所以辞赋这种文学形式，便是由口语文学转移到书面文学的一个主要枢纽。文章从历史的发展考察辞赋起源,追溯到春秋"行人"辞令之美,并将当时具有文学性的语言记录归纳为"用诗"与"口赋"两类,前者神趣上与赋相近,后者率然直陈,颇近赋旨,然限于小歌形式,而非散语。然而赋的起源必须脱离诗歌形式而为散语描写,所以这在春秋时尚不发达,至战国随语言技术的发展而于齐、楚间兴盛,邹衍等的谈锋,淳于髡等的谐隐,皆为启导。而从语言到文字的"飞跃",就是屈原赋的出现。作者认为,汉初诸侯王国游士重新活跃,如陆贾、枚乘等均为赋家,直到司马相如、扬雄把汉赋发展成纯文字的制作,终于使赋由附庸而蔚为大观。此文从语言与文字的视角探讨辞赋起源,经常被赋学研究者引用,影响甚大。

　　小孩子总是饶舌的,他像早晨的鸟儿一样,用各种方法啭出各种不同的声音。他仿佛在试验他的舌头,到底能发出多少不同的声音。至于意义和效果,反而不太注意。他才开始运用他的舌头,于是就尽量运用他的舌头。

　　文化人的幼年,对于语言辞令的运用,也是感到极高的兴趣的。同时又因为逐渐把握住语言辞令的效果,于是对于它的使用,便越发热衷;像符咒一样,以为它是全能的;不断运用,不断发展,不断扩充,一直到超过它所能达到的限度,使多量的语言辞令完全变成无谓的堆积,一无用处,才渐渐明白语言辞令的真正价值。——就是说,才知道把饶舌的部分去掉,正确地使用它。

　　文字的使用,也是这样。不过文字的使用价值,在古代和我们现代不同。古代因为缮写技术和工具的限制,文字仿佛只限于记录保存。至于实际应用,还是靠着语言。如果说我们现代是文字时代,古代就可以说是语言时代了。所以古代很少有著作,却有很多语言的记录。如《尚书》、《诗经》,以至《论语》、《墨子》等都是。一直到汉、魏以后,才因为纸张的发明,书写形式的改进,由籀、篆渐进为隶、楷。"笔札"才开始有代替语言的趋势。刘知几说:"逮汉、魏已降,周、隋而往,世皆尚文,时无专对。运筹画策,自具于章表;献可替否,总归于笔札。宰我、子贡之道不行,苏秦、张仪之业遂废矣。"就是说明这个事实。

　　辞赋,这文学形式,便是由口语文学转移到书面文学的一个主要枢纽。在辞赋的时代以前,文学作品多半是口语的记录。辞赋时代以后,文学作品才完全是书面写作。这是研究辞赋起源最重要的关键。意识不到这点,便总不免瞎三话四抓不着要领。

刘知几说:"周监于二代,郁郁乎文。大夫行人,尤重词命,语微婉而多切,言流靡而不淫。"刘勰在《文心雕龙·才略》篇也说:"及乎春秋大夫,则修辞聘会,磊落如琅玕之圃,焜燿似缛锦之肆。"我们现在读起《左传》、《国语》来,也可以看出语言辞令在当时的重要,和所谓"大夫行人"对于语言技术的高度发展。

不过,那时并没有什么纯文艺作品。在典籍中记录下来的语言里,比较有文学性质的,一种是"口赋",一种是"用诗"。这都是随着当时政治外交偶然被保留下来的材料。

"用诗"虽然在神趣上和赋相近,因为表面上看来,也是即席感兴;可是樽俎之间,格于程式,困于因袭,方法只不过仿佛旧瓶装新酒似的,目的在"用"。所以卢蒲癸说:"赋诗断章,余取所求焉。"赵孟说:"赋以观志。"

至于"口赋",虽然不见于外交场合,却极富于野生的情调,率然直陈,极近赋旨。不过它还是小歌的形式,不是散语。

所以"用诗"和"口赋",不能说和赋的起源没有关系,却不能认为它们就是辞赋的起源形式。辞赋的起源必然要脱离诗歌的形式,而由散语重新萌生。完全用散语的赋在春秋时代还不甚发达,勉强也可以找出一两个例证。《韩诗外传》说:

> 孔子游于景山之上,子路、子贡、颜渊从。
> 孔子曰:"君子登高必赋,小子愿者,盍言其愿,丘将启汝。"
> 子路曰:"由愿奋长戟,荡三军,乳虎在后,仇敌在前,蠢跃蛟奋,进救两国之患。"……
> 子贡曰:"两国构难,壮士列阵,尘埃涨天。赐不持一尺之兵,一斗之粮,解两国之难。用赐者存,不用赐者亡。"……
> 颜渊曰:"愿得小国而相之。主以道制,臣以德化。君臣同心,外内相应。列国诸侯,莫不从义向风,壮者趋而进,老者扶而至。教行乎百姓,德施乎四蛮,莫不释兵,辐辏乎四门,天下咸获永宁,蝗飞蠕动,各乐其性;进贤使能,各任其事。于是君绥于上,臣和于下,垂拱无为,动作中道,从容得礼。言仁义者,赏。言战斗者,死。则由何进而救,赐何难之解?"……

这段记录，不知真伪。但是很像辞赋了。联起来看，颜渊的话，大有"曲终奏雅"的体段。此外如《论语·公冶长》篇，"颜渊、季路侍，子曰：'盍各言尔志'"一段，和《先进》篇"子路、曾晳、冉有、公西华侍坐，子曰：'以吾一日长乎尔，毋吾以也'"一段，都是仿"诗以言志"的例，但是已由诗歌变成散语。孔子之所以最赞许曾点，便是因为他说的："莫春者，春服既成，冠者五六人，童子六七人，浴乎沂，风乎舞雩，咏而归。"最合乎言志的体制，形象地说出一种融泄和乐的生活状态。如果用我们现代的说法，便是曾晳的话最有文学风趣罢了。

到了战国时代，语言技术更发达了。所谓"人持弄丸之辩，家挟飞钳之术"。纵横捭阖的苏秦、张仪，予岂好辩的孟轲，排难解纷的鲁仲连，坚白异同的公孙龙，都是以语言驰骋于诸侯之间。不过谈到和辞赋有直接关系的，只有齐、楚两国。刘勰《文心雕龙·时序》篇说：

> 春秋以后，角战英雄。六经泥蟠，百家飙骇。方是时也，韩、魏力政，燕、赵任权，五蠹、六虱严于秦令，惟齐、楚两国颇有文学。齐开庄衢之第，楚广兰台之宫。孟轲宾馆，荀卿宰邑。故稷下扇其清风，兰陵郁其茂俗，邹子以谈天飞誉，驺奭以雕龙驰响。屈平联藻于日月，宋玉交彩于风云。观其艳说，则笼罩《雅》《颂》。故知炜烨之奇意，出乎纵横之诡俗也。

很奇怪，刘勰这一段话，很有讲出辞赋起源的态势。但是在《诠赋》篇，却征引一大堆，抓不着头脑。大概刘勰没有彻底明白辞赋和语言辞令的关系，所以联系不到一起，造不成一个贯通的说法。

在纪元前第四世纪末后30年，就是战国时代齐威王、齐宣王时期，因为他们都喜欢文学游说之士，就在齐国都城临淄的稷门，招徕好谈说的人士。热闹的时候，甚至有数百千人。著名的人物，也有七十多个，全都赐给他们房舍，一概称之为大夫。没有什么事务麻烦他们，专门从事议论。所以他们的语言技术，在这样理想的环境中，便越磨炼越锋利了。当时特出的人物，譬如田骈叫做"天口骈"，邹衍叫做"谈天衍"，邹奭叫做"雕龙奭"，大概在稷下除了谈思想和治术的孟、荀、尹、宋以外，这三个人便是最出风头的了。我们看他们那"天口"、"谈天"、"雕龙"等绰号，便也可以猜想他们谈锋之健。不过他们的谈噱，因为缺乏记录，我们不好妄事猜度，大概总是些"海外奇谈"；一方面是《楚辞》中《远游》《招魂》、汉赋中《大人》《甘泉》之类作品的根据，一方面也是秦、汉间神仙方士的根源。同时也和两汉间阴阳五行图纬谶书有关系。

不过在齐国稷下的许多谈士之中，却有一位淳于髡，他的谈片在《战国策》和《史记》里被记录下来的不少。我们读了这些记录，就知道淳于髡和辞赋发展的关系，决不下于屈、宋。他的谐隐，一直是优旃、优孟以及东方朔、枚皋这一个路数的滥觞。

他的谈片被记录下来的，大概有说齐威王两则，问驺忌一则，说齐宣王三则，说梁惠王一则。此外《史记》书中也有记叙他的地方。这里对威王问一段，最有赋意。

> 威王……置酒后宫，召髡赐之酒。
> 问曰："先生能饮几何而醉？"
> 对曰："臣饮一斗亦醉，一石亦醉。"
> 威王曰："先生饮一斗而醉，恶能饮一石哉？其说可得闻乎？"
> 髡曰："赐酒大王之前，执法在傍，御史在后，髡恐惧俯伏而饮，不过一斗，径醉矣。若亲有严客，髡帣韝鞠䠆，侍酒于前，时赐余沥，奉觞上寿，数起，饮不过二斗，径醉矣。若朋友交游，久不相见，卒然相睹，欢然道故，私情相语，饮可五六斗，径醉矣。若乃州闾之会，男女杂坐，行酒稽留，六博投壶，相引为曹，握手无罚，目眙不禁，前有堕珥，后有遗簪，髡窃乐此，饮可八斗而醉二参。日暮酒阑，合尊促坐，男女同席，履舄交错，杯盘狼藉，堂上烛灭，主人留髡而送客，罗襦襟解，微闻芗泽，当此之时，髡心最欢，能饮一石！"

也许因为这个谈片的记录人是个名家，不过要用它和后来宋玉对楚王问、司马相如对梁王问比起来，不是很明白的同一渊源吗？

不只淳于髡，就是《战国策》里面庄辛论幸臣、鲁共公择言等片段，也都有浓厚的辞赋的神趣。不过他们发表的方式是用语言，不是用文字。所以有了好的记录，便保存下来；没有好的记录，也都随着时代消失了。自然现代人对于这一点不太了解；但是，在那个时代，如果一个人不是用言语口说，孤独地坐下用起刀笔来，那是无论如何也说不通的事情。

从语言到文字，这个简单的变化，事实上却好不容易。这之间就仿佛做豆腐一样，需要"点"一下。用新的术语说，便是在质量变化中间需要一个"飞跃"。酝酿的功候是十足了，怎样突变呢？这便是天才的奇迹之所以成为奇迹。屈原便是这样一个奇迹创造的天才。

屈原一方面运用楚国当地的巫歌形式，一方面承袭了从春秋以来发达了的语言技术，再加上他从现实生活中所受到的无可发泄的创伤，使他"欲诉无由"。他向谁诉说呢？他不能直接向怀、襄倾吐他的衷悃，他没有这个机会，在这语言无灵的情况中，屈原便拿起他的笔来了。在屈原是无可奈何，但是在文学史上，这却变成奇迹。后来屈原的追随者，宋玉、景差、唐勒出来了，这便是我们习惯中所说的《楚辞》。

因为这种渊源，所以初期的作品都还保存着对话的体制，而在楚、汉间那个新六国时代，齐、楚的游士又活跃起来，郦食其、随何、陆贾、朱建，以及较后的枚乘、严忌、邹阳、伍被，都具体而微的有着战国游谈之风。

只是汉朝另有汉朝的风度，六国残余终难死灰复燃。所以经过司马相如和扬雄这两大支柱的撑持，汉赋终于由附庸蔚为大国了。

司马相如和扬雄虽然把汉赋发扬成纯文字的制作，但是他们都没有忘掉它的根源在语言。司马相如有《凡将篇》的制作，那就是他的语汇札记了。扬雄也有《训纂篇》，而且扬雄的努力更认真，除了《训纂》之类的作品以外，传说他还有一部《方言》，又叫做《绝代轺轩语》。他在答刘歆书中说他写作《方言》的经过道：

> 天下上计孝廉及内郡卫卒会者，雄常把三寸弱翰，斋油素四尺，以问其异语，归即铅摘次之于椠，二十七岁于今矣。

这可以看出他对于收集各地方言语汇的勤劳。他们的作品之所以能不用典故而依然辞藻涌出，可以说完全是因为能把握住辞赋的根源——语言的原故。

研究与思考

📍 延伸阅读 📍

1. 容肇祖《西汉盛时文人的地位与赋体的大成》，容肇祖《中国文学史大纲》，开明书店，1935年。
2. 简宗梧《汉赋玮字源流考》，简宗梧《汉赋源流与价值之商榷》，文史哲出版社，1980年。
3. 龚克昌《汉赋——文学自觉时代的起点》，龚克昌《汉赋研究》，山东文艺出版社，1990年。
4. 康达维《论赋体的源流》，《文史哲》1988年第1期。

📍 问题与思考 📍

1. 试思考"辞"与"赋"的名称、体性与创作风格的异同。
2. 试思考赋的描绘性与"体物"特征。
3. 试述赋的体类演变与文学史发展的关联。

📍 研究实践 📍

研究课题：

阅读以下资料，以此为基础，撰写一篇有关汉赋艺术特征的论文。

方法提示：

注意汉赋创作夸饰为美与讽谏取义的关系。可以某一赋家为例；可以某一作品为例；可以作家与作家的比较研究；可以汉赋创作中某一现象作研究等。

阅读资料：

1.《西京杂记》卷二引司马相如"答盛览问作赋"："合綦组以成文，列锦绣而为质，一经一纬，一宫一商，此赋之迹也。赋家之心，苞括宇宙，总揽人物，斯乃得之于内，不可得而传。"

2. 挚虞《文章流别论》："赋者，铺陈之称，古诗之流也。……所以假象尽辞,敷陈其志。前世为赋者,有孙卿屈原,尚颇有古诗之义,至宋玉则多淫浮之病矣。楚辞之赋,赋之善者也。故扬子称赋莫深于《离骚》。贾谊之作,则屈原俦也。古诗之赋,以情义为主,以事类为佐;今之赋,以事形为本,以义正为助。情义为主,则言省而文有例矣;事形为本,则言当而辞无常矣。文之烦省,辞之险易,盖由于此。夫假象过大,则与类相远。逸辞过壮,则与事相违。辩言过理,则与义相失。丽靡过美,则与情相悖。此四过者,所以背大礼而害政教。"

3. 刘勰《文心雕龙·诠赋》:"观夫荀结隐语,事数自环;宋发巧谈,实始淫丽;枚乘《菟园》,举要以会新;相如《上林》,繁类以成艳;贾谊《鹏鸟》,致辨于情理;子渊《洞箫》,穷变于声貌;孟坚《两都》,明绚以雅赡;张衡《二京》,迅发以宏富;子云《甘泉》,构深玮之风;延寿《灵光》,含飞动之势;凡此十家,并辞赋之英杰也。"

4. 王世贞《艺苑卮言》卷一:"作赋之法,已尽长卿数语。大抵须包蓄千古之材,牢笼宇宙之态。其变幻之极,如沧溟开晦,绚烂之至,如霞锦照灼,然后徐而约之,使指有所在。……赋览之,初如张乐洞庭,褰帷锦官,耳目摇眩;已徐阅之,如文锦千尺,丝理秩然;歌乱甫毕,肃然敛容;掩卷之余,傍徨追赏。"

5. 刘熙载《艺概·赋概》:"赋起于情事杂沓,诗不能驭,故为赋以铺陈之。斯于千态万状、层见迭出者,吐无不畅,畅无或竭。"

第六章 文学的自觉

导 论

曹丕在《典论·论文》中第一次将"丽"作为诗赋的定义,"丽"有对偶、华丽、光华等义,也就是说,诗赋是一种美文。也正是在这个意义上,鲁迅把曹丕的时代看成是"文学的自觉时代"。所谓文学的自觉,实不宜作过于狭隘的理解。先秦时期普遍流行的"诗言志"观念,孔门强调的"诗可以兴、可以观、可以群、可以怨",孟子提出的"说《诗》者不以文害辞,不以辞害志,以意逆志,是为得之"等等,都可以说是代表了文学在某一层次或某一方面的自觉,只是到了魏晋,人们更多地从文学自身去认识文学,代表了一种新的认识。而这种新认识,也是有其内在的发展脉络和理路的。如扬雄说"诗人之赋丽以则,辞人之赋丽以淫","丽"是其共同特色。曹丕的观点也是由此发展而来的。但这一时期文学思想上有一些突出之处,如文笔说、声律论、文气、神思、风骨、文体等各种新学说、新概念的提出,都是对文学本质的进一步认识,也是对文学史和文学批评史的新贡献。

诗歌的体裁由四言发展到五言,五言诗成为最流行的诗体。其中首先需要指出的是建安时期,这是中国诗歌史上划时代的一页。汉代以来以铺张扬厉为特色的大赋的主导地位,已被乐府和五言诗所取代。在体制上,变过去繁缛的铺张而为抒情的短章;在题材方面,也将日常生活之事和喜怒哀乐之情作为文学表现的主要内容。其后的太康体、元嘉体、永明体,在诗歌的对偶、声律方面也逐步发展成熟。正是在诗歌创作如此繁荣的基础上,产生了专门评论五言诗的专著——钟嵘《诗品》。其中所强调的批评标准,也在于

"气"、"情"、"滋味"、"比兴"等,皆属于文学自身。与汉代文学批评中所侧重的美刺、讽谏等,形成了鲜明的对比。

辞赋在两汉篇幅阔大,具有恢宏的规模和气象。大多数的作品,是为皇朝作揄扬鼓吹,充其量也只能表现作者的"才智深美",难以表露作者的内在情怀。但从东汉末年开始,抒情小赋开始抬头,至建安而成为抒发情志的有效手段。沈约《宋书·谢灵运传论》指出:"相如巧为形似之言,班固长于情理之说,子建、仲宣以气质为体。"把汉魏赋体的演变关键一一点明。所谓"以气质为体",则全然落实在人的内心。如王粲之《登楼赋》,以眼前景物、心中感受交织成文,一变以往的赋作,同样体现了文学的自觉。此后,赋在诗歌的影响下,又出现了抒情大赋。

东汉以来,文章具有复笔化的倾向,随着这一倾向的不断增强,魏晋以下,骈俪文成为当时文章的主流。世界各国的文学,依其体式可分为韵文(verse)和散文(prose)两大类,但中国文学中的骈文,乃介于骈散之间,可谓非散非韵、亦散亦韵。东汉末期蔡邕的碑文,开六朝骈文之先河。建安时期曹植《七启》等作,造语精工,文字也趋于整齐。太康时期陆机《豪士赋·序》,工于裁对,且富于隶事,允推晋文之冠。元嘉时期颜延之《三月三日曲水诗序》,多用代语,铺锦列绣。永明时沈约、王融等人提倡声律论,将平上去入四声运用于诗文,骈文不仅有视觉之美,且增添听觉之美。至徐陵、庾信乃集骈文之大成,文字之华美,声韵之悦耳,对偶之精工,用事之富赡,加上四六相间之灵动句法,骈文之能事已尽。文章不限于实用,美文本身即具有不朽之价值,实为文学自觉之一大表征。即便是实用型的文体,如书信,在建安以下也出现很大变化,如曹丕、曹植等人的书信,抒发情绪,感慨人生,此后遂成为自由表达作者胸怀的流行文体。《典论·太子篇》引里语曰:"汝无自誉,观汝作家书。"书信之难,不仅在能言事达意,更在于下语之妥帖。

在佛教和道教的影响下,许多作者为了"发明神道之不诬"(干宝《搜神记序》),写作了大量的志怪小说。尽管这种写作尚不具备创作小说的动机,但故事情节的设计,人物形象的塑造,环境气氛之烘托,叙事能力之提高,对于唐人有意创造传奇小说,积累了有益的经验。

思想的活泼和自由是这一时期值得注意的动向。魏晋以来,打破了汉代儒术独尊的局面,玄学的兴起,佛学的涌现,道教的流行,以及固有的儒家思想在社会上的持久地位,使得当时的文人能够比较自由地接受各种思想,其生命也焕发出异样的光彩。人们常说文学的自觉本于人的自觉,其实,和文学的自觉一样,人的自觉也是一个不断演变的过程。孔子讲"仁",孟子讲"心",庄子讲"道",都是在不同方面与层面上的人的自觉,但是在魏晋之际,人的个体价值,人的风度韵致,受到了时人更多的重视。以人物评论而言,《汉书·古今人表》将上代历史人物分作上中下三等,每等之中复分三等,所以从上上等的"圣人"到下下等的"愚人",共有九等,即所谓的"九品论人"。汉代的用士取人,采用的方法主要是察举和征辟,其标准重在道德礼义方面,但魏晋以来的人物评论则异于是。刘邵《人物志》是一部专讲人物品评理论的书,《四库提要》上说此书"主于论辨人才,以外见之符,验内藏之器",所以,人的骨、筋、气、肌、血就不是一个简单的生理名词,而是其生命的姿态。因此,品评人物,就重在对其风度韵致的描写、形容、嗟叹、赞美,实际上就是对人物个性的表彰。所谓的"人的自觉",也应该在这个意义上来理解。中国人向来强调人品与文品的关系,魏晋以下文学风格论也发达起来,像《文心雕龙》中的《体性篇》,也着重从人的个性角度去谈论文学风格的形成。

魏晋时代最为后人瞩目的是当时的"清谈",我们只需要读一下《世说新语》,就会立刻被手执麈尾、发言玄远的清谈所吸引。然而这个时代毕竟是一个门第社会,清谈中的人物也多是高门贵族子弟。曹魏时代建立了九品中正制,自两晋以来,发展成保障贵族特权的士族制度。一些英俊之才,由于门第较低,只能沉沦下僚。所以,当时的文学就形成了士人文学和贵游文学两大类,而以后者为主流。他们往往撷取屈、宋之美辞,或是在清谈玄理之余,"因谈余气,流成文体";或是将目光转向山水和女性,无视时代的痛苦。尽管有左思、陶渊明、鲍照这样突出的诗人,但他们在当时的文坛上显然是被边缘化的。

从后汉的覆亡到隋朝的统一,中国基本上处于南北分裂的局面。在政治、军事和经济体制方面,北方胜过南方,而在文学艺术的成就方面,显然南方超越北方。南北文学的不同,正如《北史·文苑传》所概括的:"江左宫商发越,贵于清绮;河朔词义贞刚,重乎气质。"当然,这并不妨碍或排斥南北文风的交流与交融。这种交流与交融发展到唐代,也随着国家的统一与壮大而达到了一个新的水平和境界,为文学史上最引人瞩目的盛唐气象的到来作了有力的铺垫。

选 文

魏晋文学思想述论
台静农

导言——

本文选自台静农著《龙坡论学集》(辽宁教育出版社,2001年),初刊1956年12月台北《文学杂志》第1卷第4期。

作者台静农(1902—1990),安徽霍丘人。现代作家。北京大学研究所国学门肄业,曾执教多所大学,1946年以后任台湾大学中文系教授。

作为新文学社团"明天社"和"未名社"的成员,台静农与鲁迅关系密切,其小说创作从内容到风格都师法鲁迅。本文实际上是鲁迅《魏晋风度及文章与药及酒之关系》一文的推演阐发。鲁迅的文章原是一篇讲演稿,视野宽广,语言活泼而风趣;而台静农此文则偏重于文学思想,务在阐明从汉末到东晋文学思想之发展演变,在鲁迅的基础上融入心得,颇有发挥。全文六个部分,各有标目,立意显豁,而条分缕述,层次清楚,对当时文学思想之状况及其对文学创作的影响,论列可称简洁明晰。此外,关于这一论题,还有王瑶《中古文学思想》(后收入王瑶《中古文学史论》,北京大学出版社,1986年),亦久为学林所称,自当参阅。

一、汉末士大夫两种人生态度

汉朝末季的士大夫有两种人生态度,一是党锢诸贤的"知其不可为而为之",一是逸民的"遁世无闷"。这两种人生态度,看来是积极与消极正相反,而实相成。因为两者同是出发于儒家的人生哲学,又同是由于宦官集团的政治迫害而形成的。虽然,蒙其祸害的,不只是一部分的士大夫,而是整个国家。在急剧的分崩离析的情形之下,地方豪强则拥兵以自固,失业平民则流为贼寇以求苟生。曹丕《典论·自序》云:

> 初平之元,董卓杀主鸩后,荡覆王室。是时四海既困中平之政,兼恶卓之凶逆,家家思乱,人人自危。山东牧守,咸以《春秋》之义,"卫人讨州吁于濮",言人人皆得讨贼。于是大兴义兵,名豪大侠,富室强族,飘扬云会,万里相赴。兖豫之师,战于荥阳;河内之甲,军于孟津。卓遂迁大驾,西都长安。而山东大者连郡国,中者婴城邑,小者聚阡陌,以还相吞并。会黄巾盛于海岱,山寇暴于并冀,乘胜转攻,席卷而南。乡邑望烟而奔,城郭睹尘而溃,百姓死亡,暴骨如莽。

这是生存于那个时代的人,真实的记载。王粲的《七哀诗》中,曾叙述一亲眼所见的事实:"出门无所见,白骨蔽平原。路有饥妇人,抱子弃草间,顾闻号泣声,挥涕独不还,未知身死处,何能两相完?"她们母子的命运,正代表了当时无数万人的命运。曹操的《蒿里行》说:"白骨露于野,千里无鸡鸣,人民百遗一,念之断人肠。"足见当时百姓直接死于战争饥饿者之多。在社会变乱、人民生存都成问题的时代,两汉 300 余年来以儒统治的社会,必然地随着人民的毁灭而衰微了。

曹操出来,渐渐安定了混乱的局面,虽然未能统一天下,可是他所据有的土地,正是传统的政治与文化的区域。曹操这人,不是世族出身,而是出身于被世族所鄙弃的宦官家庭。他的政治特色是名法,与两汉的儒术完全相反,因此他用人标准,但视其能否治国用兵,而不管其品行如何的。建安十五年春令,十九年冬令,一再申明此意,尤以建安二十二年八月令,更无含蓄地说:

> 昔伊挚、傅说,出于贱人;管仲,桓公贼也;皆用之以兴。萧何、曹参,县吏也;韩信、陈平,负污辱之名,有见笑之耻,卒能成就王业,声著千载。吴起贪将,杀妻自信,散金求官,母死不归;然在魏,秦人不敢东向;在楚,则三晋不敢南谋。今天下得无有至德之人,放在民间,及果勇不顾,临敌力战;若文俗之吏,高才异质,或堪为将守;负污辱之名,见笑之行,或不仁不孝,而有治国用兵之术。其各举所知,勿有所遗。

只要有本领,不忠不孝都可以,这种大胆的见解,不是没有历史因素的。因为汉末士风,过分尊崇名节,敦励廉隅,如党锢诸贤,舍命不渝,于是流风成为洁身自好,大家都不愿负起实际责任,为恐有所沾染。他为了要矫正这种个人主义的风气,不得不露骨地说出人才是不拘于品行的。

在这种政治作风之下,影响到文学方面的,便是清峻的风格。所谓清峻,即简练明快的意思。其次便是尚通脱,所谓通脱,即自由抒写的意思。曹操个人的文学作品便具有此种风格。惟其能清峻通俗,故能"沉雄俊爽";而抒情写志,不尚雕饰,往往用同时人事以为典故,如"郑康成行酒,伏地气绝";或用前人诗句,不以抄袭为嫌,如"呦呦鹿鸣"、"我有嘉宾"等句。

二、名法政治反映于散文方面的风格

在以名法为政治思想的时代,反映于散文方面的是校练名理的议论文。汉代议论文,自武帝朝始,皆以儒术为中心思想,其上者为阐明经义之作,其下者不过动辄"缘饰以儒术",流为肤浅空泛。至后汉王充《论衡》一书出,始以深刻的观察作广泛的文化的批评。曹操的政治,又一变汉之儒术而为名法,因而有王粲等的议论文。刘师培云:

> 王仲宣介乎儒法之间,其文大都渊懿,惟议论之文,推析尽致,渐开校练名理之风,已与两汉之儒家异贯。盖论理之文,"迹坚求通,钩深取极",意尚新奇,文必深刻,如剥芭蕉,层脱层现;如转螺旋,节节逼深。不可为肤里脉外之言及铺张门面之语,故非参以名法家言不可。仲宣即开此派之端者也。至于三国奏章,皆属法家之文,斩截了当,以质实为主。

王粲以外,尚有傅嘏,《三国志·傅嘏传》注引《傅子》曰:"嘏既达治好正,而有清理识要,好论才性,原本精微,鲜能及之。"与嘏同时善言名理者有荀粲,何劭为粲传曰:

> 粲字奉倩,诸兄并以儒术论议,而粲独好言道,常以为子贡称夫子之言性与天道不可得闻,然则六籍虽存,固圣人之糠粃。粲兄俣难曰:《易》亦云圣人立象以尽意,系辞焉以尽言,则微言胡为不可得而闻见哉?粲答曰:盖理之微者,非物象之所举也;今称立象以尽意,此非通于意外者也;系辞焉以尽言,此非言乎系表者也。斯则象

外之意,系表之言,固蕴而不出矣。及当时能言者不能屈也。

时又有裴徽,《管辂传》称其"有高才逸度,善言玄妙"。何劭《王弼传》云:

> 裴徽为吏部郎,弼未弱冠,往造焉。徽一见而异之,问弼曰:"夫无者,诚万物之所资也,然圣人莫肯致言,而老子申之无已者何?"弼曰:"圣人体无,无又不可以训,故不说也;老子是有者也,故恒言无所不足。"寻亦为傅嘏所知。

按以上诸人著述,多已散佚,然于此零星资料中,亦可看出"控名责实"的名家精神。诸人皆生在明帝太和年间,实早于何晏、王弼,因知何、王之倡玄风,自有其时代的渊源,不是突然而起的。故《文心雕龙·论说篇》云:"魏之初霸,术兼名法,傅嘏、王粲,校练名理;迄于正始,务欲守文,何晏之徒,始盛玄论;于是聃、周当路,与尼父争途矣。"

三、老庄与玄学并存的新思想

傅嘏、王粲等的校练名理,当儒术中衰之际,固适应了曹魏的刑名的政治形态,却没有建立出一新的思想体系,迨何晏、王弼出,才充实了这一时期思想的空虚。何晏,字平叔,祖父是何进。父早死,母亲再嫁给曹操,被曹操收养长大,他死的时候才二十多岁。他是一个天才的思想家,崇尚老庄,而有《道德论》之作;同时不废儒学,而有《周易解》及《论语集解》两书。与何晏齐名的王弼,字辅嗣,父业,是王粲的嗣子。初注《老子》,何晏见而惊伏曰:"若斯人,可与论天人之际矣。"又有《周易略例》一卷、《周易注》六卷、《论语释疑》三卷。弼与何晏初非相知,而所学竟相同,这与前辈的思想家傅嘏、王粲不能无影响。而王弼是王粲的孙子,尤有直接的渊源。关于他们俩共同的思想,据《晋书》卷四十三《王衍传》云:

> 魏正始中,何晏、王弼等祖述老庄,立论以为:"天地万物,皆以无为本。无也者,开物成务,无往不存者也。阴阳恃以化生,万物恃以成形,贤者恃以成德,不肖恃以免身,故无之为用,无爵而贵矣。"

无为便是随自然之运行,故夏侯玄云:"天地以自然运,圣人以自然用。"可是,王、何倡导老、庄,为一时玄风的领袖,而于《周易》、《论语》两书钻研亦深,亦不失为儒学之功臣。钱大昕《何晏论》云:

> 自古以经训专门者,列于儒林,若辅嗣之《易》,平叔之《论语》,当时重之,更数千载不废。方之汉儒,即或有间,魏晋说经之家,未能或之先也。

至于在行为上,两人也未曾放纵自恣,并不像阮籍、嵇康那样任性自然的风度。要知儒学与玄学并存,正是何、王的新思想体系,——即以老庄自然为体,儒学名教为用。所谓名教,便是法家刑名、儒家礼乐的合称。东晋初年范宁见当时士风,浮虚相扇,推寻其源,以为始于何、王,乃著论曰:"王、何蔑弃典文,不遵礼度,游辞浮说,波荡后生,饰华言以翳实,聘繁文以惑世。搢绅之徒,翻然改辙;洙泗之风,缅焉将坠。遂令仁义幽沦,儒雅蒙尘,礼坏乐崩,中原倾覆。"他将两晋之所以覆亡,不由于司马氏之政治而归罪于何、王之思想,这是司马氏的臣仆们共有的思想,原不足怪。因何、王虽倡玄学,却没有"蔑弃典文,不遵礼度"。要知真正以老庄自然主义的思想,见之于行为而破坏礼法的,是嵇康、阮籍,而不是何晏、王弼。

四、嵇康、阮籍

文学史上的巨匠嵇康、阮籍,他们两人正跨着魏晋之际这一不幸的时代。两人又都是有学识有思想有政治意识的人,两人与曹魏都有相当关系,却不愿转向于司马氏。嵇是曹魏宗室的女婿,官中散大夫,虽未尝参与国家大政,却是魏廷朝士。阮是曹魏建国的勋臣之后,他的父亲是阮瑀,是以文学襄赞曹操定霸业的,所以阮籍也是倾心于曹魏的。两人在当时都有大名,同为士林所宗仰。以如此的地位而不向司马氏投款,那是免不了要被迫害的。这时候何、王一派的老庄思想,正流行于士大夫之间,而这一流思想,既不像后汉党锢诸贤之所守,足招横祸;又不像逸民之遁藏,槁枯山林;只是"贤者持以成德,不肖持以免身"。因此嵇康接受了老庄思想。他的《幽愤诗》云:

> 嗟余薄祜,少遭不造。哀茕靡识,越在襁褓,母兄鞠育,有慈无

> 威。恃爱肆姐,不训不师。爰及冠带,凭宠自放。抗心希古,任其所尚。托好老庄,贱物贵身。志在守朴,养素全真。

他所希求的"贱物贵身",实即"不肖持以免身"的意思,这在何、王看来,已不是老庄玄学的第一等境界,但这在嵇康本身,是极为重要的。在他的诗中,常常流露出这种希求,如答二郭诗云:"但愿养性命,终已靡有他。"又云:"坎壈趣世务,常恐婴网罗。"而二郭给他的诗,都是怕他不能自保,郭遐周云:"勖哉乎嵇生,敬德在慎躯。"郭遐叔云:"天地悠长,人生若忽,苟非知命,安保旦夕?"此外阮德如答他的诗亦云:"潜龙尚泥蟠,神龟隐其灵,庶保吾子言,养贞以全生。"足见他所处的环境,不仅自己懔于生命的被危害,就是朋友们也为之放心不下,这便是他倾心于老庄思想主要的原因。

至于阮籍呢?《晋书》本传云:"籍本有济世志,属魏晋之际,天下多故,名士少有全者,籍由是不与世事,遂酣饮为常。"又云:"口不臧否人物。"嵇康《与山巨源绝交书》亦云:"阮嗣宗口不论人过。"以怀抱济世之志的人,竟沉湎于酒,不敢论人是非,那只有走向老庄的自然主义。他的《老子赞》云:

> 阴阳不测,变化无伦,飘飘太素,归虚反真。

惟不执著于现实,澹泊无为,才能"变化无伦","归虚反真",此正是当时老庄玄学的真谛。他于庄子则著有《达庄论》:

> 求得者丧,争明者失。无欲者自足,空虚者受实。夫山静而谷深者,自然之道也。得之道而正者,君子之实也。是以作智造巧者害于物,明是考非者危其身,修饰以显洁者惑于生,畏死而崇生者失其贞。

老庄一派的无为无欲的玄理,他阐明得最为透彻;而"明是考非者危其身"一语,却流露出生于乱世的危惧,这也就是嵇康所谓"贱物贵身"的意思。至于他以老庄的玄学塑出的人格是怎样的呢?《大人先生传》云:

> 不避物而处,所睹则宁;不以物为累,所逌则成;彷徉足以舒其

意,浮腾足以逞其情。故至人无宅,天地为客;至人无主,天地为所;至人无事,天地为故。无是非之别,无善恶之异,故天下被其泽而万物所以炽也。若夫恶彼而好我,自是而非人,忿激以争求,贵志而贱身,伊禽生而兽死,尚何显而获荣。

夫大人者,乃与造物同体,天地并生,逍遥浮世,与道俱成。变化散聚,不常其形;天地制域于内,而浮明开达于外。

他理想中的大人先生,与《庄子·天下》所谓"独与天地精神往来,而不敖倪于万物,不谴是非,以与世俗处"的人物,是同一典型的。他藉此逃避现实,藉此作为追求目标;那么,两汉以来维系现实社会的儒家礼法,必然地要被他所唾弃,他在行为上做出种种违背礼法的事,还挑战性地说:"礼岂为我辈设!"在《大人先生传》中抨击礼法之士,尤为刻毒。如云:

（世所谓君子,）唯法是修,唯礼是克;手执珪璧,足履绳墨;行欲为目前检,言欲为无穷则。少称乡党,长闻邻国,上欲图三公,下不失九州牧。……独不见夫虱之处乎裈中,逃乎深缝,匿夫坏絮,自以为吉宅也。行不敢离缝际,动不敢出裈裆,自以为得绳墨也。饥则啮人,自以为无穷食也。然炎丘火流,焦邑灭都,群虱死于裈中而不能出。汝君子之处域内,何异夫虱之处裈中乎?

与大人先生相反的人格的礼法之士,原是如此的不堪,他这种毫无保留的老庄思想,较之何、王以自然为体、以名教为用的思想已大有差别,他不折中于两者之间,却纯粹地作为老庄自然主义的思想者,再由内心的蕴蓄而表现于行为上的放诞。所以礼法之士恨他如仇,他也恨礼法之士如仇。于是"饥则啮人"如何曾一流人,见他居母丧时,犹饮酒食肉,当面骂他背礼乱俗。又拿出"以孝治天下"的幌子,劝司马昭将他"宜摈四裔,无令污染华夏"。要不是司马昭深知阮籍不会危害他的政权,故示宽容,那么早就遭到嵇康一样的命运了。

嵇、阮两人在当时既为士林所宗仰,两人饮酒放诞之行为,亦影响于同时的名士,《世说新语·任诞篇》云:

> 陈留阮籍、谯国嵇康、河内山涛三人年皆相比,康年少亚之。预此契者:沛国刘伶、陈留阮咸、河内向秀、琅玡王戎,七人常集于竹林之下,肆意酣畅,故世谓竹林七贤。

又《品藻篇》注引《魏氏春秋》曰:

> 山涛通简有德,秀、咸、戎、伶朗达有儁才,于时之谈以阮为首,王戎次之,山、向之徒,皆其伦也。

按《晋书》四十三《山涛传》云:"性好庄老,每隐身自晦,与嵇康、吕安善,后遇阮籍,便为竹林之交,著忘言之契。"大概山涛未仕于司马氏之前,其心迹殆同嵇、阮。他如王戎居丧,不拘礼制,饮酒食肉,或观弈棋,其行实类于阮籍。刘伶之《酒德颂》,又似籍之《大人先生传》。向秀尤为《庄子》一书的功臣,所注内外数十篇,"发明奇趣,振起玄风,读之者超然心悟,莫不自足一时也。"于此足证竹林七贤之聚合,其饮酒放诞,实出发于同一思想的基础。后来有些世族文人,一味放诞,失去内在的思想基础,此风虽始于竹林七贤,即非竹林七贤可比。《竹林七贤论》云:"是时竹林诸贤之风虽高,而礼教尚峻,迨元康中遂至放荡越礼。"《世说·任诞篇·注》云:"(乐广曰:)名教中自有乐地,何至于此?乐令之言有旨哉,谓彼非玄心,徒利其纵恣而已。"按《晋书》四十三《乐广传》云:"广与王衍,俱宅心事外,名重于时,故天下言风流者,谓王、乐为称首焉。"是时王澄、胡母辅之等,皆亦任放为达,或至裸体者,乐故以名教自有乐地讥之。然乐既是清谈巨子,何以讥王澄辈之放达?则由于乐之清谈,具有"玄心"——即老庄之名理;至若王澄辈,则徒事放达并无"玄心"故耳。虽然嵇、阮与王、乐固皆以老庄思想为主,又由于所处之环境及政治意识不同,而表现亦不同,故前者开放诞之风,后者为清谈所宗。

五、老庄玄学与佛教玄学合流的清谈

魏晋之际的思想界,虽以老庄哲学为主流,但佛教思想,亦滥觞于此时,尤以过江以后的六朝为最盛。按汉末洛都佛教,有两系统,至三国时,始传播于南方。其一为安世高的禅学,偏于小乘,其重要典籍为《安般守意经》、《阴持入经》、安玄之《法镜经》、康氏之《六度集经》等,而生于交趾之康僧会亦属此系统。其二为支谦之般若，乃大乘学。其重要典籍为《道行经》、《首楞严经》及支谦译之《维摩经》与《明度经》等。支谦、康僧会并系属西域而生长中土，深受华化，译经尚文雅，遂常掇中华名辞与理论，羼入译经中，是其学已非纯粹西域的佛教。安世高、康僧会之学说，主养生成神，犹是上承汉代的佛教；支谦之学说，主神与道合，则是与老庄玄学同流，两晋以后流行的佛学，即上接二支，而佛教在中国的玄学化亦正始于此时（参考汤用彤《汉魏两晋南北朝佛教史》）。

先是有牟子者，约于汉献帝初平四年(193年)作《理惑论》，推尊佛法。其后十七年阮籍生，三十年嵇康生，三十三年王弼生。《理惑论》之始出至何晏、王弼之死，共57年(193—249年)。此50余年中，中华学术发生一大变化。盖老庄玄学与佛教玄学，始则互相吸收，终则相辅而行，越往后来越加兴盛。

老庄道术，在顺乎自然，而旨在无为，故夏侯玄曰："天地以自然运，圣人以自然用。"何、王曰："天地万物皆以无为为本。"而佛教学者牟子教人守恬淡之性，观无为之行；以老子之要旨，譬佛经之所说，以证佛道在法自然，重无为；援老庄以入佛，当以牟子为首。其后东吴孙权时的支谦，译有《大明度经》第一品，其文略曰：

> 善业言，如世尊教，乐说菩萨明无极，欲行大道，当自此始。夫体道为菩萨，是空虚也；斯道为菩萨，亦空虚也。……吾于斯道，无见无得，其如菩萨不可见，明度无极亦不可见。彼不可见，何有菩萨当说明度无极。若如是说，菩萨意志不移不舍不惊不怛，不以恐受，不疲不息，不恶难，此微妙明度与之相处，而以发行，则是可谓随教者也。

此译系援用中国玄谈之所谓"道"，以与"般若波罗蜜"相比附，玄学家谓道微妙虚无，此曰"道亦虚空"，亦犹牟子曾谓无前无后之道也。玄学家谓至人澹泊无为，此曰菩萨体道是空虚也。与道相应不移不舍不惊不怛，亦犹牟子曾谓在污不染在祸无殃也。至如阮籍《老子赞》所谓"阴阳不测，变化无伦"，又《大人先生传》所谓"夫大人者，乃与造化同体，天地并生，逍遥浮世，与道俱成"，与支谦译文，理趣几无二致。又传云："变化散聚，不常其形。"则与牟子所谓"佛恍变化"、"分身散体"，以及"能小能大"，亦复相似。足证魏晋之际，老庄玄学与佛教玄学，已成相辅而行互相吸收之局。

以上足以证明魏晋之际老庄玄学与佛教玄学合流的倾向。然儒学衰微,老庄复兴,固属魏晋之际思想界一大变动,但同属中土旧有的思想,不过因时代因素互相消长而已。可是到了魏晋之际,西来佛教玄学,何以能与老庄玄学相吸收而不相拒抗?这与当时政治的关系,最为重要。因为东汉末年的党锢,士大夫所遭遇的迫害,至曹魏的新政权时却依然存在,如孔融、祢衡、杨修之见嫉于曹操,不惜用卑鄙的手段将他们置之于死地。这三个人都是当时士林所仰望的人,但处于极威之下,也只有对之痛心而已。曹魏末年,司马氏以狼顾狐媚猜忌残忍的伎俩,学曹操父子之所为,于是有节概不甘心于臣仆的人,栖心于老庄的玄学以求解脱,同时外来的佛教思想,又是谈空说无而厌弃尘世的,此与老庄道术既不相违,遂不觉得而有所契合。

司马氏统一天下以后的短短30余年中,内有贾后之祸,外有八王之乱,其社会民生,固不堪言,就是文士如张华、裴颜、陆机、潘岳、石崇、欧阳建等,都牺牲于司马氏家族内哄之中。于是士大夫们凛惧于生命的危险,自然地接受了与老庄旨趣不相违背的佛教思想。正始玄风,至此又增加以新的力量。王、何一派的清谈家,以老庄思想为"玄心",过江以后,则老庄佛教日趋合流,而名士与名僧也就日益接近。《晋书·谢安传》谓:"(安)寓居会稽,与王羲之及高阳许询、桑门支遁游处,出则渔弋山水,入则言咏属文。"于此可见名士与名僧结合之亲密,而支遁不仅为佛学大师,于《庄子》书亦深有会心,尤善谈《逍遥游》,为江左名士所倾倒。王濛比之如王弼,殷融比之若卫玠,辅嗣、叔宝乃魏晋清谈家的领袖,是支遁之见重于江左名士可以想象了。

六、自利主义清谈家人生观

清谈家都是政治上有崇高地位的人,而王、谢两大门阀实为之领袖,故后来王敬则有"麈尾是王谢家物"之言。正始之风,既经高门世族为之倡导,遂成风尚。于是而有"口谈浮虚,不遵礼法,尸禄耽宠,仕不事事"的恶习。《晋书·愍帝纪》论之尤为痛切:

> 学者以老庄为宗,而黜六经,谈者以虚荡为辨,而贱名检;行身者以放浊为通,而狭节信;进仕者以苟得为贵,而鄙居正;当官者以望空为高,而笑勤恪;是以刘颂屡言治道,傅咸每纠邪正,皆谓之俗吏。

虽然麈尾清谈，以为高逸，而朝廷清要之位却不放弃，反视勤恪者为可笑，言治道者为俗吏。永嘉之时，已经如此，到了江左，此风更盛，东晋亡后，此风至梁、陈而不衰。故江左世族无功臣，多以寒族掌机要，此种清谈家的人生观，形成绝对的自利主义。故蔡元培先生云："清谈家之思想，并截然舍儒而合于道佛也，彼盖灭裂而杂糅之。彼以道家之无为主义为本，而于佛教则仅取厌世界想，于儒家则留其阶级思想及有命论。有阶级思想，而道、佛两家之人类平等观，儒、佛两家之利他主义，皆以为不相容而去之。有厌世思想，则儒家之克己、道家之清净，以至佛教之苦行，皆以为徒自拘苦而去之。有有命论及无为主义，儒家之积德，佛教之济度，又以为不相容而去之。于是其所余之观念，有等也，厌世也，有命而无可为也，遂集合而为苟生之为我论。"大体看来，正始年间，何、王清谈，尚不失为老庄玄学之倡导；过江以后的清谈，诚如蔡先生所谓"苟生之为我论"，已失却了玄学的基础。

从文学角度看《文选》所收齐梁应用文

曹道衡

导言——

本文初刊《文学遗产》1993年3期，后收入俞绍初、许逸民主编《中外学者文选学论集》（中华书局，1998年）。

作者曹道衡（1928—2005），江苏苏州人。1952年毕业于北京大学，任中国社会科学院文学研究所研究员、博士生导师。

南北朝时代有所谓"文笔之辨"，大抵以有韵之文为"文"，无韵之文为"笔"。多数应用文被归入"笔"的一类。实际上，当时人并没有将"笔"或应用文排斥于文学范畴之外，相反，《文选》、《文心雕龙》等书对这类作品都很重视。本文以《文选》中所收齐梁应用文为例，分析论证诏令、策文、碑志、章表、书笺等应用文体的文学性。这些作品讲究文采、声律、用典，文章之美甚至不下于诗赋，有些还是文学史上脍炙人口的名篇。在篇末，作者特别强调应用文对于文学创作及文学史研究的重要意义。

本文论据充分，立说平允，对于理解魏晋南北朝人的文学观念及其文学创作颇有裨益。

我国古代人关于"文"的概念,有一个发展的过程。先秦到两汉现存的无韵之文,大抵不外乎历史或哲学著作以及一些应用文,属于纯文学的散文实在很少见。魏晋以后传诵的散文或骈文名篇亦多为应用文。当时的文论家们大抵都把应用文当作文学作品来论述。如曹丕在《典论·论文》中说到对各种文体的要求时说:"盖奏议宜雅,书论宜理,铭诔尚实,诗赋欲丽。"陆机在《文赋》中说:"诗缘情而绮靡,赋体物而浏亮。碑披文以相质,诔缠绵而凄怆。铭博约而温润,箴顿挫而清壮。颂优游以彬蔚,论精微而朗畅。奏平彻以闲雅,说炜晔而谲诳。"这里所说的各种文章,除了诗、赋两类以外,都大抵有其实用目的。可见在当时人看来,应用文是文学的重要组成部分。所以被称为我国最早的文章选本——晋杜预的《善文》,从现存的佚文看来,主要选录的是一些应用文①。后来挚虞的《文章流别论》、李充的《翰林论》,都把应用文和诗赋等并列于文学之中。到了南北朝时代,人们开始谈论所谓"文笔之分",以为有韵之文叫"文",无韵之文叫"笔"。这样,多数应用文就被归入"笔"的一类。然而他们并没有把"笔"放在文学范畴之外。《南史·颜延之传》载颜延之对宋文帝论及他儿子们的才能时说"竣得臣笔,测得臣文",对二者并不作高下之分。齐梁间文学批评家刘勰在《文心雕龙》中,不但有不少篇幅论到应用文的写作,甚至还论及史书与诸子。梁昭明太子萧统编纂的《文选》,虽然明确地把"经"、"史"、"子"三种典籍放在选录的范围之外,但仍然采录了许多应用文。据他在序中说:"又,诏诰教令之流,表奏笺记之列,书誓符檄之品,吊祭悲哀之作,答客指事之制,三言八字之文,篇辞引序,碑碣志状,众制锋起,源流间出。譬陶匏异器,并为入耳之娱,黼黻不同,俱为悦目之玩。"简文帝萧纲在《与湘东王书》中也说:"至如近世谢朓、沈约之诗,任昉、陆倕之笔,斯实文章之冠冕,述作之楷模。"这里提到的任昉、陆倕,传世之作亦多属应用文。这说明在南北朝人提出"文笔之分"以后,应用文被视为文学作品的看法,仍未改变。

从南北朝人现存的文章来看,其中不少名篇,也多属应用文。他们对这些文章的要求也和许多文学作品一样,必须如萧统在《文选序》中所说的那样:"事出于沉思,义归乎翰藻。"这是因为当时社会的风气,认为文字的优劣,

---

① 始《史记·李斯列传》集解引佚名《与章邯书》,即属应用文。又《隋书·经籍志》著录此书,与《山公启事》、《范宁启事》等并列,亦可为一证。

标志着作者的身份和教养。他们把文章欠佳,看作有失体面。据《宋书·临川王义庆传》载,刘宋临川王刘义庆因为幕下有着袁淑、何长瑜、鲍照等著名文人,所以宋文帝刘义隆"与义庆书,常加意斟酌"。这就使当时的应用文,均讲求辞采。有些文人之所以驰名文坛,似乎主要就在于他们擅长这些文章的写作。如南齐名臣王俭,据钟嵘在《诗品》中说他"既经国远图,或忽是雕虫",对他的诗并不赞赏,但《南齐书·王俭传》则说他"手笔典裁,为当时所重"。《文选》中选录他的作品,也仅取其《褚渊碑文》。同时稍后的王融、刘绘,钟嵘也说他们"并有盛才,词美英净",但又认为他们不擅长五言诗。梁代的任昉,虽然因为当时流行"任笔沈诗"之说而深以为恨,但同时的诗人范云在写作章表时,却要请他代笔。这些应用文的作者,其实也未始不能作诗,只是他们在文章方面的声名大于诗歌。这说明应用文在当时文学领域里,是不同于诗赋的另一重要组成部分。

南北朝,尤其是齐梁的诗赋和应用文在文体上虽有不同,但在遣辞、造句、用典、讲究对仗和声律等方面,却又有许多共通之处。例如钟嵘在批评当时人作诗用典过多时,认为此风始于刘宋的颜延之、谢庄及齐梁的任昉和王融。这些人在当时,都是写作应用文的名家。他们的应用文正是以善于用典为重要特色。又如声律论的提出,虽始于诗赋,却也推广而运用于骈文。这说明诗赋和应用文的写作技巧,总是不断地互相影响着。我们要研究当时诗赋等纯文学作品的发展情况,似乎也很有必要来对当时的应用文作一些必要的探讨。在这里,我想以《文选》中所录的几篇齐梁应用文为例,谈一些初步看法,请大家指正。

(一)

南北朝的骈文发展到齐梁时代,由于声律说的出现,才真正成熟。因此从前人写作骈文,常常以齐梁文章为楷模。在齐梁骈文中,有一部分是文人们代帝王草拟的诏令、策文,在当时特别受人重视。奉命写作这些文章,曾被视为"殊荣",因此多为作者精心构思之作。这种文章不但在风格上要求写得典雅庄重,而措辞更要得当,以便适应帝王的要求。一些文人在写作这些文章时,也多少能显示出他们的才华。例如:《文选》所收王融的《永明九年策秀才文》和任昉的《天监三年策秀才文》,是同一体裁的文章,文中也都讲到了农业和国用问题,却各具特色。王融在文中写道:

> 朕式照前经，宝兹稼穑。祥正而青旗肃事，土膏而朱纮戒典。将使杏花菖叶，耕获不愆；清畎泠风，述遵无废，而释耒佩牛，相沿莫反；兼贫擅富，浸以为俗。若爰井开制，惧惊扰愚民；焉卤可腴，恐时无史白。兴废之术，矢陈厥谋。

这段话，几乎每句一典。"杏花菖叶"等句形象生动，颇有诗意。文中提到了土地兼并问题，也讲到了兴修水利问题。他提出了"爰井开制"和"焉卤可腴"的设想，又讲到了实施时的困难，把齐武帝打扮成一个励精图治，又能虚心征求别人意见的样子。其实，"爰井开制"既属空想，而"焉卤可腴"亦乏具体方案。文中说的实为冠冕堂皇的空话，并无实行之意。但这种措辞却有利于美化齐武帝，并且投合了他标榜的"以富国为先"（《南齐书·武帝纪》）的心意。至于任昉的文章，则又是一种口气。他在文中首先夸耀梁武帝起兵时"长驱樊邓，直指商郊"，把梁武帝比作周武王。他又斥责齐末之弊为"衣冠礼乐，扫地无余"。他认为当时的情势是"百度草创，仓廪未实"，把一切责任推在齐末，接着又发问说：

> 若终亩不税，则国用靡资，百姓不足，则恻隐深虑。每时入刍稿，岁课田租，愀然疚怀，如怜赤子。今欲使朕无满堂之念，民有家给之饶，渐登九年之畜，稍去关市之赋。

这段话显出一副悲天悯人的面目，所提问题比王融的调子更高，而内容则更空洞。因为这篇文章是代一位刚登上皇位的君主说的，更须要笼络人心。文中"每时入刍稿"几句，显然是迎合梁武帝的口味。因为梁武帝喜欢标榜他"自除公晏，不食国家之食"，"乃至宫人，亦不食国家之食"（《梁书·贺琛传》）。这种"策秀才文"本是封建社会中的官样文章，它所提出的问题，并不要求切中时弊，但文字却要典雅严整，既能显示帝王的尊严，又要投合他们的心态。这就要求作者既娴于文笔，且须审时度势，善于辞令。这种文章在过去曾受到重视，那是由于当时的历史原因。但在今天看来，其琢句和修辞方面的一些技巧，仍有可以借鉴之处。

那些文人代统治者起草的公文中，还有一些诏令，在雕饰辞藻方面，也颇可注意。如：梁任昉所作的《宣德皇后令》，是以南齐文惠太子萧长懋之妻王氏的口吻来颂扬梁武帝"功德"的。这时南齐的大权,实际上已落在梁武帝手中,被尊为"太后"的王氏,不过是个傀儡。因此这篇《宣德太后令》实际上是在替梁武帝自我吹嘘,但表面上又须装出一副太后褒奖大臣的架势。任昉在文中对梁武帝的才德竭情崇扬,称其:

  博通群籍,而让齿乎一卷之师;剑气凌云,而屈迹于万夫之下;辩析天口,而似不能言;文擅雕龙,而成辄削稿。

短短42字,把梁武帝的学识、武略、口才和文章都一一作了颂扬,又突出了他谦让之德。这里几乎每句都用典,却用得很自然,语气庄重而文字简洁,更符合太后的口吻。这篇文章也颇注意辞采的雕琢。如写到梁武帝攻灭齐东昏侯萧宝卷时说:

  白羽一麾,黄鸟厎定,甲既鳞下,车亦瓦裂。

这里用了《吕氏春秋》和《鹖子》中所记周武王伐纣的典故,以"白羽"对"黄鸟",颇为工切,以"甲既鳞下"和"车亦瓦裂"形容萧宝卷军队的溃败,用的是《尚书大传》中的典故,却显得很自然,而且颇有形象性。这样熟练地使用典故和辞藻,也起着丰富文学语言的作用。

(二)

  齐梁时代的一些为统治者藻饰太平或歌功颂德的文章,其内容虽无足称道,而其写作技巧也未必没有可取之处。例如王融的《三月三日曲水诗序》,在当时曾被视为名作,并且名声传到了北朝。现在看来,文中写帝王出行,群臣随从的景象颇为壮观:

  禁轩承幸,清宫俟宴,缇帷宿置,帟幕宵悬。既而灭宿澄霞,登光辨色,式道执殳,展轮效驾,徐銮警节,明钟畅音。七萃连镳,九斿齐轨。建旗拂霓,扬葭振木。鱼甲烟聚,贝胄星罗。重英曲瑶之饰,绝景遗风之骑,昭灼甄部,駔骏函列。虎视龙超,雷骇电逝,轰轰隐隐,纷纷䰌䰌,羌难得而称计。

文中写到文武官员盛装随驾，威仪严整，在晨光中侍从皇帝来到芳林园游宴之状，显得气派非凡，以突出"天子之尊"。文中用"灭宿澄霞，登光辨色"八字写早晨天刚亮的景色；用"建旗拂霓"等句形容仪仗之盛，有声有色，颇为生动。这段文字并不长，却与汉代一些辞赋中写帝王出猎的片段有异曲同工之妙。据《南齐书·王融传》载，北魏使者宋弁看了此文说："昔观相如《封禅》，以知汉武之德，今览王生《诗序》，用见齐王之盛。"可见此文在当时受人称叹的情况。

梁陆倕的《石阙铭》，在过去亦被视为骈文中的名篇。此文是奉梁武帝之命而作。文中写到梁武帝起兵讨伐齐东昏侯时的战绩：

> 夏首凭固，庸岷负阻，协彼离心，抗兹同德。帝赫斯怒，秣马训兵，严鼓未通，凶渠泥首。弘舸连轴，巨槛接舻；铁马千群，朱旗万里。折简而禽庐九，传檄以下湘罗。兵不血刃，士无遗镞，而樊邓威怀，巴黔厎定。于是流汤之党，握炭之徒，守似藩篱，战同枯朽。革车近次，师营商牧。华夷士女，冠盖相望，扶老携幼，一旦云集。壶浆塞野，箪食盈途，似夏民之附成汤，殷士之窥周武。

这段文字夸耀梁武帝的武力之盛和他的得到百姓拥护，颇有溢美之辞。但文章气势雄壮，语言亦颇具雕藻。如以"弘舸连轴"四句，写梁武帝的军队水陆并进，直指建康的情形，其中前二句写水军，后二句写陆军，都很能道出军容之盛。从文字上说，琢句亦颇工巧。其中前两句与后两句都是很工整的对仗，并且采取了"平平平仄"对"仄仄仄平"；"仄仄平平"对"平平仄仄"的句式，完全符合骈体文声律的要求。文中使用的典故亦颇巧妙。如"壶浆"二句，本出《孟子》记商汤伐葛伯时，百姓迎接商军之事。这里在"壶浆"和"箪食"后面加上"塞野"、"盈途"两个形容词，使语气加强。用"壶浆"配"塞野"，以"箪食"配"盈途"亦充分注意到了对句中的平仄声律。文中用"守似藩篱，战同枯朽"形容齐东昏侯的军队不堪一击。这里的"藩篱"与"枯朽"对举，是形容其不坚固。据李善《文选注》说"藩篱"二字出于贾谊《过秦论》，但贾谊原文并无不牢固的意思。此文的用法似和南齐王巾《头陀寺碑》中"九十六种无藩篱之固"的用法相近[①]。不过一个是说还不如篱笆坚固，一个是把防线比作篱笆，都体

[①] "王巾"，清何焯等人说应作"屮"，是"左"字古写。但据清梁章钜、胡绍煐考证，字仍当作"巾"。参看胡氏《文选笺证》卷三十二。

现出作者遣辞时的技巧。

（三）

在封建社会中，碑志一类文章也是文人们经常写作的酬世文字。现存南北朝的碑志，大部分是北朝的遗物。据任昉《为范始兴作求立太宰碑表》说："昔晋氏初禁立碑"，南朝仍沿袭此制，故立碑甚少。《文选》中所收南北朝碑文，仅齐王俭《褚渊碑文》、王巾《头陀寺碑》和梁沈约《齐故安陆昭王碑》三篇。但这三篇碑文亦有其特色。因为北朝的碑文，一般都用散体，文字比较质朴。齐梁人作碑文，则多用骈体，颇重辞藻，而且常有文学意味。如王俭的《褚渊碑文》在当时颇有名。褚渊其人在宋齐之际官做得很大，政治上却并无多大建树。王俭在碑文中记述他的事迹时，措辞很费苦心。他写到了宋末桂阳王刘休范之乱，对刘休范的声势写得很盛：

> 鼓桴则沧波振荡，建旗则日月蔽亏，出江派而风翔，入京师而雷动。鸣控弦于宗稷，流锋镞于象魏。

这段描写颇为形象。根据史籍的记载，这里所写的状况，基本符合史实。但褚渊在平定这场战乱时，并无突出的功劳。王俭却说："康国祚于缀旒，拯王维于已坠，诚由太祖（齐高帝萧道成）之威风，抑亦仁公之翼佐。"这样既歌颂了萧道成，也抬高了褚渊，从当时的条件来看，话说得比较得体，也颇有辞藻。文中写到褚渊和萧道成的关系时说：

> 出陪銮躅，入奉帷殿。仰南风之高咏，餐东野之秘宝。雅议于听政之晨，披文于宴私之夕，参以酒德，间以琴心，暧有余晖，遥然留想。君垂冬日之温，臣尽秋霜之戒，肃肃焉，穆穆焉，于是见君亲之同致，知在三之如一。

这里把萧道成和褚渊的君臣关系写得这样融洽，而又很风雅。文中所用典故，大抵出于《尚书》、《礼记》、《左传》等儒家典籍，而用得颇为自然，不见腐气。

同样，沈约的《齐故安陆昭王碑》也是一篇富有辞藻的碑文。所谓"安陆昭王"即齐明帝之弟萧缅。从《南齐书》本传看来，萧缅其人虽做过几任地方官,据云官风尚好,但事迹甚少,在政治上并无突出成绩。沈约在碑文中则大大地崇扬了他的政绩。因此清人谭献评此文说:"前后谀颂已甚。"但他又说此文"似健于仲宝(指王俭)"。这是因为此文在辞采方面确有可以称道之处。如写到萧缅曾任雍州刺史时说:

> 方城汉池,南顾莫重。北指崤潼,平途不过七百;西接崤武,关路曾不盈千。蛮陬夷徼,重山万里。小则俘民略畜,大则攻城剽邑。晋宋迄今,有切民患,烽鼓相望,岁时不息。椎埋穿掘之党,阡陌成群,慠法侮吏之人,曾莫禁御。累藩咸受其弊,历政所不能裁。加以戎羯窥窬,伺我边隙,北风未起,马首便以南向;塞草未衰,严城于焉早闭。

这里说的是南朝雍州刺史所在地的襄阳。此地既是南北朝的边境,又是当时被称为"蛮"的少数民族聚居之地。在这里任地方官,确有其困难。沈约在这里用百余字的文章,写出了地理环境的险恶,南北朝的军事形势和少数民族强悍不驯的风俗,并无一字说到萧缅。但夸张雍州之难治,也起到了颂扬身为雍州刺史的萧缅的作用。文中"北风"四句对仗工整,声律调和,却又很形象地突出了边境上形势吃紧的气氛。

在齐梁碑文中,王巾的《头陀寺碑》的性质和上两篇不同。此文被谭献称为"南朝有数名篇"。这篇碑文主要是宣扬佛教的。佛教的教义,素称玄奥难解,而此文用流丽的骈文写成。钱钟书先生曾称赞此文说"按余所见六朝及初唐人为释氏所撰文字,驱遣佛典禅藻,无如此碑之妥适莹洁者",并且还说此文"叙述教义,亦中肯不肤"(《管锥编》第1442页)。文中写头陀寺的位置说:"南则大川浩汗,云霞之所沃荡;北则层峰削成,日月之所回薄。西眺城邑,百雉纡余;东望平皋,千里超忽,信楚都之胜地也。"文字简洁而有气势。文中又云:

> 巨丘被陵,因高就远,层轩延袤,上出云霓,飞阁逶迤,下临无地。夕露为珠网,朝霞为丹雘。九衢之草千计,四照之花万品。崖谷共清,风泉相涣。金资宝相,永藉闲安;息心了义,终焉游集。

其中"居轩"四句,历来论者早已指出是唐王勃《滕王阁序》中名句"层峦耸翠,上出重霄;飞阁流丹,下临无地"等句所自出。"夕露"、"朝霞"的描绘生动有致。"崖谷"两句,亦深具韵致。此文的铭词,谭献评为"秀出",其中"倚据崇岩,临眺通壑;沟池湘汉,堆阜衡霍。肮肮亭皋,幽幽林薄"诸句,亦很有诗意。以"崇岩"对"通壑","肮肮亭皋"对"幽幽林薄",也很工整。显示出骈文的辞藻之美。

（四）

在齐梁文中,臣下向皇帝奏事的章表,也都使用骈体。在这方面,《文选》中选录的任昉之文较多。其中比较著名的要算《奏弹曹景宗》。曹景宗是随从梁武帝起兵的将领,天监三年,梁魏间发生战争。曹景宗当时是郢州刺史,奉命率兵去援救被围困的司州刺史蔡道恭。他却逗留不进,致使蔡道恭忧愤发病死于围城之中,司州亦随着失陷。曹景宗在听到司州失守的消息后,仓促败退,使三关也陷于北魏。任昉因此上章弹劾。在这篇弹文中,任昉先讲到了梁军在各战场上的胜利,然后说到司州,把曹景宗的畏缩不前和蔡道恭的固守穷城作了比较。他说:

> 故司州刺史蔡道恭,率厉义勇,奋不顾命,全城守死,自冬徂秋,犹有转战无穷,亟摧丑虏。方之居延,则(李)陵降而(蔡道)恭守;比之疏勒,则耿存而蔡亡。若使郢部救兵,微接声援,则单于之首,久悬北阙,岂直受降可筑,涉安启土而已哉。实由郢州刺史臣景宗,受命致讨,不时言迈,故使蝟结蚁聚,水草有依。方复按甲盘桓,缓救资敌,遂令孤城穷守,力屈凶威。虽然,犹应固守三关,更谋进取,而退师延颈,自贻亏衄。疆场侵骇,职是之由。不有严刑,诛赏安置。

这段文字义正辞严,对蔡道恭的颂扬实际上也是对曹景宗顿兵不进的鞭挞。一扬一抑,处处显示出曹景宗对这次战争的失利负有完全责任,笔势凌厉,铿锵有力。文中还指责曹景宗身受梁武帝恩宠,本应竭力效命,却丧师辱国,强调"生曹死蔡,优劣若是。惟此人斯,有觍面目",更是画龙点睛地突出了这种鲜明的对比,给人强烈的印象。正如清人谭献所说,此文"可谓笔挟风霜"。除了《奏弹曹景宗》外,任昉这类文字还有《文选》中所收的《奏弹刘整》和《梁书》所收的《奏弹萧颖达》、《奏弹范缜》。但都不如此文那样文风骏爽,具有强烈的感情。

任昉的另一些奏议则亦有特色。《文选》中所录他所作奏表,大抵是代别人所作。这些表在措辞上常有很大的难度。如他的《为齐明帝让宣城公第一表》,作于齐郁林王萧昭业被废,海陵王萧昭文初立之际。这时南齐朝廷的大权已落入齐明帝萧鸾的手中。他这次由西昌侯进封宣城郡公并加官为骠骑大将军、扬州刺史,本出于他自己的意志,而且他的目标实为夺取皇位作准备。所以他的辞让封爵,本无诚意,不过是当时的惯例,受封爵以前,应该上表表示谦让。但任昉写作此表时,不能不把他妆点成很诚恳的样子。此表还有一个重要的历史背景是在于萧鸾在齐武帝临死时,地位本在竟陵王萧子良之下。根据齐武帝的遗命,是要萧子良对萧昭业"善相毗辅",提到萧鸾时只是说"与鸾参怀共下意"(《南齐书·武帝纪》)。但齐武帝死后,萧鸾却一手排挤萧子良,使之忧惧而死,接着又废黜了萧昭业。任昉对这种情况显然很清楚。他为了给萧鸾开脱,就把萧昭业被废原因说成是"虽嗣君弃常,获罪宣德(太后)"。另一方面,他又要隐讳萧鸾排挤萧子良,独占政权的事实,因此就把萧鸾打扮成齐武帝临终时唯一的顾命大臣。他以萧鸾的口吻说:

何者?亲则东牟,任惟博陆,徒怀子孟社稷之对,何救昌邑争臣之讥,四海之议,于何逃责?且陵土未干,训誓在耳,家国之事,一至于斯。非臣之尤,谁任其咎?将何以肃拜高寝,虔奉武园?

句句是自责,却又处处回护,处处在抬高萧鸾的地位。这篇文章可谓煞费苦心,显示出任昉之老于刀笔。但萧鸾对此文并不真正理解,竟"恶其辞斥,甚愠,昉由是终建武中,位不过列校"(《梁书·任昉传》)。萧鸾的这种态度是出乎任昉意料之外的。所以谭献评此文云:"绝似血诚喷薄,而出自代言,反以获咎。颠危之世,不合以文字事人,君子慎之。"

任昉还有一篇给人代笔的奏议,亦颇可玩味。这就是他的《为范始兴作求立太宰碑表》。这篇章表是代范云向齐明帝要求给已故的萧子良立碑。萧子良实际上是齐明帝的政敌,但出于种种政治原因,齐明帝并未把这种对立公开化。然而他这时正在杀害齐高帝和武帝的子孙,这是众所共见的。任昉对这种情势有充分的了解。他深知既要求为萧子良立碑,不得不对他作些颂扬,但这种颂扬,又不要太具体、太热烈,以免触怒齐明帝。因此文中对萧子良的功德只简单地作了几句抽象的褒扬,而着重写的却是范云和萧子良的关系。他说:

> 策名委质,忽焉二纪,虑先犬马,厚恩不答;而弊帷毁盖,未蒪蝼蚁,珠襦玉匣,遽饰幽泉。

这几句话是以范云早年曾在萧子良幕下任职,把范萧的私人关系作为理由。在封建社会中,这样的要求显得很合情理。文章接着又说:

> 陛下弘奖名教,不隔微物,使臣得骏奔南浦,长号北陵。既曲逢前施,实仰觊后泽。

措辞十分婉转,又缠绵动人。这样说话,既称颂了齐明帝,也不致于得罪。当然,在当时,要求为萧子良立碑,本难得到允准,此表亦未达到目的。然而从文章的措辞巧妙而论,仍体现了任昉的苦心。所以骆鸿凯在《文选学》中曾认为"喜辞令美妙之法,法任昉"(第331页),大约就是指此类文章而言。

(五)

《文选》中的"书"和"笺"两类文章,在今天看来,均属于书信。只是"书"一般使用于和作者身份相等的人;"笺"则用于地位较高的人。这些文章较之奏议要自由活泼,也常常更能流露作者的真实情感。因此这部分文章的文学价值一般较高。如著名诗人谢朓的《拜中军记室辞隋王笺》,是一篇绝妙的骈文。此文是谢朓在永明十一年秋从荆州被召回建康后,写给隋郡王萧子隆的告别信。据《南齐书·谢朓传》载,谢朓在荆州时,因为萧子隆"好辞赋,数集僚友,朓以文才,尤被赏爱,流连晤对,不舍日夕"。谢、萧二人虽是上下级,交情却很深。但因萧的长史王秀之在齐武帝面前说了谢朓的坏话,因此谢被召回调职。谢朓对这次调职很不满意。他在信中用形象的比喻来表达自己对萧子隆的眷恋和被调的悲怨:

> 朓闻潢汙之水,愿朝宗而每竭;驽蹇之乘,希沃若而中疲。何

则？皋壤摇落,对之惆怅,歧路西东,或以欷唈。况乃服义徒拥,归志莫从。邈若坠雨,翩似秋蒂。

流露出深沉的无可奈何之感。尤其用"坠雨"、"秋蒂"两个形象来表现自己的处境,颇为贴切。他追叙了在荆州时受到萧子隆的厚待,接着笔锋一转,用"不悟沧溟未运,波臣自荡;渤澥方春,旅翩先谢"来比喻萧子隆对自己恩遇方隆,而自己命运不利,竟被召回。文中写到自己被召回后"清切藩房,寂寥旧荜。轻舟反溯,吊影独留。白云在天,龙门不见。去德滋永,思德滋深",更显得情真意切。这篇文章虽然也用典,却用得自然而贴切。清人许梿评此文"通篇情思宛妙,绝去粉饰肥艳之习,便觉浓古有余味"(《六朝文絜》卷六)。这是很确当的。

梁丘迟的《与陈伯之书》,也是齐梁文中的名篇。陈伯之本是梁武帝起兵后归降的南齐将领,后叛降北魏。天监五年,梁军北伐,梁将吕僧珍托丘迟作书招降陈伯之,丘迟就写了此文。陈伯之据《梁书》本传说他"不识书",他后来的复归梁朝,未必是此文起了作用。不过丘迟此文确实写得很富文采。他对陈伯之喻之以理,动之以情,笔锋颇犀利。如对陈伯之前后的处境作对比说:

昔因机变化,遭遇明主,立功立事,开国称孤。朱轮华毂,拥旄万里,何其壮也。如何一旦为奔忙之虏,闻鸣镝而股战,对穹庐以屈膝,又何劣邪!

这确实足以使对方汗颜。接着,作者又告诉陈伯之,"将军松柏不翦,亲戚安居,高台未倾,爱妾尚在",打消了对方的顾虑。文中尤其传诵的名句是:

暮春三月,江南草长,杂花生树,群莺乱飞。见故国之旗鼓,感平生于畴日,抚弦登陴,岂不怆恨!

陈伯之虽然祖籍济阴睢陵,却长期居于江南,用乡情来打动陈伯之,应该是有力量的。"暮春"四句,短短16字,写出了江南春天明媚的景色,更为动人。所以历来的文学史著作在讲到六朝骈文时,大抵都以此文为突出的例子,说明这篇文章的文学价值已为大家所公认。

梁刘峻的《重答刘秣陵诏书》,在书信一类中比较特殊。因为刘诏生前曾对刘峻的《辨命论》提出驳难,刘峻曾作过答复。后来刘诏就此又作诘难,刘峻因遭兄丧,未曾见到。等刘诏死后,别人在他家中发现其遗作,刘峻才写了答文。这篇《重答刘秣陵诏书》,据清人何焯说"此似重答刘书之序"(《义门读书记》卷四十九)。钱钟书先生在《管锥编》中亦同意此说。刘峻和刘诏在关于命运问题的论难中是对手,而交谊则颇笃。刘峻说到自己此文写出时刘诏已不及见时称:

若使墨翟之言无爽,宣室之谈有征。冀东平之树,望咸阳而西靡,盖山之泉,闻弦歌而赴节。但悬剑空垄,有恨如何!

这里每句一典,对仗工整,在无可奈何的情况下寄希望于鬼神的存在。但他毕竟不能相信鬼神实有,只能像春秋时季札挂剑于徐君之墓那样,聊表心意。这种惆怅之情,显示了二人间的深情。此类文字,已属纯粹的抒情之作,当然不能因为它是"书"或"序"而否认它是文学作品。

综观我国古代所谓"文",不论是散文或骈文,其中很大一部分均属应用文。即使在唐代韩愈和柳宗元提倡"古文运动"以后,在当时流行的公文中,仍多用骈体,所以应用文在骈文中所占比重尤大。再说古代人论文,常常以辞令之妙作为文章的一大优点。因为古代文人们谋生之道,主要是做官或做幕僚。这就使他们必须善于写作一些应用文字。他们对这种文字的要求,似乎主要是强调其措辞的技巧。例如清人金圣叹评《左传》中的《吕相绝秦》,就明确说:"修辞驾罪何足道,止道其文字。"(《天下才子必读书》)历来论者重视任昉等人的应用文,采取的也是这个态度。因此"善于辞令"就成了古人论文的一个重要方面。对这种技巧,我们似乎也不应全部否定。

再说应用文与纯文学作品的相互影响是非常明显的。古代不少纯文学作品,实际上是采用应用文的形式,如:汉王褒《僮约》,用的就是当时契约的形式;南齐孔稚珪的《北山移文》,当属游戏之作,但其体裁则和魏晋以后的檄文十分相近;梁沈约的《修竹弹甘蕉文》也是采用应用文的体裁。这样的例子实不胜枚举。还有一些文学散文,实际上导源于应用文和学术著作。如唐柳宗元的"永州八记"等文章,在手法上显然受了梁吴均《与朱元思书》、《与顾章书》及《水经注》中写景文章的影响。相反地，有些应用文，在技巧上也深受纯文学作品的影响。如魏晋六朝以来的祭文，莫不取法《楚辞》以及贾谊《吊屈原赋》、司马相如《哀二世赋》。因此我们今天研究文学史，对待古代的应用文虽不一定要以纯文学作品目之，但它们和纯文学作品间的联系及相互影响还是很值得注意的。

梁代文论三派述要

周勋初

导言——

本文选自周勋初《文史探微》（上海古籍出版社，1987年），初刊《中华文史论丛》第五辑，后又收入周勋初著《魏晋南北朝文学论丛》（江苏古籍出版社，1999年）。

作者周勋初（1929——　），上海南汇人。南京大学副博士研究生毕业，现任南京大学中文系教授、博士生导师，江苏省文史馆馆长。

本文通过细密的论证，卓有见识地提出梁代文论三派说：守旧派以裴子野、刘之遴为代表，政治上依附梁武帝萧衍，文学上不尚丽靡，制作好学古体；趋新派以徐摛父子和庾肩吾父子以及萧子显等为代表，政治上依附晋安王萧纲（后来的简文帝）、湘东王萧绎（后来的元帝），文学上好为新变，追求形式华美，讲究声律对仗；折衷派以刘勰、刘孝绰等为代表，政治上依附昭明太子萧统，文学上倡导通变之说，主张文章既"典"且"华"，文质彬彬。而当时的两部重要总集即《玉台新咏》和《文选》则分别体现了趋新派的新变观点和折衷派的通变观点。守旧派的主要贡献在于史学、考古、校雠等方面，折衷派和趋新派在创作实践和理论批评两方面都颇有可观，相对而言，折衷派在理论批评上贡献更大，而趋新派在艺术形式与写作技巧方面贡献更多。

这篇论文不仅对梁代文论作了提纲挈领的分析，而且是理解梁代文学的一把钥匙，因此发表以后，被称为"探骊得珠"之佳制，在国内外学术界产生了很大影响。

南朝梁代,在我国文学史上占有极为重要的地位。古体五言诗发展至此,逐渐变化为律诗;两汉魏晋大赋、宋齐俳赋发展至此,逐渐变化为律赋;魏晋骈文发展至此,逐渐变化为原始的四六体。声律、对偶、用事的讲求,增加了文学的形式美。文、笔的辨析,表明人们对文学特征的认识愈来愈深入了。

萧子显与刘勰

处在这样的一段前后交替时期,创作界自然会出现各种不同的倾向:有的守旧,有的趋新。

裴子野、刘之遴等可以作为守旧派的代表。

《梁书·裴子野传》:"子野为文典而速,不尚丽靡之词。其制作多法古,与今文体异。当时或有诋诃者,及其末皆翕然重之。"

《梁书·刘之遴传》:"之遴好属文,多学古体。与河东裴子野、沛国刘显常共讨论书籍,因为交好。"

徐摛父子和庾肩吾父子可以作为趋新派的代表。

《梁书·徐摛传》:"属文好为新变,不拘旧体。……摛文体既别,春坊尽学之,宫体之号,自斯而起。"

《梁书·庾于陵(附弟肩吾)传》:"初,太宗在藩,雅好文章士,时肩吾与东海徐摛,吴郡陆杲,彭城刘遵,刘孝仪、仪弟孝威,同被赏接。及居东宫,又开文德省,置学士,肩吾子信、摛子陵、吴郡张长公、北地傅弘、东海鲍至等充其选。齐永明中,文士王融、谢朓、沈约文章始用四声,以为新变;至是转拘声韵,弥尚丽靡,复逾于往时。"

《陈书·徐陵传》:"其文颇变旧体,缉裁巧密,多有新意。每一文出手,好事者已传写成诵,遂被之华夷,家藏其本。"

《周书·庾信传》:"起家湘东国常侍,转安南府参军。时肩吾为梁太子中庶子,掌管记;东海徐摛为左卫率;摛子陵及信并为抄撰学士。父子在东宫,出入禁闼,恩礼莫与比隆。既有盛才,文并绮艳,故世号为徐庾体焉。当时后进竞相模范,每有一文,京都莫不传诵。"

可见上述两大流派的势力都很可观,然总以后者的气焰为盛。在此文学转变时期,趋新派比守旧派自然更具吸引力。趋新派的写作特点在于追求形式华美,讲究声律、对偶,注意篇章结构;他们还喜欢摆脱常规,自出"新意"。只是这些"意"的内涵主要是些淫靡的男女欢爱之情。这样的作品就是常为后代所诟病的"宫体"。

产生宫体的原因很复杂。当时的贵族阶层生活极度糜烂,这是产生宫体的社会基础;六朝诗文一直沿着华丽的道路前进,至此乃变本加厉而更趋浮艳。在宫体作家看来,这样的发展是自然的,合乎情理的。时代在变,文学在变,写作对象和写作技巧也应该随着变。因此,对待这样一种文坛新物,应该用另一种眼光来看待,另一种理论来评价。宫体作家萧绎就曾发表过这样的意见。

> 夫世代亟改,论文之理非一;时事推移,属词之体或异。(《内典碑铭集林序》)

于是从这一流派之中产生出了所谓"新变"的理论。萧子显在《南齐书·文学传论》中系统地阐发了这种理论。

> 习玩为理,事久则渎,在乎文章,弥患凡旧,若无新变,不能代雄。建安一体,《典论》短长互出;潘、陆齐名,机、岳之文永异。江左风味,盛道家之言,郭璞举其灵变,许询极其名理。仲文玄气,犹不尽除;谢混情新,得名未盛。颜、谢并起,乃各擅奇;休、鲍后出,咸亦标世:朱蓝共妍,不相祖述。

总的说来,趋新派在发展文学形式技巧方面作了许多努力,其间不无可取之处,对后代文学也曾发生过某些良好的影响,只是他们在文学的内容部分却灌输进了许多不健康的因素。尽管他们也曾写出过一些较好的作品,但总的倾向却是把创作界导入题材狭隘而又充满着色情气氛的歧路。这种情况与守旧派大异其趣,自然会引起后者的严重不满。

裴子野写下了著名的《雕虫论》,攻击当时的不良文风。他从宋明帝叙起,认为上之所好,下必有甚焉者。

> 自是闾阎年少,贵游总角,罔不摈落六艺,吟咏情性。学者以博依为急务,谓章句为专鲁。淫文破典,斐尔为功。无被于管弦,非止乎礼义。深心主卉木,远致极风云。其兴浮,其志弱。巧而不要,隐而不深。讨其宗途,亦有宋之遗风也。

显然,裴文重点并不在于责难前人;他所指斥的"闾阎少年,贵游总角",实际上当是指趋新派一类作家。只是他所攻击的对象中有萧纲等王子在内,使他不得不采取指桑骂槐的方法。

趋新派对守旧派的作风自然也是看不入眼的。萧纲就曾公然提出批评。他在《与湘东王书》中说:

> 又时有效谢康乐(灵运)、裴鸿胪(子野)文者,亦颇有惑焉。何者?谢客吐言天拔,出于自然,时有不拘,是其糟粕;裴氏乃是良史之才,了无篇什之美。是为学谢则不届其精华,但得其冗长;师裴则蔑绝其所长,惟得其所短。谢故巧不可阶,裴亦质不宜慕。

两大流派之间的冲突可说是尖锐的。一派是"淫文破典",内容方面太过污秽;一派是"质不宜慕",形式方面过于苍白。二者相互指责,却把彼此的优缺点都暴露无遗。这些不同文风的形成当然不是一朝一夕之事,而是自刘宋以来文学演变的结果。这些复杂现象,自然会有人加以注意,特别是处在这样一个社会上颇为注意研究文学理论的齐梁时代,自然会有人想到:应该撷取两派之长,避免两派之短,写出既"典"且"华"的作品来。

这派理论可以刘勰为代表。

刘勰在《文心雕龙·序志》篇中曾介绍过自己的论文要旨:"擘肌分理,唯务折衷。"所谓折衷,就是分析同一事物矛盾着的两端,较其得失,然后取其所长,弃其所短,融合成为一种较全面、平稳的理论。这种做法虽然有时不免流于调和,但若处理得当,则其中确可包含若干辩证法的因素。他在处理当前文坛上各种不同流派的矛盾冲突时就采取着折衷的态度。

他对创作界各种不同的文风作了归纳:"若总其归涂,则数穷八体。"这八体是:"一曰典雅,二曰远奥,三曰精约,四曰显附,五曰繁缛,六曰壮丽,七曰新奇,八曰轻靡。""典雅者,熔式经诰,方轨儒门者也";"壮丽者,高论宏裁,卓烁异采者也";"新奇者,摈古竞今,危侧趣诡者也";"轻靡者,浮文弱植,缥缈附俗者也。""雅与奇反","壮与轻乖",二者作风正相对立。可以看到,守旧派的作风近于"典雅"一类,其文之高者并可得"壮丽"之长;①趋新派的作风近于"新奇"一类,其文之卑者皆陷诸"轻靡"之失。《体性》篇中扼要地指出了不同文派的差异之处,明确了他们的优缺点所在。

刘勰认为趋新派的弊病在于抛弃了古代学术中的优良传统,"不相祖述",流为师心自用。《风骨》篇中说:"若骨采未圆,风辞未练,而跨略旧规,驰骛新作,虽获巧意,危败亦多。"因此他提出了向古代经典学习的问题,认为这样可以保证思想内容的正确。

> 若夫熔铸经典之范,翔集子史之术,洞晓情变,曲昭文体,然后能孚甲新意,雕画奇辞。昭体故意新而不乱,晓变故辞奇而不黩。……《周书》云:"辞尚体要,弗惟好异。"盖防文滥也。(刘勰《文心雕龙·风骨》)

为此折衷派特别注意习染问题。《体性》篇中说:"夫才有天资,学慎始习。斫梓染丝,功在初化,器成彩定,难可翻移。故童子雕琢,必先雅制,沿根讨叶,思转自圆。"认为只有从童年时代起就注意树立正确的思想,才能避免日后的误入歧途。这种说法显与趋新派不同,当为防弊救偏而发。

折衷派与守旧派也有不同。一味继承,缺乏新创,那也会走入另一极端,出现另一偏向。《定势》篇中说:"渊乎文者,并总群势。奇正虽反,必兼解以俱通;刚柔虽殊,必随时而适用。若爱典而恶华,则兼通之理偏,似夏人争弓矢,执一不可以独射也。"可见作品缺乏文采,会由"典"而不"华"流为"质不宜慕"。

如上所述,为了避免重蹈两派覆辙,能使文章既"典"且"华",刘勰提出了著名的"通变"说:

---

① 守旧派中多史家。史家每以识见著称,故善作论说文。《南史·裴松之(附曾孙子野)传》:"子野更撰为《宋略》二十卷,其叙事评论多善。……兰陵萧琛言其评论可与《过秦》、《王命》分路扬镳。"《史通·论赞》亦曰:"(论)必择其善者,则干宝、范晔、裴子野是其最也。"

文律运周,日新其业。变则其久,通则不乏。趋时必果,乘机无怯。望今制奇,参古定法。(《通变·赞》)

萧纲与萧统

一种文学流派的兴起,必定有它的社会背景,而在中国文学批评史上,还有一些值得注意的现象。唐代以前,基本上是大地主贵族专政的时代,那时一切文学流派的形成与风行,都与最高统治集团的支持或倡导有关,例如建安七子之依附于曹氏父子即是。梁代守旧派、趋新派与折衷派的产生与风行,也与当时最高统治集团即萧氏王室密切有关。

守旧派中人物年事较长,他们所依附的对象,行辈也高,即"高祖"萧衍。这批人物都兼有学者、文士的双重身份。他们缘饰经术,潜心释典,与萧衍作风一致。《梁书·沈约传》载约撰《四声谱》:"高祖雅不好焉。帝问周舍曰:'何谓四声?'舍曰:'"天子圣哲"是也。'然帝竟不遵用。"①可见他对当时文坛上讲求声律的新风气持反对态度。这些地方表明萧衍也是一个旧学风的代表者,无怪乎守旧派的活动会获得他的赞赏与支持。

《梁书·裴子野传》:"子野与沛国刘显、南阳刘之遴、陈郡殷芸、陈留阮孝绪、吴郡顾协、京兆韦棱皆博极群书,深相赏好,显尤推重之。时吴平侯萧劢、范阳张缵每讨论坟籍,咸折中于子野焉。普通七年,王师北伐,敕子野为喻魏文,受诏立成。高祖以其事体大,召尚书仆射徐勉、太子詹事周舍、鸿胪卿刘之遴、中书侍郎朱异集寿光殿以观之,时并叹服。高祖目子野而言曰:'其形虽弱,其文甚壮。'俄又敕为书喻魏相元乂,其夜受旨,子野谓可待旦方奏,未之为也;及五鼓,敕催令开斋速上,子野徐起操笔,昧爽便就。既奏,高祖深嘉焉。自是凡诸符檄皆令草创。……中大通二年卒官,年六十

---

① 《文镜秘府论》天卷《四声论》曰:"(刘善)经数闻江表人士说:梁王萧衍不知四声,尝从容谓中领军朱异曰:'何者名为四声?'异答曰:'"天子万福"即是四声。'衍谓异:'"天子寿考"岂不是四声也?'以萧主之博洽通识,而竟不能辨之。时人咸美朱异之能言,叹萧主之不悟。"又《天中记》卷二十六引《谈薮》:"沙门重公尝谒梁高祖。问曰:'闻在外有四声,何者为是?'重公应声答曰:'"天保寺刹。"'既出逢刘绰,说以为能,绰曰:'何如道"天子万福"。'"此皆一事之异传,然可证萧衍确是不懂声律。

二。……高祖悼惜,为之流涕。诏曰:'鸿胪卿领步兵校尉知著作郎兼中书通事舍人裴子野,文史足用,廉白自居,劬劳通事,多历年所。奄致丧逝,恻怆空怀。可赠散骑常侍,赙钱五万,布五十匹。即日举哀,谥曰贞子。'"

《梁书·谢徵传》:"徵与河东裴子野、沛国刘显同官友善。子野尝为《寒夜直宿赋》以赠徵,徵为《感友赋》以酬之。时魏中山王元略还北,高祖饯于武德殿,赋诗三十韵,限三刻成;徵二刻便就,其辞甚美。高祖再览焉。"

《梁书·到溉传》:"溉素谨厚,特被高祖赏接,每与对棋,从夕达旦。溉第山池有奇石,高祖戏与赌之,并《礼记》一部,溉并输焉。未进,高祖谓朱异曰:'卿谓到溉,所输可以送未?'溉敛板对曰:'臣既事君,安敢失礼。'高祖大笑,其见亲爱如此。……性又不好交游,惟与朱异、刘之遴、张绾同志友密。"

《梁书·陆云公传》:"是时天渊池新制鯿鱼舟,形阔而短,高祖暇日常泛此舟。在朝唯引太常刘之遴、国子祭酒到溉、右卫朱异。云公时年位尚轻,亦预焉。其恩遇如此。"

可见这一流派的中坚分子有裴子野、刘之遴、刘显、谢徵等人,依附对象为武帝萧衍。

趋新派的成员大都是些"风流人物",依附对象为晋安王萧纲(后为简文帝)和湘东王萧绎(后为梁元帝)。其首领为萧纲。

这一流派的中坚人物,与萧纲关系密切的,有徐摛、庾肩吾、徐陵、庾信、陆杲、刘遵、刘孝仪、刘孝威等人。关于他们的活动,详见上引《梁书·庾于陵(附弟肩吾)传》和《周书·庾信传》,此处不再重述。和萧绎关系密切的,有徐君蒨、刘缓等人。

《南史·徐羡之(附孝嗣孙君蒨)传》:"(君蒨)善弦歌,为梁湘东王镇西谘议参军,颇好声色。侍妾数十,皆佩金翠,曳罗绮,服玩悉以金银。……君蒨辩于辞令。湘东王尝出军,有人将妇从者,王曰:'才愧李陵,未能先诛女子;将非孙武,遂欲驱战妇人。'君蒨应声曰:'项籍壮士,犹有虞兮之爱;纪信成功,亦资姬人之力。'君蒨文冠一府,特有轻艳之才,新声巧变,人多讽习。"

《南史·刘昭(附子缓)传》:"缓,字含度,为湘东王中录事。性虚远,有气调,风流跌宕,名高一府。常云:'不须名位,所须衣食;不用身后之誉,唯重目前知见。'"

这一流派中人都是著名的宫体作家。萧纲本人就是宫体诗的首创者,《梁书》本纪上说他:"雅好题诗。其序云:'余七岁有诗癖,长而不倦。'然伤于轻艳,当时号曰宫体。"萧绎作风与此仿佛。① 两人关系特别深切,《南史·梁武帝诸子·庐陵威王续传》:"始元帝母阮修容得幸,由丁贵嫔之力,故元帝与简文相得。"二人合力提倡宫体。萧纲对萧绎期望很高,《与湘东王书》中说:"文章未坠,必有英绝,领袖之者,非弟而谁?每欲论之,无可与语,思吾子建,一共商榷。辨兹清浊,使如泾渭;论兹月旦,类彼汝南。朱丹既定,雌黄有别。"可见二人对创作活动与批评工作极为热衷,意见甚为一致。

关于《南齐书》的作者萧子显,一般都只知道他是个史家,而不了解他还是一个著名的宫体作家。其实他在趋新派中的地位甚为突出,这可从以下几件事中看出。

宫体诗集中收集在《玉台新咏》中,上列徐、庾等人的作品占有很大的比重。萧子显的作品数量也很可观,计共有 11 首之多。此外吴均有《和萧洗马子显古意》6 首,费昶有《和萧洗马画屏风》2 首。特别值得注意的是:皇太子(简文)有《和萧侍中子显春别》4 首,湘东王有《春别应令》4 首,于此可见萧子显的作品在宫体作家中曾受到高度的重视。

《南史·陆杲(附子罩)传》:"初,简文在雍州,撰《法宝联璧》,罩与群贤并抄掇区分者数岁。中大通六年而书成,命湘东王为序。其作者有侍中国子祭酒南兰陵萧子显等三十人,以比王象、刘邵之《皇览》焉。"按萧绎《法宝联璧序》全文尚存,载《广弘明集》第二十卷,萧子显的大名高居于学士 30 余人之首,于此可见萧子显的学术文章在宫体作家中也占有优越的地位。

《梁书·萧子恪(附弟子显)传》:"太宗素重其为人。在东宫时,每引与促

---

① 萧绎与守旧、折衷两派人物都有交往,某些议论与折衷派相似,但其实际活动则与萧纲相近。《南史·梁本纪》上说他"性好矫饰",因此他更多地采用一些仁义道德的话装饰门面,这是与萧纲不同的地方。

宴。子显尝起更衣,太宗谓坐客曰:'尝闻异人间出,今日始知是萧尚书。'其见重如此。"于此可见萧子显的为人在宫体领袖的心目中占有特殊的位置。

这些事实都有力地说明了萧子显的宫体作家身份,因此我们完全可以把他作为趋新派的理论家来看待。"新变"说是趋新派的理论。

折衷派是否也有统治集团中的领袖人物?有。此人即昭明太子萧统。

萧统服膺儒术,事亲至孝,有仁政爱民思想,史称其"仁德素著"。——思想作风与二弟不同。

萧统爱好陶渊明文,尝为之编集立传。《梁书》本传上说他:"性爱山水,于玄圃穿筑,更立亭馆,与朝士名素者游其中。尝泛舟后池,番禺侯轨盛称此中宜奏女乐,太子不答,咏左思《招隐诗》曰:'何必丝与竹,山水有清音。'侯惭而止。出宫二十余年,不蓄声乐。少时敕赐太乐女妓一部,略非所好。"——美学趣味与二弟有别。

萧统《答湘东王求文集及〈诗苑英华〉书》:"夫文典则累野,丽亦伤浮,能丽而不浮,典而不野,文质彬彬,有君子之致,吾尝欲为之,但恨未逮耳!"刘孝绰奉命纂录《昭明太子集》,序中有言:"窃以属文之体,鲜能周备:长卿徒善,既累为迟;少孺虽疾,俳优而已。子渊淫靡,若女工之蠹;子云侈靡,异诗人之则。孔璋词赋,曹祖劝其修今;伯喈答赠,挚虞知其颇古。孟坚之颂,尚有似赞之讥;士衡之碑,犹闻类赋之贬。深乎文者,兼而善之,能使典而不野,远而不放,丽而不淫,约而不俭,独善众美,斯文在斯。"——文学见解也与简文、湘东异趣。

不难看出,昭明系统的文人提出的艺术标准与刘勰提出的折衷说是一致的。萧统在《文选序》中也提出了类似"通变"的学说。

> 若夫椎轮为大辂之始,大辂宁有椎轮之质?增冰为积水所成,积水曾微增冰之凛。何哉?盖踵其事而增华,变其本而加厉。物既有之,文亦宜然。随时变改,难可详悉。

这是说艺术形式与艺术手法是随着时代发展的,向美的方向发展的,于此不能有保守观点。这等于刘勰说的"文律远周,日新其业","变则其久","望今制奇"。

萧统还说过:

> 若夫姬公之籍,孔父之书,与日月俱悬,鬼神争奥。孝敬之准式,人伦之师友,岂可重以芟夷,加之剪截?

这段文字向来被人认为是礼请儒家经典退出文学领域的客套话,实则并不尽然。这里固然表现出萧统对文学的特点已有较明确的认识,开始把不属文学范围之内的儒家经典排除于外,但他还是强调这些经典能起"准式"、"师友"的作用,这就意味着后代文士仍然应该向它学习,这样才能保证思想内容方面的完善。这种态度近于刘勰所强调的"宗经"、"徵圣",也就是《通变》篇中所说的"通则不乏","参古定法"。

萧统与刘勰的私人关系也是很密切的。《梁书·刘勰传》记载他在天监时,"除仁威南康王记室,兼东宫通事舍人……迁步兵校尉,兼舍人如故。昭明太子好文学,深爱接之。"二人相处既久,感情又很融洽,当与文学见解上的相合有关。

于此可见,折衷派的势力亦复不弱,其首领为萧统,其理论家为刘勰。

这一流派之中又有哪些人物呢?

> 《南史·王彧(附锡)传》:"时昭明太子尚幼,武帝敕锡与秘书郎张缵使入宫,不限日数,与太子游狎,情兼师友。又敕陆倕、张率、谢举、王规、王筠、刘孝绰、到洽、张缅为学士,十人尽一时之选。"
>
> 《梁书·刘孝绰传》:"昭明太子好士爱文,孝绰与陈郡殷芸、吴郡陆倕、琅邪王筠、彭城到洽等同见宾礼。"
>
> 《梁书·王筠传》:"昭明太子爱文学士,常与筠及刘孝绰、陆倕、到洽、殷芸等游宴玄圃,太子独执筠袖抚孝绰肩而言曰:'所谓左把浮丘袖,右拍洪崖肩。'其见重如此。筠又与殷芸以方雅见礼焉。"

可见这一流派的中坚分子有刘孝绰、陆倕、王筠、到洽等人。

以上叙述的是三大流派的一般情况。尽管各派人物之间交往上有些交错,同派人物之间年代上或有前后,不像后代一些文学流派那样壁垒分明,但从上述材料来看,这些由志趣相投或仕宦遇合而结成的集团,各有其首领与基本成员,作风相同,宗旨相合,它们具备了文学史上组成各种流派的基本条件。因此我们完全可以说,这是在文学转变时期涌现出来的三大文学流派。

萧氏兄弟有养士之风,昭明、简文尤其著称。

《梁书·昭明太子传》:"引纳才学之士,赏爱无倦。恒自讨论篇籍,或与学士商榷古今,间则继以文章著述,率以为常。于时东宫有书几三万卷,名才并集,文学之盛,晋宋以来,未之有也。"

《梁书·简文帝本纪》:"引纳文学之士,赏接无倦。恒讨论篇籍,继以文章。"

兄弟二人均以文学为天下倡,周围都聚集有一批文人,形成两个作风不同的文学流派。尽管兄弟二人私人感情不错,但文学见解有别,对后代的影响也就不一样。

《玉台新咏》与《文选》

这是中国文学批评史的特点:一种文学流派,除了发表理论主张之外,往往同时编选一部总集,通过具体作品的去取,表明宗旨。趋新派与折衷派的活动也有类于此。

趋新派编选了一部《玉台新咏》,他们的理论"新变"说具体体现在这书中。

《大唐新语》卷三:"梁简文帝为太子,好作艳诗,境内化之,浸以成俗,谓之宫体。晚年改作,追之不及,乃令徐陵撰《玉台集》,以大其体。"

可见徐陵编书时目标很明确,纯为推广宫体诗服务,因此词非有关"绮罗脂粉"者不收,这是《玉台新咏》反映新变观点的具体表现。

折衷派编选了一部《文选》,他们的理论"通变"说也具体体现在这书中。

《中兴书目》:"《文选》,昭明太子萧统集子夏、屈原、宋玉、李斯及汉迄梁文人才士所著赋、诗、骚、七、诏、册、令、教、表、书、启、笺、记、檄、难、问、议、论、序、颂、赞、铭、诔、碑、志、行状等为三十卷。"原注:"与何逊、刘孝绰等选集。"(《玉海》卷五十四引)

可知《文选》一书的编选实出众手。除何、刘外,刘勰极有可能曾对编选工作提供过意见①,王筠等人也极有可能参加过工作。②《梁书·王筠传》载沈约称筠诗"实为丽则","古情拙目,每伫新奇"。《梁书·何逊传》则载范云与逊结忘年交好,"自是一文一咏,云辄嗟赏,谓所亲曰:'顷观文人,质则过儒,丽则伤俗,其能含清浊,中今古,见之何生矣。'"萧统集合这么一批"丽则"、"今古"并重的文人编集《文选》,书中自然也会反映出"通变"的观点。

这主要表现在编选的态度上。

折衷派讲求继承传统,凡是曾在历史上占一地位,可以代表某一阶段或某一流派的成功之作,即可考虑采纳。孙梅《四六丛话》卷一小序上说:"自昔文家,尤多派别。《文志》表江左之盛,《典论》诠邺下之贤。《选》之所收,或人登一二首,或集载数十篇,诗笔不必兼长,淄渑不必尽合。《咏怀》、《拟古》,以富有争奇;元虚、简栖,以单行示贵。"说《文选》有"博综"之长,这也是讲通变的人的一种特点。

二者原则不同,彼此有排斥现象。在《玉台新咏》中,除王筠、刘孝绰曾与简文、湘东有过较密切的关系,因而留下艳诗数首之外,折衷派中的其他作家无一作品入选。《玉台新咏》中也不收昭明只字,其原因或如纪容舒在《玉台新咏考异》中所说的,为新旧太子避嫌而起,但兄弟二人作风不同,当是主要原因之一吧。

返观《文选》,绝对排斥淫秽的作品,因此趋新派或作风与此相近者的作品,一概受到摒弃。萧统注意"风教",陶渊明作《闲情赋》,尚且引起他"白璧微瑕"的指责,"惜哉!亡是可也"的慨叹,宫体一类的作品自然更不在话下了。

不同流派的作家具有不同的作风,这从上面一些记载中可以看到,下面还可再引用几条有关的史料。

《资治通鉴》太清三年侯景上启陈梁武帝十失,且曰:"皇太子珠玉是好,酒色是耽,吐言止于轻薄,赋咏不出《桑中》。"

《南史·始兴忠武王憺(附亮弟暎)传》:"湘东王爱奇重异。"

《梁书·到洽传》:"昭明太子与晋安王纲令曰:'明北兖(山宾)、

---

① 参看骆鸿凯《文选学》内《纂集》第一,中华书局,1937。
② 参看何融《文选编撰时期及编者考略》,载《国文月刊》第七十六期,1949年2月。

到长史(洽)遂相系凋落，伤怛悲惋，不能已已。去岁陆太常(倕)殂殁，今兹二贤长谢。陆生资忠履贞，冰清玉洁，文该四始，学遍九流，高情胜气，贞然直上；明公儒学稽古，淳厚笃诚，立身行道，始终如一，倘值夫子，必升孔堂；到子风神开爽，文义可观，当官莅事，介然无私：皆海内之俊乂，东序之秘宝。此之嗟惜，更复何论！'"

萧纲、萧绎、徐君蒨、刘缓等人的举止风度和作品风貌是一种类型，萧统、明山宾、到洽、陆倕等人的为人和作品又是一种类型。趋新派的成员与折衷派的人员之间，按其行为和修养来说，确是各具特点。这些反映在作品之中，也就形成了趋新派与折衷派的根本差别。

综上所言，可以概括如下：梁代的文学创作，正处在新旧交替时期，随着时代潮流的激荡，在文人之间形成了三个不同倾向的流派：守旧派以裴子野、刘之遴等为代表，依附在梁武帝萧衍的周围。趋新派以徐摛父子和庾肩吾父子为代表，依附在简文帝萧纲的周围；萧子显为代表这一流派的理论家，提出了"新变"说；他们的宗旨还具体体现在《玉台新咏》一书中。折衷派以王筠、陆倕等人为代表，依附在昭明太子萧统的周围；刘勰为这一流派的理论家，提出了"通变"说；他们的宗旨还具体体现在《文选》一书中。

贡献与影响

由上所述，可知梁代的文学创作甚为繁荣，文学思想甚为活跃。现在要问：各种不同流派曾经分别作出过哪些贡献，发生过哪些影响？

守旧派的文学见解很保守，违背历史发展潮流，虽然对趋新派的批判还有某些可取之处，但在理论建设工作中不可能取得什么成就。这一流派的特点是注意学古，熟悉前言往行，多识古文奇字，因此他们的贡献在史学、考古、校雠等方面，如裴子野著《宋略》20卷，刘之遴校《汉书》真本，刘显识《尚书》所删逸篇等是。

趋新派与折衷派的创作实践与理论批评则均有可观。由"新变"与"通变"所引起的问题牵涉到创作的各个方面，其中颇有可资后代借鉴之处。今将二者的活动作些分析，考察他们的得失。

陆机在《文赋》中说："遵四时以叹逝，瞻万物而思纷；悲落叶于劲秋，喜柔条于芳春。"诗人感物，联类不穷，摇荡性情，形诸舞咏；六朝文人都有这种认识,他们常是强调自然景物的作用。萧子显在自序中说:"若乃登高目极,临水送归,风动春朝,月明秋夜,早雁初莺,开花落叶,有来斯应,每不能已也。"(《梁书·萧子恪(附弟子显)传》)萧纲除了提到自然景物的影响之外,也提到了社会人事的激动人心。"伊昔三边,久留四战。胡雾连天,征旗拂日,时闻坞笛,遥听塞笳,或乡思凄然,或雄心愤薄,是以沈吟短翰,补缀庸音,寓目写心,因事而作。"(《答张缵谢示集书》)这种认识与刘勰在《明诗》、《物色》等篇中提出的"感物吟志"说是一致的。不过更为可贵的是:刘勰在《时序》篇中还论述了时代、政治与文学的关系,"故知歌谣文理,与世推移,风动于上,而波震于下者","故知文变染乎世情,兴废系乎时序",说明一代文风之形成,每由时代风气及政治形势之激荡。这种见解在新变说中是没有认识到,至少是没有论述到的。

作家临文之际,又要做好哪些准备工作呢?萧子显在《南齐书·文学传论》中说:"若夫委自天机,参之史传,应思悱来,勿先构聚。"他在自序中自述写作经验时也说:"每有制作,特寡思功,须其自来,不以力构。"这些说法,除强调灵感的萌发之外,还相对地否定了逻辑思维的作用。刘勰则在《神思》篇中全面地探讨了形象思维过程中的许多问题。他非但提出了"无务苦虑"、"不必劳情"的劝告,并且正面提出了"秉心养术"、"含章司契"的主张。因为灵感的出现是飘忽而不可捉摸的,形象思维有时会遭到各种障碍而难于顺畅地展开,如果仰恃于此,则行文的成败就难操胜算。因此刘勰在指出写作中有难于控制的精微部分之外,着重强调了人所能及的修养问题。他提出了"虚静"和"博练"的问题,要求"积学以储宝,酌理以富才,研阅以穷照,驯致以绎辞",这就把难于捉摸的玄虚问题化为可以致力的现实问题了。应该说,通变说的这种见解更见高明。

趋新派强调"寓目写心"、"吟咏情性",偏重主观方面的表达,不大考虑到文章体式的约束作用。萧子显在自序中也谈到了这一点:"少来所为诗赋,则《鸿序》一作,体兼众制,文备多方,颇为好事所传,故虚声易远。"这种作风与折衷派不同。刘勰就曾提出"曲昭文体"的要求,"昭体故意新而不乱"(《文心雕龙·风骨》)。本来哪一方面的题材适合于用哪一种文体去表现,这是古人在长期的写作过程中积累下了无数的宝贵经验之后所取得的认识。借鉴于此,可以防止内容、形式的失调;因有规范可循,易使文章得体。但作者如果过分拘泥于文体的约束作用,则又有可能产生刖趾适屦之弊。按当时的情况来说,两派的见解是各有高低的。我们或许可以这样说,新变说注意发展形式,藉以更自由地表现内容,其末流失之于奇诡;通变说注意研究文体,重视形式的相对稳定性,其末流则失之于保守。当然,刘勰提出这种学说时所起的救偏作用也是不容忽视的。

以上情况表明,两派在文学理论的许多根本问题上持有不同见解。这些问题之所以存在,则与如何对待历史传统有关。趋新派与折衷派的分歧关键在于对文学传统的继承与革新持不同态度。

虽然两派都注意革新,而折衷派为防弊救偏起见,首先强调继承;趋新派则强调革新而不大讲继承。

这当然也只是比较而言的。实则意识形态范畴内的东西,都是有所继承而来的。按趋新派的作品来说,他们继承的是吴歌、西曲等言情之作,受到了鲍照、汤惠休一派的影响,只是他们抛弃了上述作品的积极因素,只突出了艳冶的一面,并经恶性发展,堕入色情描写。

南朝流行的民歌,所谓吴歌、西曲,从东晋时起即在宫廷中传播,自宋少帝起历代帝王屡有拟作。这种作品的内容和形式都是很顽艳的。《世说新语·言语》云:"桓玄问羊孚:'何以共重吴声?'羊曰:'当以其妖而浮。'"说明贵族阶层中人正是从"妖而浮"的角度来接受这些民间作品的。他们抛弃了民间文学中真挚的感情,片面发展了绮靡的形式,并用统治阶级自身的感情充塞进去,这样也就扼杀了吴歌、西曲的生命,使得这些南朝民歌犹如昙花之一现。

本来向过去的作品学习时还有善学与否的问题。鲍照接受了民间文学的影响,融合了自己的新创,不但写出了许多轻灵婉丽的佳作,而且在形成七言诗、发展五言诗等方面都作出了贡献。只是这些优点在其后继者中却发生了质变。《诗品》卷中评鲍照:"然贵尚巧似,不避危仄,颇伤清雅之调,故言险俗者多以附照。"《南齐书·文学传论》中论及当时文学三大流派时也提到了受鲍照影响的一派,"次则发唱惊挺,操调险急,雕藻淫艳,倾炫心魂,亦犹五色之有红紫,八音之有郑卫,斯鲍照之遗烈也"。趋新派的活动与此不无关系。只是对起于民间的吴歌、西曲和"才秀人微"的鲍照,趋新派是不愿意承认他们的先导作用的,何况他们主观上又正是强调创新而抹煞继承的。

继承问题中包含着两方面的内容,思想方面的继承与形式技巧方面的继承。如果不注意学习并发扬古典作品中的积极内容,一味强调"吟咏情性",

结果就有可能走上宣扬淫欲或其他低级趣味的道路,因为封建文人的情性之中本来就杂有种种不健康的因素。趋新派处在颓靡的梁代社会里面,由于时局动荡,危机四伏,士大夫过着得过且过的生活,纵情声色,从追求肉欲的物质享受,一直发展到追求变态的心理享受。他们彻底抛弃了古代思想传统中的积极因素,并从理论上加以摒弃,有意识地把文学送进了宫体的污秽境地。

在形式技巧方面,趋新派中人物作了很大的努力,但其末流却竟于雕琢,专用浮艳的字句修饰一己的情欲。魏徵在《隋书·文学传序》中加以批判道:"梁自大同之后,雅道沦缺,渐乖典则,争驰新巧。简文、湘东,启其淫放;徐陵、庾信,分路扬镳。其意浅而繁,其文匿而彩,词尚轻险,情多哀思。格以延陵之听,盖亦亡国之音乎!"可见当时舍本逐末之风的严重了。

折衷派坚决反对"习华随侈,流遁忘反"(《文心雕龙·风骨》)的文风。他们在肯定了文学的某些形式技巧应该"变"的前提下,认为文学还有其不能变的部分,因此特别强调了"通"的一面。《文心雕龙·通变》篇中说:

> 夫设文之体有常,变文之数无方,何以明其然耶?凡诗赋书记,名理相因,此有常之体也;文辞气力,通变则久,此无方之数也。名理有常,体必资于故实;通变无方,数必酌于新声,故能骋无穷之路,饮不竭之源。

所谓"名理有常,体必资于故实",就是后文所说的"练青濯绛,必归蓝蒨;矫讹翻浅,还宗经诰"。刘勰认为写作文章时应该学习古代经典,继承并发扬其中的积极因素,因此他写作了《徵圣》、《宗经》等篇,专门阐述了前贤经典中的可取之处。

近人大都主张刘勰为儒家学派的信徒,其实并不尽然。刘勰并不盲目崇拜儒家学说。他之所以强调"徵圣"、"宗经",目的在于确立一种典范,树立一种标准,作为裁夺后代一切文学作品的尺度,并且以此作为后代作家的学习典范。因为通变说主张"参古定法",故而刘勰必须在古代各种学派里面选出一种学说,作为他人仿效的对象。儒家学派的理论之中本来就包含着许多可取的见解,孔子在思想界向来占有优越的地位,这样刘勰就很自然地依傍儒家学说而构成了他的理论体系。

刘勰在《徵圣》、《宗经》篇中对五经作了许多具体分析,指出各种经典在

表现手法上各有其独特的优点,给人指出了学习的方向和应该继承经典中的哪些部分。末后他又总起来说:

> 故文能宗经,体有六义:一则情深而不诡,二则风清而不杂,三则事信而不诞,四则义贞而不回,五则体约而不芜,六则文丽而不淫。(《宗经》)

这就说明学习经典也就是"还宗经诰"的结果,可以起到"矫讹翻浅"的作用。所以刘勰的"徵圣"、"宗经"并不是什么复古主义,而是有目的地从经典中汲取养料的一种学说。

总的看来,通变说比新变说要全面得多,稳当得多。"资故实","酌新声",既有继承,又有发展;不比新变说的"厌黩旧式,故穿凿取新"(《文心雕龙·定势》),以致步入邪途,流为淫声哇语。"斟酌乎质文之间,而檃括乎雅俗之际"(《文心雕龙·通变》),这种折衷理论,既反对了守旧派的保守观点,又反对了趋新派的错误倾向。折衷派对理论建设工作的贡献是巨大的。

再以《文选》与《玉台新咏》来说,二者也有高下之分。一清一浊,犹如泾渭分流。因为《玉台新咏》中集合了许多宫体诗人轻侮妇女的作品,《文选》则是辑录历代文学作品的精英而成,二者的价值自然大相悬殊。

关于《文选》,范文澜曾有一段评语,颇为扼要,可以介绍:

> 萧统不仅自己有足够的学力,而且也凭藉众人的学力,合众力来选录古今文章,宜乎《文选》三十卷成为选择最精的文学总集。《文选》取文标准是"事出于沈思,义归乎翰藻",就是说,入选的文章必须情义与辞采内外并茂,偏于一面的概不录取。在这个标准下,《文选》自然是正统派的文集,以立意为宗,不甚讲求采色的文章就很难入选了。《文选》取文,上起周代,下迄梁朝。七八百年间各种重要文体和它们的变化,大致具备,固然好的文章未必全得入选,但入选的文章却都经过严格的衡量,可以说,萧统以前,文章的英华,基本上总结在《文选》一书里。唐李善《上文选注》里说"后进英髦,咸资准的",唐士人有"《文选》烂,秀才半"的谚语,《文选》对唐以后文学的影响是十分深远的。(《中国通史简编(修订本)》第二编)

可见只要不抱古文家的偏见，客观地来估计一下《文选》的贡献，那就应该承认这书在我国文学发展史上曾经起过里程碑的作用。

折衷派的理论遗产是丰富的。前人早称《文心雕龙》为"体大虑周"之作，近人对此也极重视，不时有研究文章发表，因此这里就不作全面的介绍了。趋新派在理论上贡献较小，而且由于他们把当时的文学更进一步地引入了萎靡柔弱的错误道路，因此引起了自古至今许多文人的同声斥责。批判这种不良倾向是很必要的，但光凭义愤可还不能解决如何对此进行全面认识的问题，这里必须作些细致的分析，才能看清文学发展过程中的各个方面，从而给这一流派作出比较切合实际的评价。

下面我们就想通过比较，谈谈趋新派的一些可取之处。

《文选》与《玉台新咏》著录作品的体例是不同的。

《昭德先生郡斋读书志》卷二十："窦常谓统著《文选》，以何逊在世，不录其文。盖其人既往，而后其文克定，然则所录皆前人作也。"

盖棺论定，在古人看来，是种郑重的著述态度；《玉台新咏》不然，备录时人之作，简文诗收 80 首，徐陵自作亦收 4 首，其间不无恩怨之见，难免标榜之嫌，比起前者来自然浮薄得多了。

但我们再从另一种角度来看，则又不能不说《文选》的态度未免保守。一种作品，一定要得到定评之后才能考虑，则势必埋没许多新产生的佳作，也不能起到奖掖后进的作用。即如与简文、湘东关系密切的诗人王籍，所作名篇《入若耶溪》，中有名句"蝉噪林逾静，鸟鸣山更幽"，极为世所称，有关记载见《梁书·王籍传》与《颜氏家训·文章》篇，然格于体例不能入《选》，于此可见一斑。

折衷派恪守正统原则，重视传统固是好事，但有时却受到历史重压而陷于保守，则又不如趋新派的一空依傍之为善了。即如对诗体的评价来说，尽管折衷派中人物还是四言、五言并重，但在理论上却必须强调更具古典意味的四言。《文心雕龙·明诗》篇曰："若夫四言正体，则雅润为本；五言流调，则清丽居宗。"《章句》篇曰："至于诗颂大体，以四言为正。"强调传统的四言诗的尊贵，也就相对地压低了新兴的五言诗的进步意义。趋新派不然，极口称颂五言诗的价值。《南齐书·文学传论》上说："五言之制，独秀众品。"正是从趋新的角度出发而肯定了这种新兴的文体。因为趋新派特别强调创新,不受传统的清规戒律的束缚,所以能够大胆肯定新文体,这是趋新派的贡献之一。

　　江南旧有吴歌,荆襄复有西曲,流连哀思,倾炫心魂。其中不乏佳作,对当时文学的影响也极大。折衷派中人物只能推崇已成经典的《诗经》,接受某些已有定评的乐府古辞,对于本地区内产生不久的吴歌、西曲,则不理不睬。这也是他们的正统思想的一种表现。趋新派重视言情之作,对于那些抒发男女真挚感情的歌谣,自然视若拱璧,大量采纳。于是《玉台新咏》中保留下了像:古乐府诗 6 首、辛延年《羽林郎》诗 1 首(卷一)、歌辞 2 首、《盘中诗》1 首(卷九)、古绝句 4 首、近代西曲歌 5 首、近代吴歌 9 首、近代杂歌 3 首、近代杂诗 1 首、《丹阳孟珠歌》1 首、《钱塘苏小歌》1 首(卷十)等佳作。特别值得我们赞许的,就是《玉台新咏》中还记载下了古诗无名人为焦仲卿妻作《孔雀东南飞》一诗。由于《文选》与《玉台新咏》对待民间文学持不同的去取标准,也就形成了前者"尺有所短"和后者"寸有所长"的新形势。应该说,重视民间文学,这是趋新派的贡献之二。

　　趋新派注意创新,不受陈规旧矩拘束。萧纲在《诫当阳公(大心)书》中说:"立身之道,与文章异。立身先须谨重,文章且须放荡。"(《艺文类聚》卷二十三引)"放荡"一词固然不妨联系到他们所写的宫体的内容而作很坏的理解,但作为一个封建帝王,告诫后辈时,恐怕还不至于耳提面命地叫自己的儿子去沉溺于情欲;目的可能还是在于说明文学的特点,即文学应该"吟咏情性"、"操笔写志",不必拟《内则》之篇"、"摹《酒诰》之作",如他在《与湘东王书》中所言者。《三国志·魏书·王粲传》裴松之注引《典略》记陈留路粹奏称孔融:"与白衣祢衡言论放荡。衡与融更相赞扬。衡谓融曰:'仲尼不死也。'融答曰:'颜渊复生。'"又《王粲传》记"(阮)瑀子籍,才藻艳逸,而倜傥放荡,行己寡欲,以庄周为模则。"《世说新语·文学》篇刘孝标注引《名士传》记刘伶:"肆意放荡,以宇宙为狭。"《南齐书·高祖十二王·武陵昭王晔传》载齐高帝萧道成批评谢灵运"放荡",说是"作体不辨有首尾"。上述诸人的共同特点是毁弃礼法,放任自适。他们的作品都富于新意,但不涉于淫秽。因此,从魏晋南北朝人对"放荡"一词的习惯用法中,也可以知道萧纲的原意是在破除陈规旧矩的束缚,追求创新。他们的作品也的确具有一些与前人不同的新面貌。

这里可举萧绎的《采莲赋》为例以说明之。

> 紫茎兮文波,红莲兮芰荷,绿房兮翠盖,素实兮黄螺。于时妖童媛女,荡舟心许。鹢首徐回,兼传羽杯,棹将移而藻挂,船欲动而萍开。尔其纤腰束素,迁延顾步,夏始春余,叶嫩花初,恐沾裳而浅笑,畏倾船而敛裾。故以水溅兰桡,芦侵罗裙,菊泽未反,梧台迥见。荇湿沾衫,菱长绕钏,泛柏舟而容与,歌采莲于枉渚。
>
> 歌曰:碧玉小家女,来嫁汝南王,莲花乱脸色,荷叶杂衣香,因持荐君子,愿袭芙蓉裳。(《艺文类聚》卷八十二引)

此文思想内容固无足取,然在表现手法方面却有可观。前四句咏莲,可称刻画巧似。中间一段,点染成趣,既有微妙的心理描写,又有艳冶的背景烘托,寥寥数笔,把采莲舟的动势,小儿女的娇态,宛然呈现于前。末复结以民歌体的五言,在赋体中也别开生面。他们还喜欢凭藉空中设想而发挥心理刻画的技巧,如《荡妇秋思赋》等,凡是阅读过齐梁小赋的人均可了解,此处不再多说。

这些作品,与大赋采用板重字眼以形成磅礴气势者不同,与咏物小赋专作密不通风式的外部刻画者不同,与前此的抒情小赋之着重外景描写藉以映衬内心活动者也有一些不同。趋新派的小赋,注意外形刻画,也注意心理活动,并且努力于情景的协调,内质和外形的统一。他们选择富有彩色的词汇,推敲悦耳动听的声调,注意结构的严谨,形式的错综,精雕细琢,组织成文。这样的作品自然会具有一些新的特点,在这样的写作过程中自然会积累起许多形式技巧方面的经验。这些精力当然不会全是白费的。他们的创作经验给予隋唐以后的文人以借鉴,他们的作品对当时正在演变中的各种文体起了推动的作用。

自永明声律说兴起后,梁陈文人无不注意调谐对切,趋新派的作家更是斗巧出奇,讲求隔句作对,从而促使俳赋与骈文更迅速地演化成律赋与四六文。律赋已是趋于僵死的一种文体,因此趋新派在这方面的活动起了助长形式主义的作用。他们在骈文领域中的活动功过不一,一方面表现出更趋雕琢的倾向,一方面却也提高了写作技巧,因为"在骈体文的初期,文学家们只知道讲求整齐的美,还来不及讲求抑扬的美。……从庾信、徐陵开始,已经转入骈体文的后期,他们把整齐的美和抑扬的美结合起来,形成了语言上的双美"①,这些创造具有一定的价值。至于他们在诗歌领域中的活动,在形式技巧方面贡献更大,因为他们的诗作开五律之先声,为唐代近体诗的繁荣准备了条件,这些创新工作也应该批判地予以肯定。

趋新派中人物众多,各人的经历也不一样。即如上举徐、庾二人,在生活的后半期经历了战乱的洗礼,深受亡国之痛,因此逐渐摆脱原来宫体作家的创作道路,写出了一些有内容的作品。特别是庾信,由南入北之后,运用早期积累下的丰富技巧,写作沉痛迫切的诗赋,形成一种温丽、苍劲的风格,对唐代的一些大诗人起过很大的影响。

总起来说,趋新派的作家在提高写作技巧、发展文学形式方面作出过贡献,留下了一些较好的作品,这是趋新派的贡献之三。

我们说,在祖国丰富多彩的文学宝库中,各种不同流派的人都曾投入过一珠一宝。折衷派的贡献固不必说,趋新派的贡献也不应忽视。二者在创作与理论上的得失都值得加以研究。这不仅是为了说明我国文学是如何发展过来的,而且从他们的生动事例中还可吸取若干经验和教训,这对我们当前的文学活动也不无借鉴意义。

研究与思考

延伸阅读

1. 鲁迅《魏晋风度及文章与药及酒之关系》,《而已集》,人民文学出版社,1973 年。

2. 周勋初《王充与两汉文风》,《古代文学理论研究》第 2 辑,收入《文史探微》,上海古籍出版社,1987 年。

3. 何融《〈文选〉编撰时期及编者考略》,《国文月刊》第 76 期(1947 年),收

---

① 王力《略论语言形式美》,《光明日报》1962 年 10 月 9 日。

入《中外学者文选学论集》,中华书局,1998年。

4. 郭绍虞《〈文选〉的选录标准和它与〈文心雕龙〉的关系》,《光明日报》1961年11月5日。

5. 王瑶《拟古与作伪》,王瑶《中古文学史论》,北京大学出版社,1986年。

问题与思考

1. 比较鲁迅、王瑶及台静农三篇文章的观点和写法。
2. 两汉模拟文风对魏晋间人的拟古及作伪有什么影响?
3. 比较《文选》、《文心雕龙》、《诗品》三书文学观念的异同。

研究实践

研究课题:

《文选》、《文心雕龙》、《诗品》与曹植。

背景材料:

李善注《文选》。

范文澜注《文心雕龙》。

陈延杰注《诗品注》。

赵幼文《曹植集校注》。

方法提示:

1. 认真阅读上述著作,搜集材料,参考周勋初《梁代文论三派述要》(收入周著《文史探微》)、郭绍虞《〈文选〉的选录标准和它与〈文心雕龙〉的关系》(《光明日报》,1961年11月5日,收入《中外学者文选学论集》)以及马积高《〈文心雕龙〉与〈昭明文选〉中对"文"的看法的比较》(亦收入《中外学者文选学论集》)、张伯伟《钟嵘诗品研究》(南京大学出版社,1999年)等研究论著。

2. 查找有关论著论文索引,注意《文心雕龙》中除《明诗》以外的各篇的有关论述;通过本课题学习比较研究的方法。

3. 参考曹植的文学创作,并参考前人诗话中的有关论评,结合已有的文学史知识,形成自己的评判。

研究思路提示:

1. 比较不同著作中对曹植的评论侧重以及地位论定是否有异同。

2. 若以《诗品》或《文心雕龙》为标准,《文选》中所选曹植诗歌是否有代表性？

3. 陈延杰《诗品注》所附曹植诗选目是否符合钟嵘之意？

4.《文心雕龙》等三书的论述语言与批评方法各有什么特点？

5. 三书对曹植的评论，对前代有何继承？对后代有何影响？

呈现方式：

1. 小论文，题目可自拟。

2. 课堂专题讨论，也可以分成三组，分别代表《文选》、《文心雕龙》、《诗品》三书的立场，申述各自观点，进行小组辩论。

第七章 乐府与五言

导 论

　　汉魏六朝诗歌的主体是乐府诗和五言诗。这两者共同构成汉魏六朝诗歌文学的主体,彼此之间既有密切的联系,又有明显的区别,它们争奇斗艳,从而成为汉魏六朝文学中最亮丽的一道风景。因此,厘清乐府与五言二体之间的关系以及二体承传嬗变的轨迹,不仅是把握汉魏六朝诗歌的一条重要脉络,也是理解汉魏六朝文学的重要视角。

　　对中国文学稍有了解的人,都会理解并同意这样一个观点:在中国文学史尤其是宋以前的中国文学史中,诗歌创作层峰迭起,高潮继现,可谓长江后浪推前浪,堪称这一时期文学史中的"重中之重"。宋以前每一个时代的诗歌创作,几乎都为中国诗史奉献了划时代的、标志性的成果。先秦时代,以《诗经》为代表的四言诗和以《楚辞》为代表的骚体诗,不仅代表了中国文学史上最早出现的两个诗史高峰,而且开创了以"风"、"骚"命名的两个源远流长的文学传统。在汉魏六朝文学史中,四言诗和骚体诗虽然不乏嗣响,在南朝刘勰的《文心雕龙·明诗》中,四言诗甚至仍然被称为"正体",而五言诗只是当时流行的"流调",但是这一时期诗史最突出的贡献,则不得不推乐府诗和五言诗。

　　两汉乐府诗是先秦诗歌向中古诗歌转折的关键,具有承先启后、继往开来的重要的历史地位。乐府一词本来是指秦汉两朝所设立的音乐官署,而后来发展为指这一官署所采集或撰作的音乐文学作品,又进一步扩大为指文人采用或模拟这种形式所作的诗歌,后来有人甚至用以指一切可以配乐歌唱的诗歌作品。本章使用的乐府一词,主要是其第二个意义。

班固在《汉书·礼乐志》中说:

> 至武帝定郊祀之礼,……乃立乐府,采诗夜诵,有赵、代、秦、楚之讴。以李延年为协律都尉,多举司马相如等数十人造为诗赋,略论律吕,以合八音之调,作十九章之歌。

而在《汉书》同一篇之中,又有这样的记叙:"高祖乐楚声,故《房中乐》楚声也。孝惠二年,使乐府令夏侯宽备其箫管,更名曰《安世乐》。"所以,宋代的郭茂倩在《乐府诗集》卷九十将上引《汉书·礼乐志》中的说法修正为:

> 乐府之名,起于汉、魏。自孝惠帝时,夏侯宽为乐府令,始以名官。至武帝,乃立乐府,采诗夜诵,有赵、代、秦、楚之讴。则采歌谣,被声乐,其来盖亦远矣。

可见,在郭茂倩看来,乐府在汉惠帝之时就已有了。而现代考古发现又一次刷新了郭茂倩的说法。1976 年,考古工作者在陕西临潼秦始皇陵附近发掘出土了一个错金甬钟,上面刻有小篆"乐府"二字。这向我们揭示了乐府之官早在秦朝就已存在的史实。[①] 尽管如此,一般学者还是认为,"设立乐府机关,采集歌谣来配上音乐,还是汉武帝时的事"[②]。所以,《汉书·艺文志·诗赋略》再次提出"自孝武立乐府而采歌谣,于是有代、赵之讴,秦、楚之风",仍然是合理的并且是值得我们重视的。这显然有意强调汉武帝设立乐府在文化和文学方面的重要意义,而这一行为的开创意义也是不能低估的。

郭茂倩在上引《汉书·艺文志·诗赋略》这段文字之后,接着谈到对乐府诗内容及价值的看法:"皆感于哀乐,缘事而发,亦可以观风俗,知薄厚云。"实际上,这段话为后人提供了理解汉乐府诗的思考框架。

乐府诗因其与音乐官署乐府的关系而得名。不同的乐府歌诗配合不同的乐器,具有不同的音乐特征,表现不同的内容,适用于不同的礼仪或社会场

---

① 参看袁仲一《秦代金文、陶文杂考三则》,《考古与文物》,1982 年第 4 期。
② 《乐府诗集·出版说明》,中华书局,1979 年。

合。郭茂倩《乐府诗集》将从(相传)陶唐氏一直到五代的乐府诗作编成100卷,区分为12类:郊庙歌辞、燕射歌辞、鼓吹曲辞、横吹曲辞、相和歌辞、清商曲辞、舞曲歌辞、琴曲歌辞、杂曲歌辞、近代曲辞、杂歌谣辞、新乐府辞,这也基本上是从音乐角度来区分的。然而,由于配合诗歌的音乐失传,当时的音乐制度往往莫能究详,因而后来的研究者往往偏重乐府诗的文学方面,而忽略乐府诗的音乐方面,也就是说偏重了其文学属性而忽视了其艺术属性,至于从音乐与文学的关系角度来理解乐府诗,则也是有待加强研究的一个环节。

从音乐类型来讲,汉乐府歌诗实际上可以分为郊祀乐、外来乐和民间乐三大系统。而实际上,最受研究者重视的是属于民间乐系统的乐府歌诗,亦即沈约《宋书·乐志》中所谓"汉世街陌谣讴"。这是最能代表班固所谓"感于哀乐,缘事而发","可以观风俗,知薄厚"特点的汉乐府作品。从诗歌传统上讲,这一类作品中也最集中体现了现实主义的精神,表明了汉乐府诗对《诗经》"国风"传统的继承和发扬。其他两类的乐府歌诗中同样体现有丰富的现实内容,只是其表现的方式有所不同罢了。同时,由于社会政治形态的变迁,这两类尤其是郊祀乐系统的乐府歌诗在近现代所受的关注相对较少一些。事实上,郊祀乐系统中有以《郊祀歌》十九章为代表的宗庙歌诗,而外来乐系统中有以《铙歌十八曲》为代表的军乐,具有不可替代的历史文献价值和社会认识价值。从这一点来说,对《郊祀歌》,以及后代乐府中这一类的宗庙歌诗的研究就更其显得薄弱了。

"感于哀乐,缘事而发",汉乐府不仅有突出的叙事性和浓烈的情感内涵,而且,从语言形式方面来看,它又以五言句式为主。它所使用的五言诗体以及在这一过程中所积累的创作经验,为汉魏六朝五言诗歌的发展打下了坚实的基础。乐府与五言的关系就是这样建立起来的,当然,乐府与五言的联系可谓千丝万缕,绝不限于形式一端。从汉乐府到东汉无名氏的古诗作品,到魏晋南北朝时代的"五言腾踊",呈现出一条清晰的诗史发展的线索。在很大程度上,这条线索的起伏脉动,正是魏晋南北朝诗歌风尚甚至是文学风尚变迁的"晴雨表"。

笼统地说,乐府诗、无名氏古诗和汉魏六朝文人的五言诗创作都属于广义的古诗的范畴,都是与近体诗或格律诗相对应的古体诗。但分析起来,这三者在作者身份、题材内容、艺术风格以及表现手法等方面各自都有鲜明的特点。

从作者身份来看,乐府诗大多是民间的集体创作;无名氏古诗(包括那些托名为枚乘、李陵、苏武、傅毅等人的诗作)虽然是个人的作品,但由于无法确定作者的具体身份,我们只能推测其所属的阶层或群体,在这个意义上说,无名氏古诗也具有某种集体创作的色彩。从民间的集体创作、佚名的作者到确定的诗人,诗作的集体创作色彩越来越淡薄,诗作的时空背景越来越明确,而作者的个人面目却越来越清晰,诗歌的个性风格也随之而变得越来越突出。

从题材内容来看,由乐府诗到文人五言诗,叙事在诗作中所占的比重渐渐缩小,而抒情和描写的分量则越来越重,诗作的抒情性也越来越突出。同样是乐府诗,相对于汉朝乐府诗而言,南朝乐府民歌的抒情性亦明显增加,文人的创作更不待言,这正是汉魏六朝诗歌发展中"缘情"或"重情"的美学倾向的体现。建安以来,随着新的自觉的文学观念的确立,随着新的文人社会地位及彼此关系的建立,随着作者身份及题材内容的变化,汉魏六朝诗歌的产生方式与应用场合也发生了变化,一系列崭新的诗歌创作形态和社会功能应运而生,其中最值得注意的是赠答、应制、同题共作、代拟、赋得、联句以及意在游戏的各种杂体诗,等等,这些都从不同的角度或侧面说明了魏晋南北朝诗歌的特殊贡献和历史意义。吴承学、何志军《诗可以群——从魏晋南北朝诗歌创作形态考察其文学观念》[①]对此问题已有论述,可以参看。

从艺术风格来看,乐府诗朴拙自然,很多作品的词句中还遗留着说唱表演的痕迹;《古诗十九首》"直而不野"(刘勰《文心雕龙·明诗》),温丽悲远,"惊心动魄",号称"一字千金"(钟嵘《诗品序》);文人五言从"不离闾里歌谣之质"(黄侃《诗品讲疏》),到"采丽竞繁"(陈子昂《与东方左史虬修竹篇序》),争巧斗丽,逐渐走上了一条风格上文采缤纷、艺术上日益自觉、形式上日趋精致成熟的道路。以各个阶段不同诗人各异的风格为标志,魏晋南北朝诗史中又划分出建安、正始、太康、元嘉、永明等诗歌时代,呈现出明显的阶段性。"建安风骨"、"左思风力"、"正始余风"、"永明体"等等,这些在古代文学批评论著中随处可见的术语,其实都涉及对不同诗歌风格的描述。特别值得一提的是,陶渊明和谢灵运这两位魏晋南北朝时代的重要诗人,他们所生活的时代虽然相距不远,却以截然不同的诗风各自标异于时,并成为魏晋南北朝前后两期不同诗风的卓越代表。从诗史的整体趋向来看,陶渊明的诗平淡简质,

---

① 《中国社会科学》,2001年第5期。

犹自带有两汉魏晋以来朴素浑厚的古诗传统,而谢灵运"才高词盛,富艳难踪"(《诗品》),他所代表的是"声色渐开"的南朝诗坛新风。五言诗在其发展过程中不仅吸引了众多诗人作者,而且吸收了其他诗歌以及其他文体的表现手法和创作经验,使自身在艺术形式方面日渐成熟,在表现力方面日渐丰富,其创作规模与成就也越来越大。到了南朝时代,这个起源于汉代乐府的诗体已经蔚为大观,令人刮目相看,成为"众作之有滋味者"。它无疑是魏晋南北朝诗坛的主流诗体。

自其诞生之日起,汉魏六朝乐府诗及五言诗长期为广大读者所喜爱,也受到历代学者的关注。有系统的研究,也早自南朝钟嵘《诗品》。其后,历代研究论述层出不穷,可谓汗牛充栋。当代学者的研究成果也颇多可见,不能备列,萧涤非《汉魏六朝乐府文学史》、王运熙《乐府诗述论》、葛晓音《八代诗史》等,尤其值得一提。本章限于篇幅,只选录了三篇论文作为代表。这些论文的论题涉及乐府诗、《古诗十九首》以及魏晋南北朝五言诗,都堪称这一时期诗史的焦点问题。诸篇论文都是由具体的问题入手,而以宏通的文学史视野作为背景,或者讨论诗歌与音乐、诗歌风格与时代的关系,或者对不同诗风进行比较辨析,虽然切入角度各异,而对于理解这一时期的诗史无疑都有启示意义。

选　文

略谈乐府诗的曲名本事与思想内容的关系

王运熙

导言——

本文初刊《河南师大学报》1979 年第 6 期,收入王运熙著《汉魏六朝唐代文学论丛》(上海古籍出版社,1981 年),后又收入王运熙《乐府诗述论》(上海古籍出版社,1996 年)。

作者王运熙(1926—2014),江苏金山(今上海金山区)人。1947 年毕业于复旦大学,任复旦大学中文系教授、博士生导师。

　　作者从20世纪40年代后期开始研究乐府诗,成果颇多。本文从乐府诗之体制入手,论述曲名、本事与思想内容之关系。作者将乐府诗曲名本事与思想内容之关系概括为三种,并以三节分别论述之:第一种是乐府歌辞内容与曲名相吻合,但思想内容也有发展与变化;第二种是乐府歌辞与曲名不相符合,但主题相同或相近,在思想内容上还保持一定程度的联系;第三种是乐府歌辞的思想内容不但与曲名不相吻合,而且在思想意义上与曲名、本事、原辞等也没有什么联系。作者先对各类乐府诗作及相关文献史料进行搜集整理,继而条分缕析,论点平实公允,对于理解汉魏六朝乐府诗的体制和内容,对于理解唐人乐府旧题诗作以及唐以来新乐府诗的产生,都有启示意义。

　　《词苑丛谈》引俞少卿曰:"《词品》云:'唐词多缘题所赋,《临江仙》则言水仙,《女冠子》则述道情,《河渎神》则缘祠庙,《巫山一段云》则状巫峡,《醉公子》则咏公子醉也。'……愚按……大率古人由词而制调,故命名多属本意;后人因调而填词,故赋寄率离原词。"(卷一《体制》)说明初期词作,往往内容与词调名称吻合;后人因调填词,内容发生变化,常常离开原题的意思。这种现象也见于乐府诗。词亦名乐府,其体制承受汉魏六朝乐府诗的不少影响,这种现象其实也是沿袭了乐府诗的传统。但乐府诗中的这种现象,一般读者和研究者注意较少;由于后起之作离开了曲名和本事,甚至引起一些误会。本篇拟略述这方面的情况,供阅读和研究乐府诗的同志们参考。

一

　　乐府诗曲名和歌辞内容吻合的作品是大量存在的。这种现象在鼓吹曲辞、横吹曲辞中表现尤为普遍。像鼓吹曲辞的《朱鹭》、《战城南》、《巫山高》、《将进酒》、《芳树》、《有所思》等曲,横吹曲辞中的《陇头》、《出塞》、《入塞》、《折杨柳》、《关山月》、《梅花落》等曲,大量的歌辞内容均与曲名相吻合,例如《战城南》写战争,《将进酒》写饮酒。但后来的某些作品,题材、主题与古辞相比,也有所发展变化。例如鼓吹曲辞的《巫山高》曲,《乐府诗集》卷十六说:

　　《乐府解题》曰:古词言江淮水深,无梁可度,临水远望,思归而已。若齐王融"想象巫山高",梁范云"巫山高不极",杂以阳台神女之事,无复远望思归之意也。

虽然内容仍与巫山有关,但与古辞"临水远望思归"的内容已有所不同。又如《有所思》曲,古辞是写男女之情,后来的作品题材、主题也有变化。《乐府诗集》卷十六说:

《乐府解题》曰:古词言,"有所思,乃在大海南,何用问遗君?双珠玳瑁簪。闻君有他心,烧之当风扬其灰。从今已往,勿复相思,而与君绝"也。……宋何承天《有所思》篇曰:"有所思,思昔人,曾闵二子善养亲。"则言生罹荼苦,哀慈亲之不得见也。

何承天诗作内容虽仍与曲名相合,但不是写男女相思,而是写孝子忆念慈亲,题材、主题已经不同了。

乐府相和歌辞、清商曲辞、杂曲歌辞等类中,曲名和歌辞内容吻合的作品,也是大量存在的。如相和歌辞中的《王昭君》、《王子乔》、《燕歌行》、《从军行》、《相逢行》、《蜀道难》等曲,清商曲辞中的《懊侬歌》、《春江花月夜》、《乌夜啼》、《估客乐》、《襄阳乐》等曲,杂曲歌辞中的《悲哉行》、《妾薄命》、《长相思》、《行路难》等曲,现存歌辞内容大抵都和曲名相吻合,例如《王昭君》咏昭君故事,《从军行》写从军征战之事。但正像上述鼓吹曲辞那样,后来某些作品的题材、主题比古辞也有发展变化。例如《燕歌行》,现存歌辞以曹丕的"秋风萧瑟天气凉"等二首为最早,写妇女忆念远客北方边地的丈夫。《乐府诗集》卷三二说:

《乐府解题》曰:晋乐奏魏文帝《秋风》、《别日》二曲,言时序迁换,行役不归,妇人怨旷,无所诉也。《广题》曰:燕,地名也。言良人从役于燕,而为此曲。

曹丕以后南朝不少作家写的《燕歌行》,题材、主题大致与曹丕所作相同;唐代高适的《燕歌行》,另辟蹊径,着重写唐时燕地一带紧张的战斗,军士的艰苦生活与豪迈气概,境界开阔,面目一新。这种题材、主题的发展变化是必要的。

没有这种变化,诗的思想内容就容易陈陈相因,缺乏创新精神。高适能够写出《燕歌行》这样优秀的作品,同他突破旧传统的创新精神分不开。

相和歌辞、清商曲辞的某些曲调,有一个本事;现存歌辞,其内容有的与本事相符,有的则有了变化。例如相和歌辞的《箜篌引》,一名《公无渡河》,《乐府诗集》卷二六引崔豹《古今注》载其本事说:

> 《箜篌引》者,朝鲜津卒霍里子高妻丽玉所作也。子高晨起刺船,有一白首狂夫,被发提壶,乱流而渡。其妻随而止之,不及,遂堕河而死。于是援箜篌而歌曰:"公无渡河,公竟渡河。堕河而死,将奈公何!"声甚凄怆。曲终,亦投河而死。子高还,以语丽玉。丽玉伤之,乃引箜篌而写其声,闻者莫不堕泪饮泣。丽玉以其曲传邻女丽容,名曰《箜篌引》。

现存《箜篌引》、《公无渡河》歌辞,自梁代刘孝威到唐代李贺、温庭筠等人的作品,内容均与本事相合,这是一种情况。

又如相和歌辞中的《陌上桑》曲,《乐府诗集》卷二八引崔豹《古今注》载其本事说:

> 《陌上桑》者,出秦氏女子。秦氏,邯郸人有女名罗敷,为邑人千乘王仁妻。王仁后为赵王家令。罗敷出采桑于陌上,赵王登台,见而悦之,因置酒欲夺焉。罗敷巧弹筝,乃作《陌上桑》之歌以自明。赵王乃止。

可见《陌上桑》原词是王仁妻秦罗敷为拒绝赵王的强夺而作,其辞早已不传,魏晋时乐府所奏《陌上桑》古辞,即为我们现在所见的《日出东南隅》篇。篇中女角虽亦名秦罗敷,且采桑于陌上,但并非拒绝赵王强夺,而是拒使君求婚,故事已有不同。按《乐府诗集》引《古今乐录》云:"《陌上桑》,歌瑟调。古辞《艳歌罗敷行·日出东南隅》篇。"原来《日出东南隅》篇本为《相和歌辞·瑟调曲》中的《艳歌罗敷行》曲,与相和歌辞相和曲中的《陌上桑》不是一曲;只因《陌上桑》曲古辞不传,而《日出东南隅》篇题材接近,女子巧拒豪贵(这种事情在古代是相当多的)的主题又相同,因此《陌上桑》曲借用其歌辞入乐。后来

《陌上桑》、《日出东南隅行》二曲的作品,有不少是沿袭《日出东南隅》篇的;罗敷婉拒赵王强夺的本事,因无古辞流传,不再发生影响了。

再如清商曲辞中的《丁督护歌》,现存歌辞内容也与本事不相符合。《宋书·乐志》载《丁督护歌》的本事说:

> 《督护歌》者,彭城内史徐逵之为鲁轨所杀,宋高祖使府内直督护丁旿收敛殡埋之。逵之妻,高祖长女也。呼旿至阁下,自问敛送之事。每问,辄叹息曰:"丁督护!"其声哀切,后人因其声广其曲焉。

这本事可以《宋书·武帝纪》的记载作佐证。《武帝纪》云:"(义熙)十一年正月,……公(指武帝刘裕,时为宋公)率众军西讨。……三月,军次江陵。……公命彭城内史徐逵之、参军王允之出江夏口,复为(鲁)轨所败,并没。"(节录)督护本指收尸人丁旿,徐逵之西征丧身,而现存的《丁督护歌》却写女子送督护北征,前去洛阳,与本事大不相同。原来宋高祖长女哭其夫徐逵之战殁,痛呼"丁督护",声调哀切,后人只是利用其声调写作歌词,来表现女子送别丈夫出征时的哀伤之情,所以与本事大相径庭了。① 至于李白的《丁督护歌》(一作《丁都护歌》),内容又有变化,描写吴地云阳一带船夫搬运磐石的艰苦生活,"一唱都护歌,心摧泪如雨",当他们唱着流行吴地声调哀切的《丁督护歌》时,就摧伤欲绝、泪下如雨了。李白诗只是利用船夫唱《丁督护歌》时心摧泪下的情节,来帮助刻画船夫的辛苦和悲痛,其诗的内容同本事距离更远了。唐人的古题乐府,与南朝文人之作不同,常常能突破原来的题材和主题,反映当时的社会生活,呈现新颖的面貌,再加上艺术技巧的卓越,因而成绩斐然。高适《燕歌行》、李白《丁督护歌》都是其例。

二

下面想谈谈乐府歌辞与曲名不相符合的情况。这种情况在《相和歌辞》中比较多,有些作品还颇著名,值得我们注意。

先说《相和歌辞》中的《薤露》、《蒿里》两曲,《乐府诗集》卷二七记其缘

---

① 参考拙作《吴声西曲杂考·丁督护歌考》,王运熙《乐府诗述论》,上海古籍出版社,1996年。

起说：

> 崔豹《古今注》曰：《薤露》、《蒿里》，泣丧歌也。本出田横门人。横自杀，门人伤之，为作悲歌，言人命奄忽，如薤上之露，易晞灭也。亦谓人死魂魄归于蒿里。至汉武帝时，李延年分为二曲，《薤露》送王公贵人，《蒿里》送士大夫庶人，使挽柩者歌之，亦谓之《挽歌》。……按蒿里，山名，在泰山南。

《薤露》、《蒿里》二曲古辞，歌辞简短，录在下面供参照：

> 薤上露，何易晞。露晞明朝更复落，人死一去何时归！
> 蒿里谁家地，聚敛魂魄无贤愚。鬼伯一何相催促，人命不得少踟蹰！

此二曲古辞，原来作为挽歌，人死出殡时使挽柩者歌之。《薤露》、《蒿里》的曲名，均出自古辞首句。后来曹操的《薤露》、《蒿里》二曲，不再是送死人出殡时的挽歌，而用来描写汉末丧乱。《薤露》曲有云："荡覆帝基业，宗庙以燔丧。……瞻彼洛城郭，微子为哀伤。"《蒿里》曲有云："铠甲生虮虱，万姓以死亡。白骨露于野，千里无鸡鸣。生民百遗一，念之断人肠。"其内容固然与曲名不相吻合，但从古辞的哀悼个人死亡扩大到哀悼国家丧乱，在意思上仍有相通之处，所以方东树评为"所咏丧亡之哀，足当挽歌也"（《昭昧詹言》卷二）。后来东晋张骏的《薤露》曲，写西晋覆亡之痛，就是继承了曹操诗的传统的。至于曹植的《薤露》曲，因薤露而想到人生短促（"人居一世间，忽若风吹尘"），因而企求乘时立业，虽在内容上与古辞还有一些联系，但距离就更远了。

再说相和歌辞中的《豫章行》（见《乐府诗集》卷三四），古辞一首，写豫章山上的白杨，为人砍伐，运往洛阳作建筑材料。结果是："身在洛阳宫，根在豫章山。多谢枝与叶，何时复相连？……何意万人巧，使我离根株！"后来西晋傅玄有《豫章行·苦相篇》，写女子苦相为丈夫所遗弃，结果"昔为形与影，今为胡与秦。胡秦时相见，一绝逾参辰"，从写树木被砍伐到写妇女被遗弃，题材大不相同，但古辞的"何时复相连"、"使我离根株"的思想意义还保存着。同时陆机也有《豫章行》，写与亲戚分手的悲感，有云："川陆殊途轨，懿亲将远寻。三荆欢同株，四鸟悲异林。乐会良自古，悼别岂独今。"在伤离悼别慨叹

"何时复相连"的意思上也和古辞保持着联系。还有曹植的《豫章行》二首，歌咏史事，其第二首有云："他人虽同盟，骨肉天性然。周公穆康叔，管蔡则流言。"实际是借咏史来表现自己受到曹丕、曹睿疑忌打击的痛苦。在骨肉不和以至分离"使我离根株"这一点上，也和古辞内容保持着联系。至于李白的《豫章行》，描写安史乱后老母送子参军，"呼天野草间"的悲惨情景，则不但在分离内容上与古辞有联系，而且由于写的是豫章一带的情状（篇中有"白杨秋月苦，早落豫章山"句），重新与曲名相吻合了。

从上述《薤露》、《蒿里》、《豫章行》诸曲调看，后来的歌辞尽管与曲名、本事不合，但在思想内容上仍然保持着若干联系。让我们再看相和歌辞中的《雁门太守行》。《乐府诗集》卷三九说：

> 《古今乐录》曰："王僧虔《技录》云：《雁门太守行》，歌古洛阳令一篇。"《后汉书》曰："王涣，字稚子，广汉郪人也。……还为洛阳令，政平讼理，发擿奸状，京师称叹，以为有神算。元兴元年病卒。……民思其德，为立祠安阳亭西，每食辄弦歌而荐之。……"《乐府解题》曰："按古歌词历述涣本末，与传合，而曰《雁门太守行》，所未详。"

现存《雁门太守行》古辞，开头云："孝和帝在时，洛阳令王君，本自益州广汉蜀民，少行宦学，通五经论。"末尾云："为君作祠，安阳亭西，欲令后世，莫不称传。"历叙王涣政绩，确与《后汉书·循吏传》相合。但为什么题名《雁门太守行》，不叫《洛阳令行》，《乐府解题》说未详其故。实际《雁门太守行》的原辞（当为歌颂雁门太守某某的诗）早已不传，后人写作洛阳令一篇歌颂地方长官，因主题类似，故即借用《雁门太守行》曲调。清代朱乾《乐府正义》说："按古辞咏雁门太守者不传，此以乐府旧题《雁门太守行》咏雒阳令也，与用《秦女休行》咏庞烈妇者同；若改用《庞烈妇行》，则是自为乐府新题，非复旧制矣。凡拟乐府有与古题全不对者，类用此例，但当以类相从，不须切泥其事。"（据黄节《汉魏乐府风笺》卷四转引）朱乾的意见很中肯，能从乐府体制上说明问题。

李贺的《雁门太守行·黑云压城城欲摧》是一首名篇，同古辞洛阳令一样，它也是借用旧题歌咏地方长官。陈沆《诗比兴笺》卷四说："乐府《雁门太守行》古词，美洛阳令王涣德政，不咏雁门太守也。长吉乃借古题以寓今事。故易水、黄金台语，其为咏幽蓟事无疑矣。宪宗元和四年，成德军节度使王承宗自立,吐突承璀为招讨使讨之,逾年无功。故诗刺诸将不力战,无报国死绥之志也。唐中叶以天下不能取河北,由诸将观望无成,故长吉愤之。"此诗是否即讽刺吐突承璀等讨伐叛镇不力,当然还难以肯定;但陈沆根据诗中"半卷红旗临易水"、"报君黄金台上意"句指出它是咏幽蓟一带河北地区的战事,还是比较合理的。姚文燮《昌谷集注》卷一说:"元和九年冬,振武军乱,诏以张煦为节度使,将夏州兵二千趣镇讨之。振武即雁门郡。贺当拟此以送之,言宜兼程而进,故诗皆言师旅晓征也。"姚说不顾诗中易水等地名,以为《雁门太守行》一定是写雁门地区的事,失之拘泥。

朱乾提到《秦女休行》咏庞烈妇事,与《雁门太守行》咏洛阳令王涣事相像。这里连类介绍一下。《秦女休行》属乐府杂曲歌辞,原辞为曹魏左延年作,写燕王妇秦女休为宗族报仇杀人、将受刑戮、忽得赦书的故事。此事史书失载。后来傅玄写的《秦女休行》则是写庞烈妇为父报仇,杀人后直造县门自首,卒获赦免。其事《后汉书·列女传》中的《庞淯母传》、《三国志·魏志》卷一八《庞淯传》均有记载。《乐府诗集》卷六一《秦女休行》题解说:

> 左延年辞,大略言女休为燕王妇,为宗报仇,杀人都市,虽被囚系,终以赦宥,得宽刑戮也。晋傅玄云"庞氏有烈妇",亦言杀人报怨,以烈义称,与古辞(按指左延年辞)义同而事异。

"义同事异",是指左延年、傅玄两篇《秦女休行》所咏事实虽不相同,但歌颂烈女为亲人报仇的主题思想则相同,正如咏雁门太守的《雁门太守行》古辞(已佚)与咏洛阳令王涣的《雁门太守行》的古辞,虽然所咏对象不同,但主题都是歌颂地方长官一样。汉魏之际,为亲人报仇杀人的风气相当流行,虽在妇女也是如此。曹植《鼙舞歌·精微篇》即提到两件事实,其一即秦女休事,另一为苏来卿事。诗云:"关东有贤女,自字苏来卿。壮年报父仇,身没垂功名。女休逢赦书,白刃几在颈。俱上列仙籍,去死独就生。"苏来卿事史籍也不载。东汉前期汉章帝造《鼙舞歌》5篇,其一名《关东有贤女》,专述其事,曹植的《精微篇》就是拟《关东有贤女》的(见《乐府诗集》卷五三《魏陈思王鼙舞歌》题解)。汉章帝的歌辞惜已不传,但可以证明当时报仇杀人风气的流行。[①]

---

① 参考萧涤非先生《汉魏六朝乐府文学史》第三编第五章、第四编第二章。

这种风气到后代还有，如李白的《鼙舞歌·东海有勇妇》篇，写东海勇妇"捐躯报夫仇，万死不顾生"的义烈行为，后得北海太守李邕上章朝廷，获得赦免。《乐府诗集》卷五三说："李白作此篇以代《关中有贤女》。"说明它是拟《关中有贤女》篇的，它同古辞也可以算是"义同事异"的一例了。

三

上面第一节介绍部分乐府歌辞内容与曲名相吻合，但思想内容也有发展与变化；第二节介绍部分乐府歌辞与曲名不相吻合，但在思想内容上还保持一定程度的联系，或主题相同，或主题比较接近。乐府歌辞还有第三种情况，那就是部分乐府歌辞的思想内容，不但与曲名不相吻合，而且在思想意义上与曲名、本事、原辞等也没有什么联系。这里也举几个例子说明一下。

例如相和歌辞中的《秋胡行》，原辞虽不传，但《列女传》、《西京杂记》都载有其本事，是写鲁人秋胡娶妻后出外宦游，数年后还家，路遇其妻采桑于郊，秋胡不识其妻，贪其美貌，遗金调戏，其妻愤而自尽。秋胡戏妻的故事，颇为著名，常为后代通俗文学所取材。现存晋傅玄的《秋胡行》二首，正是歌咏其事，与曲名、本事相吻合。但曹操的《秋胡行》二首（《晨上散关山》、《愿登泰华山》篇）都歌咏追求神仙，曹丕的《秋胡行》三首，《尧任舜禹》篇咏明君任用贤人，《朝与佳人期》《泛泛渌池》二篇写思念佳人（可能比喻君主渴求贤人），不但都和秋胡故事了不相涉，而且在思想意义上也看不出有什么联系。朱乾《乐府正义》为之说曰：

《秋胡》古辞已亡，故前人于此题多假借之词。本其陷溺欲海，则为求仙之说，所谓真人，何有于路旁美妇，《晨上散关山》是也。……若《朝与佳人期》与《泛泛渌池》二首，一则海隅莫致，一则在庭可遗，皆非路旁乱掷；而折兰结桂，采实佩英，则又见投金之可鄙：皆反《秋胡》之意而为之说也。（《汉魏乐府风笺》卷十一引）

虽然竭力想说明曹操、曹丕之作思想内容上与《秋胡行》本事的联系，但立说不免牵强附会，缺乏强有力的证据。看来曹操、曹丕的《秋胡行》歌词，只是利用该曲的声调，在思想意义上与题名和本事不见得有什么联系。《乐府诗集》卷八七《黄昙子歌》题解说："凡歌辞，考之与事不合者，但因其声而作歌尔。"

曹操、曹丕的《秋胡行》，大约就是属于因其声而作歌的一类。

相和歌辞中的《上留田行》，是因声作歌的明显例子。《乐府诗集》卷三八《上留田行》题解说：

> 崔豹《古今注》曰：上留田，地名也。人有父母死，不字其孤弟者，邻人为其弟作悲歌以风其兄，故曰上留田。《乐府广题》曰：盖汉世人也。云："里中有啼儿，似类亲父子。回车问啼儿，慷慨不可止。"

这里叙述了《上留田行》题名的意义与本事，记载了民歌原辞。《乐府诗集》收录了曹丕、谢灵运的两首《上留田行》，值得注意。歌辞如下：

> 居世一何不同。（上留田）富人食稻与粱，（上留田）贫子食糟与糠。（上留田）贫贱亦何伤。（上留田）禄命悬在苍天。（上留田）今尔叹息将欲谁怨？（上留田）（曹丕《上留田行》，上留田前后的括弧为我所加，下首同。）
>
> 薄游出彼东道，（上留田）薄游出彼东道。（上留田）循听一何矗矗。（上留田）澄川一何皎皎。（上留田）悠哉遰矣征夫，（上留田）悠哉遰矣征夫。（上留田）两服上阪电游，（上留田）舫舟下游飙驱。（上留田）此别既久无适，（上留田）此别既久无适。（上留田）寸心系在万里，（上留田）尺素遵此千夕。（上留田）秋冬迭相去就，（上留田）秋冬迭相去就。（上留田）素雪纷纷鹤委，（上留田）清风飙飙入袖。（上留田）岁云暮矣增忧，（上留田）岁云暮矣增忧。（上留田）诚知运来讵抑，（上留田）熟视年往莫留。（上留田）（谢灵运《上留田行》）

曹丕、谢灵运两诗，内容与《上留田行》题名、本事都已经大不相同。如果说曹诗写贫富悬殊，思想内容与古辞兄弟命运不同还稍微有一点联系的话，那么谢诗写亲友离别、光阴消逝的哀伤，内容就更谈不上有什么联系了。原来曹谢两诗只是利用"上留田"作为和声来写作新辞罢了，这也就是郭茂倩所谓"但因其声而作歌尔"的意思。

这种因声作歌的情况，在六朝清商曲辞中较多。上面提到的《丁督护歌》

是一例，但后起歌辞与曲名仍相配合。此外，还有与原来曲名、本事都不同的例子，如《阿子歌》。《乐府诗集》卷四五载《欢闻变歌》、《阿子歌》二曲的本事说：

《古今乐录》曰：《欢闻变歌》者，晋穆帝升平中，童子辈忽歌于道曰："阿子闻！"曲终，辄云："阿子汝闻不？"无几而穆帝崩。褚太后哭"阿子汝闻不"，声既凄苦，因以名之。

《宋书·乐志》曰：《阿子歌》者，亦因升平初歌云："阿子汝闻不"，后人演其声为《阿子》、《欢闻》二曲。

据此知"阿子闻"原为民间童谣中间的和声，"阿子汝闻不"则为童谣末尾的送声，后来被附会与东晋褚太后哭穆帝夭折的哀痛声调有关，因而制成《欢闻》、《阿子》二曲。但现存《阿子歌》三首中的第二、第三首歌辞云：

春月故鸭啼，独雄颠倒落。工知悦弦死，故来相寻博。
野田草欲尽，东流水又暴。念我双飞凫，饥渴常不饱。

讲的是鸭子的事，与《阿子歌》的曲名、本事完全不同。《乐府诗集》引《乐苑》说："嘉兴人养鸭儿，鸭儿既死，因有此歌。"原来这两首歌辞只是利用《阿子歌》的和送声①，而且把"阿子"讹变为"鸭子"，所以产生这种奇怪的现象了。

本文开头说过，前期词多缘题之作，后来词作则因大都因调填词，离开原题，这种现象可说是沿袭了乐府诗的传统。但从数量上说，词中缘题之作较少，因调填词离开原题的作品则是大量的。从绝大多数的词作来说，词调仅是提供一种格式，其思想内容与调名、本事大抵没有什么关系。乐府诗则不一样，上述第三类作品与曲名、本事失去联系的毕竟占少数；多数作品属于上述第一、第二类，与曲名、本事或者主题思想方面等保持一定的联系。从一般

---

① 汉魏六朝乐府诗中的和声，置于诗中每句之后，如上引曹丕、谢灵运的《上留田行》，送声则置于篇末，演唱时歌者唱一句停歇，则诸人群唱和声；唱全篇毕，则群唱送声。宋代龙辅《女红余志》记载唱沈约《白纻歌》送声时的情景曰："合声奏之，梁尘俱动。"可见其热烈情景。详见《论六朝清商曲中之和送声》。

情况说,用乐府旧题写诗,在思想内容上常常或多或少受到原题、古辞的制约,不容易自由地来反映崭新的题材。唐以来不少新乐府诗的产生,就是为了打破这种限制,更充分更有效地来反映当代的社会现实。

古诗十九首初探·前言(节选)

马茂元

导言——

本文选自马茂元《古诗十九首初探》(陕西人民出版社,1981年),是该书《前言》的前三节,接下来的两节讨论《古诗十九首》的基本内容和艺术特色,也值得一读,限于篇幅,这里没有选录。

作者马茂元(1918—1989),字懋园,安徽桐城人。1938年毕业于无锡国学专修学校,上海师范学院中文系教授。

作者出生于桐城世家,自幼诵读《古诗十九首》,烂熟于心,体会既深,心得亦多。此文作于其盛年,笔力雄健,才思富盛,颇见学术功力,故虽然作于将近半个世纪以前,至今读之,仍有新意。本文重点讨论《古诗十九首》的诗体、作者与时代、诗史地位等三个方面的问题。关于后两个方面的问题,前贤论述已多,而作者仍能别具只眼,时出新意。关于乐府和古诗、古诗和《古诗十九首》之间的关系,前人或者不甚措意,或者语焉不详,作者所论正名辨体,简洁明了,足以使读者对汉魏六朝诗史的演进背景有更明晰的理解。

《古诗十九首》最早著录于梁昭明太子萧统的《文选》。这仅仅是19篇无主名的抒情短诗,可是自从它出现以后,就一直受到诗论家崇高的评价,《十九首》和《三百篇》往往相提并论;流传之广,影响之深,在中国古典诗歌领域中是一件非常特出的事例。这对文学史研究工作者来说,应该是值得引起注意的问题。

《文选》里所选录的诗歌,篇目极为丰富,而《古诗十九首》则很早就已脱离母体单独成为研究对象。特别是清代笺注之学盛行以后,更出现了不少关于《十九首》的专著。可是对诗义的理解，牵强附会居多；在文学欣赏方面，虽然有不少精辟深透之见，但却也缺乏全面的、综合性的分析和论证。究竟《古诗十九首》产生的社会历史背景是怎样？它的基本内容和它的精神实质我们应该怎样去理解？更重要的是，它的出现，在中国诗歌发展史上有什么重大的意义？这些，都有待于我们作进一步的探索。

乐府和古诗，古诗与《古诗十九首》

所谓古诗，一般地说，是指流传已久，难以确定其绝对年代的无主名的诗篇。屈原、宋玉之后，汉朝没有出现什么大诗人，汉朝的诗歌只有不知名的乐府和古诗。魏晋以来，个人的创作大大兴盛起来，诗人受到社会上普遍的重视，作诗才成为一种专业。著名的作家像曹植、王粲、阮籍、陶潜、谢灵运、鲍照之流，固不必说，即使是"争价一句之奇"①，也都可以蜚声诗坛，垂名后世。随着诗歌的发展，古诗这一名称，也就不会再出现了。

采集民间诗歌，以之合乐，是汉朝乐府机关职掌中一项最重要的工作，也就是乐府歌辞最主要的来源。其中虽有极少一部分御用文人奉命撰制的歌辞，但究竟是无关重要的。乐府规模，盛于西汉武帝刘彻时代。班固《汉书·艺文志》记录的采诗地区，北极燕、代、雁门、云中，南至吴、楚，西到陇西，东至齐、郑，可是所采的诗歌，仅有138篇。这个数字，固然是东汉时的记录，难免有散失遗亡；但另一方面也说明了各地丰富的民间诗歌，决非当时政府所能尽采。这些未被采录的诗歌，无疑地单独在社会上流传；再加上一部分原已入乐而失了标题、脱离了音乐的歌辞，后人无以名之，只得泛称之为古诗。古诗和乐府除了在音乐意义上有所区别而外，实际是二而一的东西。现在乐府古辞中，假如某一篇失去了当时合乐的标题，无所归类，则我们也不得不泛称之为古诗；同样，现存古诗中，假如某一篇被我们发现了原来合乐的标题，则它马上又会变成乐府歌辞了。当然这并不是说，所有的古诗都曾入过乐，但其中确曾有部分入过乐的。像《古诗十九首》中有好几篇唐、宋人引用时明明称为"古乐府"。朱乾《乐府正义》甚至说："《古诗十九首》，古乐府也。"即其例证。后人辑录汉代诗歌，乐府和古诗的界限总是划分不清，往往一首诗甲本

---

① 见《文心雕龙·明诗》，说的是宋初诗坛情况。

题为乐府,而乙本则标作古诗。①

古诗的涵义,和"乐府"同样的广泛,可是作为一个整体而出现在《文选》里的《古诗十九首》则是汉代"古诗"许多类型当中的一个类型,我们必须把它和一般的"古诗"加以明确的区分。

第一,古诗和乐府一样,其中有抒情的诗歌,也有社会性的叙事诗。像《上山采蘼芜》、《十五从军征》、《孔雀东南飞》等篇皆是。可是《十九首》则篇篇都是咏叹人生的抒情之作。从内容来看,自成体系,不同于一般的古诗。

第二,古诗和乐府都是流传在社会上的诗篇。其中固然绝大部分是劳动人民的口头创作,但也有文人的歌咏。收集在一起,作者的阶级地位和他们的文化水平是极为复杂,极为参差不齐的。而《古诗十九首》则完全是文人的创制。从作者来看,彼此间的情况又是大致相同的。

第三,古诗和乐府,篇幅的长短距离很大。《十九首》里,没有长篇,最长的不多于20句(《东城高且长》、《冉冉孤生竹》和《凛凛岁云暮》三首),最短的不少于8句(《涉江采芙蓉》和《庭中有奇树》二首)。就诗歌的形式来看,彼此间也是相近似的。

由于上述三个特征,就使得《十九首》在汉代古诗系统中构成了一个具有独立性的类型的意义,这个类型的古诗,就是汉代无名文人创作的抒情短诗。

汉代的古诗究竟有好多篇呢?这话很难说。这不但因为年代久远,散佚太多;而且现存的汉诗,古诗和乐府也难以划分得清楚确切。单拿像《古诗十九首》这一类型的古诗来说,原来也不只19首。《诗品》说:"陆机所拟十四首,文温以丽,意悲而远,惊心动魄,可谓几乎一字千金。其外《去者日以疏》四十五首,虽多哀怨,颇为总杂……"钟嵘所指的当然不包括古诗中的叙事诗;同时,他所看到的也不会是全部,可是已有59首之多。萧统编著《文选》时只选录了19首,足见他的去取标准是相当严格的。《十九首》以外的汉代抒情短诗流传到现在的也就有限了。虽然徐陵《玉台新咏》和其他古籍中还存留一些,但时代莫辨,真伪难明,而且对后来的影响也不大。只有这19首,经过时间的考验,历久弥新。它标志着汉代五言抒情诗的最高成就,同时也概括了这一类型的"古诗"的全部风貌,而成为我们研究的主要对象。

---

① 例如《孔雀东南飞》一诗,《玉台新咏》题作"古诗无名人为焦仲卿妻作",《乐府诗集》则收入《杂曲歌辞》题为《焦仲卿妻》。

《古诗十九首》的作者和时代

文学的发展,有着它本身一定的演进过程,任何文学作品的出现,决不是一个偶然的现象。像《古诗十九首》这样具有特征性的成熟的作品,它必然是一定社会历史条件下的产物。

关于《古诗十九首》的作者和时代问题,旧说最为纷纭。萧统著录在《文选》里,总题为"古诗",当然由于弄不清作者和时代的缘故。钟嵘《诗品》也说它"人代冥灭",没有作出结论。但稍后于萧统的徐陵《玉台新咏》,则将《十九首》中的《西北有高楼》、《东城高且长》、《行行重行行》、《涉江采芙蓉》、《青青河畔草》、《庭中有奇树》、《迢迢牵牛星》、《明月何皎皎》8 篇题为"枚乘杂诗"①。后来甚至有人认为《十九首》都是枚乘的作品。②

无论认为全部或者部分是枚乘作品,都是错误的。《诗品上》曰:"逮汉李陵,始著五言之目。古诗眇邈,人世难详,推其文体,固是炎汉之制,非衰周之倡(唱)也。自王(褒)、扬(雄)、枚(乘)、马(司马相如)之徒,词赋竞爽,而吟咏靡闻。"谓五言诗起于李陵(李诗系后人伪托,是另一问题),足见李陵以前的枚乘时代,还没有五言诗出现;而且枚乘是"吟咏靡闻",根本就没有从事过诗的创作。

《文选》有陆机《拟古诗》12 首(原为 14 首),凡《玉台新咏》认为是枚乘的作品,均已拟及(拟《东城一何高》即拟《东城高且长》)。又有刘铄《拟古诗》二首(《行行重行行》、《明月何皎皎》),亦在《玉台》枚诗之内,但都说是"拟古诗",而不是说"拟枚乘诗"。陆机和刘铄的时代,早于徐陵,应该是更可靠的。

刘勰《文心雕龙》对枚乘之说抱着怀疑态度。他说:"古诗佳丽,或称枚叔。其《孤竹》(《冉冉孤生竹》)一篇,则傅毅之词。"《诗品》谓:"《去者日以疏》

---

① 《玉台新咏》枚乘《杂诗》共有 9 篇,除上述 8 篇外,另一篇是《兰若生春阳》。又,《凛凛岁云暮》、《冉冉孤生竹》、《孟冬寒气至》、《客从远方来》4 篇,《玉台新咏》亦收入,题作《古诗》。

② 罗根泽《〈古诗十九首〉的作者及年代》云:"谓十九首皆枚乘作者为何人,已不可考。李善注《文选》云:'并云古诗,盖不知作者;或云枚乘,疑不能明也。诗云"驱车上东门",又云"游戏宛与洛",此则辞兼东都,非尽是乘,明矣。''驱车上东门','游戏宛与洛',皆不在《玉台》枚乘《杂诗》之内,故知古有以《十九首》皆枚乘作者,但李善颇不谓然也。"

四十五首……旧疑建安中曹、王所制。"王世贞《艺苑卮言》说:"……意者中间杂有枚生或张衡、蔡邕作,未可知。"综上各说,无论指名为谁,都是出于传闻或臆测,并没有任何确实的根据。

说得语气较为肯定的是,"其《孤竹》一篇,则傅毅之词",但这话并不可靠。

钟嵘在《诗品上》叙述东汉诗坛关于五言诗的创作情况,说:"东京二百载中,惟有班固《咏史》,质木无文。"①傅毅和班固同时,曹丕《典论·论文》说:"傅毅之于班固,伯仲之间耳。"这是就当时情况而言的。其实傅毅早死,在文学上的成就,不及班固。范晔《后汉书·文苑列传·傅毅传》说他"著诗、赋、诔、颂、祝文、七激、连珠凡二十八篇",并录有他的代表作《迪志诗》一首,是摹仿"雅"、"颂"的四言体。他自己的诗是这样,和他齐名的班固的作品又是那样,如果说像《冉冉孤生竹》那样"婉转附物,怊怅切情"②的五言诗出自他的手笔,那简直不可想象。果真有之,范晔在本传,钟嵘在《诗品》里也会大书而特书了。

早在陆机拟作的西晋初期,《古诗十九首》这一类型的汉代抒情诗已经在社会上广泛流传;但作者为谁,正如钟嵘所说,"古诗眇邈,人世难详"。萧统总题为"古诗",处理问题的态度是审慎而严谨的。后来的一些主观意测,甚至如清代朱彝尊竟认为《十九首》是"文选楼中诸学士""裁剪长短句作五言,移易其前后,杂糅置十九首中,没枚乘等姓名,概题曰'古诗'"③。无论说法怎样新颖,但决不是建筑在可靠的基础上的。

《古诗十九首》究竟产生在什么时代呢?虽说"人世难详",但约略可以推知为建安以前东汉末期的作品。

《古诗十九首》见《文选》第二十九《杂诗上》,次序在伪苏、李诗的前面。萧统之所以这样排列,其用意和《诗品》所说的"固是炎汉之制"相同,只能肯定是汉代的诗篇,而不敢说是西汉或东汉的作品。李善注《文选》,据"驱车上东门"、"游戏宛与洛"二句谓"辞兼东都"。意思是说,基本上是西汉的诗,其

---

① 《咏史》的内容,是赞美缇萦上书救父事。诗云:"三王德弥薄,惟后用肉刑。太仓令有罪,就逮长安城。自恨身无子,困急独茕茕。小女痛父言,死者不可生。上书诣阙下,思古歌鸡鸣。忧心摧折裂,晨风扬激声。圣汉孝文帝,恻然感至情。百男何愦愦,不如一缇萦。"
② 刘勰评《古诗十九首》语,见《文心雕龙·明诗》。
③ 见《曝书亭集》卷五十二。

中夹有东汉之作。近世研究《十九首》的人绝大部分则都认为《十九首》产生于东汉末期,但也有人说其中还杂有西汉诗篇。问题的症结在于《明月皎夜光》里有"玉衡指孟冬"一句话,据李善说,是西汉武帝太初以前的历法。这一涉及古代天文学的问题,本身就很难搞清楚。经过许多人研究,李说并不可靠。此点将在本文中详加说明,这里就不重复了。

从文学发展的角度来看,综合现存的汉代诗歌来看,不到东汉末期,没有而且也不可能出现像《古诗十九首》这样成熟的五言诗。这 19 首虽不是成于一人之手,但是同时代的产物,则完全可以肯定。这不仅是从个别证据而得出来的结论,更重要的是,作品的本身,从内容到形式都透漏了它自己问世的年代。

《古诗十九首》在中国诗歌发展史上的重大意义

《古诗十九首》产生于东汉末期,它标志着五言诗在发展中达到成熟的阶段,说明了这一类型的抒情短诗是怎样发生和发展起来成为一个独立的体系,而文人诗篇和民间歌谣之间的关系又是怎样?我们不难从汉代乐府演化的痕迹,辨明《古诗十九首》的源流,更可以从《古诗十九首》的出现,看出汉代乐府的辉煌成果。它的出现,在中国诗歌发展史上是一件大事。

第一,从西汉中期武帝刘彻扩大乐府组织,广泛地采诗合乐以来,以至东汉末年《古诗十九首》的出现,这 300 年间,中国诗歌是由民间文学发展到文人创作的黄金时代的一个过渡时期。

《诗三百篇》主要是"饥者歌其食,劳者歌其事"①、流传在人民口头的闾巷歌谣,我们只能从其中看出劳动人民在文学艺术上的集体智慧。由《诗经》到"楚辞",由于屈原能吸取人民文学的精华,集中提高,而创造出他的独特体制,则我们可以从"楚辞"里看出一个伟大作家的创作成果了。

"楚辞"到汉朝被供奉文人沿袭其体貌,蜕化成为汉赋。这说明"楚辞"的精神实质已分散到其他各类文学体制之中,而"楚辞"本身的形式则已渐趋僵化。乐府就在这样一个情况下活跃起来,照耀诗坛,大放异彩。《诗经》本是汉朝以前的乐府,乐府也就是周朝以后的《诗经》。虽然二者之间,在语言、形式、技巧和具体内容上由于时代不同而各有其特色;但论其精神实质,则后先

---

① 见何休《春秋公羊传》注宣公十五年。

辉映,完全是一脉相承的。

民间诗歌一经采作乐府歌辞,这种"感于哀乐,缘事而发"①的现实主义精神,和不可掩抑的蓬勃生气,相形之下,立刻使一般廊庙文人雍容大雅的制作黯然失色。于是在民歌加工、写定、集中、提高的过程中,同时也掀起了文人模拟乐府的风气。影响所及,在各种不同的社会阶层内都会出现一些优秀的诗人。尽管他们还不是专力于诗歌创作,而且篇章散佚,名姓不彰;但可以肯定地说:汉朝的诗歌就是在这样一个情况下发展起来的。这也就是诗歌史上称之为"乐府时代"的道理。

"王、扬、枚、马之徒,词赋竞爽,而吟咏靡闻。"可是建安以后,情况就大大地改变了。《诗品》说:"降及建安,曹公父子,笃好斯文,平原兄弟②,郁为文栋,刘桢、王粲,为其羽翼。次有攀龙托凤,自致于属车者,盖将百计。"建安时代,是曹植、王粲歌唱的时代,诗坛上的著名作者并肩而起。这种繁荣热闹的景象,难道莫为之先吗?《古诗十九首》的出现,正回答了这一问题。

凡是读过《古诗十九首》的人,谁也不能不承认它的作者是具有较高的文化教养、杰出的诗歌创作的艺术天才,它和"质木无文"的《咏史诗》是不可同日而语的。尽管我们无法考知其姓名,但这些无名的杰出诗人,正是曹植、王粲的先驱者。他们所创造的艺术成果,已预示着建安时代的即将到来。

第二,"感于哀乐,缘事而发",是一切民歌的基本精神,也就是汉代乐府的特色。"事"是客观的现象,"哀乐"是主观的感受;二者之间,血肉相连,本来不可分割。但就具体的作品来说,表现的重点不同,叙事诗和抒情诗是体制各异的。汉代乐府从最初的叙事和抒情互相糅杂,逐渐趋向分流。《古诗十九首》出现的东汉末年,正标志着这种分流的明朗化。

汉乐府中的初期作品,无论《铙歌》或《相和歌》,内容都是极为庞杂的。有抒情,有说理,有叙事,而以叙事为主。但所抒的情和所叙的事,就题材来说,往往很零碎、片段;就诗歌的体制说,还没有达到完整的定型。

西汉中期以后,由于时代的动荡不宁,阶级矛盾的日趋尖锐,愁苦骚动的人民生活,离合悲欢的社会现象,随时随地,触目惊心。客观现实,愈趋繁复,

---

① 《汉书·艺文志》说:"自孝武立乐府而采歌谣,于是有赵、代之讴,秦、楚之风,皆感于哀乐,缘事而发。"
② 指曹植兄弟。曹植于建安中封平原侯。

人们的主观感受也随之而愈加深化；与之相适应的文学创作,也愈来而愈趋向精细的分工。于是口头流传的民间歌谣,逐渐演绎而成为首尾完整的长篇叙事诗,这就在东汉末年出现了像《孔雀东南飞》这样的作品；而文人制作,则表现趋向于集中,语言锤炼得更为精粹,熔事于情,概括而凝为人生的咏叹,这就同时出现了"惊心动魄,一字千金",像《古诗十九首》这类抒情短诗。而这类抒情短诗,就直接成为"慷慨以任气,磊落以使才"①的建安诗风的前奏。

第三,作为建安文学的另一特征,那就是五言诗的黄金时代。可是五言诗由萌芽以至成长的过程,是极其曲折而复杂的。《古诗十九首》的出现,标志着五言诗在发展中达到成熟的阶段。这和它的时代、作者完全是一致的。

文学语言是随着社会的进化而进化的。公元前4世纪的《楚辞》继《诗经》而崛起于南方,它已突破了两世纪前基本上是四言的《诗经》的句式,曼长流利,变化特多。余风所被,秦、汉间,流行着一种句中带有"兮"字的楚歌。例如项羽的《垓下歌》,刘邦的《大风歌》和《鸿鹄歌》皆是。另一方面,汉初乐府则多系杂言。这说明了在这一漫长时期内,诗歌的句式还没有定型。

就在这样一个没有定型的情况下,汉代诗歌终于从复杂曲折的道路把五言诗发展到成熟的境地。

挚虞《文章流别论》说："古诗(指《诗三百篇》)有三言、四言、五言、六言、七言、九言,大率以四言为体,而时有一句、二句杂在四言之间,后世演之,遂以为篇。……五言者,'谁谓雀无角,何以穿我屋'之属是也,于俳优倡乐多用之。"就单句论,五言早在《诗经》里已经出现。当然,这只是一点萌芽。所谓"俳优倡乐",是指民间流行的俗调。确实,五言诗的萌芽,是在民间肥沃的土壤里逐渐成长起来的。

西汉民间歌谣无论采入乐府或未采入乐府的,在杂言体当中,最多的是五言句。例如《鼓吹曲·铙歌》中的《有所思》,五言句占70%。《紫宫谚》两句,全系五言。② 而李延年的《北方有佳人》,除去了连结语"宁不知",就是一

---

① 见《文心雕龙·明诗》。
② 汉武帝时,李延年兄妹入官被幸。民间为之谚曰："一雌复一雄,双飞入紫宫。"见《汉书·五行志》。

首完整的五言诗。①《史记》说他"其家故倡也",所唱的是他所习熟的民间调子,这是可以想象的。刘勰《文心雕龙》说:"《召南·行露》,始肇半章②;孺子《沧浪》,亦有全曲。③'暇豫'优歌,远见春秋④;'邪径'童谣,近在成世。⑤ 阅时取证,则五言久矣。"足见五言是民间歌谣中最流行的句式。这种因素,在汉代民歌中又有着更进一步的发展,形式由散杂渐趋于统一,终于出现了像《鸡鸣》、《陌上桑》、《相逢行》、《陇西行》这一类纯粹的五言乐府诗。

这类诗篇,是汉代乐府的精华,这是人们所公认的,但它们还属于民歌的范畴;至于文人创作的具有高度艺术价值的五言诗,则最早要算《古诗十九首》。

《文心雕龙·明诗》说:"汉初四言,韦孟⑥首唱。匡谏之义,继轨周人。"当汉初民间歌谣逐渐向五言发展的时候,一般庙堂文人在诗歌制作上所采用的仍然是《诗经》句式的四言体。所谓"继轨周人",当然是指摹拟《雅》《颂》而说的。刘勰谈到西汉诗歌辑录的情况,又说:"至成帝品录,三百余篇,朝章国采,亦云周备,而辞人遗翰,莫见五言,所以李陵、班婕妤⑦见疑于后代也。""辞人遗翰",指的是流传下来的文人创作的诗篇,以区别于民间歌谣谚。李陵、班婕妤诗系后人伪托,已成定论;"辞人遗翰,莫见五言",这是不容否认的历史事实。

东汉文人五言诗有主名的而又是可靠的仅班固《咏史》一篇。班固能写

---

① 李延年《北方有佳人歌》:"北方有佳人,绝世而独立。一顾倾人城,再顾倾人国。宁不知倾城与倾国,佳人难再得。"见《汉书·外戚传》。
② 《诗·召南·行露》:"谁谓雀无角,何以穿我屋?谁谓女无家,何以速我狱?虽速我狱,室家不足。"前四句为五言,故云"始肇半章"。
③ 《孟子·离娄篇》有孺子歌曰:"沧浪之水清兮,可以濯我缨;沧浪之水浊兮,可以濯我足。"《楚辞·渔父》亦载此歌。除去"兮"字,全诗都是五言句。
④ 《国语·晋语》:"优施饮里克酒。中饮,优施起舞……曰:'暇豫之吾吾;不如乌乌;人皆集于苑,已独集于枯。'"
⑤ 《汉书·五行志》载成帝时民谣曰:"邪径败良田,谗口乱善人。桂树华不实,黄雀巢其颠。故为人所羡,今为人所怜。"
⑥ 韦孟为楚王戊傅,戊荒淫无道,孟作诗讽谏。诗载《汉书·韦贤传》。
⑦ 指《团扇诗》(新裂齐纨素),旧题班婕妤作。李善《文选注》引《歌录》说是"《怨歌行》,古辞"。逯钦立《汉诗别录》断为魏代高等伶人所作。

"赡而不秽,详而有体"①的《汉书》,能作"明绚以雅赡"②的《两都赋》,而他的《咏史诗》却如此的"质木无文",应该说,是不可想象的事;但我们可以从其中窥探出一点关于五言诗在文人创作中发展的消息。

为什么西汉时候的"辞人遗翰,莫见五言"呢?又为什么他们的诗歌要采用四言体呢?很显然,《诗经》在封建大一统政权确立以后的汉朝,由于统治阶级的利用,已经逐渐成为圣人垂教万世的经典,地位大大提高了。这就使得统治阶级的文人刻意去摹拟它,希望从形式上去继承它的传统,特别是"雅"、"颂"两部分。他们对于民间流行的五言体当然认为是"下里巴人之曲",不屑一顾的。因而"辞人遗翰,莫见五言",是很自然的事。

可是作为社会意识形态之一的文学艺术,毕竟是随着社会的发展而向前发展的。任何一种新兴的优美的文学形式,总是在成长过程中逐渐扩大其影响。民歌采入乐府,民歌中的语言因素不断向五言方面发展。这种新型的适应于表现时代内容的文学形式,不可能不影响到统治阶级的文人;另一方面,深奥典雅或者是过于质朴的四言诗本已陷于不死不活的境地,事实上也无法再保守下去,于是不得不迫使一些文人开始于新的尝试。班固《咏史》诗就是在这样情况下出现的。

尽管是具有高度文学修养的作者,但对于一种完全新的形式的初步学习运用,当然是困难的。处于"辞人遗翰,莫见五言"的西汉之后的班固来作五言诗,他所采用的是民间形式,而所要表达的又是高谈道德伦理问题的内容,前无所承,创体不易。如果从这一角度来看,则《咏史诗》的"质木无文",不是什么不可想象的,而是完全可以理解的了。

《咏史诗》仅仅是文人创作五言诗的一个开端,当时学习运用这种形式的决非班固一人。不过总的说来,都还处在启蒙时期,不会有什么出色的作品。这也就是这些作品没有流传到后来的缘故。刘勰所谓"仅有班固《咏史》",是就存录的作品而言的。以班固时代为起点,风气一开,这一新的文学形式在文人创作中的运用,必然日益广泛,渐趋纯熟。

从《咏史诗》到《十九首》,是五言诗在文人创作中一个急遽进展的过程。《十九首》产生于东汉末年桓、灵之际,上距班固时代约有五六十年。经过了

---

① 范晔的话,见《后汉书·班固传论》。
② 刘勰的话,见《文心雕龙·诠赋》。

五六十年,当然不会停留在原来的水平上;同时,《十九首》的作者和统治阶级的高级文人又有所区别,他们对民间文学更为熟习,因而在运用这一形式上,就会创造出更出色的艺术成果,难道不是很自然的现象吗?

汉代五言诗的发展,民间歌咏和文人创作各成体系,不可混淆;但彼此间又有着千丝万缕的关系,而不是孤立的。在分途发展的进程中,到了东汉末年才高度地结合起来,《古诗十九首》正是典型的代表作品。

综上所述三个方面,我们可以知道《古诗十九首》的出现,总结了汉代乐府的光辉成就,替建安文学奠定了牢固的基石。它正是由两汉发展到魏、晋、南北朝诗歌史上的一个转折点。

《古诗十九首》的基本内容,它的现实性和思想性

优秀的古典文学作品,有不少是产生在社会极端混乱、政治极端黑暗的时期。时代给广大人民以至一切被压抑阶层的现实生活带来的愁苦和骚动,愤怒与感伤,这一客观存在,往往通过某些在政治上受到排斥、在经济上陷入困顿的知识分子们所感受到的最通常的而又是带有特征性的社会生活现象反映在文学作品里。尽管他们对这些现象并没有明确的认识,他们的思想也不怎么高超,可是我们不难从其中进一步透视出当时社会上某些重要问题的侧面。

《十九首》是各自成篇的,但合起来看,又是一个息息相通的整体。它围绕着一个共同的时代主题,所写的无非是生活上的牢骚和不平,时代的哀愁与苦闷,并无任何神秘之处。可是后来解说《十九首》的人,正如朱自清所说:"断章取义,让'比兴'的信念支配一切。……认为作诗必关教化,凡男女私情,相思离别的作品,必有寄托的意旨。不是'臣不得于君',便是'士不遇知己'。……于是他们便抓住一句两句,甚至一词两词,曲解起来,发挥开去,好凑合那个传统的信念。这不但不切合原作,并且常常不能自圆其说。"(《古诗十九首释》)封建文人的说诗,特别是对流传万口、影响广泛的篇什,总不惜千方百计,歪曲其主题,因而给许多富有现实意义的文学珠玉涂满污泥,隐蔽了它原来的光彩。解说愈多,原意愈晦。《诗三百篇》的遭遇是如此,《古诗十九首》也是如此。最典型的例子如清人刘光蕡《古诗十九首注》把《庭中有奇树》说成是"鸿儒穷经稽古,学成而无由自达于君之词",简直是离奇到不可思议了。

我国古典诗歌中确实是有言在此而意在彼的。解说《十九首》的往往把屈原《离骚》"以求女喻思君"的表现手法移植过来,产生许多误解。其实这两者是不能相提并论的。

论"荒涂横古今"

王叔岷

导言——

本文选自王叔岷《慕庐论学集(一)》(中华书局,2007年)。

作者王叔岷(1914—2008),名邦濬,号慕庐,以字行,四川简阳人。1935年就读于四川大学中文系,1941年考入北京大学文科研究所,后任职于"中央研究院"历史语言研究所,又任教于台湾大学、新加坡大学、新加坡南洋大学等校。

王叔岷治学由校雠入义理,尤精先秦汉晋群籍,对汉魏六朝文学亦有专门研究。本文亦是其演讲稿,1978年10月27日讲于新加坡中华总商会礼堂。作者认为,"研究古人的诗,把握一句中的一个字,去分析,去发挥,是一种新的方向"。因此特以左思《招隐诗》中"荒涂横古今"一句为例,拈出其中"横"之一字,分析"横"字所代表的左诗的境界、所表现左诗的雄浑之气及其诗歌风力。古代诗文评中亦有用"横"字者,左思以前的诗人亦多有以"横"字入诗者,作者融会贯通,通过比较,建立联系,因小见大,思深论细。

作者另撰有《说"悠然见南山"》、《谈"池塘生春草"》,亦收录在《慕庐论学集(一)》之中,机杼与本文略同,可以并读合参。

左思《招隐诗》二首之一:

> 杖策招隐士,荒涂横古今。
> 岩穴无结构,丘中有鸣琴。
> 白云停阴冈,丹葩曜阳林。
> 石泉漱琼瑶,纤鳞亦浮沉。

非必丝与竹,山水有清音。
何事待啸歌,灌木自悲吟。
秋菊兼糇粮,幽兰间重襟。
踌躇足力烦,聊欲投吾簪。

一 引言

左思,字太冲,《晋书·文苑传》说他"貌寝口讷,而辞藻壮丽"。他是西晋武帝太康(二八〇—二八九)年代最有名诗人之一。梁刘勰《文心雕龙·明诗篇》,以"张、左、潘、陆"并称;钟嵘《诗品》总序,也称"三张、二陆、两潘、一左"。在这一群诗人中,《文心》特别称赞太冲是"奇才"(《才略篇》),《诗品》却特别称赞陆机是"太康之英"(《诗品序》)。这里,我不谈这群诗人的高下问题,我只根据左太冲的一句诗中的一个字,谈谈他的诗的特殊风格。记得一九七五年十二月四日下午七时,南洋大学中文学会邀我演讲,讲题是"说'悠然见南山'"。七六年十二月十五日下午七时半,中文学会再度邀我演讲,讲题是"谈'池塘生春草'"。今天晚上,又承新社和南洋学会的友好邀我主讲一次,讲题定为"论'荒涂横古今'"。"悠然见南山"是陶渊明《饮酒》诗二十首中的名句;"池塘生春草",是谢灵运《登池上楼诗》中的名句。这两句诗古今传诵,虽然后人了解的深浅不同,但都承认是最特出的诗句。至于左太冲"荒涂横古今"这句诗,却从没有人提出来讨论过。我不仅要特别标榜左太冲这句诗,并且更特别标榜这句诗中的"横"字。这个"横"字,足以表现左诗的雄浑之气,也就是左诗的风力。

二 "风力"与"风骨"

"风力"一词,《诗品》提到两次。第一次是在《总序》中:

永嘉时,贵黄、老,稍尚虚谈。于时篇什,理过其辞,淡乎寡味;爰及江表,微波尚传,孙绰、许询、桓、庾诸公诗,皆平典似《道德论》。建安风力尽矣。

这里虽然提出"风力"一词,而未加以解释。不过,我们可以由上文反面去推想。所谓风力之作,不是"理过其辞,淡乎寡味"的,也就不是"平典似《道德论》"的。

又《诗品》上品评陆机诗：

> 气少于公干，文劣于仲宣。尚规矩，而（原误不）贵绮错，有伤直致之奇。

刘公干、王仲宣都是建安时代杰出的诗人。公干的诗以气胜，上品评公干诗，称他"仗气爱奇"。魏文帝《与吴质书》，也说："公干有逸气。"这个气字，跟"风力"大有关系。"尚规矩"，难免伤气。《诗品》上品评王粲的诗："文秀而质羸。"秀有秀丽、秀拔两义。秀丽是自然美，秀拔是特出美。"贵绮错"，重在人为的雕琢，很难达到秀丽兼秀拔的标准。"尚规矩，贵绮错"，所以"有伤直致之奇"。"直致之奇"，正是建安诗的特色。《文心雕龙·明诗篇》评建安诗：

> 慷慨以任气，磊落以使才，造怀指事，不求纤密之巧；驱辞逐貌，惟取昭晰之能。

这就是"直致之奇"，也就是"建安风力"。"尚规矩，贵绮错"的陆机，决写不出这样的诗。《明诗篇》这几句话，是《诗品》"直致之奇"的最好注脚，也就是《诗品序》"建安风力"的最好注脚。这个意思，宋胡仔似乎了解，他的《苕溪渔隐丛话》说：

> 建安诗辩而不华，质而不俚，风调高雅，格力遒壮。其言直致而少对偶，指事情而绮丽。

注意这几句话，再注意其中的"风"字、"力"字，及"直致"一词，好像把《文心雕龙》和《诗品》论建安诗辞意贯通来说的。不过，"直致"应该总括这几句话的意思，不仅指"少对偶"而已。

《诗品》称"建安风力"，后人亦往往称"建安风骨"。如宋严羽《沧浪诗话》：

> 阮籍《咏怀》之作，极为高古，有建安风骨。

明胡应麟《诗薮》外编卷二：

> 宋、齐之末靡极矣！而袁阳源《白马》，虞子阳《北伐》，大有建安风骨，何从得之？

严、胡二氏所谓的"建安风骨"，与钟氏所谓的"建安风力"，意义应该相同。《文心雕龙》有《风骨篇》，所谓风，是指风情，指情意感发而言，重在峻爽，属于内容方面；所谓骨，是指骨架，指组织结构而言，重在端直，属于形式方面。端直也跟峻爽有关，所以文中又说"风清骨峻"（清是清爽）。文中把"风骨"分为"风力"和"骨髓"，赞语中分为"风力"和"骨鲠"。风与骨都要贯之以气。我们再配合《明诗篇》批评建安诗的几句话"慷慨以任气"至"唯取昭晰之能"来看，实在是包括内容与形式而言。而那几句话，正是《诗品》所谓"建安风力"。因此，我们可以说，《诗品》所谓的"风力"，相当于《文心雕龙》所谓的"风骨"。而"文心雕龙"所谓的风力，只有《诗品》所谓风力的一半，即只属于内容方面。严羽和胡应麟把《诗品》的"建安风力"易为"建安风骨"，意义是相同的。

三　左诗的风力

《诗品》中品评陶渊明诗：

> 其源出于应璩，又协左思风力。

这是《诗品》中第二次提到"风力"一词。特别说"左思风力"，肯定左思的诗以风力胜。在上品评左思：

> 其源出于公干。

再看上品评刘公干的诗：

> 仗气爱奇，动多振绝。贞骨凌霜，高风跨俗。但气过其文，雕润恨少。（贞字旧作真，宋人避仁宗讳所改。）

注意"贞骨凌霜,高风跨俗"两句,无意间点出风、骨二字。对左诗而言,称他的风力;对刘诗而言,称他的风骨。而左诗的渊源是出于刘诗的。可见钟氏自己已经把风力和风骨视为同义了。

左思的诗,今存四言《悼离赠妹》二首,五言《咏史》八首、《招隐》二首、《杂诗》一首、《娇女诗》一首。见丁福保辑《全汉三国晋南北朝诗》中的《全晋诗》。不过,唐虞世南《北堂书钞》卷一一九还引存左思《咏史诗》四句:

> 梁习仕魏郎,秦兵不敢出。李牧为赵将,疆场得清谧。

可能不是全首,丁氏失收。左诗不长于四言,《文心雕龙·明诗篇》说:"偏美则太冲、公干。"所谓"偏美",是指五言诗而言。左思五言最特出的是《咏史诗》,《文心雕龙·才略篇》称"左思奇才,拔萃于咏史"。《诗品序》也说:"左思《咏史》,五言之警策。"《咏史诗》是左诗最见风力之作,他的风力,是他特具的雄浑之气。我们单看他《咏史》的第一首:

> 弱冠弄柔翰,卓荦观群书。著论准过秦,作赋拟子虚。边城苦鸣镝,羽檄飞京都。虽非甲胄士,畴昔览穰苴。长啸激清风,志若无东吴。铅刀贵一割,梦想骋良图。左眄澄江湘,右盼定羌胡。功成不受爵,长揖归田庐。

雄浑的气韵,高旷的襟怀,真不作第二人想!

左诗渊源于刘桢,由于刘诗也以风力胜。不过他的风力,似乎跟左诗不同。我们看他《赠从弟》三首中的第二首:

> 亭亭山上松,瑟瑟谷中风。风声一何盛!松枝一何劲!冰霜正惨凄,终岁常端正。岂不罹凝寒,松柏有本性。

字里行间,有一种苍劲之气。是刘诗特具的风力。

陶诗风力之作不多,诗品称他"协左思风力"。然而,陶诗的风力,不仅跟左诗不同,跟刘桢的诗也有区别。我们看他最具风力的《咏荆轲诗》:

> 燕丹善养士,志在报强嬴。招集百夫良,岁暮得荆卿。君子死知己,提剑出燕京。素骥鸣广陌,慷慨送我行。雄发指危冠,猛气冲长缨。饮饯易水上,四座列群英。渐离击悲筑,宋意唱高声。萧萧哀风逝,淡淡寒波生。商音更流涕,羽奏壮士惊。公知去不归,且有后世名。登车何时顾,飞盖入秦庭。凌厉越万里,逶迤过千城。图穷事自至,豪主正怔营。惜哉剑术疏,奇功遂不成。其人虽已没,千载有余情!

这是一首悲壮淋漓、充满豪放之气的咏史诗。这跟刘诗的苍劲之气和左诗的雄浑之气都不同。因此,我们根据《诗品》评刘桢、左思、陶潜三人的诗,所谓风力,应包括苍劲、雄浑、豪放三类作品。这跟笼统批评"建安风力"又不大同的。

《诗品》对于左诗的风力,没有明显加以解释,但却间接提出一个雄字,和直接提出一个野字。上品评张协诗有两句:

> 雄于潘岳,靡于太冲。

清陈祚明《采菽堂古诗选》评说:"'雄于潘岳,靡于太冲。'此评独当。反观之,正是'靡类安仁',其情深语尽同。但差健,有斩截处,正是'雄类太冲'。其节高调亮同,但不似太冲简老,一语可当数语。固当胜潘逊左。"陈氏能从这两句话的反面去观察,这是不错的。不过,我的意见跟他有些不同。我认为靡是美的同义字。张协的诗,既可跟潘岳比雄;而且是"雄于潘岳",又可跟太冲比美,而且是"靡于太冲",自然是雄、美兼备了。然而,潘岳的诗以美胜。《诗品》不把张协的诗跟潘岳比美,而比雄,可见他的诗不如潘岳的美了;左思的诗以雄胜,《诗品》不把张协的诗跟太冲比雄,而比美,可见他的诗不如太冲的雄了。由《诗品》这两句话反过来看,更足以证明太冲的诗是以雄胜,并且雄得比较浑厚,所以我把太冲诗的风力,归入雄浑一类。《诗品》上品评太冲诗又说:

> 虽野于陆机,而深于潘岳。

说太冲诗"深于潘岳",显而易见,前人无异议。说他的诗"野于陆机",如陈祚明(《采菽堂古诗选》卷十一)、沈德潜(《古诗源》卷七)、刘熙载(《艺概》卷二《诗概》)等,就大加反对了。刘氏的意见,最应该辩正。他说:"野者,诗之美也。故表圣《诗品》中有疏野一品。若钟仲伟谓左太冲'野于陆机',野乃不美之辞。然太冲是豪放,非野也。观《咏史》可见。"首先我们看司空图《诗品》二十四品中第十五品"疏野"的解释:"惟性所宅,真取弗羁。控物自富,与率为期。筑室松下,脱帽看诗。但知旦暮,不辨何时。倘然适意,岂必有为。若其天放,如是得之。"所谓"疏野",大概是"真率放达,不用心机"的意思。这当然是诗之美。然而仲伟评太冲诗"野于陆机","野"也并非不美之辞。仲伟所谓的"野"与表圣所谓的"野",有关系,但不尽同。太冲的"野",是针对陆机诗"尚规矩"而言的,"野"就是不尚规矩,而气韵雄浑,卓荦不群。至于刘氏说"太冲是豪放",不太恰当。前面说过,陶渊明的风力之作,才是豪放一类。

四　荒涂横古今

《文心雕龙·时序篇》说:"太冲动墨而横锦。"这当然是概括太冲诗赋的评语。太冲的诗,以雄浑胜,并不如锦的华美。然而,像他的《招隐诗》,的确是雄浑而兼华美之作。最值得注意的是,《时序篇》提出的一个"横"字。他不说"舒锦"或"摛锦",而说"横锦","横"字显得很有力量。巧在太冲《招隐诗》中"荒涂横古今"这句,就用上这个"横"字。这个"横"字,充满雄浑之气,已经可以表现太冲诗的风力。我们想,人的一生,无论圣贤豪杰、才子佳人、王侯将相,或者是一般普通人,几十年,至多一百年,终于在无情的岁月中消逝!而眼前荒凉的道路,从古至今,都永远横在那里。这句诗包含多少历史故事,蕴藏着多少感慨!苏东坡最有名的词句:"大江东去,浪淘尽、千古风流人物!"(《念奴娇·赤壁怀古》)古往今来,多少风流人物,烜赫一时,都被无情的滚滚东流淘汰了!这句词,同样包含着多少历史故事,蕴藏着多少感慨!然而,却没有太冲这句诗简要而雄浑。即使是一个"横"字,已经显示出雄浑之气。可惜无人注意!

《诗品》评太冲诗"野于陆机"。"荒涂横古今"这句诗中的"横"字,也显得相当野,不过,野得比较含蓄。他的横或野,都由于他的不尚规矩。我们看《招隐诗》第二首中有两句:

峭蒨青葱间,竹柏得其真。

五言诗的习惯句法,是上二下三。就是上二字连读,下三字连读。比较特出的是上三下二。譬如《古诗十九首》的第十四首有一句"出郭门直视",汉赵壹《疾邪诗》二首之一中的"富贵者称贤",魏阮籍《咏怀诗》中的"所怜者谁子",这类句例也不少。惟有太冲"峭蒨青葱间"这句诗是上四下一。"峭蒨青葱"四字连读,"间",一字读。真是不尚规矩,真是野,也真够横!并且"蒨青葱"三个字,蒨、葱二字都是青的意思,所谓三字叠义。竹柏的形态是峭,颜色是青。一个"峭"字,跟"蒨青葱"三个字配合成义,尤为奇特!整个句子读起来,更显得野,更显得横!虽然古人诗中三字叠义的,已有先例。如汉乐府《陌上桑》中的"为人洁白晳,鬑鬑颇有须","洁白晳"就是三字叠义。不过,他的句法,仍然是习惯的上二下三,读起来并不显得野,不显得横。太冲的《招隐诗》两首,《昭明文选》都入选。关于"峭蒨青葱间"这句,唐李善注:"峭蒨,鲜明貌。"这样解释,就仍然读成上二下三的习惯句法。殊不知峭是形,蒨是色。把"峭蒨"解释为"鲜明貌",就只是色了。并且竹柏的颜色用鲜明来形容,也不恰当。这是由于李善不懂"蒨青葱"是三字叠义,而又习于上二下三的句法,就割裂一个蒨字跟峭字配合起来勉强解释,却忽略了这是太冲诗中最特出、最野、最横的句法。这样的句法,我还没有发现第二个例。

五　相关的"横"字

太冲以前的诗人,已经写过跟"荒涂横古今"意义类似的诗句。如汉武帝的长子燕刺王旦有一首歌:

归空城兮,狗不吠,鸡不鸣。横术何广广兮,固知国中之无人!（《御览》五百七十引这首歌,广字不重。）

"横术"就是"横涂",末两句合起来的意思,就是"荒涂横今"。跟太冲"荒涂横古今"的意思相合一半,只涉及今,而不及古。句意虽然相似,但我这里所要举证的,不是要跟太冲那句诗的意思相同或接近,而是要举出汉、魏至齐、梁间五言诗句的"横"字,同用在第三字的,跟太冲所用"横"字,在风力方面作一比较。这类用"横"字的诗,在太冲以前,我发现一句。即魏文帝的乐府诗《饮马长城窟行》：

> 浮舟横大江。

舟，是战舰。这个"横"字，用得很有气势，也可以说很有风力。跟太冲同时，年约长于太冲的张华，他的《壮士篇》中也有一句：

> 长剑横九野。

《诗品》中品评张华诗："儿女情多，风云气少。"《壮士篇》却是例外。一个"横"字，已显出风云气。

太冲以后，五言诗第三字用"横"字的，仅就南北朝而言，例证就相当多。宋谢灵运的五言诗，就习惯在第三字用"横"字。如《会吟行》：

> 负海横地理。

《白石岩下径行田》：

> 旧业横海外。

《发归濑三瀑布望两溪》：

> 荒蔼横目前。

这三个"横"字，用得很自然，但不够雄。
齐江淹《游黄蘖山诗》：

> 松木横眼前。

"横"字用得比较呆板。又江氏《拟刘太尉琨伤乱诗》：

> 天下横氛雾。

这个"横"字,却用得有郁勃的气势。

梁丘迟《答徐侍中为人赠妇诗》:

> 长眉横玉脸。

"横"字,用得相当粗劣。

梁沈约《夜夜曲》:

> 月辉横射枕。

这个"横"字,用得颇有清气。

这类的例证,如果一直往齐、梁以后举,只到唐代,已经太多太多。朋友、同学们如果有兴趣,不妨去搜辑。总之,五言诗第三字用"横"字,所显出的雄浑之气,在古人的诗句中,还没有可与太冲诗媲美的。

六　谢诗协左诗风力

自《诗品》提出陶渊明诗"协左思风力",后人已颇注意左、陶诗的关系。前面举谢灵运五言诗第三字习用"横"字,是否受左诗的影响,未敢轻断。然而谢诗的逸荡,确与左诗的风力,有密切关系。谢诗以富艳著称,《诗品序》称他:

> 才高词盛,富艳难踪。

在上品评谢诗,又说:

> 其源出于陈思。杂有景阳之体,故尚巧似;而逸荡过之。

逸荡,正是谢诗所表现的风力。张景阳的诗,"雄于潘岳"(已详前),自然也有逸荡之类的作品。不过,他的逸荡不及谢诗而已。所以《诗品》说"逸荡过之"。既然谢诗富艳之外,又以逸荡胜,跟左诗就不能不有密切的关系。《诗品》评左诗时,引谢灵运曾说:"左太冲诗,潘安仁诗,古今难比。"谢既然如此赞美左、潘的诗,自然就不能不受左、潘诗的影响。他的诗,富艳方面跟潘诗有关,不在本题范围内,这里不谈。逸荡方面,跟左诗的风力大有关系,并且可以说直接受左诗的影响。最足以表现他受左诗风力影响的诗,莫如《述祖德》二首。试看他的第一首:

> 达人贵自我,高情属天云。兼抱济物性,而不缨垢氛。段生藩魏国,展季救鲁人。弦高犒晋师,仲连却秦军。临组乍不绁,对珪宁肯分。惠物辞所赏,励志故绝人。苕苕历千载,遥遥播清尘。清尘竟谁嗣?明哲垂经纶。委讲辍道论,改服康世屯。屯难既云康,尊主隆斯民。

我们再看左思《咏史诗》八首之三:

> 吾希段干木,偃息藩魏君。吾慕鲁仲连,谈笑却秦军。当世贵不羁,遭难能解纷。功成不受赏,高节卓不群。临组不肯绁,对珪不肯分。连玺耀前庭,比之犹浮云。

《述祖德诗》跟《咏史诗》的体裁很接近。不过,《咏史》比《述祖》要客观些。谢诗《述祖德》,不仅风力跟左诗咏史相似,连句法、用典,都直接受左诗的影响,很值得注意。灵运非常称赞左诗,他的诗又显然受左诗的影响,那么,前面所举他的三句五言诗的第三字都用"横"字,就不能说跟左诗"荒涂横古今"那句诗没有关系了。即使非有意学左思用字,也是无意间所受的感染。

七 结 语

两晋诗人,左思之外,如张华、陆机、张载、王康琚,都有《招隐诗》,(王康琚还有《反招隐诗》,)详见《昭明文选》及《艺文类聚》卷三十六。左思的《招隐诗》两首最为特出,是传诵古今的名篇,不仅选入《昭明文选》,就在东晋时代,

已经传诵于名士之口。如《世说新语·任诞第二十三》:

> 王子猷居山阴,夜大雪。眠觉,开室,命酌酒。四望皎然。因起彷徨,咏左思《招隐诗》。

我们想,在大雪纷霏之夜,一觉醒来,饮酒暖心怀,赏景开眼界,朗吟左思雄浑而兼华美的《招隐诗》,那种高情逸兴,真是令人神往!

至于《招隐诗》中的名句,前人也有提出的。明胡应麟《诗薮》外编卷一说:

> 太冲,以气胜者也。"振衣千仞冈,濯足万里流",至矣;而"岂必丝与竹,山水有清音",其韵故足赏也。

举《咏史诗》第五首最后两句,来证明左诗以气胜,也即是以风力胜。所表现的风力,是雄浑。又举《招隐诗》第一首中的两句,来证明左诗以韵胜。的确,这两句诗,韵调铿锵,犹如山水之有清音。然而,说左诗以气胜,却没有人注意到"荒涂横古今"这句诗;更没有人注意到其中的"横"字;再根据这个"横"字,来谈左诗的风力。当然,一个字显示风力,须得配合整句来看。不过,这一个字,对于整句的风力,甚至于整首诗的风力,有画龙点睛的功效。

陶渊明的名句,"悠然见南山",是一种闲静自得的境界,点睛在一个"见"字,不能更换其他的字;谢灵运的名句,"池塘生春草",是一种清新自然的境界,点睛在一个"生"字,不能更换其他的字。左太冲的"荒涂横古今",我认为也应该是名句,是一种慷慨磊落的境界,点睛在一个"横"字,不能更换其他的字。不过,"见"字不能代表所有陶诗的境界,因为陶诗的风格并不一致;"生"字更不能代表所有谢诗的境界,因为谢诗重在雕饰;而"横"字却可以代表所有左诗的境界。这个"横"字,可以表现左诗的雄浑之气,可以表现左诗的风力。我希望研究左诗的朋友、同学们,特别注意"荒涂横古今"这句诗,尤其注意这句诗的"横"字。我常常想,研究古人的诗,把握着一句,甚至一句中的一个字,去分析,去发挥,是一种新的方向。是否每一名家的诗都可以这样去研究,如果朋友、同学们有兴趣,希望你们去尝试。

研究与思考

◊ 延伸阅读 ◊

1. 余冠英《〈乐府诗选〉序》,《汉魏六朝诗论丛》,上海古典文学出版社,1956年。
2. 程千帆《陶诗"结庐在人境"篇异文释》,《古诗考索》,上海古籍出版社,1984年。
3. 萧涤非《汉魏六朝乐府文学史》,人民文学出版社,1984年。
4. 袁行霈《陶谢诗歌艺术的比较》,袁行霈《中国诗歌艺术研究》,北京大学出版社,1987年。
5. 罗宗强《释"五言流调"》,《罗宗强古代文学思想论集·〈文心雕龙〉杂考》,汕头大学出版社,1999年。
6. 吴承学、何志军《诗可以群——从魏晋南北朝诗歌创作形态考察其文学观念》,《中国社会科学》,2001年第5期。
7. 伍俶《谈五言诗》,《伍叔傥集》,黄山书社,2011年。

◊ 问题与思考 ◊

1. 试比较乐府诗和文人诗在体制与风格上的异同。
2. 如果从横向而不是纵向比较陶渊明和谢灵运的诗歌艺术,会有什么不同?
3. 《文心雕龙》对四言诗和五言诗的看法如何?
4. 五言古诗中的五言,与五律、五绝以及词曲、骈文中的五言有何异同?

◊ 研究实践 ◊

研究课题:
《陌上桑》的不同"版本"。

背景材料:
乐府古辞《陌上桑》。

魏曹植《美女篇》。

晋陆机《日出东南隅行》、傅玄《艳歌行》。

梁吴均《陌上桑》。

(以上作品除曹植诗外，均见郭茂倩《乐府诗集》卷二十八)

方法提示：

1. 认真阅读上述作品，弄清有关罗敷故事的本事背景。

2. 注意乐府诗辞存留的音乐性、表演性和娱乐性遗迹。

3. 比较罗敷故事与秋胡故事的渊源关系。

4. 搜集前人诗话中有关这些作品的评论资料作为研究过程中分析论述时的参考。

研究角度提示：

1. 注意不同时代不同诗人对同一故事题材的不同处理方法以及体现出来的不同诗歌风格。

2. 从这一系列同题材的诗歌创作的比较分析中，了解从乐府诗到文人诗以及文人五言诗在魏晋南北朝、唐朝发展的过程。

3. 从诱惑与推拒的抒情模式或者人物社会身份等角度比较《陌上桑》与《羽林郎》。

4. 从社会史或文学社会学的角度对这些诗歌进行细读。

5. 以笺释为基础，开展语言学(包括词语、意象等)的研究。

呈现方式：

1. 小论文，题目可自拟。

2. 课堂讨论：对人物形象、诗歌意义进行讨论。

3. 撰写诗歌题解以及注释，作为课堂练习。

4. 以此故事情节为核心，进行改编，进行戏剧搬演以模拟再现其情景。

第八章 唐音宋调

导 论

就五、七言诗歌而言,唐、宋两代无疑是中国古典诗歌史上的巅峰时期。自从汉代以来,五、七言诗歌经过了长期的发展,在题材走向、格律形式、艺术手段、风格倾向等各个方面都取得了巨大的成就,随着强盛繁荣的唐代的到来,古典诗歌出现了前所未有的繁盛局面。唐诗篇什繁富,流传至今的作品尚有55000多首,家弦户诵的名篇也数以千计,形成了中国古典诗歌史上的第一个高峰。到了宋代,五、七言诗歌继续向前发展,而且随着新的文化高潮的出现而达到了新的高峰。宋诗的现存作品多达240000首,而且形成了比唐代更多的诗歌流派,其繁盛局面比唐诗有过之而无不及。既然诗歌是中国古典文学中最为光彩夺目的一部分,对唐、宋诗的研究当然就是古代文学研究中最为重要的一个领域。除此之外,自从产生宋诗以后,唐诗与宋诗便成为诗歌史上双峰并峙的两个典范。宋以后的诗歌虽然还在继续发展,但再也没有超出唐宋诗的风格范围。从整个古典诗歌史来看,唐诗和宋诗堪称是两大美学典范。正如钱钟书先生所说,"唐诗、宋诗,亦非仅朝代之别,乃体格性分之殊。……唐诗多以丰神情韵擅长,宋诗多以筋骨思理见胜。"(《谈艺录》"诗分唐宋"条)更简洁的说法是唐诗主情,宋诗主意。唐情、宋意既互相对立,又互相补充,它们是中国古典诗歌美学的两大范式,对后代诗歌具有深远的影响。从这个角度来看,对唐、宋诗在题材、风格、技巧等方面的异同、沿革之研究,基本上可以涵盖古代诗学的重要内容,在学术上具有格外丰富的研究价值和典型意义。

可以说,自从唐、宋诗产生以后,对它们的研究也就开始了。除了对唐诗或宋诗自身的研究之外,对唐、宋诗的关系的研究也非常兴盛,这种研究主要集中在关于唐、宋诗之异同优劣的讨论上。宋代张戒的《岁寒堂诗话》、严羽的《沧浪诗话》中已经对宋诗不同于唐诗的一些特征作了严厉的批评,这种以唐诗为最高典范,从而对宋诗有异于唐诗典范的各种体现概予否定的意见在很长的历史时期中占有主导地位。在明代,许多论者如刘崧、李东阳、何景明等人都对宋诗极为轻视。这种观点在明以后也不绝如缕,直到现代,尚有人认为宋诗味同嚼蜡,宋诗的艺术成就与唐诗不可同日而语。与此同时,也有论者能以比较公允的态度来看待唐、宋诗之优劣异同,其中尤其值得称道的那些能以历史主义的眼光来分析唐、宋诗之异同的观点。宋末元初的方回编选了大型的诗歌选本《瀛奎律髓》,专选唐、宋两代的五、七言律诗。此书虽然稍有偏爱宋诗的倾向,但基本做到了对唐、宋诗一视同仁,体现出较强的历史意识。在清代的各种诗话著作中,叶燮的《原诗》对唐、宋诗的关系的论述最为精警,他说:"唐诗为八代以来一大变,韩愈为唐诗之一大变,其力大,其思雄,崛起特为鼻祖。宋之苏、梅、欧、苏、王、黄,皆愈为之发其端,可谓极盛。"又说:"不读唐诗,不知宋与元诗之工也。夫惟前者启之,而后者承之而益之;前者创之,而后者因之而广大之。使前者未有是言,则后者亦能如前者之初有是言;前者已有是言,则后者乃能因前者之言而另为他言。总之,后人无前人,何以有其端绪?前人无后人,何以竟其引申乎?譬诸地之生木然,三百篇则其根,苏、李诗则其萌芽由蘖,建安诗则生长至于拱把,六朝诗则有枝叶,唐诗则枝叶垂荫,宋诗则能开花,而木之能事方毕。自宋以后之诗,不过花开而谢,花谢而复开,其节次虽层层积累,变换而出,而必不能不从根柢而生者也。"到了近现代,学者们对唐、宋诗的研究更为深入,不但对唐诗、宋诗自身的许多方面有了比前人更为清晰的认识,而且对唐、宋诗的异同及沿革关系也论述得更为深入,出现了许多优秀的论著。本书所选录的几篇论文就是其中的代表作,它们从不同的角度对唐、宋诗进行了专题研究,在结论和方法论上都有极强的启发意义。

那么,我们对唐、宋诗的研究应该从何处入手呢?或者说,我们的研究应以什么为起点呢?下面对学界目前对唐、宋诗的基本认识以及某些方面的普遍看法作一些介绍。

唐诗的发展过程大致上可分四期,即初唐、盛唐、中唐、晚唐。其中尤以盛唐、中唐两个时期的诗坛最为光彩夺目。初唐诗风虽是从六朝诗歌演变而来的,但由于长期南北割裂而形成的风格各异的南朝诗风与北朝诗风开始互相融合、互相补充,也由于统一的强大帝国必然孕育全新的文化,经过以王勃、卢照邻等初唐四杰以及陈子昂的相继努力,曾经风行一时的六朝诗风渐渐消退,诗歌主题冲破宫廷的束缚而走向广阔的江山朔漠,诗歌风格则由纤柔卑靡变为明快清新,而且完成了对诗歌形式的建设,创造了以五、七言律诗为代表的近体诗,使五、七言诗的各种诗体得以确立。初唐诗的成就为盛唐诗的出现奠定了基础。

盛唐是指唐玄宗开元、天宝时期的 50 年,唐诗在此期间出现了全面繁荣的高潮。由于国家繁荣,社会安定,诗人们可以由多种途径实现人生的追求。有些诗人以侠少的面目出现,成为热情的进取者,希望通过从军立功等道路施展抱负。另有一些诗人则以隐士的面目出现,成为恬静的退守者,希望幽居山林以获得生活与心灵的宁静。当然,也有一些诗人身兼上述两种身份,或因时变化。这两种人生态度是盛唐诗题材取向的基础,从而形成了以王维、孟浩然为首的山水田园诗派和以高适、岑参为首的边塞诗派。王、孟等诗人以清新秀丽的语言描绘了幽美的山水景色和宁静的田园生活,诗人的心灵沉浸在美丽自然的怀抱之中,滤去了现实中的名利杂念,从而构成了静穆空灵的境界。王维诗中的辋川田园,孟浩然诗中的襄阳山水,实际上都已升华为一种审美意境。高、岑等人的主要作品则以唐帝国的边境战争为表现对象。诗人们描绘了塞外大漠的奇异风光,塑造了边关健儿的英雄形象,同时也表达了保卫祖国、建立功勋的人生理想。盛唐边塞诗的思想倾向与情感内蕴都比较复杂,诗人们既歌颂反抗侵略的自卫战争,又谴责意在拓展疆土的开边战争,同时还控诉了战争对人民和平生活的干扰和破坏。边塞诗交织着英雄气概与儿女心肠,交织着激昂慷慨的豪气与缠绵婉转的柔情。相对而言,边塞诗更鲜明地体现了盛唐积极进取的时代精神。

富于浪漫气息和理想色彩的精神面貌在诗歌中的体现就是盛唐气象,盛唐气象最杰出的代表首推李白。李白以复杂的思想、丰富的情感和多元的人生追求涵盖了王、孟与高、岑两大诗派的内容取向,又以惊人的天才融会、超越了他们的艺术造诣,从而成为盛唐诗坛上最耀眼的明星。李白热情地讴歌现实世界中一切美好的事物,而对其中不合理的现象则毫无顾忌地投之以轻蔑。这种追求解放,追求自由,虽然受到现实的限制却一心要征服现实的态度,乃是中华民族反抗黑暗势力与庸俗风习的一股强大精神力量的典型体现。所以,以浪漫想象为主要外貌特征的李白诗歌事实上蕴含着深刻的现实意义,想落天外的精神漫游仍以对人世的热爱为归宿。笑傲王侯、桀傲不驯的"诗仙"李白受到中国人民的热爱,原因就在于此。与李白齐名的伟大诗人杜甫,在青年时代也受到盛唐诗坛浪漫氛围的深刻影响,但他很快就从那个浪漫主义诗人群体中游离出来了。杜甫以清醒的洞察力和积极的入世精神,深刻而全面地反映现实生活。杜诗为安史之乱前后唐帝国由盛转衰的那个时代提供了生动的历史画卷,对"朱门酒肉臭,路有冻死骨"的黑暗现实进行了入木三分的揭露与批判,因而被后人誉为"诗史"。当然杜诗的意义决不仅在于记录历史,而在于记录了动荡时代的急风骤雨在诗人心中激起的跳动思绪和情感波澜。杜诗中充满着忧国忧民的忧患意识和热爱天地万物的仁爱精神,是儒家思想中积极因素的艺术表现。在艺术风格上,李白诗飘逸奔放,杜甫诗沉郁顿挫,既具有鲜明的个性特征,又具有丰富的内涵,从而对后代诗歌的审美趣向产生了深远的影响。

中唐也是一个百花齐放的诗歌高潮时期,就艺术个性之鲜明及风格流派之众多而言,中唐诗坛甚至比盛唐诗坛更加丰富多彩。中唐诗坛有两个主要流派,一个以白居易为首,元稹、张籍、王建、李绅等人为羽翼,他们主要继承了杜甫正视现实、抨击黑暗的精神,强化了诗歌的讽谏美刺功能;在艺术上则以语言通俗流畅、风格平易近人为特征。另一个流派以韩愈为首,孟郊、贾岛、李贺、卢仝等人为羽翼,他们主要继承了杜甫在艺术上刻意求新、勇于创造的精神,特别致力于在杜诗中稍露端倪、尚未开拓的艺术境界。韩派诗人善于刻画平凡、琐屑乃至苦涩的生活和雄奇险怪乃至幽僻阴森的景象,艺术特征是语言戛戛独造,风格或雄奇,或幽艳,或怪诞。此外如柳宗元、刘禹锡等诗人,也以独特的艺术风格而自成一家。

晚唐诗坛上最著名的诗人要推杜牧和李商隐。杜牧的诗风受杜甫、韩愈影响较大,风格上以清新峭拔为特征,诗体则擅长七绝。李商隐则以七律而著称,李诗以精致的结构、瑰丽的语言、沉郁的风格为艺术特征,其内容则以抒身世之感、写家国之哀为主,这都与杜甫诗风一脉相承。比杜牧、李商隐稍晚的晚唐诗人中如罗隐、韩偓、皮日休、韦庄等也各有特色,但其成就已远不能与前辈相比。从总体上看,晚唐诗歌的美学特征类似于秋花、夕阳,唐诗到此时也就进入尾声了。

对于宋诗的分期,学界没有达成共识。就其发展脉络而言,宋诗大致可以分成六个时期。

从北宋初建到真宗末年是宋诗的初期,此期的诗坛上有三个流派,即白体、晚唐体和西昆体,它们分别以白居易、贾岛和李商隐为学习对象,所以宋初诗歌在总体上仍是晚唐、五代诗歌的自然延续,尚未体现出新的一代诗风。

到了宋仁宗时期,文坛上出现了诗文革新运动,此时的诗坛上以欧阳修、梅尧臣、苏舜钦为代表诗人。他们以革新五代以来的委靡诗风为目标,主张诗歌要有为而作,其中成就最高的是梅尧臣。梅诗继承了杜甫、白居易反映民生疾苦的主题倾向,并且喜写日常生活琐事,开辟了宋诗贴近日常生活的题材走向。梅诗在艺术上比较自觉地追求平淡之美,在平直质朴的语言中渗入劲健老辣的因素,有时甚至不避枯涩之笔。梅诗的探索为宋诗发展成有异于唐诗的一代诗风作出了很大的贡献。

以宋神宗、宋哲宗时代为主的北宋后期,是宋诗最终形成一代新风的关键时期,后人或以宋哲宗的年号"元祐"来称呼这个时期。北宋诗坛的三大家——王安石、苏轼、黄庭坚的创作高峰都在这个时期,他们以精妙的艺术成就和鲜明的风格特征使宋诗达到了足以与唐诗媲美的高度。王安石早期的诗注重反映社会现实,咏史抒怀之作也多寓政治情感。晚期诗则以写景抒情为主,风格也从早期的直截刻露变为深婉精工。王诗的特点之一是长于议论,像《明妃曲》二首即以议论精警而成为宋诗名篇。王诗的成就已跻身于宋代一流诗人之列,然而他的诗风较多地体现出向唐诗的复归,所以不被视为宋诗最突出的代表。苏轼是兼擅众体的大文学家,在诗歌方面也堪称北宋第一大家。他继承并超越了欧、梅、苏等前辈,把晓畅、明快、奔放的风格推向极高的艺术境界。苏诗姿态万千、风格多变,虽然鲜明地体现着宋诗特征,却又避免了宋诗的主要缺点即尖巧生硬和枯槁乏味,从而得到后代广大读者的喜爱。苏轼才力充沛,兴趣广泛,感受敏锐,生活阅历又极为丰富,所以苏诗在题材之广阔,形式之多样及情感内蕴之深厚几个维度上都傲视一代,成为诗坛公认的领袖。黄庭坚与苏轼齐名,但诗风相异颇大。黄虽然也崇尚平淡之美,其晚年诗作且有复归质朴自然的倾向,但是其多数作品则呈现出生新瘦硬、奇峭老健的风格。黄诗偏重于与文化活动有关的题材,又多用典故成语,所以有浓厚的书卷气。他在艺术上追求戛戛独造的境界,语言新奇生动,结构转折陡急,音调拗峭劲挺,凡此都鲜明地呈现出与唐诗相异的倾向。如果把宋诗视作与唐诗异趣的一种风格之载体,则黄庭坚可称最能代表宋诗特征的诗人,尽管他的创作成就比不上苏轼。元祐时代的著名诗人还有陈师道,他以朴拙平淡的诗风自成一家,只是其才力稍逊,成就不能与王、苏、黄相比。

元祐以后,诗坛上崇尚黄、陈诗风,并形成了以黄、陈为宗主的江西诗派。他们在创作上继续走黄、陈的路子,取材则更加局限于书斋生活。然而靖康事变打破了这种局面,国破家亡的形势使诗人们转而以国事民生为题材,爱国主义的主题开始成为诗坛主流。被后人视为江西诗派后劲的吕本中、陈与义、曾几是此时的代表诗人,他们的创作上继元祐诗人,下启南宋四大家,从内容到艺术都呈现转折中介的状态。

南宋前期,诗坛上出现了陆游、杨万里、范成大、尤袤"南宋四大家"。由于此时抗金复国的主题成为时代的最强音,所以最能代表这种主题倾向的陆游也就成为诗坛的代表。陆游的过人之处在于,其他诗人的爱国吟唱在绍兴和议达成后逐渐低沉,而他却使这种主题贯穿了终生的创作。陆游对抗金复国的正义事业充满胜利信心,而且以雄伟奔放的风格对之作了酣畅的表达,他那些气势磅礴的名篇把爱国主题提到了诗史上前所未有的高度。陆游也长于写其他题材,写田园风光和闲情逸致的作品数量很大。此外,杨万里的诗以活泼风趣的风格自成一体,范成大的诗以描写农村的真实生活图景和沦陷区的风土人情而著称。陆、杨等人的诗风也是宋诗风调的典型体现,但是与苏、黄相比,则又体现出向唐诗风格复归的倾向。

四大家之后,宋诗进入了尾声阶段。此时江湖派诗人最为活跃,其中的佼佼者如刘克庄、戴复古等人部分地继承了陆游的精神,对国势衰危的时代有所反映,艺术上也颇有成就。但大多数诗人则沉溺于吟风弄月、叹穷嗟卑,诗坛的总体趋势委靡不振。直到宋末亡国之际,才由文天祥及谢枋得、谢翱、汪元量等爱国诗人以悲愤慷慨之声振作了诗风,为宋诗画上了光辉的句号。

自从产生宋诗以后,唐诗与宋诗便成为诗歌史上双峰并峙的两种倾向。持续了很长时间的唐、宋诗之争造成了一种错觉,仿佛唐诗与宋诗是截然不同的两种诗歌,彼此之间毫无共同之处。又由于唐诗是古典诗歌史上最早出现的一座高峰,由唐诗所奠定的美学风范已经先入为主地形成了历代读者的心理定势,所以人们往往以唐诗为参照坐标来责备宋诗偏离了唐诗的艺术规范。事实上唐诗从中唐开始就有着向日后的宋诗演变的趋势,而宋诗的许多特征都可以在杜甫、韩愈的诗中找到滥觞。从整个诗歌史的角度来看,宋诗正是唐诗自身发展的必然结果,唐、宋诗之间存在着一脉相承的密切关系。清人吴之振说:"宋人之诗,变化于唐而出其所自得。皮毛落尽,精神独存。"(《宋诗钞·序》)正因为宋诗对唐诗有因有革,它才能取得与唐诗双峰并峙的历史地位。当我们要想弄清唐、宋诗的异同时,应该采取历史主义的态度。

唐、宋诗产生于不同的时代,它们赖以生存的文学史背景是迥然不同的。当唐代诗人登上诗坛时,他们面临的形势是诗歌已经经历了长期的积累而尚未达到高峰,诗歌发展的内在逻辑正呼唤着巨人的出现。从建安时代开始,诗人们对五、七言诗的形式进行了多方面的探索,这种探索主要是沿着骈偶丽辞和声律谐和两个方面进行的。从曹植、陆机到沈约、谢朓,诗人们花费了巨大的努力,暗中摸索,筚路蓝缕。等到南朝后期及隋代,五、七言诗距离格律化只有一步之遥了。同时,建安诗人用力描摹社会画面,正始作者着意刻画内心律动,这两种取向基本上涵盖了诗歌所能表现的外部世界和内心世界这两大领域。如依具体题材而分,则乐府诗、咏怀诗、咏史诗、游仙诗、田园诗、山水诗、咏物诗、拟古诗乃至玄言诗、宫体诗都已出现,五、七言诗的题材种类已大致齐备。然而由于种种局限,先唐的诗歌尚未达到最高境界,先唐诗人积累的丰富艺术经验尚有待于总结、提高。唐代诗人正是在这种局势下开创一代诗风的,唐诗正是在八代诗的坚实基础上建造起来的一座大厦。

极盛之后难以为继,宋代诗人面临的历史条件远不如唐人来得优越。充分发达、登峰造极的唐诗只给后人留下很狭小的发展余地,唐诗的巨大阴影却给宋人的创作心理造成了巨大的压力。宋人必须另辟蹊径才能走出唐诗的阴影,他们的创新也就具有很大的难度。以题材为例,宋代的社会生活并未比唐代增添多少新的内容,而唐诗表现社会生活几乎达到了巨细无遗、各臻其妙的程度,当宋人要想写某一题材时,几乎总能发现唐人已经留下同一题材的名篇或名句。例如宋初王禹偁在春日清晨发现园中花枝被春风吹折,写出"何事春风容不得,和莺吹折数枝花"二句,本以为景奇语新,却不料唐诗中早已有"恰似春风相欺得,夜来吹折数枝花"之句了(见《蔡宽夫诗话》)。无怪熟读唐诗的王安石要发出"世间好语言,已被老杜道尽;世间俗语言,已被乐天道尽"之叹(见《陈辅之诗话》)。再以体裁为例,由于先唐诗人在声律、丽辞上提供了正反两方面的丰富经验,唐人就水到渠成地实现了诗歌的格律化,从此奠定了五、七言诗的古体、今体诸形式。但由于唐人对这些诗体都已掌握得得心应手,宋人在体裁方面就很难再作什么创新了。除了拗律和对仗手法的灵活多变之外,宋人在诗歌形式方面基本上沿袭了唐人的手法而无所变化。所以说,当我们对唐、宋诗进行比较时,千万不要忘了它们所处的不同的文学史背景,否则这种比较是没有意义的。至于脱离了具体的时代背景而一味指责宋诗成就远逊唐诗,就更没有什么意义了。

宋诗的最大价值就在于宋代诗人在唐诗的巨大压力下并未放弃努力,并未跟在唐人后面亦步亦趋,他们仍然最大程度地发挥了创新精神,从而创造了与唐诗颇异其趣的一代诗风。在题材上,宋代诗人努力地在唐人开采过的矿井里向深处发掘。宋诗较成功地做到了向平凡的日常生活倾斜,唐人注意不够的琐事细物都成为宋人笔下的诗料,比如苏轼写了不少咏农具之诗,黄庭坚多咏茶之诗。有些生活内容唐人也已写过,但宋诗的选材角度更趋向世俗化和平凡化,比如唐代的山水诗多咏幽静绝俗之境,而宋人却喜写游人熙攘的金山、西湖。宋诗所展示的抒情主人公更像平凡的普通人。在艺术上,宋诗的任何创新都是以唐诗为参照对象的,宋人惨淡经营的目的便是在唐诗美学境界之外另辟新境。许多宋代诗人具有鲜明的艺术个性,他们的风格特征相对于唐诗而言都是新生的,比如梅尧臣诗的平淡,王安石诗的精致,苏轼诗的畅达,黄庭坚诗的瘦硬,陈师道诗的朴拙,杨万里诗的活泼,都可视为对唐诗风格的陌生化的结果。然而宋代诗坛有一个整体性的风格追求,那就是以平淡为美。苏轼和黄庭坚一向被看作宋诗特征的典型代表,苏轼论诗最重陶渊明,黄庭坚则更推崇杜甫晚期诗的平淡境界。他们的诗美理想是殊途同归的,他们追求的平淡实指一种超越了雕润绚烂的老成风格,一种炉火纯青的美学境界。以平淡为美的诗学观点显然是对以丰神情韵为特征的唐诗美学风范的深刻变革,这是宋代诗人求新求变的终极目标。由此可见,宋诗的整体特征几乎可以看作是对唐诗特征的有意疏离或变革,所以这两种诗歌的特点必然是相对的,也就是具有互补性质的。由于唐诗在前,它在题材走向和风格倾向上都占有先机,它先在最有利的方向得到了充分的发展。而宋诗只能选择唐代诗人所忽视或遗弃的领域来创造自身的特色,它要想与唐诗平分秋色就必须付出加倍的努力。宋诗在总体上显得不如唐诗那么出彩,宋诗的某些特征不免有些过火,这都与它的不利处境有关。

由于唐、宋诗的作品数量很大,名家辈出,风格流派极为丰富,其间的关系错综复杂,所以留给后人的研究空间非常之大。虽然前辈学人已经对唐、宋诗作了相当深入的研究,但它仍然是古代文学研究领域中的一个富矿,我们可以通过细读前辈学人的典范性论著来掌握基本的研究方法,从而对唐音宋调作更深入的研究。

选 文

李太白古体诗散论
顾 随

导言——

本文选自叶嘉莹整理《顾随诗词讲记》(中国人民大学出版社,2006 年)。

顾随(1897—1960),字羡季,别号若水,晚号驼庵,河北清河县人。1920 年毕业于北京大学,历任河北女师、燕京大学、辅仁大学、北京师范大学、河北大学教授。

这是顾随先生的一篇讲课笔记。由于是讲课笔记,所以不像一般的论文那样结构严密,而有点随意而谈的意味。但是它在貌似松散的叙述中提出了不少独到的见解,颇有发人深省之处。全文共分七节,分别谈李白古体诗的复古、叙事特征、情感倾向、豪放风格、议论、与鲍照之关系等,几乎涉及李白古体诗的各个方面。此文最值得注意的有如下几点:一是实事求是,并不一味拔高论述对象,例如说李白诗有"思想不深,情感不切"以及"有时不免俚俗"的缺点,都是常人所不敢想,更不敢道的。二是论述举例时能顾及名篇之外的作品,不像今人论李白古体诗总是离不开《蜀道难》等少数几篇代表作。三是有些论点虽仅是点到为止而并未展开论述,但是极有启发意义,例如说李诗"豪华而缺乏应有之朴素","太白诗一念便好,深远"等,都是相当深刻的独到之见。显然,此文成功之关键在于作者对李白作品有深切的感受,它比那种仅从概念出发而忽视体会作品的论文方式更能切中肯綮。

(一)

世之论李杜者每曰太白复古,工部开今。太白之古乃越六朝而上之,虽古实亦新。太白《古风》似古并不古,没什么了不得。才气有余,思想不足。中国诗向来不重思想,故多抒情诗。且吾国人对人生入的甚浅,而思想必基于人生,无论出世入世,其出发点总是人生。入世者如《论语》,"为学"与"学政"相骈,为己为人,欲改变人生;出世者则若庄、列,亦因见人生痛苦,欲脱离之。吾国诗人亦未尝不自人生出发,只入的不深,感的不切,说的不明。太白诗思想既不深,感情亦不甚亲切,如其"处世若大梦,胡为劳其生"(《春日醉起言志》)一首,即思想不深,情感不切,可为其坏的一方面代表。汉、魏诗如古诗十九首、曹氏父子诗,思想虽浅而感情尚切。

太白诗号称有"高致"。王静安说:"诗人对宇宙人生,须入乎其内,又须出乎其外。……入乎其内,故有生气;出乎其外,故有高致。"(《人间词话》)身临其境者难有高致,以其有得失之念在,如弈棋然。太白惟其入人生不深,故能有高致。然静安"出乎其外"一语,吾以为又可有二解释:一者为与此事全不相干,如皮衣拥炉而赏雪,此高不足道;二者若能著薄衣行雪中而尚能"出乎其外",方为真正高致,情感切而得失之念不盛,故无怨天尤人之语。人要能在困苦中并不摆脱而更能出乎其外,古今诗人仅渊明一人做到。老杜便为困苦牵扯了。陶始为"入乎其中",后能"出乎其外"。如:

> 弊庐交悲风(交者,四面受风也),荒草没前庭,披褐守长夜,晨鸡不肯鸣。(《饮酒》第十六)

此写穷而并不怨尤。寒酸表现为气象态度,怨尤乃心地也。一样写寒苦,陶与孟东野绝不同。

> ……驱却坐上千重寒,烧出炉中一片春。吹霞弄日光不定,暖得曲身成直身。(孟东野《答友人赠炭》)

孟诗"曲身成直身",亲切而无高致。陶入于其中故亲切,出乎其外故有高致。

太白则全然不入而为摆脱。故虽复古而不能至古,仅字面上复古而已。其《古风》59首中好的皆为能代表太白自己作风的,而非能合乎汉魏作风的。

如其《古风》第一首"我志在删述","删"指孔子删诗书定礼乐,"述"指孔子述而不作;又曰"绝笔于获麟",太白不明其意所在,乃说大话而已。孔子有中心思想,太白无有,凭什么亦"绝笔于获麟"? 杜诗:

> 致君尧舜上,再使风俗淳。(《奉赠韦左丞丈二十二韵》)
> 窃比稷与契。(《自京赴奉先县咏怀五百字》)

亦说大话。但自此亦可看出李杜二人之不同:李但言文学,杜志在为政。太白的高致是跳出、摆脱,不能入而复出,若能入污泥而不染方为真高尚,太白做不到。

太白诗表现高致,有时用幻想。而吾国人幻想亦不高。中国人多不能抓住人生核心,诗人缺乏此种抓住人生核心的态度。勉强说杜工部尚有此精神,他人皆有福能享,有罪不敢受,不能看见整个人生。人生是一,此一亦二,二生于一。欲了解一,须兼容二,摆脱一则不成二,亦不可成一矣。

对人生须深入咀嚼始能深,否则须有幻想。中国幻想不发达,千古以来仅一屈子,连宋玉都不成,汉人简直老实近于愚,何能学《骚》?后之诗人亦做不到,但留恋诗酒风花,不高不下何足贵? 而此种诗本车载斗量。屈子之后,诗人有近似《离骚》而富于幻想者,不得不推李白。

盛唐李白有幻想而又与屈原不同。屈之幻想本乎自己亲切情感,人谓之爱国诗人,非只口头提倡,乃真切需要,如饥之于食。此幻想本乎此真切不得已之情感(思想),有根。李白幻想并无根,只有美,唯美。屈原诗无论其如何唯美,仍为人生的艺术;太白则但为唯美,为艺术而艺术,为作诗而作诗。为人生的艺术有根,根在人生。

太白有高致与陶不同,太白有幻想与屈不同,故其诗亦不能复古到汉魏。

(二)

欲了解太白诗高致,须参其"郑客"一首(按:即《古风》第三十一):

> 郑客西入关,行行未能已。白马华山君,相逢平原里。璧遗镐池君,明年祖龙死。秦人相谓曰:"吾属可去矣。"一往桃花源,千春隔流水。

读书须真正尝味。末四句是高致而跳出人生。

太白有《经下邳圯桥怀张子房》：

> 子房未虎啸，破产不为家。沧海得壮士，椎秦博浪沙。报韩虽不成，天地皆振动。潜匿游下邳，岂曰非智勇？我来圯桥上，怀古钦英风。唯见碧流水，曾无黄石公。叹息此人去，萧条徐、泗空。

此与前一首"郑客"相近，皆叙事而未能诗化。

吾国叙事诗甚少，不知是否吾国人不喜之或不能之，或中国文字叙事不便？此诸原因盖有联带关系。

盖叙事非有弹性不可。如太史公《项羽本纪》，可称立体描写。廿五史以文论太史第一，写人写事皆生动，一字作多字用。① 叙事用散文尚易，诗则体太整齐。唐人诗抒情写景最高，上可超过汉魏六朝，下可超越宋元晚清。唐代虽小诗人，只要是真诗人，皆能写，抒情写景甚好。《长恨歌》叙事，失败了，废话多，而不能在咽喉上下刀。如写贵妃之死，但曰：

> 六军不发无奈何，宛转蛾眉马前死。

真没劲。

说话为使人懂，且令人生同感。太白《怀张子房》之"天地皆振动"，读之不令人感动。若老杜之

> 观者如山色沮丧，天地为之久低昂。（《观公孙大娘弟子舞剑器行》）

字字如生铁铸成，而用字无生字，句法亦然，小学生皆可懂，而意味无穷，似天地真动。李则似无干。李白才高惜其思想不深。哲人不能无思想，而诗人无思想尚无关，第一须情感真切。太白则情感不真切。老杜不论说什么，都是真能进去，李之"天地皆振动"并未觉天地真振动，不过凑韵而已。必自己真

---

① 即一字含多义。

能感动，言之方可动人。

写张子房必写其别人说不出来之张子房之精神。李曰"岂曰非智勇"，若此等句谁不能说？首四句叙事亦失败，不能诗化。即再低一步，叙事须令人明白。而若李之"郑客"一首，叙事真不能令人明白。

诗可用典，而须能用典入化，不注亦能明白始得。如陈后山之"一身当三千"（《妾薄命》）用白乐天《长恨歌》"后宫佳丽三千人，三千宠爱在一身"二句，不知白诗则不懂陈诗，用典如此真不通矣。而李白真有好的地方，如《怀张子房》之"唯见碧流水，曾无黄石公"二句，吾人亦可以有此意，而绝写不出这样的诗。太白盖以张子房自居，而无神仙黄石公教授兵法。"唯见碧流水"句在现在，"曾无黄石公"一句则扬到千载之前。大合大开。开合在诗里最重要，诗最忌平铺直叙。再者，曰"碧"曰"黄"，水固碧矣，黄石公何曾"黄"？且根本无黄石公，而太白说出来写出来便好。若曰"唯有一水在，不见古仙人"，此等诗一日要一百首也得。太白曰"碧"曰"流"，便令人如见。

"怀张子房"之末两句"叹息此人去，萧条徐、泗空"，亦高。意思虽平常，而太白表现得真好。死并不吓人，奈何以死感之？"报韩虽不成，天地皆振动"二句即如此。感人必有过于"死"者。末两句字字有生命、有弹性，比老杜"天地为之久低昂"还飘洒。

（三）

太白《远别离》乃仿古乐府《古别离》之作。《远别离》所写乃娥皇女英：

远别离，古有皇、英之二女，乃在洞庭之南，潇湘之浦。海水直下万里深，谁人不言此离苦。日惨惨兮云冥冥，猩猩啼烟兮鬼啸雨，我纵言之将何补。皇穹窃恐不照余之忠诚，雷凭凭兮欲吼怒，尧舜当之亦禅禹。君失臣兮龙为鱼，权归臣兮鼠变虎。或云尧幽囚，舜野死，九疑联绵皆相似，重瞳孤坟竟何是。帝子泣兮绿云间，随风波兮去无还。恸哭兮远望，见苍梧之深山。苍梧山崩湘水绝，竹上之泪乃可灭。

太白七言古用古乐府题目，实则徒有其名而无其实。故其诗虽分七古、乐府两种，实则皆古风。后之诗人虽亦用长短句写古风，而皆不及太白，即技术不熟。李之长短句长乎其所不得不长,短乎其所不得不短,比七言、五言还难。若可增减则不佳矣。

太白诗一念便好,深远。远——无限;深——无底。《远别离》不但事实上为远别离,在精神上亦写出远别离来。纯文学上描写应如此,但有实用性无艺术性不成其为文学。诗是一种美文,最低要交代清楚。一切艺术皆从实用来,如古瓷碗,其美在于其本身,后则实用性渐少,艺术性渐多。

太白此首开篇交代得清楚。然文学须能使人了解后尚能欣赏之,即在清楚之外更须有美。太白在写事实清楚之外,更以上下左右情景为之陪衬:"海水直下万里深","日惨惨兮云冥冥,猩猩啼烟兮鬼啸雨","雷凭凭兮欲吼怒",乃文学上的加重描写。

太白此诗亦并不太好,将散文情调诗化。太白之咏娥皇女英暗指明皇贵妃。马嵬之变,作成长恨,不得不责明皇国政之付托非人(按:此诗实作于马嵬之变以前,但亦有以为暗指马嵬事件者)。《远别离》之意在"君失臣兮"二句,凡作领袖者首重知人,然后能得人、能用人。明皇以内政付国忠,军事付安禄山,即不知人。"尧舜当之亦禅禹"句中"之"字,当为下二句代名词,通常用代名词必有前词,此则置前词于后,"尧舜"二字,"尧"为宾,"舜"为主("帝子泣兮绿云间","绿云"犹言碧云也。为沈约之"日落碧云合,佳人殊未来"。又,称女人发亦曰"绿云",犹言"青丝",黑也。或以为"绿云"指竹林)。

(四)

诗言志。言志者表情达意也。然有时读一首写悲哀的诗,读后并不令读者悲哀,岂非失败?凡有所作必希有读者,真有话要写,写完总愿有人读,愿引起人同感,如此才有价值。然如李白之《乌夜啼》,读后并不使人悲哀,岂其技术不高,抑情感不真?此皆非主因,主因乃其写得太美。

诗原为美文,然若字句太美,则往往字句之美遮蔽了内中诗人之志。故古语有"美言不信,信言不美"之说。此话有一部分可靠。如依此说,则写好诗的有几个全可信?一个大诗人说的话并不见得全可靠,只看它好不好而已。如俄国小说家契诃夫,人称之为俄国莫泊桑,实则契诃夫比莫泊桑还伟大,其所写小说皆是诗,对社会各样人事了解皆非常清楚。莫泊桑则抱了一颗诗心,暴露人世黑暗残酷,令人读了觉得莫泊桑其人亦冷酷。而契诃夫是抱了一颗温柔敦厚的心,虽骂人亦是诗。

有的诗写悲哀,读后忘掉其悲哀,仅欣赏其美,太白《乌夜啼》即如此:

> 黄云城边乌欲栖,归飞哑哑枝上啼。机中织锦秦川女,碧纱如烟隔窗语。停梭怅然忆远人,独宿孤房泪如雨。

首句所写景物凄凉,而字句间名词、动词真谐合;次句如见其飞,如闻其啼。此二句谓为比亦可,谓之兴亦可。"比"者,谓乌尚栖何人不归?"兴"者,则谓此时闻乌啼而已。"碧纱"句真好。诗固然要与理智发生关系,而说好是与幻想发生关系。"碧纱"句即由幻想得来。"黄云"、"归飞"、"碧纱"此三句是诗,另三句乃写实。因欣赏此三句之美,遂忘其独宿空房之悲。

《诗·王风》有《君子于役》:

> 君子于役,
> 　不知其期。
> 　　曷至哉?
> 鸡栖于埘,
> 　日之夕矣,
> 　　羊牛下来。
> 君子于役,
> 　如之何勿思?

余写旧诗不主分行分段,而此首如此写好。

太白一首《乌夜啼》先不点题,此则开端便言"君子于役",点出题来。"曷至哉"三字,味真厚。傍晚时思之最甚,平常日暮则归,故日暮不归则思人之情愈厚。若吾人写必接"曷至哉"说"日之夕矣",而此诗将"日之夕矣"加于"鸡栖于埘"、"羊牛下来"之间,好。心中但思君子,忽见"鸡栖于埘",因知"日之夕矣",再远望见"羊牛下来"。且"羊牛"二字比"牛羊"好,"羊"字在中间音似一起,太提,不好。绝对是"羊牛下来"。或曰羊行快故在牛前,如此解,便死了。"如之何勿思"亦好,比太白之"怅然"、"泪如雨"好得多,味厚。

诗中用字,须令人如闻如见。太白《乌夜啼》之"黄云城边"如见,"归飞哑哑"亦如见,亦如闻;《诗》之《君子于役》"羊牛下来"读其音如见其形,若曰"牛羊下来",则读其音如见⌒形,下不来矣。

(五)

《将进酒》与《远别离》最可代表太白作风。

太白诗第一有豪气,出于鲍照且驾而上之。但豪气不可靠,颇近于佛家所谓"无明"(即俗所谓"愚")。一有豪气则成为感情用事,感情虽非理智,而真正感情亦非豪气。因真正感情是充实的、沉着的,豪气则不充实、不沉着,易流于空虚浮飘。如其

> 功名富贵若长在,汉水亦应西北流!(《江上吟》)

汉水原向东南,不向西北,故功名富贵不能长在。

譬喻使人如见,加强读者感觉。诗更须如此。如但言一清二白,使人知而未见,歇后语曰"小葱拌豆腐——一清二白",则令人如见。《将进酒》首云:

> 君不见黄河之水天上来,奔流到海不复回;君不见高堂明镜悲白发,朝如青丝暮成雪。

一说即令人如见。诗好用比兴(譬喻),即为得令人如见。上所述"功名富贵"二句,豪气,不实在,唯手腕玩得好而已,乃"花活",并不好,即成"无明",且令读者皆成"无明"。

晋左思太冲、宋鲍照明远、唐李白太白,说话皆不思索冲口而出,皆有豪气,有豪气始能进取。《孟子》谓:"狂者进取,狷者有所不为也。"豪气如烟酒,能刺激人神经,而不可持久。豪气虽好,诗人之豪气则好大言,其实则成为自欺,故诗人少成就。有豪气能挺身吃苦固然好,凡古圣先贤、哲人、诗人之言,皆谓人为受苦而生,佛说吃苦忍辱,必如此始为伟大之人。而诗人多为不让蚊子踢一脚的,因其虽有豪气而神经过敏,神经过敏成为歇斯底里(hysteria)。老杜《醉时歌》曰:

> 但觉高歌有鬼神,焉知饿死填沟壑。

此等处老杜比李白老实。太白过于夸大——"千金散去还复来"——人可以有自信而不能有把握。

太白诗有时不免俚俗。唐代李、杜二人,李有时流于俗,杜有时流于粗(疏)。凡世上事得之易者便易流于俗(故今世之诗人比俗人还俗)。太白盖顺笔高言,故有时便不免露出破绽。

> 岑夫子,丹丘生,将进酒,杯莫停。与君歌一曲,请君为我侧耳听。(《将进酒》)

皆俗。所谓俗即内容空虚。

文学比镜子还高,能显影且能留影。文学是照人生的镜子,而比照相活。文学作品不可浮漂,浮漂即由于空洞。太白诗字面上虽有劲而不可靠,乃夸大,无内在力。"朝如青丝暮成雪",虽夸大犹可说也;至"一饮三百杯",则未免过矣。结尾四句:

> 五花马,千金裘,呼儿将出换美酒,与尔同销万古愁。

初学者易喜此等句,实乃欺人自欺。原为保持自己尊严,久之乃成自欺,乃自己麻醉自己,追求心安。

太白诗豪华而缺乏应有之朴素。豪华、朴素,二者可并存而不悖。但朴素之诗往往易失去诗之美。

(六)

人读宋诗者多病其议论太多,于苏、辛词亦然,而不知唐人已开此风。如李白之《宣州谢朓楼饯别校书叔云》一首,开端:

> 弃我去者,昨日之日不可留,乱我心者,今日之日多烦忧。

较"三百篇"、《十九首》相差已甚大矣。文学中之有议论,用理智,乃后来事。诗之起,原只靠感情、感觉。后人诗词之有议论乃势所必至,理有固然。如老杜之《北征》,前幅写路景,真是诗;中幅写到家,亦尚好;至后幅之写朝政,已为议论。人但知攻击宋人,而不知唐之李杜已然。陶、曹已较《十九首》有议论,《十九首》亦较《诗》《骚》有议论。因人是有理智有思想的,自然不免流露出来。

太白之"弃我去者"二句好,但似散文。

> 长风万里送秋雁,对此可以酣高楼。

二句则高唱入云。诗中不可避免唱高调,唯必须唱得好。陶亦不免唱高调,如

> 不赖固穷节,百世当谁传。(《饮酒》第二首)

调真高,"固穷"实非容易之事。至其《乞食》之"冥报以相贻",真可怜。"不赖"二句亦议论,同一意思让后人写必糟。陶是充满鼓动,有真气、真力,故其表现之作风"精神"不断。而"冥报"句真可怜,一顿饭何至如此?可见其"固穷"亦唱高调。曹孟德亦唱高调,如其《步出夏门行》之

> 老骥伏枥,志在千里。
> 星汉灿烂,若出其里。

皆唱高调,而唱高调须中气足,须唱得好。别人唱高调乃理智的,至李白则有时理智甚少。"宣州谢朓楼"首二句是理智,"长空"二句非理智而是诗,是诗人感觉。夏伏之后忽见秋高气爽之天气,心地特别开朗,一闻雁阵,对此则可以酣高楼矣。"可以"二字用得有劲,"雁"亦美。

太白诗与小谢有渊源,可自此诗内看出佩服小谢。人喜欢什么即易受其影响。李白称小谢为"谢公",诗云"临风怀谢公"(《秋登宣城谢朓北楼》)。小谢集名《谢宣城集》,其中有句

> 大江流日夜,客心悲未央。(《夜发新林至京邑……》)

颇似太白,响。响在一、三、五字,此乃唐法,六朝或已有,律诗尤如此。老杜"乱云低薄暮,急雪舞回风"(《对雪》),李白"唯见碧流水,曾无黄石公"数句,

皆受小谢影响。

　　李白此《宣州谢朓楼饯别校书叔云》比《将进酒》好,以其对谢宣城有爱好。

(七)

　　唐人五言虽新鲜而不及汉魏好,盖好坏不在新旧。宋人诗比唐人新鲜,不见得比唐人好。七言诗则不论古体、近体,唐人皆有独到处。盖汉魏时七言尚未成熟,而字数自少至多,亦易见佳。

　　即以太白七言而论,老杜赠之以诗曰:

> 清新庾开府,俊逸鲍参军。(《春日忆李白》)

太白有英气,超轶绝伦,即"俊逸"。

　　鲍照集中七言古甚多,其中有的作风颇似李白。而鲍在前,故可谓太白出自鲍参军。二人若果真谓师、弟,则太白可谓青出于蓝:其一,字句之运用鲍不如李之成熟。李正为韩愈所谓"气盛则言之短长与声之高下者皆宜"(《答李翊书》),鲍有时生疏。其二,鲍的内容不如李充实,鲍仅有情感,而仅有一点情感不宜写长篇。

　　中国诗体最复杂,上至三百篇下至词曲,各体有各体长处。如太白七古必非七古不可表现,鲍照之七言古则似以五言亦可表现。故李虽云出自明远而实高于明远。在某一点上,后人不及古人;而在某一点上,后人也可超过古人。

杜甫七律之演进的几个阶段

叶嘉莹

导言——

　　本文选自叶嘉莹《杜甫秋兴八首集说》(北京大学出版社,2014年)一书的代序《论杜甫七律之演进及承先启后之成就》,因原文过长,现选录其第三节(有删节),题目为该节原有的小标题。

叶嘉莹(1924——　),号迦陵。1945年毕业于辅仁大学国文系。历任台湾大学、加拿大不列颠哥伦比亚大学、南开大学教授等。

除绝句稍弱之外,杜诗各体皆工。然就其诗体创新意义而言,杜甫在七律方面的贡献最大。本文对杜甫七律进行了深刻的论析,对于杜诗研究具有探骊得珠的意义。本文把杜甫的七律分成四个阶段:天宝之乱以前;安史之乱后杜甫重返长安时期;成都草堂时期;去蜀入夔以后时期。叶氏古典文学论文的优点是分析细密,本文正体现了这一特点,它对各个阶段的杜甫七律都选择其代表作,进行细致的文本分析,然后从中抽绎出此期杜诗的创作特点来。以本文中写得最为细密的第四个阶段为例,文中对此期杜甫七律分别从正变两个方面进行分析,以《白帝城最高楼》一首作为拗体七律之代表作,细析其音节拗涩及情感勃郁之特征;又以《秋兴八首》为正体之代表作,从内容、技巧两个方面细致地分析了这组诗的精醇的艺术境界。正是通过这种细密的文本分析,作者得出了"杜甫在拗律一方面之成就,终不及其在正格的七律一方面之成就的更可重视"的结论。本文堪称叶氏古典文学论著的代表作。

中国文字之特色,是单形体单音节,无论赞成或反对,这个特色原来就适宜于讲求平仄及对偶,乃是一种必然的趋势所形成的事实。所以自魏晋南北朝以来中国的诗歌,一直都向着这一方面在发展。迄于唐代,五言律诗既已先获得优异的成绩于先,则按照理论来说,七言律诗较之五言律诗每句多了两个字,其缺点固然是增加了两个字的麻烦,而随之而来的优点,则是也增加了两个字的艺术之精美性的表现的机会,所以七言律诗之可以形成为中国诗歌中最凝练精美的一种体式,原该是一种可以预期的事实。只是在杜甫以前的一些诗人,都因他们的天才工力以及识见修养的限制,而未能予这种体式以应得的重视,也未尝付出应尽的努力。直到杜甫出来,才由于他所禀赋的感性与知性并美的资质,而认识了这种体式的优点与价值,于是杜甫乃以其过人的感受力与思辨力,及其创作的精神与热诚,扩展了七律一体的境界,提高了七律一体的价值,而将他的高才健笔深情博学都纳入了这一向被人卑视的、束缚极严的诗体之中,而得到了足以笼罩千古的成就。当然这种成就,也并不是一蹴而成的,我现在就想试把杜甫的七言律诗,按其年代的先后,划分为几个阶段,藉以窥见杜甫在这种诗体的内容与技巧上的一些演进的痕迹。

当然这种划分都只是为立说方便而作的大略的区划,不然,以杜甫之博大变化,每首诗皆各有其不同之风格与境界,则又岂是此简单的几个阶段所能尽。

杜甫的诗,据清浦起龙分体编辑的《读杜心解》来计算,计共收诗1458首,其中的七言律诗计有151首之多,这比起李白的994首诗中只有8首七律的情形来,真是相差悬殊了。而如果自杜甫入蜀以后的作品来计算,则七律所占之比率数尤为大,即以此比数之大,与比数之增加来看,已经可以见到杜甫对七律一体之重视,及其逐渐成熟演进之痕迹了。如果把这151首七言律诗详加分析,其变化之多,方面之广,自然是难以穷尽的,我现在只依其时代之先后,约略将之分为四个演进的阶段。

第一个阶段是天宝之乱以前的作品,这是杜甫七言律诗作得最少,成绩也最差的一个阶段。在这一阶段,杜甫仍然停留在模拟之中,其所作如《题张氏隐居》、《郑驸马宅宴洞中》、《城西陂泛舟》、《赠田九判官梁丘》、《赠献纳使起居田舍人澄》等,其内容与一般作者一样,也仍然都是以酬赠及写作为主,技巧方面也只是对偶工丽句法平顺,丝毫没有什么开创与改进之处。现在我们举杜甫这一阶段的两首七律来看一看:

> 春山无伴独相求,伐木丁丁山更幽。涧道余寒历冰雪,石门斜日到林丘。不贪夜识金银气,远害朝看麋鹿游。乘兴杳然迷出处,对君疑是泛虚舟。(《题张氏隐居》)

> 青蛾皓齿在楼船,横笛短箫悲远天。春风自信牙樯动,迟日徐看锦缆牵。鱼吹细浪摇歌扇,燕蹴飞花落舞筵。不有小舟能荡桨,百壶那送酒如泉。(《城西陂泛舟》)

第一首《题张氏隐居》,先从入山求访说起,次句写山之幽,三句写沿途所历之涧道冰雪,四句写到后所见之斜日林丘,五句写夜宿所见烟岚霞气之美,藉以映衬张氏之高洁清廉,六句写朝游所见山中麋鹿之嬉,藉以映衬张氏之闲逸恬适,七句写乘兴而游,云山杳然,出处都迷,八句写对此高隐之士,此心荡然,全无所系,有宾主俱化之感。观此诗所写,由"求"而"历"而"到",又由"斜日"而"夜"而"朝",层次清晰,章法分明,中二联之对偶,亦复句法平顺,对偶工整。像这种平顺工整之作,仍未脱早期七律的平俗空泛之风,其内容与句法,都大有似于前所举李颀之《宿莹公禅房闻梵》一首,杜甫并未能超越前人而别有建树。

第二首开端写所见之楼船与船上青蛾皓齿之佳人,次句写遥闻箫笛之音,远传空际(悲字但写音声之感人,不必拘定悲哀为解)。三四一联,春风、迟日、锦缆、牙樯,极写春光之美与楼船之丽,而句中着以"自信"与"徐看"二字,可以想见一片容与中流之乐。五六一联,水中则鱼吹细浪,枝上则燕蹴飞花,而承以歌扇舞筵,则鱼吹细浪兼以映衬歌声之美,有沉鱼出听之意,燕蹴飞花兼以映衬舞姿之美,有燕舞花飞之致,复着以"摇"字"落"字,则扇影摇于水中,飞花落于筵上,遂尔将鱼儿、燕子、细浪、飞花,与歌扇舞筵并相结合为一片美景良辰赏心乐事。至于末二句,有荡桨之小舟,送百壶如泉之酒,正极写饮宴之乐且盛也。仇注引顾宸曰"天宝间景物盛丽,士女游观,极尽饮燕歌舞之乐,此咏泛舟实事",是也。观此诗所写之种种景物情事,可谓极铺陈工丽之盛,而其风格则仍在初唐绮丽余风的笼罩之下,可见杜甫此一时期的作品,仍未能完全摆脱时尚,其风格仍不过是平顺工丽,不但未能度越前人,即较之摩诘、太白的一些佳作之远韵高致,亦复尚有未及。而且此一诗之春风迟日一联,上下承接之际,都有平仄失黏之病;前一首之涧道一联与伐木句相承,亦有平仄失黏之病。这原是七律尚未完全成熟时的一种现象,不过,杜甫在这一阶段的模仿与尝试,也已经为后来的种种演变与蜕化作了很好的准备工夫,这一点也仍是不可忽视的。

第二个阶段,该是收京以后重返长安时期的作品。这一阶段,杜甫所作的七言律诗,可以分作两部分来看,一部分是至德二载冬晚及乾元元年春初,杜甫重回长安,身任拾遗,满怀欣喜之情,所作的一些颂美之作,如《腊日》、《奉和贾至早朝大明宫》、《宣政殿退朝晚出左掖》等诗属之;又一部分则是乾元元年春晚,杜甫自伤衮职无补,寸心多违,满怀失意之心,所作的一些伤感之作,如:《曲江二首》、《曲江对酒》、《曲江陪郑八丈南史饮》等诗属之。前一种颂美之诗篇,虽然也有一些颇为人所赞赏推重的高华伟丽博大从容的作品,然而此种颂美之诗,自初唐以来,作者已多,并非杜甫之所独擅,现在姑置不论。我所认为可以代表杜甫七律第二阶段的作品,乃是属于后一种的伤感之作,从这一部分作品,我们可以很明显地看到,杜甫一方面对于七律一体的运用,已经达到运转随心,极为自如的地步;而另一方面,杜甫于天宝之乱以来,所经历的陷长安,奔行在,喜授拾遗,放还鄜州,重返朝廷,再遭失意等种种忧患挫折的变化,也更为扩大而且加深了杜甫诗歌中的感情的意境,这种技巧与意境的同时演进与配合，使杜甫的七言律诗进入了第二个阶段。现在我们也举两首诗，作为例证来看一看：

一片花飞减却春，风飘万点正愁人。且看欲尽花经眼，莫厌伤多酒入唇。江上小堂巢翡翠，苑边高塚卧麒麟。细推物理须行乐，何用浮荣绊此身。（《曲江二首之一》）

朝回日日典春衣，每向江头尽醉归。酒债寻常行处有，人生七十古来稀。穿花蛱蝶深深见，点水蜻蜓款款飞。传语风光共流转，暂时相赏莫相违。（《曲江二首之二》）

第一首只开端"一片花飞减却春"一句，便已写出杜甫之满怀怅惘哀伤，仅此一句，便已是杜甫历遍人生种种悲苦深加尝味后之所得，因为若不是曾经深感到人世间花落春归的悲哀的人，决不会因一片之花飞，便体会到春光之残破，而杜甫却将如此深沉的悲哀的体味，仅从一片花飞写出，我们看他"一片"两字写得如此之微婉，而"减却"二字又说得如此之哀伤，其意境之深，表现之妙，便已非以前任何一家之所能比。而复继之以第二句云："风飘万点正愁人"，自花飞一片之哀伤，当下承接到风飘万点之无望，我每读此二句，总觉得第一句便已以其深沉的悲哀，直破人之心扉，长驱而入，而就在此心扉乍开的不备之际，忽然又被第二句加以重重的一击，真使人有欲为之放声一恸之感。然后得接以"且看欲尽花经眼，莫厌伤多酒入唇"二句，把一片无可奈何的心情，无可挽回的悲哀，全用几个虚字的转折呼应表达出来，已是欲尽之花，然且复经眼看之，已伤过多之酒，而莫厌入唇钦之。夫花之欲尽，既已难留，则我之饮酒，何辞更醉，而且不更饮伤多之酒，又何能忍而对此欲尽之花，既对此欲尽之花，又何能忍而不更饮伤多之酒，这两句真是写得往复低徊哀伤无限。我们试将此种对句，与高适之"巫峡啼猿"、"衡阳归雁"，及李颀之"关城树色"、"御苑砧声"等对句相较，就可以看出杜甫已经使这种平板的律诗对句，得到了多少生命，得到了多少抒发。以后接入五六两句"江上小堂巢翡翠，苑边高冢卧麒麟"，从飞花而写到人事，彼人事之无常，亦何异乎此飞花之易尽。有此二句，则知前四句，杜甫所以对风飘万点之欲尽飞花之如此哀伤者，其感慨之深意，正自有无穷之痛。而以句法论，此江上小堂二句，又写得如此之整练，一方面既足以使前四句为之振起，一方面更于此为一凝重之顿挫。然后接以尾联:"细推物理须行乐,何用浮荣绊此身。""细推"二字写得极有深度,极有情致。细推者何,自此一片惊飞,乃至风飘万点的欲尽之花,到堂巢翡翠、冢卧麒麟的世事云烟、贤愚黄土,于是知一切有情无情之物,其幻灭虚空、短暂无常尽皆如是,更何必羁绊于此"浮荣",而徒然自苦,于是而有"须行乐"之言。然而以杜甫对国家对人类的情爱之深厚执着,又岂是真能看破虚空但求一己行乐之人?读此二句诗,当细味其"须行乐"之"须"字,及"何用浮荣"之"何用"二字,其中有多少含蕴,有多少悲慨。这种要将一切都放下而无所顾恋的、但求行乐的声吻,正由于杜甫一切都无法放下,而又无可奈何的一份沉哀深痛。后世浅识之人,乃竟真以"行乐"目之,仇注引申涵光之言,甚至以为此句"似村学究声口",这对当时退食迟徊、寸心多违的杜甫真是一种可悲的误解。

我们再看第二首诗,第二首诗乃承接第一首而来。第一首写伤春自慨而归之于无可奈何之行乐,第二首则由伤春无奈而转为留春之辞,然而春去难留,则留春之辞乃弥复可伤矣。首联"朝回日日典春衣,每向江头尽醉归",一开端便写得如此之无聊赖,典春衣而云"日日",向江头而云"每向",醉归而云"尽醉归",其"日日"字,"每"字,"尽"字,都用得极好,足以写出其满腔无可奈何的抑郁哀怨之情,而尤其妙在"日日典春衣"之上,偏偏著以"朝回"二字。夫上朝是何等事,典衣尽醉又是何等事,如今杜甫乃于朝回之时,而日日典衣以求尽醉,则其于朝中,违寸心之种种情事,可以想见。次联"酒债寻常行处有,人生七十古来稀"二句,先不论其以"寻常"对"七十"之数字之借对之妙,即以其"酒债"与"人生",及"行处有"与"古来稀"之对偶的承应自然而言,便已非杜甫以前诸作者之一循格律便落平板的句法所可比,而此一联之尤可贵者,则更在其所含蕴之感慨之深。寻常行处的酒债之多,正因七十古稀的人生之短,而况人生一句之所慨者,实不仅七十古来稀之短促而已,其中更有杜甫对人生之多少失意哀伤,无可奈何之余,惟欲尽付之一醉而已,此所以寻常行处不辞酒债之多也。而杜甫此二句,却但只落落写来,一句酒债,一句人生,其间之关合感慨,乃尽在于言外,此种技巧与意境,也不是杜甫以前的七律所曾见。至于颈联"穿花蛱蝶深深见,点水蜻蜓款款飞"二句,一般人只知欣赏其"深深"与"款款"二叠字之自然,"穿花"与"点水"二对句之工丽,若但知以此为工,则真将堕入"鱼跃练川抛玉尺,莺穿丝柳织金梭"之恶道矣(见《曲江》二首仇注),故叶梦得《石林诗话》乃赞美之云:"读之浑然","气格超胜"。叶氏之言固然不错,而其实杜甫此一联的好处,还不仅在其句法工丽之中不见琢削之迹的一种浑然超胜之致而已,而更在其中所蕴含的一份极深曲的情意。王国维《人间词话》曾分诗歌为有我之境与无我之境,而举元好问之"寒波淡淡起,白鸟悠悠下"为无我之境。若元氏之"淡淡"与"悠悠",亦为叠字,而其所表现者乃但为优闲淡远,并不见悲喜之情,与前所举王维《辋川庄作》的"漠漠水田飞白鹭,阴阴夏木啭黄鹂"一联之"漠漠"、"阴阴"颇为相似,而与杜甫此联之"深深"、"款款"则迥不相同。盖王氏与元氏皆能泯然悲喜而为超,而杜甫此二句则乃是深糅悲喜而为入。虽然此二句中亦未尝著以悲喜字样,然而其所写之"深深"、"款款",却使人读起来,自然会感到杜甫对此深深见之穿花蛱蝶,款款飞之点水蜻蜓,正自有无限爱惜之意。像这种不正面抒写感情,而感情却能由其所写之事物中自然透出的境界,正是胸怀博大、感情深挚的杜甫之所独擅。而此二句,尤为使人感动者,则更由于自其爱惜之情中,所流露出的无限哀伤。何以知其哀伤?则自上一句之"人生七十古来稀",及后二句之"传语风光"、"暂时相赏"诸语所显然可见者也,盖此穿花之蛱蝶与点水之蜻蜓,亦终必有随流转之风光以俱逝之一日,因此眼前所见之一种"深深"、"款款"之致,乃弥复可恋惜,亦弥复可哀伤矣。像这种情意如此转折深至,而对偶又如此工丽天然的七言律句,岂非我前面所说的意境与技巧的同时演进和配合的证明?至于尾联"传语风光共流转,暂时相赏莫相违"二句,"传语"二字已写出无限叮咛深意,而且其所欲传语者,乃是向无知之风光传语,其感情之深与痴可以想见。"共流转"之"共"字当是兼此二诗之花与蝶与蜻蜓与诗人而言者,此三字写得极为亲切缠绵,而复承接于叮咛深至的"传语风光"四字以后,其感人已多。而又继之以"暂时相赏莫相违"七字,"相赏"而云"暂时",已说得如此可哀,而"莫相违"之"莫"字,则更为说得委婉深痛,全是一片叮咛祈望之深意。明知其不可留,而留之,而如此多情以留之,杜甫伤春无奈之悲,至此而极矣。

从这二首诗看来,杜甫对七言律体之运用,可说是已经达到了纯熟完美,应手得心的地步了。所以才能一从所欲地表达出如此曲折深厚的一份情意,而且写得如此淋漓尽致,无一意不达,无一语不适,这岂不是杜甫之七言律诗的一大进步?而这种进步,也就正代表着整个七言律体的一大进步。杜甫的成就,已经使七言律诗脱离了早期的酬应写景的浮泛的内容与束缚于格律的平板的句法,而使人认识了七言律体的曲折达意、婉转抒情的新境界与新价值。仅此一阶段之成就,杜甫已经为后世写七言律诗的人,开启了无数境界与法门,然而这在杜甫而言,却仍然只是他七言律诗的第二阶段而已。

第三个阶段,是杜甫在成都定居草堂时期的作品。如果我们说第二个阶段,是杜甫从尝试模仿进步到纯熟完美的一个阶段,那么,这第三个阶段,该是从纯熟完美转变到老健疏放的一个阶段。写到这里,我想到一件值得一提的事,那就是杜甫所作七律较多的时期,都是在他生活上较为安定的时期,而在离乱奔亡中则很少写七言律诗。像禄山乱起以后,杜甫陷长安奔行在的一个时期,虽然也曾留下许多首不朽的诗篇,如《哀江头》、《哀王孙》、《喜达行在所》、《述怀》、《北征》等,然而没有一首是七言律诗。其后杜甫由华州弃官,而秦州,而同谷,而间关入蜀的一段时期,杜甫在辗转旅途饥寒交迫之中,虽然也曾写了许多首好诗,如前后 24 首纪行诗,以及同谷七歌等,然而也没有一首是七言律诗。我以为这是颇可注意的一件事,这说明了七律一体在各种诗体中,是更富于艺术性的一种诗体;而写作七言律诗,也需要更多的艺术上的余裕。这所谓余裕乃包括现实与精神两方面的从容与安定而言,即使所写的内容是沉痛哀伤,但在创作的阶段中,七律一体却始终需要更多的安排反省的余裕。那就是因为七律是所有各种诗体中最精美的一种诗体,因此所需要的艺术技巧也更多,它不像五七言古诗之不受拘执,可以随物赋形,作自由的抒写。所以到了第三个阶段,杜甫在成都草堂定居以后,生活与心情一有了余裕,七律的作品,立时就增加了更多的数量,而其表现的技巧与境界,也同时有了另一度的转变。这正是一个伟大的天才之可贵的地方,因为一个真正的天才,其创作精神必然是生生不已的。杜甫既然在第二阶段已经达到了对七律之体式运用纯熟之境地,所以在进入第三阶段中,杜甫就开始步上了另一新境地。这种新境地,乃是变工丽为脱略,虽然仍旧遵守格律,然而却解除了格律所形成的一种束缚压迫之感,而表现出一种疏放脱略之致,可是又并非拗折之变体,这是杜甫的七律之又一转变。当然,这一切转变,实在都只是一个天才演进发展的自然现象,并非如我所说的这样有心着迹,杜甫之自纯熟转入于脱略,也正是一种极自然的现象。而且另一方面,杜甫这时年已渐老,所经历过的生活,更可以说是历尽艰险,辛苦备尝,当年的豪气志意,既已逐渐销磨沮丧,心情也自然转入疏放颓唐。这种疏放的心情,与脱略的表现,形成了杜甫第三阶段的七律的风格。现在我们举两首作品为例来看一看:

为人性僻耽佳句,语不惊人死不休。老去诗篇浑漫与,春来花鸟莫深愁。新添水槛供垂钓,故著浮槎替入舟。焉得思如陶谢手,令渠述作与同游。(《江上值水如海势聊短述》)

幽栖地僻经过少,老病人扶再拜难。岂有文章惊海内,漫劳车马驻江干。竟日淹留佳客坐,百年粗粝腐儒餐。不嫌野外无供给,乘兴还来看药栏。(《宾至》)

第一首《江上值水如海势聊短述》一篇,从诗题开始,就已表现了杜甫的一种脱略疏放的意致。试想江上值水如海势,乃是何等可观之事,像这种可观之事,如果在当年杜甫意气方盛之时,该如何用长篇伟制以渲染描绘之,而杜甫此题却于"江上值水如海势"之下,轻轻只用了"聊短述"三字,便尔遽然截住,这真是绝妙的一个诗题。开端二句"为人性僻耽佳句,语不惊人死不休",乃写前时平生之为人,正为次联之反衬。当年性耽佳句,必求出语之惊人,此正一种少年盛气光景,而今则年已老去,意兴萧疏,乃觉平生种种争奇好胜之心俱属无谓,故继之乃有次联之"老去诗篇浑漫与,春来花鸟莫深愁"之言也。"浑漫与"一作"浑漫兴","漫兴"二字似较为习见易解,然而实不若作"漫与"之佳,"与"者给与交出之意。"浑漫与"者,谓随意写出,全不用心着力之意也,故继云"春来花鸟莫深愁",对作诗既已非复当年之性耽佳句语必惊人,对花鸟亦已非复当年之伤心溅泪,而致慨于其一片花飞风飘万点,因之乃一任今日江上水势之如海,我亦复何所动心,更亦复何劳笔墨,因乃聊为短述而已。此一联将杜甫老来一片疏放之情完全写出,而遥遥与诗题之"聊短述"三字相映照,极为有致。至于颈联"新添水槛供垂钓,故着浮槎替入舟"两句,则是呼应诗题之"江上水如海势",却全不用正写,而仅只用侧笔作淡淡之点染,故意于其如海势之种种壮观奇景,皆略去不写,而只写一水槛,写一浮槎,而此水槛与浮槎,亦不过仅只聊以供垂钓替入舟而已。看此二句,杜甫将一片如海势之水只写入如此之微物微事,真是闲淡之极,疏放之极,此正为此一诗情致佳妙之处,所以有心深求的人,反而会不能领略这一首诗的好处。至于尾联"焉得思如陶谢手,令渠述作与同游"二句,杜甫之设想,真乃如此诙谐入妙。其意盖云,我今既已老去,而又疏放如此,不复雕琢佳句以求惊人,则安得有一思如陶、谢而有如此手段之诗人,则令渠述为惊人佳句,而我但得与之同游,便可不用思索雕琢之苦,而得有欣赏惊人佳句之乐。此种妙想,千载以下之今日读之,仍然可以使人对杜甫当日一份疏狂幽默的风趣发会心之微笑。而同时此一诗在格律句法方面,也同样表现了一种脱略之致。首联,一起便不入韵,而且两句之句法,复极为疏散质拙,乍观之,几乎全然不似律诗之起句,然细味之,则平仄又全然无所不合,是脱略,而却并非拗体(杜甫亦有拗律佳作,俟下节论之)。此正为杜甫此一阶段独到之境界。次联"浑漫与"、"莫深愁"之对句,亦极脱略,而平仄及词性又能不失其平衡对称,正唯熟于律者,方能有如此妙用。至于颈联"水槛"、"浮槎"之对颇为工整,而却又出之以闲淡,此乃脱略之又一种表现。结尾一联之句法,与首联同其疏散。这一首诗,可以说充分表现了杜甫此一阶段的内容与格律两方面的疏放脱略的境界。

第二首,起二句"幽栖地僻经过少,老病人扶再拜难",与前一首相同,也是起首不入韵;而与前一首相异的,则是此二句乃是对起,而且不仅字面相对,内容方面亦是宾主相对。首句"经过少"是就宾而言,次句"再拜难"则是就主而言,而且自此以下通篇皆以宾主亦互相对:三句"文章惊海内"是主,四句"车马驻江干"是宾,五句"佳客坐"是宾,六句"腐儒餐"是主,七句"无供给"是主,八句"看药栏"是宾。高步瀛先生《唐宋诗举要》评此诗云:"开合变化,极变化之能事。"通观全篇,谨严之中有脱略,疏放之中有整齐,这正是熟于格律而能脱去束缚压迫之感的代表作品。

综观此二诗,以内容情意而言,既然都表现了杜甫久经艰苦、幸得安居后的一份疏放的情致;以格律技巧言,则又都表现了臻于纯熟以后的,或散或整或工或率的一种脱略的境界。这是杜甫七言律诗的第三个阶段,在此一阶段的作品如《卜居》、《狂夫》、《客至》、《江村》、《野老》、《南邻》等,都表现了相近似的境界。这是对人生的体验与对格律的运用,都已经过长久的历练,而逐渐摆脱出其压迫与束缚的一种境界。这是杜甫七律的又一进展,也是七言律诗一体,在格律之束缚中,自拘谨化为脱略的又一进境。

第四个阶段,我以为该是杜甫去蜀入夔以后时期的作品。这一时期,杜甫的七律可以分作正变两方面来看,像《诸将》五首,《秋兴》八首,《咏怀古迹》五首等,这当然是属于正格方面的代表作;而像《白帝城最高楼》、《黄草》、《愁》、《暮春》等诗,则是属于变体的拗律。初看起来,正格与变体,似乎是迥然相异的两种风格,而其实这却正是一种成就之两面表现。杜甫此一阶段之七律,对格律之运用,已经达到完全从心所欲的化境的地步。不过,一种从心所欲是表现于格律之内的腾掷跳跃,另一种从心所欲则是表现于格律之外的横放杰出而已。

现在我们先举一首横放杰出于格律之外的变体的拗律来看一看:

> 城尖径仄旌旆愁,独立缥缈之飞楼。峡坼云霾龙虎卧,江清日抱鼋鼍游。扶桑西枝对断石,弱水东影随长流。杖藜叹世者谁子,泣血迸空回白头。(《白帝城最高楼》)

杜甫的拗体七律,早在其第一阶段与第二阶段,就已经出现过,如《郑驸马宅宴洞中》、《题省中壁》、《早秋苦热堆案相仍》等,其平仄音律便都有拗折之处。此种作品,但为杜甫多方面继承接纳之一种尝试。盖在七律一体尚未完全奠立之先,如庾信《乌夜啼》等作,其音律多往往有拗折之处,此原为一种不成熟之现象。杜甫早期拗律,亦仅为一种尝试而已。而到了去蜀入夔以后,杜甫的拗律,却由尝试而真正达到了一种成熟的境地,以拗折之笔,写拗涩之情,夐然有独往之致,造成了杜甫在七律一体的另一成就。而《白帝城最高楼》一首,就正可为杜甫成熟之拗律的代表作品。此诗开端"城尖径仄旌旆愁"一句,"仄"字、"旆"字都是仄声,从一开始就是拗起,写出一片险仄苦愁情景。次句"独立缥缈之飞楼","立"字与"缈"字又是两仄声字,声律既已拗折,而复于句中用一"之"字,变律诗之句法而为歌行之句法,且连用三平声,奇险中又别有潇洒飞扬之致,而独立苍茫之悲慨亦在言外。三四两句"峡坼云霾龙虎卧,江清日抱鼋鼍游",对偶声律都颇为工整。以格律言,此二句固正是律诗之重点所在,此一联之工整,正是此诗虽为拗体,而仍不失为律诗的重要关节,然而"鼋鼍游"却又连用了三个平声字,工整中仍有拗涩之致。至于以内容言,则此二句乃写高楼所见之景,仇注引韩廷延云:"云霾坼峡,山水盘挐,有似龙虎之卧;日抱清江,滩石波荡,恍如鼋鼍之游。"这两句所形容刻画之景物实极为真切,而却偏偏出之以险怪之辞,疑似之笔,于工整中力避平俗,这正是杜甫变中有正,正中有变的一种妙用。至于颈联"扶桑西枝对断石,弱水东影随长流"之声律,则上句"桑"字与"枝"字两字皆平,下句"水"字与"影"字两字皆仄,上句"对断石"连用三仄,下句"随长流"连用三平,拗折中亦有法度,且声律虽拗,对偶则工,此仍是杜甫正变相参之妙用。第七句"杖藜叹世者谁子",句中用一"者"字,大似散文之句法,较之次句效歌行体用

"之"字,尤为奇崛。后之韩愈有意学杜之奇险,亦往往以文句入诗,如其《荐士》一诗"有穷者孟郊"一句,岂非与杜甫此句之句法颇为相近?然而韩愈之奇险,乃在惟以字句争奇,而不能于感情意境上取胜,其奇险乃落空而无足取。至如杜甫此句,则不仅句法之奇崛而已,而其尤可贵者,乃在以此拗涩之句,写出其一种中心多忤的叹世之情。"杖藜"写人之形貌,则既衰病而艰于行矣,"叹世"写人之心境,则满怀悲慨徒托之叹息矣,然后用"者"字作一收束,顿挫极为有力,再以"谁子"二字接转,则此杖藜而叹世者,果何人哉,乃竟形貌如此之衰,心情如此之痛乎。此句悲慨极深,乃全在用"者"字之音节拗涩停顿中表现出来,这又岂是仅知于字面学杜甫之奇险的人之所能企及。至于末一句,"泣血迸空回白头",乃承上句而来,写其叹世之悲,有至于如此者。杜甫往往以"泣血"写其深沉之悲苦,如其《得舍弟消息》一诗之"啼垂旧血痕",《遣兴》一诗之"拭泪沾襟血",读之皆使人深为其悲苦所感动,以为杜甫所泣者,固当真是血痕而非泪点也。唯是前所举二句之泣血,尚复有垂痕可见,有衣襟可沾;今日在此高楼之上,满怀叹世之情,乃竟至泣血迸空,更无可供沾洒之地,既写出楼之高,更写出情之苦。而"回白头"三字,则使人读之尤觉可哀,何则?满头白发而望空回首,此中固有多少抑郁无奈之情在也。或以为"泣血迸空"斯可矣,又何必"回白头"乎?则杜甫《秦州杂诗》之五,固曾有"哀鸣思战斗,回立向苍苍"之句矣,彼骍骊老马,何不"直立向苍苍"乎?盖直立便无此郁勃之气也。读者当于此深加体味,则知其一片违拗艰苦之情,皆在此一回首之中矣。通观此诗,以拗折艰涩之语,写拂郁艰苦之情,既得声情相合之妙,而复能于拗折中把握一份法度。首联以拗句起,以拗句救;颔联把握律诗之重点,而却于工整中见奇险之致;颈联复以下句之拗救上句之拗,而又于声律之拗折中,把握了对偶之工整;尾联于第七句用一"者"字,以散文之句法入诗,复接以"谁子"二字,作疑问之口气唤起末句,极得顿挫振起之妙。像这样的诗,其所把握的,乃是形式与内容相结合的一种原理与原则,虽然不遵守格律的拘板的形式,却掌握了格律的精神与重点。毛奇龄曾评杜甫拗律云:"杜律拗体,较他人独合声律,即诸诗皆然,始知通人必知音也。"(见《暮归诗》仇注)所以,杜甫此种变体之拗律,虽是横放杰出于声律之外,然而却实在是深入于声律的三昧之中了。因此,我以为此种变体之拗律,与另一种谨守格律,而于格律之拘限中作腾掷跳跃的正格律诗,实在乃是同一种成就的两种表现。这两种表现,都说明了杜甫已经深得律诗之三昧,达到了出入变化、运用自如的地步。如果单纯以欣赏而言,则无论其为正格为变体,杜甫此一阶段的七言律诗,都自有其值得赏爱之处;但如果以七言律诗之演进而言,则自然仍当以正格之作为主。至于拗律,虽然易见飞跃腾拏之势,而如果以诗体演进之理论言,则拗律毕竟只是侧生旁枝。即如宋代之黄山谷,有心专致力于拗体之尝试,后人甚至为之定立了单拗、双拗、吴体,种种名目,其于拗律之写作,可以说颇有成就了,而观其所作,实在只是求奇取胜。因为正格的谨守格律的七律,如果没有高才深情,便容易流于庸弱。山谷盖深明此理,所以乃以拗折为古峻,这在形貌与音律方面确实有化腐朽为神奇之用;但此与杜甫之以拗折之笔写拗折之情,把一片沉哀深痛都自然而然地表现于拗律之中的作品,当然不可同日而语。不过杜甫的拗律,确曾为后人开了一条门径,使后人得了一个避免流于平弱庸俗的写七律的法门。这一点就杜甫之七律对后世之影响而言,已是极可注意的一件事。不过,以拗折避平弱,毕竟只是别径,谨守格律而能不流于平弱的作品,才是正格的更可注意的成就。

说到杜甫此一阶段的正格的七言律诗,自然当推其《诸将》、《秋兴》、《咏怀古迹》等诗为代表作,而其中尤以《秋兴》八首之成就为最可注意。现在我们就把这八首诗抄出来看一看:

其一
玉露凋伤枫树林,巫山巫峡气萧森。江间波浪兼天涌,塞上风云接地阴。丛菊两开他日泪,孤舟一系故园心。寒衣处处催刀尺,白帝城高急暮砧。

其二
夔府孤城落日斜,每依北斗望京华。听猿实下三声泪,奉使虚随八月槎。画省香炉违伏枕,山楼粉堞隐悲笳。请看石上藤萝月,已映洲前芦荻花。

其三
千家山郭静朝晖,日日江楼坐翠微。信宿渔人还泛泛,清秋燕子故飞飞。匡衡抗疏功名薄,刘向传经心事违。同学少年多不贱,五陵衣马自轻肥。

其四
闻道长安似弈棋,百年世事不胜悲。王侯第宅皆新主,文武衣冠异昔时。直北关山金鼓震,征西车马羽书驰。鱼龙寂寞秋江冷,故国平居有所思。

其五

蓬莱宫阙对南山,承露金茎霄汉间。西望瑶池降王母,东来紫气满函关。云移雉尾开宫扇,日绕龙鳞识圣颜。一卧沧江惊岁晚,几回青琐点朝班。

其六

瞿塘峡口曲江头,万里风烟接素秋。花萼夹城通御气,芙蓉小苑入边愁。珠帘绣柱围黄鹄,锦缆牙樯起白鸥。回首可怜歌舞地,秦中自古帝王州。

其七

昆明池水汉时功,武帝旌旗在眼中。织女机丝虚夜月,石鲸鳞甲动秋风。波漂菰米沉云黑,露冷莲房坠粉红。关塞极天唯鸟道,江湖满地一渔翁。

其八

昆吾御宿自逶迤,紫阁峰阴入渼陂。香稻啄余鹦鹉粒,碧梧栖老凤凰枝。佳人拾翠春相问,仙侣同舟晚更移。彩笔昔曾干气象,白头今望苦低垂。

在这八首诗中,无论以内容言,以技巧言,都显示出来,杜甫的七律,已经进入了一种更为精醇的艺术境界。先就内容来看,杜甫在这些诗中所表现的情意,已经不是一种单纯的现实之情意,而是一种经过艺术化了的情意。譬如蜂之采百花,而酿成为蜜,这中间曾经过了多少飞翔采食,含茹酝酿之苦,其原料虽得之于百花,而当其酿成之后,却已经不属于任何一种花朵了。杜甫在这些诗中所表现的情意,亦复如此。杜甫入夔,在大历元年,那是杜甫死前的四年,当时杜甫已经有 55 岁,既已阅尽世间一切盛衰之变,也已历尽人生一切艰苦之情,而且其所经历的种种世变与人情,又都已在内心中,经过了长时期的涵容酝酿。在这些诗中,杜甫所表现的,已不再是像从前的"穷年忧黎元,叹息肠内热"的质拙真率的呼号,也不再是"朱门酒肉臭,路有冻死骨"的毫无假借的暴露。杜甫在这些诗中所表现的,乃是把一切事物都加以综合酝酿后的一种艺术化了的情意,这种情意,已经不再被现实的一事一物所拘限,正如同蜂之酿蜜，虽然确实自百花采得，却已经并不受百花中任何一种花朵的拘限了。如果我可以妄拟两个名称加以区分的话，我以为拘于一事一物的感情，可以称之为"现实的感情"；而经过综合酝酿以后的一种感情之境界，则可以称之为"意象化之感情"。杜甫在这些诗中所表现的，就已经不再是"现实的感情"，而是一种经过酝酿的"意象化之感情"了。

再就技巧来看，杜甫在这些诗中所表现的成就，有两点可注意之处：其一是句法的突破传统，其二是意象的超越现实。有了这两种运用的技巧，才真正挣脱了格律的压束，使格律完全成为被驱使的工具，而无须以破坏格律的形式，来求得变化与解脱了。因此七言律诗才得真正发展臻于极致，此种诗体才真正在诗坛上奠定了其地位与价值。

就七言律诗之体式而言，其长处乃在于形式之精美，而其缺点则在于束缚之严格，杜甫以前的一些作者，都不免有拘狭平弱之感。这是在此严格之束缚中的一种必然的现象，杜甫在其第一阶段的七律之作，便亦正复如此。到了第二阶段，则杜甫对于此拘狭现实之格律，已经达到之运转自如之地步，所以，已能将较深微曲折之情意纳入其中。而就格式言，则杜甫却仍然停留在工整平顺的一般性之束缚中，到了第三阶段，杜甫便表示了对格律之压迫感的一种挣脱之尝试，只是这种挣脱之尝试，仅表现于消极地以脱略代工整而已，而并未曾作积极地破坏或建树。到了第四阶段，杜甫才真正地完全脱出于此种拘狭于现实的束缚之外，而于破坏与建树两方面，都做到了淋漓酣畅、尽致极工的地步。属于破坏性的拗律，我在前面已曾详细论及。杜甫之破坏，并非盲目的破坏，他所破坏的，只是外表的现实拘狭的形式，而却把握了更重要的一种声律与情意结合的重点。这正是深入于声律之中，又能摆脱于声律之外的一种可贵的成就。不过这种成就，虽然避免了七律之缺点，做到了完全脱出于严格的束缚之外的地步，但另一方面也失去了七律之长处，而未能保持其形式之精美。因此杜甫在拗律一方面之成就，终不及其在正格的七律一方面之成就的更可重视。而使杜甫在正格之七律中，能做到既保持形式之精美，又脱出严格之束缚的，两点最可注意的成就，那便是前面所提到过的——句法的突破传统与意象的超越现实。

首先，就句法的突破传统来看，中国古诗的句法，一向是以承转通顺近于散文的句法为主，如"行行重行行，与君生别离"(《古诗十九首》)，"步登北芒坂，遥望洛阳山"(曹植《送应氏》)，"西京乱无象，豺虎方遘患"(王粲《七哀》)，诸语皆属平顺直叙之句法；其后随声律之说的兴起，诗的句法也因拘牵于声律而又力求精美之故，而渐趋于浓缩与错综。杜甫不但自然地做到了精练浓缩，而且以其过人之感性与知性，带领着七言律诗的句法，进入了另一完全突破传统的新境界。那就是因果与文法之颠倒与破坏，这种颠倒与破坏对杜甫而言，是含有着一种反省与自觉的意味的，而并非全出于无意之偶然。我们试举《秋兴》八首中，最为人所讥议的"香稻啄余鹦鹉粒，碧梧栖老凤凰枝"两句来看，就逻辑与文法而论，此二句实有邻于不通之嫌。盖如将首二字视为主词，将第三字视为动词，则香稻固无喙，如何能啄？碧梧亦无足，如何能栖？此所以很多人讥评此二句为不通，或者又以为此二句乃是倒句。但假如竟把此二句倒转过来，成为"鹦鹉啄余香稻粒，凤凰栖老碧梧枝"，则此二句乃成为正写鹦鹉啄稻与凤凰栖梧之两件极现实之情事。杜甫之意乃在写回忆中的渼陂风物之美，"香稻"、"碧梧"都只是回忆中一份烘托的影象，而更以"啄余鹦鹉粒"与"栖老凤凰枝"，来当做形容短语，以状香稻之丰，有鹦鹉啄余之粒，碧梧之美，有凤凰栖老之枝，以渲染出香稻碧梧一份丰美安适的意象。如此，则不仅有一片怀乡忆恋之情激荡于此二句之中，而昔日时世之安乐治平亦复隐然可想，这是一种极为高妙的表现手法。所以，杜甫的句法，虽然对传统而言，乃是一种破坏，而其实却是一种新的创建。这种创建可把握感受之重点，写为精练之对偶，而全然无须受文法之拘执，一方面既合于律诗之变平散为精练之自然的趋势，一方面又为律诗开拓了一种超乎于写实的新境界。如此，七言律诗才真做到了既保持了形式之精美，又脱出了严格之束缚的地步，才真的完全发挥了七律的长处与特色，而避免了七律的缺点。这是杜甫第一点可注意之成就。

其次，再就意象之超越现实来看，在传统的观点中，杜甫原被人目为写实派的诗人，如其《赴奉先县咏怀》、《北征》、《羌村》、《三吏》、《三别》等一些名作，当然都是属于写实的作品，其成就之坚实卓伟，固早已为众所周知。而我以为杜甫在晚年的七律之作品中，所表现的写现实而超越现实的作品，才是更可注意的成就。杜甫之所以能达致此种成就，其因素约有下列数端：其一，杜甫此八诗所表现之内容,如前所言,乃是一种"意象化之感情",而非"现实之感情",故其所写之情意,乃不复为一事一物所拘限,这是其所以能超越现实之一因;其二,杜甫所用以表现之句法,如前所言,乃全以感受之重点为主,而并不以文法之通顺为主,因此其表现之方式,不为说明而为触发,这是其不为现实所拘之又一因;其三,如果以杜甫与李贺、义山辈的幽微渺茫之意境相较,杜甫诗中所表现的情意,仍是属于近乎现实之情意,然而其竟能突破现实之拘限的原故,则在其感情本身之质量的深厚与博大。所以,其意境既难于作具体之说明,亦难于为现实之界划,大有背负青天而莫之夭阏之势,这是杜甫之所以虽写现实,而却超越于现实之外的又一因。

  杜甫的这种成就与表现,在前面论句法一节,举香稻碧梧二句为例时,我已曾言及此二句原只是回忆中一份影像的烘托,而藉以表现怀乡恋阙之种种情怀与夫盛衰今昔之种种悲慨。今再举一例,如七章"昆明池水"一首,"织女机丝虚夜月,石鲸鳞甲动秋风"二句,也是以一些事物来渲染出一种意象,藉以表现一种感情之境界,而并非拘狭之写实。虽然织女与石鲸之石刻,也确为长安昆明池所实有之物,然而杜甫此二句,则不仅写其对昆明池畔之织女像,以及水中之石鲸鱼的一份怀念而已,其所要写的,乃是藉织女石鲸,所表现出的一种"机丝虚夜月",与夫"鳞甲动秋风"的空幻苍茫飘摇动荡的意象,此种意象,原难于作现实之说明与勾画,而读者却又极容易自其中引起触发与联想,故读杜甫《秋兴》诸诗,必须先有一份深刻而通达的感受能力,而不可拘执字义与句法,作过于现实之解说与评论。《一瓢诗话》即曾云:"杜少陵诗止可读不可解,何也?公诗如溟渤无流不纳,如日月无幽不烛,如大圆镜无物不现,如何可解?"若欲勉强拘牵现实以立说,则真不免贻摸象揣籥之讥了。所以我说杜甫第二点可注意之成就,乃是意象之超越现实,那就因为杜甫所写的,虽也是现实的景物情意,如织女石鲸之确为现实之物,忧时念乱之本为现实之情,可是杜甫却完全能不为现实所拘,而只是以意象渲染出一种境界,于是织女石鲸乃不复为实物,而化成为一种感情之意象了。这在中国旧诗的传统中,乃是一种极可贵的开拓。

论 宋 诗

缪 钺

导言——

本文选自缪钺《诗词散论》(上海古籍出版社,1982年)。

作者缪钺,字彦威(1904—1995),江苏溧阳人。1922年考入北京大学文科,两年后因故辍学,历任浙江大学、四川大学教授等。

唐宋两代是我国五七言古近体诗歌创作和发展的高峰,其面貌虽异,却犹如双子星座,交相辉映,难分轩轾。然自南宋张戒将唐宋诗各分等次,直至近现代,唐宋诗之争,议论纷纭,遂成为中国诗歌发展史上的一大公案。清人吴之振《宋诗钞·序》曾谓:"宋人之诗,变化于唐而出其所自得。皮毛落尽,精神独存。"所言较为公允。20世纪40年代初,时执教于浙江大学的缪钺先生,撰为此文,对唐宋诗之异同,从总体风格特征和语言、技巧与手法等方面,作了细致的辨析和形象的描述,虽其中尚有可细加阐释和深入拓展者,然无疑已为我们提供了一个对宋诗的最基本的认识。像文中所论"唐诗以韵胜,故浑雅,而贵酝藉空灵;宋诗以意胜,故精能,而贵深折透辟。唐诗之美在情辞,故丰腴;宋诗之美在气骨,故瘦劲。唐诗如芍药海棠,秾华繁采;宋诗如寒梅秋菊,幽韵冷香。唐诗如啖荔枝,一颗入口,则甘芳盈颊;宋诗如食橄榄,初觉生涩,而回味隽永。唐诗之弊为肤廓平滑,宋诗之弊为生涩枯淡。虽唐诗之中,亦有下开宋派者,宋诗之中,亦有酷肖唐人者;然论其大较,固如此矣。"至今已成为学术界的共识。其他像论宋诗特点形成的原因,曰:"其时人心,静弱而不雄强,向内收敛而不向外扩发,喜深微而不喜广阔。"也是体会甚深,形容曲尽的话。

宋初沿袭五代之余,士大夫皆宗白居易诗,故王禹偁主盟一时。真宗时,杨亿、刘筠等喜李商隐,西昆体称盛,是皆未出中晚唐之范围。仁宗之世,欧阳修于古文别开生面,树立宋代之新风格,而于诗尚未能超诣,此或由于非其精力之所专注,亦或由于非其天才之所特长,然已能宗李白、韩愈,以气格为主,诗风一变。梅尧臣、苏舜钦辅之。其后王安石、苏轼、黄庭坚出,皆堂庑阔大。苏始学刘禹锡，晚学李白；王黄二人，均宗杜甫。"王介甫以工，苏子瞻以新，黄鲁直以奇。"(《苕溪渔隐丛话》卷四十二引《后山诗话》)宋诗至此，号为极盛。宋诗之有苏黄，犹唐诗之有李杜。元祐以后，诗人迭起，不出苏黄二家。而黄之畦径风格，尤为显异，最足以表宋诗之特色，尽宋诗之变态。《刘后村诗话》曰："豫章稍后出，会粹百家句律之长，究极历代体制之变，蒐猎奇书，穿穴异闻，作为古律，自成一家，虽只字半句不轻出，遂为本朝诗家宗祖。"其后学之者众，衍为江西诗派，南渡诗人，多受沾溉，虽以陆游之杰出，仍与江西诗派有相当之渊源。至于南宋末年所谓江湖派，所谓永嘉四灵，皆爝火微光，无足轻重，故论宋诗者，不得不以江西派为主流，而以黄庭坚为宗匠矣。

唐代为吾国诗之盛世，宋诗既异于唐，故褒之者谓其深曲瘦劲，别辟新境；而贬之者谓其枯淡生涩，不及前人。实则平心论之，宋诗虽殊于唐，而善学唐者莫过于宋，若明代前后七子之规摹盛唐，虽声色格调，或乱楮叶，而细味之，则如中郎已亡，虎贲入座，形貌虽具，神气弗存，非真赏之所取也。何以言宋人之善学唐人乎？唐人以种种因缘，既在诗坛上留空前之伟绩，宋人欲求树立，不得不自出机杼，变唐人之所已能，而发唐人之所未尽。其所以如此者，要在有意无意之间，盖凡文学上卓异之天才，皆有其宏伟之创造力，决不甘徒摹古人，受其笼罩，而每一时代又自有其情趣风习，文学为时代之反映，亦自不能尽同古人也。

唐宋诗之异点，先粗略论之。唐诗以韵胜，故浑雅，而贵酝藉空灵；宋诗以意胜，故精能，而贵深折透辟。唐诗之美在情辞，故丰腴；宋诗之美在气骨，故瘦劲。唐诗如芍药海棠，秾华繁采；宋诗如寒梅秋菊，幽韵冷香。唐诗如啖荔枝，一颗入口，则甘芳盈颊；宋诗如食橄榄，初觉生涩，而回味隽永。譬诸修园林，唐诗则如叠石凿池，筑亭辟馆；宋诗则如亭馆之中，饰以绮疏雕槛，水石之侧，植以异卉名葩。譬诸游山水，唐诗则如高峰远望，意气浩然；宋诗则如曲涧寻幽，情境冷峭。唐诗之弊为肤廓平滑，宋诗之弊为生涩枯淡。虽唐诗之中，亦有下开宋派者，宋诗之中，亦有酷肖唐人者；然论其大较，固如此矣。

兹更进而研讨之。就内容论，宋诗较唐诗更为广阔，就技巧论，宋诗较唐诗更为精细，然此中实各有利弊，故宋诗非能胜于唐诗，仅异于唐诗而已。

唐诗以情景为主，即叙事说理，亦寓于情景之中，出以唱叹含蓄。惟杜甫多叙述议论，然其笔力雄奇，能化实为虚，以轻灵运苍质。韩愈、孟郊等以作散文之法作诗，始于心之所思，目之所睹，身之所经，描摹刻画，委曲详尽，此在唐诗为别派。宋人承其流而衍之,凡唐人以为不能入诗或不宜入诗之材料,宋人皆写入诗中,且往往喜于琐事微物逞其才技。如苏黄多咏墨、咏纸、咏砚、咏茶、咏画扇、咏饮食之诗,而一咏茶小诗,可以和韵四五次(黄庭坚《双井茶送子瞻》、《和答子瞻》、《省中烹茶怀子瞻用前韵》、《以双井茶送孔常父》、《常父答诗复次韵戏答》,共五首,皆用"书"、"珠"、"如"、"湖"四字为韵)。余如朋友往还之迹,谐谑之语,以及论事说理讲学衡文之见解,在宋人诗中尤恒遇之。此皆唐诗所罕见也。夫诗本以言情,情不能直达,寄于景物,情景交融,故有境界。似空而实,似疏而密,优柔善入,玩味无致,此六朝及唐人之所长也。宋人略唐人之所详,详唐人之所略,务求充实密栗,虽尽事理之精微,而乏兴象之华妙。李白、王维之诗,宋人视之,或以为"乱云敷空,寒月照水"(许尹《山谷诗注序》),不免空洞,然唐诗中深情远韵,一唱三叹之致,宋诗中亦不多靓。故宋诗内容虽增扩,而情味则不及唐人之醇厚,后人或不满意宋诗者以此。

唐诗技术,已甚精美,宋人则欲百尺竿头,更进一步。盖唐人尚天人相半,在有意无意之间,宋人则纯出于有意,欲以人巧夺天工矣。兹分用事、对偶、句法、用韵、声调诸端论之。

(一)用事　杜甫自谓"读书破万卷,下笔如有神"。其诗中自有镕铸群言之妙。刘禹锡云:"诗用僻字须要有来去处。宋考功诗云:'马上逢寒食,春来不见饧。'尝疑此字僻,因读《毛诗·有瞽》注,乃知六经中惟此有饧字。"宋祁云:"梦得作九日诗,欲用糕字,思六经中无此字,不复为。"诗中用字贵有来历,唐人亦偶及之,而宋人尤注意于此。黄庭坚《与洪甥驹父书》云:"自作语最难。老杜作诗,退之作文,无一字无来处。盖后人读书少,故谓韩杜自作此语耳。古之能为文章者,真能陶冶万物,虽取古人之陈言入于翰墨,如灵丹一粒,点铁成金也。"黄庭坚欣赏古人,既着意于其"无一字无来处",其自作诗亦于此尽其能事。如《咏猩猩毛笔》云:"平生几两屐,身后五车书。"用事"精妙隐密",为人所赏。故刘辰翁《简斋诗注序》谓"黄太史矫然特出新意,真欲尽用万卷,与李杜争能于一辞一字之顷,其极至寡情少恩,如法家者流"。实则非独黄一人,宋人几无不致力于此。兹举一例,以见宋人对于用字贵有来历之谨细。

《西清诗话》:"熙宁初,张掞以二府初成,作诗贺荆公,公和曰:

'功谢萧规惭汉第,恩从隗始诧燕台。'以示陆农师。农师曰:'萧规曹随,高帝论功,萧何第一,皆撦故实,而请从隗始,初无恩字。'公笑曰:'子善问也。韩退之《斗鸡联句》:"感恩惭隗始。"若无据,岂当对功字也。'乃知前人以用事一字偏枯,为倒置眉目,反易巾裳,盖谨之如此。"(《苕溪渔隐丛话》卷三十五)

　　唐人作诗,友朋间切磋商讨,如"僧推月下门",易"推"为"敲";"此波涵帝泽",易"波"为"中",所注意者,在声响之优劣,意思之灵滞,而不问其字之有无来历也。宋诗作者评者,对于一字之有无来历,斤斤计较,如此精细,真所谓"寡情少恩如法家者流"。此宋人作诗之精神与唐人迥异者矣。

　　所贵乎用事者,非谓堆砌饾饤,填塞故实,而在驱遣灵妙,运化无迹。宋人既尚用事,故于用事之法,亦多所研究。《蔡宽夫诗话》云:"荆公尝云'诗家病使事太多',盖皆取其与题合者类之,如此乃是编事,虽工何益。若能自出己意,借事以相发明,情态毕出,则用事虽多,亦何所妨。"《石林诗话》云:"诗之用事,不可牵强,必至于不得不用而后用之,则事词为一,莫见其安排斗凑之迹。苏子瞻尝为人作挽诗云:'岂意日斜庚子后,忽惊岁在己辰年。'此乃天生作对,不假人力。"大抵用事贵精切、自然、变化,所谓"用事工者如己出"(《王直方诗话》),即用事而不为事所用也。

　　非但用字用事贵有来历,有所本,即诗中之意,宋人亦主张可由前人诗中脱化而出,有换骨夺胎诸法。黄庭坚谓:"诗意无穷而人才有限,以有限之才,追无穷之意,虽渊明、少陵不得工也。不易其意而造其语,谓之换骨法;规摹其意形容之,谓之夺胎法。"

　　诗中用字用事用意,所以贵有所本,亦自有其理由。盖诗在各种文学体裁中最为精品,其辞意皆不容粗疏,又须言近旨远,以少数之字句,含丰融之情思,而以对偶及音律之关系,其选字须较文为严密。凡有来历之字,一则此字曾经古人选用,必最适于表达某种情思,譬之已提炼之铁,自较生铁为精。二则除此字本身之意义外,尚可思及其出处词句之意义,多一层联想。运化古人诗句之意,其理亦同。一则曾经提炼,其意较精;二则多一层联想,含蕴丰富。至于用事,亦为达意抒情最经济而巧妙之方法。盖复杂曲折之情事,决非三五字可尽,作文尚可不惮烦言,而在诗中又非所许。如能于古事中觅得与此情况相合者,则只用两三字而义蕴毕宣矣。然此诸法之运用,须有相当限度,若专于此求工,则雕篆字句,失于纤巧,反失为诗之旨。

(二)对偶　吾国文字,一字一音,宜于对偶,殆出自然。最古之诗文,如《诗经》《尚书》,已多对句。其后对偶特别发展,故衍为骈文律诗。唐人律诗,其对偶已较六朝为工,宋诗于此,尤为精细。《石林诗话》云:"荆公晚年,诗律尤精严,造语用字,间不容发,然意与言会,言随意遣,浑然天成,殆不见有牵率排比处。如'含风鸭绿鳞鳞起,弄日鹅黄袅袅垂',读之初不觉有对偶,至'细数落花因坐久,缓寻芳草得归迟',但见舒闲容与之态耳,而字字细考之,皆经隐括权衡者,其用意亦深刻矣。尝与叶致远诸人和头字韵诗,往返数四,其末篇云'名誉子真矜谷口,事功新息困壶头',以谷口对壶头,其精切如此。"大抵宋诗对偶所贵者数点:

(甲)工切　如"飞琼"对"弄玉",皆人名,而"飞"字与"弄"字,"琼"字与"玉"字又相对。如"谷口"对"壶头",皆地名,而"谷"字与"壶"字,"口"字与"头"字又相对。如"含风鸭绿鳞鳞起,弄日鹅黄袅袅垂","鸭绿"代水,"鹅黄"代柳,而"鸭"、"鹅"皆鸟名,"绿"、"黄"皆颜色,"鳞鳞"、"袅袅"均形况叠字,而"鳞"字从"鱼","袅"字从"鸟",备极工切。

(乙)匀称　如"细数落花因坐久,缓寻芳草得归迟",其中名词、动词、形况词相对偶者,意之轻重,力之大小,皆如五雀六燕,铢两悉称。

(丙)自然　对偶排比,虽出人工,然作成之后,应极自然,所谓"浑然天成,不见牵率处"。如黄庭坚《寄元明》诗:"但知家里俱无恙,不用书来细作行。"陈师道《观月》诗:"隔巷如千里,还家已再圆。"陈与义《次韵谢表兄张元东见寄》诗:"灯里偶然同一笑,书来已似隔三秋。"骤读之似自然言语,一意贯注,细察之则字字对偶也。

(丁)意远　对句最忌合掌,即两句意相同或相近也。故须词字相对,而意思则隔离甚远,读之始能起一种生新之感。如苏轼"身行万里半天下,僧卧一庵初白头",黄庭坚"舞阳去叶才百里,贱子与公俱少年",读上句时,决想不到下句如此接出,此其所以奇妙也。

(三)句法　杜甫《赠李白》诗云:"李侯有佳句,往往似阴铿。"《寄高适》诗云:"佳句法如何。"《江上值水如海势聊短述》诗云:"为人性僻耽佳句,语不惊人死不休。"韩愈《荐士》诗称孟郊云:"横空盘硬语,妥帖力排奡。"唐人为诗,固亦重句法,而宋人尤研讨入微。宋人于句,特注意于洗炼与深折,或论古,或自作,或时人相欣赏,皆奉此为准绳。王安石每称杜甫"钩帘宿鹭起,丸药流莺转"之句,以为用意高峭,五字之模楷。黄庭坚爱杜甫诗"不知西阁意,肯别定留人",肯别耶,定留人耶,一句有两节顿挫,为深远闲雅。《王直方诗话》云:"山谷谓洪龟父云:'甥最爱老舅诗中何语?'龟父举'蜂房各自开户牖,蚁穴或梦封侯王','黄流不解涴明月,碧树为我生凉秋',以为深类工部。山谷云:'得之矣。'……张文潜谓余曰:'黄九似"桃李春风一杯酒,江湖夜雨十年灯",真奇语。'"观此可知宋诗造句之标准,在求生新,求深远,求曲折。盖唐人佳句,多浑然天成,而其流弊为凡熟、卑近、陈腐,所谓"十首以上,语意稍同"。故宋人力矫之。《复斋漫录》云:"韩子苍言,作语不可太熟,亦须令生。……东坡作《聚远楼》诗,本合用'青江绿水',对'野草闲花',以此太熟,故易以'云山烟水'。此深知诗病者。"此事最足以见宋人造句之特色。若在唐人,或即用青山绿水矣,而宋人必易以云山烟水,所以求生求新也。然过于求新,又易失于怪僻。最妙之法,即在用平常词字,施以新配合,则有奇境远意,似未经人道,而又不觉怪诞。如黄庭坚"桃李春风一杯酒,江湖夜雨十年灯",张耒称为奇语。"桃李"、"春风"、"一杯酒"、"江湖"、"夜雨"、"十年灯",皆常词也。及"桃李春风一杯酒,江湖夜雨十年灯",六词合为两句,则意境清新,首句见朋友欢聚之乐,次句见离别索寞之苦,读之隽永有深味。前人诗中用"江湖",用"夜雨",用"十年灯"者多矣,然此三词合为一句,则前人所无。譬如膳夫治馔,即用寻常鱼肉菜蔬,而配合烹调,易以新法,则芳鲜适口,食之无厌。此宋人之所长也。

(四)用韵 唐诗用韵之变化处,宋人特注意及之。欧阳修曰:"韩退之工于用韵。其得韵宽,则波澜横溢,泛入傍韵,乍还乍离,出入回合,殆不可拘以常格,如《此日足可惜》之类是也。得韵窄,则不复傍出,而因难以见巧,愈险愈奇,如《病中赠张十八》之类是也。譬夫善驭良马者,通衢广陌,纵横驰逐,惟意所之,至于水曲蚁封,疾徐中节,而不蹉跌,乃天下之至工也。"宋人喜押强韵,喜步韵,因难见巧,往往叠韵至四五次,在苏黄集中甚多。吕居仁《与曾吉甫论诗帖》云:"近世次韵之妙,无出苏黄,虽失古人唱酬之本意,然用韵之工,使事之精,有不可及者。"诗句之有韵脚,犹屋楹之有础石,韵脚稳妥,则诗句劲健有力。而步韵及押险韵时,因受韵之限制,反可拨弃陈言,独创新意。此皆宋人之所喜也。

(五)声调 唐诗声调,以高亮谐和为美。杜甫诗句,间有拗折之响,如"宠光蕙叶与多碧,点注桃花舒小红","一双白鱼不受钓,三寸黄柑犹自青",

"负盐出井此溪女,打鼓发舡何郡郎"。其法大抵于句中第五字应用平声处易一仄声,应用仄声处易一平声。譬如宠光二句,上句第五字应用平声,下句第五字应用仄声,则音调谐和。今上句用仄声"与"字,下句用平声"舒"字,则声响别异矣。因声响之殊,而句法拗峭,诗之神味亦觉新异。此在杜甫不过偶一为之,黄庭坚专力于此。宋人不察,或以为此法创始于黄。《禁脔》云:"鲁直换字对句法,如:'只今满坐且尊酒,后夜此堂空月明。''清谈落笔一万字,白眼举觞三百杯。''田中谁问不纳履,坐上适来何处蝇。''鞍辔门巷火新改,桑柘田园春向分。''忽乘舟去值花雨,寄得书来应麦秋。'其法于当下平字处以仄字易之,欲其气挺然不群。前此未有人作此体,独鲁直变之。"黄非独于律诗如此,即作古诗(尤其七古),亦有一种奇异之音节。方东树谓黄诗"于音节尤别创一种兀傲奇崛之响,其神气即随此以见。"(《昭昧詹言》)

总之,宋诗运思造境,炼句琢字,皆剥去数层,透过数层。贵"奇",故凡落想落笔,为人人意中所能有能到者,忌不用,必出人意表,崛峭破空,不从人间来。又贵"清",譬如治馔,凡肥秾厨馔,忌不用。苏轼评黄诗云:"黄鲁直诗文如蝤蛑、江瑶柱,格韵高绝,盘飧尽废。"任渊谓读陈师道诗:"似参曹洞禅,不犯正位,切忌死语。"方东树评黄诗曰:"涪翁以惊创为奇,意,格,境,句,选字,隶事,音节,着意与人远,故不惟凡近浅俗,气骨轻浮,不涉毫端句下,凡前人胜境,世所程式效慕者,尤不许一毫近似之。"黄陈最足代表宋诗,故观诸家论黄陈诗之语,可以想见宋诗之特点。宋诗长处为深折、隽永、瘦劲、洗剥、渺寂,无近境陈言、冶态凡响。譬如同一咏雨也,试取唐人李商隐之作,与宋人陈与义之作比较之:

萧洒傍回汀,依微过短亭。气凉先动竹,点细未开萍。稍促高高燕,微疏的的萤。故园烟草色,仍近五门青。(李商隐)
潇潇十日雨,稳送祝融归。燕子经年梦,梧桐昨暮非。一凉恩到骨,四壁事多违。衮衮繁华地,西风吹客衣。(陈与义)

李诗写雨之正面,写雨中实在景物,常境常情,人人意中所有,其妙处在体物入微,描写生动,使人读之而起一种清幽闲静之情。陈诗则凡雨时景物一概不写,务以造意胜,透过数层,从深处拗折,在空际盘旋。首二句点出雨。三四两句离开雨说,而又是从雨中想出,其意境凄迷深邃,决非恒人意中所有。

同一用鸟兽草木也,李诗中之"竹"、"萍"、"燕"、"萤",写此诸物在雨中之情况而已;陈诗用"燕子"、"梧桐",并非写雨中燕子与梧桐之景象,乃写雨中燕子与梧桐之感觉,实则燕子、梧桐并无感觉,乃诗人怀旧之思,迟暮之慨,借燕子、梧桐以衬出耳。宋诗用意之深折如此。五六两句言人在雨时之所感。同一咏凉也,李诗则云"气凉先动竹",借竹衬出;陈诗则云"一凉恩到骨",直凑单微。"凉"上用"一"字形容,已觉新颖矣,而"一凉"下用"恩"字,"恩"下又接"到骨"二字,真剥肤存液,迥绝恒蹊。宋诗造句之烹炼如此。世之作俗诗者,记得古人许多陈词套语,无论何题,摇笔即来,描写景物,必"夕阳""芳草",偶尔登临,亦"万里""百年",伤离赠别,则"折柳""沾襟",退隐闲居,必"竹篱""茅舍";陈陈相因,使人生厌,宜多读宋诗,可以涤肠换骨也。再举宋人古诗为例,黄庭坚《跋子瞻和陶》诗云:

子瞻谪岭南,时宰欲杀之。饱吃惠州饭,细和渊明诗。彭泽千载人,东坡百世士。出处虽不同,风味乃相似。

此诗纯以意胜,不写景,不言情,而情即寓于意之中。其写意也,深透尽致,不为含蓄,而仍留不尽之味,所以不失为佳诗。然若与唐人短篇五古相较,则风味迥殊。如韦应物《淮上即事寄广陵亲故》诗:

前舟已渺渺,欲度谁相待。秋山起暮钟,楚雨连沧海。风波离思满,宿昔容鬓改。独鸟下东南,广陵何处在。

则纯为情景交融,空灵酝藉者矣。

宋诗中亦未尝无纯言情景以风韵胜者,如:

春阴垂野草青青,时有幽花一树明。晚泊孤舟古祠下,满川风雨看潮生。(苏舜钦)

梨花淡白柳深青,柳絮飞时花满城。惆怅东栏一株雪,人生看得几清明。(苏轼)

我家曾住赤栏桥,邻里相过不寂寥。君若到时秋已半,西风门巷柳萧萧。(姜夔)

诸作虽亦声情摇曳,神韵绝佳,然方之唐诗,终较为清癯幽折。至如:

> 书当快意读易尽,客有可人期不来。世事相违每如此,好怀百岁几回开。(陈师道)

则纯为宋诗意格矣。

宋诗既以清奇生新、深隽瘦劲为尚,故最重功力,"月锻季炼,未尝轻发"(任渊《山谷诗注序》),盖此种种之美,皆由洗炼得来也。吕居仁《与曾吉甫论诗帖》云:"要之此事须令有所悟入,则自然越度诸子。悟入之理,正在工夫勤惰间耳。"此言为诗赖工夫也。因此,一人之诗,往往晚岁精进。王安石少以意气自许,故语惟其所向,不复更为涵蓄。后为郡牧判官,从宋次道尽假唐人诗集,博观而约取,晚年始尽深婉不迫之趣。作诗贵精不贵多。黄庭坚尝谓洪氏诸甥言:"作诗不必多,某生平诗甚多,意欲止留三百篇。"诸洪皆以为然。徐师川独笑曰:"诗岂论多少,只要道尽眼前景致耳。"黄回顾曰:"某所说止谓诸洪作诗太多,不能精耳。"作诗时必殚心竭虑。陈师道作诗,闭户蒙衾而卧,驱儿童至邻家,以便静思,故黄庭坚有"闭门觅句陈无己"之语,而师道亦自称"此生精力尽于诗,末岁心存力已疲",此最足代表宋人之苦吟也。

宋诗流弊,亦可得而言。立意措词,求新求奇,于是喜用偏锋,走狭径,虽镌镂深透,而乏雍容浑厚之美。《隐居诗话》云:"黄庭坚句虽新奇,而气乏浑厚。"刘熙载云:"杜诗雄健而兼虚浑,宋西江名家,学杜几于瘦硬通神,然于水深林茂之气象则远矣。"此其流弊一。新意不可多得,于是不得不尽力于字句,以避凡近,其卒也,得小遗大,句虽新奇,而意不深远,乍观有致,久诵乏味。《隐居诗话》云:"黄庭坚喜作诗,得名,好用南朝人语,专求古人未使之一二奇字,缀葺而成诗,自以为工,其实所见之僻也。"方东树曰:"山谷死力造句,专在句上弄远,成篇之后,意境皆不甚远。"此其流弊二。求工太过,失于尖巧;洗剥太过,易病枯淡。《吕氏童蒙训》云:"鲁直诗有太尖新、太巧处,不可不知。"方东树曰:"山谷矫敝滑熟,时有枯促寡味处。"刘辰翁曰:"后山外示枯槁,如息夫人,绝世一笑自难。"此其流弊三。

陈子龙谓:"宋人不知诗而强作诗,故终宋之世无诗,然其欢愉愁苦之致,动于中而不能抑者,类发于诗余,故其所造独工。"此言颇有所见,惟须略加解释。盖自中晚唐词体肇兴,其体较诗更为轻灵委婉,适于发抒人生情感之最精纯者,至宋代,此新体正在发展流衍之时,故宋人中多情善感之士,往往专藉词发抒,而不甚为诗,如柳永、周邦彦、晏几道、贺铸、吴文英、张炎、王沂孙之伦是也。即兼为诗词者,其要眇之情,亦多易流入于词。如欧阳修,世人称其诗"多平易疏畅,律诗意所到处,虽语有不伦,亦不复问,而学之者往往遂失于快直,倾囷倒廪,无复余地"(《苕溪渔隐丛话》卷二十二引《石林诗话》)。是讥其不能酝藉也。然观欧阳修之词如:

寸寸柔肠,盈盈粉泪,楼高莫近危栏倚。平芜尽处是春山,行人更在春山外。(《踏莎行》)
芳菲次第还相续,不奈情多无处足。尊前百计得春归,莫为伤春歌黛蹙。(《玉楼春》)
尊前拟把归期说,未语春容先惨咽。人生自是有情痴,此恨不关风与月。(《玉楼春》)

何其深婉绵邈。盖欧阳修此种之情,既发之于词,故诗中遂无之矣。由此可知,宋人情感多入于词,故其诗不得不另辟疆域,刻画事理,于是遂寡神韵。夫感物之情,古今不易,而其发抒之方式,则各有不同。唐人中工于言情者,如王昌龄、刘长卿、柳宗元、杜牧、李商隐,若生于宋代,或将专长于词;而宋代柳周晏贺吴王张诸词人,若生于唐,其诗亦必空灵酝藉。陈子龙谓:"宋人不知诗而强作诗。"宋人非不知诗,惟前人发之于诗者,在宋代既多为词体夺之以去,故宋诗之内容不得不变,因之其风格亦不得不殊异也。

英国安诺德谓:"一时代最完美确切之解释,须向其时之诗中求之,因诗之为物,乃人类心力之精华所构成也。"反之,欲对某时代之诗得完美确切之了解,亦须研究其时代之特殊精神,盖各时代人心力活动之情形不同,故其表现于诗者风格意味亦异也。宋代国势之盛,远不及唐,外患频仍,仅谋自守,而因重用文人故,国内清晏,鲜悍将骄兵跋扈之祸,是以其时人心,静弱而不雄强,向内收敛而不向外扩发,喜深微而不喜广阔。宋人审美观念亦盛,然又与六朝不同。六朝之美如春华,宋代之美如秋叶;六朝之美在声容,宋代之美在意态;六朝之美为繁丽丰腴,宋代之美为精细澄澈。总之,宋代承唐之后,如大江之水,潴而为湖,由动而变为静,由浑灏而变为澄清,由惊涛汹涌而变为清波容与。此皆宋人心理情趣之种种特点也。此种种特点,在宋人之理学、古文、词、书法、绘画,以至于印书,皆可征验。由理学,可以见宋人思想之精微,向内收敛;由词,可以见宋人心情之婉约幽隽;由古文及书法,可以见宋人所好之美在意态而不在形貌,贵澄洁而不贵华丽。明乎此,吾人对宋诗种种特点,更可得深一层之了解。宋诗之情思深微而不壮阔,其气力收敛而不发扬,其声响不贵宏亮而贵清泠,其词句不尚蕃艳而尚朴澹,其美不在容光而在意态,其味不重肥秾而重隽永,此皆与其时代之心情相合,出于自然。扬雄谓言为心声,而诗又言之菁英,一人之诗,足以见一人之心,而一时代之诗,亦足以见一时代之心也。

一九四〇年八月

论"同光体"

钱仲联

导言——

本文选自《文学评论》丛刊第九辑(中国社会科学出版社,1981年),又载《梦苕庵论集》(中华书局,1993年)。此处有删节。

作者钱仲联(1908—2003),江苏常熟人。毕业于无锡国学专修馆,历任南京师范学院、苏州大学教授等。

"同光体"是近代诗坛上一个以宗宋为主旨的诗歌流派。从南宋以后直到清末,宋诗在文学史上实在是经历了一番世态炎凉。南宋严羽等已不满本朝诗人的以文字为诗、以议论为诗和以才学为诗,元人杨士弘编选《唐音》,主张学诗以唐人为宗,明初高棅所编《唐诗品汇》,将唐诗分为初盛中晚四期,而推盛唐为正宗,至前后七子更是"倡言文必秦汉,诗必盛唐"(《明史·李梦阳传》),翕然成风,宋诗殆无人问津。明末清初,黄宗羲等开始提倡宋诗。康、乾诗坛,朱彝尊从学唐而兼取两宋,成为浙派诗的开山,继之厉鹗、查慎行、蒋士铨和赵翼等,亦力破宗唐宗宋的门户。再到嘉、道年间,便出现了程恩泽、祁寯藻、郑珍、何绍基等主张学习宋诗,合学人、诗人之诗为一的宋诗派,嗣后遂有"同光体"的盛行。宋诗的这番经历,不用说在其自身和客观方面,都可以找到足够的理由,所以,对"同光体"在近代诗坛上的盛行,也应当有一个较合理的评价。钱仲联先生的这篇文章，做的就是这样一种工作。文章梳理了"同光体"形成的过程，分析了诗派内部闽、赣、浙三派的组成、源流、理论好尚和创作倾向等等，不仅对诗派在文学史上的地位和影响作了很好的论述，而且，也为我们进一步认识宋诗提供了参照。

"同光体"，作为近代诗坛的一个流派名称，从它的开始出现到形成为各种宋诗派的总名称，有一个复杂的过程。这个诗派，虽然是保守的，但也有它艺术上的特点。其中代表作家的作品，在不同的写作时期，内容也有比较进步和倒退反动的变化，不可以一刀切。他们各家的论诗主张和创作实践，也有同有异，需要分别研究。这个诗派，在近代文学史上，不是推动诗歌发展前进的流派，而在诗坛上却曾经发生过相当的影响，其中作者人数很多，鱼龙混杂。因此，有必要弄清楚它的来龙去脉以及内部的流派，进一步给以适当的评价。

什么是"同光体"？是哪些人标榜出来的？

"同光体"的首领之一陈衍，在《沈乙盦诗序》中说：

> 余与乙盦（沈曾植）相见甚晚，戊戌（1898）五月，乙盦以部郎丁内艰，广雅（张之洞）督部招至武昌，掌教两湖书院史学，与余同住纺纱局西院。初投刺，乙盦张目视余曰："吾走琉璃厂肆，以朱提一流，购君《元诗纪事》者。"余曰："吾于癸未（1883）、丙戌（1886）间闻可庄（王仁堪）、苏堪（郑孝胥）诵君诗，相与叹赏，以为'同光体'之魁杰也。""同光体"者，苏堪与余戏称同（同治）、光（光绪）以来诗人不墨守盛唐者。

这序写于光绪辛丑（1901）。到民国元年壬子（1912），陈衍开始写《石遗室诗话》，连续发表于梁启超主编的《庸言杂志》，第三条便说：

> 丙戌在都门，苏堪告余："有嘉兴沈子培（曾植）者，能为'同光体'。""同光体"者，余与苏堪，戏目同、光以来诗人，不专宗盛唐者也。

所述与前文大同小异,前文载陈衍始读沈曾植诗是1883至1886年间,后文确指是1886年;前文推沈为"同光体"魁杰,为郑孝胥、王仁堪、陈衍三人共同的叹赏,后文只说是郑一人之言,且不称为魁杰;前文称"同光体"诗"不墨守盛唐",后文称"不专宗盛唐"。这些细微出入,并非全无关系。1898年,陈衍与沈曾植同客武昌,而沈在18年前,文坛已著盛名,与李慈铭、李文田、黄体芳一辈学者交游,客武昌时,是张之洞聘主两湖书院史席;陈在张之洞幕府时,任官报局编纂,声名未起,所以追叙1886年话,推沈为魁杰,明明是挟沈以自重,是旧时代文人标榜的恶习。陈衍编《石遗室诗话》,标榜声气,不下于袁枚编《随园诗话》,先时张之洞就已感觉到陈的作风,章士钊《论近代诗绝句·张文襄》云:"达官名士一身兼,一味矜名却又嫌。见说骏猷冠下客,不教陈衍炫依严。"自注:"集中无与石遗诗,闻已诗亦不令陈和。"这很可帮助我们对陈的理解。但到清亡前后,陈衍的名声已逐渐增高,他以闽中诗派作为"同光体"的主体,隐然以自己与郑孝胥为魁杰,所以1912年发表《石遗室诗话》时,沈的"'同光体'之魁杰"的资格,轻轻地改换成"能为'同光体'"了。这一变换,说明了"同光体"在民初,几乎成为闽派诗的代称的原因。这就得要进一步弄清楚一下陈衍所谓"不墨守盛唐"是怎么回事。墨守盛唐也好,专宗盛唐也好,都是明代前后七子的复古趋向。所谓盛唐,内容并不是单一的,至少有李白、杜甫、王孟、高岑四种不同风格,而明七子则是偏尚杜甫的。这一风尚,到明末几社的陈子龙便告一结束。清代前期著名诗人,吴伟业五古五律学杜,算是宗盛唐,但七古主要学长庆,七律七绝参学李商隐下及宋人。王士禛五古学王孟,后又学杜,也算宗盛唐,但各体于晚唐、宋、元无所不学。朱彝尊继承明七子学杜传统,而晚年又转宗宋人黄庭坚。黄景仁号称学太白,也可算是宗盛唐,但又出入于韩愈、李商隐、苏轼之间。他们都是不专宗盛唐的,是否与"同光体"同一步趋的呢?显然不是。沈曾植之所以被陈衍、郑孝胥视为"不墨守盛唐",陈衍在《沈乙盦诗序》中转述沈自己的话是:"夙喜张文昌(籍)、玉谿生(李商隐)、山谷内外集,而不轻诋七子。"这基本上是沈乡人朱彝尊的路子,沈的大弟子金蓉镜《论诗绝句寄李审言》云:"乙翁硬句接朱翁(自注:谓竹垞),不怕新来火雨攻。未到昆仑谁信及,中天原有化人宫(自注:乙庵师论诗,不取一法,不坏一法,此为得髓。即竹垞诗不入名家意同一关捩)。"就是明证。这和陈衍、郑孝胥所宣扬的"同光体"宗旨,本来不尽相同。而陈、郑所以用"不墨守盛唐"或"不专宗盛唐"一语楬橥为"同光体"宗旨,只是一种反面的提法,换言之,是以宗宋为主而溯源于韩、杜。就闽派来说,甚至是以宗王安石为主而不是以黄庭坚为主。这才是陈、郑所谓"不专宗盛唐"的"同光体"不同于"同光体"以前清代诗人的"不专宗盛唐"。

现在,可以追溯一下"同光体"的来源了。清代诗歌由宗唐转而为宗宋,《石遗室诗话》第二条说得对:

> 道、咸以来,何子贞绍基、祁春圃寯藻、魏默深源、曾涤生国藩、欧阳磵东辂、郑子尹珍、莫子偲友芝诸老,始喜言宋诗。何、郑、莫皆出程春海侍郎恩泽门下,湘乡诗文字皆私淑江西,洞庭以南,言声韵之学者,稍改故步。……都下亦变其宗尚张船山(问陶)、黄仲则(景仁)之风。……吾乡林欧斋布政寿图亦不复为张亨甫(际亮)而学山谷。

可见学宋诗特别是学黄庭坚,是"道、咸以来"的新风尚,而不始于"同光体"。但何绍基等人,都比"同光体"诗人先一辈,他们的创作活动时期,是道咸而不是同、光,当然不得居"同光体"之名。而先后被列在"同光体"内的诗人如沈曾植、陈三立、陈衍、郑孝胥等,按其创作活动的时期而言,却是在光绪以后而不是同治年代。同治末年甲戌(1874)沈曾植才25岁,陈三立才23岁,陈衍才19岁,郑孝胥才15岁。现在他们几个人诗集里的存诗开始年代,都远在光绪元年以后很长一段。所以陈、郑举出"同光体"旗帜,"同"字是没着落的,显然出于标榜,以上承道、咸以来何、郑、莫的宋诗传统自居。后来汪国垣著《光宣诗坛点将录》,不用"同光"划界,而改用"光宣"之称,便符合客观事实。汪氏《点将录》实际以宋诗运动为主,所以推陈三立为一百零八将的都头领,但也广泛包罗了"同光体"以外其他各派诗人。点将当然点得未必尽确切。由于《石遗室诗话》在民国以后的广泛传布,"同光体"也就约定俗成地作为近代宋诗运动的代称。

为什么清后期会出现"同光体"这一流派?就艺术演变的角度观察,反对"同光体"的吴江诗人金天羽在《答樊山老人论诗书》中曾这样指出:

> 有清一代,诗体数变。渔洋(王士禛)神韵,仓山(袁枚)性灵,张(问陶)、洪(亮吉)竞气于辇毂,舒(位)、王(昙)骋艳于江左。风流所届,遂成轻脱。夫口餍粱肉,则苦笋生味;耳倦筝笛,斯芦吹亦韵。

> 西江杰异(指陈三立)，瓯闽生峭(指陈、郑)，狷介之才，自成馨逸。纤文弱植，未工模写，而瓣香无已(陈师道)，标举宛陵(梅尧臣)，洎夫临篇掇翰，乃不与中(惺)、谭(元春)当隶圉。文质两敝，在乎偏霸，图霸不成，齐、晋分裂。

这一评论，大致上符合实况。乾嘉诗风，浓腻浮滑，到了极敝，一部分同、光诗人转向到另一面，出现清苦幽隽的流派。但金氏所分析，也并非全部概括得了"同光体"的。他只提到了"西江""瓯闽"两派，并没有接触到"'同光体'之魁杰"沈曾植一派。事实上，"同光体"包括三个流派，同中有异，分述如下：

一 闽 派

这一派以陈衍、郑孝胥、沈瑜庆、陈宝琛、林旭为首，最后有李宣龚诸人为殿。这一派的学古方向，溯源韩、孟，于宋人偏重于梅尧臣、王安石、陈师道、陈与义、姜夔，沈瑜庆则偏宗苏轼，陈衍又接近杨万里。陈衍在《知稼轩诗序》中有这样的叙述：

> 吾乡人之常为诗者，余识叶损轩(大庄)最先，次苏堪，次弢庵(陈宝琛)，又次乃君常(张元奇)；……之数子者，身世皆略如其诗，损轩少喜樊榭(厉鹗)，继为后村(刘克庄)、放翁(陆游)、诚斋(杨万里)。……苏堪原本大谢(灵运)，浸淫柳州(柳宗元)，参以东野(孟郊)、荆公(王安石)，于韩专学清隽一路。

又在《重刻晚翠轩诗序》中说：

> 暾谷(林旭)力学山谷、后山，宁艰辛，勿流易，宁可憎，勿可鄙。……后山学杜，其精者突过山谷，然粗涩者往往不类诗语，暾谷学后山，每学此类。

这两篇文章所评述，大致可以看出闽派诗早期各家在学古中各具风貌的特点，至于闽派后期作者，则往往借径于学郑孝胥——有的人学陈衍以追溯两宋，自然难以与早期各家并驾齐驱。陈衍不仅是闽派诗人的首领之一，自著有《石遗室诗集》,而且又是诗论家,著《石遗室诗话》以标宗旨,选《近代诗钞》以扩大影响。其诗论中心为"三元"说、"学人之诗"说。

"三元"说是陈衍在光绪己亥(1899)客居武昌与沈曾植论诗时提出的,《石遗室诗话》第四条就作了详细的记载:

> 盖余谓诗莫盛于三元:上元开元,中元元和,下元元祐也。君谓三元皆外国探险家觅新世界、殖民政策、开埠头本领,故有"开天启疆域"云云。余言今人强分唐诗宋诗,宋人皆推本唐人诗法,力破余地耳。庐陵(欧阳修)、宛陵、东坡、临川(王安石)、山谷、后山、放翁、诚斋、岑、高、李、杜、韩、孟、刘、白之变化也;简斋(陈与义)、止斋(陈傅良)、沧浪、四灵,王、孟、韦、柳、贾岛、姚合之变化也。故开元、元和者,世所分唐、宋人之枢斡也。若墨守旧说,唐以后之书不读,有日蹙国百里而已。故有"唐余逮宋兴"及"强欲判唐宋"各云云。

这里,陈衍明确指出"三元"是他的主张。二人见解也有不同处,沈强调三元都是创新,陈衍强调宋人都是推本唐人诗法。不过,陈衍还是指出宋人力破唐人余地,有变化,则是在学古的基础上要求开辟境界。陈衍除揭橥"三元"说外,又极力主张"学人之诗"说,为"同光体"诗人抬高地位。他先在《瘿庵诗序》中提出诗关学问的论点,后又在《近代诗钞》中,明确提出学人之诗的说法。

道、咸以降,祁、何、郑、莫以来,继之者便是同、光了。《近代诗钞序》谓"见闻所及,录其尤雅者",无疑是以"同光体"为主体,照此逻辑,"同光体"作者,便应该加上"学人之诗"的桂冠,也自然是毫无疑问。本来,学人诗人,努力的方向不同,并无高下之别。而在旧社会,一般文人却怀有学人高出一筹的偏见。陈衍正是用这样的眼光来谈什么"学人之诗"以抬高"同光体"诗人的地位。不妨考察一下,道、咸时期的程恩泽、郑珍、莫友芝诚然是学人,至于"同光体"诗人,只有沈曾植是著名学人,无愧于王国维所说:"先生少年固已尽通国初及乾、嘉诸家之说;中年治辽、金、元史,治四裔地理,又为道、咸以降之学,然一秉先正成法,无或逾越。其于人心世道之污隆,政事之利病,必穷其原委,似国初诸老;其视经史为独立之学,而益探其奥窔,拓其区宇,不让乾、嘉诸先生;至于综览百家,旁及两氏,一以治经、史之法治之,则又为自来学者所未及。"(《观堂集林》卷十九《沈乙盦先生七十寿序》)陈衍本人,虽也博览经史,毕竟只是诗人、古文家,是"文苑传"中人物。此外,"同光体"诗人,或是以政治活动家而为诗人,或是从事文学专业的诗人,在那些代表人物中,却举不出学人。由此可知,陈衍"学人之诗"的说法,不仅在理论的本身,还值得商榷,即使就事论事,也不符合实际,闽派诗更不是"学人诗人之诗二而一之"的一派。当然,学人之诗还是诗人之诗,也不是品诗高下的标准。

二 江西派

这一派大都是江西人,远承宋代的江西派而来,以黄庭坚为宗祖。其首领为陈三立。稍后一些有夏敬观,却不学黄庭坚而学梅尧臣。华焯、胡朝梁、王易、王浩诸人,都属三立一派。三立的儿子衡恪兄弟都能诗,但不是江西派诗。陈三立被近代宋诗派诗人推为一代宗师,等同于宋代的黄庭坚。陈衍在《近代诗钞》中说:"散原为诗,不肯作一习见语,于当代能诗钜公,尝云某也纱帽气,某也馆阁气,盖其恶俗恶熟者至矣。少时学昌黎,学山谷,后则直逼薛浪语(季宣),并与其乡高伯足(心夔)极相似。然其佳处,可以泣鬼神诉真宰者,未尝不在文从字顺中也。"三立工于为诗而不像陈衍那样标榜声气,也没有写过整套的理论。在他的诗作中,可以一鳞片爪地窥见他论诗宗旨的,如《漫题豫章四贤像拓本》之《陶渊明》云:

此士不在世,饮酒竟谁省?想见咏荆轲,了了漉巾影。

把江西诗的渊源,上推到陶渊明。特别强调陶诗于平淡中郁风雷之声的特点,诗作与政治紧密结合的特点,实际就是三立点明自己作诗的宗趣。又《黄山谷》一首云:

跎坐虫语窗,私我涪翁诗。镵刻造化手,初不用意为。

镵刻造化,是黄诗特点,也是三立诗特点,却说是"初不用意为",这是祖述黄庭坚诗论的。庭坚《与王观复书》三首之一说:"好作奇语,自是文章病,但当以理为主,理得而辞顺,文章自然出群拔萃。观杜子美到夔州后诗,韩退之自潮州还朝后文章,皆不烦绳削而自合矣。"又三首之二说:"所寄诗多佳句,犹恨雕琢功多耳。但熟观杜子美到夔州后古律诗，便得句法简易，而大巧出焉。平淡而山高水深，似欲不可企及，文章成就，更无斧凿痕，乃为佳作耳。"又《大雅堂记》说："子美诗妙处，乃在无意于文，夫无意而意已至，非广之以《国风》、《雅》、《颂》，深之以《离骚》、《九歌》，安能咀嚼其意味，阒然入其门耶？"三立诗论，完全本此。他认为好诗经过千锤百炼，看去却要似自然天成。陈衍赞赏三立诗的话，和三立自己的话相合。其实，这种炉火纯青的境界，谈何容易，三立的诗歌创作大部分并没有做到这一点。他的《樊山示叠韵论诗二律聊缀所触以报》云：

骚赋而还接古悲，散为俶诡托娱嬉。
要抟大块阴阳气，自发孤衾痌瘝思。

倒是能对自己诗作的思想性与艺术性作出了基本的勾勒。民国以后，一些依草附木之流，摹仿三立，亦步亦趋，那是没有列入江西宗派图里的资格的。

三 浙 派

这不是指嘉、道以前的浙派，而是指以沈曾植为代表的"同光体"中的浙派，它和闽派、江西派都不相同。沈的同派是袁昶，继承者是金蓉镜，都是浙西人。陈衍在《沈乙盦诗序》中评沈诗为"雅尚险奥，聱牙钩棘中时复清言见骨，诉真宰，荡精灵"。张尔田《海日楼诗集钱注序》说："沈寐叟邃于佛，湛于史，凡秠编胵录、书评画鉴，下及四裔之书，三洞之籍，神经怪牒，纷纶在手，而一用以资为诗，故其于诗也，不取一法，而亦不舍一法，其蓄之也厚，故其出之也富。"陈三立《海日楼诗集跋》说："寐叟于学，无所不窥，道箓梵籍，并皆究习，故其诗沉博奥邃，陆离斑驳，如列古鼎彝法物，封之气敛而神肃，盖硕师魁儒之绪余，一弄狡狯耳，疑不必以派别正变之说求之也。"陈衍强调沈诗"清言见骨，诉真宰，荡精灵"的一种，这和他强调陈三立诗"泣鬼神诉真宰者，未尝不在文从字顺中"同一论调，虽然道着他们的一面，但反映了陈衍所代表的闽派不尚奇奥的观点。张尔田、陈三立二家的评说，可以说明沈诗才真是"学人诗人之诗二而一之"的典型，但三立以为"不必以派别正变之说求之"，言外之意，固然是在暗指陈衍、郑孝胥称沈诗为"同光体"魁杰的未必对头，可是沈氏论诗，自有派别正变之说需要推求，三立说不必求，也未必对。沈氏论诗，有

"三关"说,三关是去掉"三元"说的开元,换上了元嘉。一"元"之差,宗趣大异。此说见于戊午年(1918)《与金潜庐太守论诗书》中:

> 吾尝谓诗有元祐、元和、元嘉三关,公于前二关,均已通过,但着意通第三关,自有解脱月(按《十住经》云:"是大菩萨众中,有菩萨摩诃萨,名解脱月。"《大方广佛华严经》云:"我惟知此一解脱门,犹如净月,能为众生放福德光。"此沈氏语所本)在。元嘉关如何通法?但将右军(王羲之)《兰亭诗》与康乐(谢灵运)山水诗打并一气读。刘彦和言"庄老告退而山水方滋",意存轩轾,此二语便赚齐、梁人身。须知以来书"意、笔、色"三语判之,山水即是色,庄、老即是意;色即是境,意即是智;色即是事,意即是理;笔则空、假、中三谛之中,亦即遍计、依他、圆成三性之圆成实也。康乐总山水庄、老之大成,开其先支道林(遁)。此秘密平生未尝为人道,为公激发,不觉忍俊不禁。勿为外人道,又添多少公案也。尤须时时玩味《论语》皇(侃)疏(自注:与紫阳(朱熹)注止是时代之异耳)。乃能运用康乐,乃亦能运用颜光禄(延之)。

这一段议论的写出,后于"三元"说的提出已经 20 年。但信的一开头便说"吾尝谓",可见"三关"之说,是沈氏早已有之的。"三元"重在宗宋,而推本于杜、韩;"三关"重在宗颜、谢,要人着意通此关,做到"活六朝",才有解脱自在。要人能通经学、玄学、理学以为诗,要因诗见道。这才是道道地地的"合学人诗人之诗二而一之"的主张。早在"三关"说写出以前二十六年光绪壬辰(1892),沈氏为袁昶作《安般簃集序》,已赞许袁昶的诗"庶几脱落陶、谢之枝梧,含咀风雅之推激"(按:"陶、谢不枝梧,风骚共推激",杜甫诗句。意谓与二家精神相通,没有隔碍。)而沈氏彼时写诗,也和袁昶一致,《海日楼诗集》卷一《题渐西村人初集》为袁昶作的二诗,便是融颜、谢北宋于一手的。王蘧常《沈寐叟年谱》称沈"壮岁论诗与爽秋尤契,二人取径未尝有二也"。就是指这一点。《寒雨遣闷》一诗叙述的是与陈衍谈诗的话,所以没有提到"三关",金蓉镜是传沈氏诗学的人,所以沈氏信中对他倾筐倒箧地谈"三关"。金氏后来把这封书札作为自己《滮湖遗老集》的代序,等于神会高举慧能旗帜,刊定南宋宗旨。陈衍不是看不到沈、袁一派的特点的,《近代诗钞》说:"爽秋诗根柢鲍

(照)、谢,而用事遣词,力求僻涩,则纯乎祧唐抱宋者。"《石遗室诗话》卷二十六评沈曾植《秋斋杂诗》八首,也说是"以平原(陆机)、康乐之骨采,写景纯(郭璞)、彭泽(陶渊明)之思致"。评价相同。沈、袁浙派与闽派不同处,关键正在于要不要元嘉一关。沈氏与金氏信中所论,尤其值得注意的,是借用佛家天台宗所宣扬的《中论》"空、假、中"三观和慈恩宗所宣扬的《瑜伽师地论》、《显扬圣教论》、《成唯识论》等的"偏计、依他、圆成实"三性以论诗,沈氏就金氏信中"意、笔、色"三点作分析,用今天的话说,意相当于思想性,色相当于诗篇所反映的现实,而笔则是客观现实、主观情思与艺术性的统一。客观现实反映在诗中,是通过诗人主观认识的媒介的,它已不等同于现实的本身,可以约略相当于《中论》的"众因缘生法"的"假名",思想性即在诗篇反映的现实境界中显示,是虚处体现而不是实发议论,可以约略相当于《中论》的"众因缘生法,我说即是空"的"空"。《中论》的"亦是中道义"的"中",是"空""假"的统一,所以用来比拟前者与艺术性的统一。用慈恩宗术语,意思也是这样。偏计本是指周遍地虚妄分别种种无实相、实名空华般的事物,沈氏用来比拟"空"和"意";依他指意识所变现的一切,众缘所生,有如幻事,非有似有,沈氏用来比拟"假"和"色";圆成实是不执着于偏计、依他,所显圆满成就诸法实性,与依他起非一非异,沈氏用来比拟"中"和"笔"。这种理论,和单纯着眼艺术性的,显然不同。

"同光体"中的浙派,虽然不同于清前期的浙派,但仍然与旧浙派有一定的联系,特别是与秀水派有渊源。秀水派在清初和清中叶,以朱彝尊、钱载为宗师。沈曾植既推尊朱,又推尊钱,在《惜抱轩诗集跋》中,曾以钱诗与姚鼐诗"参互证成,私以为经纬唐、宋,调适苏、杜,正法眼藏,甚深妙谛,实参实悟,庶其在此。"陈衍则不谈朱而重钱,《近代诗钞》说:"有清一代,诗宗杜、韩者,嘉道以前,推一钱萚石侍郎。"《石遗室诗话》卷四说:"萚石斋诗,造语盘崛,专于章句上争奇,而罕用僻字僻典,盖学韩而力求变化者。"由此可知,沈曾植的浙派与陈衍的闽派,主张和诗作,都有同有异。就艺术上力求奇奥这一点来说,沈派倒和陈三立派较近。所以陈衍也常将陈、沈并称,《石遗室诗话》卷三论述道、咸以来诗派,概括为两大派,其说是:

> 前清诗学,道光以来,一大关捩。略别两派:一派为清苍幽峭,自《古诗十九首》、苏、李、陶、谢、王、孟、韦、柳以下,逮贾岛、姚合,宋

之陈师道、陈与义、陈傅良、赵师秀、徐照、徐玑、翁卷、严羽,元之范梈、揭傒斯,明之钟惺、谭元春之伦,洗炼而熔铸之,体会渊微,出以精思健笔。蕲水陈太初(沆)《简学斋诗存》四卷、《白石山馆手稿》一卷,字皆人人能识之字,句皆人人能造之句,及积字成句,积句成韵,积韵成章,遂无前人已言之意、已写之景,又皆后人欲言之意、欲写之景。当时嗣响,颇乏其人。魏默深源之《清夜斋稿》,稍足羽翼,而才气所溢,时出入于他派。此一派近日以郑海藏为魁垒,其源合也;而五言佐以东野,七言佐以宛陵、荆公、遗山,斯其异矣。后来之秀,效海藏者,直效海藏,未必效海藏所自出也。其一派生涩奥衍,自《急就章》《鼓吹词》《铙歌十八曲》以下,逮韩愈、孟郊、樊宗师、卢仝、李贺、黄庭坚、薛季宣、谢翱、杨维桢、倪元璐、黄道周之伦,皆所取法,语必惊人,字忌习见。郑子尹珍之《巢经巢诗钞》,为其弁冕,莫子偲足羽翼之。近日沈乙庵、陈散原,实其流派。而散原奇字,乙庵益以僻典,又少异焉,其全诗亦不尽然也。

陈衍所述,前一派正是指闽派,后一派便包括沈、陈二派在内。沈、陈二派之同,在于刻意雕镂,力求奇奥;而二派之异,则在于沈追颜谢而陈则专宗江西,不是什么陈尚奇字,沈多僻典之别。陈三立诗奇字并不多。因此,沈、陈各代表一派,不应混同。

今人论"同光体"诗,往往一笔抹倒,视为反动、保守的流派,这是不全面的,也是缺乏分析的。就"同光体"在民国以后的情况看,大体上还可以那样说。从总的各方面看,应作具体分析。林学衡的话颇中肯,《今诗选自序》说:

> 诗至清代而极盛,亦至清而极衰,变化多而真意渐失也。同、光诗人,号祧唐祖宋,王闿运则高言汉、魏、六朝,不知时世去古日以远,举文物典章以迄士大夫齐民日常之生活,皆前乎此者所未有,于此而仅求似于古人,则观其诗无以知其时与世,章句虽工,末矣。民国诗滥觞所谓"同光体",变本加厉,自清之达官遗老扇其风,民国之为诗者资以标榜,展转相沿,父诏其子,师勖其弟,莫不以清末老辈为目虷而自为其水母。门户既张,于是此百数十人之私言,浅者盗以为一国之公言,负之而趋。其尤不肖者,且沾沾自喜,以为得古人

之真,其实不唯不善学古人,其视清之江湜、郑珍、范当世、郑孝胥、陈三立,虽囿于古人之藩篱,犹能屹然自成其一家之诗,盖又下焉。

学衡闽人,为诗本自"同光体"入手。少年读书京师大学,与同学姚锡钧刊《太学二子集》行世,姚也是学"同光体"的。后期反戈一击,便能击中要害。然"同光体"诗人也未尝不知此理,所以陈衍选《近代诗钞》,其序文自谓道、咸以降,"丧乱云肮,迄于今变故相寻而未有届,其去小雅废而诗亡也不远矣。""身丁变雅变风以迫于将废将亡,上下数十年间,亦近代文献得失之林乎?"看法虽然是向后,没有看到前途,但他把近代诗歌联系近代历史来看待,也是正确的,我们不应该因为《石遗室诗话》多谈艺术而忽视了他理论中正确的一面。具体到"同光体"主要的诗人,如沈曾植、陈三立、陈衍、沈瑜庆、林旭诸家,在清光绪年代,他们还是壮年或青年。林旭、陈三立、沈曾植、陈衍,都参加戊戌维新变法运动。陈三立在湖南助其父湖南巡抚陈宝箴推行新政,政变后被革职;林旭是被杀害的"戊戌六君子"之一;沈曾植赞助康有为开强学会于京师,赞成变法自强;陈衍在戊戌(1898)年曾入都,作《戊戌变法榷议》十条,在当时,都是较进步而不是反动的士大夫。那时他们的诗作,保存下来的虽不多,还有不少可取之作,如沈曾植在光绪丙申(1896)所作《柬黄公度》、《游仙词用前韵和公度二首》,都是因英、德二国无理阻挠黄遵宪出使而大发其愤慨,戊戌所作《野哭五首》,是感伤变法失败、六君子的被害,己亥(1899)所作《抱冰堂夜集纪言》,主张练兵自强;陈三立辛丑(1901)所作《书感》,是为庚子(1900)八国联军进犯京师而抒愤,《江行杂感》五首之四,为和议赔款而不平,癸卯(1903)《园馆夜集闻俄罗斯日本战事甚亟感赋用前韵》、《小除夕后二日闻俄日海战已成作》,甲辰(1904)《感春五首》之四、《短歌寄杨叔玫时杨为江西巡抚令入红十字会观日俄战局》,都是为日俄二国在我国领土上进行战争而作,是爱国精神强烈的作品;沈瑜庆《哀余皇》是伤甲午(1894)之战海军败北的名篇,《咏史寄虞山师》、《杂感》、《贾谊》、《晁错》则是反映戊戌变法前后国事;林旭《叔峤印伯居伏魔寺数往访之》,是愤慨甲午战败后议和的局势。其余诗篇,字里行间,表现为国事而忧心的为数不少。这都说明初期"同光体"诗人,并不都是一味追求艺术、脱离政治的。陈三立《赠黄公度》七律一首见于《饮冰室诗话》的,更可以看到三立和"诗界革命"钜子的关系。当时"同光体"诸诗人对主张以旧瓶装新酒的"诗界革命"诗人黄遵宪,都是极力赞赏的。陈三立评为"驰域外之观,写心上之语,才思横轶,风格浑转,出其余技,乃近大家,此之谓天下健者"(陈三立乙未年所作《人境庐诗草》题识)。郑孝胥叹为"开拓心胸,推倒豪杰,微公其孰当之"(郑孝胥乙未年所作《人境庐诗草》题识)。陈衍也说:"自古诗人足迹所至,往往穷荒绝域,山川因而生色,更千百年,成为胜迹,表著不衰。……中国与欧、美诸洲交通以来,持英荡与敦槃者不绝于道,而能以诗鸣者唯黄公度,其关于外邦名迹之作,颇为伙颐。而南海康长素(有为)先生,以逋臣流寓海外十余年,多可传之作。"(《石遗室诗话》卷九)"《人境庐诗》,惊才绝艳,人谓其濡染定盦,实则宗仰《晞发集》(宋谢翱著)甚至。"(同上卷八)而另一方面,"诗界革命"诗人对"同光体"诗人也未尝不倾倒,梁启超可为代表,《饮冰室诗话》说:"陈伯严吏部……其诗不用新异之语,而境界自与时流异,秾深俊微,吾谓于唐、宋人集中罕见伦比。"可见"同光体"诗人和"诗界革命"诗人,并不是水火不相容的对立面。陈三立后来消极了。自说是"凭栏一片风云气,来作神州袖手人"。可是袖手之中,还存在风云的感愤。这也不止"同光体"诗人如此,"诗界革命"诗人,黄遵宪早殁,康、梁到民国后,不但思想倒退,连写诗也渐和"同光体"诗人合流,康有为和沈曾植相唱和,梁启超则"中年后一意学宋人"(陈兼于《论诗》自注)。"同光体"诗人陈三立、郑孝胥、陈宝琛、沈曾植等人清亡后都成了遗老,大量地写了"赞颂旃裘,诋諆民国"(凌景坚《〈近代闺秀诗话〉》序)的诗,当然更不值得提。

当"同光体"在极盛的时期,陈衍、郑孝胥的同乡朋友林纾就已出来反对。他在翻译小说《旅行述异·画征》识语上说:

> 观秋谷(赵执信)、渔洋之哄于康熙之朝,子才(袁枚)、归愚(沈德潜)之争于乾、嘉之朝,互相鄙薄,至于今日,则又昌言宋诗,搜取枯瘠无华者,用以矜其识力,张其坛坫,其视渔洋、归愚,直同刍狗。……盖诗人之门户党派,等诸理学,理学争朱、陆,诗家区唐、宋,一也。吾尝持论,谓诗者,称人之性情,性情近开元、大历者,开元、大历可也;近山谷、后山者,山谷、后山可也。必揭麈举麈,令人望景而趋,是身为齐人,屈天下均齐语;身为楚产,屈天下皆楚语,此势所必不至者也。

林纾这种非议,还不很有力。进一步从政治的立场,给"同光体"诗人以痛斥

的,是南社的首领柳弃疾。他在《胡寄尘诗序》中说:

> 夫天水一朝,最重名节,王荆公得君行政,有志三代;徒以新法奉行不善,见诟于世;苏、黄之伦,遽攻之如仇敌,沦谪天涯,九死靡悔。韩平原抗疏北伐,齐襄复九世,鲁庄败乾时,《春秋》所曲予,时人恶其专政,未之许也。放翁一记南园,遂贻口实。宋人清议之严如此。而今之称诗坛渠率者,日暮途穷,东山再出,曲学阿世,迎合时宰,不惜为盗臣民贼之功狗,不知于宋贤位置中,当居何等也。其尤无耻者,妄窃汝南月旦之评,撰为诗话,已不能文,则假手捉刀,大书深刻,以欺当世。就而视之,外吏则道府,京秩则部曹,多材多艺,炳炳麟麟;而韦布之士,独阒然无闻焉。呜呼!此与职官表、缙绅录何异,而诗话云乎哉!昔吕崇德(留良)有言:"今日之文字,坏不在文字,其坏在人心风俗。"夫人心风俗之既坏,即工诗何益?而况其背谬嚚妄,如畏庐所言者耶?
>
> 余与同人倡南社,思振唐音以斥伧楚,而尤重布衣之诗,以为不事王侯,高尚其志,非肉食者所敢望。海内贤达,不非吾说,相与激清扬浊,赏奇析疑,其事颇乐。……

柳弃疾这篇批判文章,无异是声讨"同光体"的檄文。当时颇得到一部分南社社员的支持。南社又一首领陈去病《论诗三章寄安如》说:"豺狼当大道,狐鼠任横飞。……骚坛旗鼓在,高唱莫嫌迟。"就是在给柳弃疾打气。但在南社内部,还有赞赏"同光体"的一派,姚锡钧、朱玺、林学衡、胡先骕诸人都是。朱玺攻击柳弃疾尤力,掀起了柳弃疾以"南社主任"名义将朱玺"驱逐出社"的轩然大波。他们中间,姚锡钧、林学衡、胡先骕在京师大学读书时,都是陈衍的学生,胡先骕又是沈曾植的学生,可是"同光派"前辈未必把他们放在眼里,陈衍选《近代诗钞》只选了林学衡的诗,总算还有些好评,姚、朱、胡等人的诗,都没有入选。南社虽然反对"同光体",但并不能夺"同光体"的坛坫而代之。正如林学衡所指出:"南社诸子,倡导革命,而什九诗才苦薄,诗功甚浅,亦无能转移风气。"(《今诗选自序》)"同光体"继续霸占民国的诗坛,因此,在南社柳弃疾诸人之后,又有大力抨击"同光体"的诗人出来,那是名不列于南社的柳弃疾的同乡吴江金天羽。金氏论诗主张略同于"诗界革命"的黄遵宪,而尤强调在艺术方面要广博吸取前代诗人的长以自成面目。因此,他对旧体诗歌的造诣之深,比柳弃疾诸人大不相同。他反对"同光体"的持论,引起不少人的注意。至于自谓"不能拔于所谓'同光体'之窠臼"因而"遂废诗不作"的林学衡,自谓"又三四年,余始治社会主义之学,旁及欧美文学,于中国古人之诗,则……尽发古人之奥。民国十七年戊辰(1928),余之诗一变而熔经铸史,兼擅魏、晋、唐、宋人之长矣"(《吞日集自序》)。可说是高自位置,与"同光体"割断关系。他的《丽白楼自选诗》,确有新意境,但"同光体"诗的构思琢句遣词等艺术手段,却仍然不排除。

陈衍自壬子开始在《庸言杂志》发表《石遗室诗话》,至甲寅(1914)而印行了十三卷,乙卯(1915)以后,继续在《东方杂志》发表,增加到 18 卷。后来再有增益,到壬申(1929)年,商务印书馆出版其 32 卷的全本。以后又继续在《青鹤杂志》发表《续编》,在抗日战争前年,由无锡国学专门学院刊行其《续编》全部。20 多年的影响及于全国,不算小了。诗话捃猎所及,除一部分不是"同光体"诗人外,大抵属于"同光体"诗派。此外,陈衍又选有《近代诗钞》24 钜册,于丙寅(1923)年由商务印书馆出版,以陈宝琛以后的入选者计,其中大约 1/5 强的人是"同光体"作者。这一流派,既然客观存在,不论其利弊如何,就不能在文学史上抹掉。

今天看来,"同光体"自然是历史的陈迹了。怎样评价,不应用几句话骂倒的简单办法。特别是"同光体"诗的艺术,对我们今天怎样做到诗是精炼的语言这方面,还有可以借鉴的地方,林学衡诗能取"同光体"之长为己用,就是证明。

研究与思考

延伸阅读

1. 程千帆《唐代进士行卷与文学》,上海古籍出版社,1980 年。
2. 钱钟书《谈艺录》"诗分唐宋"条,中华书局,1984 年。
3. 钱钟书《宋诗选注》,人民文学出版社,1989 年。

4. 程千帆、吴新雷《两宋文学史》,上海古籍出版社,1991年。

5. 莫砺锋《唐宋诗论稿》,辽海出版社,2001年。

6. 蒋寅《王渔洋与康熙诗坛》,中国社会科学出版社,2001年。

7. 钱仲联编《近代诗钞》,江苏古籍出版社,1993年。

8. 曾克耑《论同光体诗》,载邝建行、吴淑钿编选《香港中国古典文学研究论文选粹·诗词曲篇》,江苏古籍出版社,2002年。

9. 闻一多《宫体诗的自赎》,载《唐诗杂论》,上海古籍出版社,1998年。

10. 程千帆《韩愈"以文为诗"说》,载《程千帆选集》,辽宁古籍出版社,1996年。

11. 傅璇琮《进士试与文学风气》,载《唐代科举与文学》,陕西人民出版社,2003年。

12. 饶宗颐《顾亭林诗论》,载邝建行、吴淑钿编选《香港中国古典文学研究论文选粹·诗词曲篇》,江苏古籍出版社,2002年。

13. 汪辟疆《近代诗派与地域(附吴蔡小笺残本)》,载《汪辟疆文集》,上海古籍出版社,1988年。

♀ 问题与思考 ♀

1. 你认为张若虚《春江花月夜》是宫体诗吗?
2. 试以一种诗体为例,论述杜甫诗歌创作的阶段性。
3. 造成唐宋诗之争的原因是什么?
4. 你最喜爱的宋代诗人是谁?试分析其诗风及其与唐诗的关系。
5. 近代诗派的文学渊源和创作主体因素。
6. "同光体"的特点及其与同时其他诗派的关系。

♀ 研究实践 ♀

参考研究课题一:王昌龄的诗歌创作与理论研究

选题缘起:文学理论是创作的总结,又会反过来影响创作,二者密不可分。研究古代文学,应当把对创作和理论的研究结合起来,方能相得益彰。在盛唐诗坛上,王昌龄的七言绝句是与李白并称的,时人至称其为"诗家天子王江宁"(参辛文房《唐才子传》卷二)。然王昌龄的成就实不仅仅在诗歌创作方面,他还为我们留下了一部诗歌理论著作:《诗格》。不过,此书前人多以为伪托(如《四库全书总目》卷一九五司空图《诗品》提要所论),直到近代引用此书的日僧空海所撰的《文镜秘府论》传回中国,此书的身份由伪而真,学术界才逐渐开始重视此书的研究。然而,将王昌龄的诗歌创作及其所撰《诗格》结合起来进行综合研究的论文尚不多见,故可以此题试作探索。

方法与步骤提示:

1. 细读王昌龄现存全部诗歌作品和他的《诗格》以及其传记资料。有关书目可看:胡问涛、罗琴校注《王昌龄集编年校注》(巴蜀书社,2000年),王昌龄《诗格》(张伯伟编撰《全唐五代诗格汇考》,江苏古籍出版社,2002年),[日]僧空海著,王利器校注本《文镜秘府论》(中国社会科学出版社,1983年)等。

2. 检索各种古代文学研究方面的论文、论著索引(如中华书局编《中国古典文学研究论文索引(1949～1962)》,中华书局,1964年),等等,和中国学术期刊网,尽可能地搜集有关王昌龄生平、诗歌创作及其《诗格》研究方面的全部成果,了解研究的历史和现状,并对其作出评述。其重要者如:谭优学《王昌龄行年考》(载《文学遗产增刊》十二辑)、傅璇琮《王昌龄事迹考略》(载其所著《唐代诗人丛考》,中华书局,1980年)、傅璇琮主编《唐才子传校笺》《王昌龄传》部分(中华书局,1988年)、罗根泽《王昌龄〈诗格〉考证》(载《文史杂志》二卷二期,1942年)、罗根泽《中国文学批评史》第四、五两篇(上海古籍出版社,1984年)、李珍华、傅璇琮《谈王昌龄的〈诗格〉》(载《文学遗产》1988年第6期)、李珍华《王昌龄研究》(太白出版社,1994年)等。

3. 围绕王昌龄的诗歌创作与理论,探讨有关问题。如:以王昌龄的诗歌印证、阐释其理论(如"势"、"境"等);结合王昌龄的诗歌理论,体会其诗歌创作的技巧、手法和风格特征等;以王昌龄诗为例,思考自然天成与琢磨锻炼的关系。

参考研究课题二:"诗穷而后工"说的历史考察

选题缘起:北宋欧阳修曾在其文章中一再论及"诗穷而后工"的问题。不过,这种看法倒还不是他的发明。唐代的韩愈就曾说过"愁思之声要妙,欢愉之辞难工,而穷苦之言易好"的话(《荆潭裴均杨凭唱和诗序》),而若再往上追溯,宋玉说的"贫士失职而志不平"(《九辩》),司马迁说的发愤而著书(参《太史公自序》),桓谭说的"贾谊不左迁失志,则文彩不发"(《新论·求辅》)等,似乎也已包含了这层意思。欧阳修之后,也不乏持此论者。可见,"诗穷而后工"在中国文学史上是一个具有普遍性的问题。探讨这一问题,既有理论价值,也有文学史意义。

方法与步骤提示:

1. 搜集中国文学史上有关"诗穷而后工"说的所有材料以及前人的有关论述。

2. 考察这些说法提出的具体背景及其内涵。

3. 探讨这些说法的提出与文学思潮或文坛风尚的关系。

4. 结合具体例证,思考社会环境、个人遭遇对文学创作的影响等问题。

第九章 文与道

导 论

　　散文,就其体式而言,它在中西文学的传统中的历史和地位是不同的,西方的散文在诗之下,且并没有悠久的散文传统;而中国的散文则因为与中国的学术传统紧密相联,而成为与诗并称的文学样式,因为中国古典散文的精神实际上与支撑中国2000余年的学术精神是一致的。

　　"文"虽不限于散文,但是自唐宋以来,与骈文相对的"古文"乃是中国的"文章"的正宗,亦即所谓的"载道之文",因此文与道的问题是中国文学史乃至学术史上的一个极为重要的问题,而尤与儒门的学术有莫大的关联。儒家的学术,先道德而后艺文,《论语》中说:

　　　　虽小道,必有可观者焉;致远恐泥,是以君子不为也。

　　后世所谓的文艺却并非先秦儒家所说的"文学",正是一种"小道"。所以扬雄虽长于作赋,仍然以为它是一种末技,"童子雕虫篆刻,壮夫不为"。儒学是中国传统学术的正宗,所以凡文学之士,也多以儒学自重。"道"为其体,而"文"为其用。因此,在中国文学史上,"文"的发展与儒学的兴衰相始终。

　　事实上,推而言之,重道的传统也是整个中国文学的传统,我们今天所相信的"纯文学"多半是古代儒家所放弃的内容。文与道作为一对命题,主要是在古文运动中被提出来的,而唐宋的古文运动,从其本质上来讲,并不是一场纯粹的文学运动,而更多的是一场思想运动。

散文创作最为发达的唐宋时期,也正是儒学发展史上的重要时期。中唐以降是儒学重新受到重视而发生变化的时期,而两宋的理学则更使儒学趋于精微,唐宋文学史上古文名家辈出,然而,"唐宋八大家"之所以能彪炳千古,毋宁说与此时的儒学发展更有关系。此时的文学杰出之士,都表现出对于"道"的重视,如韩愈文备众体,既是号召古文运动的魁杰,也是一位集大成的散文家,而他同时则是唐代复兴儒道的第一人。中唐时期为唐代学术的转变期,前此的文化为南北朝文化的流风,而此后则为开启新文化学术的时期。韩愈作为这一时期思想及文学的代表性人物,他的一大贡献乃在于他提倡"道统",这是唐代思想流变中的一大转折点。唐代思想包罗宏富,中外兼收,故佛、道与儒学并行,而自韩昌黎始再次独推儒学,建立一新道统,上继孟子,而同时又于《原道》中拈出《大学》"格致诚正、修齐治平"一语,遂开有宋300年理学之先河。

北宋散文达到散文史上的巅峰,文章风格平易畅达。被称为"有西汉风"的司马光同样主张"文以明道",认为"学者所以求道"。对儒者来说,"史者儒之一端,文者儒之余事",史犹可以鉴古今,而文更下史学一等。苏门学士秦观《答傅彬老简》中论苏氏时说:

> 苏氏之道,最深于性命自得之际;其次则器足以任重,识足以致远。至于议论文章,乃其与世周旋,至粗者也。

这些足以说明了他们并不以文人自命这一基本的理念。事实上,韩愈重视古代的典籍,而更重视这一道统,所以他说,"好古之文,乃好古之道也",又说"修其辞以明其道"。柳宗元也说"道假辞而明"。自韩、柳的古文运动明确地提出"文以明道"的主张以后,学者文士莫不论文与道之关系,而在古文家那里尤其明显。柳开在宋初提出复古主张时说:"吾之道,孔子、孟轲、扬雄、韩愈之道。吾之文,孔子、孟轲、扬雄、韩愈之文也。"欧阳修说:"道纯则充于中者实,中充实则发为文者辉光。"或重道轻文,或文道并重,而皆不能不谈道与文之关系。苏轼称韩愈"文起八代之衰,道济天下之溺",正是从其文道一贯的主张出发的。所以古文一脉多称"道统"与"文统",而这一条线索在中国文学史上可以说是一以贯之的。

所以,道心即文心,文格即人格,"文"的高下,乃在于其"道"的深浅。对于大部分复古者来说,对于"道"的重视是过于"文"的,这与我国传统文人的心态有关,因为一为文士,其余则不足观,这与我们用今天的文学观念来解释古代的文学作品也是有一定差异的。

就"文"本身而言,先秦的散文集中在诸子及史传两类,而儒家仅为诸子散文中的一部分。《论语》、《孟子》、《荀子》虽然是诸子散文的一部分,却更是一种儒学经典。史传散文及诸子散文对于后世的散文都有很大的影响,但是如果就其思想而论,对于后世散文影响最大的无疑是儒家的思想,而史学则是从儒家学术中生发出来的。

魏晋南北朝之际,儒学衰微,"魏武好法术,而天下贵刑名;魏文慕通达,而天下贱守节"(傅玄《举清远疏》)。重道的文章随之衰落,而骈文方兴,从而出现了大量表达个人主体意识的文章。在这一段文学史上所谓的"文学自觉时代",文章的发展偏重于骈俪,这时的文学是一种讲求声律、对仗、藻饰的文学,与我国传统的"载道"的文学是相对立的。这一时期的重要作家无不是注重辞藻的,而文章以骈赋及骈文的成就最高。因此,这二者对于文章的意义处在不同的价值层面上。

唐代古文运动是我国散文史上最重要的文学活动之一,也使我国的散文艺术达到了一个新的高度。从艺术上来讲,韩、柳的文学特色各不相同。韩愈之文无体不备,无体不精,后人推为"集大成",与诗中的杜甫相并列,文气浩荡,且立意新巧,对各体文章都有所创新;柳文则以立论之细密,传记之警策,寓言之辛辣,山水游记之清丽见长。同时的韩门弟子如李翱、皇甫湜等也各有所长。然而古文运动至晚唐、五代之时又渐渐衰落,骈文重新占有主导的地位。

宋代古文运动为唐代古文运动的延续。宋初柳开、石介等人盛称韩文,而更着意于道统,因而创作上并没有很大的成就。至欧阳修始文道并重,成为北宋第一位文坛领袖,苏轼序欧阳修《居士集》时将其看作孟子、韩愈道统文统的接续者,"愈之后二百有余年而后得欧阳子,其学推韩愈、孟子以达于孔氏,著礼乐仁义之实,以合于大道"。稍后于欧阳修的古文家曾巩、王安石、三苏皆长于古文,欧阳修的平易婉转,曾巩的古雅平正,王安石之谨严透辟,苏洵之雄辩坚劲,苏轼之行云流水,苏辙之汪洋澹泊,皆能曲尽其妙,而尤以欧阳修、苏轼最为杰出。然而北宋散文的总体特点是平易,这是有别于韩愈的戛戛独造、务去陈言,却终不免求其新奇的特色的。唐宋以来的古文运动至此蔚为大观,取得彻底胜利。

及至南宋,理学于此时得以大成,而文章的理学之气加重,其艺术性反而不如北宋。这与理学家多重道轻文有关,如朱熹、真德秀等,其中吕祖谦之文则既求贯道,而又讲求文章的章法,有北宋古文之风。同时还有事功一派的政论文,如陆游、陈亮、叶适、辛弃疾等,差足继踵前人。

明代前后七子的复古运动,提倡"文必秦汉",对古文运动多有贬抑,完全否定宋代以后的散文。但是这一场复古运动并无明确的理论,也没有多少创作实绩,只具有反对八股文的作用;而王慎中、唐顺之、茅坤、归有光等唐宋派古文家则提倡韩、欧的文章传统,并提出"唐宋八大家"之说,然而文章的气象则与韩愈等人大异其趣,而渐与儒学分离。及至晚明的三袁、张岱等人,则更向小品化发展。

及至清代,以文统、道统自任的"桐城派",以姚鼐成就最高,讲求义理、考据、辞章,为我国古代散文史上的最后辉煌,也是清代影响最大的文学流派之一。"桐城派"直到"五四"时期仍是作为与新文学对立的最重要的文学流派而遭到批判,而中国的古典散文也至此终结。

与诗歌研究相比较,学术界对于散文的研究是相对薄弱的,尤其是宋代散文的研究。而自从文学从学术中分离出来以后,对于散文往往也只从其艺术手法上去分析,而艺术方法对于散文而言,又是最难于作分析的一种,因为散文不像诗歌那样可以从其韵律、节奏、比兴、意象等方面作分析,而多集中于其风格、章法及修辞。

本章所选的几篇文章,《杂论唐代古文运动》从一个学术思想史的角度来说明这一场古文运动的性质及内涵,同时也论及具体的创作,全面地论述了这一运动。而《明代唐宋派古文四大家"以古文为时文"说》、《桐城派在中国文学史上的地位与作用》则分别是古文运动在明清的延续及其重要流派的论述。

选 文

杂论唐代古文运动(节选)
钱 穆

导言——

本文选自钱穆《中国思想史论丛》(四)(生活·读书·新知三联书店,2009年)。

作者钱穆(1895—1990),字宾四,江苏无锡人。自小学教师而至大学教授,历任燕京、北大、清华、西南联大、华西、江南各大学教授。1949年至香港,创办新亚书院。1967年起定居台湾。著有《国史大纲》、《中国学术思想史论丛》、《中国文学讲演集》、《理学六家诗钞》等。

钱穆这一篇文章,从一个历史的发展以及唐宋之际学术史的流变来系统说明唐代古文运动的发生、演变,以及它对于后来的古文发展的影响。全文虽题名为"杂论",而其中题旨甚为连贯分明。限于篇幅,本文仅为节选。

第一节说明古文运动与古诗运动的关系,古文运动实际上是古诗运动之进一步发展,因此在精神上韩愈与陈子昂、李白、杜甫的内涵是一致的。第三、四、五节论古文运动在当时发生之背景及其不为人所理解的原因。同时也提出韩愈、柳宗元的古文立场:"必出入仁义,其富若生蓄,万物必具,海涵地负,放恣横纵,无所统纪,然而不烦绳削而自合也。"亦即"闳其中而肆其外"。如此,才能文本于道,文道一贯。第六节论韩愈"以诗为文",其在短篇散文即书牍与赠序两体上的贡献,因此这两体方可成为一种纯文学的体裁。又论柳宗元的杂记及杂说,认为这都是韩柳于纯文学的立场,融化诗赋的情趣风神于短篇散文之内,从而为短篇散文在纯文学领域也占有一席之地。

(一)

唐代之古文运动,当追溯于唐代之古诗运动。唐人鄙薄魏晋以下,刻意复古,而适以成其开新,唐人初不自知也。

古诗运动,当溯自陈子昂。昌黎诗"国朝盛文章,子昂始高蹈",是也。《子昂集·修竹篇序》文谓:

> 文章道弊,五百年矣。汉魏风骨,晋宋莫传。尝暇时观齐梁间诗,彩丽竞繁,而兴寄都绝,每以永叹。

其友人卢藏用序其集,亦谓:"道丧五百岁而得陈君"。后人谓韩公"文起八代之衰",此等语亦始自子昂也。《旧唐书》记王适见子昂《感遇》诗,许以为"天下文宗"。其后杜工部亦亟称之,谓"千古立忠义,《感遇》有遗篇"。诗之可贵,在乎其有兴寄。兴寄之可贵,在乎其原本于忠义。是文章本于道,文道相一贯之见解,子昂之言兴寄,即涵此旨,而工部乃为明白点出也。李华序《萧颖士集》,谓:"近时陈拾遗子昂,文体最正。"谓其体正,即指其有寄兴。昌黎复谓:"唐之有天下,陈子昂、苏源明、元结、李白、杜甫、李观,皆以其所能鸣。"柳子厚《杨评事文集后序》谓:"文有二道,著述、比兴。唐兴以来,称是选而不作者,梓潼陈拾遗。"白居易《与元九书》谓唐兴二百年,诗人不可胜数,所可举者,首推陈子昂。此下乃及李、杜。元微之《叙诗寄乐天》,亦谓始得陈子昂《感遇》诗启示,此下遂叙及工部。是唐代文运开新,应溯源子昂,实乃唐人之公言也。而子昂之所以为唐代文运开新,乃在其诗之内容,不指其丽采与技巧,亦断可见矣。

李白继起,乃曰:

> 大雅久不作,吾衰竟谁陈。废兴虽万变,宪章亦已沦。自从建安来,绮丽不足珍。圣代复元古,垂衣贵清真。我志在删述,垂晖映千春。

此与子昂"文章道敝五百岁"之说相似,而言之尤激烈。自建安以下,皆所不许。即骚人扬、马,几乎亦属颓波。然太白虽高自位置,而圣代之复古,其风已不自白本人始,此虽白亦不得不自承。是太白心中,亦有一陈子昂可知。其《为宋中丞自荐表》又曰:

> 怀经济之才,抗巢、由之节,文可以变风俗,学可以究天人。

惟有"学究天人",乃始可"文变风俗"。而白之所谓究天人者,则自指其怀经济之才,抗巢、由之节言。怀经济之才,是下通人事。抗巢、由之节,乃上通天道。白之学养,由庄老来,故其言如此。而李阳冰序其集乃曰:

> 不读非圣之书,耻为郑、卫之作。凡所著述,言多讽兴。卢黄门云:"陈拾遗横制颓波,天下质文,翕然一变。"至公大变,扫地并尽。今古文集,遏而不行。

此谓文变之风,其功竟于太白,而其原仍始子昂也。抑太白虽主变文风,复元古,而心不喜儒术,故有"我本楚狂人,凤歌笑孔丘"之句,又有《嘲鲁儒》之咏。则阳冰推为"不读非圣之书"者,亦聊为颂扬之辞而已。

杜工部年辈与太白相肩行,虽亟称于白,而学术与白异趣。故曰:"江汉思归客,乾坤一腐儒。"又曰:"法自儒家有,心从弱岁疲。"其为学立身,始确尊儒术。其论诗复亦与白异,故曰:"不薄今人爱古人。"又曰:"转益多师是汝师。"又曰:"异代各清规。""王杨卢骆当时体,不废江河万古流。"此与太白专作扫荡廓清之说者异矣。故言唐代之古诗运动,亦必至于工部,而始臻于大成也。

然工部擅于诗,而不擅文,则所以承袭《六经》,发扬儒道者,惟在《诗三百》。就儒术言,终不能无憾。且工部之于儒术,亦仅偏重政治。故曰:"许身一何愚,窃比稷与契。"又曰:"致君尧舜上,再使风俗淳。"故太白仅属一种文学之复古,工部始站在儒家地位而为复古,其意较深。然亦仅偏于政治。

必待昌黎韩公出,始原本《六经》,承李杜古诗运动之后,又重倡古文运动。其言曰:"好古之文,乃好古之道也。"于是始正式提出一"道"字,为其诗文作骨干。又首唱尧、舜、禹、汤、文、武、周公、孔、孟历古相传之道统。是至昌黎,乃始为站在纯儒家之地位而提倡复古者。故论唐人文学复古之大潮流,亦必达于昌黎,乃始有穷源竟委之观,兼包并蓄之势。太白所谓"文可以变风俗,学可以究天人",亦必至于昌黎,乃庶乎更臻于圆满成熟之境界也。

昌黎于古文,于唐人少所推许。独于诗,于李、杜赞不绝口。曰:"李杜文章在,光芒万丈长。"又曰:"昔年因读李、杜诗,长恨二人不相从。"又曰:"高揖群公谢名誉,远追甫、白感至诚。"其于李、杜,赞仰备至。故推论昌黎之古文运动,决不当忽略其对于李、杜古诗运动之欣赏与推崇。诗文本一脉,若必分疆割席论之,则恐无当于古人之真际尔。越后宋穆修《唐柳先生集后序》亦曰:"唐之文章,初未去周、隋五代之气,中间称得李、杜,而号专雄歌诗。至韩、柳氏起,然后能大吐古人之文。"此乃自李、杜直叙至韩、柳,可谓得唐代运动之真源。

(三)

陈子昂李太白之于诗,其意欲复古,其实乃开新。然其事易知,故一时从之者亦翕然无异辞。至于韩柳之于文,其意亦主于复古,其实绩所至,亦同为开新,而其理则颇难晓。在当时极多疑者。即在韩公之知好从游间,亦所不免。张籍《遗韩公书》谓:

> 顷承论于执事,尝以为世俗陵靡,不及古昔。盖圣人之道废弛之所为也。宣尼殁后,杨朱、墨翟恢诡异说,干惑人听,孟轲作书而正之。秦氏灭学,汉重以黄老之术教人,使人寝惑,扬雄作《法言》而辩之。及汉衰末,西域浮屠之法入于中国,中国之人世世译而广之。黄老之术相沿而炽。自扬子云作《法言》,至今近千载,莫有言圣人之道者。言之者,惟执事焉耳。习俗者闻之,多怪而不信,徒相为訾。执事聪明,文章与孟轲、扬雄相若,盍为一书以兴存圣人之道?曷可俯仰于俗,嚣嚣为多言之徒哉?比见执事多尚驳杂无实之说,使人陈之于前以为欢,此有以累于令德。愿执事弃无实之谈,弘广以接天下士,嗣孟轲、扬雄之作,辨杨、墨、老、释之说,使圣人之道复见于唐,岂不尚哉?

籍此书之意,实可代表当时一辈怀疑者之意见。缘于诗道求复古,只情存比兴即得,固不必重为四言诗,乃为复古也。今号召为古文,又曰"文所以明道",则古人之道,皆见于著述,古人之文,亦唯著述是尚,短篇小品,岂足以当。此当时于韩公之倡为古文所必有之怀疑,而观韩公答书,实亦未能大破其所疑也。公之《答书》曰:

> 吾子所论,排释老不若著书。嚣嚣多言,徒相为訾。若仆之见,则有异乎此也。夫所谓著书者,义止于辞耳。宣之于口,书之于简,何择焉?孟轲之书,非轲自著。轲既殁,其徒万章、公孙丑相与记轲

> 所言焉耳。仆自得圣人之道而诵之,排前二家有年矣。不知者以仆
> 为好辩也。然从而化者亦有矣,闻而疑者又有倍焉。顽然不入者,
> 亲以言谕之不入。则其观吾书也,固将无得矣。化当世莫若口,传
> 来世莫若书,又惧吾力之未至。三十而立,四十而不惑,吾于圣人,
> 既过之,犹惧不及,矧今未至。请待五六十然后为之,冀其少过也。
> 吾子又讥吾与人为无实驳杂之说,此吾所以为戏耳。

韩公之答如此,故谓其实未能大破籍书之所持也。

今有一事当先辨白者,《唐摭言》有云:"韩公著《毛颖传》,张水部以书劝之。"然韩公答籍书,实当在贞元佐汴时,韩公年二十九,故曰今犹未至圣人而立、不惑之岁也。书末又曰:"薄晚须到公府,言不能尽。"此尤为是时公正佐幕汴州之证。书首有云:"愈始者望见吾子于人人之中,固有异焉。"此亦显为两人始相缔交时语。张、韩始相识,由孟东野作介,其时韩公正佐汴,有《此日足可惜》诗可证。柳子厚《书毛颖传后》,谓:"自吾居夷,不与中州人通书。有来南者,时言韩愈为《毛颖传》。"则韩公之为《毛颖传》,必当在永贞元年子厚贬谪以后,故子厚前所未见。其文当成于在元和时,乃无可疑者。至吕大防谓:"元和七年有《石鼎联句序》、《毛颖传》。"则亦失之。吕氏盖以《石鼎联句》在是年而牵及《毛颖传》,不足据也。然《摭言》又何以造为"韩公著《毛颖传》,张籍以书劝之"云云乎?是盖见张籍书有讥韩"多尚驳杂无实之说",而不知其所指,故妄测以为殆是《毛颖传》之类耳。

今既知《唐摭言》之说不可信,则试问张籍之所谓"驳杂无实之说"者固何指?试再按之籍书,有曰:

> 籍诚知之,以材识顽钝,不敢窃居作者之位,所以咨于执事而为
> 之尔。若执事守章句之学,因循于时,置不朽之盛业,与夫不知言亦
> 无以异矣。

是籍书之所谓"驳杂无实之说"者,其实即指因循时俗为章句杂篇,谓其与圣人《六艺》,与孟轲、扬雄之著作不同耳。考之韩集,如《感二鸟赋》、《河中府连理木颂》、《猫相乳》、《赠张童子序》、《送权秀才序》、《祭田横墓文》之类,此皆成于韩、张缔交之前,此皆籍之所谓驳杂而无实者也。籍谓不敢自居于作者,

而愿韩公之为之，谓韩公今之所作，则仅是循俗章句，驳杂无实，嚣嚣多言，无当于不朽之盛业也。

张籍书之内容，必如此解释，乃可明白得当时人对韩公提倡古文怀疑之深处。若谓专指如《毛颖传》等而言，则转失于浅而求之矣。然韩公答书，则实不足以满张籍之意，于是籍有《遗公第二书》，仍以为有志古文，当任著书之事。故曰："莫若为书。"又曰："不以此时著书，而曰俟后，或有不及，曷可追乎？"又曰："颜子不著书者，以其从圣人之后。"又曰："若孟轲者是已，传者犹以孟轲自论集其书，不云没后其徒为之。"又曰："扬雄之徒，咸自作书。"则籍书之意显然。凡如韩公所作，短篇散文，皆籍之所谓"章句之学，因循于时"，是皆"驳杂无实之说"也。于是韩公又有《重答张籍书》，然亦仍无以大破籍之所持。是盖韩公未满三十时作品，其识力亦未有能自副其所抱负也。

韩公又有《答崔立之书》，亦在三试吏部不售之后，或当稍后于其答张籍，其书曰：

> 方今天下风俗，尚有未及于古者。边境尚有被甲执兵者。主上不得怡，而宰相以为忧。仆虽不贤，亦且潜究其得失，致之乎吾相，荐之乎吾君。上希卿大夫之位，下犹取一障而乘之。若都不可得，犹将耕于宽闲之野，钓于寂寞之滨，求国家之遗事，考贤人哲士之终始，作唐之一经，垂之于无穷。诛奸谀于既死，发潜德之幽光。二者将必有一可。

是韩公当时，亦自谓苟不能致身政治，有所建白，亦惟有退而著书，此亦是张籍意见，不过在韩公之意，将稍置以为缓图耳。而张籍之所讥以为驳杂无实之说者，韩公亦仅曰：

> 此吾所以为戏耳。比之酒色，不有间乎？吾子讥之，似同浴而讥裸裎。

此等语显属强辩。在张籍之意，固自承不敢当作者，而冀韩公之为之。今韩公乃以"同浴而讥裸裎"为答，故曰终不足以大折张籍之说也。然此仅为韩公早年之说。逮其后，学愈深，识愈高，所论乃远与早年不同，请继此申述之。

（四）

今且另提一问题，即自韩公提倡古文以后，关于短篇散文在文学史上之地位，及短篇散文中体类分别之新演变之一问题是也。兹试先引柳宗元氏之说阐述之。子厚有其弟宗直《西汉文类序》，谓：

> 以文观之，则赋颂、诗歌、书奏、诏策、辩论之辞毕具。以语观之，则右史记言，《尚书》《国语》《战国策》成败兴坏之说大备。

又曰：

> 殷周之前，其文简而野。魏晋以降，则荡而靡。得其中者汉氏。汉氏之东则既衰矣。当文帝时，始得贾生明儒术，武帝尤好焉。而公孙弘、董仲舒、司马迁、相如之徒作，风雅益盛，敷施天下，自天子至公卿大夫士庶人咸通焉。于是宣于诏策，达于奏议，讽于辞赋，传于歌谣，由高帝讫于哀、平、王莽之诛，四方之文章盖烂然矣。

柳公此文，将古来子、史两部，如张籍氏之所谓著书者，剔除于文章之外，此与萧统《文选序》大意相符。惟其衡文标准，自东汉以下，即不重视，此则与萧氏大异。柳公此文意见，实乃自陈子昂、李太白以来，唐人衡文一共同标准、共同意见也。寻柳氏之所谓文，又分两别。代人记言谓之"语"，己所造作谓之"文"。而文之体类，则又分赋颂、诗歌、书奏、诏策、辩论而为五。然柳文此下所举，则仅及辞赋、歌谣、诏策、奏议四者，独不及论辩。此亦有说。盖论辩之文，在古人每以撰次成书，勒为一家言，故于短篇散文中，论辩当不占重要地位，故柳氏不复称引及之也。在柳氏之意，欲求恢复古代之散文体，却不必定要摹效古人之经、史著作。此一说，已足以答复张籍及时人之所疑矣。

柳氏衡文之意，又见于其所为《杨评事文集后序》，其言曰：

> 作于圣，故曰经。述于才，故曰文。文有二道，辞令褒贬，本乎著述者也。导扬讽谕，本乎比兴者也。著述者流，盖出于《书》之《谟》《训》，《易》之《象》《系》，《春秋》之笔削，其要在于高壮广厚，词正而理备，谓宜藏于简册也。比兴者流，盖出于虞夏之咏歌，殷周

之风雅,其要在于丽则清越,言畅而意美,谓宜流于谣诵也。兹二者,考其旨义,乖离不合。故秉笔之士,恒偏胜独得,而罕有兼者焉。厥有能而专美,命之曰"艺成",虽古文雅之盛世,不能并肩而生。唐兴以来,称是选而不作者,梓潼陈拾遗。其后燕文贞以著述之余,攻比兴而莫能极。张曲江以比兴之隙穷著述而不克备。其余各探一隅,相与背驰于道者,其去弥远。文之难兼,斯亦甚矣。

柳氏此文,又分文为两大类。一本乎著述,宜藏简册。一本乎比兴,宜流谣诵。合之引前《西汉文类序》,则赋颂、诗歌,即本乎"比兴",而书奏、论辩,则本乎"著述"。由此言之,斯文短篇,亦原本古人著书而来,其体若有变,其用实相类。循此似可解张籍氏之惑,而免于以古文为"驳杂无实之说"之诮矣。惟柳氏又备举杨评事之文,谓:

> 其为《鄂州新城颂》、《诸葛武侯传论》、《饯送梓潼陈众甫》、《汝南周愿》、《河东裴泰》、《武都符义府》、《太山羊士谔》、《陇西李炼》,凡六序。《庐山禅居记》、《辞李常侍启》、《远游赋》、《七夕赋》,皆人文之选已。用是陪陈君之后,其可谓具体者欤?

其所列,如赠序、杂记之类,既非论辩,亦非书奏,此皆唐代新兴之文体,正是张籍所讥以为驳杂而无实者也。而柳氏顾谓其以"陪陈君之后,可谓具体者",是柳氏之意,即此诸新体,亦可谓其兼"比兴"与"著述"也。柳氏又谓:"杨君晚节,遍悟文体,尤邃叙述。"又谓:"宗元以通家修好,幼获省谒。"则柳公固深契于杨氏之为文,而非泛泛为诵扬之辞。尤其所谓"遍悟文体"一语,盖涵有引而未发之深义。亦可谓体各有当,不必定为专书之著述,亦不必定为论辩与书奏,乃有当于古人为文之旨义也。

柳氏衡文意见之远异于张籍,尤可于其《读韩愈所著〈毛颖传〉后题》一文见之。其文曰:

> 自吾居夷,不与中州人通书。有来南者,时言韩愈为《毛颖传》,大笑以为怪,而吾久不克见。杨子诲之来,始持其书。索而读之,信韩子之怪于文也。世之模拟窜窃,取青媲白,肥皮厚肉,柔筋脆骨而

以为辞者,其大笑固宜。且世人笑之也,不以其俳乎?而俳又非圣人之所弃者。《诗》曰:"善戏谑兮,不为虐兮。"《太史公书》有《滑稽列传》,皆取乎有益于世者也。故学者终日讨说答问,呻吟习复,应对进退,掬溜播洒,则罢惫而废乱,故有"息焉游焉"之说。有所拘者有所纵也。大羹玄酒,体节之荐,味之至者。而文王之昌蒲菹,屈到之芰,曾皙之羊枣,然后尽天下之奇味以足于口。独文异乎?韩子之为也,亦将弛焉而不为虐欤!息焉游焉而有所纵,尽六艺之奇味以足其口欤!且凡古今是非,六艺百家,大细穿穴,用而不遗者,毛颖之功也。韩子奋而为之传,以发其郁积,而学者得之励,其有益于世欤!是其言也,固与异世者语,而贪常嗜琐者,犹呫呫然动其喙,彼亦甚劳矣乎。

读此文,知韩公《毛颖传》,在当时固极遭诽笑。即以后《旧唐书·韩公传》,尚谓:"其为《毛颖传》,讥戏不近人情,此文章之甚纰缪者。"而子厚则赏其能独创不因袭,怪奇有异致,亦谓其有所比兴,于世非无益。并谓文辞之为功,有宣导,有纵弛,不当专以整襟陈义为主。此子厚本文大旨,亦其所谓"遍悟文体"之一例也。兹以今语释之,子厚乃站在文学本身立场上发议,抑且站在韩、柳二公在当时所欲提倡之新文学见解上立论,故既与如张籍之专重著书以卫道之观念有别,亦与同时乃及身后一辈人对文学之评价相异也。

然则推柳氏之意,文之为体,固可不尽于诏策、奏议、辞赋、歌谣以及夫论辩之类,而当别有所新创,要之求其能不失于褒贬之与讽谕,而能兼夫"著述"与"比兴"二者之美,庶可以穷极"六艺"之所蕴,而不限于古人之成格。读者试会合籀诵上引柳氏诸篇,亦可略窥其立论旨义之所在矣。此乃柳氏对于其所提倡之古文所特持之评价意见,而韩公早年所论,则殊未足以及此也。

(五)

韩公之《答张籍》,谓:"所谓著书者,义止于辞耳。宣之于口,书之于简,何择焉?"又谓:"吾与人为无实驳杂之说,此吾所以为戏耳。"此书作于韩公早年。若循是言之,岂非古文乃无义趣可言。逮后韩公持论便不同。其《答刘正夫书》曰:"为文宜师古人。"又曰:"师其意,不师其辞。"又曰:

夫百物朝夕所见者，人皆不注视也。及睹其异者，则共观而言之。夫文岂异于是乎？汉朝人莫不能为文，独司马相如、太史公、刘向、扬雄为之最。然则用功深者，其收名也远。若皆与世沉浮，不自树立，虽不为当时所怪，亦必无后世之传也。足下家中百物，皆赖而用也。然其所珍爱者，必非常物。夫君子之于文，岂异于是乎？

又曰：

圣人之道，不用文则已，用则必尚其能者。能者非他，能自树立，不因循者是也。

至是，韩公始于文学立场自抒伟见，谓文学贵能创造，否则即不足以传后也。

韩公论文大义，又见于其《南阳樊绍述墓志铭》，曰：

多矣哉，古未尝有也！然而必出于己，不袭蹈前人一言一句，又何其难也！必出入仁义，其富若生蓄，万物必具，海涵地负，放恣横纵，无所统纪，然而不烦于绳削而自合也。

古人著书，一干而万条，今创为短篇散文，乃变为万枝而一本。本于何？曰：本乎仁义。然而放恣纵横，若无所统纪。若天地之生物，海涵地负，无所不有。其同于圣人者在其"道"，其所以异乎圣人者则在乎"辞"。纵使圣人复出，其有用于文，从事著作，亦必尚其异，尚其非常，不蹈袭前人之成格。不蹈袭于前人，而自合于前人，此所谓"不烦绳削而自合"也。故曰：

惟古于词必己出，降而不能乃剽贼。后皆指前公相袭，从汉迄今用一律。寥寥久哉莫觉属，神徂圣伏道绝塞。既极乃通发绍述，文从字顺各识职，有欲求之此其躅。

然后人不明韩公为文"必出入仁义，海涵地负，无所统纪"之深旨，乃仅于一字一句间求之，于是学韩者乃竟尚于怪奇。则岂古圣贤之著作，孔孟之道，亦仅止于造为字句之怪奇而已乎！李肇《国史补》谓："元和之后，文笔则学奇于韩愈，学涩于樊宗师。"苏轼亦谓："学韩而不至者，为皇甫湜。学皇甫湜而不至者，为孙樵。自樵以降，无足观矣。"是皆不窥韩公为文之本原，与夫韩公论文之深旨者也。

秦观有云：

> 探道德之理，述性命之情，发天人之奥，明死生之变，此论理之文，如列御寇、庄周之所作是也。别黑白阴阳，要其归宿，决其嫌疑，此论事之文，如苏秦、张仪之所作是也。考同异，次旧闻，不虚美，不隐恶，人以为实录，此叙事之文，如司马迁、班固之作是也。原本山川，极命草木，比物属事，骇耳目，变心志，此托词之文，如屈原、宋玉之作是也。钩列、庄之微，挟苏、张之辩，摭班、马之实，猎屈、宋之英，本之以诗书，折之以孔氏，此成体之文，如韩愈之所作是也。盖前之作者多矣，而莫有备于愈。后之作者亦多矣，亦无以加于愈。故曰：总而论之，未有如韩愈者也。

秦氏此说，当引与《樊绍述铭》合看，庶可以深明乎韩公为文之工力与其宗趣矣。

韩公亦常自言之，其《答侯继书》有云：

> 仆少好学问，自《五经》之外，百氏之书，未有闻而不求、得而不观者。然其所志，惟在其意义所归。

此书在贞元十一年，时犹未离京东下，是亦公早年作品也。谓其博观约取，惟在书中之意，即所谓"好古之文，乃好古之道"也。然既是好古之道，则何乃嚣嚣多言，为驳杂无实之说，以取欢于人而已乎，此张籍之所疑也。及韩公为《进学解》，则在元和时，比观所言，大异乎昔，斯可知韩公进学之所造诣矣。其言曰：

> 先生口不绝吟于《六艺》之文，手不停披于百家之编。记事者必提其要，纂言者必钩其玄。贪多务得，细大不捐。

又曰：

> 抵排异端，攘斥佛老。补苴罅漏，张皇幽眇。寻坠绪之茫茫，独旁搜而远绍。障百川而东之，回狂澜于既倒。

又曰：

> 沉浸醲郁，含英咀华。作为文章，其书满家。上观姚姒，浑浑无涯。《周诰》、《殷盘》，佶屈聱牙。《春秋》谨严，《左氏》浮夸。《易》奇而法，《诗》正而葩。下逮《庄》、《骚》，太史所录，子云、相如，同工异曲。

上引第一节，自述其所用力，乃学问从入之途也。第二节，自述其所见道，与所以明道而卫道者，乃学问到达之境，与夫其抱负之实也。第三节，自述其所为文，乃由求道而得，亦由明道而作。文本于道，与道相一贯，而"沉浸醲郁，含英咀华"八字，尤见其积于中而发于外，因于蓄道德而后能文章，其意最为深到，乃为韩公学成后议论。故曰：

> 先生之于文，可谓闳其中而肆其外矣。

"闳中"是本，"肆外"则仅其发而见于末者。此一义，韩公乃不惮屡言之。其《答尉迟生书》亦曰：

> 夫所谓文者，必有诸其中，是故君子慎其实。实之美恶，其发也不掩。本深而末茂，形大而声宏。行峻而言厉，心醇而气和。昭晰者无疑，优游者有余。体不备，不可以为成人。辞不足，不可以为成文。

由是言之，则志道修身，乃为文立言之基本。世人常言韩公主"文以载道"，其实韩公之意，乃谓必得道而后始能文也。

此义，又畅发之于其《答李翊书》。其言曰：

将蕲至于古之立言者,则无望其速成,无诱于势利。养其根而俟其实,加其膏而希其光。根之茂者其实遂,膏之沃者其光晔。仁义之人,其言蔼如也。

又曰:

虽然,不可以不养也。行之乎仁义之途,游之乎《诗》、《书》之源。无迷其途,无绝其源,终吾身而已矣。气,水也。言,浮物也。水大,而物之浮者大小毕浮。气之与言犹是也。气盛,则言之短长与声之高下者皆宜。

此一节,从来论文者每以与魏文帝《典论·论文》相提并论。谓文以气为主,曹韩同此意见。不知魏文帝《典论》仅指文章之气,故曰气体不可强为。此犹后人言为文,有阳刚阴柔之别也。韩公此文,则指作者平日之所养,内心之所蓄。此二者可以相同而绝不同。或又疑韩公此文学庄子,此亦仅自外貌求之耳。其实韩公此文明本《孟子》养气章。孟子曰:"我知言,我善养吾浩然之气。"又曰:"其为气也,至大至刚,以直养而无害,则塞于天地之间。其为气也,配义与道。无是,馁也。"又曰:"诐辞知其所蔽,淫辞知其所陷,邪辞知其所离,遁辞知其所穷。"韩公亦言之,曰:

然后识古书之正伪,与虽正而不至焉者,昭昭然白黑分矣。

此言"正伪","正"指道义,即孟子之知言工夫也。"无迷其途,无绝其源,终吾身而已",即孟子之"养气"工夫也。故又曰:

君子处心有道,行己有方。用则施诸人,舍则传诸其徒,垂诸文而为后世法。

韩公论文至此,然后文本于道、文道一贯之意乃显。于是乃溥博渊泉,不择地而出。所谓"垂诸文"者,正是一种现身说法,更不须如张籍所规,必效法孟轲、扬雄,特为一书,始为"垂诸文",而无实驳杂之讥,亦可不辩自破。盖皆学有本源，根茂实遂，即文中不言仁义，而自见为仁义之言。即文中不论经术，而自是从经术所发。故探讨韩公倡为古文之意见，必至是乃可谓窥其阃奥，而得其渊旨也。

柳子厚亦与韩公持相似之意见，其答《韦中立论师道书》有谓：

> 始吾幼且少，为文章，以辞为工。及长，乃知文者以明道，是固不苟为炳炳烺烺，务采色，夸声音，而以为能也。故吾每为文章，未尝敢以轻心掉之，惧其剽而不留也。未尝敢以怠心易之，惧其弛而不严也。未尝敢以昏气出之，惧其昧没而杂也。未尝敢以矜气作之，惧其偃蹇而骄也。抑之欲其奥，扬之欲其明，疏之欲其通，廉之欲其节，激而发之欲其清，固而存之欲其重，此吾所以羽翼夫道也。本之《书》以求其质，本之《诗》以求其恒，本之《礼》以求其宜，本之《春秋》以求其断，本之《易》以求其动，此吾所以取道之原也。参之《穀梁氏》以厉其气，参之《孟》、《荀》以畅其支，参之《庄》、《老》以肆其端，参之《国语》以博其趣，参之《离骚》以致其幽，参之《太史》以著其洁，此吾所以旁推交通而以为之文也。

柳子所言，较之韩公，深浅有异，醇驳有辨矣。要之主文本于道，文道一贯，则大意无殊。然而所谓文本于道、文道一贯者，此乃"即文而见道"，非"为文以明道"也。为文明道，乃后人"文以载道"之说，仍是道与文为二，而即文见道，则道自寓于文，乃道与文为一。故虽如韩公之为《毛颖传》，亦非无道而为之，亦可由此而见道矣。

道寓于文之义，韩公又深见之于其《送高闲上人序》。其言曰：

> 苟可以寓其巧智，使机应于心，不挫于气，则神完而守固。虽外物至，不胶于心。尧、舜、禹、汤治天下，养叔治射，庖丁治牛，师旷治音声，扁鹊治病，僚之于丸，秋之于弈，伯伦之于酒，乐之终身不厌，奚暇外慕？夫外慕徙业者，皆不造其堂，不哜其胾者也。往时张旭善草书，不治他伎，喜怒窘穷，忧悲愉佚，怨恨思慕，酣醉无聊不平，有动于心，必于草书焉发之。观于物，见山水崖谷，鸟兽虫鱼，草木之花实，日月列星，风雨水火，雷霆霹雳，歌舞战斗，天地事物之变，可

喜可愕，一寓于书。故旭之书，变动犹鬼神，不可端倪，以此终其身而名后世。今闲之于草书，有旭之心哉？不得其心而逐其迹，未见其能旭也。为旭有道，利害必明，无遗锱铢，情炎于中，利欲斗进，有得有丧，勃然不释，然后一决于书，而后旭可几也。今闲师浮屠氏，一死生，解外胶，是其为心，必泊然无所起，其于世，必淡然无所嗜，泊与淡相遭，颓堕委靡，溃败不可收拾，则其于书，得无象之然乎？然吾闻浮屠人善幻，多伎能，闲如通其术，则吾不能知矣。

此文列举尧、舜治天下，迄于张旭之治草书，而独不及文章，然文章自非例外可知。韩公此文所提出之问题，乃向来所辨"道"与"技"之问题也。以今语说之，亦可谓是"道德"与"艺术"之问题。艺术必表现一内心，内心之所得者是其德，发之于技是其艺。寓其所得于其所发，大者为道，小者为术。治天下犹且然，况于为文章？姚鼐谓："韩公此言，本所自得于文事。"此言是也。而韩公之所以深斥于佛老者，亦由是而可见。推韩公之意，谓天地间一切道，一切艺，皆由人心生。人心得所养，而外有以合乎天，然后天人相应，而道彰焉，艺美焉。今苟一切遣去其内心，解之释之，泊然淡然，而几于颓堕委靡，而转谓其乃一任乎天，是荀卿之讥庄周，所谓"知有天不知有人"也。然苟"情炎于中，利欲斗进，有得有丧，勃然不释"，此等心境，张旭以之治草书则可，固不可移之尧、舜、禹、汤治天下。此则"道"与"技"之别也。而韩公则固以尧、舜、禹、汤、文、武、周公、孔、孟之道以治其文者，故曰："行之乎仁义之途，游之乎《诗》、《书》之源。"大本既立，内有所感，外有所观，乃一于文焉发之。曾国藩评此文谓："机应于心，熟极之候也，《庄子·养生主》之说也。不挫于物，自慊之候也，《孟子·养气章》之说也。"又曰："韩公之于文，技也，进乎道矣。"曾氏此评，盖为得之。韩公友李翱习之尝谓："人号文章为一艺者，乃时世所好之文，或有盛名于近代者是也。其能到古人者，则仁义之辞也，恶得以一艺名之？"此言更可谓深得韩公论文之深旨。后之学韩者，不得其心而逐其迹，则为皇甫湜、孙樵之归，所谓象之而已者也。或以《庄子》"宋元君画史解衣槃礴臝"之故事说此篇，亦未是。郭象云："内足者神闲而意定。"夫内足亦非遣去此心，使之空无所存也。韩公之所内足自慊，则曰"仁义之途，《诗》、《书》之源"，此又不可不辨。

（六）

陈后山评韩公诗，谓："诗文各有体，韩以文为诗，杜以诗为文，故不工尔。"窃谓后山此评，亦未全是。谓诗文各有体，是也。谓韩公"以文为诗"，亦是。因谓韩诗不工，则私人之好恶，历代好韩诗者，必不以为然。顾韩公之有大贡献于中国文学史者，实在文不在诗。而韩公之"以诗为文"，向来亦无人道及，此我上文所谓散文短篇体类之新演变也。试再稍申说之。

窃谓韩公不仅以文为诗，实亦以散文之气体笔法为辞赋。试诵韩集诸赋，及其哀辞、祭文，乃至碑志之铭文，及其他颂赞、箴铭之类，凡其文体当归入"辞赋"类者，韩公为之，不论用韵不用韵，实皆运用散文之笔法气体以成篇，而使其面貌一新，迥不犹人，此皆韩公之创格也，而固不能谓之不工。而韩文之神奇变化，开此下散文无穷法门，而能使短篇散文达于海涵地负、放恣纵横之境界者，尤要则在其"书牍"与"赠序"之两体。

古人散文，除经史百家著为专书者不论，其余则为奏策、诏令，此皆原于《尚书》，当属政治文件。虽亦于文有工有不工，然题材既先有限制，则不得谓之是纯文学。唐人似多于此犹有不辨者。故《旧唐书·元稹白居易传》史臣曰：

> 国初开文馆，高宗礼茂才，虞、许擅价于前，苏、李驰声于后。或位升台鼎，学际天人，润色之文，咸布编集。然而向古者伤于太僻，徇华者或至不经，龌龊者局于宫商，放纵者流于郑卫。若品调律度，扬摧古今，贤不肖皆赏其文，未如元、白之盛也。昔建安才子，始定霸于曹、刘；永明辞宗，先让功于沈、谢。元和主盟，微之、乐天而已。臣观元之制策，白之奏议，极文章之壶奥，尽治乱之根荄。
>
> 赞曰：文章新体，建安、永明。沈、谢既往，元、白挺生。

此一意见，乃承散文旧传统，以"奏议"、"制策"之类为朝廷大述作，西汉贾、董、匡、刘，即以此为文章宗师，唐史臣之极推元、白，着眼亦在此。而韩公之倡为古文，则其意想中独有新裁别出，固有非时人所能共晓者。

其次如"论辨"、"序跋"。此类文字，如作"论辨"，则不如著专书，如为"序跋"，亦仅堪为原书当附庸，断不能就此发扬出短篇散文之最高价值。并其体皆限于学术性，亦不能成为纯文学。

又其次如"碑志"、"传状"。"传状"之类,既有官史,今以私家短篇散文为之,亦断不能有甚高价值。故韩、柳二集,所作传状,仅有《圬者王承福》、《种树郭橐驼》,以及《宋清》、《童区寄》、《梓人》、《李赤》,甚《毛颖传》与《蝜蝂传》。可知二公之为此,情存比兴,乃以游戏出之。名虽"传状",实属新体。此等题材,若承旧贯,当为一诗,非真承袭自史传也。此则已是二公别创新格,运诗为文之一证矣。

"碑志"自东汉蔡邕以下,实成为一种社会性的应酬文字。故邕之自白:生平为碑文,无惭笔者,仅郭林宗一碑。此其拘碍于对方请求人之情面者可知。韩公承其家业,亦以能碑文招徕四方之邀乞,当时有刘叉攫取"谀墓金"之说,则时人亦认韩公碑文为是一种世俗应酬文字也。且碑志既缚于题材,碍于情面,又限于文体。盖碑文当勒之金石,体尚谨严,文须韵藻,并不与其他散文同其渊源,亦复与史传性质有别。而韩公为之,乃刻意以散文法融铸入金石文而独创一体。其骨格则是龙门之史笔,其翰藻则是茂陵之辞赋。设例取势,因人为变。创格造局,锤句炼响,极行文之能事。可谓前无古人,后无来者。然终以限于体制,以此显韩公之圣于文而无施不可则可,然若绳以纯文学之境界与标准,则终为有憾。由此而言,正见韩公当时倡为古文,其实仍是随顺世俗,因变为新,并不拘拘于必以复古为尚矣。若必拘拘以复古是尚,则东汉以前,并无碑志一体。韩公平日所举古之豪杰之士,方在早年时,则曰"若屈原、孟轲、司马迁、相如、扬雄之徒",其后学养渐深,又改称曰:"汉之能为文者,独司马相如、太史公、刘向、扬雄为之最。"试问凡此诸人,无论其为孟轲、屈原、或如两司马以下,几曾有墓志与碑铭之作乎?故知韩公心中,所谓"好古之文"者,实自有其一种开新之深见,决非漫曰好古、仅务依仿而已也。此又韩公创意以散文法融铸入金石文,亦犹其创意以散文为辞赋之例也。

除上述诸体外,尚有"书牍"。战国先秦纵横游说之辞此不论,厥后以书牍传者,实寥寥可数。西汉如司马子长《报任少卿》、杨恽《报孙会宗》、刘歆《移书让太常博士》之类,皆一时特有所感触,披畅积蕴,一书必有一书之特殊内容。在作者当时,必感有所不容已于言者,是亦题材先定矣。尤如刘书,讨论学术,兼可作政治文件看,此当别论。是西汉一代,唯马、杨两书,因事抒情,始可谓是文学绝唱。而杨书特模效其外祖太史公之所为,故以书牍运入文学,在汉时特太史公始创之。而史公生平亦仅有此一篇,此亦所谓发愤而作,妙手偶得也。故就文学史演进大势言,如相传李陵《报苏武书》,不仅其文辞可疑,即论其时代,正与太史公《报任少卿书》略相先后,亦不应同时并现两奇迹,有如是之巧合也。

至于有意运用书牍为文学题材,其事当起于建安,而以魏文帝、陈思王兄弟为之最。此等书札,所以异于前人者,缘其本无内容,并非有一番不容已之言,而特游戏出之,藉以陶写其心灵。古人云:"嗟叹之不足则咏歌之。"此等书札,则辞多嗟叹,情等咏歌,本亦宜于作为一诗,今特变其体为一封书札耳。故此等书札,乃始有当于纯文学之条件。而后来嗣响,仍少佳构。必待韩公出,而后"书牍"一体始成为短篇散文中极精妙之作品。写情说理,辨事论学,宏纤俱纳,歌哭兼存,而后人生之百端万状,怪奇寻常,尽可容入一短札中,而以随意抒写之笔调表出之。无论其题目之大小,内容之深浅,正因其乃一书牍之体,而更易使人于轻松而亲切之心情下接受领会。此实为韩公创新散文体之一绝大贡献。而后之来者,对此一体,亦终少称心惬意之佳构,足以追随韩公者。盖碑志之难,人所易知;书牍之难,人所难晓。此两体,一必求其典雅,一必求其自然,又皆不脱应酬人情,世俗常套,故极难超拔,化臭腐为神奇;自非有深造于文学之极诣者,实不易为。

书牍之外,厥为"赠序",此一体创始于唐人。相传五言诗起于苏、李赠答,固不足信,然赠答要为此下诗中最广使用之一体。故昭明选诗,亦独以赠答一类为多。其他如公燕,如祖饯,皆与赠别相近。可证此类本属诗题,故皆以吟咏出之。及于唐人,临别宴集,篇什既多,乃有特为之作序者,亦有不为诗而径以序文代者。今传《李太白文集》共五卷,而序文独占两卷,实皆"赠答诗"之变相也。如其《暮春江夏送张祖监丞之东都序》,乃曰:"诗可赠远,无乃阙乎?"《秋于敬亭送从侄耑游庐山序》曰:"情以送远,诗能阙乎?"《冬夜于随州紫阳先生餐霞楼送烟子元演隐仙城山序》曰:"诗以宠别,赋而赠之。"此等皆明以序代诗送别也。《夏日陪司马武公与群贤宴姑熟亭序》曰:"千载一时,言诗纪志。"此又以序代诗纪公燕也。又如《金陵与诸贤送权十一序》曰:"群子赋诗,以出饯酒,仙翁李白辞。"此特群子为诗而己为之辞,仍不以其辞为所以序群子之诗也。又《江夏送倩公归汉东序》曰:"作小诗绝句以写别意。辞曰:××(此处原缺二字)汉东国,川藏明月辉,宁知丧乱后,更有一珠归。"是太白此篇,实仍是赋诗赠别。所以谓之《序》者,《诗经》三百首,本各有序,婢作夫人,乃径以"序"名篇也。又如《春夜宴从弟桃花园序》曰:"不有佳咏,何伸雅怀,如诗不成,罚依金谷酒数。"是席间各约赋诗,而特以序引端也。又如

《秋日于太原南栅饯阳曲王赞公贾少公石艾尹少公应举赴上都序》曰："请各探韵,赋诗宠行。"此亦与《夜宴桃花园序》同例,乃以序作前引,随各赋诗也。《太白集》所收序文两卷,惟《泽畔吟序》一篇,独为"序跋"之"序",而亦特以序诗,与序著述专籍者异。此为唐人"赠序"新体,其原起乃由诗转来之明证。太白自负"文可以变风俗",如此类,变诗为文,亦其例乎?

然太白所为诸序,寻其气体所归,仍不脱"辞赋"之类。其事必至韩公,乃始纯以散文笔法为之。此又韩公一创格也。韩公于《李集》必甚注意,事无可疑。是韩公此一创格,寻其渊源,可谓自《李集》而来。

苏东坡尝谓:

> 欧阳公尝谓,晋无文章,惟陶渊明《归去来》一篇而已。余亦以谓唐无文章,惟韩退之《送李愿归盘谷》一篇而已。生平愿效此作一篇,每执笔辄罢,因自笑曰:不若且放教退之独步。

今按:韩公《送李愿归盘谷序》,竟体用偶俪之辞,其实尚是取径于"辞赋",东坡以之拟陶渊明《归去来辞》,是也。文中遇筋节脉络处,则全用散文笔法起落转接,此为韩公有意运用散文气体改换古人辞赋旧格之证。此所谓李光弼入郭子仪军,壁垒犹旧,旌旗全新也。而篇末"与之酒而为之歌",显由太白《江夏送倩公归汉东序》之体制脱胎而来。更可证韩公所为"赠序"新体之渊源所自。

又其《送杨少尹序》,昔人评其文"反复咏叹,言婉思深",此明是一种诗的境界。韩公又曰:"杨侯之去,丞相有爱而惜之者,为歌诗以劝之,京师之长于诗者,亦属而和之。"是他人以诗赠别,韩公乃以序代诗,亦即太白《暮春江夏送张祖监丞之东都序》之类也。又如《送湖南李正字序》:"重李生之还者皆为诗,愈最故,故又为序云。"今按:公亦为诗送行,是序,即序其当时之送行诗集也。其他如《送石处士序》、《送温处士赴河阳军序》、《送郑十校理序》,诸篇皆是,此则太白《金陵与诸贤送权十一序》之类也。惟《太白集》尚自称其序为"辞","辞"体固犹与"诗"近,而韩公则径以散文笔法为之,故遂正式成为送行诗集之序文,于是遂正式为散文中一新体。

又如《上巳日燕太学听弹琴诗序》,即太白《夏日陪司马武公与群贤宴姑熟亭序》之类也。赠别有诗,公燕亦有诗,至于唐,皆变而有序,此等序,其实皆诗之变体。唯韩公深于文,明于体类,故能以诗之神理韵味化入散文中,遂成为旷古绝妙之至文焉。刘大櫆评韩公《送董邵南序》曰:"此篇及《送王含序》,深微屈曲,读之觉高情远韵,可望不可及。"张裕钊曰:"寄兴无端,如此乃可谓之妙远不测。"曾国藩评韩公《送王秀才含序》曰:"波折夷犹,风神绝远。"其他诸家,尚多以评诗语评韩公赠序诸篇,皆可谓妙得神理。惜无一人能明白言之曰:是乃韩公之"以诗为文"耳。章实斋《文史通义》有云:"学者唯拘声韵为之诗,而不知言情达志,敷陈讽谕,抑扬涵泳之文,皆本于诗教。"其言是矣,然亦未能明论唐、宋诸家之"以诗为文"也。余此所论,苟深明于文章之体类流变者,当不斥为妄言。

故《韩集》"赠序"一体,其中佳构,实皆无韵之诗也。今人慕求为诗体之解放,欲创为散文诗,其实韩公先已为之,其集中"赠序"一类,皆可谓之是散文诗,由其皆从诗之解放来,而仍不失诗之神理韵味也。后人学韩者,惟欧阳永叔最得韩公此体文之神髓。欧公之诗,若微嫌于坦直缓散。而欧公之文,尤其"赠序"一体,其境界绝高者,则皆可谓是一种绝妙之散文诗也。

其他可论者,尚有"杂记"与"杂说"。"杂记"一体,于《韩集》颇不多见。然细论之,此当分两类。一曰"碑记",如《汴州东西水门记》、《郓州谿堂诗》之类是也。此等实皆金石文字,应与碑志相次。其另一类乃为"杂记",如《画记》是也。

苏东坡谓:

> 世有妄庸者,作欧阳永叔语云:吾不能为退之《画记》。此大妄也。

方苞则曰:

> 周人以下,无此种格力,欧公自谓不能为,所谓晓其深处。而东坡以所传为妄,于此见知言之难。

张裕钊亦谓:

> 《画记》可追《考工》。

窃谓韩公于古文,必期能海涵地负,无所不蓄。《六经》、百家,皆归镕铸。如《画记》此文,最为题材所限,本最不宜入文,而韩公故以入文。欧阳永叔于《韩集》,用力最深,体悟最精,尤于其"碑志"、"赠序"诸体,皆能会其渊微,得其神似。故独于《画记》特出,自审力不能及也。东坡为文,多仗才气,盖短篇散文至于东坡之手,而得大解放。恣意所至,笔亦随之。自谓"如水银泻地,无所不达",然已失却韩公"以诗为文"之精意。似东坡于柳氏所谓"遍悟文体"之说,不加体会,故谓独不能为《送李愿归盘谷序》。其实衡以韩文神理,《坡集》于"碑志"、"赠序"诸体,所不能造其渊微者多矣。则宜乎其以永叔此语为妄传。

《韩集》"杂记"诸文,尚有介乎"碑记"与"杂记"之间者,如《燕喜亭记》、《新修滕王阁记》诸篇是也。此诸篇虽亦上石之文,乃全以散文笔法出之。此等文字易于模效,遂亦为后代开出无穷法门。宋人记亭阁,记斋居,皆摩空寄兴,不为题材所限,尚有运诗入文之遗意,而宋人亦不自知。后之论诗者,率分唐诗、宋诗而为二,今亦可谓韩公"赠序"诸篇,皆是唐诗神韵,至其"杂记",如《燕喜亭》、《滕王阁》之类,则已开宋诗境界矣。然此亦非深于文章神理者不能辨也。

《柳集》独于"杂记"一体颇致力,凡得四卷三十六篇,夥颐甚矣。大体论之,皆当归入"碑记"之类。尤其山水记游诸篇,卓绝古今,评者皆谓其导源于郦道元之《水经注》。窃谓韩、柳同时,同倡为古文,声气相通;二公之于"运诗入文"之微意,盖有默契于心,不言而相喻者。柳公固精于诗,若是沿袭旧辙,则当为谢康乐。而柳公顾变体为散文,于是遂别开新面。然若不如是,则短篇散文,仅沿旧辙,仍是论辩、奏议之类,亦决不能深入纯文学之阃奥也。后人必分诗、文为两途,而隔绝视之,故漫不得子厚记游诸篇之深趣耳。

"杂记"之外,复有"杂说",于《韩集》不多见,而《柳集》乃颇盛。所谓"说"者,《汉志》九流十家有"小说家"者流,其书虽不传,然诸子之书尚多有之,尤以《庄子》书为然。亦可谓庄周寓言,皆小说也。若割截庄书,分章分节而观,则《内篇》七篇,上起北溟之鲲化而为鹏,下迄倏忽之凿混沌之七窍,几乎十九皆小说耳。《外》、《杂篇》中精采者,亦皆小说也。又如策士纵横游说,见于《战国策》者,其文亦多以小说杂羼之。惟此等皆镕入长篇,不独立为文,因此后世遂不见此体,而往往转化入诗中。盖中国诗人,自魏晋以下,殆无不沉浸于道家言,尤怡情于《庄》、《列》。《列子》伪书,当出于晋,其书亦多小说。诗人之比兴,正似小说家之寓言。可知"运文入诗",其来久矣。韩公狡狯为文,又一转手"运诗入文",遂若蹊径独辟。今试以《韩集》《杂说》"龙嘘气成云","世有伯乐然后有千里马"两章,以韵语转译之,岂不即成为太白古风之类乎?故李光地评韩公《龙云篇》,亦谓:"此篇取类至深,寄托至广",是仍以评诗语评文也。其他如《获麟解》,"解"亦犹之"说"也,此等皆当属"杂"说。姚鼐《古文辞类纂》以之归入"论说"类,实为失伦。试参之《柳集》,而再定其归类之所宜。

《柳集》有《鹘说》,有《捕蛇者说》,有《谪龙说》,有《罴说》,有《观八骏图说》,皆"杂说"之体也。又有《三戒》,曰《临江之麋》、《黔之驴》、《永某氏之鼠》。此则显然介乎"杂记"与"杂说"之间矣。其实如韩公之《圬者王承福传》、柳公之《种树者郭橐驼传》之类,亦皆小说杂记也。而姚氏《古文辞类纂》以之归入"传状",又失其伦类矣。《柳集》又有《乞巧文》、《骂尸虫文》、《宥蝮蛇文》、《憎王孙文》、《逐毕方文》、《辩伏神文》、《愍螭文》、《哀溺文》等,总题曰"骚"。就其文辞言,固属骚体,就其内容言,则亦"杂记"、"杂说"之类也。《柳集》以"对"卷十四,"问答"卷十五,"说"卷十六,"传"卷十七,"骚"卷十八,"吊赞箴戒"卷十九,"铭杂题"卷二十,相联编之,最有深义,盖此等皆"杂记"、"杂说"也。是非精辨于文章体类之源流变化者不易晓。盖《柳集》编次,出于其友刘禹锡。今传《柳集》,虽非禹锡手编之旧,然大体尚依稀可见。刘禹锡与吕温二人论文语,皆有极超卓者。想当时与柳公相友讨论有素矣。独惜李汉之编《韩集》,乃全不识文章体类,曰"杂著",又有"杂文",驱龙蛇而杂之于菹泽之中,最为无当。今若以《柳集》分类细阐之,当知"杂记"、"杂说",其体皆近"小说",亦与"辞赋"相通。庄、屈同条共贯,惟庄为散文,屈为辞赋,其外貌虽别,其内情则通。韩非《解老》、《喻老》,《内外储说》、《说林》诸篇,更近散文体制。然其为接近道家言,则彰著无疑,故其文亦多采小说。亦与后代杂记、杂说之类相似。则此类文不当与"论辨"相混,亦复与"碑记"有别,又断可识矣。而今人论韩文者,乃谓韩公古文,特受当时传奇小说家之影响,则可谓更不了于古今文章流变之深趣矣。

今再总括上文而撮述其大意。在韩、柳以前,中国文学著述,可分两大类。一曰散文,以勒为专书著述者为主,经、史、子三部皆是也。其有短篇散作,不为著述专书而有,则别有其应用之途。其最著者为诏令与奏议,是为应用于政治方面者。又为论辨与序跋,则为应用于学术方面者。而人情之重视诏令与奏议则尤甚。复有在社会上普遍流行之应酬文字,则为碑记、碑志与书牍。其实此等皆为通俗应用文,而其使用乃愈下愈盛,其势汗漫不可止。盖专家著述,自东汉以下而渐衰,而此诸体乃与之为代兴。至于诏令、奏议,则亘历古今,独成为举世重视之大文章。此一类也。又其一曰韵文,《三百首》之下有骚体《楚辞》,演为汉赋,此一支也。自东汉末季,五言诗兴,又为别一支。此二支者,乃独被目为文学焉。魏晋以降,文风既煽,《昭明文选》堪为代表。于是循至专书著述,以及短篇散文,亦皆采骈俪辞赋之体,此唐以前文章之大体演变也。迄于唐人,有意复古,诏令、奏议,求能摆脱骈俪,重模典雅,此事自周、隋以来已启其端,然亦终未能餍惬人心,而有以大变乎东汉以下之所为也。自陈子昂、李太白、杜子美诸贤之兴,而诗体一变。自韩、柳之兴而文体亦一变。此二者,皆主复古。诗之复古,在求有兴寄,勿徒尚丽采。文之复古,则主以明道,而毋徒修辞句。此其要领也。

然韩、柳之倡复古文,其实则与真古文复异。一则韩、柳并不刻意子、史著述,必求为学术专家。二则韩、柳亦不偏重诏令、奏议,必求为朝廷文字。韩、柳二公,实乃承于辞赋、五七言诗盛兴之后,纯文学之发展,已达灿烂成熟之境,而二公乃站于纯文学之立场,求取融化后起诗、赋纯文学之情趣风神以纳入于短篇散文之中,而使短篇散文亦得侵入纯文学之阃域,而确占一席地。故二公之贡献,实可谓在中国文学园地中,增殖新苗,其后乃蔚成林薮,此即后来之所谓"唐宋古文"是也。故苟为古文,则必奉韩、柳为开山之祖师。明代前、后七子,不明此义,意欲凌驾二公,再复秦汉之古,则诚无逃于妄庸之诮尔。

故韩、柳古文之所实际用心努力者,主要仅亦沿袭东汉乃及建安以下社会流行之诸体。世风众趋,固难违逆也。如"碑志"与"书牍",此两体,实自东汉以下,始盛行于社会。"碑志"为东汉以下之新兴体,可勿待论。即"书牍",在古人偶亦有之,然既不视为篇章著述,亦不引为文学陶写。其用于政治场合者勿论。即其在私人朋友交往间,偶有杰作,间世而出,如司马公之《报任少卿》,此乃景星庆云,不期而呈现耳。必俟东汉建安以下,乃为有意文学之士所藻采润色,而刻意求其成为文学之一体焉。故书牍之入文学,亦新体也。

然韩、柳之大贡献,则尚不在此。以此二体,即"书牍"之与"碑志",仍限于社会人生实际应用之途,终与纯文学之意境有隔也。故韩、柳之大贡献,乃在于短篇散文中再创新体,如"赠序",如"杂记",如"杂说",此等文体,乃绝不为题材所限,有题等如无题,可以纯随作者称心所欲,恣意为之。当知辞赋诗歌与古代散文之不同,正在一可无题,一必有题。有题者有所为而为,无题者无所为而为。有所为而为者,由其先有一特定之使用,此已失却文学真趣。无所为而为者,乃本无所用之,而仅出一时作者心灵之陶写。为文者必至于能把握到一种无所用之之心情,到达于一种无所用之之境界,而仅出一时偶然之陶写,乃始有当于文学之深趣。故短篇散文之确能获得其在文学上之真地位与真价值,则必自韩、柳二公始。

建安以下,知为文以骚、赋、诗歌为尚,此为中国文学史上文学独立之一种新觉醒。然骚、赋、诗歌,必尚辞藻,必遵韵律,为之不已,流弊所趋,乃竞工外饰,忘其内本。唐兴,陈、李揄扬风雅,高谈兴寄,正以药其病。至于韩、柳有作,乃刻意运化诗、骚、辞赋之意境而融入之于散文各体中,并可剥落藻采,遗弃韵律,洗脂留髓,略貌存神,而文学之园地,转更开拓,文学之情趣,转更活泼。柳公之所为微逊于韩者,正为其洗汰之未净,犹多存辞赋痕迹,而转使后之治文学史者,乃可从柳公之藩篱,而进窥韩公之堂奥。而韩、柳二公在当时之一番精心密意,转得因此而益见其昭晰朗显焉。鸳鸯绣出,金针未藏,此亦中国文学史上一极值得钻寻之节目也。

惟文学之为事,终不能无纂组藻采之工。韩、柳之于琢句锻字,布格设色,匠心密运,有更难于尚偶俪之所为者。北宋诸家继起,尚为未失矩矱。而新途既开,简易平淡之风,每趋愈下。至于元、明之世而文敝再起。明代前、后七子,欲矫之以枵响豪气,固未得当。而如归熙甫,仅求于淡泊清浅中,觅取风神摇曳之致,曾国藩目之为"牛蹄之涔",其又何以胜"海涵地负"之任?人生诸端渐渐游离于古文之阈域,而古文之为用,乃日促日狭。自此以降,乃更无有大力者可以振起之。回视韩、柳二公之在当时,其为艰险创辟之功,岂不更可想见乎?

明代唐宋派古文四大家"以古文为时文"说

邝健行

导言——

本文原载《中国文化研究所学报》第 22 卷(1991 年),相继收录于《诗赋与律调》(中华书局,1994 年)、《香港中国古典文学研究论文选辑·小说、戏曲、散文及赋篇》(江苏古籍出版社,2002年)。

作者邝健行(1937—),广东台山人。毕业于香港新亚书院,希腊雅典大学博士。香港浸会大学教授。著有《诗赋与律调》、《诗赋合论稿》等。

本文系统研究明代唐宋派文学思想,其中对其"以古文为时文"进行了深入细致的探讨,在明代散文研究领域具有开创意义。文章以明代唐宋派"四大家"王慎中、唐顺之、茅坤、归有光(尤其是后三家)时文创作为例,在分辨唐文"冲雅典则"、茅文"清空流利"、归文"高古疏畅"之后,归纳出共同点,即"以古文为时文";其方法是在维持时文原有格式的基础上"运用古文的作法"和"融入古文的气格"。论文对明初至成化、弘治百年间时文擅"铺叙"符契汉以来策论的作答方式、时文要求股对排比而着重声音等创作史实,以古文为时文的历史动因及文体意义均作系统阐释。作者还认为唐宋派时文地位高于秦汉派的一要因在于秦汉派重文字形式模拟,融入时文较困难;而唐宋派偏重与当时语言相差不远的宋学,所以将古文融入时文无文字障碍,且更讲求章法、神气,颇有启发。由于唐宋派持文与道一、文以载道的观念,时文内涵与文道传统相契,故对后世散文理论(特别是桐城派)影响甚大,这也是该文留给读者思考的问题。

近代文学史家或文学批评家把明代的古文家分成两派:秦汉派和唐宋派。秦汉派以周汉文为学习和追摹对象,唐以后的文章不论,主要作家有李梦阳、王世贞等前后七子;唐宋派基本上学习唐宋八家,由此上通周汉,主要作家有王慎中、唐顺之、茅坤和归有光。[①] 两派及后学各持己见,争论不已,至明末而未息。

一

有一个值得注意的现象:四名唐宋派主要作家中,唐、茅、归三氏都擅长

[①] 朱东润《中国文学批评史大纲》(香港建文书局,1959年)第四十五"谢榛王世贞"章云:"明人论文,自宋濂以降至王唐茅归,推尊八家,此一派也;前后七子进而高论秦汉,此又一派也。"(第238页)郭绍虞《中国文学批评史》(台湾商务印书馆,1970年)第三编第四章第一节为"唐宋派之论文",所论作家有唐顺之、王慎中、归有光三人。

时文,就是王慎中的时文仍有可取之处。所谓时文,在明代指用作科举考试的文体,或称经义、制义、制艺、制举业、举子业、四书文,俗称八股文。① 所谓擅长,不是一般的含义。唐、归等人都中过进士,时文造诣按理自是不错。说是擅长,那是从更高的层面言,指他们的时文在写作上达到的水平和对当时及后世所起的影响都不比寻常。换句话说,他们在制艺史上都占有极其重要的地位。这里不妨举袁宏道为例作比对,也许更能说明问题。袁宏道二十五岁中进士②,《公安县志》卷六载他"总角工为时艺,塾师大奇之。入乡校,年方十五六,即结文社于城南,自为社长,社友年三十以下者皆师之"(1937年重印本,页19下),可知袁氏也擅长时文。但是从时文史的角度看,袁氏的作品没有什么特殊的面貌和影响,远不能跟唐、归等人相提并论。

唐顺之嘉靖八年(1529)会试第一。③ 他的时文,茅坤推为明代第一人。④ 当时有"四家"的称号,无论指王鏊、钱福、唐顺之、瞿景淳也好,或者去钱福而补入薛应旂也好,唐顺之总在其内。⑤ 人们有时又拿他和时文中"百世莫并"的王鏊⑥合称"王唐",后来又拿他跟归有光合称"唐归"。⑦

《明史》卷二百八十七《文苑传·归有光传》称有光"制举义……卓然成大家"。《胡友信传》又说:"明代举子业最擅名者,前则王鏊、唐顺之,后则震川(有光号)、思泉(胡友信号)。"归有光生前即以时文倾动天下。他自己记载诸考官相约一定要取录他;又记载泉州举子数人见了他面,"皆悚然环揖,言:'吾等少诵公文,以为异世人,不意今日得见!'"⑧有光死后,王世贞作《归太仆

---

① "八股文"为俗称,见顾炎武《日知录》卷十六"试文格式"条。
② 《明史》卷二百八十六《文苑传》本传,中华书局,1974年。
③ 《明史》卷二百五十本传。
④ 据郑灏若《四书文源流考》。郑文载《学海堂初集》卷8,道光五年(1825)启秀山房藏板。下文引其他人的《四书文源流考》,均载此书。
⑤ 据郑灏若《四书文源流考》。
⑥ 清梁章钜《制义丛话》(台北广文书局影印,1976年)卷四引清初俞长城论王鏊语:"制义之有王守溪(即王鏊),犹史之有龙门,诗之有少陵,书法之有右军,更百世而莫并者也。"(第6页上)
⑦ 《方望溪先生全集》集外文卷八《礼闱示贡士》,《四部丛刊》影清咸丰元年(1851)戴钧衡重编校刊本,第25页上。
⑧ 《震川先生集》别集卷六《己未会试杂记》,上海古籍出版社,1981年,第848页。

赞》,序文称他"长于制科之业,自其为诸生,则已有名,及门之屦恒满"①。到了后世,归氏时文名声愈响。清人杨懋建说:"自有震川之文,制艺之术,可以百世不湮。"周以清则推他为"大家之极轨"②。享誉之隆,无以复加。

茅坤时文在后世虽不如唐、归二人负盛名,却仍是大家之一。明末艾南英推重归有光,同时又以茅氏之文为上,立言虽说不无矛盾,却也见出茅坤的时文即使比不上归有光,相去倒不致太远。所以俞长城便作调停之说:"震川文固涵盖一世,而古雅温醇,鹿门(茅坤)亦不相下也。"③方苞指出茅坤文"少沉实坚峭处",诚然稍带贬义,但又称许其"一气旋转、轻清流逸"④的特点。清初何焯虽对"耳学者谓鹿门能用长句,当在王、唐之上"的说法不表同意,但承认茅氏确是"豪于文"⑤。周以清则拿薛应旂、诸燮等时文名家和茅坤并提,说诸人"咸得以自名一家"⑥。侯康指出有些人以为茅坤胜过归有光,虽是"过当",但茅氏毕竟是"当时一大宗"⑦。

明代古文四家之中,以王慎中的时文稍逊。方苞评他的"时文意义风格实无过人者",只是"气体尚不俗"⑧而已。尽管这样,王氏仍算得有一定分量的作家。《制义丛话》书后的《题名表》辑录各时文名家姓氏,王慎中名在其中;至于上文提到的袁宏道则未见录入。方苞奉敕编选《钦定四书文》,以"发明义理,清真古雅,言必有物"为编选宗旨,选明文 486 篇。⑨ 王慎中一篇入选,而袁宏道的作品未见。这固然是方苞的一己之见,但总能在若干程度上反映清初人对明人时文高下的看法。

---

① 《弇州山人续稿》卷一百五十,台北文海出版社影印明崇祯间刊本,1970 年,第 12 页上。
② 分见两人的《四书文源流考》,第 20 页下、第 31 页上。
③ 《制义丛话》卷五,第 15 页下。
④ 《钦定四书文》(《四库全书》本)《正嘉文》卷三茅坤《谨权量》三句文文后评语,第 36 页下。
⑤ 《义门先生集》卷十《两浙训士条约》,清宣统元年(1909)平江吴氏刻本,第 7 页下。
⑥ 《四书文源流考》,第 35 页上。
⑦ 《四书文源流考》,第 46 页下。
⑧ 《钦定四书文·正嘉文》卷三王慎中《不得中行而与之》一节文文后评语,第 16 页上。
⑨ 《方望溪先生全集》集外文卷二《进四书文选表》,第 28 页下。

二

唐、茅、归三人的时文风格各有特色,唐文冲雅典则①,茅文清空流利②,归文高古疏畅③,均属出类拔萃而富有影响力的作品。此外,他们始终孜孜矻矻于写作和教学,更是加强了影响。本来时文既是考试之用的工具,中举之后目的已达,尽可舍弃不理,然而三人并非如此。归有光"八上春官不第"④,六十岁才中进士;中式之前不能放弃时文,自可理解。但是像唐顺之二十三岁中进士,以后做官,还是"为吏部时有吏部文,为中丞时有中丞文,好学深思,至老不倦"⑤。茅坤二十六岁中进士,活到九十岁⑥,到了晚年,仍旧关心时文文风,把所刻时文十八卷寄给朝官,自称"其所镂心而镂肾者"⑦。这便只能说明他们对时文深具热诚。他们以此为教,于是"及门之屦恒满",或者"远近经生多游其门"⑧。

如果进一步探究,我们还会发现数家在各自不同的风格中又有其共同之处;正因为他们都把握着这一共同点写作,于是提高了作品的艺术性;再通过教学传扬,结果便对时文的写作和发展起着积极的影响作用。

这个共同点是什么？一言以蔽之:以古文为时文。就是说在时文写作过程中运用古文的写作方法。

"以古文为时文"这句话,就个人所知,似乎在晚明才被提出来。艾南英说:"学者之患,患不能以古文为时文。"⑨他在推重王慎中、唐顺之、归有光三

---

① 周以清《四书文源流考》引钱吉士语。
② 侯康《四书文源流考》引方苞语。
③ 周以清《四书文源流考》。
④ 钱谦益《列朝诗集小传》丁集中"震川先生归有光"条,上海古典文学出版社,1957年,第559页。
⑤ 《制义丛话》卷五引俞长城语,第3页上。
⑥ 《茅鹿门先生文集》卷三十五附茅国缙《先府君行实》,明万历十六年(1588)序本。
⑦ 《茅鹿门先生文集》卷七《与黄内翰书》。按茅坤在信中没有明说18卷的文字是时文,但全文跟黄内翰讨论的都是跟举子业和考试文体有关的问题。此外,茅氏在《奉韩敬堂少宗伯书》(卷八)中自述习举子业"颇自刻励,衣不解带,榻不设枕……往往中夜起而露坐"(第26页上、第26页下),也跟"镂心镂肾"的描述相当切合;而他又有送时文给别人看的习惯(卷八《与杜静台工部书》);所以18卷的文章是时文的可能性极高。
⑧ 《茅鹿门先生文集》卷三十五许孚远《茅鹿门先生传》,第6页上。
⑨ 《天佣子集》卷三《金正希稿序》,台北艺文印书馆影印清道光刊本,1980年,第31页上(总329页)。

家古文①的同时,又极力推许唐、归二人的时文,说是"如韩文之久而愈光"②,并指出"震川、荆川始合古今之文而兼有之"③。方苞持同样的看法,称"至于唐归,然后以古文为时文"④。严格说来,"以古文为时文"六字,明代唐宋派四家未尝宣之于口,我们主要是根据后人的论断而深信不疑的。

我们相信艾、方等人的论断不见得错。他们和四家时代接近,了解程度较深。其次他们是评文的大行家,审辨文气或寻味字句章法之后,得出融古入今的结论,应该有他们的道理。最重要的是:四家留下来的资料中,很有一些可作有力的证据。茅坤便说过和"以古文为时文"十分相近的话。他对儿子说:"吾为举业,往往以古调行之。"⑤其子茅国缙所撰的《先府君行实》也说茅坤"公车业以古行之"。另当时人许孚远的《茅鹿门先生传》亦载茅氏"祖六艺古文为举子业"⑥。由此看来,茅坤确是有意识地以古文写时文的。至于王、唐、归三人怎样去写时文,尽管无直接资料说明,不过我们还是有理由作出以下的推想:第一,三人精研唐宋文,写时文时不其然融入唐宋文的格法,不是不可能的事。第二,茅坤极佩服唐顺之,文中往往赞扬唐文,并且和他讨论文事。⑦ 二人意见大抵相同。茅坤说:"近独从荆川唐司谏上下其论,稍稍与仆意相合。"⑧唐顺之说:"熟观鹿门之文及鹿门与人论文之书,门庭路径与鄙意殊有契合。虽中间小小异同,异日当自融释,不待喋喋也。"⑨茅坤对王慎中文也有了解,而王慎中则对唐顺之的文学路向起直接的指引作用。⑩ 可以说,王、唐、茅之间实有一根渊源或互通的线。如此说来,便不排除这样一种情况:茅坤以古调行时文的原则是他的自得之见,然后上通唐、王。这个原则也可以萌于唐、王,下递茅坤,在茅坤笔下明白写出。自然也可能有这么一种

---

① 《天佣子集》卷五《答陈人中论文书》。
② 《天佣子集》卷三《王承周制艺序》,第51页下(总370页)。
③ 《天佣子集》卷三《李龙侯近艺序》,第46页上(总359页)。
④ 《方望溪先生全集》集外文卷八《礼闱示贡士》,第25页上。
⑤ 《文诀五条训缙儿辈》。
⑥ 茅国缙、许孚远二文均见《茅鹿门先生文集》卷三十五,第6页上。
⑦ 见茅坤文集中《复唐荆川司谏书》(卷一)、《与蔡白石太守论文书》(卷一)、《与徐天目宪使论文书》(卷四)等作品。
⑧ 《与蔡白石太守论文书》,第7页上。
⑨ 《荆川先生文集》卷七《答茅鹿门知县》第二书,《四部丛刊》影明刊本,第9页上。
⑩ 《明史·文苑传·王慎中传》,又《荆川先生文集》卷六《答王遵岩》。

情况：这个原则是茅坤的自得之见，却从来没有对唐、王二人提及。不过以茅坤这样喜欢谈文论艺的人①，他既把自己的论文篇章让唐顺之看②，则这种假设的可能性不一定很高。第三，归有光肯定成谊叔的意见，以为"文无过于《史》、《汉》、韩、柳，科举之文何难哉"③，科举文用《史》、《汉》、韩、柳，便隐约蕴含了以古文为时文的意念。

"以古文为时文"不表示要改变时文的结构形式。时文体用排偶④，分别股段。"以古文为时文"不表示把原有的股段对偶拆破散行，那是功令所定，不能任意改变的。"以古文为时文"只表示在维持原有格式的基础上运以古文的作法和融入古文的气格。⑤

就作法言，举凡用字遣词、谋篇布局，都包括在内。时文作为一种有特殊作用和特殊形式的文体，自有若干配合此作用和形式的独特写作规矩。唐顺之所谓"文章家循墨布置，自有专门师法"，武叔卿强调字法、句法、篇法和股法，其原则为"如题位置为主，无鹘突，无凌躐，无叠床架屋，无节外生枝"；⑥正是此意。时文家称独特写作规矩为"法律"，法律是要"尺寸不逾，而又论文所宜亟讲"的。⑦ 不过另一方面，时文又是文章的一体，许多一般性的行文法则以及变化按理也是对时文适用的。再说时文写作尽管注重规矩，但是仍有相当大的空间容许作者自由活动。比方修辞的方式、句子的长短、句式的结构、股段句数的多少、排比的骈散程度、文意的先后安顿等等，作者都可以根据自己认为最适合的方式处理。可是一般人或者心中老是牵系于考试的成败，或者对自由处理一点理解不足，在可以自己安排的地方却机械地遵守成规，并且以为不适宜和通常文章作法互换互用。王慎中所谓"作为文词以徇程式，而求合有司之尺寸"⑧，归有光所谓"习为记诵套子"⑨的俗学，都指此种。清初的戴名世说得最明白："今世俗取时文之法与古文并立而界限之曰：'吾所

---

① 文集今存论文的篇章不少。
② 见上文所引唐顺之《答茅鹿门知县》第二书。
③ 《震川先生集》卷十一《送国子助教徐先生序》，第264页。
④ 《明史》卷七十《选举志二》载太祖和刘基最初制定经义，体用排偶。
⑤ 本文基本上把气格和下文的气、神、神气、气韵看成意义相同的术语。
⑥ 以上见周以清《四书文源流考》，第40页上、第39页下。
⑦ 《四书文源流考》，第40页上。
⑧ 《遵岩集》卷八《夏津县修学记》，《四库全书》本，第7页上。
⑨ 《震川先生集》卷七《山舍示学者》，第151页。

为时文,其法具在也,而无用于古之法为。'"①唐宋派古文家看法有所不同,他们主张讲求作法上的变化,在一定程度上向唐宋文(有时兼及周汉文)学习;其中谋篇布局一点,便是他们极力讲求的所在。

时文章法,从明初至英宗天顺间,大抵照题目顺序诠释,即戴名世所称"循题位置,自首及尾,不敢有一言之倒置"②。这种单调的写法,宪宗成化年间的王鏊已有改变,见出多样化,所谓"法至守溪而备"③。周以清并举例说明:"其《奔而殿》文,即反射旁衬之法也;其《食不厌精》一章文,即时文古体也。其于参差者整齐,整齐者参差;凡逆顺虚实缓急开合诸法,无不具备。"④话虽如此,实在说来,王鏊文也只能说是化朴为巧的开端。俞长城云:"制义之兴始于王半山,惜存文无多。半山之文,其体有二:或谨严峭劲,附题诠释;或震荡排奡,独抒己见。一则时文之祖也,一则古文之遗也。宗时文者流为王、钱,终于汤、艾;宗古文者流为周、归,终于金、陈。"⑤王、钱之王就是王鏊,可见王鏊的主要作法仍在谨严诠释方面,属于明初"谨守绳墨,尺寸不逾"⑥一路,不过时有变化而已。正因这样,清初才有人提出"王守溪时文笔气似不能高于明初人"⑦的怀疑。杨懋建指出王鏊的真实本领在于"层次洗发,由浅入深,题蕴既毕,篇法亦完"⑧。这几句话也表示出王鏊文基本上不是后人那种开阖照应的局面,而开阖照应正是古文家时文的特点之一。王慎中提出的"正反开阖抑扬唱诺顺逆周折骋控张歙,其变不穷"⑨,茅坤提出的"起伏呼应虚实开阖"⑩,以至稍后艾南英提出的"开阖首尾经纬错综"⑪,都就这种特点

---

① 《戴南山先生文集》补遗下《甲戌房书序》。
② 《戴南山先生文集》补遗下,《丁丑房书序》。又卷4《小学论选序》。
③ 《制义丛话》卷四引俞长城评,第6页上。
④ 《四书文源流考》,第33页下。
⑤ 《制义丛话》卷三引,第2页上。
⑥ 方苞《进四书文选表》中语,见《方望溪先生全集》集外文卷二,第27页下。
⑦ 《制义丛话》卷四,第6页下。
⑧ 《四书文源流考》,第19页下。按杨氏评语实转引方苞对王鏊《百姓足,君孰与不足》文(《钦定四书文·化治文》卷三,第4页上)的评语。方苞就个别篇章言,杨懋建拿来说明王鏊的全部作品。
⑨ 《遵岩集》卷九《义则序》,第93页下。
⑩ 《茅鹿门先生文集》卷三十一《文诀五条训缙儿辈》。
⑪ 《天佣子集》卷五《答陈人中论文书》,第15页下(总538页)。

立说。落实到写作上,他们的作品总的来说都能跟主张相应。兹从《钦定四书文》中摘举二例:像唐顺之《入公门》一章①,方苞文后评云:"或于前面托一层,或于后面收一笔,夫子德盛礼恭从容中节处,曲曲传出;而行文亦极回环错落之巧。"又像归有光《吾十有五而志于学》一章②,方苞文后评云:"以古文为时文自唐荆川始,而归震川又恢之以闳肆……纵横排荡,任其自然。"从评语体会,两文回环纵横,便是古文章法。

然而要使时文接近古文,最重要的还是要融入古文的气格,所谓"以韩欧之气达程朱之理"③。好比方苞评诸燮《德不孤,必有邻》文:"运古文气脉于排比中,屈盘劲肆,辞与意适。此等文若得数十篇,便可肩随唐归。"④又评归有光《夏礼吾能言之》四句文云:"古厚清浑之气盘旋屈曲于行楷间,归震川他文皆然,而此篇尤得欧阳氏之宕逸。"⑤就是从气格的角度着眼。时文如具古文气格,便近古文。有时谋篇布局即使因循无奇,仍旧达到以古文为时文的目的。譬如归有光《舜其大知也与》一节文⑥,题目出自《中庸》,整节文字是:"子曰:'舜其大知也与?舜好问而好察迩言,隐恶而扬善,执其两端,用其中于民,其斯以为舜乎?'"归文首论"大知",次论"好问而好察迩言",次论"隐恶而扬善",次论"执其两端,用其中于民",先后一依经文,可谓"不敢有一言之倒置"。连方苞也承认"不创奇格,循题写去"。可是因为"文境清粹澹逸",有一种古文气韵,仍属上乘之作。

气格是虚而不实的东西,很难把握。勉强说来,只能通过文章的音节字句等具体安排而呈显。刘大櫆《论文偶记》说:"音节者,神气之迹也;字句者,音节之矩也。神气不可见,于音节见之;音节无可准,以字句准之。"⑦论的虽是古文,但时文作为文体的一种,其说可以移用。时文在长久写作过程中逐渐在用字遣词、声音上形成某种相近的方式和腔调。相近方式和腔调大量出现,容易使人生厌。人们往往用"腐烂"等字眼批评时文,陈腔滥调无疑是原

---

① 《正嘉文》卷二,第47页上。
② 《正嘉文》卷二,第9页上。
③ 《正嘉文》卷二,第9页上。
④ 《正嘉文》卷二,第30页上下。
⑤ 《正嘉文》卷二,第15页下。
⑥ 《正嘉文》,卷四。
⑦ 《海峰文集》卷首。

因之一。茅坤指责世人"竞为剿袭"①,归有光指责当时"剽窃之学"②,艾南英指责"时趋习语臭腐剽窃之文"③,都指向这种现象。嘉靖二十年(1541)归有光应试,用"山川鬼神莫不乂安,鸟兽鱼鳖莫不咸若"讲《中庸》"天地位,万物育"六字,被考官批一"粗"字,事后还受到一些轻薄之徒的嘲讥。归氏因叹息"盖今举子剽窃坊间熟烂之语,而《五经》、《二十一史》,不知为何物矣"④。这是一个反映熟烂语言泛滥的例子。另外,时文要求排偶,骈文成分很重。作者炼句遣词,很容易向六朝以来写骈文的方式借鉴,堕入纤弱巧靡一途。何焯便指出正德末年时文"无不四属六比,竞事铺陈"⑤。其实正德以后,铺陈之风始终炽盛。时间越后,越是"所用乃在魏晋梁齐六朝排偶靡丽之习"⑥,结果文气不免有"日就于纤细"、"气之断续而不能自行其意"⑦之弊,而文字则倾向"柔曼、氤氲、媚悦"⑧。唐宋派作者对此提出补救的意见,茅坤的主张最具体。《茅鹿门先生文集》卷三十一《顾进士刻稿题辞》云:

> 抑尝知古之所以歌美人者乎?其言曰:秋水为神玉为骨。世之业举子者,并兢兢焉粉黛脂泽珊瑚翡翠之饰,以自媚于有司,而不知所以反之神与骨之间以求其至饰也。(第19页上~19页下)

时文要具备神与骨的"至饰",不能光做外在形式的涂抹。他在《文诀五条训缙儿辈》又告诫儿子:

> 切不可如近日少年所为轧札荆棘,诙谐浮薄,与一切繁芜掇拾之言,而自以为文也。纵及中第,不免鄙俚尖酸。

---

① 《茅鹿门先生文集》卷六《复王进士书》,第18页上。
② 《震川先生集》卷二《山斋先生文集序》,第25页。
③ 《天佣子集》卷一《庚午墨怼序》,第12页上(总109页)。
④ 《震川先生集·别集》卷六《己未会试杂记》。
⑤ 《两浙训士条约》。
⑥ 艾南英《天佣子集》卷一《甲戌房选序下》,第24页下(总134页)。
⑦ 《天佣子集》卷二《陈兴公湖上草序》,第51下、第51页上(总248、247页)。
⑧ 《震川先生集》卷十一《送国子助教徐先生序》,第263页。

他提出文中须具"风骨",以求格之"高古典雅"。要使文具风骨或格能高古典雅,"须于六经及先秦两汉书疏与韩苏诸大家之文,涵濡磅礴于胸中,将吾所为文打得一片凑泊处"。归有光也提过相近的意见,认为要避免柔曼骫骳媚悦之辞,无过于运以《史》、《汉》、韩、柳之文。①

以古文为时文所以可取,有两个主要原因:一、明初至成化、弘治百多年间,时文采用"铺叙"的写法,虽然符合汉代以来策论的作答方式,但千万人大体如一,自觉单调呆板。作者谋求文章形式的变化,那是自然不过的事。古文家积累了不少篇章布局的经验,可资借镜,融入时文之中,艺术性有所增加,作品的可读性提高了。二、时文要求股对排比,也就必然着重声音,所以刘大櫆把时文比作诗中的律体。② 就常情论,着重人工形式的文体不易高古庄雅,近体诗和骈文就是例子;可是时文题目出于《四书》,内容讲圣贤大道理,倒是十分严肃的;这在形式和内容上便容易导致不调和的情况。补救之法,就是在时文字句音节之间加意安排,尽量避免流靡浮滑,以求近古,从而使气格在若干程度上回复庄雅,不致跟内容的矛盾过于明显。

三

比较之下,唐宋派作者在时文上的地位和成就好像高于秦汉派作者。《制义丛话》所附《题名表》中,唐宋派四名主要作者都列入;秦汉派前后七子14人,只录入王世贞一个。李梦阳文虽峭洁③,何景明虽少年能文④,仍然不能预流。至于李于鳞,杨懋建评他"只可在白雪楼中摹盛唐格调,制艺一道,非所与闻"⑤,更是不必说了。唐宋派作者在时文上的突出表现,是否有什么可以解释的原因? 抑或纯粹出于偶然? 深入分析,我以为其间是有理可说的。

我们可以从学习古文的方法进行分析。唐宋派顾名思义,重视对唐宋八家的学习。八家之中,尤倾向于欧阳修和曾巩。王慎中谓文章"由西汉而下,莫盛于有宋庆历嘉祐之间,而杰然自名其家者,南丰曾氏也"⑥。他不提唐文,

---

① 《震川先生集》卷十一《送国子助教徐先生序》,第263页。
② 《海峰文集》卷四《方晞原时文序》。
③ 郑灝若《四书文源流考》评语。
④ 《制义丛话》卷二十三:"孟瓶庵师曰:'前明何仲默(景明),少能文。'"第5页下。
⑤ 《四书文源流考》,第21页下。
⑥ 《遵岩集》卷九《曾南丰文粹序》,第12页上。

宋人之中独推曾巩,所以《明史》本传说他"尤得力于曾巩"。唐顺之附和王氏的看法,"以为三代以下之文未有如南丰"①。茅坤对曾文稍有微词,说是"木讷蹇涩"②。他独爱欧阳修文,以为得太史公之逸。③ 至于归有光,方苞称他"能取法于欧曾而少更其形貌"④。然则收缩范围,把唐宋派看成是宋派甚或欧曾派,似乎也未尝不可。

北宋古文六家和明朝古文四家时代相距约400余年。由于时代距离近,明代和宋代实际语言相差不远,在这个基础上写出来的普通书面语⑤差别不致过大。明人学宋人不必像秦汉派那样首先要琢磨出像周汉人的字句,求其相肖。他们的文字依惯常的样子写下去,便在相当程度上跟宋人文字接近。所以他们不强调字句摹拟,这种见解后来还用到周汉篇章的学习上去。唐宋派学古,在于极力总结和运用前代文章行文之法,进而体会前代篇章的气格,而不着重文字形式的生吞活剥。

周汉人为文旨在达意,心中未必有这样那样用"法"的打算。唐宋人则不然,他们是有意讲求"起伏呼应虚实开阖"的,结果是唐宋人的行文规矩远比周汉人清晰明白。这点唐顺之《董中峰侍郎文集序》说得相当透彻:

> 汉以前之文未尝无法而未尝有法。法寓于无法之中,故其为法也密而不可窥。唐与近代之文(艾南英《天佣子集》卷五《答陈人中论文书》引此数字作"唐与宋之文")不能无法,而能毫厘不失乎法。以有法为法,故其为法也严而不可犯。密则疑于无所谓法,严则疑于有法而可窥。⑥

由于规矩清晰明白,提供了学古的方便,并由此再进一步求文章的神气,从而跟秦汉派的摹字拟句的学古方法划分界限。唐顺之说:"千古作家别自有正

---

① 《荆川先生文集》卷七《与王遵岩参政》,第14页上。
② 《茅鹿门先生文集》卷八《复陈五岳方伯书》,第6页下。又参阅卷三十《评司马子长诸家文》。
③ 《茅鹿门先生文集》卷三十一《欧阳文忠公文钞引》。
④ 《方望溪先生全集》卷五《书归震川文集后》,第8页下。
⑤ "普通书面语"是一个杜撰词,意指日常使用而又为一般人明了的书面语言。
⑥ 《荆川先生文集》卷十,第35页下。

眼法藏在,盖其首尾节奏天然之度,自不可茗,而得意于笔墨蹊径之外,则惟神解者而后可以语。"①茅坤批评当时"缙绅学士摹画《史记》为文辞,往往专求之句字音响之间",而"其中之神"则未之及。② 都见出学古重神气的主张。我们还可以引清代作为唐宋派嫡裔的方苞的议论作旁证。方苞说:"欧苏曾王之文,无艰词,无奥句,而不害其为古。"重要的是"高挹群言,炼气取神"③。然则似乎可以说:唐宋派认为文章的古和不古,不在字面,而在气格。正因这样,茅坤为文遂"不争奇于字句间"④,"绝不为雕字镂句,险僻轧苗态"⑤。

秦汉派重视文字形式的模拟。然而要把秦汉派文字形式融入时文之中便有困难,因为二者形貌很不一样。譬如时文极端倚重虚字助词,无论起承转合,衬对呼歇,在需要使用。唐彪《读书作文谱》甚至列专节讨论,强调"古人所谓文笔佳者",除了合平仄,还因为"虚字用之合法也"⑥。可是明人怎样批评秦汉派?其中一点是"饾饤以为词"⑦,"节去语助"⑧以为古奥。试看以下两段时文:

> 藏修游息于吾道也,殆庶几焉。盖吾终日之所言者,即其终日之所从事者乎?动静语默于吾道也,殆庶几焉。盖其不违于群居者,即其不违于燕居者乎?(唐顺之《吾与回言终日》一节文中段,载《钦定四书文·正嘉文》卷二,第10页下)

> 圣人深得乎礼之意,因人言而有以发之也。夫敬者礼之意,而或者不知,则礼亦几乎息矣,此圣人之所惧也;不然而岂急于自暴其知礼也哉?(归有光《子入大庙》一节文破题承题,载《钦定四书文·正嘉文》卷二,第20页上)

---

① 《荆川先生文集》卷五《与两湖书》,第41页上。
② 《茅鹿门先生文集》卷三十一《刻史记钞引》,第6页下。
③ 《方望溪先生全集》集外文卷八《礼闱示贡士》,第24页下、第25页上。
④ 《茅鹿门先生文集》卷三十五附录朱赓所撰墓志铭,第6页下。
⑤ 《茅鹿门先生文集》卷三十五附录屠隆所撰行状。
⑥ 卷七《文中用字法》节,台北伟文图书出版社有限公司,1976年,第94页。
⑦ 唐顺之《荆川先生文集》卷十《董中峰侍郎文集序》,第36页上。
⑧ 艾南英《天佣子集》卷五《四与周介生论文书》,第11页上(总529页)。

如果真的节去语助,饾饤以为词,那么意思的转接、语气的吞吐,便不容易表达出来。相反,唐宋派不存在文字形式融入时文而出现障碍的问题。他们学古不在字面,因而不求改动一向沿用的结句方式。他们讲求的是章法和神气,而章法和神气是一种虚灵的活法,可以用于任何文体而不生排斥或难以调和的现象。退一步说,即以唐宋文字(特别是宋代文字)径入时文也没有问题,因为时文的文字形式基本上也就是唐宋以来的文字形式。仍以虚字为例,宋人篇章正是大量而且着重使用语助词来表达神情语调的。刘大櫆指出宋人古文用虚字,所以疏纵;并总结道:"(古)文必虚字备而后神态出,何可节损?"①再说,时文本源于宋人经义,其遣词达意说理方式仍旧跟经义相近。试以王安石经义《里仁为美》首二段为例:

为善必慎其习,故所居必择其地;善在我耳,人何损焉?而君子必择所居之地者,盖慎其习也。孔子曰:里仁为美。意以此欤?

一薰一莸,十年有臭,非以其化之之故耶?一日暴十日寒,无复能生之物;傅者寡而咻者众,虽日挞不可为齐语,非以其害之之故耶?②

起段出题,二段正反比对,尽管对偶未工,基本上还是时文作法;至于文句相似,又不待言。这便不存在古今的歧异,而要着意于文字的以古入今了。

我们还可以从对时文的观点进行分析。首先要提出的是:唐宋派作者都崇尚宋学。王慎中自言28岁以后,"尽取古圣贤经传及有宋诸大儒之书,闭门扫几,伏而读之"③。他既推重朱熹一派,称二程朱子为大儒;④又推重继承陆九渊一派的王守仁,谓王守仁"始倡不传之学"⑤。他又曾极力为宋儒辨诬。⑥

---

① 《海峰文集·论文偶记》。
② 王安石文原载清人俞长城《一百二十名家制义》,未见。日人铃木虎雄《八股文的沿革和它的形式》(郑师许译,译文载《国立中山大学语言历史学研究周刊》,第九集第一零二期,1929年10月23日)及侯绍文《唐宋考试制度史》第三编第五节"八股制艺兴于宋"(台湾商务印书馆,1973年)均有征引,今从二作转引。
③ 《遵岩集》卷二十一《再上顾未斋》,第3页下。
④ 《遵岩集》卷九《大学衍义补序》。
⑤ 《遵岩集》卷十《送朱镇山先生序》,第49页下。
⑥ 《遵岩集》卷二十一《与陈约之书》。

《明史》载他闻良知说于王畿,"多所自得"①。王畿是王守仁弟子,可见重视陆王之学。另外他又尝"取程朱诸先生之书降心而读",深觉"字字发明古圣贤之蕴,凡天地间至精至妙之理,更无一闲句闲语"②。可见也极重程朱之学。归有光通过制举文表露的经学,《明史》本传说是"湛深"。他本人则断言"经学至宋而大明"③。他对宋人之学,独重程朱一派,把陆王一派放在稍次的地位。④

王、唐诸人不但崇尚宋学,还主张"文与道非二"⑤,"道与文为二物"是一种弊端。⑥ 所谓道指的是儒家之道,更具体些说,指的是宋明人阐述的儒家之道。茅坤明言"文以载道"⑦,见出对文与道不可相离的强调。时文是各种文体中最直接论道的一种,尽管由于是考试工具而引发不少毛病,但是内容可取,足以对个人修养和社会教化起积极作用,所以始终受诸家重视。王慎中虽说"时文之行于世,观者徒以为希世决科之物,苟足以剽剟附离为徼得之计而已,宜其术之卑、材之下也",但又指出治经作文有"可以致兴正学、成实材之效",因此要"论之特详",使学者知科举所系之重"无但以希世决科之物视之"。⑧ 唐顺之也同样说"经义策试之陋,稍有志者莫不深病之",但另一方面也承认举业有使人"穷经反躬"、"明理着己"、"嘿消其干名好进之心"的优点。⑨ 归有光极力抨击科举之学,说是"其敝已极,士方没首濡溺于其间,无复知有人生当为之事。荣辱得丧,缠绵萦系,不可脱解,以至老死而不悟"⑩,但也承认通过读书作文,还是能改变中心的"顽然无概"⑪的状态,有助于"明道德性命之精微"⑫的。茅坤谓举子业表面看来似属"末技",实则由于要研习六

---

① 《明史》卷二百五十本传,第 5424 页。
② 《荆川先生文集》卷五《与王尧衢书》,第 32 页下~33 页上。
③ 《震川先生集》卷七《与潘子实书》,第 150 页。
④ 《震川先生集》卷十《送王子敬之任建宁序》。
⑤ 《荆川先生文集》卷五《答廖东雩提学》,第 48 页下。
⑥ 《遵岩集》卷九《薛文清公全集序》,第 15 页上。
⑦ 《茅鹿门先生文集》卷五《与王敬所少司寇书》,第 17 页下。
⑧ 《遵岩集》卷九《易学经义考最录序》,第 100 页下。
⑨ 《荆川先生文集》卷五《答俞教谕》,第 16 页上、第 18 页下。
⑩ 《震川先生集》卷七《与潘子实书》,第 149 页。
⑪ 《震川先生集》卷七《山舍示学者》,第 151 页。
⑫ 《震川先生集》卷九《送计博士序》,第 213 页。

经之旨才能写作,无形中便起着"炼心"的作用。① 诸家重视时文,自是加强了对这种文体写作的用心。

唐宋派不仅主张文道不能相离,还强调道的重要性居于文之上,有道才有文。王慎中既有文出于道之说②,又补充曰:"未有有德而不能言者。"③唐顺之劝朋友"完养神明以探其本原,浸淫六经之言以博其旨趣"而后为文,则"文益加胜"④。茅坤明言文"必本乎道"⑤,又说:"世之文章家当于六籍中求其吾心者之至,而深于其道,然后从而发之为文。"⑥归有光以为读圣人之绪言有得,便能"本原洞然,意趣融液。举笔为文,辞达义精"⑦。既然道居文之上,那么能够对道作切实发挥阐明的篇章,即使文字未尽如理想,仍然有其价值。也就是说文之可取与否,跟明道载道的程度很有关系。如果说古文因为有明道载道的功能,所以有价值而为体甚尊;那么更直接明道载道的时文,从逻辑上说,地位绝无低于古文之理。唐宋派正是从这个角度着眼,以至不但重视时文,还把时文提升到与古文相等的地位。茅坤说:"世之为古文者,必当本之六籍以求其至;而为举子业者,亦当䜣濂洛关闽以溯六籍,而务得乎圣贤之精。"⑧他首先确定古文时文所本相同,然后进一步表明:时文如果能对道有深切的阐明发挥,便达到了古文的写作目的,这便跟古文没有两样了;所谓"苟得其至,即谓之古文亦可也"⑨。唐宋派古文时文等量齐观,作者既有兴趣认真写明道载道的古文,自然也同样有兴趣认真写明道载道的时文了。

总括说来,从唐宋派的立场看,时文在内容的阐发上已符合为文的主要要求和理想,值得提倡;只是时文的表达方式还不能尽如人意,起码有章法单调和气格卑靡两方面的缺点;这便需要纠正改善。以古文为时文正是纠正改善的良方。

秦汉派对宋学也很重视,譬如李梦阳的《东山书院重建碑》、《宗儒祠碑》

---

① 《茅鹿门先生文集》卷六《与胡举人论举业书》,第11页下。
② 《遵岩集》卷九《萃英录序》。
③ 《遵岩集》卷九《薛文清公全集序》,第15页上。
④ 《荆川先生文集》卷五《答廖东雩提学》,第48页下。
⑤ 《茅鹿门先生文集》卷三十一《韩文公文钞引》,第8页下。
⑥ 《茅鹿门先生文集》卷八《复陈五岳方伯书》,第6页上。
⑦ 《震川先生集》卷七《山舍示学者》,第15页。
⑧ 《茅鹿门先生文集》卷六《复王进士书》,第17页下。
⑨ 《茅鹿门先生文集》卷六《复王进士书》,第17页上～17页下。

和《刻朱子实纪序》①等文章便对朱子十分推崇。但是秦汉派不强调道与文之间的不可分离的关系,自然也不拿道凌驾于文之上。他们就文论文,不牵扯到道的上面。就文论文,他们眼界很高,看不起唐以后的作品。王世贞讥贬唐宋文庸陋②,又评论欧曾"其造益易而益就下"③。然则宋人经义以及作为经义余裔的时文,他们大抵不会另眼相看。既然如此,他们不太着意去写时文或设法改善时文,也就不足为奇了。

桐城派在中国文学史上的地位与作用

王气中

导言——

本文原载《安徽历史学报》1957年创刊号,先后收录于《桐城派研究论文集》(安徽人民出版社,1963年)、《南京大学百年学术精品·中国语言文学卷》(南京大学出版社,2002年)。

作者王气中(1903—1993),安徽肥东人。毕业于中央大学。南京大学中文系教授。著有《两汉文学史》、《艺概笺注》等。

本文比较系统地讨论了桐城派文论主张以及散文史地位。文章通过对桐城派文论思想的研究,对"散文体"之形成发展提出了一个鲜明的论点,即散文形式虽由韩愈、柳宗元等发展完成,但对新文体特征尚无清晰认知,而桐城派作家对散文的主题、美感、创新、避俗等理论问题已有系统的阐发。出此文学史观,论者对桐城派文论核心"义法"以及相关的"雅洁"、"阴阳刚柔"、"精诵"诸理论范畴进行了深入探讨。如对"义法"说能落实于创作论进行研究,认为其根柢在内容决定形式,并由此表现出两个方面:一是作品题材的去取随内容要求而不同,一是文章的表现方法随作品体裁的不同而有差异。这

---

① 前二文见《四库全书》本《空同集》卷四十二(第1页上~4页下,第6页上~8页上);后一文见卷五十(第9页下~11页上)。
② 《弇州山人四部稿》卷一百四十六《艺苑卮言》三,台北伟文图书出版社有限公司影印明万历五年(1577)刊本。
③ 《弇州山人四部稿》卷六十八《古四大家摘言序》,第8页下。

一评价是符合桐城派诸家创作思想实际的。文中对桐城派与八股文的关系以及桐城派所牵涉到的文与道、复古与革新、文学创作与作家修养等方面的广泛论述，有集成价值。作者于文章最后特别提出散文是内容与形式高度结合的一种文体，以抒情寓意为主，这是通过桐城派文论的具体研究而提炼出的观点，也是值得思考的。

一

桐城派是清代散体文的一个流派。从清初到它的末叶，其中差不多有230年的时间，桐城派始终成为散体文的主流。他是中国文学史上占时期最长久，影响最深远的一个文学流派。"天下文章其在桐城乎！"这句话不能只看作是一种谀辞、戏言，或是桐城派文家的自我表扬，它可以说是桐城派对于当时文坛影响的写实。

桐城派在其发展的过程中，曾不断地受到各方面的批评。汉学家讥为"空疏浮浅"，骈体文家目为"谫陋庸词"，到了"五四"时代，白话文运动者甚至骂它是"桐城谬种"。各家都是从自己的角度立论，自然不能看做定评。一笔抹煞，更不是实事求是的精神。我们治文学史的人，应该根据事实，从桐城派的本身历史来加以分析。

桐城派有比较系统的理论，出现过不少的知名作家，产生了大量的作品，本文不可能一一详细推论。现在试就桐城派的文论体系、桐城派反时文反骈体文反考据文的性质以及桐城派对于中国散文的贡献等方面提出粗浅的看法，以说明他在中国文学史上的地位和作用。

二

在中国文学史上，文艺理论发生很早，自汉以后就一直发展起来。但一个文学流派能自有其理论系统的则不多见。桐城派在这方面是有其突出的表现的，它继承了中国以前的文论传统，加以总结、发展，给散文建立了比较系统的理论，这是应该在中国文学史上引起注意的大事。

桐城派文论的核心，就是一般人所熟悉的"义法"。这个理论核心，是桐城派文家所斤斤自守、坚持不渝而为其他文家所非难的。现在就从这里谈起。

"义法"一语，始见于司马迁《史记》的《十二诸侯年表序》。序说："（孔子治春秋,)上记隐,下至哀之获麟;约其辞文,去其烦重,以制义法。"桐城派开山大师方苞始发挥之以为文论的核心。方氏《又书货殖列传后》:

> 春秋之制义法,自太史公发之,而后之深于文者亦具焉。义,即《易》之所谓"言有物"也;法,即《易》之所谓"言有序"也。义以为经而法纬之,然后为成体之文。

这是桐城派文家对于"义法"的最早的最具体、最明确的解释。而一开始就接触到文艺理论上的基本问题,即内容与形式的问题。"义,即易之所谓言有物也",是内容方面的问题;"法,即易之所谓言有序也",是形式方面的问题;"义以为经而法纬之,然后为成体之文",是内容与形式互相统一的问题。方氏把这个基本问题看得很重要。所以他在《书归震川文集后》又说:

> 孔子于艮五爻辞释之曰,言有序;家人之象系之曰,言有物。凡文之愈久而传,未有越此者也。

"愈久而传,未有越此",自然是很重要的了。

桐城派在内容与形式互相统一的问题上,提出内容决定形式的概念。方望溪《与孙以宁书》:

> 所示群贤论述,皆未得体要。盖其大致不越三端:或详讲学宗指及师友渊源;或条举平生义侠之迹;或盛称门墙广大,海内响仰者多。此三者,皆征君之末迹也;三者详,而征君之志事隐矣。古之晰于文律者,所载之事,必与其人之规模相称。太史公传陆贾,其分奴婢装资,琐琐者皆载焉。若萧曹世家而条举其治绩,则文字虽增十倍,不可得而备矣。故尝见义于留侯世家曰:"留侯所从容与上言天下事甚众,非天下所以存亡,故不著。"此明示后世缀文之士,以虚实详略之权度也。

"所载之事,必与其人之规模相称",是内容决定形式的具体说明。又方氏《书五代史安重诲传后》:

《史记》伯夷、孟、荀、屈原传,议论与叙事相间,盖四君子之传以道德节义,而事迹则无可列者。若据事直书,则不能排纂成篇,其精神心术所运,足以兴起乎百世者,转隐而不著。故于伯夷传,叹天道之难知;于孟、荀传,见仁义之充塞;于屈原传,感忠贤之蔽壅,而阴以寓己之悲愤。其他本纪、世家、列传,有事迹可编者,未尝有是也。

这也是说明文章的形式问题,随内容的要求而变化,某种内容就有某种与之相应的形式。

桐城派对于内容决定形式又提出两个概念:其一,是作品题材的去取,随内容的要求而有不同。前举的"所载之事,必与其人之规模相称",已够说明这个道理。再举数例以见桐城派对于这个概念是相当重视的。方望溪《书淮阴侯列传后》:

太史公于汉兴诸将,皆列数其成功,而不及其方略,以区区者不足言也。惟于信,详哉其言之。盖信之战,刘项之兴亡系焉;且其兵谋,足为后世法也。然自井陉而外,阳夏、潍水之迹盖略矣。其击楚破代,亦约举其成功。至定三秦,则以一言蔽之,而其事反散见于他传。盖楚汉之争,惟定三秦为易,虽信之部署,亦不足言也。左氏纪韩之战,方及卜徒父之占,而承以三败及韩,乍观之,辞意似不相承。然使战韩之前,具列两国之将佐,三败之时地,则重腿滞壅,其体尚能自举乎?此纪事之文,所以左、史称最也。

又《书汉书霍光传后》:

古之良史,于千百事不书,而所书一二事,则必具其首尾,并所为旁见侧出者而悉著之,故千百世后,其事之表里可按,而如见其人。后人反是,是以蒙杂暗昧,使治乱贤奸之迹,并昏微而不著也。

上面举的《与孙以宁书》也说:

仆此传出，必有病其太略者。不知往者群贤所述，惟务征实，故
事愈详而义愈隐。今详者略，实者虚，而征君所蕴蓄，转似可得之意
言之外。

这些例子都可以说明题材的去取是随内容的要求而变化的。其二，是文章的表现方法随作品的体裁不同而有差异。这和第一个概念是有连带关系的，故上面举的几个例子同样可以用来说明这个概念。为着清楚起见，再举数例。方望溪《书韩退之平淮西碑后》：

碑记墓志之有铭，犹史有赞论，义法创自太史公，其指意辞事，
必取之本文之外。班史以下，有括终始事迹以为赞论者，则于本文
为复矣。此意惟韩子识之，故其铭辞未有义具于碑志者。或体制所
宜，事有覆举，则必以补本文之间缺。如此篇兵谋战功详于序，而既
平后情事则以铭出之，其大指然也。

又《答乔介夫书》：

蒙谕为贤尊侍讲公作表志或家传，以鄙意裁之，第可记开海口
始末，而以侍讲公奏对车逻河事及四不可之议附焉，传志非所宜也。
盖诸体之文，各有义法。表志尺幅甚狭，而详载本议，则臃肿而不中
绳墨；若约略剪裁，俾情事不详，则后之人无所取鉴，而当日忘身家
以排廷议之义，亦不可得而见矣。《国语》载齐姜语晋公子重耳，凡
数百言，而《春秋》传以两言代之。盖一国之语可详也，传《春秋》总
重耳出亡之迹而独详于此，则义无取。今试以姜语备入传中，其前
后尚能自运掉乎？世传《国语》亦丘明所述，观此可得其营度为文之
意也。

又《书汉书霍光传后》：

《春秋》之义，常事不书，而后之良史取法焉。昌黎韩氏，目《春
秋》为谨严，故撰《顺宗实录》，削去常事，独著其有关于治乱者。

桐城派认识到内容决定形式,认识到不同的内容或体裁要求不同的表现方法与题材,很自然地就提出"雅洁"的问题。"雅洁"的概念,也是由内容与形式互相统一的范畴里产生出来的。最初拈出"雅洁"一语的,也是方望溪。他在《书归震川文集后》中说:"又其辞号雅洁,仍有近俚而伤于繁者。"俚就不雅,繁就不洁。方氏在这里已经极其简括地给"雅洁"作了说明。方氏对于"洁"字,更有其特定的解释。《书萧相国世家后》:

> 柳子厚称太史公书曰洁,非谓辞无芜累也,盖明于体要,而所载之事不杂,其气体为最洁耳。

可见"洁"与"体要"有关系,即和内容与形式有关系。其后姚鼐对"洁"的涵义又有精到的补充。《答鲁宾之书》:

> 《易》曰:吉人之词寡。夫内充而后发者,其言理得而情当。理得而情当,千万言不可厌,犹之其寡矣。

方氏更从繁的方面加以分析,指出"繁"不合于义法,即不明于体要,以反衬出"洁"字的意义和作用。《与程若韩书》:

> 来示欲于志有所增,此未达于文之义法也。昔王介甫志钱公辅母,以公辅登甲科为不足道,况琐琐者乎?此文乃用欧公法,若参以退之、介甫法,尚可损三之一。假而周秦人为之,则存者十二三耳。此中出入离合,足下当能辨之……夫文未有繁而能工者。如煎金锡,粗矿去,然后黑浊之气竭,而光润生。《史记》、《汉书》长篇,乃事之体本大,非按节而分寸之不遗也。前文曾更削减,所谓参用介甫法者。以通体近北宋人,不能更进于古。今并附览。

"夫文未有繁而能工"一语曾受到钱大昕的反对。钱氏《与友人书》:"文有繁有简,繁者不可减之使少,犹之简者不可增之使多。左氏之繁,胜于公谷之简;《史记》、《汉书》,互有繁简。谓文未有繁而能工者,非通论也。"其实,桐城派的反对"繁",是从"明于体要"着眼,即根据内容与形式的要求,所谓"理得而情当,千万言不可厌,犹之其寡矣",不是以多少来论繁简的。

方氏对于"雅"字也有所说明。《答程夔州书》:

> 凡为学佛者传记,用佛氏语则不雅。子厚、子瞻,皆以兹自瑕。至明钱谦益,则如涕唾之令人殻矣。岂惟佛说,即宋五子讲学口语,亦不宜入散体文。司马氏所谓言不雅驯也。

"雅"字好像专重在语言方面,实际上它是与"道"的概念分不开的。韩愈《题欧阳生哀辞后》说:"愈之为古文,岂独取其句读不类于今者耶?思古人而不得见,学古道则欲兼通其辞。通其辞者,本志乎古道者也。"这段话集中说明两个问题:一个是文与道的关系问题,一个是文必师古的问题。前者是"文以载道"的根源,后者是世俗口语为什么不雅的说明。所以桐城派的"雅"的涵义,是与"古"字的意义相通的。"古"与"雅",可以说是同义语。姚鼐《复曹云路书》:

> 鼐又闻之:言之无文,行而不远;出辞气不能远鄙,则曾子戒之。况于说圣经以教学者遗后世而杂以鄙言乎?当唐之世,僧徒不通于文,乃书其师语以俚俗,谓之语录。宋世儒者弟子盖过而效之。然以弟子记先师,惧失其真,犹有取尔也。明世自著书者乃亦效其辞,此何取哉?愿先生凡辞之近俗如语录者尽易之,使成文则善矣。

可见把"语"与"文"对立起来,而且要"使成文则善",是从追求"雅"而来的。又姚氏《复汪进士辉祖书》:

> 夫古人之文,岂第文焉而已,明道义,维风俗,以诏世者。君子之志,而辞足以尽其志者,君子之文也。达其辞,则道以明;昧于文,则志以晦。鼐之求此,数十年矣。瞻于目,诵于口,而书于手,较其离合,而量剂其轻重多寡。朝为而夕复,捐嗜舍欲,虽蒙流俗讪笑而不耻者,以为古人之志远矣,苟吾得之,若坐阶席而接其音貌,安得不乐而愿日与为徒也!

"以为古人之志远矣,苟吾得之,若坐阶席而接其音貌",这和韩愈"思古人而不得见,学古道则欲兼通其辞"的说法,是一气相承的。这一概念后来更加扩大起来。吴德旋《初月楼古文绪论》:

> 古文之体,忌小说,忌语录,忌诗话,忌时文,忌尺牍。此五者不去,非古文也。

这些都不能入文,自然只有向古人乞灵,"非三代两汉之书不敢观"了。所以"雅洁"一语,实寓有"载道"与"复古"两种概念在内。桐城派之受攻击,尤其为"五四"时代的白话文运动者所攻击的,主要也就在这两方面。

现在考查一下,"载道"与"复古"二者,在桐城派的历史发展上,是否毫无意义。

"文以载道"一语,用现在的说法,就是文章要表现一定的思想内容,反映一定的社会生活。所谓"明道义,维风俗,以诏世者",原来并没有什么错误。问题是出在复古之道方面。桐城派一意追求古道,不免脱离实际,对于当前社会生活,往往得不到深切的反映,这是应该诟病的地方。但桐城派"载道"与"复古"的内在原因,还值得进一步去发掘。原来桐城派主张"载道"与"复古",对于现实社会的不满足也是动因之一。桐城派文家对于世俗所尚的奔竞势利,大都是反对的;对于"烦芜之章句、熟烂之时文,剽贼佣积之俗学"(钱谦益《李贯之先生存余稿序》)也是深恶痛嫉的。他们对此都有改革的愿望。但由于历史条件的限制,他们看不到发展的方向,只看到当前的黑暗面,看不到前途的光明面,而所受的教养又多在古人经传方面,这样就很自然地把革新的愿望寄托在"古人之谊"上面。革新与复古,在他们身上是统一的。姚鼐《复汪进士辉祖书》:

> 鼐性鲁知暗,不识人情向背之变,时务进退之宜,与物乖忤,坐守穷约,独仰慕古人之谊而窃好其文辞。

这段话不是很清楚地道出其中消息吗?以复古为革新,或是寓革新于复古,是古文家的一贯看法,自韩愈、柳宗元的古文运动时代起,就是这样。桐城派当然是承继这个传统。所以桐城派文家立身多比较的耿介恬退,不那么追求势利；为文多比较的疏淡清真，能自见其性格。因此，"载道"与"复古"，就桐城派说，还是有其一定的现实基础与进步意义，不可一概抹煞。

桐城派的义法，又提出文道合一的问题，以及作者的世界观与创作的关系问题。这在文艺理论上也是可贵的概念。姚鼐《敦拙堂诗集序》：

> 夫文者，艺也。道与艺合，天与人一，则为文之至。

又《荷塘诗集序》：

> 夫诗之至善者，文与质备，道与艺合，心手之运，贯彻万物而尽得乎人心之所欲出。

两段话都直接提出这个问题。同时姚氏在《海愚诗钞序》及《答翁学士书》等篇中也都对于这种问题作了说明。《海愚诗钞序》：

> 吾尝以谓文章之原，本乎天地之道，阴阳刚柔而已。苟有得乎阴阳刚柔之精，皆可以为文章之美。

《答翁学士书》：

> 夫道有是非，而技有美恶。诗文皆技也。技之精者，必近道。故诗文美者，命意必善。

"文章之原，本乎天地之道"是文道合一的说明；"诗文美者，命意必善"，是作者的世界观与创作的关系的说明，即"天与人一"的说明。

因为作品要求文道合一，而作者的世界观又与创作有密切的关系，故桐城派非常重视作者本身的道德修养。姚鼐《答翁学士书》：

> 文字者，犹人之言语也，有气以充之，则观其文也，虽百世而后，如立其人而与言于此。无气，则积字焉而已。

这里所谓"气",就是《孟子》"吾善养吾浩然之气"的气,就是道德修养。方东树《复姚君书》:

> 是故吾修之于身,而为人所取法,莫如德;吾饬之于官,而为民所安赖者,莫如功;若夫兴起人之善气,遏抑人之淫心,陶搢绅,藻天地,载德与功,以风动天下,传之无穷,则莫如文。故古之立言者与功德并传不朽。

他们把文的地位提得这样高,把文的作用说得这样大,以见道德修养之重要。桐城派提出修养问题,仍是从不满于现实出发的,故他们的修养方法还是针对这一点下手。姚鼐《答鲁宾之书》:

> 今足下为学之要,在于涵养而已。声华荣利之事,曾不得以奸乎其中,而宽以期乎岁月之久,其必有以异乎今而达乎古也。

涵养之道,要"声华荣利之事,曾不得以奸乎其中",可见是针对势利的世俗而发的。"宽以期乎岁月之久",和韩愈"无望其速成,无诱于势利"的意思相同,也是针对奔竞的世俗而言的。这是桐城派的世界观和文学观互相统一的地方。

桐城派把作者的修养放在首要地位,是和他们的"载道"概念相统一的。姚鼐《荷塘诗集序》:

> 古之善为诗者,不自命为诗人者也。其胸中所蓄,高矣,广矣,远矣,而偶发之于诗,则诗与之为高广且远焉。故曰,善为诗也。曹子建、陶渊明、李太白、杜子美、韩退之、苏子瞻、黄鲁直之伦,忠义之气,高亮之节,道德之养,经济天下之才,舍而仅谓之一诗人耳,此数君子岂所甘哉?志在于为诗人而已,为之虽工,其诗则卑且小矣。

吴敏树《与朱伯韩书》:

> 言古文者,必以韩、欧阳为归。然二公者,其持身立朝、行义风

节何如哉？岂尝有分毫畏避流俗，不以古人自处者哉？故得罪贬斥而不悔，丛谤集谗而不惧，而文章之道，故有浩然盛大者焉。

杜贵墀《吴先生传》：

尝言人之于古，岂特效其文哉？必行谊无不与合，而后吾文从焉。生平辞受取与，兢兢严尺寸，不使一身一日居于可愧。

他们所谓"其胸中所蓄，高矣，广矣，远矣，而偶发之于诗，则诗与之为高广且远焉"，所谓"得罪贬斥而不悔，丛谤集逸而不惧，而文章之道，故有浩然盛大者焉"，所谓"生平辞受取与，兢兢严尺寸，不使一身一日居于可愧"，都足以说明作者的修养与"载道"的关系，而这种修养又直接影响着作品的美善。方东树《复罗月川太守书》：

盖昔贤平日读书考道，胸中蓄理至多，及临事临文，举而书之，若泉之达，火之然，江河之决，沛然无所不注，所以义愈明，思愈密，而其文屡见叠出而不可穷。使待题之至而后索之，乌有此妙哉？

把其中的关系阐明得更为透辟。

桐城派又提出作品的风格问题，他们也是从这个统一的观点上来谈风格的。最显著的例子就是姚鼐的《复鲁絜非书》。他说：

鼐闻天地之道，阴阳刚柔而已。文者，天地之精英，而阴阳刚柔之发也。惟圣人之言统二气之会而弗偏。然而易、诗、书、论语所载，亦间有可以刚柔分矣。值其时其人，告语之体，各有宜也。自诸子而降，其为文无弗有偏者。其得于阳与刚之美者，则其文如霆，如电，如长风之出谷，如崇山峻崖，如决大川，如奔骐骥；其光也如杲日，如火，如金，镠、铁；其于人也，如凭高视远，如君之朝万众，如鼓万勇士而战之。其得于阴与柔之美者，则其文如升初日，如清风，如云，如霞，如烟，如幽林曲涧，如沦，如漾，如珠玉之辉，如鸿鹄之鸣而入廖廓；其于人也，漻乎其如叹，邈乎其如有思，暖乎其如喜，愀乎其如悲。观其文,讽其音,则为文者之性情形状,举以殊焉。

"观其文,讽其音,则为文者之性情形状,举以殊焉",可见作品的风格与作者个性的关系,同时他是从"道与艺合,天与人一"的概念中发展出来的。故紧接下面他又说道:

> 且夫阴阳刚柔,其本二端,造物者糅,而气有多寡进绌,则品次亿万,以至于不可穷,万物生焉。故曰一阴一阳之谓道。夫文之多变,亦若是已。糅而偏胜,可也。偏胜之极,一有一绝无,与夫刚不足为刚,柔不足为柔者,皆不可以言文。

桐城派针对上述的理论系统,又提出实现这种理论的方法。方东树《书惜抱先生墓志后》:

> 夫学者欲学古人之文,必先在精诵。沉潜反复讽玩之深且久,暗通其气于运思置词迎拒措注之会,然后其自为之以成其辞也,自然严而法,达而臧。不则,心与古不相习,则往往高下短长龃龉而不合。此虽致功浅末之务,非为文之本,然古人所以名当世而垂为后世法,其毕生得力深苦微妙而不能以语人者,实在于此。今为文者多而精诵者少,以轻心掉之,以外铄速化期之,无惑乎其不逮古人也。

"精诵"就是他们学文的方法。刘大櫆对于精诵的功用,早有一段精辟的说明。《论文偶记》:

> 凡行文多寡短长、抑扬高下,无一定之律,而有一定之妙。可以意会,而不可以言传。学者求神气而得之于音节,求音节而得之于字句,则思过半矣。其要只在读古人文字时,设以此身代古人说话,一吞一吐,皆由彼而不由我。烂熟后,我之神气,即古人之神气;古人之音节,都在我喉吻间。合我喉吻者,便是与古人神气音节相似处,久之自然铿锵发金石声。

"求神气而得之音节,求音节而得之字句",自然非精诵不可。《论文偶记》又说:

> 神气者,文之最精处也;音节者,文之稍粗处也;字句者,文之最粗处也。然论文而至于字句,则文之能事尽矣。盖音节者,神气之迹也;字句者,音节之规也。神气不可见,于音节见之;音节无可准,以字句准之。

又说:

> 积字成句,积句成章,积章成篇。合而读之,音节见矣。歌而咏之,神气出矣。近人论文,不知有所谓音节者;至语以字句,必笑以为末事。此论似高实谬。作文若字句安顿不妙,岂复有文字乎?

都是从最基本处注意起。桐城派文家是从这里锻炼起,以求达到最高的艺术水平的,故其作品都能做到清新可喜、简明畅达的境界。所以姚鼐《复鲁絜非书》又说:

> 抑人之学文,其功力所能至者,陈理义必明当,布置取舍,繁简廉肉不失法,吐辞雅驯不芜而已。古今至此者,盖不数数得,然尚非文之至。文之至者,通乎神明,人力不及施也。

对于桐城派这种基础修养方法,其他文家也有许多批评。大抵讥其以时文为古文,为变相的八股文。其实这种修养方法,既是为一般学文者说法,不能因为八股文袭用此法,而遂认为不足贵。同时这种方法已成为桐城派文论体系的组成部分,也不能因为"致功浅末之务",遂认为不必要。从文章的作法入手,是中国文论的特色。我们固然不能"取其粗而遗其精",但也不能抹煞粗的部分而不谈。姚鼐《古文辞类纂序目》:

> 凡文之体类十三,而所以为文者八。曰:神、理、气、味、格、律、声、色。神、理、气、味者,文之精也;格、律、声、色者,文之粗也。然

苟舍其粗,则精者亦胡以寓焉。

陈硕士《答宾之书》也说:

> 格、律、声、色,古文辞之末且浅者也。然不得乎是,则古文辞终不成。自韩欧而外,惟归震川得此意,故虞文靖、唐荆川皆莫逮焉。本朝则桐城之文,非他人所能及,亦惟在于是尔。

这些见解,我们在探讨桐城派的文论时,不应一概忽视。

三

文学史上的流派,大抵都从对不同意见的斗争中发展起来,桐城派也不例外。桐城派以外的文家对桐城派的"义法"不断有所批评,其中最主要的理由之一,上节已经说过,就是桐城派以八股文的方法做古文。这是桐城派所不能同意的,因为桐城派也是反对八股文的。他们同是反对八股文,为什么有这样的分歧呢?桐城派与八股文的关系究竟怎样?他们的关系是否即为桐城派的深病?同时,汉学家反对桐城派的古文,桐城派也反对汉学家的考据文,他们争论的焦点究竟在什么地方?这一节打算对这些问题探索一下。

先从桐城派与八股文的关系说起。钱大昕《跋望溪文》:

> 金坛王若霖尝言:"灵皋以古文为时文,以时文为古文。"论者以为深中望溪之病。

钱玄同《寄陈独秀书》:

> 自仆观之,此辈所撰,直高等八股耳。(此尚是客气话,据实言之,直当云"变形之八股")文学云乎哉!

可见他们反对桐城派,是因为桐城派"以时文为古文",是因为桐城派的古文乃"高等八股"或"变形之八股"。但他们反对八股文的理由是什么呢?仍举钱大昕的话为例。《半树斋文稿序》:

别于科举之文而谓之古文,盖昉于韩退之,而宋以来因之。夫文岂有古今之殊哉?科举之文,志在利禄,徇世俗所好而为之,而性情不属焉。非不点窜尧典,涂改周诗,如剪彩之花,五色俱备,索然无生意,词虽古犹今也。唯读书谈道之士,以经史为菑畬,以义理为溉灌,胸次洒然,天机浩然,有不能已于言者,而后假于笔以传,多或千言,少或寸幅,其言不越日用之恒,其理不违圣贤之旨,词虽今犹古也。

在这段话里,有两点值得注意:一是对科举之文的批评,一是对古文的看法。钱氏对于古文的看法,实际和桐城派并无两样。只是钱氏主张"词虽今犹古",而桐城派则主张"凡辞之近俗者尽易之",他们似乎有所不同。但要详细考之,他们也只是提法的不同。钱氏用词不论古今,却未尝主张用语录等俗白之体。桐城派主张"文必师古",但却要自铸新词,即韩愈所谓"文必己出"。自铸新词,当然不同于袭用古语。所以实际上仍没有很大的分歧。钱氏对于科举之文的看法,主要反对"科举之文,志在利禄,徇世俗所好而为之,而性情不属焉"。桐城派反对科举之学的理由,是否和他有共同之点呢?方望溪《何景桓遗文序》:

余尝谓害教化败人材者,无过于科举,而制艺则又甚焉。盖自科举兴,而出入于其间者,非汲汲于利,则汲汲于名者也。

"制艺"即时文或八股文,即钱氏所谓"科举之文"。方氏《送官庶常觐省序》:

古人之教且学也,内以事其身心,而外以备天下国家之用。二者皆人道之实也。自记诵词章之学兴,而二者为之虚矣。自科举之学兴,而记诵词章亦益陋矣。盖自束发受书,固曰微科举吾无事于学也。故天地之大,万物之多,而惟科举之知。及其既得,则以为学者之事终,而自是可以慰吾学之勤,享吾学之报矣。呜呼!学至于此,而世安得不以儒为诟病乎?

又《杨千木文稿序》：

> 南宋以后，为诗若文者，皆勉焉以效古人之所为，而虑其不似，则欲不自局于寒浅也能乎哉？时文之于文，尤术之浅者也。而其盛行于世者，如唐顺之、归有光、金声，窥其志亦不欲以时文为自名。

又《赠淳安方文辀序》：

> 明之世，一于五经四子之书，其号则正矣。而人占一经，自少而壮，英华果锐之气，皆散于时文，而后用其余以涉于古，则其不能自树立也宜矣。

从方氏这几段话看来，他的精神和钱氏并无不同，而对于时文的诟病，方氏发挥得更为透彻。姚鼐《复曹云路书》：

> ……而明以来，说四书者乃猥为科举之学，此不足为书。故鼐自少不喜观世俗讲章，且禁学徒取阅，窃陋之也。今先生之说，固多善者。然欲为时文用之意存焉。鼐辄以硃识所善者，先生更自酌而去取之。必言不苟出，乃足为书以视于世。

有关于时文的四书讲章都要"禁止学徒取阅"，则对于时文的反对，更可想见。由此可知，桐城派及其他文家所以反对八股文，主要由于"科举之文，志在利禄，徇世俗所好而为之，而性情不属焉"。至于其他文家反对桐城派以八股文的方法做古文，在桐城派看来，也认为"时文之于文，尤术之浅者也"。所以他们之间的距离也不太大。但他们之间毕竟是有分歧的。我想问题在于桐城派文论的主张，包括写作方法，注意字句的安顿，音节的抑扬，所谓"格律声色者，文之粗也"部分，并且把他组织成为文论体系的一部分，而其他文家则否定这种方法。但是根据上节的分析，桐城派这种主张是不能厚非的。而且其他文家也未尝忽视写作方法，相反的，他们还是相当重视它。钱大昕《与友人书》：

> 夫古文之体，奇正浓淡详略，本无定法。要其为文之旨有四：曰明道，曰经世，曰阐幽，曰正俗，有是四者而后以法律约之，夫然后可以羽翼经史，而传之天下后世。

又《味经窝类稿序》：

> 夫道之显者谓之文。六经子史，皆至文也。后世传文苑，徒取工于词翰者列之；而或不加察，辄嗤文章为小技，以为壮夫不为。是耻鼛帨之绣，而忘布帛之利天下；执糠秕之细，而訾菽粟之活万世也。

段玉裁《潜研堂文集序》：

> 有见于道矣，有见于经矣，谓不必求工于文而率意言之，则又孔子所谓"言之无文，行之不远"者。

以上各例所谓"以法律约之"，所谓"耻鼛帨之绣，而忘布帛之利天下，执糠秕之细，而訾菽粟之活万世"，所谓"谓不必求工于文而率意言之，则又孔子所谓'言之无文，行之不远'者"，都是不废写作方法的最好说明。他们的看法和桐城派的主张并没有抵触。而从桐城派的作品实际看来，他们自具有一种特色，也不能以八股文目之。这一点下节还要谈到。

现在再谈桐城派的反对考据文。桐城派是主张义理、考据、词章三者并重的。姚鼐《复秦小岘书》：

> 鼐尝谓天下学问之事，有义理、文章、考证三者之分，异趋而同为不可废。一途之中，歧分而为众家，遂至于百十家。同一家矣，而人之才性偏胜，所取之径域又有能不能焉。凡执其所能为而呲其所不为者，皆陋也。必兼收之，乃足为善。

"必兼收之，乃足为善"，可见桐城派是把义理、考据、词章三者并重的。至于三者在文章中的关系，曾国藩有几句话说得很清楚。《欧阳生文集序》：

> 姚先生独排众议,以为义理、考据、词章,三者不可偏废。必义理为质,而后文有所附,考据有所归。一编之内,惟此尤兢兢。

这仍然是从"文者以明道"这一意义出发的,考据也只是为着"明道"。因此,桐城派的着重点仍然放在文章上面。汉学家也承认义理、考据、词章三者都很重要,但他们的着重点放在考据方面。戴震《与方希原书》:"古今学问之途,其大致有三:或事于义理,或事于制数(按即考据),或事于文章。"但段玉裁却说:"义理、文章未有不由考核而得者。"从两人的话里可见一斑。桐城派从文学的角度立论,所以讥汉学家的考据文为"芜杂寡要"。汉学家从学术的角度立论,所以目桐城派的古文为"空疏浮浅"。论争的焦点不同,我们自然不能以此非彼。现在所要考查的,即桐城派就文学立论,他们的看法是否也有些道理。显然汉学家的"崇尚宏博,繁称旁证,考核一字,累数千言不能休"(欧阳生文集序),是和桐城派"洁"的意义不相容的,当然为桐城派所非难。同时,桐城派的目的在于创作,而不在于研究学术,当然也不能接受"空疏浮浅"的批评。桐城派在这方面也是有其局限性的。他们的途径本来是要走上文学的,但他们囿于传统的看法,不敢打出文学创作的旗号,只得蒙上一层学术的外衣。这样就很自然地引起他人批评。因为自命是学术范围内的事,而所重又在文学创作方面,当然难免"空疏浮浅"之讥了。

四

最后略论桐城派在散体文方面的贡献。散体文在中国发达比较早,自先秦时代就产生了好些优秀的作品。以后继统相承,一直未间断过。即使在魏晋六朝骈体文极盛时代,优秀的散体文作品仍然时有所见。但散体文发展成为一种文艺形式,是到唐韩愈、柳宗元时代才出现。韩、柳都是伟大的古文运动者。他们一方面反对六朝绮靡无实的骈体文,一方面继承散体文的优秀传统,"含英咀华","穷文辞以为师",把散体文发展成为一种新的形式,即当时所谓"古文"。"古文"实际上是由散体文发展提高而成的一种文艺形式。苏轼《潮州韩文公庙碑》所谓"文起八代之衰",所谓"参天地、关盛衰而浩然独存者",就是给这种新的文艺形式以极高的估价。这种文艺形式,经过宋代的欧、曾、苏、王等人相继发展,一直到明代归有光,已经相当完美。桐城派继起,又把他推进一步,使从理论到实践,都具备更完美的规模。这种传统,到

"五四"以后,又得到新的发展。"古文"的称号,已不能适应时代,于是有"小品文"之称,或径称为"散文"。现在"小品文"一词随着"杂文"的发展,已具有特定的意义,为了避免混淆,我们还是以"散文"为这种文体的特定名称。

"散文"的形式,虽由韩、柳发展完成,他们也创作了不少优秀的作品,但他们对于这个新文体的特征,还没有清晰的意识,因此还提不出明确而系统的理论。韩愈所提出的,如"当其取于心而注于手也,惟陈言之务去,戛戛乎其难哉";如"吾又惧其杂也,迎而距之,平心而察之,其皆醇也,然后肆焉";如"气甚则言之短长与声之高下皆宜"(以上见《答李翊书》);如"夫所谓文者,必有诸其中,是故君子慎其实"(《答尉迟生书》)。柳宗元所提出的,如"故吾每为文章,未尝敢以轻心掉之,惧其剽而不留也;未尝敢以怠心易之,惧其弛而不严也;未尝敢以昏气出之,惧其昧没而杂也;未尝敢以矜气作之,惧其偃蹇而骄也。抑之欲其奥,扬之欲其明,疏之欲其通,廉之欲其节,激而发之欲其清,固而存之欲其重";如"参之穀梁氏以厉其气,参之《孟》、《荀》以畅其支,参之《庄》、《老》以肆其端,参之《国语》以博其趣,参之《离骚》以致其幽,参之太史以著其洁"(以上见《答韦中立论师道书》)。都是零星的概念,且抽象而不很明确。其后欧、曾、苏、王,以至明之归有光,对于"散文"特征的说明都有所增饰。但还不能构成明确的系统,一直到桐城派,才有比较完整的理论。

桐城派关于"散文"特征的论述,可于以下各文中见之。方望溪《答程夔州书》:

> 散体文惟记难撰结。论辩书疏,有所言之事;志传表状,则行谊显然;惟记无质干可立,徒具工筑兴作之程期,殿观楼台之位置,雷同铺序,使览者厌倦,甚无谓也。故昌黎作记,多缘情事为波澜;永叔、介甫,则别求义理以寓襟抱。柳子厚惟记山水,刻雕众形,能移人之情;至监察使、四门助教、武功县丞厅壁诸记,则皆世俗人语言意思,援古证今,指事措语,每题皆有见成文字一篇,不假思索。是以北宋文家,于唐多称韩、李,而不及柳氏也。

这里面有可注意的几点:一是提出"质干"的问题,相当我们现在的主题;一是"多缘情事为波澜"、"别求义理以寓襟抱",提出抒情寓意的问题;一是"刻雕众形,能移人之情",提出美感的问题;一是要避免雷同铺序;一是要避免"皆世俗人语言意思,援古证今,指事措语,每题皆有现成文字一篇,不假思索"。所有这些,都是"散文"特征所要具备的。又《书柳文后》:

> 子厚自述,为文皆取原于六经。甚哉,其自知之不能审也。彼言涉于道,多肤末支离而无所归宿。且承用诸经字义,尚有未当者。盖其根源杂出周秦汉魏六朝诸文家,而于诸经,特用为采色声音之助尔。故凡所作,效古而自汩其体者,引喻凡猥者,辞繁而芜、句佻且稚者,记序书说杂文皆有之,不独碑志仍六朝初唐余习也。其雄厉凄清浓郁之文,世多好者,然辞虽工,尚有町畦,非其至也。惟读鲁论、辨诸子、记柳州近治山水诸篇,纵心独往,一无所依藉,乃信可肩随退之而峣然于北宋诸家之上。惜乎其不多见耳。

"效古而自汩其体"之敝,在不能独创。"引喻凡猥,辞繁而芜,句佻且稚"之敝,在不能雅洁。"辞虽工,尚有町畦"之敝,在不能"纵心独往,一无所依藉"。而这些又是"散文"创作时所必须注意的。姚鼐《与陈石士》:

> 归震川能于不要紧之题,说不要紧之语,却自风韵疏淡,此乃是于太史公深有会处。此境又非石士所易到耳。文家有意佳处,可以着力;无意佳处,不可着力。功深听其自至可也。

"于不要紧之题,说不要紧之语",最能道出"散文"的特色。方东树《仪卫轩文集序》:

> 窃希慕乎曾南丰、朱子论事说理之作,顾不善学之,遂流为滑易好尽,发言平直,措意儒缓,行气柔慢,而失其国能。

"国能"当然指的是"散文"的特点。"滑易好尽,发言平直,措意儒缓,行气柔慢",就"失其国能",显然,要想体现"散文"的特征,必须避免这些。

"散文"是内容与形式高度结合的一种文体。他以吟味的态度体现生活,故主要以抒情寓意为主。"散文"中有议论,但与一般的论文不同;"散文"中有叙事,但叙事不是他最终的要求。他要求的是"缘情事为波澜",是"别求义理以寓襟抱"。故"散文"的表现方法可通于诗。结构要求紧凑,语言要求精练,韵味要求深长。"散文"最注重立意,要在平凡中发现不平凡的东西,所谓"于不要紧之题,说不要紧之语"就是这个道理。"散文"忌浓郁,因为浓郁容易板滞,因为浓郁不易自铸新语。"散文"要疏淡,因为疏淡容易活泼流畅,而且比较容易运用新语。这些都是高度的艺术特色。桐城派的"义法",要求内容与形式的统一,即道与艺的统一;要求作品的品质与作品的风格的统一,即天与人的统一,并且在这以外,还特别注重写作的方法与艺术的修养;既注重"神、理、气、味"等精的部分,又注重"格、律、声、色"等粗的部分,道理就在这里。

"散文"这种文艺形式,由于属于诗与文之间,自其产生时代起,就不易为人所理解。韩愈《与冯宿论文书》:

仆为文久,每自测,意中以为好,则人必以为恶矣。小称意,人亦小怪之;大称意,即人必大怪之也。时时应事作俗下文字,下笔令人惭,及示人,则人以为好矣。小惭者亦蒙谓之小好,大惭者即必以为大好矣。不知古文直何用于今世也!然以俟知者知耳。

这段话最足以说明这一事实。桐城派的反对者,主要也是由于对这种文体不能认识。焦循《与王钦莱论文书》:

言算者,先以甲子乙丑等施诸图,然后指而论之。言音者,先讲明勾挑吟揉之例,然后按而志之。阅二者之书,布算以推其数,抚弦以理其音,不差毫末。此文之至奇至巧至琐细而佶聱者也。使避琐细佶聱之名,则琴音不可说,算数不可明,周公之仪礼不必作,孔子之说卦杂卦不必撰,岂理也哉?如谓此非文,则唯如韩之记毛颖,苏之论范增、留侯,而始谓之文乎?愿足下穷文之所以然,主于明意明事,且主于意与事之所宜明,不必昌黎、梅庵,不必不昌黎、梅庵,不必琐细佶聱,不必不琐细佶聱也。

韩愈的《毛颖传》,苏轼的《范增论》、《留侯论》,和言算之书、言音之书,显然不同。前者是一种文艺作品或接近于文艺的作品,后者则是一般的散体文。焦氏把他们混同起来,要以此说服桐城派,当然不能为桐城派所接受。但是,桐城派在这一点上也有其局限性。上节说过,桐城派不敢打出文学的旗号以自外于学术,同样情形,他们也不甘心专精致志于"散文"的创作,或不全部甘心专力于"散文"的创作。因此,他们的作品虽多,"散文"的成就还不能达到应有的高度。其最显著的原因,就是他们还不能从古人的意境中完全解脱出来,他们的思想感情还不能适应"散文"的要求向更高的方向发展。不过,我们决不能因此就否定桐城派。桐城派在中国文学史上还是有其应有的地位和作用的。

研究与思考

延伸阅读

1. 曾枣庄《论宋代的四六文》,《文学遗产》1995年第3期。
2. 章明寿《从韩愈欧阳修作品看唐宋散文风格之异》,《光明日报》1962年11月11日,后收入《唐宋文学论集》,齐鲁书社,1984年。
3. 王琦珍《南宋散文评论中的几个问题》,《文学遗产》1988年第4期。
4. 洪本健《略论"六一风神"》,《文学遗产》1996年第1期。
5. 王水照《论苏轼散文的艺术美》,《社会科学战线》1985年第3期。

问题与思考

1. 唐代古文运动自韩、柳以后,到了晚唐即衰落下去,而骈文重新成为占主导地位的文体,试分析其原因。
2. 试思考晚明的小品文与现代散文之关系。
3. 从"以古文为时文"看桐城派对唐宋派文学主张的继承。

研究实践

读有关苏轼的评论材料,结合具体文章,对其策论文作一具体的研究,写一篇论文。

写作提示：

策、论皆是散文中的应用文，文体也源远流长，《文选》中即有大量的收录。然而一时代又有一时代的应用文的特点。苏轼这一种类型的文体在宋代即已风行，南宋陆游记载有"苏文熟，吃羊肉；苏文生，吃菜羹"的时谚。这一情况固然因为苏轼文章的高妙，也与当时的科举、文学风气等有关。

1. 吕本中《童蒙诗训》：读三苏进策涵养吾气，他日下笔自然文字滂沛无吝啬处。

2. 张戒《岁寒堂诗话》：子瞻文章从《战国策》、《陆宣公奏议》中来，长于议论而欠宏丽，故虽扬雄亦薄之，云："好为艰深之词，以文浅易之说。"雄之说浅易则有矣，其文词安可以为艰深而非之也？韩退之文章岂减子瞻，而独推扬雄云"雄死后，作者不复生"，雄文章岂可非哉？《文选》中求议论则无，求奇丽之文则多矣。

3. 朱熹《朱文公文集》：苏氏议论切近事情，固有可喜处，然亦谲矣。至于炫浮华而忘本实，贵通达而贱名检，此其为害又不但空言而已。然则其所谓可喜者，考其要归，恐亦未免于空言也。

4. 高嵣《唐宋八家钞》（评《留侯论》）：子房祖父，五世相韩，始终为韩报仇，于博浪沙击秦，前人嘉其忠勇，此独拈出能忍不能忍立论，即就沙椎、圯遇两事，据为证案；又谓老人为隐士，谓其意不在书，皆是翻案文字。然《书》曰"必有忍，其乃有济"，孔子曰："小不忍，则乱大谋。"其理又何正大确实也。后引楚汉成败大局，及淮阴封齐事，为能忍之效，确是天然佐证。长公才大心慧，从何处得来！意则翻空，事皆征实，惟能征实，乃可翻空。其行文断续离合，曲尽文家操纵之妙。

5. 林纾《畏庐论文》：朱子言东坡文雄健有余，只下字亦有不贴实处。不贴实，正其聪明过人，故有此失。后人不及东坡，一味以高言振俗，未有不出于虚枵者。又《文微》：吾平生不耆读东坡文，以其为文往往不能极意经营。然善随自救弊，则由东坡天才聪敏。无其天才者，不可学也。

第十章　词别是一家

导　论

　　词学是专门之学。所谓专门,大致上指其长短句的形式、富有音乐性的语言和具有特殊韵味的风格等方面。词本来是音乐文学,后来抒情性愈益增强,所以形成和诗既有共性又相疏离的特色。

　　关于词起源于何时,学术界至今仍然没有一致的看法。作为一种文体,"词"在唐五代经常被称为"曲子"或"曲子词"等,一直要到宋代,其辨体才真正展开。几乎和词的兴盛同步,对词学的探讨也开始展开,其中,有关词的起源问题一直是吸引词学研究的重要命题之一。总结自宋代以来的有关研究,词的起源,从长短句的外部特征说,可以追溯到《诗经》以及古乐府;从音乐的表现形式说,或谓出自古歌,或谓出自唐代声诗;从语言风格上说,则往往溯源于六朝乐府。以上论述多为传统文人的看法,但所描述的问题非常具体。至20世纪,在新的文学史观指导下,又有词起源于民间之说,虽然具有挑战性,不免失之笼统。如果说,燕乐作为这种新的歌辞形式的重要催生剂已经基本得到公认的话,那么,民间音乐当然也可以作为燕乐的重要补充。民间无疑是最具有创造力的空间,只是这不能被当成标签,到处乱贴。总的说来,经过20世纪众多词学家的讨论,目前关于词的起源,究竟与何种因素有关,还在争执不休,但大体的时间已经确定,即所谓隋唐之际,或者说是初唐。因为一种新的文体出现,虽然存在某些超前的因素,却也不能完全失去特定时空的规定性。

　　前人提到词,每有"诗庄词媚"或词为"艳科"的说法,以作为对词的特质的规范。这当然是对现有的文学遗产所作出的认识,但从理论上说,词的内涵和风格本不一定趋于这种定势。文学史上已经公认,中国诗歌的发展,由四言以至五言、七言或杂言,除了音乐、节奏等方面的原因外,与社会生活的繁复、心灵活动丰富需要有较为复杂多变的形式来加以表现不无关系。① 从这个意义来看,词的长短句形式应该更为适合愈益丰富多彩的社会生活,因而其内涵和风格也应该是多样的。道理很简单,长短句的节奏音声繁,变化多,而受着社会生活的影响,人们的心灵活动节奏也同样如此,二者正可以协调起来。事实也证明了这一点。20世纪初,在敦煌莫高窟藏经石室中发现了"敦煌曲子词",这是词学史上的一件划时代的大事。在这些主要是作于民间的词中,其内容有"边客游子之呻吟,忠臣义士之壮语,隐君子之怡情悦志,少年学子之热望与失望,以及佛子之赞颂,医生之歌诀",还有敦煌人民反对外族统治阶级的剥削和压迫的壮烈歌声。② 总之,所反映的社会生活面比较广泛。如我们所熟知的,一切文学艺术都起源于民间,其后才被文人所发现和接受,并加以发扬光大。倘若按照词的这一初始形态往下走(一般地说,也应该如此),词的发展道路或许不会像现在文学史上所展示的那么曲折。

作为一种富有生命力的崭新的文学样式,词在从民间兴起不久,就引起了文人作家的注意和仿效。不过,早期的文人词在表现社会生活上尚未囿于一端。一直要到晚唐五代,即这一题材比较盛行之后,剪红刻翠之作才多了起来,并成为词坛的总体趋势,以至于渐渐形成创作的定格。③ 晚唐五代,一方面是社会矛盾的日益尖锐复杂,另一方面是一部分士大夫的偏安逸豫,流连光景。风雨飘摇中的醉生梦死,是当时社会的一个非常奇特的现象。而词在其初兴时,又只是一种为应歌而写的乐府新辞,它适应了士大夫们在这一

---

① 如关于五言诗的兴起,钟嵘《诗品序》说:"夫四言,文约意广,取效《风》《骚》,便可多得。每苦文繁而意少,故世罕习焉。五言居文词之要,是众作之有滋味者也,故云会于流俗。岂不以指事造形,穷情写物,最为详切者耶?"又游国恩等《中国文学史》第二编第五章第一节《五言诗的起源》也指出:"汉初的四言诗本是继承《诗经》三百篇的形式,后来四言诗不能表达日益丰富的社会生活内容,作者才不得不突破旧形式,采用民歌的新形式来代替它。所以东汉初年便出现了文人创作的五言诗。……具体地说,五言句所包含的词和音节可以比四言句多,运用起来伸缩性也较大,所以在表达上确实更灵活更方便些。"
② 王重民《敦煌曲子词集叙录》。
③ 参看缪钺《〈花间〉词平议》,载《灵谿词说》。

方面的生活要求。加上当时唱词者都是女子,词人在填词时往往取材于当前情事,于是就多叙写歌女的容貌、才艺以及词人与歌女的欢聚爱慕、伤离怨别之情,与此相应的,其风格也就必然是清丽婉约,缠绵悱恻的。欧阳炯在《花间集序》中曾描写词在晚唐五代盛行时的背景:"则有绮筵公子,绣幌佳人。递叶叶之花笺,文抽丽锦;举纤纤之玉指,拍按香檀。不无清绝之词,用助妖娆之态。自南朝之宫体,扇北里之娼风。"这一段经常被后人引用的话说明,词在开始盛行时,是一种"宫体"和"娼风"的结合体,则其内容和风格趋于香艳,正合乎本来的逻辑。

历史的积淀常常构成个人和集体无意识。由于词在其盛行时期多为狎妓宴饮的产物,由于后人在进行词的创作时把这一部分作品当作直接的接受和效仿对象(敦煌词一方面是因为其失传多年,另一方面,即使仍然传世,其艺术上的粗疏也不易引起文人的认同),所以,柔媚绮艳之词不仅在相当长的时期里成为词坛的主要创作取向,而且,在历代词作中,它都在数量上占据压倒的优势。李清照关于词的"别是一家"之说,正应该从这个层面去理解。

在李清照提出"别是一家"之前,北宋文坛上最重要的作家苏轼也曾有"自是一家"之说,这是他在创作出豪放词《江城子·密州出猎》之后写给友人的信中说出的观点。不过,苏轼的意思是他所创作的豪放词在当时的主流词坛上,可以别成一种风格,而李清照则是把词放在抒情文学传统中,认为词有其特殊的品质,带有辨体的性质。值得注意的是,苏轼的创作,在词里注入诗的因素,希望词也能像抒情诗一样,表现更为开阔的生活,这是一种出于诗词同源观点的尊体;而李清照在《词论》中批评许多词作其实只是"句读不葺之诗",是站在词的文体特性立场上说话的,也是一种尊体。这两种尊体,看起来似乎矛盾,其实涉及了词学发展的一些基本思路,因而也就不时在后世产生回响。事实上,尊体之说在词学史上一直在延续着。如果说,陈维崧、朱彝尊和张惠言诸人的学说,主要承袭了"自是一家"说的精神的话,则万树作《词律》、戈载作《词林正韵》,以及其他类似的探讨,则更多地从"别是一家"而来。宋代的词学探讨,已经基本决定了清代的词学精神,实则并不是所谓"豪放"、"婉约"所能限制的,尽管后代往往根据明代张綖《诗余图谱》的看法,把"婉约"、"豪放"二派作为词史发展的基本思路。但二者的关系究竟怎样理解,仍然可以进一步思考。

两宋是词的创作大盛的时代。两宋词坛,思潮多变,不仅豪放婉约,双向演进,而且彼此交叉,日渐繁复。词学观念也愈益体现出复杂性,即以所谓本色而言,从词体看,有传统定势;从作者看,又有个性思想之别。总体趋势是越来越文人化,越来越格律化,不过北宋和南宋仍然有其别。于是在词史上乃有南北宋之分,影响后世词学非浅。词家之有宋又如诗家之有唐。其内在理路,亦如诗学中有宗唐宗宋之说,引导着明清的诗学建设;清词复兴中对南北宋的选择取舍,也是词学思潮流变的基本出发点。至于以四唐说比附宋词的发展,虽然古人已经开其端,是对宋词流变进一步重视的必然结果,但宋词中有音乐文学和文士文学比例消长的问题,并不能单纯从抒情诗的角度立论。这个问题在词乐失传的情况下,详细的辨析已有难度,不过这也说明将词简单作为抒情文本的局限性。总的说来,角度的多元和文类的沟通是基本趋势,因此,有不少问题的解决还期待着交叉与渗透,如音乐和文学,音韵学和文学等。

在词史上,词向诗(甚至还有文、赋等)的靠拢是一个非常明显的现象,不仅创作中不断增强诗的因素,理论上也不断借鉴诗学的成果,这在清代词学的建设中尤其明显。其中几个著名的流派群体,如阳羡词派的"存经存史"之说,浙西词派的"醇雅清空"之说,以及常州词派的"意内言外"、"比兴寄托"之说等,无不打下诗学的烙印,而以常州派所立之论影响特别大。常州词派张惠言兄弟感于日益危殆之时局,希望文学能够有助于世道人心,于是编纂《词选》一书,指出向上一路,经过周济和谭献的发挥和完善,终于形成在词学史上最有体系的理论,在近代词坛上发挥的作用尤其大。后来陈廷焯的"沉郁"说,况周颐的"重拙大"说,王国维的"境界"说等,都是常州词派理论的进一步发展。理论和创作的不协调一直是文学史经常出现的现象,但常州词派的理论在后世往往得到自觉的实践,只是如何看待有无寄托,以及寄托深浅,固然是诗学中的大问题,在词学中似乎更加难以具体把握。于是"比兴寄托"之说的局限性也理所当然引起人们的思索,不过这里面怎样把问题说得更为透彻,则还有非常大的空间。

词是专门之学,虽有文体上的规定性,但所包容的范围非常大。20世纪的词学大师夏承焘曾经为自己的词学研究拟出一些题目,择其要者列之如下:① 年谱及编年事辑,如《词人年表》、《词林补事》、《词人地表》、《词林索事》、《宋词大事考》、《宋词考事》、《唐宋诗词系年总表》、《唐宋金元词系年总谱》、《唐宋金元词编年》等;② 词学考证,如《词学讨源》、《词例》、《词乐考》、

《词学考》、《词集名物考》、《词史》、《唐宋词史料丛札》、《词学典》、《词学志》、《词学谱表》、《词僻典》、《词调索引》等；③词集整理和词人研究，如《唐宋元词集提要》、《唐宋词集分类统计表》、《宋词通笺》、《苏辛词系》、《辛词例》、《陈其年词笺》等；④词选及普及读物，如《本色词选》、《宋词比兴笺》、《词最》、《受宋诗影响的宋词选》、《宋词绍骚编》、《宋人滑稽词注释》等；⑤词谱、词话等，如《词苑续谈》、《校注词苑丛谈》、《词话丛话》、《宋词主客图》、《词谱三书索引》、《词谱易读》等。① 这些，夏先生多没有来得及去做，但对今天的词学研究无疑有很大的启示。

  本章选了两篇文章：唐圭璋、潘君昭《论词的起源》和龙榆生《宋词发展的几个阶段》，揭示了词史和词学理论史上的几个重要的问题，但由于学术在不断发展，文章写作年代比较早，其中的若干观点已经被后人有所补充。

选 文

论词的起源

唐圭璋　潘君昭

导言——

  本文原载《南京师范学院学报》1978年第1期。

  主要作者唐圭璋（1901—1990），江苏南京人。毕业于中央大学，先后任中央大学、金陵大学、南京师范学院教授。

  本文对前人以作品的句式是否长短句来推定词的最早作者和产生时代的看法不予认同，从燕乐的产生、《教坊记》所记载的某些曲子以及敦煌曲子词中的作品这三个方面，论证词产生于民间，即劳动人民之手，最早时代当在隋朝。对于文人词，则认为唐玄宗时代已经出现，李白的两首作品并非出于

---

① 参看陶然《规模宏阔　金针度人——记夏承焘先生未及成书的著述》，《古典文学知识》2003年第5期。

伪托。词起源于民间说是20世纪词学探讨的新成果,将书面文献与考古发现互相结合,进行论证,方法尤足称道。但具体论述中,某些看法往往无法坐实,因而流于概念化,带有特定时代的烙印。

一 对有关论述提出几点商榷

关于词的起源问题,历来说法很多,主要都是以作品的句式是否长短不齐作为客观标准,从而据此推定词的最早作者和产生时代。我们认为,研究词的起源,首先应该学习毛主席的指示:"人民生活中本来存在着文学艺术原料的矿藏,这是自然形态的东西,是粗糙的东西,但也是最生动、最丰富、最基本的东西;在这点上说,它们使一切文学艺术相形见绌,它们是一切文学艺术的取之不尽、用之不竭的惟一的源泉。这是惟一的源泉,因为只能有这样的源泉,此外不能有第二个源泉。"(《在延安文艺座谈会上的讲话》)由此看来,作为文学样式之一的"词",必然是起源于劳动人民,而决不可能起源于梁武帝、隋炀帝或其他封建文人。其次,"长短句"固然是词的重要特征之一,但这并不是惟一的依据。词的产生是与特定的音乐因素分不开的,而特定的音乐因素还与一定的历史条件密切相关。在进行研究的时候,如果不把以上各点放入探讨范围之内,恐怕不易得出圆满的结果。例如有的说法认为梁武帝的《江南弄》已具有词的雏形,到中、晚唐达到成熟阶段,其主要理由是由于《江南弄》的句式是长短不齐的。

> 众花杂色满上林,舒芳耀绿垂轻阴,连手蹙蹀舞春心。舞春心,临岁腴,中人望,独踟蹰。

上面这首《江南弄》,虽然是长短句,也即为杂言体诗歌,但从诗歌发展过程来看,从《诗经》到汉、魏乐府中都有长短句存在,可见仅此一点是不足以说明问题的。事实上,更重要的条件是在音乐方面,《江南弄》所配的乐曲是"吴声西曲"。《古今乐录》说:"梁天监十一年冬,武帝改西曲,制《江南上云乐》十四曲,《江南弄》七曲。"(《乐府诗集》卷五〇)其实,《江南弄》真正的作者应该是善歌"吴声西曲"的宫中女歌手王金珠,《通典》卷一四五指出了这一点:"内人王金珠善歌'吴声西曲',又制《江南歌》,当时妙绝。"这里也点明了《江南弄》所配的乐曲是六朝时流行于江南一带的"吴声西曲"。

所谓"吴声西曲",其歌辞格式主要是五言四句,但杂言体的也有不少。其音乐本属于"清乐"(汉、魏、南北朝时的俗乐)范畴,在陈朝之后,被认为是"古曲"而不予重视:"清乐遭梁陈亡乱,所存盖鲜,隋室以来,日益沦缺。……自长安①以后,朝廷不重古曲,……旧乐章多或数百言,……就中讹失,与吴音转远。"(《通典》卷一四六)我们知道,与"词"相配合的乐曲,是隋、唐时属于"燕乐"系统的"新声";至于与《江南弄》相配合的,则是"清乐"系统的"吴声西曲",因此,它只能是一首杂言体的六朝吴歌,而不可能是雏形的"词",从而也不能得出词起源于梁代的结论。

有的说法则认为隋炀帝的《纪辽东》是入乐的长短句(词)。从题目和内容来看,《纪辽东》显然是隋代统治者穷兵黩武、宣扬武功的庙堂乐章,现录其一首:

辽东海北剪长鲸,风云万里清。方当销锋散马牛,旋师宴镐京。
前歌后舞振军威,饮至解戎衣。判不徒行万里去,空道五原归。

这首为了统治者"征辽东"而"振军威"的乐章,从内容来看,是为统治阶级服务的庙堂篇章,而绝不会是民间的东西。再说《纪辽东》是否词调,也无明证,《教坊记·曲名表》和敦煌曲中,都未见有此调。从音乐角度考察,为这种内容所配的乐曲,也该是属于庙堂音乐范围的"雅乐"。

其他如词起源于初、盛唐,到中唐以后流行渐广等等说法,主要也是以句式的长短为立论根据,就不在此一一列举了。

由此看来,"词的起源"是可以继续进行研讨的课题,本文准备从几个方面提出一些粗浅的看法。

二 燕乐和词的关系

隋代是南北统一的时代。300多年分裂局面的结束,促进了当时封建经济的发展。在分疆割据这一障碍消除以后,南北交通由于修治道路、开通运河而迅速发展;手工业方面如纺织业、造船业都很发达;雕板印刷的发明、图

---

① 唐武则天在位时年号之一。

书典籍的搜集管理，特别是经学、史学、文学、绘画、音乐的南北交流融合，使文化方面逐步进入新的阶段。另外，度量衡和钱币的统一又促使商业和城市日趋繁荣，东都洛阳是国内的商业中心，又是国际贸易的主要城市，京城长安的商业也非常发达，各种伎艺随之兴盛，原来流行于上层社会并且日趋典雅的"清乐"，逐渐被目为"古曲"而受到冷落，充满着生命和活力的"新声"却正在民间兴起。王灼《碧鸡漫志》卷一说："盖隋以来，今之所谓曲子者渐兴，至唐稍盛。"这"曲子"即当时正在兴起的"新声"，属于一般称之为"燕乐"的音乐范畴。

什么是"燕乐"？从字面上看，"燕（'燕'与'宴'通）乐"是由于经常在宴会上演出而得名。沈括《梦溪笔谈》卷五指出："自唐天宝十三载，始诏法曲与胡部合奏。自此乐奏全失古法，以先王之乐为雅乐，前世新声为清乐，合胡部者为宴乐。"点明了燕乐本身既不同于庙堂祭飨所用的雅乐，也有别于被称为"前世新声"（指两汉、魏、晋、南北朝）的清乐，而是当时流行的"胡夷、里巷之曲"（《旧唐书·音乐志》）。其中主要成分是里巷之曲，即中原一带民间流行的新曲和一些流传较久而又经过"翻新"的旧曲（指清乐系统的南方吴声西曲和北方民歌等等），至于胡夷之曲，则包括有少数民族以及外国传入的音乐。杜佑《通典》卷一四六谓"隋立九部乐"，第一是燕乐，第二是清商，其余才是西凉、扶南、高丽、龟兹、安国、疏勒、康国等等。可见"燕乐"是以隋、唐时中原一带民间音乐为主，又融合了前代的清乐、少数民族音乐和外来的音乐。它的出现，是与南北统一以后社会向前发展的局面，特别是都市的繁荣分不开的。在当时，"燕乐"是属于"教坊"中"俗乐"的范围。《通鉴·开元二年正月》："旧制，雅俗之乐皆隶太常。上精晓音律，以太常礼乐之司，不应典倡优杂伎，乃更置左右教坊，以教俗乐，命右骁卫将军范及为之使。"郭茂倩称这些隋、唐以来的教坊乐曲为"杂曲"，又总其名为"燕乐"，"近代曲者，亦杂曲也，以其出于隋、唐之世，故曰近代曲也。……而总谓之'燕乐'"（《乐府诗集》卷七九）。实际上，唐因隋旧制，"燕乐"也就是俗乐中最主要的部分。

刘熙载《艺概》卷四指出："词即曲之词，曲即词之曲。"此处所说的"曲"，即是《旧唐书·音乐志》中所云歌者杂用之"曲"，也即南北统一以后出现的新乐曲（"燕乐"系统）。当时称这种"曲"为"曲子"或"杂曲子"，书写下来，就是一些乐谱。有了乐谱就会有歌辞，以用于歌唱。这配合"燕乐"乐曲的"歌辞"，就是"词"。从文学角度来说，这种"词"，是新起的文学样式。

从以上的叙述中可以看出：词的产生是不能脱离一定的历史条件和特定的音乐环境的。下面拟再根据《教坊记》以及敦煌资料中有关线索，对词的起源问题进行探讨。

三 从《教坊记》看词的起源

"曲子"在隋代已经产生，影响到宫廷，到唐代而盛，其间情况，在唐人崔令钦的《教坊记》中多所透露。我们知道，"教坊"本是朝廷所设的音乐机构。《隋书·音乐志》：大业六年"大括魏、齐、周、陈乐人子弟，悉配太常，并于关中为坊置之，其数益多前代"。另外，《通鉴》卷一八〇亦记载：大业三年"敕河南诸郡送一艺户，陪东都三十余家，置十二坊于洛水南以处之"。胡三省注："艺户，谓其家以技艺名者。"从这两条资料中可以看到一个具体事实，即隋代已将各地艺人集中到京师（指东京洛阳及西京长安），这些人为数不少，而且必然带有各种乐谱歌辞以备演唱。到唐代，则又进一步设有内、外教坊。《新唐书·百官志》说："武德后，置内教坊于禁中，……京都置左右教坊，掌俳优杂伎，自是不隶太常，以中官为教坊使。"又《礼乐志》："玄宗……置内教坊于蓬莱宫侧，居新声、散乐、倡优之伎。"上面指的是内教坊（在宫城之内）。另外，《教坊记·序》指出："翌日，诏曰：'太常礼司，不宜典俳优杂伎。'乃置教坊，分为左右而隶焉。"又："西京：右教坊在光宅坊，左教坊在延政坊。……东京：两教坊俱在明义坊。"上面指的是外教坊（在宫城之外）。可见唐玄宗时的内外教坊，都是宫廷的俗乐机构，不属于专司礼乐的雅乐机构。

与汉代的"乐府"相比，唐代"教坊"并没有"采诗"制度。汉代以"兴乐教、观风俗"为由，设立"乐府"官署，继承了周王朝的"采诗"制度，一方面是观风施政，用来防范和镇压人民；另一方面则是用来供统治者欣赏娱乐。在客观上，由于成立机构，进行采诗，有专人到各地收集写定，使乐谱和歌辞能保存下来。唐代教坊在玄宗时曾集中了"音声人一万零二十七人"（《新唐书·百官志注》）。这些"音声人"，当即《礼乐志》中所谓的"新声之伎"，他们必然备有大量乐谱歌辞，由于没有专人予以保存，以致全部丧失亡佚。郭茂倩认为："杂曲者，历代有之，……干戈之后，丧乱之余，亡失既多，声辞不具，故有名存义亡，不见所起。"（《乐府诗集》卷六一）隋、唐"杂曲"的亡失，与唐代教坊没有"采诗"制度，没有专人收集保存，很有关系。《教坊记》中记录了300多个曲名，但据此仍无法了解这些杂曲最早的"声"与"辞"，这和郭氏所谓"名存义亡,不见所起"的说法相符合。

　　崔令钦生当唐玄宗、肃宗之时,他在《教坊记·序》中说自己在玄宗开元时任职"左金吾",他的属下"仓曹武官"与"教坊"中人住在同一坊中,因而对教坊情况相当熟悉,由于他经常向"仓曹武官"了解教坊情况,从而记录下许多有关的资料,保存了300多个曲名。

　　值得注意的是在这张《曲名表》中提供了与词的起源有关的消息:这300多个曲名经过考证,可定为隋曲者有三,即《泛龙舟》、《穆护子》和《安公子》。

　　首先谈《泛龙舟》。《隋书·音乐志》说:"炀帝不解音律,略不关怀。后大制艳篇,辞极淫绮。令乐正白明达造新声,创《万岁乐》、《藏钩乐》、《七夕相逢乐》、《投壶乐》、《舞席同心髻》、《玉女行觞》、《神仙留客》、《掷砖续命》、《斗鸡子》、《斗百草》、《泛龙舟》、《还旧宫》、《长乐花》及《十二时》等曲,掩抑摧藏,哀音断绝。"其中《泛龙舟》亦见于《教坊记·曲名表》。从名称来看,《泛龙舟》应是江南一带的民间歌曲,但历来的记载中说法颇有出入。《隋书·音乐志》将《泛龙舟》叙在"龟兹乐"条之下,《通典》、《两唐书》、《唐会要》都将它放在由隋入唐的清曲三十二调之中,《乐府诗集》据此将它编入"吴声歌曲"。《通志·乐略》将《泛龙舟》既编入清商曲,又列入"龟兹乐"。必须指出:《泛龙舟》既然是隋、唐乐工所造的"新声",那就不会是到隋、唐已被称为"古曲"的"吴声西曲";其本身的名称又具有明显的江南地方色彩,因此也不会是来自新疆地区的"龟兹乐"。我们认为,从列名于《教坊记·曲名表》,并结合《隋书·音乐志》等记载进行具体分析,《泛龙舟》当是隋代民间新声,也即王灼所说的"曲子",其最初的歌辞已经亡佚,当即为早期的民间词之一。

　　其次谈《穆护子》(见《教坊记·曲名表》)。《乐府诗集》卷八〇有《穆护砂》,唐人张祜所作,是五言四句。明杨慎《词品》卷一有《穆护砂》条:"乐府有《穆护砂》,隋朝曲也。与《水调》、《河传》同时,皆隋开汴河时,辞人所制劳歌也。其声犯角。其后至今讹'砂'为'煞'云。予尝有诗云:'桃根桃叶最夭斜,《水调》《河传》《穆护砂》。无限江南新乐府,陈朝独赏《后庭花》'。"杨慎的这一说法,当有所根据。由此看来,《穆护子》(即《穆护砂》)当亦为隋代曲子,其歌辞已佚。元人宋绸有《穆护砂》词,为双调169字,盖因旧曲另倚新声。

　　再次谈《安公子》。据《教坊记》中《安公子》条下云:"隋大业末,炀帝将幸扬州,乐人王令言以年老,不去,其子从焉。其子在家弹琵琶,令言惊问:'此曲何名?'其子曰:'内里新翻曲子,名《安公子》。'"《碧鸡漫志》卷四《安公子》

条所引与《教坊记》大致相同。两者都点明《安公子》产生于隋炀帝大业末年,是当时"新翻"的"曲子"。另《大日本史》卷三四八列"性调六曲",次曰《安弓士》,并谓"'士'一作'子',又作《安公子》,隋乐也"[1]。由此可见,《安公子》不仅列入《教坊记·曲名表》,且有曲调本事,具体指出了它的时代和体裁。此外,还有其他资料可以确定《安公子》亦是隋代曲子,其歌辞亦未见记载。

四 从敦煌曲看词的起源

敦煌词,主要是唐代民间作品,这许多民间词的被发现,解决了不少有关词学的问题,"词的起源"也即其中之一。迄今所见敦煌词的调名共六十九,见于《教坊记》者四十五,可确定为隋曲者四,即《泛龙舟》、《斗百草》(大曲)、《水调》和《杨柳枝》。前两者,《隋书·音乐志》认为是炀帝时乐工白明达所造的"新声"(《泛龙舟》亦见于《教坊记》)。《水调》据《乐苑》说是"隋炀帝幸江都时所制"(见《乐府诗集》卷七九)。其实三者都是隋代民间曲子。《水调》到唐代极为流行,盛唐王昌龄有《听流人水调子》诗,晚唐罗隐有《席上歌水调》:"若使炀帝魂魄在,为君应合过江来。"似乎到晚唐时此曲还保存着原来的音调。

关于《杨柳枝》,亦见于《教坊记·曲名表》,《碧鸡漫志》卷五有《杨柳枝》条:"《鉴戒录》云:'柳枝歌,亡隋之曲也。'前辈诗云:'万里长江一旦开,岸边杨柳几千栽。锦帆未落干戈起,惆怅龙舟更不回。'又云:'乐苑隋堤事已空,万条犹舞旧春风。'皆指汴渠事。而张祜《折杨柳枝》两绝句,其一云:'莫折宫前杨柳枝,元宗曾向笛中吹。伤心日暮烟霞起,无限春愁生翠眉。'则知隋有此曲,传至开元。"可见《杨柳枝》就是隋曲《柳枝》。

另外还有《河传》,《教坊记·曲名表》及敦煌曲中均无此调。据《碧鸡漫志》卷四《水调歌》条引《脞说》:"《水调》、《河传》,炀帝将幸江都时所制。……《河传》唐词存者二。……以此知炀帝所制《河传》不传已久。"可证《河传》亦是隋代曲子。

敦煌民间词,其中很多首的内容与词调有关,如《天仙子》有"天仙别后信难通"之语,《竹枝子》有"垂珠泪,滴点点,滴成斑"之语,《泛龙舟》有"无数江鸥水上游,泛龙舟,游江乐"之语,《斗百草》(第一)有"喜去喜去觅草"之语。

---

[1] 转引自任半塘《教坊记笺订》,第181页。

另如《柳青娘》咏柳青娘之美,《浣溪沙》咏人如西子之美。以上所举几首都是内容与调名相合,这与郭茂倩"复有不见古辞,而后人继有拟述,可以概见其义者"(《乐府诗集》卷六一)的说法亦颇相符。特别是《泛龙舟》和《斗百草》两调是《隋书·音乐志》所提到的调名,在"不见古辞"的情况下,敦煌词中的这两首能"概其义"的"拟述"能保留到今天,也是可贵的。

此外,敦煌词中不仅有《南歌子》、《望江南》、《杨柳枝》等小令,也出现了像《内家娇》(104字)、《倾杯乐》(110字)那样的慢词,这些词有的约作于盛唐。过去由于资料缺乏或其他特殊情况(如《花间集》不收慢词),使人误以为词的发展是先有小令后有慢词;另外还可以看出在盛唐时民间词的体制已臻于完备,这也是词起源于隋的一个旁证。

以上所述,主要是通过前人论述及各方面的资料,指出可确认为隋曲者有七,其调名为《泛龙舟》、《穆护子》、《安公子》、《斗百草》、《水调》、《杨柳枝》、《河传》。有乐曲就有歌辞(即"词"),这是"词"起源于隋代的具体依据。关于这些曲子的歌辞,诚如鲁迅所指出的:"就是《诗经》的《国风》里的东西,好许多也是不识字的无名氏作品,因为比较的优秀,大家口口相传的。王官们检出它可作行政上参考的记录了下来,此外消灭的正不知有多少。"①大概是由于隋、唐时朝廷没有专人收集,致使一些口口相传的早期民间词全部亡佚,这也即七支隋曲只存调名而无歌辞的原因所在。

五 关于文人词的起源问题

从隋曲子到敦煌曲子之后出者(其中如《云谣集》,结集于后梁末即922年),其间经过了漫长的300年,民间乐曲是大大增多了,传唱地域也十分广泛;在这期间,从民间词中吸取营养的文人词也正在逐渐发展。下面想对文人词约起源于何时这一问题谈谈我们的看法。

目前所能见到的早期文人词,有唐玄宗(712~755年)的《好时光》,《教坊记·曲名表》有此调名,南卓《羯鼓录》亦有记载,《尊前集》首篇即为此词。还有李白的《菩萨蛮》和《忆秦娥》,宋黄昇认为是"百代词曲之祖"②。

首先谈《菩萨蛮》。《教坊记·曲名表》及敦煌曲中均有此调名,李白在开

---

① 鲁迅《且介亭杂文·门外文谈》。
② 《唐宋诸贤绝妙词选》卷一。

元、天宝时依调作词完全有可能。北宋文莹(神宗时人)的《湘山野录》就认为是李白所作:"此词(指《菩萨蛮》)不知何人写在鼎州沧水驿楼,复不知何人所撰,魏道辅泰见而爱之,后至长沙,得古集于曾子宣(名布,曾巩弟)内翰家,乃知李白所作。"这话是可信的。绝非如明胡应麟据晚唐苏鹗编的小说《杜阳杂编》中的说法,以为《菩萨蛮》词调到晚唐才有。

其次谈《忆秦娥》,北宋词人李之仪(神宗时人)有《忆秦娥》用太白韵:

清溪咽,霜风洗出山头月。山头月,迎得云归,还送云别。
不知今是何时节,凌歊望断音尘绝。音尘绝,帆来帆去,天际双阙。①

这首"用太白韵"的和词,证明了《忆秦娥》原词在北宋时已很受注意,并公认它是李白的作品,我们亦可不必再怀疑它是伪作。

到中唐肃宗时(756～761年),有张志和的《渔父》,当时"依调填词"的和作很多。② 日本平安朝嵯峨天皇有"拟张志和《渔父》五首",题为"杂言渔歌"(《经国集》),并命朝臣滋野贞主奉和五首。③ 现录嵯峨天皇和作一首于下:

寒江春晓片云晴,两岸花飞夜更明。鲈鱼脍,莼菜羹,餐罢酣歌带月行。

可见此词流传之广,影响之大,同时也反映出中唐时文人作词或唱和的风气已很普遍,此后文人作词见于记载的也逐渐增加。至于刘禹锡的《忆江南》,其写作时间迟于张志和的《渔父》约六十多年,虽然题目上指出是"依《忆江南》曲拍为句",但从以上的具体事例来看,这并不是如胡适所云,为历史上"依调填词之第一次",更不能因之断定白居易、刘禹锡的《忆江南》才是真正的长短句,甚至将民间词与文人词混淆在一起,作出词起源于中唐的错误结论。

---

① 《全宋词》第一册,第343页。
② 转引自任二北《敦煌曲初探》第252页;"《渔父》之和词,载在《金奁集》后及《渔歌碑传集录》者,亦十余首。"
③ 转引自范文澜《中国通史简编》修订本第三编第二册,第791页。

我们认为,文人依曲拍填词当然是在民间曲子广泛流传之后,民间曲子往往因为音调美听,传播很广,原有歌辞则由于种种原因而湮没无闻。因此,一般乐曲通常都是本有曲调,由声定词,于是或依曲拍为句(杂言)创作新词,或引现有诗句(齐言绝诗)配合入乐。可以这样说,在文人词的发展过程中,以齐言诗入乐的情况可能还早于长短句新词的创作。元稹在《乐府古题序》中说:"因声以度词,审调以节唱……斯皆由乐以定辞,非选词以配乐。"这是兼指杂言、齐言两者而说的。例如《乐府诗集》卷八〇王维《渭城曲·序》指出:"《渭城》,一曰《阳关》,王维之所作也,本送人使安西诗,后遂被于歌。"这里点明诗人作诗的本意并不是为了配乐,而是别人(如乐工)根据乐曲选定歌辞,让歌者传唱,《渭城曲》就由于经常在饯别宴上传唱而成为一首具有代表性的"离歌"。

关于齐言绝句诗入乐传唱的情况,《碧鸡漫志》卷一记载得较为具体:"旧说开元中,诗人王昌龄、高适、王之涣①诣旗亭饮,梨园伶官亦招妓聚燕,三人私约曰:'我辈擅诗名,未定甲乙,试观诸伶讴诗分优劣。'一伶唱昌龄二绝句云:'寒雨连江夜入吴,平明送客楚帆孤。洛阳亲友如相问,一片冰心在玉壶。''奉帚平明金殿开,强将团扇共徘徊。玉颜不及寒鸦色,犹带昭阳日影来。'一伶唱适绝句云:'开箧泪沾臆,见君前日书。夜台何寂寞,犹是子云居。'之涣曰:'佳妓所唱,如非我诗,终身不敢与子争衡;不然,子等列拜床下。'须臾,妓唱:'黄河远上白云间,一片孤城万仞山。羌笛何须怨杨柳,春风不度玉门关。'"这个流传甚广的"旗亭赛诗"的传说,道出了一个历史事实,就是当时已将诗人的名作配上动听的音乐(现成的乐曲),歌妓乐意传唱,诗人也以此为荣。

盛唐时,新的乐曲不断出现,"而总谓之燕乐,声辞繁杂,不可胜纪"(《乐府诗集》卷七九)。与此同时,就迫切需要大量歌辞,歌辞的来源一是取现成的齐言诗入乐,这在上面已经介绍过了。《碧鸡漫志》卷一又说:"以此知李唐伶伎,取当时名士诗句入歌曲,盖常俗也。……五代犹有此风,今(指宋代)亡矣。""常俗"两字,说明风气不是始自盛唐,看来初唐就已有之,但那些繁音促节的乐曲,却不能一概都用齐言诗来配合,非另外设法不可。二是向民间词(杂言)学习,由文人创作杂言新词。以上所述留存至今的盛唐词,从其格调

---

① 《知不足斋丛书》本作"涣之"。

与内容来看,已达到成熟阶段,到晚唐才会形成词人辈出的局面。宋末张炎《词源》卷下指出"粤自隋、唐以来,声诗间为长短句,至唐人则有《尊前集》、《花间集》",道出了文人词发展的某些历史事实。但盛唐文人词留存至今者其数量之少却是出乎常情,这里反映出早期文人词亡佚不传的客观情况。究其不传的原因,不外下述两点:

一是朝廷在有关机构中没有设置专人来收集保存民间及文人的曲子词,有关的私家著作如《教坊记》中仅存曲名,据此无法得知曲子词的内容。

二是由于封建礼教、科举考试均以道德文章相标榜,文人专心文章诗赋,以备应试,借此获取功名利禄,视"词"为小道,不屑尝试,有的虽偶尔为之,仍目之为不登大雅的"艳曲",到中、晚唐时情况仍复如此。元稹诗序①云:"因思顷年城南醉归,马上递唱艳曲,十余里不绝。"而这些艳曲是被诗人们摒之于自己的诗集之外的。如白居易在《长庆集·自序》中就特别提到:"若集内无而假名流传者,皆谬为耳。"也即是说,文人即使写了艳曲,不但自己不会收入集中,还恐怕旁人传播而预先声明凡集外流传者都是伪作。这种风气到晚唐以后才逐渐转变,但即使在晚唐、五代,"艳曲"及其作者仍然受到上层社会的卑视。如温庭筠,《旧唐书》本传称其:"士行尘杂,不修边幅,能逐弦吹之音,为侧艳之词,公卿家无赖子弟裴诚、令狐缟之徒,相与蒱饮,酣醉终日,由是累年不第。"《碧鸡漫志》卷二亦称"温飞卿号多作侧辞艳曲"。又孙光宪《北梦琐言》卷六载五代时的和凝"少年时好为曲子词,布于汴洛,洎入相,专托人收拾焚毁不暇。然相国厚重有德,终为艳词玷之。契丹入夷门,号为曲子相公"。这正好道出了晚唐以前文人词不多见于载籍的缘故。

综合以上的叙述,我们认为,关于文人词的起源问题,可以得出初步结论,即是:其产生时代应该是在隋代兴起的民间词广泛流传之后,即初唐晚期,较齐言诗入乐的时间要稍后一些。

---

① 《全唐诗》卷一五。

宋词发展的几个阶段

龙榆生

导言——

本文选自《龙榆生词学论文集》(上海古籍出版社,1997年),原载《新建设》(1957年第8期)。

作者龙榆生(1902—1966),江西万载人。从朱祖谋学词,曾任上海音乐学院等校教授。

本文清理宋代词史,首先谈到晚唐五代词风的特色及其对北宋初年词风的影响,以见宋词兴盛的文体传承,然后把柳永和苏轼之间的词风不同看成两种不同的创作追求和取向,进而揭示豪放和婉约作为北宋词坛两个流派的意义。至于南宋词坛,仍然是两种思潮,即苏辛词派和白石词风,其他作家皆得其一体。本文是宋词发展的一篇简史,思路开阔,文笔清省,作者多方面的学养使得行文过程中有着亲切的体认,是由创作实际而来的理论总结。至于希望从周、姜一派探求词的艺术性和音乐性,从苏、辛一派探索词的思想性和时代性,以为现代创作提供借鉴,则是作者的写作动机,也可看出时代的影响。

一 宋词的先导

长短句歌词发展到了宋代,可说是登峰造极,在中国文学史上占有特殊地位。这个音乐语言和文学语言紧密结合的特种诗歌形式,就它的音乐关系来说,原来叫作"曲子"或"杂曲子"(例如敦煌发现的《云谣集杂曲子》、柳永《乐章集》后附的《续添曲子》),又叫"今曲子"或"今体慢曲子"(并见王灼《碧鸡漫志》卷一、五),这都表明词原是在唐、宋以来新兴曲调的基础上逐步发展起来的。就它的文学组织来说,原来叫作"曲子词"(见《花间集》欧阳炯序)或"长短句"(见《碧鸡漫志》卷二),这又表明词是经过严格的音乐陶冶,从五、七言近体诗的形式错综变化构成的。据崔令钦《教坊记》所载教坊曲名有278调之多,另附46大曲。这些曲调都是唐明皇(李隆基)开元年间西京(长安)左右教坊诸妓女所常肄习的。其中如《夜半乐》、《清平乐》、《杨柳枝》、《浣溪沙》、《浪淘沙》、《望江南》、《乌夜啼》、《摘得新》、《河渎神》、《二郎神》、《思帝乡》、

《归国遥》、《感皇恩》、《定风波》、《木兰花》、《菩萨蛮》、《八拍蛮》、《临江仙》、《虞美人》、《遐方怨》、《凤归云》、《绿头鸭》、《下水船》、《定西蕃》、《荷叶杯》、《长相思》、《西江月》、《拜新月》、《上行杯》、《鹊踏枝》、《曲玉管》、《倾杯乐》、《谒金门》、《巫山一段云》、《相见欢》、《苏幕遮》、《诉衷情》、《洞仙歌》、《梦江南》、《醉公子》、《拂霓裳》、《兰陵王》、《南歌子》、《风流子》、《生查子》、《天仙子》、《酒泉子》、《破阵子》、《摸鱼子》、《南乡子》等，在晚唐、五代、宋人词中还是不断使用。晚近敦煌发现的唐人写本《琵琶谱》，也保存了《倾杯乐》、《西江月》、《心事子》、《伊州》、《水鼓子》、《胡相问》、《长沙女引》、《撒金沙》等曲。这八个曲调，都是《教坊记》中所有，只《水鼓子》作《水沽子》、《长沙女引》作《长命女》，大概由于传写的讹误。虽然这些曲子在开元时就已产生，为什么依照这些曲子的节拍来填的歌词，很难见到开元诗人的作品，连李白的《菩萨蛮》也多数认为靠不住呢？据《云谣集杂曲子》(《彊村遗书》本)所载 30 首词中，共用《凤归云》、《天仙子》、《竹枝子》、《洞仙歌》、《破阵子》、《浣溪沙》、《柳青娘》、《倾杯乐》、《内家娇》、《拜新月》、《抛球乐》、《渔歌子》、《喜秋天》等 13 个曲调，除《内家娇》外，也都是《教坊记》中所已有的，只《浣沙溪》作《浣溪沙》、《渔歌子》作《鱼歌子》，小有出入而已。这些无名作家的作品，据我个人 20 年前的推测(见 1933 年《词学季刊》创刊号拙撰《词体之演进》)，以及近年任二北先生的考证(详见任著《敦煌曲初探》)，认为有很多是出于开元前后的。这些作品使用同一曲调，而句度长短常有很大的出入，这证明倚声填词，要文字和曲调配合得非常适当，必须经过长期的多数作家的尝试，才能逐渐做到，而且非文士与乐家合作不可。这种尝试精神，不能寄希望于缺乏群众观念的成名诗家；而且运用五、七言近体诗的平仄安排，变整齐为长短参差的句法，也非经过相当长期诗人和乐家的合作，将每一曲调都搞出一个标准格式来，是很难顺利发展的。由于无名作家的尝试，引起诗人们的好奇心，逐渐改变观念，努力促进长短句歌词的发展，这不得不归功于肯"依忆江南曲拍为句"(《四部丛刊》本《刘梦得外集》卷四)的刘禹锡、白居易；而"能逐弦吹之音，为侧艳之词"(《旧唐书》卷一百九十下)的温庭筠，却因"士行尘杂，狂游狭邪"，放下了士大夫的架子，来搞这个长短句歌词的创作，奠定了这新兴歌曲在中国文学史上的特殊地位，这是值得我们特予赞扬的。

这倚声填词的风气，刚由温庭筠一手打开，接着遭到唐末、五代的乱离，教坊妓乐当然免不了四方逃散。因了南唐、西蜀比较有了相当长期的安定，声色歌舞也就跟着都市的繁荣而昌盛起来。韦庄挟歌词种子移植于成都,遂开西蜀词风之盛。《花间集》的结集,显示令词的发荣滋长;虽因温氏作风偏于香软(见孙光宪《北梦琐言》),导致多数作家缺乏思想性,而韦氏的白描手法,启发了欧阳炯、李珣二家对南方风土人情的描绘,开了后来作家的另一法门。南唐李氏父子(中主璟、后主煜)保有江南,留心文艺,尤其是李煜,因了皇后周氏善歌舞,尤工琵琶(陆游《南唐书》卷十六),对歌词的创作特感兴趣。同时宰相冯延巳在这个歌舞升平的小朝廷中,也常是趁着朋僚亲旧在宴会娱乐的时候,随手写些新的歌词,交给歌女们配着管弦去唱(四印斋本《阳春集》陈世修序)。这样朝野上下,相率成风,把短调小词的艺术形式提高,和西蜀的"花间"词派遥遥相对。这两股洪流,由于赵匡胤先后消灭了西蜀、南唐的分割局面,随着政局的统一而汇合于汴梁(北宋首都开封),复经几许曲折,酿成宋词的不断发展,呈现百花齐放的伟观。这从开元教坊杂曲开始胎孕的歌词种子,经过几百年的发荣滋长,以及无数诗人与乐家的合作经营,才能在中国诗歌史上开辟这样一大块光辉灿烂的园地,使得古今多少英雄豪杰、志士仁人都要驰骋于其中,借以发抒他们的奇情壮采,至今一绝。这一发展过程也是相当复杂,值得吾人追溯一下的。

二 宋初令词的继续发展和慢曲长调的勃兴

我们了解了短调小令,在晚唐、五代的不断进展中,许多曲调都经过了诗人们的更迭实践而有了定型。作者只须照着它的句度长短、声韵平仄,逐一填上新词,就可能按谱歌唱,因而不必每个作者都得精通乐律,和温庭筠一样"逐弦吹之音",这样只把它当作"句读不葺"的新体律诗去写,只管在艺术上不断提高。而且在晚唐、五代时,由于有些作家给过启示,像这类本来是给歌女们配上管弦借以取乐的玩艺儿,也可以借来发抒个人的抱负和所有身世之感,它的感染力较之过去各种诗歌形式是有过之无不及的。例如唐昭宗(李晔)被逼在华州,登上齐云楼,写了两首《菩萨蛮》,一首是:"登楼遥望秦宫殿,茫茫只见双飞燕。渭水一条流,千山与万丘。 远烟笼碧树,陌上行人去。安得有英雄,迎归大内中!"一首是:"飘飘且在三峰下,秋风往往堪沾洒。肠断忆仙宫,朦胧烟雾中。 思梦时时睡,不语长如醉。早晚是归期,穹苍知不知?"(《碧鸡漫志》卷二引)像这样穷途末路的可怜皇帝的哀鸣,在当时,很多人还是会寄予同情的,所以在敦煌发现的唐人写本杂曲词中,也有这个作品。

至于李煜亡国以后,在"此间终日以眼泪洗面"的俘囚生活中写下了许多"以血泪凝成"的《浪淘沙》、《虞美人》、《相见欢》等作品,也就是王国维所称"词至李后主而眼界始大,感慨遂深"(《人间词话》卷上),它给作家们的启示是更加重大的。北宋词家,由于这些启示,感觉到这个出于里巷歌谣的新兴诗体,一样适于"缘情造端,兴于微言,以相感动。极命风谣,里巷男女哀乐,以道贤人君子幽约怨悱不能自言之情,低徊要眇,以喻其致"(张惠言《词选·目录序》)。于是许多政治家和文学家,如寇准、范仲淹、晏殊、欧阳修、王安石等,都或多或少的对这个长短句歌词有所染指。这些作家的作品,虽也各有不同风格,一般说来,都是直接南唐系统,从李煜、冯延巳的基础上发展起来的。晏殊、欧阳修和王安石都是江西人,江西原来就是南唐疆域,中主李璟还曾迁都洪州(南昌),必然会把歌词种子散播于江西境内。和欧阳修同时的刘攽早就说过:"晏元献(殊)尤喜江南冯延巳歌词。其所自作,亦不减延巳。"(《贡父诗话》)清人刘熙载又说:"冯延巳词,晏同叔(殊)得其俊,欧阳永叔(修)得其深。"(《艺概》卷四)这都说明晏殊、欧阳修两大作家的词,都是直接南唐系统,和地域关系有重大影响的。王安石也曾问过黄庭坚:"作小词,曾看李后主词否?"(《苕溪渔隐丛话》前集卷五十九引《雪浪斋日记》)李后主的词是言之有物的,这对于有伟大政治抱负的范仲淹、王安石有很大的启示,因而产生范氏《苏幕遮》、《渔家傲》,王氏《桂枝香》这一类沉雄激壮的好词,开辟了苏、辛豪放派的大路,这一点是应该特别指出的。

我在前面已经说过,词是在唐、宋以来新兴曲调的基础上逐渐发展起来的。所以我们要了解北宋词特别兴盛的原因,除了上面所说的南唐影响外,还得注意那时的音乐发展情况。据《宋史》卷一百四十二《乐志》十七,提到燕乐,推本于唐"以张文收所制歌名燕乐,而被之管弦。厥后至坐部伎琵琶曲,盛流于时,匪直汉氏上林乐府、缦乐不应经法而已"。这说明唐以来音乐界情况,是几乎全部被龟兹人苏祇婆传来的琵琶曲所笼罩;而倚曲填词的发展,也是和这些琵琶曲调的传播分不开的。《乐志》又说:"宋初循旧制,置教坊,凡四部。其后平荆南,得乐工三十二人;平西川,得一百三十九人;平江南,得十六人;平太原,得十九人;余藩臣所贡者八十三人;又太宗藩邸有七十一人。由是,四方执艺之精者皆在籍中。"这来自各方的乐工,都被安排在教坊里面,于是久经离析的唐教坊旧曲又渐渐被整理出来,作为新朝音乐的发展基础。我们且看北宋教坊所奏十八调、四十六曲,其中如《万年欢》、《剑器》、《薄媚》、

《伊州》、《清平乐》、《胡渭州》、《绿腰》等,也都是开元教坊流传下来的旧曲。这46曲中,除龟兹部《宇宙清》、《感皇恩》所用的乐器以觱篥为主外,其余都是以琵琶为主的歌曲。在"队舞"的"女弟子队"中,开首就是"菩萨蛮队"。这一切,都说明北宋时代的音乐都是从唐开元教坊旧曲的基础上发展起来的。《乐志》也曾提到:"宋初置教坊,得江南乐,已汰其坐部不用。自后因旧曲创新声,转加流丽。"又说:"太宗(赵炅)洞晓音律,前后亲制大小曲及因旧曲创新声者,总三百九十。"又说:"仁宗(赵祯)洞晓音律,每禁中度曲,以赐教坊,或命教坊使撰进,凡五十四曲。"单是这两个皇帝就创作了这许多新曲,加上教坊所保存的旧曲,以及无数乐工"因旧曲创新声"的歌曲,这数目该是大得惊人的。由于音乐歌曲的繁荣,因之适应这些新兴曲调而创作的歌词,也就应运而起,斗靡争妍。加上赵匡胤在开国之初,自己觉得他的皇位是从孤儿寡妇的手中窃取得来的,怕他的"佐命功臣"将来也"如法炮制",因而借着杯酒解除了那批大将的兵权,而劝他们"及时行乐",这样间接鼓舞了满朝文武留连于声色歌舞的场所,不但"淫坊酒肆",可以尽情度着"浅斟低唱"的生活,一般贵游子弟乃至士大夫家,差不多都要养几个"舞鬟",教些歌曲,作为娱宾遣兴的主要条件。还有地方官吏送往迎来,都有歌妓奉承,几乎成了惯例。由于这种种关系,文人和歌女接触的机会太多了,许多歌曲的节奏也听惯了;而且短调小令,经过无数作家的实践,对句度声韵的安排,也早有了定型,在旧的基础上逐步提高,不论在风格上、艺术上,令词发展到了北宋前期诸作家,如晏殊、欧阳修、晏几道等,真可说得上登峰造极。这三人中尤以晏几道为最突出。他是晏殊的第七子,尽管生长在宰相的家庭中,却对那些趋炎附势的人们看不顺眼。黄庭坚说他"磊隗权奇,疏于顾忌"。又说他有四痴:"仕宦之连蹇,而不能一傍贵人之门,是一痴也;论文自有体,不肯一作新进士语,此又一痴也;费资千百万,家人寒饥,而面有孺子之色,此又一痴也;人百负之而不恨,己信人,终不疑其欺己,此又一痴也。"(《豫章黄先生文集》卷十六《小山集·序》)像他这样充满矛盾的生活,迫使他一意向文学方面发展,用歌词来排遣他那愤世嫉俗的心情,因而影响他的词的风格的提高。连道学先生程颐听人念起他的名句"梦魂惯得无拘检,又踏杨花过谢桥",也不免要赞叹一声"鬼语也"(《邵氏闻见后录》卷十九)。这可见黄庭坚赞美他的词"可谓狭邪之大雅,豪士之鼓吹,其合者《高唐》、《洛神》之流,其下者岂减《桃叶》、《团扇》哉",又说他"乃独嬉弄于乐府之余,而寓以诗人句法,清壮顿挫,能动摇人心"

（《小山集·序》）。这些话都是异常中肯的。几道自己也说过："叔原往者浮沉酒中，病世之歌词不足以析酲解愠，试续南部诸贤绪余，作五、七字语，期以自娱，不独叙其所怀，兼写一时杯酒间闻见所同游者意中事。"（《小山词·自序》）这和他对黄庭坚说，"我槃跚勃窣，犹获罪于诸公；愤而吐之，是唾人面也"（《小山集·序》），用来对照一下，他的"使酒玩世"，是有满肚皮不合时宜的。他又叙述他的填词动机："始时沈十二廉叔、陈十君宠家，有莲、鸿、蘋、云（四个歌女）品清讴娱客。每得一解，即以草授诸儿。吾三人持酒听之，为一笑乐。"（《小山词·自序》）他又把这些作品叫作"狂篇醉句"，可见其中也是言之有物。这里面所记悲欢离合之事，我们现在很难给以确切的证明，但在整个《小山词》中，他那高贵的品质，深厚的感情，以及高超的艺术手腕，却使人荡气回肠，挹之无尽。在令词发展史上，李煜和晏几道是两位最杰出的作家，而晏几道把令词推向顶点，尤其是值得读者深入寻味的。

　　北宋统一中国之后，虽然辽与西夏还常给赵氏朝廷以不断威胁，但一般说来，经过几十年的休养生息，到了仁宗时，社会经济是渐渐繁荣起来了。因了汴京的繁庶，以及教坊新曲的盛行，于是从唐以来就已有了的"今体慢曲子"，由于社会娱乐的普遍需要，也就渐渐为士大夫所注意，而开始替这些慢曲长调创作新词了。张先、柳永在这方面做了开路先锋。陈师道说："张子野（先）老于杭，多为官妓作词。"（《后山诗话》）叶梦得说："柳永为举子时，多游狭邪，善为歌辞。教坊乐工每得新腔，必求永为辞，始行于世。"又说："永亦善为他文辞，而偶先以是得名，始悔为己累。余仕丹徒，尝见一西夏归朝官云'凡有井水饮处，即能歌柳词'，言传之广也。"（《避暑录话》卷二）从张、柳两人这些填词经历，我们可以了解"今体慢曲子"虽然和小令短调一样，早在开元以来就有了，但必须等到三百年以后的仁宗朝才大大发展起来，是有它的特殊原因的。我在前面已经说过，一般有了声望的文人，对于流行民间的新兴曲子是不敢轻于接受的。连用五、七言今体诗的声韵组织，把它解放开来，适应一些新兴曲调，又非得着诗人与乐家的密切合作不可。我们只要仔细想想，柳永尚且把替教坊乐工代作歌辞"悔为己累"，这长调慢词所以迟迟发展的症结，就可以迎刃而解了。由近体律、绝的声韵安排、错综变化，以创立长短句歌词的短调小令，经过温庭筠的大量创作，还得有西蜀、南唐比较长时期安定局面的培养，才能够充分发扬；那变化更多、声韵组织更加复杂的慢曲长调，就更非经过长时期无数无名作家的尝试酝酿，而且有特出的富于文学修养的诗人,放下士大夫的架子,和乐工歌女们取得密切合作,是断乎不容易开辟这一广大园地的。恰巧张先、柳永挺身而出,担当了这一重任,为这一音乐语言和文学语言紧密结合的特种诗歌形式,留给天才作家作为发抒奇情壮采的一大广场,张、柳开创的伟迹丰功是不容抹煞的。

三　柳永、苏轼间的矛盾和北宋词坛的斗争

柳永的辈份是早于苏轼的,在苏轼"横放杰出"的词风没有取得广大读者拥护之前,整个的北宋词坛几于全为柳永所笼罩。因为他的作品很多是专为迎合一般小市民心理来写的,而且他所采用的语言也很接近群众,再和教坊时新曲调配合起来,给歌女们随地唱出,就自然会受到广大听众的热烈欢迎。在《乐章集》中,这一部分作品,有些是近于猥亵、不免低级趣味的,这是被一般文人雅士所共唾弃的一面。至于他那"羁旅穷愁之词",虽然是写的个人遭遇,然而纵横排荡,天才横溢;抒情写景,开辟了许多独特的境界。连看不起他的苏轼,读到《八声甘州》的警句"渐霜风凄紧,关河冷落,残照当楼",也不免要点点头,赞一声"此语于诗句,不减唐人高处"(《侯鲭录》卷七)。我觉得柳永的特殊贡献,还在他所写的慢词长调,体会了唱曲换气的精神,在许多转折地方,安排一些强有力的单字,用来承上转下,作成许多关纽,把整个作品像珠子一般连贯起来,使人感觉它在"潜气内转","摇曳生姿"。这一套法宝,该是从魏、晋间骈文得着启示,把它运用到体势开拓的长调慢词上来,使这个特种诗歌形式,由于音乐的陶冶,赋予了生命力,而筋摇骨转,竟体空灵,曲折宕间,恰与人们起伏变化的感情相应。若不是柳永对文学有深厚的修养,和对音乐有深刻的体会,把两者结合起来是万万做不到的。我们只要从他的代表作《八声甘州》里面所用的"对"、"渐"、"望"、"叹"等字,以及许多错综变化的句法,加以深入的体会,就不难理解他那高超的艺术手腕是怎样富于音乐性,而长调慢词的发展对抒情诗是有怎样的重要了。

柳永既然在词的领域内有了这样的开辟之功,正好供给天才作家以纵横驰骋的广大园地,那么为什么苏轼在这方面会和他发生矛盾,甚至告诫他的门下,要和柳永展开剧烈的斗争呢? 据俞文豹《吹剑续录》:

> 东坡在玉堂,有幕士善讴,因问:"我词比柳七何如?"对曰:"柳郎中词,只好十七八女孩儿,执红牙拘板,唱'杨柳外,晓风残月'。

学士词,须关西大汉,执铁板,唱'大江东去'。"公为之绝倒。

这虽是一个带有滑稽意味的笑话,但这两家的风格确也是迥然不同的。苏轼还曾对他的得意门生秦观说过:"不意别后,公却学柳七作词!"(《高斋诗话》)这都表现柳、苏间的重大矛盾和两派的剧烈斗争。这个主要原因,还在当时一般士大夫对这个新兴歌词的看法,可能阻碍"偶尔作歌,指出向上一路,新天下耳目"(《碧鸡漫志》卷二)的豪放词派的发展,所以像他本人那样的浩荡襟怀,还得和柳永的流派展开无情的斗争。因为不这样,是很难在柳派的势力下把词的内容向前推进一步的。这消息,只要看当时最崇拜苏氏的文人,如陈师道还要这样说:"子瞻以诗为词,如教坊雷大使之舞,虽极天下之工,要非本色。今代词手,惟秦七、黄九耳!"(《后山诗话》)还有他的门下士晁补之、张耒也和陈师道一样的见解,只把秦观的词当作正宗,因而有"少游诗似小词,先生(苏轼)小词似诗"(《苕溪渔隐丛话》前集卷四十二引《王直方诗话》)的说法。这个传统的狭隘思想,认定香弱一格的词才算是当行出色,是在"花间"派以至柳词盛行的影响下自然产生的。为了打开另一局面,解除这特种诗歌形式上一些不必要的清规戒律,好来为英雄豪杰服务,那么这个"深中人心"的"要非本色"的狭隘成见,就好像一块阻碍前进的绊脚石,非把它首先搬掉不可。苏轼立意要打开这条大路,凭着他那"横放杰出"的天才,"虽嬉笑怒骂之辞,皆可书而诵之"(《宋史》卷三百三十八《苏轼传》),因而"以文章余事作诗,溢而作词曲,高处出神入天、平处尚临镜笑春,不顾侪辈"(《碧鸡漫志》卷二)。他自己的作品,果如胡寅所称:"一洗绮罗香泽之态,摆脱绸缪宛转之度,使人登高望远,举首高歌,而逸怀浩气超然乎尘垢之外。于是《花间》为皂隶,而柳氏为舆台。"(《酒边词·序》)他索性不顾一切的非议,只是"满心而发,肆口而成",做他那"句读不葺"的新体律诗。说他"以诗为词"也好,说他"小词似诗"也好,他只管大张旗鼓来和拥有群众的柳词划清界线,终于获得知识分子的拥护,跟着他所指引的道路向前努力。于是这个所谓"诗人之词",不妨脱离音乐的母胎而卓然有以自树。这个别开天地的英雄手段,也就只有苏轼这个天才作家才能做得那么好。

四 北宋词坛的两个流派

一般说来,在长短句歌词的发展史上,柳永和苏轼虽然站在敌对矛盾的两方面，但从两个不同角度去看，也就各有各的开创之功。后人把它分作豪放、婉约两派，虽不十分恰当，但从大体上看，也是颇有道理的。这两派分流的重要关键，还是在歌唱方面的成分为多。所谓"十七八女郎，执红牙板"，袅袅婷婷去歌唱的作品，自然以偏于软性的为最适宜。所以在"苏门四学士"中，只有秦观的《淮海词》最被当时词坛所推重。叶梦得说："秦观少游亦善为乐府。语工而入律，知乐者谓之作家歌，元丰间盛行于淮、楚。"(《避暑录话》卷二)又说苏轼对秦观的词"犹以气格为病"。这恰恰说明一般适宜入歌的词，是和文人自抒怀抱的词有着相当距离的。陈师道推"秦七、黄九"为"今代词手"，也因两家集子里都有不少运用方言俚语，专为应歌而作的东西。从两家的整个风格来看，秦词有些确是受过柳七影响，偏于软美一路；但在南迁以后的作品，则多凄厉之音，格高韵胜，确实不愧为一个当行出色的大作家，上比柳永，下较周邦彦，不但没有逊色，而且有他的独到之处。《淮海词》一向被读者所推重，不是没有理由的。黄庭坚的《山谷词》，除掉那些应歌之作以外，大体都是沿着苏轼的道路向前进展，他的风格也和他的诗一样，以生新瘦硬见长，使读者像吃橄榄一般，细细咀嚼，才会感到"舌本回甘"的滋味。晁补之和黄庭坚同在苏门，他的词也是沿着苏轼的道路走的。他曾批评过苏、黄两氏的作品，说"居士(轼)词横放杰出，自是曲子中缚不住者。黄鲁直(庭坚)间作小词，固高妙，然不是当行家语，是著腔子唱好诗"(《能改斋漫录》卷十六)。看他言外之意，好像对苏、黄都不十分满意，实则他直接受了这两位师友的熏染，也可说是苏词的嫡系。把晁氏当作由苏轼过渡到辛弃疾的桥梁，是很合适的。因了北宋后期对于元祐党人的排斥，苏轼一派词风在南方受了一定程度的阻碍，几经曲折，将种子移植于北方，从而产生金词的"吴(激)蔡(松年)体"。直到南渡以后，这种子又由辛弃疾带回南方，创立一派"豪杰之词"。这一股巨流是由苏轼疏浚出来的。

柳七一派，虽经苏轼的剧烈斗争，但因它在广大人民中打下了深厚基础，所以它的影响依然根深蒂固，不易消灭。如上所说，苏门秦学士且不免有所沾染。据王灼说，还有沈公述、李景元、孔方平、处度叔侄、晁次膺、万俟雅言(咏)、田不伐(为)、曹元宠(组)等，源流皆从柳氏来(《碧鸡漫志》卷二)。这些人的作品，有的在"长短句中作滑稽无赖语"，受到当时市民阶层的欢迎，但不登大雅之堂，很快也就湮没了。柳永以后，只有贺铸、周邦彦两家，在长调慢词方面有了进一步的发展。贺氏辈份，约与黄、秦相等。黄庭坚最爱贺作《青玉案》词中"梅子黄时雨"的警句,尝有"解道江南断肠句,世间惟有贺方回"的表扬。张耒替他作《东山词·序》,推崇他的作品"盛丽如游金、张之堂,而妖冶如揽嫱、施之袪,幽洁如屈、宋,悲壮如苏、李"。这些话也不尽是溢美之辞。依我个人的看法,贺氏在词界的最大贡献,除了小令另有独创,仿佛南朝乐府风味外,他的长调也有很多笔力奇横的作品,可以作为辛弃疾的前导。尤其是他那《六州歌头》和《水调歌头》,句句押韵,平仄互协,增加了这两个曲调的声情激壮之美,打开了金、元北曲的先路,是值得特为指出的。

周邦彦是北宋词坛的殿军,也有人推他为"集大成"的作者(周济《宋四家词选·序论》)。他的词是从柳永的基础上向前发展的。从音乐和艺术的角度来看,他的地位是要超过柳永的。他有很深厚的文学基础,兼"好音乐,能自度曲"(《宋史》卷四百四十四《文苑传》)。在徽宗(赵佶)崇宁年间,仿照汉武帝建立"乐府"的遗意,设置"大晟府",作为整理、创作音乐曲调的最高机关。邦彦做了这大晟府的提举官,和万俟咏、田为一道工作(《碧鸡漫志》卷二)。张炎曾经说起他们在大晟府时做过"讨论古音,审定古调"的工作,"又复增演慢曲、引、近,或移宫换羽为三犯、四犯之曲,按月律为之,其曲遂繁"(《词源》卷下)。这个正式音乐机关,虽然没有很长的历史,但由于徽宗皇帝的重视,这大晟府所搜集的乐谱资料,必然是异常丰富的。周邦彦和万俟咏、田为等在这里面工作,所看到的隋、唐旧谱一定很多。例如《兰陵王》慢曲本来是北齐高长恭的《兰陵王入阵曲》,而现存《清真集》中有《兰陵王》咏柳词。据王灼说:"今越调《兰陵王》,凡三段二十四拍,或曰遗声也。此曲声犯正宫,管色用大凡字、大一字、勾字,故亦名大犯。"(《碧鸡漫志》卷四)周词就是用的这个越调《兰陵王》的遗声。据毛幵说:"绍兴初,都下盛行周清真咏柳《兰陵王慢》,西楼、南瓦皆歌之,谓之《渭城三叠》。以周词凡三换头,至末段声尤激越,惟教坊老笛师能倚之以节歌者。其谱传自赵忠简(鼎)家。忠简于建炎丁未(1127)九日南渡,泊舟仪真江口,遇宣和大晟乐府协律郎某,叩获九重故谱,因令家伎习之,遂流传于外。"(《樵隐笔录》)把这王、毛两人的话联系起来看,可见"末段声尤激越"的《兰陵王》,确是《入阵曲》的遗声。更进一步去看《清真集》中所有长调慢词,确如王国维所说:"故先生之词,文字之外,须兼味其音律。……今其声虽亡,读其词者,犹觉拗怒之中,自饶和婉,曼声促节,繁会相宣,清浊抑扬,辘轳交往。"(《清真先生遗事》)长短句慢词发展到了周邦彦,才算到了音乐语言和文学语言紧密结合的最高艺术形式。从艺术角度去看他的全部作品,确能做到"浑化"(周济《宋四家词选·序论》)的境界。由于它的音乐性特别强烈,一直为歌女们所爱唱,直到宋亡以后,还有杭妓沈梅娇会唱他的《意难忘》、《台城路》两首歌曲(张炎《山中白云》:《国香词·小序》)。他在文学上及音乐上的影响之大,也就可想而知了。

五 南宋词风的转变和苏辛词派的确立

词在形式上的发展,到了周邦彦,已是登峰造极。这个高度艺术,恰巧随着北宋皇朝的崩溃而消沉下来。由于金人的南侵,汴京沦陷,所有歌舞人等也都四散奔逃,于是入乐的词,受到环境的影响,渐渐不被作者所重视。所有爱国志士于流离转徙之余,偶然悲从中来,借着填词来发抒身世之感,不期然而趋向苏轼一路。由于各个作者的爱国思想和激越感情倾注于这个"句读不葺"的新体律诗中,把这个高度艺术形式注入了许多新血液,于是这个本来是附属于音乐的特种诗歌形式,不妨脱离音乐而自有其充分的感人力量。有如岳飞的《满江红》和张孝祥的《六州歌头》,都充分表现了作者的爱国主义精神和激壮苍凉的民族英雄气概。就是许多南渡诗人于作诗之余,写些长短句,有如陈与义的《无住词》、叶梦得的《石林词》、朱敦儒的《樵歌》、张元干的《芦川词》、向子諲的《酒边词》、陆游的《放翁词》,都是倾向于苏轼所指引的道路,在南渡初期自成系统的。只有女词人李清照目空一切,对过去作家除南唐二主及冯延巳外,都表示不满。她说:柳永"虽协音律,而词语尘下";张先等"虽时时有妙语,而破碎何足名家";晏殊、欧阳修、苏轼"学际天人,作为小歌词,直如酌蠡水于大海,然皆句读不葺之诗尔"。她对词别有一种看法,认为"别是一家,知之者少"。她比较推重晏几道、贺铸、秦观、黄庭坚,说这四家是懂得怎样填词的;但一面又指出他们的缺点:"晏苦无铺叙;贺苦少典重;秦即专主情致而少故实,譬如贫家美女,虽极妍丽丰逸,而终乏富贵态;黄即尚故实而多疵病,譬如良玉有瑕,价自减半矣。"(以上皆见《苕溪渔隐丛话》后集卷三十三)她这样严格地要求古人,究竟她自己的成就怎样?我们读了她的《漱玉词》,可见她确实不愧为"当行本色"(沈谦《填词杂说》)的作家。清照和后起的辛弃疾都是济南人,在词的成就上各有各的特点。清代诗人王士禛谈到词的两大宗派说:"婉约以易安(李)为宗,豪放惟幼安(辛)称首。"(《花草蒙拾》)清照也曾饱经丧乱流离的苦痛,她却不肯在填词方面破坏她自己所定的约束,故作壮音。她只就寻常言语度入音律,随手拈来,自然超妙。这在南宋初期诸作家中,是具有独特风格的。她这种"本色"语,也曾影响辛弃疾的晚年作品,不过两人的身世环境不同,笔调究难一致罢了。

苏轼"横放杰出"的作风,恰宜发抒英雄豪杰的热情伟抱。这一启示,由他的门徒黄庭坚、晁补之分途发展,以开南宋初期作家的风气,直到辛弃疾进一步把局面打开,这样才奠定了词在中国文学史上不可动摇的地位。刘辰翁说得好:"词至东坡,倾荡磊落,如诗如文,如天地奇观,岂与群儿雌声学语较工拙?然犹未至用经用史,牵雅、颂入郑、卫也。自辛稼轩前,用一语如此者必且掩口。及稼轩横竖烂熳,乃如禅宗棒喝,头头皆是。"(《须溪集·辛稼轩词序》)由于辛弃疾是一个有肝胆、有魄力而一意以恢复中原自任的爱国男儿,他那火一般的爱国热诚,贯穿在他一生的言论行动中,贯穿在他的所有文学作品中,他只把长短句歌词形式作为他发泄"不平之鸣"的工具,他打破了一切顾虑,只管写他的"豪杰之词"。这样充满着热力的作品,所以能够做到"大声镗鞳、小声铿鍧,横绝六合,扫空万古"(刘克庄《后村大全集》卷九十八《辛稼轩集·序》)的境界。苏辛词派的确立,是词学发展史上的一件大事。这个经历长期音乐陶冶而成的词体,到了辛弃疾,才算被充分赋予了生命力而放射出异样光芒来。和他同时的陈亮、刘过以及南宋末年的刘克庄、刘辰翁等都是向往辛氏,作风相近,而才力是万万不相及的。

六 姜夔的自度曲和南宋后期的词风

南宋偏安局定以后,首都临安拥有湖山之美,声色歌舞,保持了一个相当时期的升平气象。这时除了一部分慷慨激昂的爱国之士借着长短句来写他们的壮烈抱负外,一般文人仍然特别重视柳、周一派的音乐性和艺术性,想在这一方面作进一步的发展,虽然成就不够大,但也不容一笔抹煞。在这一派里面,最富于创造性的杰出作家,自然要推姜夔。

姜夔是一个精通音乐的诗人兼艺术(书法)家。他不曾做过官,生活圈子是很狭窄的。他的诗继承了江西诗派的传统,而又改变了面目,实践了他的"意格欲高,句法欲响"(《白石诗说》)的理论。夏承焘教授说他"把江西派的内在美(神味)和它的创格铸辞法融入新体文学的词里来",所以能够别开一派,"和苏辛、柳周两派鼎足而三"(见《文学研究》1957 年第一期,夏承焘《论姜夔词》)。这对姜词的评价是相当正确的。因为他是一个音乐家,不甘于沿用旧曲填词,从而打开"自度曲"的一条新路。他曾说:"予颇喜自制曲,初率意为长短句,然后协以律,故前后阕多不同。"(《白石道人歌曲》卷五《长亭怨慢·小序》)像这样的创造精神,确实又把慢词的表现技法大大地推进了一步。我们只要一读他的《长亭怨慢》:"阅人多矣!谁得似长亭树?树若有情时,不会得青青如此!"以及《扬州慢》:"自胡马窥江去后,废池乔木,犹厌言兵。渐黄昏,清角吹寒,都在空城。"就会感到真有一气舒卷、宛转相生的妙境,是姜夔所特有的。传世的《白石道人歌曲》自注工尺旁谱的有17首,其中《扬州慢》、《长亭怨慢》、《澹黄柳》、《石湖仙》、《暗香》、《疏影》、《惜红衣》、《角招》、《徵招》、《秋宵吟》、《凄凉犯》、《翠楼吟》等12首都属于"自制曲"。这17首词所保留的工尺旁谱,为今日仅存的最宝贵资料。据个人所知,夏承焘、杨荫浏两教授和丘琼荪先生正在向这方面作深入的探讨。这对宋词的唱法和创作民族形式的新体歌曲都将发生重大的作用,是应该予以特别注视的。

和姜夔并称而作风不同的专业词人有吴文英。张炎曾把"清空"、"质实"两种不同境界来评判姜、吴二氏的高低。他说:"词要清空,不要质实。清空则古雅峭拔,质实则凝涩晦昧。姜白石词如野云孤飞,去留无迹。吴梦窗词如七宝楼台,眩人眼目,碎拆下来,不成片段。"(《词源》卷下)吴文英词确实有"凝涩晦昧"的毛病。他是接受温庭筠、周邦彦的作风,再加上李商隐作诗的手法,也想自创一格的,可惜没有相当的条件和开拓的襟怀,不觉钻入牛角尖里去了。近代况周颐、朱孝臧诸词人都是推重梦窗的。况说:"梦窗密处,能令无数丽字——生动飞舞,如万花为春,非若雕璃蹙绣,毫无生气也。"(《蕙风词话》卷二)我们如果专从艺术方面去看吴词,有些技法似乎也是值得参考的。

南宋末期作家,除前面提到的刘克庄、刘辰翁等是辛派的后劲外,其余如王沂孙、周密、张炎等都是跟着姜夔走的,虽然也各有不同程度的若干成就,但都是一些"亡国哀思之音",有如草际虫吟,使人听了难受而已!

七 结 论

赵宋一朝,是长短句歌词发展到最最光辉灿烂的时代。这个音乐语言和文学语言紧密结合的特种诗歌形式,是从开元以来教坊乐曲的基础上,经过若干无名作者和晚唐、五代以来许多专业作家辛勤积累经验逐渐发展起来的。北宋初期作家在令词方面接受南唐系统,提高了它的风格,晏几道要算是达到了顶点的代表作家。由于汴京的经济繁荣,随着教坊杂曲的不断发展,而长调慢词勃然以兴,柳永适应这个时代需要,把这特种诗歌形式的园地大大地拓展开来了。接着苏轼以"横放杰出"的天才,感于柳词的"骩骳从俗",风格不高,反过来,利用这个新辟的园地来发挥作者的诗人怀抱,在内容上打开了"以诗为词"的新局,于是"弄笔者始知自振"(王灼说),为南宋爱国词人作了先驱。他的门徒,有的跟着他走,如黄、晁等;有的还免不了柳永的影响,例如秦观趋向婉约一派。由于北宋后期设立的大晟府,周邦彦得着这个"讨论古音,审定古调"的机会,他又把这个特种艺术在柳永的基础上进一步提高了,完成了这个音乐语言和文学语言紧密结合的最高艺术形式。由于南宋初期民族矛盾特别尖锐,所有爱国人士发出抗敌救亡的呼声,往往借着这个新兴文学形式来抒写悲愤热烈的情感,于是豪放一路的苏词给了他们以启示,进一步发展到辛弃疾,把这个艺术形式注入了新鲜血液,写出了许多"豪杰之词",确定了苏辛词派在中国文学史上的特殊地位。李清照和姜夔都想独树一帜,自成其为"词人之词",单就艺术角度去看,也是各有其特点的,姜夔的"自度曲"尤其值得研究音乐文学者的探究。南宋辛、姜二派,各自分流,直到宋亡,北曲代兴,才见衰歇。历来评论家都把宋词归纳为"豪放"、"婉约"二派,而对各大作家的看法也各有不同。清初朱彝尊特别提出姜夔、张炎来创立所谓"浙西词派"。中叶以后,又有张惠言倡"比兴"之说,选了一部《词选》来标示他的宗旨;接着周济又从张的基础上加以扩展,拈出四家,作为学词的准则,说什么"问涂碧山(王沂孙),历梦窗、稼轩以还清真之浑化"(《宋四家词选》)。依据这个标准,建立了所谓"常州词派",它的影响,是直到现在还没有完全消灭的。现在要从宋词这个丰富遗产内吸取精华来丰富我们的创作,我觉得从周、姜一派深入探求它的音乐性和艺术性,从苏、辛一派深入研究它的思想性和时代性,这里面是有很多宝贵的经验值得我们借鉴的。

研究与思考

延伸阅读

1. 姜亮夫《词的原始与形成》,《词学研究论文集》(1911~1949),上海古籍出版社，1988年。

2. 胡云翼《词的起源》，《宋词研究》，巴蜀书社，1989年。

3. 叶嘉莹《论词之起源》，《中国社会科学》1984年第6期。

4. 刘尊明《对历代词起源研究的考察与审视》，《唐五代词史论稿》，文化艺术出版社，2000年。

5. 李昌集《词之起源：一个千年学案的当代反思》，《文学评论》2006年第3期。

6. 王兆鹏《唐宋词的审美层次及其嬗变》，《文学遗产》1994年第1期。

7. 夏承焘《唐宋词字声之演变》，《夏承焘集》，浙江古籍出版社，1997年。

8. 吴熊和《唐宋词调的演变》，《吴熊和词学论集》，杭州大学出版社，1999年。

9. 龙榆生《论常州词派》，《龙榆生词学论文集》，上海古籍出版社，1997年。

10. 叶嘉莹《常州词派比兴寄托之说的新检讨》，《迦陵论词丛稿》，上海古籍出版社，1980年。

11. 张宏生《诗境的复归与词境的发现》，《清代词学的建构》，江苏古籍出版社，1998年。

问题与思考

1. 关于词的起源有几种说法？各有什么特点？
2. 宋词发展的阶段性特征表现在哪几个方面？
3. 试评述清代词学批评中的比兴寄托之说的利弊得失。
4. 思考常州词派"作者之心未必然，读者之心何必不然"的理论价值。

研究实践

阅读以下材料，并以此为中心，讨论词学上的尊体问题。

《东坡全集》卷七十九《与鲜于子骏书》："近作小词，虽无柳七郎风味，亦自是一家。呵呵！数日前猎于郊外，所获颇多，作得一阕，令东州壮士抵掌顿足而歌之，吹笛击鼓以为节，颇壮观也。"

胡仔《苕溪渔隐丛话》后集卷三十三李清照论词："逮至本朝，礼乐文武大备，又涵养百余年，始有柳屯田永者，变旧声作新声，出《乐章集》，大得声称于世。虽协音律,而词语尘下。又有张子野、宋子京兄弟、沈唐、元绛、晁次膺辈继出,虽时时有妙语,而破碎何足名家。至晏元献、欧阳永叔、苏子瞻,学际天人,作为小歌词,直如酌蠡水于大海,然皆句读不葺之诗尔。又往往不协音律者,何邪?盖诗文分平侧,而歌词分五音,又分五声,又分六律,又分清浊轻重,且如近世所谓《声声慢》、《雨中花》、《喜迁莺》,既押平声韵,又押入声韵;《玉楼春》本押平声韵,又押上去声,又押入声。本押仄声韵,如押上声则协,如押入声则不可歌矣。王介甫、曾子固文章似西汉,若作一小歌词,则人必绝倒不可读也。乃知别是一家,知之者少。"

陈维崧《词选序》:"客或见今才士所作文间类徐庾俪体,辄曰:此齐梁小儿语耳。掷不视。是说也,予大怪之。又见世之作诗者辄薄词不为,曰:为辄致损诗格。或强之,头目尽赤。是说也,则又大怪。夫客又何知?客亦未知开府《哀江南》一赋,仆射在河北诸书,奴仆《庄》、《骚》,出入《左》、《国》,即前此史迁、班椽诸史书,未见礼先一饭,而东坡、稼轩诸长调,又骎骎乎如杜甫之歌行与西京之乐府也。盖天之生才不尽,文章之体格亦不尽。上下古今,如刘勰、阮孝绪以暨马贵与、郑夹漈诸家所胪载文体,谨部族其大略耳,至所以为文不在此间。鸿文巨轴固与造化相关,下而谰语卮言,亦以精深自命。要之,穴幽出险,以厉其思;海涵地负,以博其气;穷神知化,以观其变;竭才渺虑,以会其通。为经为史,曰诗曰词,闭门造车,谅无异辙也。"

朱彝尊《曝书亭集》卷四十《陈纬云红盐词序》:"词虽小技,昔之通儒钜公往往为之,盖有诗所难言者,委曲倚之于声,其辞愈微,而其旨益远。善言词者,假闺房儿女子之言,通之于《离骚》、变《雅》之义,此尤不得志于时者所宜寄情焉耳。"

张惠言《茗柯文编》二编卷上《词选序》:"词者,盖出于唐之诗人,采乐府之音以制新律,因系其词,故曰词。《传》曰:'意内而言外者谓之词。'其缘情造端,兴于微言,以相感动,极命风谣里巷,男女哀乐,以道贤人君子幽约怨悱不能自言之情,低徊要眇以喻其致。盖诗之比兴,变风之义,骚人之歌,则近之矣。然以其文小,其声哀,放者为之,或跌荡靡丽,杂以猖狂俳优。然要其至者,罔不恻隐盱愉,感物而发,触类条鬯,各有所归,非苟为雕琢曼词而已。自唐之词人,李白为首,其后韦应物、王建、韩翃、白居易、刘禹锡、皇甫松、司空图、韩偓,并有述造,而温庭筠最高,其言深美闳约。五代之际,孟氏、李氏君臣为谑,竞作新调。词之杂流,由此起矣。至其工者,往往绝伦。亦如齐梁五言，依托魏晋，近古然也。宋之词家，号为极盛，然张先、苏轼、秦观、周邦彦、辛弃疾、姜夔、王沂孙、张炎，渊渊乎文有其质焉。其荡而不反，傲而不理，枝而不物，柳永、黄庭坚、刘过、吴文英之伦，亦各引一端，以取重于当世。而前数子者，又不免有一时放浪通脱之言出于其间。后进弥以驰逐，不务原其指意，破析乖剌，坏乱而不可纪。故自宋之亡而正声绝，元之末而规矩隳，以至于今，四百余年，作者十数，谅其所是，互有繁变，皆可谓安蔽乖方，迷不知门户者也。今第录此篇，都为二卷。义有幽隐，并为指发。庶几塞其下流，导其渊源。无使风雅之士惩于鄙俗之音，不敢与诗赋之流同类而风诵之也。"

周济《介存斋论词杂著》："感慨所寄，不过盛衰。或绸缪未雨，或太息厝薪，或己溺己饥，或独清独醒。随其人之性情、学问、境地，莫不有由衷之言。见事多，识理透，可为后人论事之资。诗有史，词亦有史，庶乎自树一帜矣。若乃离别怀思，感士不遇，陈陈相因，唾沫互拾，便思高揖温韦，不亦耻乎！"

陈廷焯《白雨斋词话自序》："夫人心不能无所感，有感不能无所寄；寄托不厚，感人不深；厚而不郁，感其所感，不能感其所不感。伊古词章，不外比兴。《谷风》阴雨，犹自期以同心；攘垢忍尤，卒不改乎此度。为一室之悲歌，下千年之血泪。所感者深且远也。后人之感，感于文不若感于诗，感于诗不若感于词。诗有韵，文无韵，词可按节寻声，诗不能尽被弦管。飞卿、端己，首发其端；周、秦、姜、史、张、王，曲竟其绪。而要皆发源于《风》、《雅》，推本于《骚》、《辩》。故其情长，其味永，其为言也哀以思，其感人也深以婉。嗣是六百余年，沿其波流，丧厥宗旨。张氏《词选》，不得已为矫枉过正之举，规模虽隘，门墙自高。循是以寻，坠绪未远。而当世知之者鲜，好之者尤鲜矣。萧斋岑寂，撰词话八卷，本诸《风》、《骚》，正其情性。温厚以为体，沉郁以为用。引以千端，衷诸一是。非好与古人为难，独成一家言，亦有所大不得已于中，为斯诣绵延一线。"

第十一章 小说与戏曲

导 论

"小说"本是中国固有的概念,近代日本学者用以翻译西方传统之 novel,从而又被赋予新的内涵。中国古代的"小说"观念和小说发展的具体情况,颇为复杂。最早汉桓谭《新论》及班固《汉书·艺文志》,以"丛残小语"、"短书譬论"及"街谈巷语、道听途说"为"小说",此后《隋书·经籍志》子部"小说家"著录 25 种,大致以区别于正史之历史故事、人物轶事及相关笔记为"小说"。从唐刘知几到明胡应麟,"小说"的外延有一定的扩大(主要是刘知几加入了"偏记"、"郡书"、"家史"、"地理书"、"都邑簿";胡应麟加入了"志怪"与"传奇"),但强调既区别于正史又可与正史参行的基本观念内核没有太大的变化。传统学术体系中的"小说"观念最后由《四库全书总目》作了总结性归纳。古代"小说"的创作同样经历了几个方面的发展:一是各种琐事、逸闻、笔记、丛谈等传统"小说"体裁都逐渐增加了虚构与叙事的成分;二是从魏晋的志人、志怪到唐代传奇,现代小说文学的萌芽因素也渐露端倪;三是在"世俗"的另一条道路上,从民间叙事口头文学发展而来的变文到宋元话本,再到明清短篇小说以及白话章回小说,新的文学体裁终于成熟。特别是明代以来,伴随着小说、戏曲、民间歌谣等俗文学发展的高潮,古代长篇小说最主要的体裁"章回小说"得以发展和定型,出现了《三国演义》、《水浒传》、《西游记》、《金瓶梅》等一系列作品,清代出现了杰出作品《红楼梦》,使中国古代白话小说发展到顶峰。中国古代小说体式、风格多样,内容丰富,语言生动活泼,叙事模式也具有鲜明的特色,是古代文学中一个华彩的篇章。

今人仍主要以西方文学观念来研究中国古代小说,大致以"叙事性"、"虚构性"、"世俗性"及"形象性"作为对象内涵的主要标准。在类型认识上,以语体言有"文言小说"、"白话小说";以研究者对历史发展实态的不同理解言则有志怪小说、笔记小说、传奇小说、话本小说、章回小说等。而根据主题、内容进行真正的类型划分,则因为中国古代小说的特性之故,自古以来,歧见甚多,同时界定亦不甚明朗。如就文言小说而言,刘知几分为"逸事、琐言、杂记",胡应麟分为"杂录、志怪、传奇",《四库全书总目》分为"杂事、琐语、异闻",近代鲁迅则分为"志人、志怪、传奇"。白话小说兴起后,被古代正统学术鄙为"小道",排除在经史子集四部以外,导致研究不深,类型认识言人人殊。如宋代即有所谓"说话四(五)家"的划分①,宋人又有"灵怪、烟粉、传奇、公案、朴刀、杆棒、妖术、神仙"八类之说。② 近代西方小说观念传入,小说认识与小说创作都进入了一个崭新的时期,鲁迅在《中国小说史略》等著述中所划分的"神魔小说"、"世情小说"、"侠义小说"、"讽刺小说"古代白话小说类型,最具参考价值。

对中国古代小说的现代化研究,是自梁启超等接受西方文学观念提出"小说界革命",有意识地推崇小说的社会价值、抬高小说的文学地位以后开始起步的。在此一过程中,鲁迅的研究具有筚路蓝缕之功。鲁迅进行了两方面的工作:资料的积累和史的研究,在辑佚、考证以及阐论方面,创立规范,构建框架,取得了很高的成就。鲁迅以后,古代小说研究取得了长足的进步,研究者的着眼点主要有以下几个方面:

一是古代小说的历史文献学研究,包括古小说的辑校、古代小说评论的汇辑,白话小说的整理、考订、版本与成书研究及资料收集,晚清以来小说的收集整理与汇编等。20世纪上半叶的此类研究,以鲁迅、郑振铎、孙楷第、阿英贡献为多;20世纪80年代以后迄今,程毅中等一大批当代学者又颇多创获。在具体作品方面,尤以唐前志怪小说、唐宋传奇以及白话长篇小说的高峰之作《三国演义》、《水浒传》、《西游记》、《金瓶梅》、《儒林外史》及《红楼梦》

---

① 宋灌园耐得翁《都城纪胜》"瓦舍众伎"条、孟元老《东京梦华录》卷五"京瓦伎艺"条、《西湖老人繁胜录》"瓦市"条、吴自牧《梦梁录》卷二十"小说讲经史"条、周密《武林旧事》卷六"诸色伎艺人"条。
② 宋罗烨《醉翁谈录》甲集卷一《舌耕叙引》"小说开辟"条。

的小说文献学研究发展最为迅速,所得到的成果也最多。

二是古代小说史研究,主要是对中国古代小说宏观发展史的把握及对各类型小说演进的历史分析。特别是20世纪80年代以后,各种断代、专题或不同类型的小说史著作层出不穷,从多方面论述了古代小说发展史上的重要问题。

三是古代小说艺术成就的研究及中国古代小说美学的理论构建。中国古代小说拥有丰富的民族文化内涵,在艺术表现上独具特色。近现代小说研究在继承古代评点的直观领悟批评方式的基础上,又融会现代文学观念,对不同类型古代小说的艺术成就进行了多视角、多方位、多层次的分析研究,并试图构建中国古代小说美学的自有体系,发掘古代小说的民族文化底蕴,进一步丰富小说理论的内涵。

四是进一步结合西方文学理论与方法,如文化人类学、美学、心理学、比较文学、原型批评、语义学、符号学、阐释学、结构主义等,用于对中国古代小说的研究,其中包括类型、结构、主题、原型及其嬗变、叙事与叙事模式等。这方面的研究自20世纪80年代以后形成热潮,经过近30年的发展,在深度和广度上都达到了一个较高的水平。

小说研究是文学研究中最具活力的领域之一,古代小说研究亦然,其中很多问题有待于进一步探讨,如民族小说理论的构建,作家作品的发掘及深入研究,古代小说叙事结构对史传、说唱、戏曲的继承、融合与突破,古代小说形式演进与古代美学传统的关系,小说原型及其嬗变与古代民俗文化之间的相互影响,小说与社会一般信仰,小说所反映的世俗生活内容及其意义等等。

中国传统戏剧有一独特的称谓:戏曲。中国戏曲,萌芽于史前时代的歌舞,但发展过程缓慢,从先秦的"优孟衣冠"一直到唐宋,仅略备雏形,北宋时始渐趋成熟,南渡后终告完备。之后因宋金对峙,南北阻隔,便出现杂剧和南戏两种类型。元代是杂剧的鼎盛期,自元末明初,南戏势头转盛,并在南戏的基础上发展为传奇,为明清两代舞台主角,其中昆曲影响最大。清代中叶以后,昆曲衰落,代之而起的是各种地方戏曲,时人称之为"花部"、"乱弹",一直演唱至今。从戏曲文学的角度看,剧作家要摹写生活,让观众在有限的时间里,看得真切、感人,因而剧本在情节安排上,力求波澜跌宕,在人物刻画上,力求个性鲜明,在语言风格上,力求鲜活本色,故与其他文学相比,尤其具有自然酣畅之美。其中最善者当数元杂剧。金末元初,杂剧艺术成熟并脱颖而出时，因元朝科举中辍，一些文化修养甚高的士人，或沉沦于下僚，或徘徊于林泉市井，将其志意、才情尽萃于杂剧，杂剧因此成为"一代文学之所胜"。明清传奇中亦有许多优秀的剧本。与元杂剧相比，传奇篇幅增大，因而情节更为丰富，语言更为绮丽，特别是在明末清初，一些剧作家受王阳明"心学"的影响，着力塑造极具魅力的具有真性情的人物。但传奇亦有头绪过多，语言过雅，由场上之戏转化为案头文学的趋势，最终导致传奇的衰落。

元代陶宗仪较早使用"戏曲"这一名词。他在《南村辍耕录》中说："唐有传奇。宋有戏曲、唱诨、词说。金有院本、杂剧、诸宫调。"这里的"戏曲"指以歌曲演故事的宋杂剧。陶宗仪以为元杂剧即从宋"戏曲"演变而来。他在《南村辍耕录》中说："稗官废而传奇作，传奇作而戏曲继，金季国初，乐府犹宋词之流，传奇犹宋戏曲之变，世传谓之杂剧。"元末夏庭芝《青楼集》记龙楼景、丹墀秀二艺人"专工南戏"，又说："有芙蓉秀者……戏曲小令不在二美之下，且能杂剧，尤为出类拔萃。"此处"戏曲"当与"南戏"有关。明人已用"戏曲"称金元院本杂剧以及明传奇。明史玄在《旧京遗事》中说："院本杂剧肇于金元全盛之时，然今京师所尚戏曲，一以昆腔为贵。"清人也称地方戏为戏曲。如陈森《品花宝鉴》第四回论戏："都是唱戏，分什么昆腔、乱弹。"后又云："他与我讲那些戏曲。"即以"戏曲"统称"昆腔"、"乱弹"。清梁溪坐观老人《清代野记》卷中说："光绪季年，京师有瞽者王玉峰……并能弹二簧各戏曲。""二黄"即"二黄腔"，为花部声腔之一。可见，"戏曲"这一名词在历史中已经作为宋元杂剧、南戏、明清传奇以及所有地方戏的通称。只是"戏曲"作为较严格的文学艺术概念又与近代中国"话剧"的出现有关。20世纪初，与诗界、文界、小说界革命一道，戏剧改良运动也勃然兴起。除了京剧以及各种地方戏上演新戏外，受日本戏剧运动（日本引进西方戏剧）的影响，1907年，中国最早的"话剧"团体成立。"话剧"从欧美、日本等国介绍而来，时人称之为"新戏"，与之相比，凸显"戏曲"的传统性；"话剧"以对话与动作为主要表现手段，以之凸显戏曲"唱""念""做""打"的"歌舞"特性；"话剧"以"摹仿人生"为艺术追求，以之凸显"戏曲"的"虚拟"、"写意"、"程式化"的特征。与"话剧"相对，现代的"戏曲"概念成为中国传统戏剧艺术体系的泛称。

近代"中国戏曲研究"的开始也与西方文学观念以及话剧在中国的出现有关。在西方文学观念中，文学主要指小说、戏曲、诗歌，戏曲研究自然颇受重视。王国维是近代小说、戏曲研究的第一人，他由西方哲学研究转向中国文学研究,首先研究《红楼梦》(1904年《红楼梦评论》发表),后又研究戏曲。他在《三十自序(二)》中说:"余所以有志于戏曲者,又自有故。吾中国文学之最不振者莫戏曲若,元之杂剧、明之传奇,存于今日者尚以百数。其中之文字虽有佳者,然其理想及结构虽欲不谓至幼稚、至拙劣,不可得也。国朝之作者虽略有进步,然比诸西洋之名剧相去尚不能以道里计。此余所以自忘其不敏而独有志乎是也。"王国维搜集整理戏曲文献越多,"一代文献郁堙沉晦"的感慨越深,进而认识到元杂剧"能道人情、状物态,词采俊拔,而出乎自然,盖古所未有而后人所不能仿佛也",《窦娥冤》、《赵氏孤儿》之类,"即列之于世界大悲剧中,亦无愧色也"(《宋元戏曲史》)。1911年王国维在《〈国学丛刊〉序》中倡"学无新旧、无中西、无有用无用之说",其中国"戏曲"与西方话剧优劣对比之心日消,因而"究"元人杂剧渊源,"明其变化之迹",1912年推出了戏曲研究的开山之作《宋元戏曲史》。其后中国戏曲研究的风气渐起。

百年中国戏曲研究主要为三个方面:一是戏曲史、戏曲史论。继王国维《宋元戏曲史》后有日本青木正儿《中国近世戏曲史》(1930),周贻白《中国戏剧史长编》(1960)等,徐慕云《中国戏剧史》(1938)一直叙述到近代话剧。二是作家作品的搜集、考释和评论。资料的搜集出版方面,如由郑振铎主持的《古本戏曲丛刊》,已出5集、约1000种戏曲曲本,戏曲评论资料的搜集整理研究也渐见深入。关于作家研究,如孙楷第《元曲家考略》(1981)中关于元戏曲家的考订;赵景深《明清曲谈》(1957)等对明清数十位二、三流戏曲家的考订等。关于作品研究,如钱南扬《戏文概论》(1981)对南戏戏文的研究;严敦易《元剧斟疑》,讨论了86种元杂剧作品;叶德均《戏曲小说丛考》(1979)、徐朔方《戏曲杂记》(1956)对三国戏、水浒戏、包公戏的研究等。其他对某一戏曲家、某部戏曲的研究论著更是不胜枚举。三是演出技艺。如吴梅重视戏曲的实践品格,推重场上之曲,其《顾曲麈谈》(1914)、《曲学通论》(1932),在制曲、谱曲、度曲、演曲等方面建立了自己的理论体系;冯沅君《古剧说汇》(1956)对演员、演出场所、演出形式等都有论述。还有以观众、票友的视角谈演戏等。而从研究成果的分布情况看,元杂剧的研究成果最多,明清戏曲研究主要集中在重要作家的重要作品方面,如汤显祖与"四梦"、《桃花扇》与《长生殿》等。

元散曲与元杂剧在相同的文化背景中产生,两者拥有部分共同的作者和演员,从形制上看,散曲亦有套曲,杂剧的曲词,作为单独的乐歌,即可称之为散曲,因而杂剧和散曲可统称为"曲","元曲"实兼元杂剧和元散曲而言。当然散曲与杂剧亦有不同,如散曲的格律、音韵、节奏更规则,更有美感,而剧曲则比较活泼自由。又如元人往往视散曲为娱己的抒情诗,视杂剧为娱人的游戏之作,因而贵曲而轻剧,而从明清至今,又往往重剧曲而轻散曲等。

选 文

唐之传奇文(节选)

鲁 迅

导言——

该文选自鲁迅《中国小说史略》(人民文学出版社,1973年),为该书的第八篇和第九篇。

作者鲁迅(1881—1936),浙江绍兴人。肄业于日本仙台医学专门学校(现东北大学),在北京大学、北京高等师范学校讲授中国小说史。学术著作有《中国古代小说史略》、《汉文学史纲要》等。

在该文中,鲁迅对唐传奇小说进行了全面深入的论述,提出了一些颇有新意的观点,比如他认为"唐人有意为小说",指出到了唐代,小说才真正成为一种独立的文体,其中一个重要体现,那就是唐代的文人产生了自觉的小说文体意识。这种观点的提出是在与前代小说比较之后得出的,将唐传奇放在中国小说发展演进历程的大背景中进行观照。

新观点的提出建立在对文本的准确把握基础上,鲁迅有关唐传奇的见解也是如此。从整体上对唐传奇进行概括之后,便结合具体作家作品进行细致分析,既概括这些作家作品呈现出来的共性,也点出这些作品的独到之处,将宏观观照与微观分析结合起来。该文无论是观点的提出还是具体的论证,都有值得借鉴之处。

小说亦如诗,至唐代而一变,虽尚不离于搜奇记逸,然叙述宛转,文辞华艳,与六朝之粗陈梗概者较,演进之迹甚明,而尤显者乃在是时则始有意为小说。胡应麟(《笔丛》三十六)云,"变异之谈,盛于六朝,然多是传录舛讹,未必尽幻设语,至唐人乃作意好奇,假小说以寄笔端"。其云"作意",云"幻设"者,则即意识之创造矣。此类文字,当时或为丛集,或为单篇,大率篇幅曼长,记叙委曲,时亦近于俳谐,故论者每訾其卑下,贬之曰"传奇",以别于韩柳辈之高文。顾世间则甚风行,文人往往有作,投谒时或用之为行卷,今颇有留存于《太平广记》中者(他书所收,时代及撰人多错误不足据),实唐代特绝之作也。然而后来流派,乃亦不昌,但有演述,或者摹拟而已,惟元明人多本其事作杂剧或传奇,而影响遂及于曲。

幻设为文,晋世固已盛,如阮籍之《大人先生传》,刘伶之《酒德颂》,陶潜之《桃花源记》《五柳先生传》皆是矣,然咸以寓言为本,文词为末,故其流可衍为王绩《醉乡记》、韩愈《圬者王承福传》、柳宗元《种树郭橐驼传》等,而无涉于传奇。传奇者流,源盖出于志怪,然施之藻绘,扩其波澜,故所成就乃特异,其间虽亦或托讽喻以纾牢愁,谈祸福以寓惩劝,而大归则究在文采与意想,与昔之传鬼神明因果而外无他意者,甚异其趣矣。

隋唐间,有王度者,作《古镜记》(见《广记》二百三十,题曰《王度》),自述获神镜于侯生,能降精魅,后其弟勣(当作绩)远游,借以自随,亦杀诸鬼怪,顾终乃化去。其文甚长,然仅缀古镜诸灵异事,犹有六朝志怪流风。王度,太原祁人,文中子通之弟,东皋子绩兄也,盖生于开皇初(宋晁公武《郡斋读书志》十云通生于开皇四年),大业中为御史,罢归河东,复入长安为著作郎,奉诏修国史,又出兼芮城令,武德中卒(约585—625),史亦不成(见《古镜记》,《唐文粹》及《新唐书·王绩传》,惟传云兄名凝,未详孰是),遗文仅存此篇而已。绩弃官归龙门后,史不言其游涉,盖度所假设也。

唐初又有《补江总白猿传》一卷,不知何人作,宋时尚单行,今见《广记》(四百四十四,题曰《欧阳纥》)中。传言梁将欧阳纥略地至长乐,深入溪洞,其妻遂为白猿所掠,逮救归,已孕,周岁生一子,"厥状肖焉"。纥后为陈武帝所杀,子询以江总收养成人,入唐有盛名,而貌类猕猴,忌者因此作传,云以补江总,是知假小说以施诬蔑之风,其由来亦颇古矣。

武后时,有深州陆浑人张鷟字文成,以调露初登进士第,为岐王府参军,屡试皆甲科,大有文誉,调长安尉,然性躁卞,儇荡无检,姚崇尤恶之;开元初,御史李全交劾鷟讪短时政,贬岭南,旋得内徙,终司门员外郎(约660—740,详见两《唐书》《张荐传》)。日本有《游仙窟》一卷,题宁州襄乐县尉张文成作,莫休符谓"簨弱冠应举,下笔成章,中书侍郎薛元超特授襄乐尉"(《桂林风土记》),则尚其年少时所为。自叙奉使河源,道中夜投大宅,逢二女曰十娘、五嫂,宴饮欢笑,以诗相调,止宿而去,文近骈俪而时杂鄙语,气度与所作《朝野佥载》《龙筋凤髓判》正同,《唐书》谓"簨属文下笔辄成,浮艳少理致,其论著率诋诮芜猥,然大行一时,晚进莫不传记。……新罗、日本使至,必出金宝购其文",殆实录矣。《游仙窟》中国久失传,后人亦不复效其体制。

然作者蔚起,则在开元天宝以后。大历中有沈既济,苏州吴人,经学该博,以杨炎荐,召拜左拾遗史馆修撰。贞元时炎得罪,既济亦贬处州司户参军,既入朝,位礼部员外郎,卒(约 750—800)。撰《建中实录》,人称其能,《新唐书》有传。《文苑英华》(八百三十三)录其《枕中记》(亦见《广记》八十二,题曰《吕翁》)一篇,为小说家言,略谓开元七年,道士吕翁行邯郸道中,息邸舍,见旅中少年卢生佗傺叹息,乃探囊中枕授之。生梦娶清河崔氏,举进士,官至陕牧,入为京兆尹,出破戎虏,转吏部侍郎,迁户部尚书兼御史大夫,为时宰所忌,以飞语中之,贬端州刺史,越三年征为常侍,未几同中书门下平章事。

嘉谟密命,一日三接,献替启沃,号为贤相,同列害之,复诬与边将交结,所图不轨,下制狱,府吏引从至其门而急收之。生惶骇不测,谓妻子曰:"吾家山东有良田五顷,足以御寒馁,何苦求禄?而今及此,思衣短褐乘青驹行邯郸道中,不可得也!"引刃自刎,其妻救之获免。其罹者皆死,独生为中官保之,减罪死,投驩州。数年,帝知冤,复追为中书令,封燕国公,恩旨殊异。生五子……其姻媾皆天下望族,有孙十余人。……后年渐衰迈,屡乞骸骨,不许。病,中人候问,相踵于道,名医上药,无不至焉……薨。卢生欠伸而悟,见其身方偃于邸舍,吕翁坐其傍,主人蒸黍未熟;触类如故。生蹶然而兴曰:"岂其梦寐也?"翁笑谓生曰:"人生之适,亦如是矣。"生怃然良久,谢曰:"夫宠辱之道,穷达之运,得丧之理,死生之情,尽知之矣:此先生所以窒吾欲也。敢不受教!"稽首再拜而去。

如是意想,在歆慕功名之唐代,虽诡幻动人,而亦非出于独创,干宝《搜神记》有焦湖庙祝以玉枕使杨林入梦事(见第五篇),大旨悉同,当即此篇所本,明人汤显祖之《邯郸记》，则又本之此篇。既济文笔简炼，又多规诲之意，故事虽不经，尚为当时推重，比之韩愈《毛颖传》；间亦有病其俳谐者，则以作者尝为史官，因而绳以史法，失小说之意矣。既济又有《任氏传》（见《广记》四百五十二）一篇，言妖狐幻化，终于守志殉人，"虽今之妇人有不如者"，亦讽世之作也。

"吴兴才人"（李贺语）沈亚之字下贤，元和十年进士第，太和初为德州行营使者柏耆判官，耆以罪贬，亚之亦谪南康尉，终郢州掾（约八世纪末至九世纪中），集十二卷，今存。亚之有文名，自谓"能创窈窕之思"，今集中有传奇文三篇（《沈下贤集》卷二、卷四，亦见《广记》二百八十二及二百九十八），皆以华艳之笔，叙恍忽之情，而好言仙鬼复死，尤与同时文人异趣。《湘中怨》记郑生偶遇孤女，相依数年，一旦别去，自云"蛟宫之婢"，谪限已满矣，十余年后，又遥见之画舻中，含嚬悲歌，而"风涛崩怒"，竟失所在。《异梦录》记邢凤梦见美人，示以"弓弯"之舞；及王炎梦侍吴王久，忽闻箛鼓，乃葬西施，因奉教作挽歌，王嘉赏之。《秦梦记》则自述道经长安，客橐泉邸舍，梦为秦官有功，时弄玉婿萧史先死，因尚公主，自题所居曰翠微宫。穆公遇亚之亦甚厚，一日，公主忽无疾卒，穆公乃不复欲见亚之，遣之归。

陈鸿为文，则辞意慷慨，长于吊古，追怀往事，如不胜情。鸿少学为史，贞元二十一年登太常第，始闲居遂志，乃修《大统纪》三十卷，七年始成（《唐文粹》九十五）。在长安时，尝与白居易为友，为《长恨歌》作传（见《广记》四百八十六）。《新唐志》小说家类有陈鸿《开元升平源》一卷，注云："字大亮，贞元主客郎中"，或亦其人也（约八世纪后半至九世纪中叶）。所作又有《东城老父传》（见《广记》四百八十五），记贾昌于兵火之后，忆念太平盛事，荣华苓落，两相比照，其语甚悲。《长恨歌传》则作于元和初，亦追述开元中杨妃入宫以至死蜀本末，法与《贾昌传》相类。杨妃故事，唐人本所乐道，然鲜有条贯秩然如此传者，又得白居易作歌，故特为世间所知，清洪昇撰《长生殿传奇》，即本此传及歌意也。传今有数本，《广记》及《文苑英华》（七百九十四）所录，字句已多异同，而明人附载《文苑英华》后之出于《丽情集》及《京本大曲》者尤异，盖后人（《丽情集》之撰者张君房？）又增损之。

白行简字知退，其先盖太原人，后家韩城，又徙下邽，居易之弟也，贞元末进士第，累迁司门员外郎主客郎中，宝历二年（826）冬病卒，年盖五十余，两《唐书》皆附见《居易传》。有集二十卷，今不存，而《广记》（四百八十四）收其传奇文一篇曰《李娃传》，言荥阳巨族之子溺于长安倡女李娃，贫病困顿，至流落为挽郎,复为李娃所拯,勉之学,遂擢第,官成都府参军。行简本善文笔,李娃事又近情而耸听,故缠绵可观;元人已本其事为《曲江池》,明薛近兖则以作《绣襦记》。行简又有《三梦记》一篇(见原本《说郛》四),举"彼梦有所往而此遇之者,或此有所为而彼梦之者,或两相通梦者"三事,皆叙述简质,而事特瑰奇,其第一事尤胜。

然传奇诸作者中,有特有关系者二人:其一,所作不多而影响甚大,名亦甚盛者曰元稹;其二,多所著作,影响亦甚大而名不甚彰者曰李公佐。

元稹字微之,河南河内人,举明经,补校书郎,元和初应制策第一,除左拾遗,历监察御史,坐事贬江陵,又自虢州长史征入,渐迁至中书舍人承旨学士,进工部侍郎同平章事,未几罢相,出为同州刺史,又改越州,兼浙东观察使。太和初,入为尚书左丞检校户部尚书,兼鄂州刺史武昌军节度使,五年七月暴疾,一日而卒于镇,时年五十三(779—831),两《唐书》皆有传。稹自少与白居易唱和,当时言诗者称元白,号为"元和体",然所传小说,止《莺莺传》(见《广记》四百八十八)一篇。

《莺莺传》者,即叙崔张故事,亦名《会真记》者也。略谓贞元中,有张生者,性貌温美,非礼不动,年二十三未尝近女色。时生游于蒲,寓普救寺,适有崔氏孀妇将归长安,过蒲,亦寓兹寺,绪其亲则于张为异派之从母。会浑瑊薨,军人因丧大扰蒲人,崔氏甚惧,而生与蒲将之党有善,得将护之,十余日后廉使杜确来治军,军遂戢。崔氏由此甚感张生,因招宴,见其女莺莺,生惑焉,托崔之婢红娘以《春词》二首通意,是夕得彩笺,题其篇曰《明月三五夜》,辞云:"待月西厢下,迎风户半开,隔墙花影动,疑是玉人来。"张喜且骇,已而崔至,则端服严容,责其非礼,竟去,张自失者久之。数夕后,崔又至,将晓而去,终夕无一言。

明年,文战不利,张生遂止于京,贻书崔氏以广其意,崔报之,而生发其书于所知,由是为时人传说。杨巨源为赋《崔娘诗》,元稹亦续生《会真诗》三十韵,张之友闻者皆耸异,而张志亦绝矣。元稹与张厚,问其说,张曰:

> 大凡天之所命尤物也,不妖其身,必妖于人。使崔氏子遇合富贵,秉宠娇,不为云为雨,则为蛟为螭,吾不知其变化矣。昔殷之辛,周之幽,据万乘之国,其势甚厚,然而一女子败之,溃其众,屠其身,

至今为天下僇笑,予之德不足以胜妖孽,是用忍情。

越岁余,崔已适人,张亦别娶,适过其所居,请以外兄见,崔终不出;后数日,张生将行,崔则赋诗一章以谢绝之云:"弃置今何道,当时且自亲,还将旧来意,怜取眼前人。"自是遂不复知。时人多许张为善补过者云。

元稹以张生自寓,述其亲历之境,虽文章尚非上乘,而时有情致,固亦可观,惟篇末文过饰非,遂堕恶趣,而李绅、杨巨源辈既各赋诗以张之,稹又早有诗名,后秉节钺,故世人仍多乐道,宋赵德麟已取其事作《商调蝶恋花》十阕(见《侯鲭录》),金则有董解元《弦索西厢》,元则有王实甫《西厢记》,关汉卿《续西厢记》,明则有李日华《南西厢记》,陆采《南西厢记》等,其他曰《竟》曰《翻》曰《后》曰《续》者尤繁,至今尚或称道其事。唐人传奇留遗不少,而后来煊赫如是者,惟此篇及李朝威《柳毅传》而已。

李公佐字颛蒙,陇西人,尝举进士,元和中为江淮从事,后罢归长安(见所作《谢小娥传》中),会昌初,又为杨府录事,大中二年,坐累削两任官(见《唐书·宣宗纪》),盖生于代宗时,至宣宗初犹在(约770—850),余事未详;《新唐书·宗室世系表》有千牛备身公佐,则别一人也。其著作今存四篇,《南柯太守传》(见《广记》四百七十五,题《淳于棼》,今据《唐语林》改正)最有名。传言东平淳于棼家广陵郡东十里,宅南有大槐一株,贞元七年九月因沉醉致疾,二友扶生归家,令卧东庑下,而自秣马濯足以俟之。生就枕,昏然若梦,见二紫衣使称奉王命相邀,出门登车,指古槐穴而去。使者驱车入穴,忽见山川,终入一大城,城楼上有金书题曰"大槐安国"。生既至,拜驸马,复出为南柯太守,守郡三十载,"风化广被,百姓歌谣,建功德碑,立生祠宇",王甚重之,递迁大位,生五男二女,后将兵与檀萝国战,败绩,公主又薨。生罢郡,而威福日盛,王疑惮之,遂禁生游从,处之私第,已而送归。既醒,则"见家之童仆拥篲于庭,二客濯足于榻,斜日未隐于西垣,余樽尚湛于东牖,梦中倏忽,若度一世矣"。其立意与《枕中记》同,而描摹更为尽致,明汤显祖亦本之作传奇曰《南柯记》。篇末言命仆发穴,以究根源,乃见蚁聚,悉符前梦,则假实证幻,余韵悠然,虽未尽于物情,已非《枕中》之所及矣。

《谢小娥传》(见《广记》四百九十一)言小娥姓谢,豫章人,八岁丧母,后嫁历阳侠士段居贞。夫妇与父皆习贾,往来江湖间,为盗所杀,小娥亦折足堕水,他船拯起之,流转至上元县,依妙果寺尼以居。初,小娥尝梦父告以仇人为"車中猴東門草",又梦夫告以仇人为"禾中走一日夫",广求智者,皆不能解,至公佐乃辨之曰:"車中猴,車字去上下各一画,是申字,又申属猴,故曰車中猴;草下有門,門中有東,乃蘭字也。又禾中走是穿田过,亦是申字也;一日夫者,夫上更一画,下有日,是春字也。杀汝父是申蘭,杀汝夫是申春,足可明矣。"小娥乃变男子服为佣保,果遇二贼于浔阳,刺杀之,并闻于官,擒其党,而小娥得免死。解谜获贼,甚合理致,而当时亦盛传,李复言已演其文入《续玄怪录》,明人则本之作平话。(见《拍案惊奇》十九)

所余二篇,其一未详原题,《广记》则题曰《庐江冯媪》(三百四十三),记董江妻亡更娶,而媪见有女泣路隅一室中,后乃知即亡人之墓,董闻则罪以妖妄,逐媪去之,其事甚简,故文亦不华。其一曰《古岳渎经》(见《广记》四百六十七,题曰《李汤》),有李汤者,永泰时楚州刺史,闻渔人见龟山下水中有大铁锁,乃以人牛曳出之,风涛陡作,"一兽状有如猿,白首长鬐,雪牙金爪,闯然上岸,高五丈许,蹲踞之状若猿猴,但两目不能开,兀若昏昧……久乃引颈伸欠,双目忽开,光彩若电,顾视人焉,欲发狂怒。观者奔走,兽亦徐徐引锁拽牛入水去,竟不复出"。当时汤与楚州知名之士,皆错愕不知其由。后公佐访古东吴,泛洞庭,登包山,入灵洞,探仙书,于石穴间得《古岳渎经》第八卷,乃得其故。而其经文字奇古,编次蠹毁,颇不能解,公佐与道士焦君共详读之,如下文:

> 禹理水,三至桐柏山,惊风走雷,石号木鸣,五伯拥川,天老肃兵,不能兴。禹怒,召集百灵,授命夔龙,桐柏千君长稽首请命,禹因囚鸿蒙氏、章商氏、兜卢氏、犁娄氏,乃获淮涡水神名无支祁,善应对言语,辨江淮之浅深,原隰之远近。形若猿猴,缩鼻高额,青躯白首,金目雪牙,颈伸百尺,力逾九象,搏击腾踔疾奔,轻利倏忽,闻视不可久。禹授之童律,不能制;授之乌木由,不能制;授之庚辰,能制。鸱脾桓胡木魅水灵山祇石怪奔号聚绕,以数千载。庚辰以战(一作戟)逐去,颈锁大索,鼻穿金铃,徙淮阴之龟山之足下,俾淮水永安流注海也。庚辰之后,皆图此形者,免淮涛风雨之难。

宋朱熹(《楚辞辨证》中)尝斥僧伽降伏无支祁事为俚说,罗泌(《路史》)有

《无支祁辩》，元吴昌龄《西游记》杂剧中有"无支祁是他姊妹"语，明宋濂亦隐括其事为文，知宋元以来，此说流传不绝，且广被民间，致劳学者弹纠，而实则仅出于李公佐假设之作而已。惟后来渐误禹为僧伽或泗洲大圣，明吴承恩演《西游记》，又移其神变奋迅之状于孙悟空，于是禹伏无支祁故事遂以堙昧也。

传奇之文，此外尚夥，其较显著者，有陇西李朝威作《柳毅传》（见《广记》四百十九），记毅以下第将归湘滨，道经泾阳，遇牧羊女子言是龙女，为舅姑及婿所贬，托毅寄书于父洞庭君。洞庭君有弟钱塘君性刚暴，杀婿取女归，欲以配毅，因毅严拒而止。后毅丧妻，徙家金陵，娶范阳卢氏，则龙女也，又徙南海，复归洞庭，其表弟薛嘏尝遇之于湖中，得仙药五十丸，此后遂绝影响。金人已取其事为杂剧（语见董解元《弦索西厢》中），元尚仲贤则作《柳毅传书》，翻案而为《张生煮海》，清李渔又折衷之而成《蜃中楼》。又有蒋防作《霍小玉传》（见《广记》四百八十七），言李益年二十擢进士第，入长安，思得名妓，乃遇霍小玉，寓于其家，相从者二年，其后年，生授郑县主簿，则坚约婚姻而别。及生觐母，始知已订婚卢氏，母又素严，生不敢拒，遂与小玉绝。小玉久不得生音问，竟卧病，踪迹招益，益亦不敢往。一日益在崇敬寺，忽有黄衫豪士强邀之，至霍氏家，小玉力疾相见，数其负心，长恸而卒。益为之缟素，旦夕哭泣甚哀，已而婚于卢氏，然为怨鬼所祟，竟以猜忌出其妻，至于三娶，莫不如是。杜甫《少年行》有云"黄衫年少宜来数，不见堂前东逝波"，谓此也。又有许尧佐作《柳氏传》（见《广记》四百八十五），记诗人韩翃得李生艳姬柳氏，会安禄山反，因寄柳于法灵寺而自为淄青节度使书记，乱平复来，则柳已为蕃将沙吒利所取，淄青诸将中有侠士许虞侯者，劫以还翃。其事又见于孟启《本事诗》，盖亦实录矣。他如柳珵（《广记》二百七十五《上清传》）、薛调（又四百八十六《无双传》）、皇甫枚（又四百九十一《非烟传》）、房千里（同上《杨娟传》）等，亦皆有造作。而杜光庭之《虬髯客传》（见《广记》一百九十三）流传乃独广。光庭为蜀道士，事王衍，多所著述，大抵诞谩，此传则记杨素妓人之执红拂者识李靖于布衣时，相约遁去，道中又逢虬髯客，知其不凡，推资财，授兵法，令佐太宗兴唐，而自率海贼入扶余国杀其主，自立为王云。后世乐此故事，至作画图，谓之三侠；在曲则明凌初成有《虬髯翁》，张凤翼张太和皆有《红拂记》。

上来所举之外，尚有不知作者之《李卫公别传》、《李林甫外传》，郭湜之《高力士外传》，姚汝能之《安禄山事迹》等，惟著述本意，或在显扬幽隐，非为传奇，特以行文枝蔓，或拾事琐屑，故后人亦每以小说视之。

《红楼梦》的两个世界

余英时

导言——

该文原载《香港大学学报》第2期(1974年6月)。

作者余英时(1930—　),安徽潜山人。毕业于香港新亚书院,哈佛大学博士。普林斯顿大学教授。著有《士与中国文化》、《中国近世宗教伦理与商人精神》等。

之所以选收该文,主要有如下三个原因:一是该文对《红楼梦》的主旨提出自己新的见解,那就是这部小说写了两个世界:一个是大观园这个"乌托邦的世界",一个是大观园之外"现实的世界",前者纯洁、干净,后者污浊、肮脏,而红楼梦的悲剧就体现在乌托邦世界被现实世界的吞噬。这一结论建立在对文本十分细致的分析基础上,很有说服力。

二是该文提倡对作品文学层面的欣赏和阅读,对红学界过于强调史学角度的研究提出质疑。的确,《红楼梦》之所以成为名著,是因为其精湛的艺术成就,而非其史料价值,可惜这种重史学考证轻文学批评的倾向直到当下也没有根本的改变。

三是该文的新见解建立在前人研究的基础上,作者在文中不时提到俞平伯、宋淇等人的研究成果,这既是对其他学者劳动的一种尊重,也符合学术研究后出转精的规律。学术研究的深入进行需要学者的共同努力,新观点并非凭空提出,应该依托良性学术积累而进行。

曹雪芹在《红楼梦》里创造了两个鲜明而对比的世界。这两个世界,我想分别叫它们作"乌托邦的世界"和"现实的世界"。这两个世界,落实到《红楼梦》这部书中,便是大观园的世界和大观园以外的世界。作者曾用各种不同的象征,告诉我们这两个世界的分别何在。譬如说,"清"与"浊","情"与"淫","假"与"真",以及风月宝鉴的反面与正面。我们可以说,这两个世界是贯穿全书的一条最主要的线索。把握到这条线索,我们就等于抓住了作者在创作企图方面的中心意义。

当然，由于曹雪芹所创造的两个世界是如此的鲜明，而它们的对比又是如此的强烈，从来的读者也都或多或少、或深或浅地意识到它们的存在。但在最近50年中，《红楼梦》研究基本上乃是一种史学的研究。而所谓红学家也多数是史学家；或虽非史学家，但所做的仍是史学的工作。史学家的兴趣自然地集中在《红楼梦》的现实世界上。他们根本不大理会作者"十年辛苦"所建造起来的空中楼阁——《红楼梦》中的理想世界。相反地，他们的主要工作正是要拆除这个空中楼阁，把它还原为现实世界的一砖一石。在"自传说"的支配之下，这种还原的工作更进一步地从小说中的现实世界转到了作者所生活过的真实世界。因此半个世纪以来的所谓"红学"其实只是"曹学"，是研究曹雪芹和他的家世的学问。用曹学来代替红学，是要付出代价的。最大的代价之一，在我看来便是模糊了《红楼梦》中两个世界的界线。1961至1963年之间，大陆上的红学家曾热烈地寻找"京华何处大观园"，这可以说是历史还原工作的最高峰。这就给人一种明确的印象，曹雪芹的大观园本在人间，是现实世界的一部分。《红楼梦》里的理想世界被取消了，正像作者说的，"落了片白茫茫大地真干净"！

但是在过去几十年中，也并不是没有人特别注意到《红楼梦》中的理想世界。早在1953或1954年，俞平伯就强调了大观园的理想成分。以想象的境界而论，大观园可以是空中楼阁。他并且根据第十八回贾元春"天上人间诸景备"的诗句，说明大观园只是作者用笔墨渲染而幻出的一个蜃楼乐园。俞平伯的说法在红学史上具有库恩（Thomas S. Kuhn）所谓"典范"（paradigm）的意义。可惜他所处的环境使他不能对他这个革命性的新观点加以充分的发挥。1972年宋淇发表了《论大观园》，这可以说是第一篇郑重讨论《红楼梦》的理想世界的文字。他强调大观园决不存在于现实世界之中，而是作者为了迁就他的创造企图虚构出来的空中楼阁。宋淇更进一步说：

> 大观园是一个把女儿们和外面世界隔绝的一所园子，希望女儿们在里面，过无忧无虑的逍遥日子，以免染上男子的龌龊气味。最好女儿们永远保持她们的青春，不要嫁出去。大观园在这一意义上说来，可以说是保护女儿们的堡垒，只存在于理想中，并没有现实的依据。①

---

① 宋淇《论大观园》，《明报月刊》81期，1972年9月，第4页。

这番话说得既平实又中肯,我愿意把这一段话作为我讨论《红楼梦》的两个世界的起点。关于五十多年来红学发展的内在逻辑及其可能发生的革命性的变化,我已在《近代红学的发展与红学革命——一个学术史的分析》一文中作了初步的检讨。所以详细的论证和根据,这里一概从略。

说大观园是曹雪芹虚构的一个理想世界,会无可避免地引起读者一个重要的疑问:如果大观园是一个"未许凡人到此来"的"仙境",那么作者在全书总纲的第五回里所创造的"太虚幻境"在《红楼梦》全书中究竟应该占据一个什么位置呢? 我们当然可以说"太虚幻境"是梦中之梦、幻中之幻。但这样一来,我们岂不应该说《红楼梦》里一共有三个世界了吗? 庚辰本脂批有这样一条:

> 大观园系玉兄与十二钗之太虚玄境,岂可草率?①

这里"玄境"的"玄"字其实就是"幻"字,一定是抄者的笔误,因为这一条里还有好几字写错了。所以根据脂砚斋的看法,大观园便是太虚幻境的人间投影。这两个世界本来是叠合的。我们现在还不知道脂砚斋到底是谁。但他和作者有密切的关系,并且相当了解作者的创作意向,大概是不成什么问题的。我们虽然不能过于相信脂批,可是在内证充分的情况下,脂批却是最有力的旁证。让我们现在看看《红楼梦》本文里面的直接证据。第五回宝玉随秦可卿"至一所在。但见朱栏白石绿树清溪,真是人迹希逢,飞尘不到。宝玉在梦中欢喜,想道:'这个去处有趣。我就在这里过一生,纵然失了家,也愿意。'"②这个所在其实就是后来的大观园。怎样证明呢? 就风景而言,第十七回宝玉随贾政入大观园,行至沁芳亭一带,书中所描写的恰恰就是"朱栏白石,绿树清溪"这八个字的加详和放大。③ 就心情而言,我们应该记得第二十三回宝玉初住进大观园时,作者写道:"且说宝玉自进园来,心满意足,再无别

---

① 俞平伯辑,《脂砚斋红楼梦辑评》(以下简称《辑评》),第 248 页。
② 俞平伯校订,王惜时参校,《八十回红楼梦校本》(以下简称《八十回校本》),北京,1958,册一,第 47 页。
③ 同上,第 163 页。按:甲戌本在太虚幻境中有一条批语说:"已为省亲别墅画下图式矣。"(俞平伯,《辑评》,第 120 页)可见脂砚斋已点明太虚幻境便是后来的大观园了。尚有他证详后。

项可生贪求之心。"①细心的读者只要把前后的文字加以比较,就不难看出太虚幻境和大观园是一种什么关系了。

如果说这条证据还嫌曲折了一点,那么让我再举一条更直接、更显豁的证据,以坚读者之信。故事还是出在第十七回,宝玉和贾政一行人离了蘅芜苑,来到了一座玉石牌坊之前。"贾政道:'此处书以何文?'众人道:'必是"蓬莱仙境"方妙。'贾政摇头不语。宝玉见了这个所在,心中忽有所动,寻思起来倒像那里曾见过的一般,却一时想不起那年月日的事了。贾政又命他作题,宝玉只顾细思前景,全无心于此了。"贾政还特别补上一句:"这是要紧一处,更要好生作来。"②宝玉以前在什么地方见过石牌坊的呢? 宝玉自己也许忘了。可是读者一定还记得,第五回宝玉梦游太虚幻境"随了仙姑至一所在。有石牌坊横建,上书'太虚幻境'四个大字"③。宝玉在记忆中追寻的岂不明明就是这个地方吗?所以脂砚斋特别在此点醒读者曰:"仍归于葫芦一梦之太虚玄境。"④贾政说:"这是要紧一处。"是的,《红楼梦》中还有比太虚幻境更要紧的所在吗? 这个石牌坊,宝玉事后是补题了,题的是"天仙宝镜"四字。⑤ 也就是这座牌坊,后来刘姥姥又误认作是"玉皇宝殿",而大磕其头。⑥ 总而言之,"蓬莱仙境"也好,"天仙宝镜"也好,"玉皇宝殿"也好,作者是一而再,再而三地在点醒我们,大观园不在人间,而在天上;不是现实,而是理想。更准确地说,大观园就是太虚幻境。⑦

大观园既是宝玉和一群女孩子的太虚幻境,所以在现实世界上,它的建造必须要用元春省亲这样一个郑重的大题目。庚辰本第十六回有一段畸笏的眉批说:

---

① 《八十回校本》,册一,第232页。
② 《八十回校本》,册一,第170页。
③ 同上,第48页。
④ 俞平伯,《辑评》,第270页。
⑤ 《八十回校本》,册一,第178页。这四个字后来元春改题作"省亲别墅"。又按人民文学出版社1973年本,"境"字改为"镜"(第204页),未知何据。"境"字固亦可通,但此处"宝镜"实关合"风月宝鉴"。故仍当以"镜"字为正。
⑥ 《八十回校本》,册二,第440页。
⑦ 此文已写就,重翻俞平伯《读红楼梦随笔》中"记嘉庆本子评语"一节,发现大观园即大虚幻境之说早已为嘉庆本评者道破。

> 大观园用省亲事出题,是大关键事,方见大手笔行文之立意。①

作者安排的苦心尚不止此,第十七回开头一段叙事便很值得玩味。园内工程告竣后,贾珍请贾政进去瞧瞧,有什么要更改的地方,并说贾赦已先瞧过了。这好像是说,贾赦是第一个入园子的人。其实这段话是故意误引读者入歧途的。因为后文又说:"可巧近日宝玉因思念秦钟,忧戚不尽,贾母常命人带他到园中来戏耍。"紧接下去,便是宝玉避之不及,和贾政劈面相逢,终于被逼着一齐再进园子去题联额。② 这段叙事的后半截至少暗涵着两层深意:一、宝玉是最早进大观园去赏玩景致的人。贾赦、贾政等都是在园子完工后才进去勘察的,而宝玉早在这以前已去过不止一次了。二、大观园既是宝玉和诸姐妹的乌托邦、干净土,则园中亭台楼阁之类,自然非要他们自己命名不可。大观园这个"未许凡人到此来"的仙境是决不能容许外人来污染的。所以庚辰本十七回的总批说:

> 宝玉系诸艳之冠,故大观园对额必得玉兄题跋。③

同本又有一条批语说:

> 如此偶然方妙,若特特唤来题额,真不成文矣。④

这些地方,脂评都可以帮助读者了解作者的原意。《红楼梦》之绝少闲笔,我们有时也要通过脂评,才能体会得更深刻。

我们知道,宝玉当日并没有题遍大观园中所有的联额。事实上园中建筑物太多,命名之事也不是宝玉一个人能够包办得了的。那么,还有谁题过联额呢?这个谜直到第七十六回才解开。在这一回里黛玉和湘云中秋夜赏月

---

① 俞平伯,《辑评》,第 243 页。关于这个问题,宋淇先生已先我而发,他还引了其他几条脂评,可以参看。《论大观园》,第 4~5 页。
② 《八十回校本》,第 161~162 页。
③ 俞平伯,《辑评》,第 256 页。按"冠"字原作"贯"。有正本则作"冠",于义较长。详细的讨论见宋淇《论贾宝玉为诸艳之冠》,《明报月刊》,第 54 期(1970 年 6 月),第 7~12 页;第 55 期(1970 年 7 月),第 22~26 页;第 56 期(1970 年 8 月),第 53~57 页。
④ 俞平伯,《辑评》,第 257 页。

联句。湘云称赞凸碧堂和凹晶馆两个名字用得新鲜。黛玉对湘云说:

> 实和你说罢,这两个字还是我拟的呢。因那年试宝玉,因他拟了几处,也有存的,也有删改的,也有尚未拟的。这是后来我们大家把这没有名色的,也都拟出来了,注了出处,写了这房屋的坐落,一并带进去与大姐姐瞧了。他又带出来命给舅舅瞧过。谁知舅舅倒喜欢起来,又说:"早知这样,那日就该叫他姐妹一并拟了,岂不有趣。"所以凡我拟的一字不改,都用了。①

这段话才把当日大观园初题联额的情节完全补出。可见园内各处的命名,除宝玉外,其余也都出自诸姊妹,尤其是黛玉之手。第七十六回和第十七回,相去 60 回之遥,且就曹雪芹已完成的原稿来说,则已几几乎婪尾余香。而前后呼应,如常山之蛇。《红楼梦》的创作作者时时有全局在胸,是非常明显的。

大观园是《红楼梦》中的理想世界,自然也是作者苦心经营的虚构世界。在书中主角贾宝玉的心中,它更可以说是唯一有意义的世界。对宝玉和他周围的一群女孩子来说,大观园外面的世界是等于不存在的,或即使偶然存在,也只有负面的意义。因为大观园以外的世界只代表肮脏和堕落。甚至一般《红楼梦》读者的眼光也往往过分为大观园这个突出的乌托邦所吸引,而不免忽略了大观园以外的现实世界。但是曹雪芹自己却同样地非常重视这个肮脏和堕落的现实世界,他对现实世界的刻画也一样地费尽了心机的。这里可以清楚地看出作者、主角和读者之间,是存在着不同的观点的。"自传说"之混曹雪芹和贾宝玉为一人,其最根本的困难便在于无法解决这个重要的观点的问题。

曹雪芹虽然创造了一片理想中的净土,但他深刻地意识到这片净土其实并不能真正和肮脏的现实世界脱离关系。不但不能脱离关系,这两个世界并且是永远密切地纠缠在一起的。任何企图把这两个世界截然分开并对它们

---

① 《八十回校本》,册二,第 560 页。按:脂批亦早见到此点,庚辰本第十八回"后来亦曾补拟"句下有注云:"一句补前文之不暇,启(后)之苗裔。至后文凹晶溪馆,黛玉口中又一补,所谓一声空谷,八方皆应。"(见俞平伯,《辑评》,第 283~284 页)

作个别的、孤立的了解,都无法把握到《红楼梦》的内在完整性。为了具体地说明这一点,让我们检讨一下大观园的现实基础。

第十六回对于大观园的建造有很清楚的叙述。园子的基址是"从东边一带借着东府花园起,转至北边,一共丈量准了,三里半大"①。下面还有一段更详细的报道:"先令匠人拆宁府会芳园墙垣楼阁,直接入荣府东大院中。……会芳园本是从北拐角墙下引来一段活水,今亦无烦再引。其山石树木虽不敷用,贾赦住的乃是荣府旧园,其中竹树山石以及亭榭栏杆等物,皆可挪就前来。"②这些话里大有文章,可惜自来红学家在"自传说"支配之下,根本未作进一步的分析。③ 上面我们已看到,大观园的出现是《红楼梦》中第一大事,作者和批者都一再郑重其事地加以点明。那么,作者在这里细说大观园的现实来历,决不会是没有用意的。如果"自传说"可以解答问题,确切地考出大观园是由曹家旧宅改建而成的,那当然再好没有。而事实上此路确是不通,我们只好另辟途径。

照上面的叙述,大观园的现实基址主要是由两处旧园合成的:即宁府的会芳园和贾赦住的荣府旧园。庚辰本第十七回在"上面苔藓成斑,藤萝掩映"句下有一条批语说:

曾用两处旧有之园所改,故如此写方可。细极。④

可见作者和批者,一暗一明,都特别提醒我们,这两所旧园子里面是藏着重要消息的。什么消息呢?让我们先从贾赦说起。贾赦这个人在《红楼梦》里可算得是最肮脏的人物之一。《红楼梦》里有一条无形的章法,即凡是比宝玉长一辈的人,对他的不堪之处,描写时多少都有相当的保留,这也可以说是"为尊者讳"吧!所以书中极力渲染的脏事情,大都集中在贾珍、贾琏、薛蟠等

---

① 《八十回校本》,册一,第 157 页。
② 同上,册一,第 158 页。
③ 周汝昌在《红楼梦新证》里曾引了拆会芳园那一段话(第 156 页),但他的目的是在寻找大观园究在北京何处。
④ 俞平伯,《辑评》,第 258 页。此外尚有两条脂批与此有关的可以参看,见第 247~248 页,兹不多引。

几个宝玉的平辈身上。这些地方,也确露出"自传"的痕迹。① 但是尽管如此,作者对贾赦还是不肯轻易放过。所以第四十六回特立专章声讨,详写他要强纳鸳鸯为妾的丑事。作者曾借袭人之口写出他的安家定论:"真真——这话论理不该我们说——这个大老爷太好色了。略平头正脸的他就不放手了。"②《红楼梦》中对贾琏的淫行最多特写镜头,恐怕就是要曲达"有其父必有其子"这句古谚吧。所以,贾赦住过的园子和接触过的竹树山石以及亭棚栏杆等物,自然也都是天下极脏的东西了。

再说东府园子,那就更是龌龊不堪之至了。正如柳湘莲的名言所说的,"你们东府里,除了那两个石头狮子干净,只怕连猫儿、狗儿都不干净"。③ 这还是一般性的说法。我们得更深一层分析一下会芳园这个地方。在第十六回以前,大观园尚未出现,《红楼梦》里的许多重大事故都是在会芳园这个舞台上上演的。会芳园中的楼阁,现尚可考的有天香楼、凝曦轩、登仙阁等处。天香楼自然是最有名的脏地方。因为原本第十三回回目就叫做"秦可卿淫丧天香楼"。其他两处也一样地不干净。凝曦轩是爷儿们吃酒取乐之处,凤姐所谓"背地里又不知干什么去了"的一个所在。④ 这只要看看后来第七十五回贾珍诸人在天香楼聚赌、说脏话和玩娈童的情形,就可以知道了。⑤ 至于登仙阁,则是秦可卿自缢和瑞珠触柱后停灵的地方。⑥ 会芳园还发生过一件秽事,便是第十一回"见熙凤贾瑞起淫心"。凤姐遇到贾瑞便恰恰是在这个园子里面。⑦

所以,总而言之,贾赦住的旧园和东府的会芳园都是现实世界上最肮脏的所在,而却为后来大观园这个最清净的理想世界提供了建造原料和基址。

---

① 我并没有完全否定"自传说",不过反对以"自传"代替小说罢了。请看我的《近代红学的发展与红学革命》。
② 《八十回校本》,册二,第491页。关于贾赦之龌龊不堪,野鹤《读红楼札记》中已有严厉的指摘。见一粟编,《红楼梦卷》,北京,1963年,第一册,第277~288页。而俞平伯《读红楼梦随笔》更有专文讨论。见《红楼梦研究专刊》第二辑,第133~134页。
③ 同上,册二,第741页。
④ 同上,册一,第116页。
⑤ 同上,册二,第847~850页。按天香楼的再出现,在今本《红楼梦》中确是一个没有交代的矛盾。俞平伯已指出了这一点。见《读红楼梦随笔》,《红楼梦研究专刊》第一辑,第112页。
⑥ 同上,册一,第128页及第136页。
⑦ 同上,第114~115页。

这样的安排难道会是偶然的吗?甚至大观园中最干净的东西——水,也是从会芳园里流出来的。甲戌、庚辰两本在这里都有同一条脂评,说:

> 园中诸景最要紧是水,亦必写明为妙。①

可见作者处处要告诉我们,《红楼梦》中干净的理想世界是建筑在最肮脏的现实世界的基础之上。他让我们不要忘记,最干净的其实也是在肮脏的里面出来的。而且,如果全书完成了或完整地保全了下来,我们一定还会知道,最干净的最后仍旧要回到最肮脏的地方去的。"欲洁何曾洁,云空未必空"②,这两句诗不但是妙玉的归宿,同时也是整个大观园的归宿。妙玉不是大观园中最有洁癖的人吗?曹雪芹一方面全力创造了一个理想世界,在主观企求上,他是想要这个世界长驻人间。而另一方面,他又无情地写出了一个与此对比的现实世界。而现实世界的一切力量则不断地在摧残这个理想世界,直到它完全毁灭为止。《红楼梦》的两个世界不但是有密不可分的关系,并且这种关系是动态的,即采取一种确定的方向的。当这种动态关系发收到它的尽头,《红楼梦》的悲剧意识也就升进到最高点了。

前面我们曾指出,《红楼梦》的两个世界是干净与肮脏的强烈对比。现在我们应该进一步探讨一下,大观园里面的人物对这两个世界的看法是否可以证实我们的观察。在这个关联上,我们要检讨"黛玉葬花"的意义。黛玉葬花发生在第二十三回,宝玉和诸钗刚刚在大观园中开始他们的理想生活。所以作者对这个故事的安排,不用说,是涵有深意的。由于这个故事太重要了,我们不得不把最有关系的一段文字全引在这里:

> 那一日正当三月中浣,早饭后,宝玉携了一套《会真记》,走到沁芳闸桥边桃花底下一块石上坐着。展开《会真记》,从头细玩。正看到落红成阵,只见一阵风过,把树上桃花吹下一大半来,落的满身满书满地皆是。宝玉要抖将下来,恐怕脚步践踏了,只得兜了那花瓣,来至池边,抖在池内。那花瓣浮在水面,飘飘荡荡,竟流出沁芳闸去

---

① 俞平伯,《辑评》,第 250 页。
② 《八十回校本》,册一,第 51 页。

了。回来只见地下还有许多。宝玉正踌躇间，只听背后有人说道："你在这里作什么？"宝玉一回头，却是林黛玉来了，肩上担着花锄，上挂着纱囊，手内拿着花帚。宝玉笑道："好，好，来把这个花扫起来，撂在那水里。我才撂了好些在那里呢。"林黛玉道："撂在水里不好。你看这里的水干净，只一流出去，有人家的地方脏的臭的混倒，仍旧把花糟蹋了。那畸角上我有一个花冢。如今把他扫了，装在这绢袋里，拿土埋上，日久不过随土化了，岂不干净。"①

"黛玉葬花"早在清末便上过京剧的舞台。民国初年经过梅兰芳和欧阳予倩这两位名演员重新编演之后，这个故事在中国已几乎是家喻户晓了。但大家的注意力都集中在宝、黛两人的爱情发展方面，尤其是第二十七回"埋香冢飞燕泣残红"那一段哀感动人的情节。② 而红学家所注意的又往往在"葬花"一词的出处。③ 至于黛玉为什么要葬花这个问题，似乎还没有认真地被提出来过。

我愿意郑重地指出，黛玉葬花一节正是作者开宗明义地点明《红楼梦》中两个世界的分野。我说"开宗明义"，因为"葬花"是宝玉等入住以后，大观园中发生的第一件事。黛玉的意思很明显，大观园里面是干净的，但是出了园子就是脏的臭的了。把落花葬在园子里，让它们日久随土而化，这才能永远保持清洁。"花"在这里自然就是园中女孩子们的象征。怎见得？有诗为证。黛玉《葬花词》说：

> 未若锦囊收艳骨，一堆净土掩风流。
> 质本洁来还洁去，强于污淖陷渠沟。④

所以第六十三回群芳夜宴，每个女孩子都分配一种花。而第四十二回凤

---

① 《八十回校本》，册一，第233～234页。
② 《梅兰芳舞台生活40年》，第二集，香港戏剧出版社重印本，第89～101页。
③ 如王国维指出"葬花"两字始见于纳兰性德的《饮水集》，见《红楼梦评论》，《红楼梦卷》，第一册，第263页。
④ 《八十回校本》，册一，第283页。

姐更明明告诉读者:"园子里头可不是花神!"①第七十八回晴雯死后成花神的故事也得在这个意义上去求了解。花既象征园中的人物,那么人物若想保持干净、纯洁,唯一的途径便是永驻理想之域而不到外面的现实世界去。我在前面曾说,对于宝玉和大观园中的女孩子们来说,外面的世界是等于不存在的。但这话只是要指出,在主观愿望上,他们所企求的是理想世界的永恒,是精神生命的清澈;而不是说,他们在客观认识上,对外在世界茫无所知。园中女孩子们,诚如作者所说,是"天真烂漫"的。② 可是她们并非幼稚糊涂。事实上,她们一方面把两个世界区别得泾渭分明,而另一方面又深刻地意识到现实世界对理想世界的高度危害性。"黛玉葬花"正是通过形象化的方式把这两层意思巧妙地表达了出来。

  曹雪芹有时也用明确而尖锐的语言点出外面世界的险恶。第四十九回是大观园的盛世的始点,许多重要的人物如薛宝琴、邢岫烟、李纹、李绮等都住进了园子。也就是在这一回,史湘云警告宝琴道:"你除在老太太眼前,就在园子里,来这两处,只管顽笑吃喝。到了太太屋里,若太太在屋里,只管和太太说笑,多坐一会无妨;若太太不在屋里,你别进去,那屋里人多心坏,都是要害咱们的。"接着宝钗笑道:"说你没心,却又有心;虽然有心,到底嘴太直了。"③湘云这番话真是说得直率,明眼读者自会看出,她事实上对王夫人也颇有贬词。所以除了大观园这个乌托邦以外,便只有史太君跟前尚属安全。其余外面的人都是要害园子里面的人的。为什么史太君会是个例外呢? 因为她是从前枕霞阁十二钗中的人物,在大观园中人的眼里,尚不失为"我辈中人"也。④ 这种强烈的"咱们""他们"的分别正是相应于两个世界而起的。⑤

  但是大观园中的"咱们"也不都是一律平等的,理想世界依然有它自己的秩序。"桃花源"是中国文学史上最早的一个乌托邦。照王安石说,它是"但有父子无君臣"。换言之,桃花源中虽无政治秩序,却仍有伦理秩序。大观园的秩序则可以说是以"情"为主,所以全书以情榜结尾。但由于"情榜"已不可

---

① 《八十回校本》,册二,第444页。
② 同上,册一,第233页。
③ 同上,册二,第525页。
④ 看俞平伯的《辑评》,第492页。
⑤ 第四十五回李纨等邀凤姐入诗社。凤姐笑道:"我不入社花几个钱,不成了大观园的反叛了。"(《八十回校本》,册二,第477页)这也是湘云的"咱们"两字的具体说明。

见，今天要想完全了解作者心目中的秩序，可以说已无可能。大体上说作者决定"情榜"名次的标准是多重的；故除了"情"字外，我们还得考虑到其他标准如容貌、才学、品行，以至身份等等。① 这里我只想提出一个比较被忽略了的重要线索，即群芳与宝玉的关系。庚辰本第四十六回有一条批语说：

> 通部情案，皆必从"石兄"挂号，然各有各稿，穿插神妙。②

这一条评语我觉得特别重要。"情案"之"情"即是"情榜"之"情"。这样看来，书中诸人与宝玉之间关系的深浅、密疏，必然会在很大的程度上决定着他们在情榜上的地位。③ 而了解大观园世界的内在结构，也就必须个别地察看书中诸人如何在"石兄"处挂号了。

谈到大观园世界的内在结构，我们便不能不稍稍注意一下园中房屋的配置。这种配置，在我看来，也正是内在结构的一个清晰的反映。宋淇曾指出，大观园中的庭园布置和室内装设都是为了配合几位主角的性格而创造出来的。④ 这一点很正确，而且这也符合西方文学批评的原理。主角住处的布景往往是他的性格的表现，"一个人的房子即是他自己的一种伸延"⑤。但是曹雪芹对于布景的运用更有进于此者。他利用园中院落的大小、精粗，以及远近来表现理想世界的秩序。这里只举几个最紧要的例子作为初步的说明。我们记得，第十七回宝玉题大观园联额，作者主要只写了四所院宇。这四所院宇依次为潇湘馆、稻香村、蘅芜苑和怡红院。这里面的评论都是有寓意的。先说潇湘馆。众人一见，都道："好个所在。"而宝玉更认为这是"第一处行幸之处，必须颂圣方可，所以题作'有凤来仪'"⑥。这已可以看出作者对潇湘馆的特致郑重之意了。庚辰本在"好个所在"之下则批道："此方可为颦儿之居。"⑦

---

① 见宋淇《论大观园》，第6～7页。
② 俞平伯，《辑评》，第517页。
③ 这个问题尚待进一步分析。所谓"情"至少可分两类：一是爱情之情，一是骨肉之情。
④ 见《论大观园》，第3页。
⑤ 见 Rene Wellek and Austin Warren, Theory of Literature, A Harvest Book, 1956. pp.210-211.
⑥ 《八十回校本》，册一，第164～165页。
⑦ 俞平伯，《辑评》，第261页。

这还不算。下文第二十三回宝玉和黛玉商量住处时,黛玉说:"我心里想着潇湘馆好。"宝玉拍手笑道:"正和我的主意一样。我也要叫你住这里呢。我就住怡红院。咱们两个又近,又都清幽。"①后文第六十三回群芳夜宴,宝玉说:"林妹妹怕冷,过这边靠板壁坐。"正可与此同观。② 这正是用距离和环境来表现宝、黛之间的特殊关系的最好例证。

再看稻香村。贾政问宝玉:"此处如何?"宝玉应声说:"不及'有凤来仪'多矣。"接着便发了一大篇议论,说此处是人力强为,没有"天然"意味。结果惹得贾政大为气恼。③ 不但如此,后文宝玉奉元春之命写四首诗,而单单稻香村一首写不出来,终由黛玉代笔,才算交卷。④ 这都表现宝玉对李纨的微词。李纨在大观园中是唯一嫁过人的女子,而我们当然都知道宝玉对已婚女子的评价。但李纨毕竟是宝玉的嫂嫂,并且人品又极好,因此这种微词便只好如此曲曲折折地显露出来。其中"天然""人力"的分别尤堪玩味。李纨在正册中居倒数第二位,仅在秦可卿之上,是不为无因的。

那么蘅芜苑又如何?贾政道:"此处这所房子无味的很。"⑤岂非又是作者之微词乎?可是妙在从贾政口中说出来,仍给宝玉留了地步。这就避开了俞平伯所谓"分高下"的问题。⑥ 这里有一条脂批,颇得作者之心:"先故顿此一笔,使后文愈觉生色,未扬先抑之法。盖钗颦对峙,有甚难写者。"⑦更妙的是后来在第五十六回探春又补上一句:"可惜蘅芜苑和怡红院这两处大地方竟没有出利息之物。"⑧闲闲一语透露了蘅芜苑和怡红院并为大观园中最大的两所住处。木石虽近而金玉齐大,正是脂砚斋所谓"钗颦对峙"也。

最后说到怡红院。这一段的描写最为详细,要分析起来,可说的话太多。现在姑举三点:宝玉要题"红香绿玉",两全其妙,是章法之一。这在后来元春

---

① 《八十回校本》,册一,第232页。
② 同上,第697页。参看俞平伯,《红楼梦研究》,第233页及第238页引金玉缘本评语。
③ 《八十回校本》,册一,第166~167页。
④ 同上,第183页,按即"杏帘在望"。
⑤ 同上,第168页。
⑥ 《红楼梦研究》,第235~237页。
⑦ 俞平伯,《辑评》,第267页。
⑧ 《八十回校本》,册二,第613页。

命宝玉赋诗一节中尚有照应。怡红院中特设大镜子,别处皆无,是章法之二,即所谓"风月宝鉴"也。园中的水"共总流到这里,仍旧合在一处,从那墙下出去",是章法之三。① 而尤以最后一点最值得注意。脂评说:

于怡红总一园之看(?),是书中大立意。②

这正证实我们上面所说的,作者是借着院宇的布置来表示诸钗和宝玉之间的关系,因而间接地说明理想世界的内在结构。脂评所谓"通部情案皆必从石兄挂号",便要在这些地方去认识。而园中之水流于怡红院之后,仍从墙下出去,又正关合葬花时黛玉所说的,这里的水干净,只一流出去,就是脏的臭的了。

我们一直强调,《红楼梦》的两个世界是干净和肮脏的强烈对照。上面无数例证都可以在概念上支持我们关于这个基本分别的看法。但是最后我还必须要解答一个具体的经验性的问题:即大观园中的生活是不是真的干净?如果大观园跟外面的现实世界同样的肮脏,那么我们所强调的两个世界的对照,依然难免捕风捉影之讥。

关于这个问题的解答,我们当然不能采用上面举例证明的方式。因为不存在的东西——肮脏——是不会有证据的。我们可以这样说,原则上曹雪芹在大观园中是只写情而不写淫的,而且他把外面世界的淫秽渲染得特别淋漓尽致,便正是为了和园内净化的情感生活作一个鲜明的对照。

我们知道,大观园基本上是一个女孩子的世界。除了宝玉一个人之外,更无其他男人住在里面。③ 因此,只要我们能证明宝玉园中生活是干净的,《红楼梦》的理想世界的纯洁性也就有了起码的保障。关于这一层,作者曾有意地给我们留下了一个重要的线索。第三十一回,宝玉要晴雯和他一起洗澡。晴雯笑说:"还记得碧痕打发你洗澡,足有两三个时辰。也不知道作什么呢,我们也不好进去的。后来洗完了,进去瞧瞧。地下的水淹床腿,连席子上

---

① 《八十回校本》,册一,第170~172页。
② 俞平伯,《辑评》,第274页。
③ 宋淇先生认为前80回中,除贾兰这个孩子外,其余男人都不能入大观园。

都汪着水,也不知是怎么洗了。"①这番话初看起来好像颇有文章。其实,这只是作者的狡猾,故用险笔来引人入歧路的。原来宝玉进大观园后,袭人因为得到王夫人赏识,所以特别自尊自重,和宝玉反而疏远了。夜间同房照应宝玉的乃是晴雯,②如果宝玉有什么越轨行为,那么晴雯的嫌疑可以说是最大。晴雯之终被放逐,也正坐此。可是事实上我们知道宝玉和晴雯一直干干净净的,所以晴雯临死才有"担了虚名"之说。作者为了证明二人的清白,特别找一个书中最淫荡不堪的多姑娘出来作见证。多姑娘说:"我进来一会在窗外细听,屋里只你二人,若有偷鸡盗狗的事,岂有不谈及的,谁知道两个竟还是各不相扰。可知天下委屈事也不少。"③正像解意居士所说的:

窗外潜听,正所以表晴雯之贞洁也。不然,虚名二字,谁其信之?④

其实多姑娘的话岂止洗刷了宝玉和晴雯的罪名,而且也根本澄清了园内生活的真相。宝玉和最亲密而又涉嫌最深的晴雯之间,尚且是"各不相扰",则其他更不难推想了。

最后还有一个棘手的问题需要交代,即七十三回傻大姐误拾绣春囊的故事。这个故事表面上和我们所谓大观园是清净的乌托邦说最为矛盾,但细加分析,则正合乎我们的两个世界的理论。这个绣春囊当然是第七十一回司棋和她表弟潘又安在园中偷情时失落的。⑤可是在七十二回开始时,作者明说二人被鸳鸯惊散,并未成双。⑥可见大观园这个清净世界虽已到了堕落的边缘,尚未完全幻灭。更值得注意的是在第七十四回查明有犯奸嫌疑的人是司棋之后,司棋只是低头不语,却毫无畏惧惭愧之意。⑦那么司棋的勇气是从什么地方来的呢?这就要归结到我们所分析的"情"与"淫"的分别上去了。司

---

① 《八十回校本》,册一,第 327 页。
② 同上,册二,第 881 页。
③ 同上,第 880 页。
④ 《石头臆说》,见《红楼梦卷》,第一册,第 196 页。
⑤ 有正本第七十四回总批已证明了这一点。批云:"司棋一事在七十一回叙明,暗用山石伏线,七十三回用绣春囊在山石一逗便住。"(俞平伯《辑评》,第 576 页)
⑥ 《八十回校本》,册二,第 804 页。
⑦ 同上,第 839 页。

棋显然是深深地爱恋着她的表弟的。① 根据作者"知情更淫"和"情既相逢必主淫"的说法,这种世俗所不谅的"奸情"未必一定是什么罪恶。而且和外面世界的"脏唐臭汉"比起来,②更谈不上什么肮脏。

再换一个角度来看,如果作者是要把这件公案作为一个肮脏事件来处理,那么我们必须说,这正是《红楼梦》的悲剧中所必有的一个内在发展。我们在前面已指出《红楼梦》的理想世界最后是要在现实世界的各种力量的不断冲击下归于幻灭的。绣春囊之出现在大观园正是外面力量入侵的结果。但外面力量之所以能够打进园子,又显然有内在的因素,即由理想世界中的"情"招惹出来的。理想世界的"情"诚然是干净的,但它也像大观园中的水一样的,而且无可避免地要流到外面世界去的。从这个意义上说,《红楼梦》的悲剧性格是一开始就被决定了的。我们曾说,曹雪芹所创造的两个世界之间存在着一种动态的关系。我们现在可以加上一句,这个动态的关系正是建筑在"情既相逢必主淫"的基础之上。

许多迹象显示,曹雪芹从《红楼梦》的七十一回到八十回之间,已在积极地布置大观园理想世界的幻灭。最明显的是第七十六回黛玉和湘云中秋夜联诗,黛玉最后的警句竟是:

冷月葬花魂。

所以妙玉特地来打断她们,并说:"只是方才我听见这一首中,句虽好,只是过于颓败凄楚,此亦关人之气数,所以我出来止住。"③我们知道,花本是园中女孩子的象征,现在由黛玉口中唱出"葬花魂"的挽歌,可见大观园的气数是真的要尽了。这样看来,绣春囊之适在此际出现于《红楼梦》的清净世界之中,当非偶然。夏志清把这件事比之于伊甸园中蛇的出现,因为蛇一出现,亚当和夏娃

---

① 《八十回校本》,册二,第804~805页。
② 同上,第710页。
③ 同上,第866页。

就从天堂堕落到人间。宋淇引之,许为"一针见血之言",这是不错的。①

《红楼梦》今本120回不出一手,至少在目前的研究阶段上已成定论。在公认为曹雪芹所写的80回中,大观园表面上依然是一个"花柳繁华之地",因此我们无从知道作者究竟如何刻画大观园的破灭。略可推测者,作者大概运用强烈的对照来衬托结局之悲惨。所以第四十二回靖应鹍藏本脂批有"此后文字,不忍卒读之说"②。据周汝昌的判断,"后半部中所有人物的原来身份地位都发生'大颠倒'的现象"③。这一层,所有研究《红楼梦》的人大致都可以首肯。这种颠倒恐怕并不限于人物,大观园这个清净的理想世界也不免要随着而遭到一番颠倒,比如说从繁华到破落。④ 而且人物的前后颠倒也不止于身份地位方面;从我们的两个世界说来看,其中还必然在一定的程度上涉及干净和肮脏的颠倒。

大观园中的人物都爱干净,这是人所共知的。但是越是有洁癖的人往往也就越招来肮脏。最显著例子出在第四十回和四十一回。贾母带着刘姥姥一群在探春屋里参观。贾母笑道:"咱们走罢。他们姊妹们都不大喜欢人来坐着,怕脏了屋子。"探春笑留众人之后,贾母又笑着补上一句道:"我的这三丫头却好。只有两个玉儿可恶,回来吃醉了,咱们偏往他们屋里闹去。"⑤这里的"两个玉儿"当然是指宝玉和黛玉。但作者忽然添写此一段文字是有重要作用的,就是为次一回"刘姥姥醉卧怡红院"作伏笔。宝玉最嫌嫁了汉子的老女人肮脏,而作者就偏偏安排了刘姥姥之醉卧在他的床上,而且弄得满屋子"酒屁臭气"⑥。这明明是有意用现实世界的丑恶和肮脏来点污理想世界的美

---

① 见宋淇,《论大观园》,第9页。按:外面世界之侵入大观园亦有用暗笔写者。第七十三回"金星玻璃(按即芳官)从后房门跑进来,口内喊说:'不好了,一个人从墙上跳下来了。'众人听说忙问在那里,即喝起人来各处寻找。"见《八十回校本》,第817页)夤夜越墙入园,当然非奸即盗。这也是作者暗中布置大观园毁灭的一种手段。
② 见周汝昌,《〈红楼梦〉及曹雪芹有关文物叙录一束》,《文物》,1973年,第二期,第22页。又此条已收入陈庆浩,《新编红楼梦脂砚斋评语辑校》,香港,1972,第421页。
③ 周汝昌,前引文,第25页。
④ 庚辰本第二十六回脂批在写潇湘馆"凤尾森森,龙吟细细"句下有云:"与后文'落叶萧萧,寒烟漠漠'一对,可伤可叹。"(俞平伯,《辑评》,第432页)
⑤ 《八十回校本》,册一,第427~428页。
⑥ 《八十回校本》,册二,第441~442页。关于宝玉对嫁了汉子的老女人的看法,见第五十九回,同上,第650页。

好和清洁。同回刘姥姥在栊翠庵吃茶,也同样是为了衬出妙玉洁癖的特笔。①所以八十回后的妙玉,结局最为不堪。她的册子上说:

> 欲洁何曾洁,云空未必空。
> 可怜金玉质,终陷淖泥中。

而"红楼梦曲子"上又说她"到头来依旧是风尘肮脏违心愿,好一似无瑕白玉遭泥陷,又何须王孙公子叹无缘"②。这是作者在八十回后写妙玉沦落风尘,备历肮脏之确证,断无可疑。妙玉是《红楼梦》的理想世界中第一个干净人物,而在理想世界破灭以后竟流入现实世界中最龌龊角落上去。仅此一端即可推想作者对两个世界的处理是采用了多么强烈对照的笔法!

总结地说,《红楼梦》这部小说主要是描写一个理想世界的兴起、发展及其最后的幻灭。但这个理想世界自始就和现实世界是分不开的:大观园的干净本来就建筑在会芳园的肮脏基础之上。并且在大观园的整个发展和破败的过程之中,它也无时不在承受着园外一切肮脏力量的冲击。干净既从肮脏而来,最后又无可奈何地要回到肮脏去。在我看来,这是《红楼梦》的悲剧的中心意义,也是曹雪芹所见到的人世间的最大的悲剧!

元剧之结构文章

王国维

导言——

本文选自王国维《宋元戏曲史》(上海古籍出版社,1998年)第十一、十二章。

作者王国维(1877—1927),浙江海宁人。清末秀才,清华国学研究所导师。著有《观堂集林》、《宋元戏曲史》、《人间词话》等。

---

① 《八十回校本》,册二,第437~439页。
② 同上,分见册一,第51页及第55页。

该文对元代杂剧给予了很高的评价，认为足以与唐诗、宋词相提并论，称得上是一代之文学。这在视词曲为小道的当时，是需要学术勇气的，其《宋元戏曲史》一书的开创性也正体现在这里，这不仅体现在它是我国第一部戏曲史著作，而且由此可见作者过人的学术眼光。

王国维对元剧的评价超过明清时期的传奇，其中一个很重要的原因，那就是他认为元剧自然、有意境，这也是他衡量文学作品优劣的一个重要标准。在其《人间词话》中他对词作的评价也采用了这一标准。因此可以将该文与《人间词话》对读，体会词曲之间的密切关系。

王国维在谈到元剧的文章时，举了不少例子，对这些例证细加揣摩，可以领略元剧的妙处所在。

一

元剧以一宫调之曲一套为一折。普通杂剧，大抵四折，或加楔子。案《说文》（六）："楔，櫼也。"今木工于两木间有不固处，则斫木札入之，谓之楔子，亦谓之櫼。杂剧之楔子亦然。四折之外，意有未尽，则以楔子足之。

昔人谓北曲之楔子，即南曲之引子，其实不然。元剧楔子，或在前，或在各折之间，大抵用〔仙吕·赏花时〕或〔端正好〕二曲。唯《西厢记》第二剧中之楔子，则用〔正宫·端正好〕全套，与一折等，其实亦楔子也。除楔子计之，仍为四折。唯纪君祥之《赵氏孤儿》，则有五折，又有楔子。此为元剧变例。又张时起之《赛花月秋千记》，今虽不存，然据《录鬼簿》所纪，则有六折。此外无闻焉。

若《西厢记》之二十折，则自五剧构成，合之为一，分之则仍为五。此在元剧中亦非仅见之作。如吴昌龄之《西游记》，其书至国初尚存，其著录于《也是园书目》者云四卷，见于曹寅《楝亭书目》者云六卷。明凌濛初《西厢序》云"吴昌龄《西游记》有六本"，则每本为一卷矣。凌氏又云："王实甫《破窑记》《丽春园》《贩茶船》《进梅谏》《于公高门》，各有二本。关汉卿《破窑记》《浇花旦》，亦有二本。"此必与《西厢记》同一体例。

此外《录鬼簿》所载：如李文蔚有《谢安东山高卧》，下注云"赵公辅次本"，而于赵公辅之《晋谢安东山高卧》下，则注云"次本"；武汉臣有《虎牢关三战吕布》，下注云"郑德辉次本"，而于郑德辉此剧下，则注云"次本"。盖李武二人作前本，而赵郑续之，以成一全体者也。余如武汉臣之《曹伯明错勘赃》，尚仲贤之《崔护谒浆》，赵子祥之《太祖夜斩石守信》《风月害夫人》、赵文殷之《宦门子弟错立身》，金仁杰之《蔡琰还朝》，皆注"次本"。虽不言所续何人，当亦续《西厢记》之类。然此不过增多剧数，而每剧之以四折为率，则固无甚出入也。

　　杂剧之为物，合动作、言语、歌唱三者而成。故元剧对此三者，各有其相当之物。其纪动作者，曰科；纪言语者，曰宾、曰白；纪所歌唱者，曰曲。

　　元剧中所纪动作，皆以科字终。后人与白并举，谓之科白，其实自为二事。《辍耕录》纪金人院本，谓教坊"魏、武、刘三人，鼎新编辑，魏长于念诵，武长于筋斗，刘长于科泛"。科泛或即指动作而言也。

　　宾白，则余所见周宪王自刊杂剧，每剧题目下，即有全宾字样。明姜南《抱璞简记》（《续说郛》卷十九）曰："北曲中有全宾全白。两人对说曰宾，一人自说曰白。"则宾白又有别矣。臧氏《元曲选序》云："或谓元取士有填词科，（中略）主司所定题目外，止曲名及韵耳。其宾白，则演剧时伶人自为之，故多鄙俚蹈袭之语。"填词取士说之妄，今不必辨。至谓宾白为伶人自为，其说亦颇难通。元剧之词，大抵曲白相生。苟不兼作白，则曲亦无从作，此最易明之理也。今就其存者言之，则《元曲选》中百种，无不有白，此犹可诿为明人之作也。然白中所用之语，如马致远《荐福碑》剧中之"曳剌"，郑光祖《王粲登楼》剧中之"点汤"，一为辽金人语，一为宋人语，明人已无此语，必为当时之作无疑。至《元刊杂剧三十种》，则有曲无白者诚多；然其与《元曲选》复出者，字句亦略相同，而有曲白相生之妙，恐坊间刊刻时，删去其白，如今日坊刊脚本然。盖白则人人皆知，而曲则听者不能尽解。此种刊本，当为供观剧者之便故也。且元剧中宾白，鄙俚蹈袭者固多；然其杰作如《老生儿》等，其妙处全在于白。苟去其白，则其曲全无意味。欲强分为二人之作，安可得也。且周宪王时代，去元未远，观其所自刊杂剧，曲白俱全。则元剧亦当如此。愈以知臧说不足信矣。

　　元剧每折唱者，止限一人，若末，若旦；他色则有白无唱，若唱，则限于楔子中，至四折中之唱者，则非末若旦不可。而末若旦所扮者，不必皆为剧中主要之人物；苟剧中主要之人物于此折不唱，则亦退居他色，而以末若旦扮唱者，此一定之例也。然亦有出于例外者，如关汉卿之《蝴蝶梦》第三折，则旦之外，俫儿亦唱；尚仲贤之《气英布》第四折，则正末扮探子唱，又扮英布唱；张国宾之《薛仁贵》第三折，则丑扮禾旦上唱，正末复扮伴哥唱；范子安之《竹叶舟》

第三折,则首列御寇唱,次正末唱。然《气英布》剧探子所唱,已至尾声,故元刊本及《雍熙乐府》所选,皆至尾声而止,后三曲或后人所加。《蝴蝶梦》《薛仁贵》中,俫及丑所唱者,既非本宫之曲,且刊本中皆低一格,明非曲。《竹叶舟》中,列御寇所唱,明曰道情,至下〔端正好〕曲,乃入正剧。盖但以供点缀之用,不足破元剧之例也。唯《西厢记》第一、第四、第五剧之第四折,皆以二人唱,今《西厢》只有明人所刊,其为原本如此,抑由后人窜入,则不可考矣。

元剧脚色中,除末、旦主唱,为当场正色外,则有净有丑。而末、旦二色,支派弥繁。今举其见于元剧者,则末有外末、冲末、二末、小末,旦有老旦、大旦、小旦、旦俫、色旦、搽旦、外旦、贴旦等。《青楼集》云:"凡妓以墨点破其面者为花旦",元剧中之色旦、搽旦,殆即是也。元剧有外旦、外末,而又有外;外则或扮男,或扮女,当为外末、外旦之省。外末、外旦之省为外,犹贴旦之后省为贴也。案《宋史·职官志》:"直馆、直院则谓之馆职,以他官兼者谓之贴职。"又《武林旧事》(卷四)"乾淳教坊乐部",有"衙前",有"和顾",而和顾人中,如朱和、蒋宁、王原全下,皆注云"次贴衙前",意当与贴职之贴同,即谓非衙前而充衙前(衙前谓临安府乐人)也。然则曰冲、曰外、曰贴,均系一义,谓于正色之外,又加某色,以充之也。此外见于元剧者,以年龄言,则有若孛老、卜儿、俫儿,以地位职业言,则有若孤、细酸、伴哥、禾旦、曳刺、邦老,皆有某色以扮之,而其身则非脚色之名,与宋金之脚色无异也。

元剧中歌者与演者之为一人,固不待言。毛西河《词话》,独创异说,以为演者不唱,唱者不演。然《元曲选》各剧,明云末唱、旦唱,《元刊杂剧》亦云"正末开"或"正末放",则为旦、末自唱可知。且毛氏"连厢"之说,元明人著述中从未见之,疑其言犹蹈明人杜撰之习。即有此事,亦不过演剧中之一派,而不足以概元剧也。

演剧时所用之物,谓之砌末。焦理堂《易余籥录》(卷十七)曰:"《辍耕录》有诸杂砌之目,不知所谓。按元曲《杀狗劝夫》,祇从取砌末上,谓所埋之死狗也;《货郎旦》外旦取砌末付净科,谓金银财宝也。《梧桐雨》正末引宫娥挑灯拿砌末上,谓七夕乞巧筵所设物也。《陈抟高卧》外扮使臣引卒子捧砌末上,谓诏书繡帛也。《冤家债主》和尚交砌末科,谓银也。《误入桃源》正末扮刘晨,外扮阮肇带砌末上,谓行李包裹或采药器具也。又净扮刘德引沙三、王留等将砌末上,谓春社中羊酒纸钱之属也。"

余谓焦氏之解砌末是也。然以之与杂砌相牵合,则颇不然。杂砌之解,已见上文,似与砌末无涉。砌末之语,虽始见元剧,必为古语。案宋无名氏《续墨客挥犀》(卷七)云:"问今州郡有公宴,将作曲,伶人呼细末将来,此取何义? 对曰:凡御宴进乐,先以弦声发之,然后众乐和之,故号丝抹将来。今所在起曲,遂先之以竹声,不唯讹其名,亦失其实矣。"又张表臣《珊瑚钩诗话》(卷二)亦云:"始作乐必曰丝末将来,亦唐以来如是。"余疑砌末或为细末之讹。盖丝抹一语,既讹为细末,其义已亡,而其语独存,遂误视为将某物来之意,因以指演剧时所用之物耳。

二

元杂剧之为一代之绝作,元人未之知也。明之文人始激赏之,至有以关汉卿比司马子长者(韩文靖邦奇)。三百年来,学者文人,大抵屏元剧不观。其见元剧者,无不加以倾倒。如焦理堂《易余籥录》之说,可谓具眼矣。焦氏谓一代有一代之所胜,欲自楚骚以下,撰为一集,汉则专取其赋,魏晋六朝至隋,则专录其五言诗,唐则专录其律诗,宋专录其词,元专录其曲。余谓律诗与词,固莫盛于唐宋,然此二者果为二代文学中最佳之作否,尚属疑问。若元之文学,则固未有尚于其曲者也。

元曲之佳处何在? 一言以蔽之,曰:自然而已矣。古今之大文学,无不以自然胜,而莫著于元曲。盖元剧之作者,其人均非有名位学问也。其作剧也,非有藏之名山,传之其人之意也。彼以意兴之所至为之,以自娱娱人。关目之拙劣,所不问也;思想之卑陋,所不讳也;人物之矛盾,所不顾也。彼但摹写其胸中之感想与时代之情状,而真挚之理与秀杰之气,时流露于其间。故谓元曲为中国最自然之文学,无不可也。若其文字之自然,则又为其必然之结果,抑其次也。

明以后,传奇无非喜剧,而元则有悲剧在其中。就其存者言之,如《汉宫秋》、《梧桐雨》、《西蜀梦》、《火烧介子推》、《张千替杀妻》等,初无所谓先离后合,始困终亨之事也。其最有悲剧之性质者,则如关汉卿之《窦娥冤》、纪君祥之《赵氏孤儿》。剧中虽有恶人交构其间,而其蹈汤赴火者,仍出于其主人翁之意志,即列之于世界大悲剧中,亦无愧色也。

元剧关目之拙,固不待言。此由当日未尝重视此事,故往往互相蹈袭,或草草为之。然如武汉臣之《老生儿》,关汉卿之《救风尘》,其布置结构,亦极意匠惨淡之致,宁较后世之传奇,有优无劣也。

然元剧最佳之处,不在其思想结构,而在其文章。其文章之妙,亦一言以蔽之,曰:有意境而已矣。何以谓之有意境?曰:写情则沁人心脾,写景则在人耳目,述事则如其口出是也。古诗词之佳者,无不如是。元曲亦然。明以后,其思想结构尽有胜于前人者,唯意境则为元人所独擅。兹举数例以证之。其言情述事之佳者,如关汉卿《谢天香》第三折:

〔正官·端正好〕我往常在风尘,为歌妓,不过多见了几个筵席,回家来仍作个自由鬼。今日倒落在无底磨牢笼内!

马致远《任风子》第二折:

〔正官·端正好〕添酒力晚风凉,助杀气秋云暮,尚兀自脚趔趄醉眼模糊。他化的俺一方之地都食素,单则是俺杀生的无缘度。

语语明白如画,而言外有无穷之意。又如《窦娥冤》第二折。此一曲直是宾白,令人忘其为曲。元初所谓当行家,大率如此;至中叶以后,已罕觏矣。其写男女离别之情者,如郑光祖《倩女离魂》第三折。此种词如弹丸脱手,后人无能为役。唯南曲中《拜月》、《琵琶》差能近之。至写景之工者,则马致远之《汉宫秋》第三折。以上数曲,真所谓写情则沁人心脾,写景则在人耳目,述事则如其口出者。第一期之元剧,虽浅深大小不同,而莫不有此意境也。

古代文学之形容事物也,率用古语,其用俗语者绝无。又所用之字数亦不甚多。独元曲以许用衬字故,故辄以许多俗语或以自然之声音形容之。此自古文学上所未有也。兹举其例,如《西厢记》第四剧第四折:

〔雁儿落〕绿依依墙高柳半遮,静悄悄门掩清秋夜,疏剌剌林梢落叶风,昏惨惨云际穿窗月。

〔得胜令〕惊觉我的是颤巍巍竹影走龙蛇,虚飘飘庄周梦蝴蝶,絮叨叨促织儿无休歇,韵悠悠砧声儿不断绝,痛煞煞伤别,急煎煎好梦儿应难舍,冷清清的咨嗟,娇滴滴玉人儿何处也?

此犹仅用三字也。其用四字者,如马致远《黄粱梦》第四折:

〔叨叨令〕我这里稳丕丕土坑上迷颩没腾的坐,那婆婆将粗剌剌陈米喜收希和的播,那塞驴儿柳阴下舒着足乞留恶滥的卧,那汉子去脖项上婆娑没索的摸。你则早醒来了也么哥,你则早醒来了也么哥,可正是窗前弹指时光过。

其更奇绝者,则如郑光祖《倩女离魂》第四折:

〔古水仙子〕全不想这姻亲是旧盟,则待教祆庙火刮刮匝匝烈焰生。将水面上鸳鸯忒楞楞腾分开交颈,疏剌剌沙鞴雕鞍撒了锁鞚,厮琅琅汤偷香处喝号提铃,支楞楞争弦断了不续碧玉筝,吉丁丁珰精砖上摔破菱花镜,扑通通东井底坠银瓶。

又无名氏《货郎旦》剧第三折,则用叠字,其数更多。

〔货郎儿六转〕我则见黯黯惨惨天涯云布,万万点点潇湘夜雨;正值着窄窄狭狭沟沟堑堑路崎岖,黑黑黯黯彤云布,赤留赤律潇潇洒洒断断续续,出出律律忽忽鲁鲁阴云开处,霍霍闪闪电光星注;正值着飕飕摔摔风,淋淋渌渌雨,高高下下凹凹答答一水模糊,扑扑簌簌湿湿渌渌疏林人物,却便似一幅惨惨昏昏潇湘水墨图。

由是观之,则元剧实于新文体中自由使用新言语。在我国文学中,于《楚辞》、《内典》外,得此而三。然其源远在宋金二代,不过至元而大成。其写景抒情述事之美,所负于此者,实不少也。

元曲分三种,杂剧之外,尚有小令、套数。小令只用一曲,与宋词略同。套数则合一宫调中诸曲为一套,与杂剧之一折略同。但杂剧以代言为事,而套数则以自叙为事,此其所以异也。元人小令套数之佳,亦不让其杂剧。兹各录其最佳者一篇,以示其例,略可以见元人之能事也。

小令

〔天净沙〕(无名氏。此词《庶斋老学丛谈》及元刊《乐府新声》,均不著名氏,《尧山堂外纪》以为马致远撰,朱竹垞《词综》仍之,不知何据。)

枯藤老树昏鸦,小桥流水人家,古道西风瘦马,夕阳西下,断肠人在天涯。

套数

《秋思》(马致远。见元刊《中原音韵》、《乐府新声》)。

〔天净沙〕小令,纯是天籁,仿佛唐人绝句。马东篱《秋思》一套,周德清评之以为万中无一,明王元美等亦推为套数中第一,诚定论也。此二体虽与元杂剧无涉,可知元人之于曲,天实纵之,非后世所能望其项背也。

元代曲家,自明以来,称关、马、郑、白。然以其年代及造诣论之,宁称关、白、马、郑为妥也。关汉卿一空倚傍,自铸伟词,而其言曲尽人情,字字本色,故当为元人第一。白仁甫、马东篱,高华雄浑,情深文明;郑德辉清丽芊绵,自成馨逸,均不失为第一流。其余曲家,均在四家范围内。唯宫大用瘦硬通神,独树一帜。以唐诗喻之,则汉卿似白乐天,仁甫似刘梦得,东篱似李义山,德辉似温飞卿,而大用则似韩昌黎。以宋词喻之,则汉卿似柳耆卿,仁甫似苏东坡,东篱似欧阳永叔,德辉似秦少游,大用似张子野。虽地位不必同,而品格则略相似也。明宁献王曲品,跻马致远于第一,而抑汉卿于第十。盖元中叶以后,曲家多祖马、郑而祧汉卿,故宁王之评如是。其实非笃论也。

元剧自文章上言之,优足以当一代之文学。又以其自然故,故能写当时政治及社会之情状,足以供史家论世之资者不少。又曲中多用俗语,故宋金元三朝遗语,所存甚多。辑而存之,理而董之,自足为一专书。此又言语学上之事,而非此书之所有事也。

南戏名称

钱南扬

导言——

本文选自钱南扬《戏文概论》(上海古籍出版社,1981 年),为其引论的第一章。

钱南扬(1899—1987),浙江平湖人。1952年毕业于北京大学。先后任杭州大学、南京大学教授。著有《汉上宦文存》、《戏文概论》等。

南戏曾被称为中国戏曲史上一个曾经失去的环节。之所以这样说,是因为由于作品及相关资料的严重缺乏,在很长一段时间里人们对南戏这种戏曲样式知之甚少,存有不少误解,后来随着新材料的陆续发现,人们才逐渐补上了这个失去的环节。在这一领域研究最为精深者当属钱南扬先生,《戏文概论》是其代表作。

该文为《戏文概论》的开篇,对戏文的名称进行了十分详细的考察。作者根据历代典籍记载,列举出有关戏文的全部名称,然后对这些名称逐一进行辨析,考其语源,探其内涵,明其演变,指出不同的名称各自代表戏文的不同特点。在详加辨析的基础上进行选择,认为戏文的名称最为适当,而其他的名称都不够准确妥帖。

看起来只是一个名称问题,其实关乎对这一戏曲样式的整体认知。宏观问题,小处着眼,这是该文的一大特点。唯其小处着眼,才能把问题真正落到实处,文章才写得扎实、深入。

第一章 名称

《荀子·正名》云:"名定而实辨。"这里首先谈谈戏文的名称。戏剧名称,或据性质定名,或据地域定名,再加上后人的随意乱用,没有一定的标准。致使一个剧种,往往有许多不同的名称,戏文也不例外。兹就所见,列举如下:

戏文

乃撰为戏文以广其事——《癸辛杂志》别集卷上

悉如今之搬演南宋戏文唱念声腔——《中原音韵》

《王焕》戏文盛行于都下——《钱塘遗事》

俳优戏文始于《王魁》——《草木子》

戏文搬下不曾——成化本《白兔记》第一出

遂录诸戏文名——《南词叙录》

南戏文

南戏文

萧德祥……又有南戏文——《录鬼簿》①卷下

南曲戏文

萧德祥……又有南曲戏文等——曹本《录鬼簿》卷下

南戏

龙楼景……专工南戏——《青楼集》
其后元朝南戏盛行——《草木子》
南戏出于宣和之后——《猥谈》
惟南戏无人选集——《南词叙录》

温州杂剧

谓之温州杂剧——《猥谈》

永嘉杂剧

号曰永嘉杂剧
永嘉杂剧兴——均见《南词叙录》

鹘伶声嗽

又曰鹘伶声嗽——《南词叙录》

传奇

---

① 本书引《录鬼簿》,系据天一阁旧藏明蓝格钞本。间用其他版本,必注明某本。

【满江红】《赠韫玉传奇》——《山中白云词》

今日利（戾）家子弟搬演一本传奇——成化本《白兔记》第一出

你把这时行的传奇——《错立身》第五出

后行子弟不知敷演甚传奇——《小孙屠》第一出

戏文这个名辞，在戏文这一剧种产生之前，前人记载中从未发现过，可见是有了这一剧种，才有这个名辞。这个名辞既专为这一剧种而起，该是它的正式名称。所谓戏文者，乃是指演戏的本文，也即是后世的所谓脚本，和宋朝说唱的称"话文"，金朝杂剧的称"院本"同例。《张协》第一出白："似恁唱说诸宫调，何如把此话文敷演？"这里的话文，乃是指《诸宫调张协》，意即谓说唱的本文。又如《太和正音谱》云："院本者，行院之本也。"所谓"行院之本"，也即是行院所敷演的本文。盖无论戏剧，无论说唱，都不能没有本文，所以才有这类戏文、话文、院本等名称。然一般习惯，戏文的含义不但指脚本，同时也包括演唱。譬如说"看戏文"，不是指读脚本，而是指看演唱。严格说来，应该象《错立身》第一出【鹧鸪天】所说"贤每雅静看敷演"，才对；而习惯却不如此，只说"看戏文"，不说"看敷演"。

南戏文、南曲戏文、南戏，这三个名称，虽繁简不同，而涵义是一样的，都是为了要别于北曲杂剧而言，所以在上面加了个"南"字，或"南曲"二字，称它为"南戏文"，或"南曲戏文"；又有省去了一个"文"字，简称为"南戏"。北曲杂剧起于金朝，时代比戏文稍迟；而它的流传到南方，当更在其后。所以这类名称的产生，至早盖在南宋中叶，比单称戏文，时代要来得迟。

温州杂剧、永嘉杂剧，这两个名称，涵义也是相同的。温州，即永嘉。这里却不是用曲子的性质来作区别，而是用地域来作区别，和后世的称昆山腔、莆仙戏同例。"杂剧"一辞，起源很古，《李文饶文集》卷十二《第二状奉宣令更商量奏来者》云：

蛮共掠九千人，成都郭下，成都、华阳两县，只有八十人。其中一人是子女锦锦，杂剧丈夫两人，医眼大秦僧一人。余并是寻常百姓，并非工巧。

按：《新唐书·杜元颖传》，太和三年（八二九），南诏攻掠成都，谓"蜀之宝货工巧子女尽矣",元颖因此得罪,贬死循州。此状乃根据实况,意在替他申雪。这里所举的音乐伎巧人,不但杂剧丈夫,除了戏剧男演员之外,不可能作其他解释;即子女锦锦,也应是女演员,而不是寻常百姓。可见"杂剧"一辞,在晚唐时候,已经确然出现。直到宋金时代,还称一切古剧——歌舞戏、滑稽戏等为杂剧。如《武林旧事》卷十著录两宋古剧,总名之为"官本杂剧段数";《辍耕录》卷二十五云:"金有院本、杂剧、诸公(宫)调。院本、杂剧,其实一也。国朝(元)院本、杂剧始厘而二之。"盖在元朝才把"杂剧"一辞专称这新兴的剧种,二者涵义始有分别。由此看来,自唐以来的戏剧都可以称杂剧,是杂剧乃一切戏剧的总名。则新兴的戏文称它为杂剧,固未尝不可。但当时宋杂剧还在流行,戏文究竟与它有所不同,所以又在杂剧上面加了一个地方名辞——温州或永嘉,以示区别。不过据我们推想,一个剧种起初仅在本地演出时,原用不到在名称上加上一个本地地名;必须流传到外埠之后,才有这种需要,用来表示这是来自某地的剧种。宋朝的杭州,本是宋杂剧流行的地方,南渡之际,戏文传入杭州,日渐盛行,盖过了宋杂剧,注意的人也渐多,于是替它起了一个温州——或永嘉杂剧的称号,这是很自然的事。所以这一类名称,也应比"戏文"一辞为晚出。

鹘伶声嗽,是宋金市语。《董解元西厢记》卷一【点绛唇缠】尾云:"这一双鹘鸰眼,须看了可憎底千万。"字作"鹘鸰"。汤显祖注云:"鹘鸰,即胡伶,聪明之谓。"张深之本《西厢记杂剧》第一本第二折【小梁州】云:"鹘伶渌老不寻常。"字作"鹘伶",与《南词叙录》合;而弘治、刘龙田、《六幻》、《六十种曲》诸本,则又都作"胡伶"。盖此等形况语,只取其音,原无一定写法。作"鹘鸰"者,取其偏傍整齐,与尢殢的作"犹豨",回耐的作"时耐"同例;作"胡伶"者,则因北音"鹘"、"胡"相同故。惟鹘伶作"聪明"解,形容眼睛则可,而不能用作戏剧名称,故这里应引申作"伶例"或"玲珑"解。声嗽,即腔调。声谓声腔,《中原音韵》云:"悉如今之搬演南宋戏文唱念声腔。"嗽谓嗽咳,也即是声腔,《错立身》第十二出【金蕉叶】云:"我说散嗽咳①呵如瓶贮水。"声嗽,同义叠用,《事林广记戊集》卷二引宋人《圆社市语》套【紫苏丸】云:"呵喝啰声嗽道欹斯。"又,《水浒全传》第八十一回云:"口儿里悠悠放出些妖娆声嗽。"总起来说,鹘伶声嗽,即是伶俐腔调,或玲珑腔调,意在矜夸戏文腔调的圆美,出乎古剧之上。"鹘

---

① 说散嗽咳,谓念宾白。宾白是散说,故上加"散"字。则嗽咳自然是指曲子的声腔甚明。

伶声嗽"一辞,并非戏文的专称,《猥谈》云:

> 生、净、旦、末等名,有谓反其事而称,又或托之唐庄宗,皆谬云也。此本金元阛阓谈吐,所谓鹘伶声嗽,今所谓市语也。

可见市语也可以称鹘伶声嗽,盖谓伶俐声腔。

传奇一辞,本唐人小说的名称,借来当作戏剧名称,始见于戏文。稍后,金元的北曲杂剧也称为传奇,如《录鬼簿》卷上云:"前辈才人有所编传奇行于世者①。"又云:"右前辈编撰传奇名公,仅止于此。"则传奇一辞,在当时已成为戏剧的通称了。及至明朝中叶,昆山腔兴起,又用它来专称昆山腔系统的剧本。传奇的涵义,至此已四变了。《少室山房笔丛》卷四十一《庄岳委谈》卷下云:

> 传奇之名,不知起自何代?陶宗仪谓唐为传奇,宋为戏诨,元为杂剧,非也。唐所谓传奇,自是小说书名,裴铏所撰。……然中绝无歌曲乐府,若今所谓戏剧者,何得以传奇为唐名?或以中事迹相类,后人取为戏剧张本,因展转为此称,不可知。范文正记岳阳楼,宋人讥曰"传奇体",则固以为文也。

案:陶宗仪云云,见《辍耕录》卷二十五,原文云:"唐有传奇,宋有戏曲、唱诨、词说,金有院本、杂剧、诸公(宫)调。"本兼小说而言,这里贸然加以非难,是不对的②。但是戏文为什么要借用传奇这个名称?除了这里所说的"或以中事迹相类、后人取为戏剧张本"云云外,恐怕没有更好的理由了。

此外尚有称戏文为"南词"的,如徐渭著录戏文,而其书名《南词叙录》。案:南词即南曲,如《南词新谱》、《南词定律》之类,实在都是南曲的谱。严格说起来,南曲,仅指戏文的曲子而言,涵义比戏文狭;而同时南曲却能包括散

---

① 天一阁本"传奇"下原夺一"行"字,据曹本补。
② 案:《太和正音谱》云:"杂剧之说:唐为传奇;宋为戏文;金为院本、杂剧,合而为一;元分院本为一,杂剧为一。"这才真正把传奇误当戏剧。《少室山房笔丛》或者误记朱权为陶宗仪罢?

曲,涵义又比戏文广;所以南曲一辞不能当它是戏剧名称,故未列入。惟明清人习惯如此,喜欢用"曲"字或"词"字来代替"戏剧",如:臧懋循选元杂剧,称《元曲选》,而不称,《元杂剧选》;《庄岳委谈》云:"元词有曹国舅。"也不称元杂剧。直到近代的《宋元戏曲考》,还是如此。又有称戏文为"院本"的,如《笔梦叙》云:

> 附记演习院本:《跃鲤记》、《琵琶记》、《钗钏记》《西厢记》、《双珠记》、《牡丹亭》、《红梨记》、《浣纱记》、《荆钗记》、《玉簪记》。以上十本,就中止摘一二出,或三四出。

直到近代的《今乐考证》,也还如此。惟他们都兼指明清传奇而言,故也没有列入。

这许多名称,从现在看来:戏文既吸取了北曲,不再是纯粹的南曲,南戏文这类名称已不能名副其实;戏文传布的地域很广泛,不再是局处一隅的地方小戏,温州杂剧这类名称也觉不很适当;鹘伶声嗽呢?在当时虽是家喻户晓的熟语,但现代人对它不免觉得怪僻;传奇呢?又容易与明清昆山腔系统的剧本相混;所以最适当的莫如戏文一词。它不但没有上述的各种毛病,而且很熟悉地还在江浙一带人民的口头使用着。

研究与思考

📍 延伸阅读 📍

1. 鲁迅《中国小说史略》及附录,齐鲁书社,1997年。
2. 袁行霈《〈汉书艺文志〉小说家考辨》,《文史》第七辑,中华书局,1979年。
3. 石昌渝《小说与小说文体诸要素》,《中国小说源流论》第一章,三联书店,1995年。

4. 卞孝萱《唐传奇新探·前言》,《唐传奇新探》,江苏教育出版社,2001年。

5. 陈垣《总论元文化》,陈垣《元西域人华化考》,上海古籍出版社,2000年。

6. [荷兰]伊维德《我们读到的是"元"杂剧吗?——杂剧在明代宫廷的嬗变》,《文艺研究》,2001年第3期。

7. 俞平伯《红楼梦研究》,上海棠棣出版社,1952年。

8. 石昌渝《从朴刀杆棒到子母炮——〈水浒传〉成书研究之一》,《文学遗产》,1999年第2期。

9. 陈平原《中国小说叙事模式的转变》,上海人民出版社,1988年。

10. 刘永济《元人散曲选序论》,载《元人散曲选》,上海古籍出版社,1981年。

11. 孙述宇《〈水浒传〉的煽动艺术》,载香港《中国学人》第五期,1973年。

问题与思考

1. 试述古代"小说"观念的演变及小说创作实际的发展过程。
2. 试述唐代传奇对前代文学遗产的继承及对后世的影响。
3. 试述佛教讲唱对后来通俗小说之影响。
4. 思考元杂剧、散曲盛行、衰落的原因。
5. 思考四大奇书在明代相继出现的原因。

研究实践

研究课题:
从小说到戏曲——西厢记故事的演化。
背景资料:
元稹《莺莺传》传奇。
赵令畤《元微之崔莺莺商调蝶恋花》鼓子词。
董解元《西厢记》诸宫调。
王实甫《西厢记》杂剧。
陆采《南西厢》传奇。

金圣叹批本《西厢记》。

方法提示：

1. 阅读上述文献，了解唐传奇、鼓子词、诸宫调、杂剧、明清传奇的性质、体式。参考陈寅恪《读莺莺传》、叶德均《戏曲小说丛考》卷下《宋元明讲唱文学》、王国维《宋元戏曲史》之《宋之乐曲》《元剧之结构》等。

2. 阅读徐朔方《论〈西厢记〉》、张友鸾《西厢的批评与考证》、赵景深《明何璧校本北西厢记跋》、王季思《西厢记作者考》、马玉铭《西厢记第五本关续说辨妄》、[日]田中谦二《关于"王作关续"说》、[日]田仲一成《关于十五、十六世纪为中心的江南地方戏的变质（五）》等，并能利用研究论文索引及数据库等，尽可能地查阅前人的研究成果，拓展自己的思路。

3. 参考研究向度

A. 戏剧题材的继承性。

B. 以之为个案讨论中国文学创作的模拟和创新。

C. 西厢故事的变化情况及其原因。

D.《西厢记》作者问题的争论。

E. 由《西厢记》的接受情况看戏剧活动的社会结构。

F. 其他。

呈现形式：

1. 读书札记。

2. 报告研讨。

3. 论文。

4. 其他。

第十二章 域外汉籍

导 论

域外汉籍是20世纪以来在中国兴起的一门新学问。尽管目前还没有全体一致的关于"域外汉籍"的定义,但多数人接受以下看法:所谓"汉籍",就是以汉字撰写的文献,而"域外"则指禹域(也就是中国)之外,所以,"域外汉籍"指的是存在于中国之外的主要是20世纪之前用汉文撰写的各类典籍文献。具体说来,包含以下三方面内容:一是历史上域外文人用汉字书写的文献;二是中国典籍的域外刊本、抄本以及众多域外人士对中国典籍的选本、注本或评本;三是流失在域外的中国古籍(包括残卷)。作为其主体,就是域外文人写作的汉文献。

从内容上来看,域外汉籍涵括了传统的四部之学,是一个巨大的文献宝库。它不能以某一个学科或门类来限制,其包容量大、结合力强,使得该领域的研究具有极为广阔的前景。

历史上周边国家和地区的读书人,用汉字撰写了大量文献,其涉及范围几乎与"国学"相当,这些材料构成了长期存在于东亚世界的"知识共同体",既向我们提出了许多新问题,也提供了在理论上和方法上继续探索的可能性。

20世纪初以来,学术开始由传统向现代转型,学者尤其重视新材料的发现。胡适当年强调用科学的方法整理国故,而所谓"科学的方法",其实就是西洋人做学问的方法,重心之一就是找材料。陈寅恪在1934年写的《王静安先生遗书序》中,总结了以王氏为代表的学术典范,其中之一就是"取异族之故书与吾国之旧籍互相补正","异族之故书"就不排除域外汉籍。胡适在

1938年9月2日给傅斯年信中,言及他在同年8月苏黎士举办的史学大会上宣读的《近年来所发现有关中国历史的新资料》(Recently Discovered Material for Chinese History)中,提到"日本朝鲜所存中国史料",其中绝大部分都是汉文史料。域外汉籍史料虽然已经引起当时一些有识之士的注意,但总体说来,其价值和意义远远未能得到学术界的普遍认识和重视。而在中国的周边国家和地区,由于近代西洋学术的大举进入和民族意识的觉醒乃至民族主义的高涨,汉籍受到了空前的冷落。对于国文学研究者来说,虽然本国文学史上存在大量的汉诗文,但因为是用汉字撰写,所以难为"国粹",被视为不能真正代表本民族的呼声。在韩国、日本学者撰写的本国文学史中,汉文学或缺席,或仅作点缀,其研究风气之式微也就可想而知了。

在国际上,真正对域外汉籍开始重视和研究,始于20世纪80年代。但真正开始全方位地研究域外汉籍,则要以南京大学域外汉籍研究所的成立为标志。法国国家科学研究中心研究员陈庆浩指出:"2000年,南京大学建立'域外汉籍研究所',可以看成是域外汉籍研究一个新时代的开始。2005年起创办《域外汉籍研究集刊》,主编《域外汉籍资料丛书》和《域外汉籍研究丛书》,形成了一个完整的域外汉籍研究系统,发展未可限量。"(《汉文化整体研究三十年感言》,载《书品》2011年第5期)

学术研究要重视材料,这是毫无疑问的,但新材料的发现和运用应该得到学术工作者更多的重视,也是天经地义的。正是在这个意义上,陈寅恪说出了那一段学术界耳熟能详的名言:"一时代之学术,必有其新材料与新问题。取用此材料,以研求问题,则为此时代学术之新潮流。治学之士,得预于此潮流者,谓之预流。其未得预者,谓之未入流。此古今学术史之通义,非彼闭门造车之徒,所能同喻者也。"(《陈垣敦煌劫余录序》,《金明馆丛稿二编》,上海古籍出版社1980年版)对于这段话,学界的注意力往往集中在"新材料"而忽略了"新问题",但如果缺乏"新问题",即便有无穷的"新材料",也形成不了"时代学术之新潮流"。由于域外汉籍是以往学者较少注意者,因此,其中就蕴含了大量值得提炼、挖掘的新问题。所以,这一研究若想获得长足的进步,必然要从"新材料"的阶段向"新问题"、"新方法"转变。

就域外汉籍的研究而言,我曾经提出"作为方法的汉文化圈",试图在方法论上有所推进。"汉文化圈"可以有不同的表述,比如"东亚世界"、"东亚文明"、"汉字文化圈"等等,作为该文化圈的基本载体就是汉字。以汉字为基础,从汉代开始逐步形成的汉文化圈,直到19世纪中叶,积累了大量的汉籍文献,表现出大致相似的精神内核,也从根柢上形成了持久的聚合力。尽管从表面构成来说,它似乎是一个松散的存在,但实际上是有一条强韧的精神纽带将他们联系在一起。值得重视的是,这样一个文化共同体中的声音并不单一,它是"多声部的"甚至是"众声喧哗的"。如果说,研究方法是研究对象的"对应物",那么,"作为方法的汉文化圈"的提出,与其研究对象是契合无间的。

作为方法的汉文化圈,大致包括以下要点:其一,把汉文献当作一个整体,从文字到图像。即便需要分出类别,也不以国家、民族、地域划分,而是以性质划分。比如汉传佛教文献,就包括了中国、朝鲜半岛、日本以及越南等地佛教文献的整体,而不是以中国佛教、朝鲜佛教、日本佛教、越南佛教为区分。无论研究哪一类文献,都需要从整体上着眼。其二,在汉文化圈的内部,无论是文化转移,还是观念旅行,主要依赖"书籍环流"。人们是通过对于书籍的直接或间接的阅读或误读,促使东亚内部的文化形成了统一性中的多样性。其三,以人的内心体验和精神世界为探寻目标,打通中心与边缘,将各地区的汉籍文献放在同等的地位上,寻求其间的内在联系。其四,注重文化意义的阐释,注重不同语境下相同文献的不同意义,注重不同地域、不同阶层、不同性别、不同时段上人们思想方式的统一性和多样性。诚然,一种方法或理论的提出,需要在实践中不断进行完善、补充和修正,其学术意义也有待继续发现、诠释和阐扬。

从研究的层面来说,域外汉籍当然还是一个刚开始探索的领域,虽然这是一个新领域,但仅仅就其中的文学部分而言,在世界学术的框架中,并非没有可以参照或衡量的对象。2000年出版的《诺顿英国文学选集》第七版,编者 M. H. Abrams 在序言中,特别提出了一个"文学史的'国家'概念",在这个概念中,英国文学不只是英格兰或者大不列颠的文学,它可以指主要是居住在英格兰、苏格兰与爱尔兰的作家撰写的作品,同时又可以指使用英语创作的文学作品。它已经不能被"固守为单一国家的产物,它是一个全球性概念"。作为一本选集,编者可以通过选本来展现其文学观念,这当然是一种非常传统的手法。所以,有关的理论和方法并没有能够在书中展开。而在2010年出版的《法语区文学:问题、争辩、论战》一书中,编者 Dominique Combe 在引言中就提出了一系列问题,其中包括概念问题,如何厘清"法语区文学"(Francophone),或者是在无法厘清的基础上如何明晰它的适用范围和面向;如何在研究过程中恢复法语区文学的文学本质,从而更进一步审视其中涉及的文学理论问题,而不是仅仅把它当作某种民族社会学的文献资料。作者回顾在1960年代,当法语区文学被引进法国的大学和批评界,它们曾经被描述成法国文学史的附庸,好像是其自然的延伸。其中的主要作家,被刻板地与他们的"大师"或法国样板联系在一起,将法国文学或欧洲文学作为"正典"对他们进行分析和评断。他们常常试图缩减法语区作家的独特性和原创性。而到了今天,法语区文学已经获得了某种制度的合法性,反而时常人为地将它们与"法国"文学以及其他欧洲文学尤其是英语区文学斩断关联,而实际上他们与这些文学一直保持着紧密而持久的交流。这些问题在东亚汉文学研究中也时常遇到,各种文学的观念、文体的变迁、典范的形成与转移、书籍的环流与阅读等等,往往遭遇很多新问题,并且需要用新的方法来处理。

中国的现代学术,是在西方学术观念和方法的冲击和启示下形成的。在世界范围内的自19世纪以来的汉学研究,尽管有从汉学(Sinology)到中国学(China Studies)的转变,但说到底,也都是西方学术的组成部分之一。而当我们回顾百年来的中国学术,就会立刻发现,除去文献、人物和史实的考辨以外,其学术方法、理论框架以及提问方式,占据主流的都是"西方式"的或者说是"外来的"。所以,即便是汉学研究,欧美汉学在其自身的学术传统中,也早已形成了其优越感,正如萨义德所指出的:"那就是,西方文化内部所形成的对东方的学术权威。……它被人为构成,被辐射,被传播;它有工具性,有说服力;它有地位,它确立趣味和价值的标准。"(《东方学》,王宇根译,生活·读书·新知三联书店1999年版)在学术研究中,欧美汉学家所乐于承认的中国学者的工作价值,往往只是体现在文献的整理考证上。对此,我们似乎应该平心静气地加以反省:在我们自身的研究工作中,是否缺乏原创的理论和方法?在传统人文学的研究中,是否仅仅重视了文献的收集整理,而忽略了问题的提出与分析?假如我们的研究工作,在课题选择、理论假设、思考框架、主题意义和价值上都取法乎欧美汉学,那又如何能够自立于世界学术之林呢?因此,在进行自身的理论和方法的建设和探索时,我们应该坚持以文本阅读为基础,通过个案研究探索具体可行的方法,走出模仿或对抗的误区,在与西洋学术的对话中形成。在今天的人文学理论和方法的探求中,套用西方固不可为,无视西方更不可为。我们的观念和方法应该自立于而不自外于、独立于而不孤立于西方的学术研究。而域外汉籍正可以作为一个理论和方法的实验室,即使仅限于中国古代文学的研究,它也可以让我们发现一个庞大的资料库,提出更多的新问题,重新思考和认识其在东亚汉文学整体中的位置和意义。

选 文

域外汉籍与中国文学研究(节选)

张伯伟

导言——

本文原载《文学遗产》2003年第三期,后收入《域外汉籍研究论集》(北京大学出版社,2011年)。

张伯伟(1959—),江苏南通人。1982年毕业于南京大学,现为南京大学教授。著有《中国古代文学批评方法研究》《域外汉籍研究论集》等。

本文首先对"域外汉籍"的概念作了界定,作者认为,所谓"域外汉籍"有三层意蕴:一是历史上域外文人用汉字书写的典籍,二是中国典籍的域外刊本或抄本,三是流失在域外的中国古本。"域外汉籍"都是用汉字写成的文献资料,但因为庋藏于域外,故久未被国人所知,而域外汉籍资料的文献价值可与20世纪发现的殷墟甲骨、流沙坠简、敦煌文书、内阁档案、四裔遗文等新材料相媲美。

域外汉籍文献具有海量的文献存底,包括经史子集四部,作为古代文学研究者如何利用这批文献来丰富、深化古代文学研究?本文提炼出"文学典籍的流传"、"文学人士的交往"、"文学读本的演变"、"文学观念的渗透"、"文学典范的确立"五个方面,详细阐明了域外汉籍研究的方法论。因此,本文对于了解域外汉籍的概念、学术价值有很大的帮助,我们也可以从中体会到如何利用域外汉籍来研究中国文学的方法。

所谓域外汉籍,根据目前学术界的共识,主要包括三方面的内容:一是历史上域外文人用汉字书写的典籍;二是中国典籍的域外刊本或抄本;三是流失在域外的中国古本。经过前辈学者的辛勤收辑,流失在域外的中国古本通过翻拍、影印或撰写目录等手段,多已为学术界所知见。但古代域外人士用汉字书写的典籍,以及中国典籍的域外刊本或抄本,大量存在于中国的周边国家和地区,成为域外汉籍的主体。自 1992 年以来,我对域外汉籍产生了浓厚的兴趣,曾多次赴日本、韩国、越南、冲绳(古代的琉球)、新加坡等地收集资料,主持或参与了国内外的若干科研项目,并在 2000 年成立了南京大学域外汉籍研究所。我深信,随着有关文献整理工作的展开,例如目录、提要、资料汇编、文献校释等,一个新的学科分支——域外汉文学研究即将诞生。这一学科分支直接涉及到三方面的研究,一是汉字文学研究;二是东方文学研究;三是比较文学研究。本文要谈的主要是其中一个方面的研究,即汉字文学研究。汉字文学是以中国的汉语文学为主,并包括周边国家和地区历史上的汉文学。以整体汉字文学为背景,这对于传统的中国文学研究来说,到底会带来什么样的变革,产生什么样的结果,这无疑是一个令人兴奋的学术课题。

我先来举一个大家熟悉的例子。《文镜秘府论》是唐代日本来中国的空海大师(774—835)所编纂,书中汇集了许多在中国已经失传的齐、梁以来至中唐的诗学资料。市河宽斋《半江暇笔》云:

> 唐人诗论,久无专书。其数见于载籍者,亦仅仅如晨星。独我大同(806—809)中,释空海游学于唐,获崔融《新唐诗格》、王昌龄《诗格》、元兢《髓脑》、皎然《诗议》等书而归,后著作《文镜秘府论》六卷,唐人卮言,尽在其中。

杨守敬《日本访书志》(光绪丁酉刊本)卷十三云:

> 此书盖为诗文声病而作,汇集沈隐侯、刘善经、刘滔、僧皎然、元兢及王氏、崔氏之说。今传世唯皎然之书,余皆泯灭。按《宋书》虽有平头、上尾、蜂腰、鹤膝诸说,近代已不得其详。此篇中所列二十八种病,皆一一引诗,证佐分明。

四声八病是中国诗歌史上的重要问题,但八病由何人提出?其含义又是如何?在没有见到《文镜秘府论》之前,中国人的论述是不明晰的。例如,纪昀《沈氏四声考》卷下云:"按齐、梁诸史,休文但言四声、五音,不言八病。言八病,自唐人始。"罗根泽的《中国文学批评史》就是根据《文镜秘府论》,得出沈约提出"八病"说的结论。这个结论,也就被中国文学史和文学批评史研究者所普遍接受。因此,《文镜秘府论》作为一部非常重要的域外汉文学典籍,是广为人知并广为人用的。然而,这只是在极其丰富的域外汉籍宝库中的一种。

在中国历史上,汉文化曾给周边地区和国家以很大影响,形成汉文化圈,除中国以外,主要还包括当时的朝鲜、越南、日本、琉球等地。后者又可称作"域外汉文化"。直到20世纪初,汉文化圈主要以汉字为书写工具,知识人写作了大量的汉文作品,因而在这些国家和地区就保留下大量的汉籍文献。

20世纪是中国学术蓬勃发展的时期,造成其蓬勃发展的原因,如果从文献角度认识,则要归功于新资料的发现与运用,据王国维的概括,有殷墟甲骨、流沙坠简、敦煌文书、内阁档案、四裔遗文。到了今天,学术研究工作者纷纷感到又有一些新的材料值得重视,如史前遗存、考古发掘、明清档案、海外文献和外销遗物等。而域外汉籍也同样是不可忽视的新材料。

中国文学是汉语文学的主流,我们从主流去认识中国文学当然是非常重要和非常必要的。但是如果我们能够既考虑到主流,又考虑到主流与支流以及支流与支流的关系,也就是说,如果能够以汉字文学的整体为背景研究其各个部分,我们对以汉语文学为基础的中国文学的研究,就可望达到一个新的高度。从鲁迅的《汉文学史纲要》到先师程千帆与同学程章灿合撰的《程氏汉语文学通史》,所写的都是中国的汉语文学,如果结合域外汉文学,那么,一个完整意义上的汉文学史研究就可以真正展开。中国是一个多民族的国家,少数民族的文学也是中国文学的重要组成部分。但中国文学的主流,仍然是由汉语文学担当的。这一点在东方各国的文学史上,也有类似之处。汉文学在域外文学史上都曾经享有殊荣,一切正规的场合、一切正大的文体,都必须用汉语表达。在当时人看来,用汉字写成的文学可以称作文学,而用谚文所写的只是"俗讴"、"俚语"、"方言",用假名或喃文所写的是"女性文学"(这在今日成为时髦文学或热门研究,但当时这一名词含有贬义)等。因而研究东方文学,是离不开东方汉文学的。中国古代文学与域外汉文学,是既有着同源关系,又属于不同国家的文学,是比较文学的合适对象。这一点,陈寅恪在《与刘叔雅论国文试题书》中已经指出:"比较研究方法,必须具有历史演变及系统异同之观念。否则古今中外,人天龙鬼,无一不可取以相与比较。荷马可比屈原,孔子可比歌德,穿凿附会,怪诞百出,莫可追诘,更无所谓研究之可言矣。"(《金明馆丛稿二编》)而在这种比较研究之中,我们对于中国文学乃至中国文化的认识,也会进一步加深。以下从五个方面略作说明:

1. 文学典籍的流传　我们要知道中国文学在汉文化圈内的文学中是如何起到种子和核心的作用,首先应该弄清楚哪些中国文学典籍在何时、通过何种途径流传到域外,我们可以利用现存域外文集、书目记载、当时来华使者的购书清单、中国历朝政府的赐书目录以及各国间的海陆贸易(特别注重图书贸易)展开研究。我们大概都知道唐代张鷟,当时新罗和日本的使臣来中国,"多求文成文集归本国,其为声名远播如此"(莫休符《桂林风土记》)。例如他的《游仙窟》在中国从未有所著录,但在日本保存了两种抄本(一种有注)及江户时代的刊本。我们也知道白居易生前其文集在日本和新罗已有广泛传播,林鹅峰《本朝一人一首》附录云:"嵯峨帝(809—823在位)御宇,白氏文集全部始传来。"元稹《白氏长庆集序》也指出:"鸡林贾人求市颇切,自云本国宰相每以百金换一篇,其甚伪者,宰相辄能辨别之。自篇章以来,未有如是流传之广者。"所以,在日本现在还保存着最好的白居易文集的版本。由于史书和笔记中有明确的记载,所以我们能够清楚地知道白居易的文集是通过海上贸易的船只在公元815年前后渡往日本的。但有的问题未必如此清楚,如《文选》何时传入朝鲜半岛,就没有明确记载。但可以通过文献考证的方式,得出离真相不远的结论。日本第一个以"诗话"命名其著作的是五山诗僧虎关师炼,这当然是在宋人诗话的启发下出现的。我们如果要了解五山诗僧能够读到的宋人诗话有哪些,就可以利用他们的文集作一综合处理。如以万里集九的《梅花无尽藏》为例,其中提到的宋人诗话就有十四种之多。日本江户时代以下出现了不少"仿世说"的作品,如《大东世语》、《假名世说》、《世说新语茶》、《近世丛话》、《新世语》等,但这和江户时代对《世说新语》的注释活动是相联的。江户时代有关《世说新语》的注释本甚多,如冈白驹《世说新语补觿》(1749)、桃井源藏《世说新语补考》(1762)、释大典《世说钞撮》(1763)、恩田仲任《世说音释》(1802)、释显常《世说匡谬》(1810)、田中大壮《世说讲义》

(1816)、秦鼎《世说笺本》(1826)等。这些注释本,对今天理解《世说新语》也有帮助。而且,我们还可以知道,日本人更重视的是王世贞的《世说新语补》。

2. 文学人士的交往　如果我们把汉文化圈作为一个整体,把汉字文学作为一个整体,我们就应该注意到在这一整体中的文化人是如何交往的。我们需要研究域外文人、僧人来华的行踪及与中国文人的交往,中国使臣与当地文人及外国使者与中国文人的诗赋外交,更扩而大之,我们还应关注朝鲜、越南、日本、琉球各国文人的交往。因为汉字是当时各国的通用文字。如明万历二十五年朝鲜李睟光出使中国,就有《安南国使臣唱和问答录》,至万历三十九年再到中国,又有与琉球、暹罗使臣的赠答录(均见《芝峰集》卷九)。康熙五十七年越南使者阮公沆《简高丽国使俞集二、李世瑾》诗云:"威仪共秉周家礼,学问同遵孔氏书。"吴士栋《赠朝鲜国使李珖、郑宇淳、尹坊回国》诗云:"敷文此日车同轨,秉礼从来国有儒。"(徐延旭《越南辑略》卷二)我们可以通过唱和诗、使者日记或旅行记录以及文人笔谈展开研究。在这里,我特别要强调的是应该重视"燕行录"的史料价值。从我收集到的近四百种约六万页的各种燕行录来看,这是一个资料宝库。特别是其中的文人笔谈,具有十分重要的意义(不限于文学或史学)。若就文学而言,则如现存朝鲜时代二十四种《皇华集》,皆为中朝使臣与文人的唱和之作,虽然纯粹从文学角度视之,未必说得上是精品,但从文化交流的角度视之,则是不容忽视的史料。而且,这种"诗赋外交"的制度,对于推动朝鲜汉文学的发展也是具有相当作用的。又如日本雨森芳洲所编的《缟纻风雅集》,是一部日本和朝鲜文人的唱和集。又其中《芳洲笔谈》,其中也有与文学相关者,不仅讨论朝鲜、日本的汉文学,对中国文学也有评论。元重举的《和国志》、李德懋的《蜻蛉国志》都专列有关日本文学及文人的章节,申维翰的《海槎东游录》中有对日本文人及汉诗的实地评论,都是朝鲜与日本文人之间交往的重要史料。

3. 文学读本的演变　汉文学发展的社会基础,有赖于汉文学启蒙教育,中国和朝鲜、日本、越南等地的文学启蒙教育各有异同,尤其值得重视。可以通过对启蒙教育的一般内容、次第及文学教科书在不同时代、不同国家的演变而展开研究。我们可以拿《文选》在朝鲜和日本作一个比较。从三国时代到统一新罗时代,经过高丽直至朝鲜朝,《文选》可以说一直是汉文学的基本读物。《旧唐书·高丽传》说子弟未婚之前,在扃堂昼夜读书,对于《文选》"尤重爱之"。统一新罗时代,《文选》被立为国学教材,与《周易》、《尚书》、《毛诗》、《礼记》、《春秋左氏传》并列。又制定读书三品出身之法，能通《文选》者可列为上品，而中、下品就没有对《文选》的要求。高丽时期，《文选》是涉及国家大制作的典范之一。到朝鲜朝，虽然启蒙读物中增添了《古文真宝》、《文章轨范》、《联珠诗格》等书，但《文选》的地位仍然是不可动摇的。反观日本，《文选》在推古帝时代（592—628），即隋唐之际已传入日本，在平安时代曾被作为样板，《本朝一人一首附录》说，当时"诗人无不效《文选》、白氏者"。即使是编选本国的选本，也以《文选》为典范。如《怀风藻》和敕撰三诗集（《凌云集》、《文华秀丽集》、《经国集》），都受到《文选》的很大影响。但是到了五山时期，文学风气改变，文学启蒙读物就不再是《文选》，而是《三体诗》、《古文真宝》、《联珠诗格》等书。林鹅峰《题佽宪所藏文选后》云："近岁少年丛偶学诗文者，狭而《三体》、《真宝》，广而苏、黄集而已，至如《文选》，则束阁而不读焉。"（《鹅峰林学士文集》下）林道春《三体诗古文真宝辨》云："本朝之泥于文字者，学诗则专以《三体唐诗》，学文则专以《古文真宝》。"（《罗山文集》卷二十六）到江户时代中期，诗风由沿袭宋调转为崇尚唐音，于是托名李攀龙的《唐诗选》甚极一时，重印次数多达二十，印数近十万部。而且这类书上还往往印有"不许翻刻，千里必究"或"至于沧海，不许翻刻"的字样，这种版权意识也正说明翻刻此类书的有利可图。再往下诗风又转，于是《联珠诗格》又再次得到重视。山本北山《孝经楼诗话》卷上指出：

> 《唐诗选》，伪书也；《唐诗正声》、《唐诗品汇》，妄书也；《唐诗鼓吹》、《唐三体诗》，谬书也；《唐音》，庸书也；《唐诗贯珠》，拙书也；《唐诗归》，疏书也。其他《唐诗解》、《唐诗训解》等俗书，无足论也。特有宋义士蔡正孙编选之《联珠诗格》，正书也。

同属汉文化圈，为何文学启蒙读物不一？为何《文选》的遭遇不同？这又是可以深入一问的。其实简单回答，就是一句话，这与科举制度有关。朝鲜实行科举制度，有科举就要试诗赋，试诗赋就离不开《文选》的样板。日本没有科举制度，所以诗风一变，文学启蒙读物便随之而易。

4. 文学观念的渗透　文学观念不仅表现在对文学的认识、评价文学的标准、解释文学的方法，也体现在文人的自觉、文人的出处和操守等方面。在汉文学圈内，这些观念是以中国为核心，渗透在域外汉文学及文学批评中。我们可以具体探讨中国古代文学理论和批评著作在朝鲜、日本和越南(资料较少)文学批评中的响应和辩驳,广泛利用中、日、韩的诗话、选本和文集,从理论批评和实际批评两方面展开研究。从韩国和日本的诗话来看,资料丰富。据韩国赵钟业编《韩国诗话丛编》,所收诗话一百二十二种(其中有少数有目无书,另外还有少数遗漏,我已收集此外的韩国诗话七种)。日本在大正九年至十一年,曾由池田胤编辑出版了《日本诗话丛书》十卷,收日本诗话六十三种,此外,我又收集了二十八种。可见,其数量是不少的。如果把三个国家的诗话作一比较的话,可以得出如下结论:首先,诗话体从中国发源,影响了朝鲜半岛和日本。其次,在具体的诗歌作法方面,日本和韩国的诗话都遵循了汉诗的基本规则。这在日本的诗话中显得尤其突出,具有"诗格化"与"小学化"的特征。日本诗话中以"诗格"、"诗法"、"诗则"、"诗范"、"诗诀"命名者颇多,正体现了这一特色。第三,在对待中国诗话的态度上,韩国诗话亦步亦趋,日本诗话则多有辨证。朝鲜半岛文学史上第一部以"诗话"命名的是徐居正的《东人诗话》,其内容不管是纪事、批评还是理论,即使所纪所评都是东国诗人之事之诗,但往往以宋人诗话记录者为引发,或类比,或评论,或考证。其批评与理论也总是以宋人诗学为标准衡量,或对宋人理论命题作进一步阐发。反之,以日本第一部诗话为例,虎关师炼在《济北诗话》中既有对宋人诗学的继承,也有驳难和辨证。这在日本诗话中几乎可以形成一个特色。日本诗话中,有一部奇特之作,即刘煜季晔的《侗庵非诗话》十卷,从第三卷到第十卷,历数诗话十五病,一一举例以明之。对于今天我们认识诗话的价值和不足,很有参考价值。中国传统著述中虽然也有对诗话的批评,如冯班的《严氏纠缪》、赵执信的《谈龙录》,但侗庵认为:"《沧浪纠缪》、《谈龙录》为一人而作,私也;予《非诗话》为诗道而作,公也。"(《侗庵非诗话》卷二)即便章学诚《文史通义》专列"诗话"篇,但其实针对的也只是《随园诗话》一种,而不是全面批判。这与日本诗话相比,又显出同中之异。

　　文学观念也包括文人出处所应遵循的操守,中国文人中的一些典型往往成为域外文人的行为模范,如陶渊明、白居易、苏东坡等。甚至在坐骑方面,也有深刻的影响。陆游在剑门道中行时曾有这意味深长的一问:"此身合是诗人未?细雨骑驴入剑门。"金源诗人李纯甫《灞陵风雪》中也写道:"蹇驴驮着尽诗仙,短策长鞭似有缘。"从阮籍开始,到唐代孟浩然、杜甫、贾岛、李贺、郑綮,驴成为诗人特有的坐骑,同时,这也是具有象征意味的坐骑。蹇驴与骏马相对,这也是在野与在朝、布衣与缙绅、贫困与富贵的对立。吴师道《跋跨驴觅句图》云:"驴以蹇称,乘肥者鄙之,特于诗人宜。"坚持骑驴,就是坚持席帽布衣的传统,而伟大的文学,也往往产生于以"蹇驴破帽"为象征的坎坷生活之中。高丽、朝鲜时代的诗人,不骑驴而骑牛,虽然有这点差异,但骑牛也是与骑马相对的。骑牛是脱俗、逍遥、隐逸的象征,而骑马则代表了入世、躁进和名利场,这一价值观念却是相同的。高丽时期的诗人郑枢《东国四咏》云:"何妨牛背觅诗来。"朝鲜时代的诗人成石璘《有怀看花诸君子寄呈骑牛子》云:"牛背哦诗野趣长。"成倪《皱岩》云:"牛背吟诗乘雪去。"朝鲜时期的文人写了众多的《骑牛说》和《骑牛歌》,充分发挥骑牛与骑马的对立之意。因此,继承的还是中国文人骑驴的精神。至于日本诗人,在王朝时代以贵族为主,五山时代以僧侣为主,到江户时代才有较多的普通文人出现,但是,写到诗中,诗人却多是骑驴。我们知道,日本国中并没有驴,因此,诗人写自己骑驴,绝非写实,这只是一种诗人身份的自我认同。日本文学的政治性不强,所以,在日本汉诗中,也很少看到将骑驴与骑马相对立的描写。通过这样的比较,能够使我们从某一侧面看到东亚汉文学中的同中之异和异中之同,从而加深对各国汉文学的理解。

5. 文学典范的确立　中国的汉语文学对域外的汉语文学具有种子和核心的作用,不同时期文学典范的演变,往往与一时文学风气的变换相关。具体分析各类文学典范,有些是整个汉语文学世界中所共有的,有些则仅在某一国或某几国的汉文学中存在。有些文学典范在中国文学史上的地位很高,有的则评价并不高。站在汉文学整体的立场上看,对一些作品的文学史地位可能应该重新考虑。在汉文学史上,有一个非常有名的例子经常为人所举,这就是15世纪明代瞿佑的《剪灯新话》。这是一部传奇志怪小说,此书出版后不到百年,就在朝鲜出现了仿作——金时习的《金鳌新话》(15世纪)。此后,又出现了朝鲜人所作的详细注释——《剪灯新话句解》(16世纪);并在十六年间刻印了三版,反映了此书受到普遍欢迎。现代韩国学者甚至有把《剪灯新话》看作"朝鲜小说创作的起源"(金东旭《中国故事与小说对朝鲜小说的影响》)。壬辰倭乱(1592),《剪灯新话》和《金鳌新话》等书传入日本,在日本出现新的仿作——17世纪的《伽婢子》和18世纪的《风月物语》,19世纪英国作家小泉八云(Lafcadio Hearn)将《风月物语》中的一篇改成英文小说《和解》(Reconciliation),广受欧美人士的喜爱。又明代严从简《殊域周咨录》卷六提到安南流行的中国典籍,就有《剪灯新话》和《余话》,所以,越南阮屿的小说《传奇漫录》也受到《剪灯新话》的影响。在中国文学史上,《剪灯新话》可能只是一部普通的小说而已,并没有很高的地位。但如果将此书置于汉文化圈文学史上来看,则其地位显然将大大提高。这是朝鲜、日本和越南小说的典范之一。此外,中国宋代以下的一些文学选本,如《文章轨范》、《古文真宝》、《唐三体诗》、《联珠诗格》等,都曾在域外汉文学史上作为典范而存在,而在传统的中国文学史上,这些书向来被视为俗书、陋书,或以便科举,或以训初学,地位颇低。如果站在汉文学整体的立场上看,这些书的文学史意义可能也将得到重新认识。

  汉文化圈的形成,与中国在历史上长期作为周边地区文化宗主国的存在是分不开的。也就是说,存在着一个东亚文明。虽然在不同的国家和地区有着人种、语言、民族等方面的差异,但这些地区的文明又普遍存在着某种一致性,人们内心的感受方式、宗教的和道德的观念、知识的结构等等,是根据某种基本原则展开的。然而不同的地域所特有的区域文化,在文学艺术中所展现的心灵的丰富性,又使得东亚文明并非纯粹而单一。这种统一文明中的多样性,这种寓多样于统一的文明,体现的就是儒家"和而不同"的大同思想。21世纪的世界,随着中国和东亚经济的进一步崛起,汉文化的地位也必然会得到提升和重视,汉文化也因此而有可能对未来世界作出更大的贡献。在现代化与全球化的呼声日益高涨的今天,不同文明之间如何消除对抗,平等对话,在这样的背景下对汉字文学作整体研究,除了满足学问本身的兴趣之外,对于人类文明如何更加友善地相处,最终实现保持多元文明的世界大同的理想,必然会带来更多有益的启示。

陶渊明《归去来辞》与韩国汉文学

曹 虹

导言——

  原载《南京大学学报》2001年第6期,后收入曹虹著《中国辞赋源流综论》(中华书局,2005年)。

曹虹(1958—),江苏南通人。1982年毕业于南京大学,现为南京大学教授。著有《阳湖文派研究》、《中国辞赋源流综论》等。

《归去来辞》常被视为陶渊明精神祈向的一种标志,其所蕴含的人格典范与文学典范的魅力为无数后世文人所爱赏,与海东文坛结缘亦深。本文指出,在《归去来辞》的流传史上,苏轼作《和陶归去来兮辞》、《归去来集字十首》开创了依韵效体与集字为诗的先河,吸引了众多当代及后代的步趋者。除此二途外,海东文人还通过以诗发论的形式,表达对《归去来辞》的看法。由于思想素养与创作取舍的差异,海东文人的文学实践中透显出相应的文化氛围与审美得失,本文从以上三个方面对海东汉文学与《归去来兮辞》的关系所作的通盘考察,对于深入理解陶渊明在汉文化圈文学史上的地位,颇具意义。

在韩国文学史上,陶渊明有其不凡的影响力。其《归去来辞》从主题到遣词、从内容到形式,引来海东文人的高度赞评和多方面的拟效取则。关于陶渊明与海东文坛的关系,虽已有若干专论专著问世,但似仅限于陶渊明与某一朝代的断代研究,如朴美子《韩国高丽における"陶渊明"观》(东京:白帝社,2000年版),以及《归去来辞》被韩国时调与歌辞摘引化用的情形,如金周淳《〈归去来辞〉对朝鲜诗歌之影响》(载《辞赋文学论集》,南京:江苏教育出版社,1999年版)。毕竟汉文与汉诗创作更是古代海东文人的才学所萃,因此,《归去来辞》与韩国汉文学的关系,值得作一通盘考察。

一

正如梁代钟嵘所铨评的那样,陶渊明不愧是"古今隐逸诗人之宗"(《诗品》卷中)。陶渊明对隐逸的倾心,尤能在"归"、"返"、"还"等动作的表述上显其意蕴,如《归园田居五首》其一曰:"开荒南野际,守拙归园田。……久在樊笼里,复得返自然。""翼翼归鸟"的飞行方向也常被他赋予一种人生的"真意"。当然,这种不同凡俗的人生取径最能在其《归去来兮辞》之篇得到凝练的体现,以至于这篇作品及其创作本身常被视为陶渊明精神祈向的一种标志。唐人直接或间接咏到陶渊明的不少诗句已可证明这一点:

王维《奉送六舅归陆浑》:酌醴赋《归去》,共知陶令贤。

  李白《对酒醉题屈突明府厅》：陶令八十日，长歌《归去来》。
  岑参《下外江舟中怀终南旧居》：岩壑归去来，公卿是何物。
  高适《封丘作》：转忆陶潜归去来。
  孟郊《长安羁旅行》：潜歌《归去来》，事外风景真。
  白居易《效陶潜体诗十六首》之十二：吾闻浔阳郡，昔有陶征君……口吟《归去来》，头戴漉酒巾……我从老大来，窃慕其为人。其他不可及，且效醉昏昏。
  汪遵《彭泽》：栽成五柳吟《归去》，漉酒巾边伴菊闲。
  方干《送永嘉王令之任二首》之一：前贤未必全堪学，莫读当时《归去》篇。
  唐彦谦《游南明山》：长啸出烟萝，扬鞭赋《归去》。

  《归去来兮辞》，或题作《归去来辞》，在诗句中常被简称为《归去》或《归去来》。如题所示，这种意味着脱俗归真的取径因具典范性，所以"赋《归去》"也成为一种陶渊明式的人生方向的象征。在上引的诗句中，唯有方干是以否定的语调提到《归去》篇的，但即使如此，仍可感到陶渊明的"归去"与劝人任官的世情是对立的。

  在《归去来辞》的流传史上，北宋苏轼对它的爱赏非同一般，不仅作了《和陶归去来兮辞》，还作了《归去来集字十首》，用这两种别出心裁的方式表达对陶渊明原作之美的继承与光大，在当代及后世引来了不少的步趋者，从而强化了陶渊明作为人格范式与文学范式的意义。海东作家李民宬《和归去来辞序》认为："陶渊明《归去来辞》，千古绝唱，无拟作者，惟东坡和之，南迁时所作。以今观之，用事太工，去陶远甚，然岂易言哉。"这里一方面指出，后世对陶渊明《归去来兮辞》的依韵效体是以苏轼发端的。事实上苏轼本人对这种样式的创发性早就当仁不让了，在致弟苏辙的信中曾说："古之诗人，有拟古之作矣，未有追和古人者也。追和古人，则始于东坡。"[①]另一方面，苏轼在依韵效体的过程中，也必然融入其创造个性，从而显出与原作的差异。从接近

---

① 按：苏轼此信写于绍圣四年(1097)十二月十九日，尽管他的《和陶归去来兮辞》作于次年，但他前后对陶渊明的大规模的"追和"都可谓是有"始"作意的。参孔凡礼：《苏轼年谱》，北京：中华书局，1998年，第1282、1291页。

陶渊明的意义上说,这种距离似乎是无奈的,但从创作空间的增大而言,又未尝不预示着自由表现的娱悦。也许出于这种复杂性的考虑,李民宬甚感"岂易言哉"。

其实,苏轼对如何学陶是有其艺术匠心的。他深知,"陶渊明意不在诗,诗以寄其意耳。"(晁补之《题陶渊明诗后》引,《鸡肋集》卷三十三)那么,陶诗的妙趣,就"未可于文字语句间求之"(何汶《竹庄诗话》卷四引)。应该说,和韵的创作体式本身较易导致"于文字语句间求之",但如果创作主体能发扬自然率性的本色,则多少可以弥补创作过程中字揣句摹的人为之失。苏轼的步和《归去来兮辞》,就生动地提供了这方面的启示。

据其《和陶归去来兮辞引》称:"子瞻谪居昌化,追和渊明《归去来辞》,盖以无何有之乡为家,虽在海外,未尝不归云尔。"苏轼赋予"归"以一种独特的人生背景和心理历程。谪居地本来是一种异化的环境,苏轼却用庄子的"无何有之乡"的观念将其消解,甚至把自己的迁谪也忘怀了:"我初无行亦无留",从而获得精神的安顿,故虽身在荒蛮偏远的儋州,"未尝不归云尔"。苏轼以其独具的方式,获得了与陶渊明"归去来"精神的默契。

二

在韩国汉文学的历史上,陶渊明的《归去来辞》产生了深远的影响。从形式上看,韩国汉文学家主要通过三种途径来表达其仰慕效法之情。

(一) 采用集字作诗的方式

这种方式是来自苏轼,如蔡寿的《次东坡用归去来集字诗》,题目即已表明取法东坡。东坡《归去来集字十首引》曰:"予喜读渊明《归去来辞》。因集其字为十诗,令儿曹诵之,号《归去来集字》云。"集字成诗基于对原作的极度爱赏,也必然表现为对原作神韵意态的仿效,如东坡此诗其二曰:"涉世恨形役,告休成老夫。良欣就归路,不复向迷途。"王文诰评曰:"此四句,浑然无迹,深得《归去来》意。"由于蔡寿是次东坡集字诗韵,所以也作了十首,且每首都是同样的五言律诗。郑希良《戏集归去来辞效东坡》,因无次韵之跟,则作了五首。李廷馣(1541—1600)不仅作有《昔东坡集渊明归去来辞字作诗十首余于田园暇日复效其体作十三首》,效法东坡集字诗体,在题旨上也化用了东坡对"归去来"的阐释:"世事非吾事,何乡不我乡。"(其九)对东坡《和陶归去来兮辞引》"虽在海外,未尝不归云尔"之意作出了一种诗意的引申;而且作有

《效渊明归去辞咏词中云鸟松菊四绝》,这种形式比集字诗更为灵便,效法陶渊明《归去来辞》的风调,写成四首五言体的咏物绝句曰:

出岫知何向,行天不可寻。世人常役役,来往自无心。(云)
春来常自乐,日西相与还。诗人观物化,云木翳松关。(鸟)
孤松生绝壑,老柯入云深。春光几时尽,清风无古今。(松)
何恨三径荒,庭前有时菊。游人携酒来,不必悲孤独。(菊)

陶渊明原作有"三径就荒,松菊犹存"、"云无心以出岫"等意象,为其立意所本。

赵纬韩(1567—1649)有《集归去来辞字二首》,不同于东坡集字诗之体,却是七言近体,如其一曰:"怀归三载愿无成,欲往衡门不得行。已向南柯悲世路,独瞻西日感人生。孤云出壑亦何事,倦鸟入松还有情。去就关心吾老矣,自持琴酒乐时清。"七言较之五言,实词的需用量增大,此诗在集字构词方面,也不失精巧,如首句的"三载"一词,取自原作"三径就荒"和"载欣载奔";次句的"衡门"一词,取自"乃瞻衡宇"和"门虽设而常关";颔联的"南柯"一词,取自"倚南窗以寄傲,眄庭柯以怡颜",与取自"将有事于西畴"和"园日涉以成趣"的"西日"一词,意偶声谐,堪称"言对为美"(借用《文心·丽辞》语)。

集《归去来辞》字为诗,而在数量上最为可观的,大概要算李安讷(1571—1637)了。他的诗文集《东岳集》卷二十四专收集字体,可见对这种体裁的兴趣之浓。他集《归去来辞》字而有五言古诗三十六首、五言近体四首、七言近体六首。如五言古诗三十六首之一曰:"归去复归去,可去何可留。贵者吾不贵,富兮非我求。来时未有乐,去日亦奚忧。啸傲天宇内,云行泉自流。"颇似陶诗质直省净的一面。五言近体四首之一曰:"田园与世绝,景物自天成。云径登登远,松关事事清。向来知有命,今日悟无生。农老时相引,壶樽酒亦盈。"则稍含陶诗风华清靡的一面,当然,颈联关于"命"与"无生"的笃信意识是陶诗中所罕言的。七言近体六首之六曰:"东园风景可登临,径入松云远自寻。虽有前生何与我,始知来日亦犹今。乘春行乐非关酒,向老情怀独寓琴。清时告休归已得,绝无人事复经心。"颔联意在肯定当今的选择,令人联想到陶渊明原作"悟已往之不谏,知来者之可追,实迷途其未远,觉今是而昨非",而对时间的三个向度之间的关系的表述,则自有其新颖和凝炼处。总的来看,他的六首七言近体,笔致显得稚拙一些。

那么,在如上的集字体中,律诗如何组词造句达意,既不害声偶技巧,又善言己志,就显得相对困难一些。李敏求(1589—1670)《吕子久归去来辞集字律诗三十首跋》一文,对这种创作实践上的问题,在理论上有所总结,富于一定的指导意义。文中提到:"宋人尝言士大夫不可一日不识菜根,余亦尝谓士大夫不可一日不读《归去来辞》。盖以内外之辨明,然后其自顾也重。其自顾也重,然后能休官也轻。能休官也轻,则千驷万钟不足以撄吾中,而进退去就绰然有余裕哉。"对陶渊明《归去来辞》的道德教育功效推崇备至。文中接着称赞吕子久的集字律诗"声气谐和,造诣冲远,且其用字稳妥,一出自机杼,无牵强僻涩之病"。集字体在"用字"方面其实是借他人之文,受限很大,却贵在自出机杼,成如自然,所以李敏求指出写作此体的关键是:"要之语不拘于字,意不拘于辞,是为难耳。"在古来众多的集陶诗中,赵锡胤有一首五言律诗,题为《用陶靖节归去来辞集字咏怀》。如此标明作诗归趣在于"咏怀"的诗题并不多见,因而也值得一提。

(二) 以诗体表达读后感

韩国汉文学家还往往通过以诗发论的形式,表达对陶渊明《归去来辞》的看法,常见的诗题为"读《归去来辞》",如李穑、元天锡、徐居正、李承召、金麟厚均有此题之诗。当然,像赵昱《夜坐诵陶赋有感二首》这样的题目,也是抒发对《归去来辞》的感想。

另外,因"渊明归来"成为绘画中的一个重要题材,不少诗人以题画诗的形式加以赞评,如徐居正《渊明归去图》、金澍《题屏·渊明归去来》、白光勋《渊明归来图》、洪可臣《画渊明归去来于其壁题其旁》、李好闵《题渊明归去来图》等诗,虽不是直接评论《归去来辞》,但其间的关联还是显然的。

基于个人的思想素养,论者往往从《归去来辞》中读出不同的感受,其中甚至出现了对陶渊明的批评之音。高丽后期重要的儒学思想家李穑(1328—1396)的《读归去来辞》,就相当耐人寻味:

乐夫天命复奚疑,此老悠然归去时。一点何曾恨枯槁,我今三叹杜陵诗。乾坤荡荡山河改,门巷寥寥日月迟。长啸白头吾已矣,闭门空读《去来辞》。

诗的首句径用《归去来辞》的末句,足以表现陶渊明"归去时"的情感基调是

"悠然"的。但是,李穑却读出了他不辞枯槁的"一点"苦心,并将之与杜甫眷念现实的精神汇注为一体。这一着眼点是颇为奇特的。杜甫在《春望》中咏道:"国破山河在,城春草木深。"又在《冬日有怀李白》中叙述自己的生活景况是:"短褐风霜入,还丹日月迟。"所谓"还丹",是道教的一种长生药品,对杜甫而言,炼丹这种在经济上和精神上都很奢求的事情是极为遥远的。在李穑看来,杜甫对国家的命运缱绻不已,而对个体的养性之乐置之不顾。"乾坤荡荡山河改,门巷寥寥日月迟",这一联的自咏,让我们看到处在国家多难之秋的李穑已经是以杜甫自比了。毕竟陶渊明有很多的"悠然",而李穑却执意地"闭门空读《去来辞》",着一"空"字,使人感到他撇开了这份"悠然",以此表现自己甘愿为国憔悴枯槁的情怀。

渊明的"归来",毕竟有一份脱却尘俗、回归淳真之乐,李穑却将之与忧世的杜甫并提,用心是显然的。在一首题为《渊明》的诗中,他勾勒出的渊明的形象是:"渊明天地阔无涯,弄月吟风气自华。一点苦心磨不尽,归来何处是吾家。"他不断强调"一点苦心",并且把渊明的"归来"之乐也涤除了。正因为作者以儒者齐家治国的理念为归,所以渊明式的"归来"也被他染上了惆怅万端的情调。

高丽末期以隐居著书为生涯的元天锡(1330—?),在生活方式上实现了其《自咏》诗所言"归来适意希元亮"之志,作为丽末"三隐"之一而享有清誉。他写的《读归去来辞》一诗,可称是一篇隐士宣言:

> 百年钟鼎一鸿毛,早赋归来我爱陶。涉日游观问前路,有时舒啸上东皋。短筇到处山横障,小艇乘来水半篙。若把闲忙论得失,青云莫及白云高。

抒发闲适之乐,肯定归隐本身的价值。出于这份"爱陶"之心,他还写了《节归去来辞》,即依陶渊明《归去来辞》的大意,咏成七律一首:"归去来兮适所求,琴书之乐实消忧。倚窗寄傲论非是,扶树盘桓任去留。或事耘耔而植杖,还将赋咏亦乘舟。乐天知命奚疑虑,千古遗风复绝俦。"这种节取其意的写作方式,表明作者对陶渊明归隐的生活方式,有一种强烈的认同感。当然,末句"千古遗风复绝俦",显然属于赞扬渊明的评价之语。

徐居正与李承召的诗作,虽然不像李穑那样将渊明儒者化,但也都相当地着眼于渊明的忠正之心。徐居正七绝体的《读归去辞》曰:"肯把长腰折督邮,特书甲子晋春秋。平生出处将谁友,不是留侯是武侯。"结句将渊明与诸葛亮相比拟,这种评价也具有积极用世的意味。李承召以七律写了《读归去来辞》:"休官即日赋来归,怕见人间足骇机。怅望唐虞今已远,喜他松菊老堪依。六朝文物浮云改,万古贞心白日辉。试向前人求仿佛,商颜芝与首阳薇。"在这里,渊明作为一种人文象征,反而更具有励志之效。

由于海东儒学传统深厚,特别是随着程朱理学的传入,一些归宗程朱的理学家尤其乐于阐发渊明义法严明的一面。如朝鲜中期的金麟厚(1510—1560),写有两首长篇七古《读归去来辞》,其结构均为先推衍渊明原作之意,描写归隐之潇洒,然后笔锋一转,表彰渊明不忘现实的忠愤义节。如一首写道:"休休万物共自得,委心去留夫何希。登临啸咏兴尽回,乐天知命世所稀。"这已是《归去来辞》的结意所在了①,但接着又有如下数句:"毕竟山河属寄奴,卓卓政尔知先机。北窗尚存晋日月,义节不减西山薇。分明三复荆轲咏,感叹千古空嘘唏。"另一首结尾也是此意:"沾衣慷慨更何意,我独为君哀泪潜。《归来》一篇耀后世,抚卷三叹眉空攒。"应该说,"义节"、"忠愤"不是《归去来辞》的主旨所在,金麟厚读此篇时的"攒眉""嘘唏"之状,说明他更为关注"忠"、"义"等儒家的道德标准。

(三) 依其韵而赓和之

在韩国汉文学史上,第一位步和《归去来辞》之韵的,是高丽中期的李仁老(1152—1220)②。其《和归去来辞》被徐居正选入《东文选》,因而对后世的同题创作影响较大。李仁老倾慕陶潜之为人,其《卧陶轩记》曾自叹有多处不及潜,其中就包括:"潜在郡八十日,即赋《归去来》,乃曰我不能为五斗米,折腰向乡里小儿,解印便去;而仆从宦三十年,低徊郎署,须发尽白,尚为龌龊樊笼中物。"尽管经历不同,但李仁老向往于精神上的"归去来",因而其《和归去来辞》曰:"陶潜昔归吾亦归。"应该稍加分辨的是,"陶潜昔归"是付诸行动的,

---

① 《归去来兮辞》曰:"善万物之得时","曷不委心任去留","登尔皋以舒啸","乐夫天命复奚疑"。

② 李仁老通过何种汉籍而知晓陶渊明其人其文呢?朴美子指出:因《文选》传入海东而接触到陶渊明诗文的可能性更大。《旧唐书·东夷传》高丽条曰:子弟未婚之前,昼夜于此读书习射,其书有五经及《史记》、《汉书》、范晔《后汉书》、《三国志》、孙盛《晋阳秋》》、《玉篇》、《字统》、《字林》。又有《文选》,尤爱重之。参见《韩国高丽における"陶渊明"观》,第77~78页。

因而其《归去来辞》写归田与耘耔时的欣悦是具体可感的,篇中直接用到"欣"、"怡"、"悦"等字眼的句子就不在少数,如"乃瞻衡宇,载欣载奔","眄庭柯以怡颜","悦亲戚之情话,乐琴书以消忧"。作为这种情绪的折射,"木欣欣以向荣",田园风物也是怡人的。于是,篇末"乐夫天命"的理念也因通篇乐归之情的融贯,而具有一种活泼泼的人格力量。李仁老的"吾亦归"则缺乏乐归的现实感,虽然有一处提到"身将老于菟裘,乐不减于商颜",试图从孔门乐道精神上获得支持,但较为抽象。由于他要从自己的境况中实现"在所寓以皆安",因此他更多地借用道家哲学,试图在拘限的现实中获得精神的超脱:

> 鹏万里而奚适,鷃一枝而尚宽。……问老聃之所游,用必期于无用,求不过于无求。化蝶翅而犹悦,续凫足则可忧,阅虚白于幽室,种灵丹于良畴。

《庄子·逍遥游》言鹏"抟扶摇而上者九万里",蜩与学鸠"决起而飞,抢枋榆而止"。大鸟高飞是由其不得不然的性分所导致,不是一种非分的营求,故李仁老从其"奚适"即无目的性中,对大鹏的逍遥作出了阐释。那么,小鸟巢枝也因其适性而完全可以快然自足。"化蝶翅"、"阅虚白"亦出自《庄子》,这里几乎是将老庄哲理加以韵文化了。所以,与陶渊明的原作相较,李仁老的和韵之作没有开拓什么生活画面,却强化了文章的说理意味。

通观后世各家的和韵之作,仍可发现李仁老《和归去来辞》的意旨具有相当的代表性。首先是仰慕渊明之情溢于言表,"陶潜昔归吾亦归",表明追踪渊明的意志是十分坚定的。成俔《次归去来辞》亦曰:"醉踞石于林麓,清濯缨于溪流。"这是因为渊明在其归田后的生涯中,"尝往庐山,(江州刺史王)弘命渊明故人庞通之赍酒具于半道栗里之间邀之。渊明有脚疾,使一门生二儿舁篮舆。既至,欣然便共饮酌"(萧统《陶渊明传》)。山间有大石,相传为渊明醉卧处。成俔用醉石的典故来表示对渊明之风的神往。申光汉《和归去来辞》曰:"列往则以自靖兮,渊明在前勿复疑。"申钦《和归去来辞(前稿)》曰:"后元亮盖千祀,托神交而不疑。"①俞榮《次陶归去来辞》曰:"怀哉五柳子,千载我心

---

① 申钦作有一首时调,大意是说归田后与麋鹿为百年之友,这种友情要超过君恩。参金周淳《〈归去来辞〉对朝鲜诗歌之影响》(《辞赋文学论集》第723页)。可见他对渊明超尘脱俗之念别有神会。

期。送浮荣于尘垢,寄生涯于耕耔。溯旷世而执袂,挹遗编而和诗。同真遇于朝暮,古人先获余何疑。"都以陶渊明作为人生的楷模。

其次是或多或少地从孔门乐道精神、仁获得价值观上的支持。在陶渊明的原作中,其"善万物之得时"、"富贵非吾愿"的仁心与清操,可以与孔子的某些言论相呼应,但并没有对儒家教义作直接引证。而在海东诸多次韵之作中,很容易看到孔门教义或故事成有义理的一个源泉。李仁老的"乐不减于商颜",是从子夏和颜渊安贫乐道的人生境界中得到鼓舞。关于子夏,《荀子·大略》载其"家贫,衣若县鹑。人曰:'子何不仕?'曰:'诸侯之骄我者,吾不为臣;大夫之骄我者,吾不复见。'"《韩非子·喻老》载曾子问子夏由瘦而胖的原因,子夏回答曰:"吾入见先王之义则荣之,出见富贵之乐又荣之,两者战于胸中,未知胜负,故臞,今先王之义胜,故肥。"可见他是能从道义出发而安于贫贱的。关于颜渊,《论语·雍也》篇载孔子赞赏他"一箪食,一瓢饮,在陋巷,人不堪其忧,回也不改其乐"。朱子《集注》引程子曰:"颜子之乐,非乐箪瓢陋巷也,不以贫窭累其心而改其所乐也,故夫子称其贤。"又曰:"昔受学于周茂叔,每令寻仲尼颜子乐处,所乐何事?"周敦颐教程子寻"孔颜乐处",这成为宋儒在精神修养上一种深微的功夫。由于理学在海东的影响力颇为深入人心,《归去来辞》的不少次韵之作都用"孔颜乐处"来提升恬退生活的道德品味。如成俔《次归去来辞》:"咏考槃而在硐,居陋巷而希颜。"申光汉《和归去来辞》:"寻陋巷之颜回,学东家之孔丘。非箪瓢之可慕兮,乐一理之同流。"金功《次归去来辞》:"箪瓢虽空,至乐犹存。……消甲子于闲中,伴鱼鸟而忘忧。……诵肥遁于羲易,歌考槃于卫诗。"郑经世《次归去来辞》:"不改乐于陋巷,非敢庶乎晞颜。……勤夙夜以毋忝,遵明训于雅诗。固至乐之在是,朝闻夕死又何疑。"当然,如此引据儒家之义以言志,又难免流于概念化的因袭。相较而言,李安讷《次归去来辞韵》曰:"啖民脂以自饫,岂余心之忍安。……得所归以勇往,固守吾志有何疑。"将爱民之义与归田之愿关联起来,这种基于儒家观念的言志就颇为独特。

第三也是更突出的,是汲取老庄哲学以作为人生的指归。应该指出的是,相当多的作品在思想旨趣上既希慕儒家,又效法老庄,往往并行而不悖。例如上文所举到的成俔《次归去来辞》中又曰:"展鲲鹏之壮图,何蜩鸴之足求。"申光汉《和归去来辞》中又曰:"保不材之无用兮。"申钦《和归去来辞(前稿)》曰:"乃税余驾,众妙之门。道非远人,目击而存。不材者全,岂愿牺樽。"

李民宬《和归去来辞》曰:"夸父愚于竞步,景逾远而犹追。……希玄风于柱下,乐真常于祇桓。"申翊全《次陶渊明归去来辞》:"太上避世次避地,轨躅虽殊皆莫留。胡为乎营营若失之。"意象或观念源自老庄者颇为明显。返观陶渊明的原作,其思想旨归在于委运任化、混同自然,陈寅恪称之为"新自然说"。这种"新",不但体现在理论内涵独具一格,而且其表述方式也重在一己体认,所以通篇很难找到老庄的现成意象或概念,这也是其作品富于个性和文学性的一个原因。如上所引,海东不少作家乐于引证《庄子》,虽可反映个人的思想素养,但难免辞趣一揆。当然,并非没有自具体认、别开生面的佳作。许筠(1569—1618)的《和陶元亮归去来辞(并引)》,就以独特的生活感,写出了对《庄子》的"适其适"、"逍遥"观的体认:

> 余拙于用世,肉食家食,俱不能善谋,至今半生,颠毛已种种矣。唯喜读书,扫一室架万卷而嬉于其中,则累囚迁逐,皆是乐国。不然而俗子与处,应胶扰不得展卷,则虽峻宇层楹,绮食华茵,犹械杻之在体,而身若入火宅焉。审若是,则摊帙挟策,槃博赢于茅店之下,是我之故乡。而虽在流贬之中,鬼门关之外,未尝不归云尔。词曰:归去来兮,吾挟吾书唯所归。既居宠而非喜,孰罹辱之可悲。惟韦编之三绝,庶宣圣之攀追。咀道义而亲德,悟四十之蘧非。考往轨而饰躬,伫怀宝以褐衣。嗟用世之欠圆,屡触骇而昧微。谴罚亦恩,遂尔南奔,厄岂蚕室,途非鬼门,奚以随身,万卷尚存。挹其旨味,如酌卮尊。敞茅宇以向暄兮,列牙轴而开颜。潜吾身以妍索兮,觉身心之便安。……欣愉愉而忘寝,如久客之得还。……归去来兮,请毕命于兹游。是百年之安宅,奚舍此而他求。……羌不出于吾庐,适其适而浮休。

许筠《三先生赞·陶元亮》曰:"彭泽不乐,赋《归来》篇。"无疑,陶渊明是以"归来"为乐。许筠从自己的性分和处境出发,"吾挟吾书唯所归",尽管辱身于"累囚迁逐"之中,却能体悟到"皆是乐国"。可谓是写出了独特的"归来"之乐。

由于传统社会对男女社会角色的要求不同,辞官归隐的题材似乎是男性所专擅的。然而,据李圭景(1788—?)《诗家点灯》卷二"归去来辞唱和"条记载,海东有一位女子徐氏也写了一篇《次归去来辞》,起始曰:"归去来兮,雪满双鬓胡不归。平生解笑不解嚬,常欣欣兮奚归。"这位生性开朗的女性,随着阅世之深,体悟到恬退之乐:"我屋南湖,清流对门,烟波不尽,风月长存。壁上古桐,床头清樽。柏森森兮长年,松苍苍兮驻颜,心无机而梦静,道有光而身安。花径深而不扫,柳门辟而亦关。识机变而勇退,穷物体而静观。念在昔之远游,乐今日之始还。"结尾更让人感到这位贤良的夫人充满智慧:"朱颜半凋形神枯,胡为乎不自任所之。弄月而看云,朝暮岂有期。携儿孙而采药,教童仆而耘耔。泻万斛之幽怀,扫苔壁而题诗。与夫子而偕隐,双垂白发莫相疑。"李圭景甚为叹赏她的这份成就:"我东世家夫人徐氏,达城人,即承宣号足睡丰山洪公仁谟夫人也,有三子。……夫人能文章,精数学,有诗数十篇,附刻洪氏世稿中。次彭泽《归去来辞》,以夫人而有此,乃是创闻,虽中原女士无此作也。"

综观以上所论各项,可以看出渊明《归去来辞》与海东文坛结缘甚深。它在韩国汉文学史上引来的评论之多、嗣响之众,是陶渊明研究史的一个值得注目的分支。海东作家效法陶渊明,其文学实践中所蕴含的文化氛围与审美得失,也是颇具参照意义的。

研究与思考

⚬ 延伸阅读 ⚬

1. 张伯伟《作为方法的汉文化圈》,中华书局,2011年。
2. 张伯伟《域外汉籍研究入门》,复旦大学出版社,2012年。
3. 张伯伟、卞东波《风月同天:中国与东亚》,江苏人民出版社,2017年。
4. 张伯伟《东亚汉文学研究的方法与实践》,中华书局,2017年。
5. 卞东波《域外汉籍与宋代文学研究》,中华书局,2017年。

⚬ 问题与思考 ⚬

1. 何为"域外汉籍"?"域外汉籍"包括哪些文献?

2. 如何看待中国古代文学与域外汉文学的关系？

3. "域外汉籍"对中国古代文学有哪些促进作用？

4. 如何利用"域外汉籍"来进行东亚汉文学的比较研究？

研究实践

研究课题：

1. 海外佚籍如何丰富中国古代文学的认识。

2. 域外士人对中国古代文学的研究有何价值与意义。

背景材料：

金程宇编《和刻本古逸丛书》，凤凰出版社，2013年。

《日本五山版汉籍善本集刊》，《域外汉籍珍本文库》编纂出版委员会编，西南师范大学出版社，2014年。

卞东波《唐宋千家联珠诗格校证》，凤凰出版社，2007年。

卞东波《寒山诗日本古注本丛刊》，凤凰出版社，2017年。

方法提示：

1. 翻阅《和刻本古逸丛书》，找自己感兴趣的中国古逸书，加以研读。

2. 翻阅《日本五山版汉籍善本集刊》，比较中国古代文集的中国版本与日本五山版的异同。

3. 阅读《唐宋千家联珠诗格校证》，研究该书中所录的蔡正孙的诗歌评点，并与刘辰翁、方回的评点相比较。

4. 阅读《寒山诗日本古注本丛刊》中所收的寒山诗注本，研究其对寒山诗的阐释。

思考方向：

1. 中国文集域外版本的价值及其与中国版本的异同。

2. 中国本土失传而保存在域外的中国典籍的价值。

3. 域外士人对中国古代文学文本阐释与中国本土的阐释有何不同。

呈现形式：

1. 小论文。

2. 小型讨论。

第十三章 文学与性别

导 论

中国古代思想家以阴阳两种流动的力量来建构自然宇宙论,以夫妇为人伦之始,有夫妇然后有父子,有父子然后有君臣,以此建构家庭、社会和国家,以"男外女内"来建构性别角色和社会分工。与其他二元对立思想体系不同,中国古代文化,确实有阴/阳、夫/妇、男/女、内/外相对平衡的建构理想和象征性结构,所以,"天下兴亡,匹夫匹妇有责"自先秦流传至今。中国古代妇女①也是道德文明、文学文化的创作者和传承者。

中国古代女性写作②和女性作品,最早可追溯到成书于公元前7世纪的《诗经》中。《诗序》将"邶风"中的《绿衣》、《燕燕》、《日月》、《终风》都归于卫庄姜,云《鄘风·载驰》"许穆夫人作也",后者还获得《左传》闵公二年(前660年)"许穆夫人赋《载驰》"记事的支持。虽然现代研究者不认同这些女性的著作权,但不可改变的事实是,中国古代文人,包括女性诗人,都将《诗经》中的这

---

① 国内现当代文学研究者一般认为:"妇女"是一个被国家权利政治化的意识形态话语,"女性"一词出现于五四新文化运动中,是区别于旧式女人的作为人的主体性为本质内涵的概念。(参刘思谦《女性文学女性·妇女·女性主义·女性文学批评》,《南方文坛》1998年第2期。)本文不取这样的含义。这里的"妇女"承上文"夫妇"、"男外女内"而来。

② "女性写作",本是法国女权主义者提出的概念,意指能够在语言和句法上破坏原有的叙事传统、质疑既有的象征系统的妇女作品,其作者可以是女性,也可以是男性。(参张冰岩《女权主义文论》,山东教育出版社,1998年。)本文不取这一内涵,只是指女作家的写作。

些作品看作是妇女文学的源头,而孔子将这些诗编入《诗经》,成为支撑后世妇女写作合法性的最强有力的依据。

中国古代有大批贵族妇女可以写作。如《汉书》记录了汉高祖戚夫人《歌》、汉武帝时嫁乌孙王的江都王刘建女儿刘细君的《歌》、汉成帝许皇后的上疏、班婕妤的《自悼赋》,这是中国古代女性文学的最可靠的一批文献。从身份上看,她们都是与皇权有关的贵族妇女,其作品因与政治事件有关才被保存了下来。更多的是出身于士大夫家庭的妇女。如后汉最出色的女学者、女诗人当数班昭,父兄是班彪、班固;蔡琰,其父为蔡邕;西晋的左棻,其兄是左思;刘宋鲍令晖,其兄是鲍照;唐代上官婉儿,其祖父是创立上官体的上官仪;宋李清照,其父是苏门六君子的李格非,其夫是《金石录》作者赵明诚。士大夫女性作为文学群体出现大约在明代万历十八年(1590)以后,大约明代天启年间开始,一种新型的母女传承的文学教育模式开始形成,女性文学家族化倾向更为明显,规模也越来越大。如明代沈宜修与叶纨纨、叶小纨、叶小鸾母女,王凤娴与张引元、张引庆母女,沈纫兰与黄淑德、黄双蕙母女,清代汤瑶卿、张䌌英、张䌆、张纶英、张纨英母子,张纨英、王采苹母女等。姊妹诗人如方孟式、方维仪、黄媛贞、黄媛介、屠瑶瑟、沈七襄等。清代还出现了挟聚在著名男性诗人身旁的女性诗人群体,最著名的是袁枚的随园女弟子,有五十多位;陈文述有三十多位女弟子,任兆麟和妻子张滋兰周围也有一群女诗人,当时有吴中十子之目。中国古代也有众多尼姑、道姑、歌妓可以写作。唐朝三大女诗人,盛唐李冶、中唐薛涛、晚唐鱼玄机,都曾是道姑。唐宋元明时期,艺妓接受过严格的伎艺和文学训练,她们是古代诗词曲传奇的演唱者、表演者和传播者,有的也是创作者。据云苏轼曾手书周韶、胡楚、龙靓《三妓诗》一卷。特别是明代末年,诗妓成规模地出现,如金陵名妓马湘兰、赵今燕、郑如英、朱泰玉有合集作《秦淮四姬诗》等。尼姑、道姑、歌妓的身份具有较强的流动性。

中国古代妇女热爱写作,创作成果也十分丰富。《隋书·经籍志》著录《班婕妤集》等女性文集二十余种,殷淳(379—434)至晚在刘宋元嘉年间已编成《妇人集》三十卷。徐陵宣称是为了满足宫廷女性的阅读和写作之需而编成了《玉台新咏》。胡文楷先生《历代妇女著作考》(1957年初版,2008年张宏生增订)考得"自汉魏以讫近代,凡得四千余家"。中国古代妇女创作成果为当今性别研究提供了极其丰富的资源。

中国古代女性文学研究由来已久,最早或可追溯到明代后期,当时因女性创作活跃,更重要的是一些思想家出于对模拟、沿袭、缺乏真情的文学的反感,提倡以女性文学的"清"和"情"矫之。明代末年,出现了一次编选、品评、出版前代和当代女性文学的热潮。田艺蘅《诗女史》、题名钟惺《名媛诗归》、郑文昂《名媛汇诗》、赵世杰《古今女史》皆产生于这一阶段。近代伊始的女性文学研究,一是撰写女性艺文志,其集大成者即是上文提到的胡文楷《历代妇女著作考》,这可以看作是传统以目录学入手进行研究的方法在女性文学研究中的实践。二是撰写妇女文学史,代表性著作如谢无量《中国妇女文学史》(中华书局,1916年)、梁乙真《清代妇女文学史》(中华书局,1932年)、谭正璧《中国女性的文学生活》(光明书局,1933年),以及延续至今的各种断代妇女文学史或妇女分体文学史。这可以看作是中国学界回应西方的文学观念和学科意识建构中国文学史事业在女性研究中的延续。三是女性作家、作品研究,主要集中在蔡琰、李清照、朱淑真、陈端生等名家身上。这可以看作是以优秀男性作家为标准建立起来的文学与审美标准在女性文学研究中的继续。自改革开放以来,女性文学研究有了明显的深化和拓展。如女性文集注本大量出现。如王仲闻《李清照集注》(人民文学出版社,1979年)、张蓬舟《薛涛诗笺》(四川人民出版社,1981年,人民文学出版社,1983年)、陈文华校注《唐女诗人集三种》(上海古籍出版社,1984年)等,能在更宽广的政治、社会、思想、文化语境中研究女性文学,区域女性文学以及女性文学团体研究都有相当丰硕的研究成果。自20世纪90年代初,西方中国妇女史研究跳出了"男女不平等"的框架,着力于再现妇女在特定的历史时空中的生活经历和社会角色,代表性成果有伊沛霞《内闱:宋代的婚姻和妇女生活》(加利福尼亚大学出版社,1993年;中译本,江苏文学出版社,2004年)、高彦颐《闺塾师:明末清初江南的才女文化》(斯坦佛大学出版社,1994年;中译本,江苏人民出版社,2005年)、曼素恩《缀珍录:十八世纪及其前后的中国妇女》(加利福利亚大学出版社,1997年;中译本,江苏人民出版社,2005年)等。这些研究给中国古代文学研究者有相当多的启示和鼓舞,比如过去研究者常因女性文学成就不高而被质疑研究意义,汉学家的研究让我们思考女性文学成就不高背后的衡量标准及其标准的形成问题;过去研究常因古代妇女自觉认同古代妇女行为规范而被质疑丧失主体性,这些研究让我们思考我们能否脱离研究对象的历史语境来讨论主体性,并思考质疑者所持主体性究竟是谁的价值观和主体性等问题。一旦打破既有的单一文学标准和思想标准,才蓦然发现古代女性研究不但大有可为,而且充满洞见,它既可发现新问题,亦可重新阐释既有问题。只有这样,中国妇女史研究才可能真正成为一门新学科。

关于性别研究,性别主要指社会性别,社会性别包括男女二性。虽然,中国文化中有阴/阳、夫/妇、男/女、内/外相对平衡的建构理想和象征性结构,但在长期社会实践中,实以"夫为妻纲"、"父为子纲"、"君为臣纲"来维持伦理道德和政治制度,夫/妻、君/臣、夫/妇实际上是不平等的;而"男外女内"的角色固化,受束缚的更多是女性,女性天然失去了公共教育机会,不得参与社会人才选拔机制,永远无缘于绝大多数社会公职。而既有的历史和文学研究显然更缺乏对女性的考察,因此当下的性别研究应致力于将女性作为焦点,将女性放在历史分析的中心位置。当然,中国古代女性从来不是孤立的存在,性别研究应该从个人和制度的角度探讨男性—女性的关系,既不讳言压迫,也不夸张反抗,在其中找到具有内在动机和自我标识的真正的"女性主体"。

至于古代文学性别研究,对女作家文献资料的整理,仍然是迫切和重要的工作。近年来,大量的明清女性文集出版,如黄山书社出版了四编《江南女性别集》(2010—2014年),涉及女性别集百余种;国家图书馆出版社出版了66卷本《清代闺秀集丛刊》(2014年),收录清代女性诗文、词别集400余种,但前者仅为简单标点,后者则是影印本,女性文集的搜集工作仍有巨大的空间,对其整理注释工作更有待进一步展开。中国古代文学性别研究,当格外关切女作家个人和群体的生活状态和写作状态研究,考察古代女性如何建构女性文学传统,并推究自古以来源远流长的可能的对女性文学文化的偏见。当然引进性别视角,也意味着男性文本作为女性文本的互文性参照也自然地进入研究领域,大量的既有问题也可能因性别视角的引入而获得新的阐释。

选 文

闺塾师·绪论（节选）
高彦颐（Dorothy Ko）

导言——

本文选自高彦颐著、李志生译《闺塾师——明末清初江南的才女文化》（英文版，斯坦福大学出版社，1994年；江苏人民出版社，2005年）的《绪论》，原题"从'五四'妇女史观再出发"。

高彦颐（Dorothy Ko），1989年美国斯坦福大学东亚历史系博士，现为哥伦毕业大学巴纳德分校历史学教授。

《闺塾师》旨在借助于"社会性别"这一历史分析范畴阐释明末清初江南妇女的生活和文化，为此作者在《绪论》中对"五四"妇女史观的形成以及"五四"妇女史观对性别分析的可能影响作出了论述。作者指出，封建的、父权的、压迫的"中国传统"是一项非历史的发明，它是五四新文化运动、共产主义革命和西方女权主义学说三种意识形态和政治传统罕见合流的结果。五四对传统的批判，本身就是一种政治和意识形态的建构。受害的"封建"女性形象之所以根深蒂固，在某种程度上是出自一种分析上的混淆，即错误地将标准的规定视为经历过的现实。因此，文章倡导历史性的考察，提出以三种动态模式取代"五四"父权压迫的二分模式来认识妇女史，即将中国古代妇女生活视为理想化理念、生活实践和女性视角三种模式动态变化的总和，看它们是如何阻隔或重合，协调和矛盾……文章对妇女史研究有思想和方法上的启发意义。

闺塾师——本书的女主角——所处的世界远大于闺阁的家内领地。只有借助"社会性别"这一历史分析范畴，有关她们生活的文本和她们的语境，才能被充分阐明。在这篇绪论中，我首先提出，只有当历史学家对"五四"文化遗产进行反思时，社会性别才能成为中国历史的一个有效范畴。然后，通过勾勒本书的主题,我概括了我把社会性别与中国历史相结合的方法。我的结论是,通过重视社会性别,我们将会发现明末清初的中国是如此的生机勃勃,而这种社会史研究,会为我们业已熟知的历史分期带来修正和调整。

封建社会尽是祥林嫂吗?

从中国妇女史发端之初,它就是中国现代化民族主义事业的一个重要组成部分。第一部中国妇女通史——《神州女子新史》,就是由一位反清革命家徐天啸所写,它出版于1912年,也就是清朝垮台后的第一年。为激励女性成为有价值的新公民,徐天啸征引了从维多利亚女王到罗兰夫人等许多杰出的西方女英雄。与此形成对照,徐天啸痛惜地认为:"中国之女子,既无高尚之旨趣,又无奇特之思想;既无独立之主义,又无伟大之事业。廉耻尽丧,依赖性成,奈何奈何。"如中国本身一样,落后的中国女性需不顾一切地追赶西方。

从晚清到"五四"新文化时期(1915—1927),有着落后和依从的女性身份,一直是一个与民族存亡息息相关的紧迫问题。当帝国主义侵略加剧时,受害女性成了中华民族本身的象征——被男性外国强权"强奸"和征服。对作为整体的中华民族的政治解放也对中国进入现代世界来说,女性启蒙成了一个先决条件。总之,受父权压迫的女性,成了旧中国落后的一个缩影,成了当时遭受屈辱的根源。受压迫的封建女性形象,被赋予了如此强烈的民族主义情绪,以至最终变成了一种无可置疑的历史真理。

由此,便引出了祥林嫂的悲惨人生。祥林嫂是鲁迅短篇小说《祝福》中的主人公,在大多数中国人的心目中,祥林嫂依然是"传统中国女性"的代表。祥林嫂这位寡妇被其婆婆卖婚。在她的第二任丈夫也死去,儿子被狼吃掉后,她重返老东家帮佣。由于这样的遭遇,祥林嫂被认为是不吉的,因此她被禁止为新年的祭祀准备供品。她最终精神错乱,并衰弱地倒在街上。所有受害妇女的特征都可以在祥林嫂身上找到:她被像商品一样卖掉,被以其丈夫的名字相称,没有独立人格,最可悲的是,她被其压迫者的意识形态浸染太深,以至于总是责备自己的命不好。

受害妇女的文学形象被历史研究所强化。例如在影响极大的《中国古代妇女生活史》中,作者陈东原这样形容他的前提:"我们妇女生活的历史,只是一部被摧残的女性底历史!"陈东原明确地指出了他写书的目的:"我只是想指示出来男尊女卑的观念是怎样的施演,女性之摧残是怎样的增甚,还压在现在女性之脊背上的是怎样的历史遗蜕!"他接着说:"我现在燃着明犀,照在这一块大石上,请大家看明白这三千年的历史,究竟是怎样一个妖魔古怪,然后便知道新生活的趋向了!"对陈东原来说,只有能够引导女性从中国封建过去的压迫中解放出来,女性史才是值得写的。

在当代的中国和西方,对 20 世纪以前中国女性的印象,仍然停留在鲁迅和陈东原等作家勾勒的关注点、价值和专有词汇中。悲惨的传统女性这样一种"五四"形象,更被政治运动所强化:如果"传统"妇女不是活在暗无天日的压迫当中,那所谓"妇女解放运动"也就无从说起了。没有解放运动,又从何建构一幅现代的、新中国蓝图?

在西方读者中,这种假定女性为受害者的预设也有不少知音。研究印度的学者钱德拉·莫汉蒂认为,第三世界女性是受害者这一观念的普遍流行,跟近代西方女权话语的兴起有莫大关联。这一话语强调的是"摆脱束缚的、前进的和独立自主的"西方女性比所有其他落后地区的女性都来得高明。莫汉蒂还指出,这种西方自以为是的种族优越理念,无视妇女处境及"父权制"的地方性和复杂性,以致容易流入"传统"与"现代"对立的困境。在中国研究领域当中,于更具说服力的中国民族主义者的关注点而言,西方女权主义学问仅是一个同谋而已。

西方和中国的话语契合得如此之好,以至于中国的学者也如西方作家一样,对东方的失误表示不满,他们也同样提出了这样的观点,即中国女性的历史是"一部被奴役的历史"。例如,妇女史研究先驱杜芳琴就在其《女性观念的衍变》的结论中,几乎逐字重复着"五四"时期的语汇:"政权、族权、夫权、神权这束缚妇女身心的四条绳索,将中国妇女牢牢束缚,直至今日仍阴魂不散。""四条绳索"这一饱含激情的词汇,出自毛泽东 1927 年发表的《湖南农民运动考察报告》。

总之,封建的、父权的、压迫的"中国传统"是一项非历史的发明,它是三种意识形态和政治传统罕见合流的结果,这三种意识形态和政治传统是"五四"新文化运动、共产主义革命和西方女权主义学说。虽然这些传统为中国的现代性和女性的位置设想出了非常不同的模式,但它们都对旧中国隔离、扭曲和从属的女性生存状态表示了愤慨。

1976 年毛泽东的逝世及"四人帮"的倒台,代表了一个时代的终结。中国和西方的学者开始质疑社会主义妇女解放运动,究竟在经济上和心理上有没有将女性抬高到与男性相同的地位上。但这一修正看法,使"女性是受害者"这一形象变得更难抗拒。因为"新中国"看起来仍有许多"封建残余","五四"史观因而获得了更新的关联性。作家们继续谈论"传统中国的父权制",仿佛不论是"父权制"还是"传统中国",都是坚如磐石、一成不变的一个整体。

我以为,受害的"封建"女性形象之所以根深蒂固,在某种程度上是出自一种分析上的混淆,即错误地将标准的规定视为经历过的现实。这种混淆的出现,是因缺乏某种历史性的考察,即从女性自身的视角来考察其所处的世界。我不赞同"五四"公式,并不全因其不"真实",而是"五四"对传统的批判本身就是一种政治和意识形态建构,与其说是"传统社会"的本质,它更多告诉我们的是关于20世纪中国现代化的想像蓝图。尽管此真理不无纤毫道理,但受害女性形象势不可当的流行,不但模糊了男、女关系间的动力,也模糊了作为整体的中国社会的运转动力。为了消除这种非历史的偏见和修改女性受害形象,中国妇女历史研究必须对特定的阶段和个别地区予以更多的关注,同时还要高度重视妇女之间的社会、阶层背景差异。最重要的是,妇女历史必须被更深地置于中国整体历史之中。

只有运用这种"双焦点"的历史视角,我们方可逐渐理解无论是"女性是受害者"这一假设,或与其相对的"女性是动因"的说法,都不能完全传递出明末清初女性受压和拥有机会的范围。无论是限制还是自由,都清晰地呈现于一群拥有特权、受过教育的女性身上,她们来自帝国晚期最高度城市化的江南地区,她们便是"闺塾师"。当这个词首次出现在明末清初的中国时,它指的是一个流动的女性教师阶层。在本书中,我赋予它的含义更加笼统和更具象征意义。所有出现在本书中的女性,无论是妻子、女儿或寡妇,都通过她们的作品,互相讲授着各自的人生际遇。通过一代一代对女性文学的传递,一如巡游的塾师,她们超越了闺阁的空间限制,从而经营出一种新的妇女文化和社会空间。尽管这些诗人、塾师、艺术家、作家、读者的生活、想法和环境,不可能为大多数人所分享,但对我们来说,它凸显了即使在儒家体系范围内,女性自我满足和拥有富有意义的生存状态的可能。因此,本书旨在考察这些女性的生活,同时请求她们指引我们进入其栖居的历史时空。

基于此点,虽然本书考察的对象仅限于女性,为的并不是强调她们的隔绝,而是要探索她们与中国历史的重新契合。我的两个双生的关注点——女性历史和明末清初历史——在分析上是不能分开的。虽然衍生于对过去女性真实生活的好奇,但本书最终是要提出一种新的视角和历史认知。这种对历史的重新思考,是建立在这样一个前提基础上的,即通过了解女性是如何生活的,我们能更好地把握性别关系的互动;通过领会性别关系,掌握一种更真实、更复杂的知识,这种知识是有关中国的文化价值、它的社会功能和历史变化本质的。

这样一种社会性别和中国历史的结合,需要使用一些专业术语,而这些术语已超出了中国社会史家所沿用的范围。因此,最好首先探讨一些架构本书的主要概念:社会性别、阶层分工、女性文化、女性社团、儒家传统。

概念界定:社会性别与阶层分工

对于我的论点来说,最重要的概念是社会性别(gender)与生理性别(sex)间的差异及社会性别和阶层分工的交叉。社会性别这一概念又是如上两组概念的核心。按《女性研究百科全书》所言:"社会性别是一种文化建构:男、女在角色、行为、脑力和情感方面的区别,是通过一个社会发展而形成的。"因此,尽管过去二者经常互换,但在概念上,"社会性别"与"生理性别"是有区别的:"生理性别是这样一个名词,即在将人类(和其他生命形式)区分为男性和女性的基础上,两者所包含的生物和生理形态的差别。它只应被用在直接由男女生物差异所引发的特征和行为关系中。"尽管生理性别是历史研究的一个重要课题,但本书主要关注的还是作为文化建构的社会性别,特别是女性社会性别。

在建立社会性别作为一个历史分析范畴的过程中,琼·斯科特给出了一个更加准确的定义:"定义的核心在于将两个命题的整合:社会性别是基于所谓两性差异之上的社会关系的一个构成因素;社会性别是凸显权力关系的基本方法。"她接着进一步将第一个命题具体化为四要素:象征性表述、规范性的概念、社会制度和主体认同。我的目标是阐释后三者间的关系。我特别关注儒家经典著作和规训中,有关社会性别的规范性概念;在社会性别建构中,亲属制度和教育等社会制度所起的关键性作用及明末清初上流妇女在她们自己的作品中,所展现出的主观社会性别认同。

在阐述第二个命题,也就是社会性别和权力之间的关系及其如何相互建构时,斯科特强调关注社会性别和平等、等级等其他公式间的构成链接关系。这种社会性别和政治关联的想法特别切合中国,在中国,夫-妻结合是统治者-

臣民关系的一种隐喻,并且自战国时期以来,所有政治权力都将其视为一种范本。换言之,我们不能将社会性别历史想像成是与政治历史无关的,反之也如此。在本书中,我是以社会性别和阶层分工的交叉点,来谈论这一关联的一个方面的。我对"阶层分工"的用法,大致是基于财富、政治权力、文化资本和主观概念基础上的职业群体和社会身份,它并不意味着马克思主义的经济决定论。

社会性别和社会等级构成了两个坐标系的初生轴,在此中间,每一个个体中国妇女都可以找到其在社会中的位置。在《礼记》中,"三从"的含义表达得非常清楚:"妇人,从人者也:幼从父兄,嫁从夫,夫死从子。"同样的要求,在一些流行的女训中也被重申,它们包括了归于明仁孝文皇后的《内训》和吕坤的《闺范》。儒家名言"三从"表达的是一种企图,它意味着一个女人在其人生的每一阶段,都是由男性家长的职业"阶层分工"所决定的。"三从"并不要求个别女人对男人的服从(母亲显然不需要服从儿子),它要求的是男、女在社会分工上建立一种从属关系:一个进士的女儿,其社会身份就从属于父亲,这是"在家从父"最基本的涵义。与"内、外有别"这一告诫一起,"三从"是儒家社会性别伦理的两个支柱之一,在下文中,我就将结合"三从"和"男女有别"这两个理想理念,来探讨内、外问题。

20世纪的学者,经常将"从"解释为妻子对丈夫的无条件服从,并且悲叹"妻子对丈夫,是人身和精神上的全面依附"。我以为,这一解释是将社会性别关系的运作和儒家伦理系统——我称之为社会性别系统——过分简单化了。这一曲解也传达出这样一种印象,即中国的社会性别体系是建立在强制和蛮横压迫基础上的,在我的观点中,这样的结论未免太过简单和太缺少权力关系变化了。伦理规范和生活实践中间,难免存在着莫大的距离和紧张。儒家社会性别体系之所以能长期延续,应归之于相当大范围内的灵活性,在这一范围内,各种阶层、地区和年龄的女性,都在实践层面享受着生活的乐趣。而且,这些灵活性也导致了社会性别体系内的若干内在紧张和矛盾,其中最重要的是社会性别和阶层分工之间。

我的论点是,"三从"这一规范,无疑剥夺了女性的法律人格和独立的社会身份,但她的个性或主观性并未被剥夺。尤其重要的是,"三从"在概念上充塞着矛盾。在《礼记》和女教典范书中,一方面"三从"被构想为放诸各阶层地域而皆准的伦理,也就是说,"三从"对天下所有妇人及女子所作的从属要求,有利于人们对"妇女"的单一性及一统性的想像。但与此同时,"三从"的具体要求,是按男性家长的地位区分女人,在实践层面上,造成了士人妻与佃农妇之间无可逾越的差异。诸如此类的儒家性别伦理的内在矛盾,使妇女在其有限的生存空间内,拥有了一定程度的自由,但这一生存空间是支离破碎的,各阶层的妇女中间并无共同利益。因此,即使是明末清初最具文化资源的妇女,也无从在概念上锻造起一个有广泛社会基础的统一战线,从制度上向社会性别体系发起进攻。

在对北宋(960—1127)宫女的研究中,秦家德对现实中的"三从",有着敏锐的观察:

> 因为中国法律赋予女性与其丈夫相同的身份,因此分社会和经济阶层考察女性就是更为重要的。艾伯特·奥哈拉建议将中国女性分为四个阶层:奴隶和劳动女性,农民和商人之妻,学者和官员之妻,贵族和统治者之妻。在每个阶层内,女性的责任和特权是不同的。因此,非常重要的是,意识到女性对男性的从属,并不意味着所有女性对所有男性的总的从属,而是在她们自己的阶层中和仅仅是依照个人及家庭的关系的特定女性对特定男性的从属。

换言之,尽管在某种规范程度上,我们把"中国妇女"视作没有差异的整体,但任何女性史和社会性别史研究,都应是分阶层、分地点和分年龄的。

中国妇女史的新视野

本书希望改写"五四"史观,这一史观将女性受压迫看成是中国封建父权过去最突出之处。这一公式渗透于各个角落,它不仅曲解了妇女的历史,也曲解了19世纪前中国社会的本质。有这样一个假设被广泛接受,那就是传统中国的妇女普遍受压迫,这一假设逻辑地引导人们去企盼这些女性一有机会便会反抗或逃走。在寻找"反抗"的迹象失败时——此时人们发现的却是女性看起来的自愿屈从——便会提到,面对儒家传统,女性是"沉默"的。这种论调从一开始就是有问题的,他们预设了一个机械化的绝对两分的社会性别关系概念——男性居于女性之上,国家凌于社会之上。学者们因而集中关注于妇女地位的上升或下降,作为企盼已久的"妇女解放"的指标。我考虑的却是另一个截然不同的问题：儒家的社会性别体系为何在如此长的时间内运转得这样灵活顺畅？妇女们从这一体系中获得过什么好处？这一问题从未被问起过，更何况回答了。

在这部书中，我试图通过妇女在社会性别体系内的既得利益，来解释社会性别体系的运作和再生产。通过将女性视作主角，而观察其于体系内的演练以促进其利益时，我看到的是妇女们利用有限然而具体的资源，在日常生活当中苦心经营自在的生存空间。所谓"男女关系"，乃至于"社会性别体系"，就是长年累月在这种经营下累积起来的。由此衍生的妇女史所反映的不是彻底的反抗或沉默，而是充满争执和通融，不仅对事后认识的我们，就是对其时的男、女而言，这一过程也是极为复杂，不是"上、下"或"尊、卑"所能涵盖的。

所以，我建议以三重动态模式，取代"五四"父权压迫的二分模式去认识妇女史。三重动态模式，是将中国妇女的生活，视为如下三种变化层面的总和：理想化理念、生活实践、女性视角。如以下各章所显示的，这三个层面有时是协调的，有时则是不一致的；在某些情况下，它们被难以逾越的鸿沟所分开，而在另一些情况下，它们又是完全重合的。三要素的影响范围并不固定，其意思也是多重的，鉴于"五四"模式在很大程度上衍生于对理想化准则的静态描述，我们不得不在这三要素阻隔和重合的基础上，重建妇女历史和中国社会历史。

女性生活中三要素特有的相互作用，不仅随时间也随这些女性相关的社会和地理位置而发生变化。构成本书研究大多数的，是来自江南城市中心的上流妇女，通过口头传授的训诫文学和格言，她们被授予了其应信奉的理想化准则——"三从"及其衍生物"四德"。在日常的生活中，她们大多数都于名义上遵从着这些格言，在法律和社会习俗的管束下，过着以家庭为中心的生活。尽管妇女不能改写框定她们生活的这些规则，但在占统治地位的社会性别体系内，她们却极有创造地开辟了一个生存空间，这是给予她们意义、安慰和尊严的空间。如我们将要看到的，她们有着大量令人难忘的策略，从通过文字作品对格言进行再阐释，到在生活实践中翻新格言的含义，再到寻找道德与写作和实践间的缝隙。

在这样的行动中，这些妇女为自己开辟了自由活动的场所，而这些做法又并未直接挑战由官方意识形态所传布的理想准则。因此，在她们的自我展示中——从诗歌和其他文学作品中搜集到的——看不到她们对社会性别体系的公开进攻。实际上,受教育程度最高的妇女,更倾向于赞美而不是否定她们作为儒家道德卫道上的角色。在这一点上,官方意识形态所规定的理想化准则,明显是与女性的自我视角相吻合的。然而,这一吻合也掩盖了通融的复杂过程和女性色彩斑斓的日常生活,它们经常是与官方准则相违背的。

我希望本书能够重构这一色彩斑斓的生活,从而让明末清初的闺秀,向我们讲述她们的挫折、欢乐和抱负。在否定"五四"脸谱化的旧中国受害女性理论的建构时,我并不是要捍卫父权制或为儒家传统辩护,而是坚持认为,对儒家社会性别体系的强大性和持久性的现实理解,可以同时服务于史学的、革命的和女权主义的议事日程。

可以这样说,"理想"和"实际"之间的鸿沟,是理解明末清初中国社会两面性的关键,对女性而言,这一时期似最好,也似最坏。如果法规和道德指导著作是准确的指南,那么,明末清初(嘉靖至康熙)时期确是一个限制日增的黑暗年代。在宋代(960—1279),士大夫家庭妇女享有一定的继承权和相对自由的再嫁、改嫁权,而明末清初时,女性已失去了财产权,并且被迫屈从于日益严厉的贞节观。此外,地方志中大量的节妇名单显示,无论是上流和平民妇女,都是服膺于贞节观的。学者们以"妇女地位下降"的形式来描述这些变化,这一下降被说成是理学强化、商品化女性市场经济发展所导致的。

但是与此同时,即使粗略地看一下地方志、私人作品和小说中对明末清初城市生活的描述,我们就可以看到与之形成鲜明对照的另一幅图画。在这幅图画中,女性的家庭和社会生活充满活力,同时她们还明显享有某种非正式的权利和社会自由。如明清小说、戏剧所显示的,对于家庭账目来说,主妇是拥有"钥匙权"的。在地方志和文人学士的作品中,有无数的女性传记和颂文,它们提供了大量博学的学者、有才干的管理者、情绪高昂的旅行者及予人深刻印象个性的证据。然而,对我们的目的来说,最恰当的材料还是由闺秀自己写的大量作品——大部分是诗歌,但也有书信、随笔和戏剧。这些作品不仅充分显示了妇女文化水平的提高,也在某种程度上,传递出了妇女智力和社交世界的丰富性。它们是本书首要依据的材料,当然,同时也会辅之以其男性亲属的作品。

当谈到统治的中心结构时,要注意的一方面是准则和实际行为间的差距,另一方面则是正式和非正式权利间的差距,它们都促使我们需要格外关注女性的日常生活和自我认识。总之,这一点所呼吁的是一种新的权利概念,这一权利概念强调的不是静态的结构或制度,而是动态的过程,通过这一过程,权利得以运转。即使在中华帝国——经常被视作所谓的"父权制"的一个经典例子——一个人在日常生活实践中的自我构建,也是有着很大的流动性和可能性的。

张门才女·结语(节选)
曼素恩(Susan Mann)

导言——

　　本文选自曼素恩著,罗晓翔译《张门才女》(北京大学出版社,2015年)一书的《结语:赞评曰……》。

　　作者曼素恩(1943—),美国底特律人。斯坦福大学历史博士,加州大学戴维斯校区历史学系教授,主治清史,尤重妇女研究。

　　在《张门才女》的前四章中,作者借助诗词作品、地方志等文献,对清代常州张氏三代才女的生活经历进行了合理的想象、构拟。本文即在此基础上探讨史料背后的隐晦话题,常州特殊的家庭结构与婚姻策略,以及19世纪的政治动荡、中西冲突对张氏才女诗词主题、人生际遇和女性意识的影响。文章分三部分。作者在第一部分敏锐地指出,为迎合男性赞助者、评论家的标准,女性作家在自己的诗词作品中必然会渗入自我审查意识,将闺房私事、文学传承、金钱等问题加以隐晦。第二部分探讨清政府、常州独特的地域文化以及当地的家庭体系,对张家士人生活的影响。第三部分将张门才女的政治诗词创作及她们对于20世纪"新女性"的启迪,置于19世纪的政治危机和变革中加以考量。

　　作为一名汉学家,作者没有局限于传统的艺术分析、主题分类的文学研究路数,而是广泛借鉴社会学、经济学、心理学的研究方法,力图再现清代才女在特定时空中的生活图景,为重新审视中国古代女性文学、女性生活提供了新的研究视角和思路。

张家人的话语通过他们刊刻的诗文集被永久保留下来,也使得这一家族史研究成为可能。这些诗文作品也吸引着历史学家去探究那些优雅的古文辞所暗含之义,思考这个家庭所讳言之事,并找出可信的答案,哪怕史料并不能给我们提供所有答案。笔者承认回避了一些主题:其中之一当然是性欲,此外还有愤怒、嫉妒、冷酷、欺骗、谎言,以及绝大多数人都希望别人忘记的人性弱点。张家的男男女女当然也会偶尔犯这些错误,若他们知道笔者并未试图虚构出他们生活中的这一面,或许在九泉之下会更为安心。在结语部分,笔者将首先讨论资料中一些隐讳的话题,以及笔者是如何处理的。接着将就几个与张家故事相关的话题进行论述,作为一名晚清妇女史研究者,笔者对以下问题尤为关注:帝国政治、地方社会、家族与个人之关系,社会地位与社会性别之关系,以及张家三代女性们所生活的时空环境。

缄默与女性的心声

在关于张家的史料中,我们几乎完全依靠诗词来倾听女性的心声。这些诗作得以付梓则要归功于有志的男性亲友或赞助人,如张曜孙和许振祎。如插图1所示,作为校勘者,儿孙们的名字也会被镌刻在诗集上。从这个意义上说,让女性发出自己的心声从来都不是个人力量所能达成的。这是一个集体行为,其中饱含着爱意、骄傲、责任、雄心和情感。地域文化也起了关键作用:常州著名文人总是将妻子的诗词作品附在自己的文集之后。对于历史学家而言,那些令女性诗集大为增色的序文和赞辞是难得的资料,这能让笔者按图索骥,发现张家的社会与文化生活是建立于怎样的人际网络之上,并看到诗词之外有血有肉的真实生活。作为女性诗集的集体赞助人,这些编纂者、题跋者、题词者、校勘者以及序文作者都在提醒我们,女性的"心声"并非纯粹、自然的——即便是那些题为《偶成》的诗作。笔者愿意将这些赞助者视为极富学养的审查人,他们坚持自己对于品位和文字水平的标准。

然而,所有这些帮助女性完成其作品的人物的存在,让我们意识到必然侵入女性作家心中的自我审察意识。要让自己的作品得以保留并刊刻,女性的作品必然要(即使是无意识地)符合一大群亲友、编纂者、赞助人以及评论家的标准。这种自我审察意识必然使关于缠足的内容无法得到刊刻,这导致了关于士绅家族女性的史料中一个最深沉的缄默主题。这种缄默告诉我们什么呢?对于在脑海中设想种种场景的学者而言,这种缄默提供了新的洞察

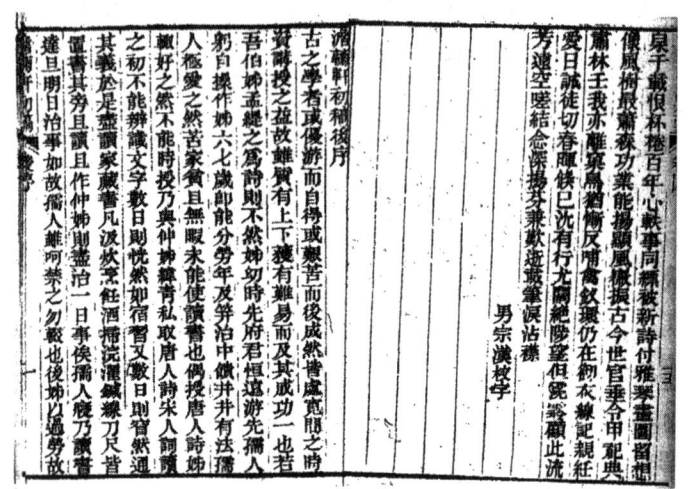

插图1　张纨英诗词集册页

标明"男宗汉校字",并有纨英所作后序。该诗词集由其弟张曜孙刊刻。(资料来源:张纨英《澹菊轩初稿》,道光二十年刻。)

点。张纨英很可能写过关于缠足的诗,但笔者认为她不会将其收入诗箧中,留待弟弟为家刻搜集诗作时翻看。而即便她将这样的诗作收起来,也必定明白弟弟是不会将其刊刻的。那些受邀为纨英这样的贤媛哲母之诗集作序题跋的名流总将评鉴标准建立在自己的理论之上。他们也挖空心思地将作者与自己最仰慕的诗人进行比较,极尽奉承之言。于是我们看到,在张家女性诗集的批注和序跋中,六朝著名诗人陶潜和孟浩然的名字反复出现。我们也看到张家女性作品中很多意象和词句的出处来自唐、宋、元时期的诗词大家:杜甫、孟郊、苏轼、元好问。这些诗人均为男性。女性作家通常赋予这些意象和词句以深度的敏感和原创性,用以表达其个性化,甚至是全新的意义。但一首关于缠足的诗在诗集中会显得格格不入,因为诗集意在彰显女诗人对诗词格律的精通,而诗词的品鉴标准则是由男性文学家确立的。从这一意义上说,张家女性诗词中不提缠足之事,正强烈表达出诗词评鉴的局限性和诱惑性。众所周知的诗词评鉴标准不仅限制了诗词的语言,而且限制了其题材,这使得三寸金莲在女性诗词中处于边缘状态,至多被视为浪荡萎靡或床笫之私的象征,或者被归为青楼作品,而19世纪青楼女子的粗鄙名声正与她们的一双小脚直接相联。

　　如果女性的闺房私事与精英刊刻的诗作标准格格不入的话,同理,也几乎无人尝试追溯女诗人的文学传承。尽管张家女性的作品中提到许多列女和女英雄，如班昭和秦良玉，但无论诗人本人还是她们的拥趸及赞助者都从未赞美过女诗人李清照(1084—约1151)的作品。李清照通常被视为"中国第一女词人"，她的作品在中国女性文学史上占据中心地位。然而张家女诗人们并未将李清照奉为榜样，其序跋文作者或诗评家们也未试图将张氏姊妹置于"女诗人"的谱系中。李清照那些强烈自我表达、带有自传性质的作品也许激发过张家才女们的灵感，但她们从未在诗词中明确承认这点。她们所获得的赞誉多如王采苹诗集末页的题跋作者所称颂的那样，在于其诗作的苍劲、绮丽，"固非近时海内闺媛所有也"。

在张綍英诗集的一篇题跋中，张家的朋友薛子衡谈道，国朝以来闺秀能诗者绝少（或许有34位，其中20位的诗作在薛氏看来是可传世的），他认为近来只有两位可与綍英相提并论：王采薇（孙星衍之妻）与钱孟钿（钱维城之女）。薛子衡也提到，张綍英与另外二人有着相似之处，比如名父之女，少禀庭训，才士之妻，闺房唱和。但薛氏强调，唯独綍英有另一特征：即其本人、弟妹甚至母亲皆能诗。可以看出，是优秀女性诗词之稀有，而非作为一种文体的女性诗词本身受到了世人关注。

这令我们再次思考女性创作与男性刊刻之关系。是谁在做挑选，出于什么目的？我们知道就张曜孙而言，其目的在于弘扬张氏以经术文章名重海内的声誉，在于维护女儿的衣食安康，在于完成父母的遗愿。是曜孙出面邀请文人为诗集作序，当他挑选诗作时，心中必在考虑序跋作者的名单。不仅如此，曜孙还为一些诗作批注，让读者留意自己格外欣赏的好句，或者外人不易觉察的细微之处。因此，最终展现在我们眼前的张家才女们的大部分诗作其实代表着张曜孙的好恶和意图。我们永远不会知道，女诗人们对于曜孙的判断或许会有怎样不同的说法和想法。但另一方面，正如这些诗词所反映出的，赞助人的插手并未扼杀张家女性们的创造力。从那些得以刊刻的诗作中，我们清晰地发现她们是有着非凡的文学和美学天赋的、情感丰沛的个体。当一位女性的诗词是关于其生命历程的唯一现存证据时，哪怕再薄的小册子都是珍贵的资料，王采苹就是一个例证。历史学家必须接受这一事实，并心怀感激。

除此之外，还有很多诗作都散佚或被销毁了，或者说根本就未曾保留下来（例如汤瑶卿的一些诗作没有存稿）。当少数女性诗词作品得以付梓时，男性的溢美之词(如题跋、序文、题记、书后及其他文学形式)皆在颂扬其成就，令其几为完人。女性作家被表述的另一种方式是男性镌刻在牌楼或墓碑上的追忆文字，以及极尽赞美的墓表与情义深切的行状。在这些男性的文字中，我们不断看到女人们超于寻常的毅力、隐忍、慷慨、宽容以及才干。她们身兼夫、父之职，主持家政、教儿育女、理财当家甚至赚钱糊口，同时又不旷"妇功"，打点着所有"米盐""汲舂"之事，即中馈、洒扫、缝补、浆洗。在大户人家，家事不仅涉及物质生产，还包括对生产者的管理之道：御下、奉上、护幼、与亲友相处以及——也许这是最要紧的——让婆媳妯娌之间和睦。史料总是告诉我们，面对这些庞杂艰巨的责任，那些妻子和母亲们迎难而上：年迈的姑翁口淡无味，她们为其烹制可口小菜，赴试归家的儿子带来纵酒狂欢的朋友，她们为其准备丰腆的宴席。这就是她们令人震惊的能力。当然，正如史料中一遍遍提到的，她们"最能干"——无所不会，无所不精。当这些女人的言语在传记和墓志铭中被引用时(直接引语)，简直与妇德规范如出一辙。

在铺天盖地的溢美之词前，想要在数行优雅诗句间听到一位女性的心声难于上青天。然而，在萦绕着每位女性的隐讳之中，我们偶尔能从一个不经意的角落窥听到她们哀伤的呐喊。这声音在张惠言关于母亲在自己儿时曾试图自尽的记忆中流露了出来，关于这段往事，我们从惠言弟媳汤瑶卿口中得以耳闻：

> 尝忆惠言五岁时，先姒日夜哭泣数十日，忽蒙被昼卧，惠言戏床下，以为母倦哭而寝也。须臾族母至，乃知引带自经，幸而得苏。
> (张惠言《茗柯文二编》卷下《先姒事略》)

在这数行之间，我们看到了惠言之母失偶后的心理状态：她并不坚强，并不神通广大，并不在乎朝廷的褒奖。她甚至也不在乎自己的两个儿子(其中一个还在襁褓之中)和一个女儿(只有九岁)，至于孩子们对这一切做何反应我们不得而知。

惠言的回忆打破了笼罩在其生母身上的隐讳话题，这让我们更有勇气去刺探张门女性资料中的其他缄默。缄默掩盖了那些逝者：尚未成年的珏孙及风华正茂的䌽英——她早逝后刊刻的那本小诗集几乎被父亲的泪水浸湿，她也不断出现在姊妹兄弟情深意切的诗词和回忆文字中。张琦所作序文中铭

记了缃英的悲剧及其在家族情感记忆中的中心地位。在前面的章节中,缃英已感触深刻地引用了这篇序文。张琦在文中可谓字字悲恸:

> 伤哉!回忆甲戌九十月间,夜分篝灯,谈说古今,评骘文字,姊弟五人环余左右,心甚乐之。孰意此数十日间遂成永诀。今其姊弟均在前无恙,而缃英独澌灭不可复见。何父子之缘如是其薄也?(张琦《纬青遗稿序》)

显然,张琦这段文字的重点在于自己,自己的羁旅生涯、自己的浮萍漂泊,而非缃英。我们从中看不出缃英的生活、心性、才华,甚至容貌。相反,这篇序文直接映射出一位父亲及其心底最深处的情感——对自己迷恋成功的批评、对自己本末倒置的痛苦反思,以及对于寒士阶层所承受的各种压力的抗辩。当一个男人找到机会对其生存状况和情感匮乏发起抗争时,我们看到另一种缄默在转瞬即逝的刹那被打破了。张琦的序文可能也反映了自兄长去世后就一直挥之不去的无情的失败感。这样一个男人能去哪里寻求安慰?也许只能在对爱女的哀思中。

或许在张氏的家族史中,最讳莫如深的话题是关于法氏这个神秘人物的,她在张家史料中影影绰绰的存在让她成为名副其实的活死人。作为她存在的证据,我们有五条史料。第一条是张琦在为亡妻汤瑶卿所写的行略中曾有寥寥数语提到法氏:"孺人哀之,迎归,俾成其志。"第二条来自光绪五年(1879)编撰的常州方志:"(道光)二十八年(1848)旌……贞女法氏。"下面以小字注:"字张珏孙。"这条资料中有一个耐人寻味的隐漏信息。据张氏宗谱(第三条史料)记载,曜孙之子晋礼是珏孙的"兼嗣",可为已故的珏孙延续香火。立嗣是贞女的德行之一。因此,如上文所引,地方志中正式记载法氏为贞女时,应提及此事。但为何绝口不提?对此事的缄默或许正在告诉我们,在晋礼过继一事上,法氏并未起到关键作用,过继是曜孙的决定,法氏没有发言权。现实结果是,这次立嗣最终毫无意义。晋礼无嗣,他本人也需要立嗣。而其嗣子继承的是曜孙一房,珏孙那一房最终断了香火。至于为珏孙立嗣一事在张家掀起的波澜仅仅在一篇寿辞中一笔带过,主要是赞赏纶英对此事给出的可行提议,上文已有引述。谈及此事是为了强调纶英的果断睿智,但张家对这种冷静判断的需求告诉我们，立嗣一事至少让张家的某些人焦头烂额了。无论晋礼及其嗣子的命运如何，法氏显然从未抚育过晋礼，也从未照料过其嗣子。她没有再为珏孙立嗣。张氏宗谱中也谈到了法氏，称其于咸丰十年(1860)殁于常州。笔者对法氏在道光二十六年(1846)年张家迁往武昌之后如何离开张家的描述，就建立在这一星半点关于她去世时间和地点的记载之上。

最后一点关于法氏的珍贵记载出自一条意想不到的史料：其娣妇包孟仪的厝志。这篇厝志由张家的密友方骏谟所作，孟仪于道光二十四年去世后，张家很快就向方提出这一请求。在对孟仪德行进行赞美时，方氏抓住了孟仪与法氏之关系，以此作为孟仪深谙于娣姒关系与妇人之责的典型例证，及其贤良淑德的终极证据。通过剖析二人之关系，方氏的厝志于不经意间将法氏在张家掀起的情感冲突赤裸裸地展现在我们面前。方骏谟直白地说法氏患有"心疾"，总是失控发怒。而孟仪——方氏回忆道——对法氏总是恭敬顺从。孟仪满足她的每个要求，当法氏仍不满意时，孟仪会隐泣自责，以化解矛盾。据方氏称，法氏自己也说："叔姒厚我。"孟仪这种处事技巧不仅出于坚强与见识。事实上，法氏作为家中长子之"妻"，其礼法地位高于孟仪，孟仪必须在所有家事上顺从于她。正如方氏充满敬意地写道，当下很多妇人不再懂得区分冢妇和介妇的礼法地位。因此包孟仪对法氏的恭敬——且不论法氏是否有心疾——说明孟仪在这一方面是难得的典范。方骏谟在厝志结尾处的一段议论值得在此引述，因为它解释了方氏为何以这种特殊关系来说明包孟仪的人品：

> 妇人贤行恒征信于家人之口，人之称孺人也，内外无异词，孺人亦荣矣。然其所以能贤，则于屈事法孺人而知其得礼之本焉。……法孺人疾甚，不能自持，孺人独能恪守介妇之礼，委屈承顺，以格其心，度必有隐忍于万难自解者。推斯意也，尊于姒者而纯孝以事亲可知，亲于姒者而贞顺以相夫可知，即至协和家人、慈惠婢妾皆可知，无他，深探古人制礼之意，以为不如是不足以成妇道，而非有矫揉好名之见存乎其间，是故通于上下，无不得其欢心，施诸行事，无不当乎礼要，家国天下之治未有不基于此者也。呜呼！是可以告天下后世之为妇者也。故曰惟孺人为能知礼之本。(方骏谟《张君妻

包孺人唇志》,《毗陵文录》卷五)

当然从某种定义上说,法氏可能的确患有"心疾"。正如卢苇菁在研究中指出,情感和性欲上的危机总在撕扯着贞女们坚守道德的表象。古怪、神衰、忧郁、自尽是这些年轻女子故事中常见的主题。法氏的情况是独一无二的,充满了张家特殊的紧张因素。我们知道法氏自幼,或许从一出生,就许字珏孙。这段姻缘在当时看来是门当户对,因为法家威望素著,在常州也奠定了相当地位。珏孙去世时,法家仍为常州名医世家,因此张琦之子很可能是在法家人的医治下死亡的,或许就是法氏的父亲法汝和。我们已经看到,史料记载张琦之所以在儿子去世后发奋治医术,是出于对误人"庸医"的嫌恶。

在张家才女们如春水般洋溢的情感世界旁,法氏一开始就是个令人叹惋的人物,未婚夫的去世注定了她的悲惨人生;踏进张家后,她更是湮灭在身边光彩夺目的人物之阴影下。实际上,在张家那些思维活跃、善于表达、勇于担当的女性笔下——这是个一门风雅的家庭——法氏完全销声匿迹了。并非所有贞女都缄默不语,正如卢苇菁的研究表明:方志、笔记、诗文集中保留了大量贞女的言行,其中大部分为诗词,也有少量人物传记。但在常州的才女文化氛围之中,一个索然无味的贞女必然被时人所忽略。

但是,如我们所见,不善言词的法氏绝不是缄默的。她向张家的女人们发泄自己的愤懑与困惑。对于几乎不与法氏见面的张琦而言,这个女人的存在总会让他想起珏孙的去世,而更糟的,笔者以为,是让他想起儿子去世的直接原因:法氏父亲的医学流派及其娘家的医术。对于受其折磨的曜孙之妻包孟仪而言,法氏就是无尽的苦恼。令笔者惊讶的是,法氏最终以戏剧性的,甚至是强势的姿态进入了笔者所写的张家历史,她的激烈刺穿了史料中将她紧紧裹住的缄默之帷。换言之,在有关家庭琐事的资料中,古人偶尔会在无意间泄露天机,刹那之间,在原本贤良恭顺的表面之下露出了道道裂痕。

史料中的另一个隐讳话题是金钱。魏爱莲(Ellen Widmer)提出,学者们应当关注19世纪后半期不断扩大的女性读物市场,对这一时期的出版商和作家而言,女性市场的重要性在不断提升,这亦是家刻与坊刻之间的界限逐渐模糊的时期。这令我们意识到,张家女性的作品不仅能提升家族声望,也可能带来收入。张氏姊妹有大量酬和诗,她们的作品也被选入坊刻本诗词集中,尽管得不到版税,但这能带来其他形式的回报,如人脉关系、声名传播或实物馈赠。张家人从未提过她们的作品与金钱之间的关系,外人也同样闭口不谈。但我们知道,当家庭需要时,纶英曾出售书法作品,瑶卿则卖过刺绣(包括女儿们的绣品)。张家的私刻诗文集或许大多馈赠给了亲友,但张曜孙及其父亲、伯父的文集和医书,以及曜孙在小说方面的尝试——他曾续写《红楼梦》——显然带有赢利目的。而史料中对家庭经济事务绝口不提也在提示我们,在张家人生活的时代,对士人经商还有多深的忌讳。

关于金钱的缄默还令我们想到一个问题,那就是汤瑶卿及其令人捉摸不透的私房钱。从方骏谟撰写包孺人厝志的行文策略中,我们或许能找到这个问题的一丝线索。方骏谟明知法氏患有心疾一事并不光彩,但也明白,为了赞颂包孟仪贤德过人,必须提及法氏的心疾。这一行文策略确立之后,尽管方氏在文中泄露了孟仪在张家的许多私密细节,却无愧于维护张家声誉的责任。同理,史料中提及张家才女们的文人们会用女德闺范的套话——或许应视之为委婉的间接表达——来表述女性的理财之道。

对于张家才女这类闺秀而言,在论及诸如妇德的高雅主题时,有数种方式来提及金钱这一俗物。其一是赞美妇工:青灯下彻夜飞梭、为家人换粥的刺绣——这些都反映着钱财的进出。史料也多通过赞叹女性不吝妆奁来强调其持家理财之法。嫁妆是妻子从娘家带来的私人财产,为了丈夫或舅姑的需求而动用嫁妆是妇人德行的体现。有德之妇使用妆奁的方式中,为丈夫习儒而购置书籍是最常见的,但妆奁的用途非常灵活,从一日三餐到婚丧嫁娶。关于张家的史料中从未明确提及,为年迈的婆婆准备的可口饭菜、招待访客的丰腆酒肴、为立牌坊购买的上好石材,这些花费都来源于妆奁。但显而易见,一个能将自己的妆奁(或收入)通过放贷或典质——正如汤瑶卿那样——而获得更多用途的妇人能够让自己的德行成倍放大。因此我们可以猜测,那些尤以辛勤劳作、慷慨大方为人称道的女性,也是最精明、最善于理财的。

清政府、地域社会、家族与个人

结束张家人的文学、情感、物质生活以及相关的隐讳这些问题后,我们再来谈谈他们的公共生活:成就其声望的文化、社会与政治环境。决定张家这类士人公共生活模式的因素有大清王朝、常州独特的地域文化以及当地的家庭体系。

张家生活在清王朝的文化经济中心——长江下游,这使其生活具有双重特征。一方面,他们的生活空间素以藏书楼、书院闻名,且学术氛围浓厚,似乎与朝廷毫不相关。可张家男人们的主要谋生方式——教书——却无法维持家庭富足;他们的另一个职业——儒医——可能带来更稳定的收入。无论怎样努力维持学术的独立性,京城对这个家庭的影响是挥之不去的:张琦与兄长为考取功名汲汲营营,这决定了他们的人生,曜孙也是一样;他们处心积虑地把女儿们嫁给官宦人家,于是𬘓英前往京城,采苹被送到豫州。

在联姻策略上,科举体系下的社会流动这一大背景并非唯一决定因素。对常州精英家族而言,决定联姻策略的另一因素是倾向于利用招赘或姻亲关系(女婿一方的)来为张家这样子嗣不足的家庭延续香火。士人在多大程度上可以依靠家族?𬘓英的丈夫王曦与太仓王家那些富庶亲戚之间若即若离的关系给了我们一个富有戏剧性的答案。最近深受大陆学界关注的"望族"中,很多家族的主要成员在地方政治、经济生活中确立中坚地位之后都自立门户。对处于社会地位下行通道中的成员而言,"望族"的名声的确是根救命稻草,他们强调自己出身于儒学世家,尽管业儒带给他们的回报已越来越低。在张家的故事中,这一点尤为明显:对本族成员极为冷漠的望族却竭力扶持亲家。汤瑶卿的父亲几乎未受过汤家的照顾,而是倚靠姐姐、姐夫。同样,汤家也对张家照顾有加。事实上,汤氏、董氏、钱氏——皆为张琦姻亲——在张家史料中不断出现,而且多与财物相关:给钱、赠物、牵线搭桥,必要时甚至提供住处。反过来,张琦和儿子曜孙在很大程度上养活着两个出阁的女儿——包括她们的丈夫和子女,甚至在女儿的子女们需要时,张琦和曜孙也义无反顾地承担起责任。换言之,在张家,物质帮助更多通过女性关系(婚姻、母子、姊妹)而非男性关系来蔓延。

在张家的婚姻关系中,值得关注的另外一点是在𬘓英的四女采藻身上发生的姐妹同嫁现象。读者应该记得,采藻的姐姐,即𬘓英的三女儿采蓝被过继给了纶英。王采蓝改名孙嗣徽,后许字吕懋荣,但婚后不久即亡,吕懋荣转而迎娶了王采藻。对中国家庭中姊妹同嫁现象的研究尚付阙如,但曾有一位学者指出这种现象具有普遍性,尽管法律禁止近亲通婚,但对姊妹同嫁十分宽容,这在《周礼》中已被合法化。

在常州著姓望族内,女性在家内关系中扮演怎样的角色?显然,来自姻亲的恩惠不仅靠男性,也靠女性来争取,而每当女性求助于父兄、姊妹时,其请求很少带有与对方争利的意味,而更多强调血浓于水的感情,这是令人难以抗拒的。而张家表兄妹间的通婚使女性在家族关系中变得更为重要,正如同在常州的董、钱、张三家间密切的姻亲纽带所体现的那样。在张家,表兄妹联姻的典型代表是王臣弼与张祥珍的结合(王曦曾对外甥女张祥珍戏言,祥珍自幼便与臣弼,即其未来的夫婿,同窗共读,乃何等幸运之事)。就极富常州地方特色的招赘婚而言,张氏家族史也让我们有新发现。研究招赘的学者已指出,这种婚姻模式可令女性在婚后住在娘家,而不用面对既要大量生育,又要照料陌生而万般挑剔的婆婆这双重压力,因而对女性有利。但招赘婚姻还带来其他后果以及随之而来的通婚家庭间的密切关系。在有招赘之意的家庭中,女孩们自幼就谙于利用家庭人际关系,这不仅是为了自身利益,也是为维护丈夫和孩子的利益。这造成一种未成年人的社交模式:她们从小就会使用有理有据、在道德上无懈可击的语言表达诉求,以维护并追求自己的权力;她们精心维系着兄弟姊妹之间的情感纽带;她们对所有的亲戚都慷慨大方;她们与大量旁系亲属保持联系,主要方式是通过诗文酬唱。

对张家而言,地域文化的各种因素也同样重要,它不但培养出人才,也养育了一方男女。尽管张家著述甚丰,我们还是要探究张家人自称的"贫"与德之关系。在许多寒士家庭中,尤其是寡母当家时,残酷的现实让所有家庭成员都备尝贫寒艰困之苦。但如果史料可信的话,张家在极度贫困中仍能为上门女婿提供衣食。他们为何能维持和睦?张家年谱指出,一个孝子承担起父母的遗愿,那就是张曜孙。父母过世后,曜孙成为一家之主,作为家庭砥柱,他将一家人紧紧笼络在一起。曜孙也是家族历史的记录者,他热衷于收集、刊刻、保存所有与家族相关的资料。但在这一角色上,曜孙得到坚实的支持。他身上典型地体现了施坚雅(G.W.Skinner)所谓的"长姊之惠"——女兄们的关怀令人如沐春风,情感上得到慰藉、道德上受到鼓舞、精神更为振奋,而由于长兄的去世,姐姐们的关注更集中倾注于曜孙身上。此外,曜孙的姐姐们也都是地域文化的传承人:她们多才多艺、善于言辞、锲而不舍且聪慧过人。她们使家庭文化氛围丰富多彩,这是同时代很多年轻男子所无法想象,更享受不到的。

现在让我们进一步关注张家中第二代子女,即张氏四姐妹这一辈。在中国家庭关系中,长幼之序是极其重要的,日常用语中的很多称谓都在定义着亲属之间的长幼关系。这些称谓暗示着排行,在信件和其他家庭资料中,古人多以这些称谓来称呼姐妹(或女儿、孙女)。对于四姐妹(或四兄弟)而言,排行称伯、仲、叔、季;因此对曜孙来说,紃英为伯姊,繃英为仲姊,纶英为叔姊,而纫英为季姊。

张家一门四女在时人眼中是相当特殊的(尤其对自己无女的张琦大姊而言),而身为长女的紃英又是被提及最多的一位。在涉及张家四女的史料中,时人会将她们与其他姊妹相比,比如沈宜修和叶绍袁的三个女儿。与叶氏三姊妹或其他一门风雅的姊妹相同,张氏姊妹的名中都有表示辈分的"英"字,该字在才、貌两方面均有好寓意(她们的兄弟珏孙、曜孙是"孙"字辈,寓意比较平淡)。在双名中"英"为第二字,而第一字则由父母为每个孩子精心挑选。为了让名更具美感,四个女儿名字的第一字都有相同的偏旁——绞丝旁。张琦和汤瑶卿为两个女儿取的名中有稀见字:紃英的紃字因太过生僻,标准汉语软件无法输入;繃英的繃字意为一种海草或古代的冠,该字发音特殊(易与女子名中常用的"姗"字混淆),只能在专门字典中查到。紃英之名寓意五彩斑斓,尤形容织物;四女纫英名中的"纫"字意为素净洁白,而纶英的"纶"字则指纤纤细丝。

张家的故事中出现了大量亲姐弟与堂表兄妹,这令我们关注到19世纪中国精英家庭的一个重要特点:士人之家的子女有在"大家族"的特殊生活经历,堂表兄弟之间相处得如亲兄弟一般,而就少年时期的心理发育而言,兄弟姊妹间的相互影响远比来自父母或祖父母的影响更大。曜孙与姐姐之间的感情洋溢在他为姐姐们所作的诗注中,也不断出现在姐姐们的作品中。纫英在道光二十五年(1845)为庆贺曜孙四十寿诞而作的寿辞中回忆道:"盖自(弟)始生至今日,未尝一日离,故相友为最深,而相知为最切。"这种少男少女的世界是18世纪的名著《红楼梦》所刻画的中心内容。该小说因对青年男女之间的复杂情感刻画入微而受到男性与女性读者的共同追捧。因此,丝毫不难理解曾生活在如此才情横溢的少年世界中的曜孙会加入19世纪续写《红楼梦》的大军中。对曜孙和姐姐们而言,兄弟姊妹远比父母更为重要;当曜孙抚养外甥女采苹及其姊妹、表姊妹时,他显然希望这些女孩能在一个大观园似的无忧无虑的环境中享受自己的花样年华。曜孙让女儿祥珍嫁给表哥王臣弼时,他一定也想到了小说中贾宝玉和表姐薛宝钗的婚姻。

关于中国家庭体系的研究常忽视兄弟姐妹间的深刻影响以及孩子间的交往,而将注意力更多置于父母,甚至祖父母,对子女的专制之上。正如《红楼梦》中的宝玉及其堂、表姊妹一样,当曜孙和姐姐们,以及他们后代年少时,也创造了一个和父母的含辛茹苦全然不同的世界。与当今美国的青年文化相比，这种士绅阶层的青年文化当然还是限于家庭之内的。它的中心在内宅，闺秀们只能待在那里。《红楼梦》中的男主人公贾宝玉的生活与张曜孙十分相似，后者与《红楼梦》的作者曹雪芹也都来自江南。在常州地域文化与家庭形态的大背景下，张家的故事反映了整个长江下游地区精英家族的共同特征。

在曜孙童年的教育中，姐姐扮演了重要角色。纨英曾回忆道："弟生无啼声，生数月，闻读书声即喜笑。夜苦不寐，必诸姊抱之读诗词，及能言，凡所闻者皆成诵。"因曜孙身体孱弱，无论塾师或他人都不敢逼他太紧，直到三十多岁，曜孙才开始展现其作为官员/学者的潜质。曜孙童年时代的复杂心理，包括众所周知的母亲曾发誓让他从医之事，使其后来的仕途成功显得那么不可思议。显然，姐姐们灌输给他的责任感起了关键作用。

从青年文化回到个人层面，我们应该思考，作为家中老幺和唯一的男孩，张曜孙背负了异乎寻常的责任。一些偶然因素——比如兄长早逝、他身为老幺又是唯一的男孩、四个姐姐中有两人找了上门女婿——让曜孙成为一家之主，他是照顾两个姐姐以及子女的主要人物。人类学的田野调查表明，女性出嫁之后，兄弟在维护其利益上起着关键作用，最具戏剧性的例子是女性死亡后，兄弟需就其死亡原因进行调查。但张家的故事揭示了已出阁的女性与兄弟之间的另一种特殊关系。在家庭中，如果姐夫是上门女婿，如纶英、纨英的丈夫，那么父母过世后兄弟便成为家长。因此曜孙在外甥，尤其是外甥女的生活中扮演了父亲一样的角色。学界对于舅舅在中国孩童生活中的角色尚未进行深入研究，但是通过曜孙的诗文，我们可以猜测在常州等地区，舅舅对外甥们的教育、婚姻以及抚育都进行直接干预。这种超越父系血统的亲缘纽带在张家生活的其他层面也有生动事例，我们看到母系亲属为女性及其子女提供住所、物质资助和情感慰藉。更具讽刺意味的是孙劼之父，他竟然住到儿媳家中，受他们照料且病死于此；还有时运不济的王曦，去世后本族亲人竟置之不理。

最后，我们看到招赘婚给同一屋檐下的女性间原本微妙的关系增加了紧张感。因为汤瑶卿辈分高，她在馆陶的家中拥有绝对权力，但瑶卿去世后，由谁主持家务显然成为家庭危机。从礼法上说，家中地位仅次于瑶卿的是长媳，于是在如何对待法氏一事上出现了麻烦。从蛛丝马迹中，我们也能看出包孟仪和张纶英在处理家事时也要谨小慎微,因为这个家中已婚的大姑和弟媳住在一起。媳妇和未出阁的大姑、小姑间总有矛盾,但在传统的从夫居婚姻模式中,这种紧张关系总有缓解的时刻,因为大姑、小姑终究会嫁出去。然而在招赘婚中,大姑、小姑婚后仍住娘家。张氏的家族史与父系传宗接代之法则并不矛盾;它只表明了中国家庭体系的灵活性——传宗法则可以因势制宜,以符合地域传统以及物质需求、品位、情感渴望——以及随之而来的家内冲突。换言之,张氏及其才华横溢的子孙后辈们的生活所折射出的姻亲联系让我们对明清中国家庭体系的复杂性有了更深刻的理解。

女性文学

我们可以总结出 19 世纪初常州独特的超区域女性文学模式,这要感谢地域文化及张氏姊妹和其他常州女诗人。大力揄扬女性文学的常州人完颜恽珠嫁入满洲贵族家庭,其诗选中即展现出对清廷教化策略的强烈兴趣,并彰显儒家道德文化在非汉人群中的传播。而张家,正如前所述,则将家庭社交网络延伸至朝鲜学者中。与同时期江南其他地区的才女一样,常州女诗人博览经史、传承家学,并对诋毁女学的腐儒不屑一顾。作为才女之乡的常州可与著名女作家勃朗特姐妹的故乡相比较。霍沃斯(Haworth)以及夏洛蒂、艾米莉、安妮的成长环境与 19 世纪初常州闺秀们所能享受到的社会、文化氛围有着天壤之别。而最大的差别在于亲密的人际关系,这为张氏姊妹及其后人的才华提供了养分。家庭网络构成了人际关系的一部分,哪怕在死亡、贫困面前(张氏姊妹及勃朗特姊妹都曾多次深切地感受到这种压力),众多亲友也会给予帮助和慰藉。我们看到,书中女性的大半生都生活在亲戚家中,张家成员几乎没有各自的小家庭。尽管在亲戚家、租屋、官舍间不断迁移有着诸多不便,但张家姊妹因此从未感受到夏洛蒂·勃朗特小说中那挥之不去的孤独感,而在痛失亲人时,张家人所能感受的安抚是勃朗特姐妹所不敢奢望的。在张氏家族史中,唯一的例外是孀妇王采苹在太平天国战争后面临的困境。由此及其他很多层面而言,太平天国运动给士绅精英——无论男女——造成了文化上的长期断裂。

养育了张氏姊妹及其他常州才女的丰富多彩的地域文化的另一个层面是文学网络和个人交往,这让才女与男女诗人发生联系,后者不仅喜爱才女们的诗作,而且大力推崇。由于常州地方精英在举业上的成功,这些社交网络一直延伸到京城。整体而言,明清时期的中国文化或许使女性才能被边缘化,尽管这类广义的结论毫无意义。但常州地域文化可能是最有利于才女的环境,与霍沃斯的沉闷氛围相比,常州是一道亮丽的风景。换言之,在特定的时空背景下,明清时期的中国文化为精英女性所提供的选择与机遇是同时期的西方女性所无法企及的。

常州才女有怎样的历史传承?常州文化中关于男性文人的记载汗牛充栋,与之相比,当代学者对常州精英女性的历史几乎一无所知,尽管有几位学者曾关注过这一问题,但整体而言是受到了忽视。近代以来的历史记忆中,常州女性都是"新女性"或民主革命家,其中最著名的是第二章提及的陈衡哲(1890—1976)与史良。二人都接受过西式教育,并积极投身于20世纪的中国文化与社会之中,无论陈衡哲抑或史良似乎都不像19世纪常州才女们的传承人。但陈衡哲的姑妈(即陈衡哲之父陈韬的大姐)曾按地方传统授之以古典诗词和书法,而史良最初则在常州一所女学中接受教育。因此,当这些女性从19世纪艰难地迈向20世纪时,常州近代女性与传统教育下的清代才女间看似存在相互割裂的鸿沟,实际仍体现着中国经济文化中心地区女性角色与身份上的延续性。

社会等级与社会性别

对于常州士人而言,类似张琦及其大哥早期曾经依赖过的人际网络能让他们在踏入京城全国性的社交网络之前,就得以结识来自各地的知名学者。这类社交网络最大的特色之一是其广泛的社会覆盖性,不仅包括各个阶层的士绅,而且还有海外人士。以张家而言,这一社交圈中最具代表性的人物是从未有过正式官职,甚至没有任何功名的包世臣。凭着艺术造诣和经世之学,包世臣被众多名臣延入幕府,使他成为一个相当活跃的人文圈中的核心人物。张家的声名通过包世臣在19世纪中期改革派成员中得以流传,最终曾国藩、冯桂芬(1809—1874)、胡林翼以及其他洋务运动领袖听闻了张氏姊妹的才名,并受邀为其诗集作序。李兆洛与阮元(经李兆洛和包世臣的介绍)则代表着张家史料中另一些相关的著名学者。

为积累人脉而付出的代价是常年离乡,漂泊不定。笔者认为,张家男性成员的高死亡率及孀妇数量与这一时期士人颠沛流离的生活不无关系。通过笔者对张氏家族史的重构可以看到,对于张家的成年女性而言,死亡原因基本是年迈或生育。笔者以为,张曜孙的姐姐和妻子产后身亡使曜孙在行医和医书编纂过程中对妇科尤其关注。与女性相反,张家男性多早逝,且死因不明。我们可以确定的是,张琦的长子珏孙十四岁去世,死时有热症。但至于张家其他男性成员以及亲属(孙劼、王曦、张曜孙、张晋礼、程培元,以及张琦的父辈、白氏与蒋氏的丈夫)的死因,我们一无所知,唯一可以肯定的是与战争无关(包世臣在躲避太平军时去世,汤贻汾在太平军围攻南京时去世)。尽管张家资料对某些事的记载细致入微,但对很多重要家庭成员的死因只字不提。考虑到张家对医术有着强烈兴趣,这一现象更令人费解。或许是顾及医生的名誉,觉得死因是个十分敏感的话题,不宜载入传世文字中。大家应该记得,当指责年少的珏孙是死于庸医时,史料中也从未指名道姓。

如此一来,笔者只能以自己的方式解决问题。历史学家可以借鉴疾病史的研究成果对张家资料中男性的死亡原因进行推测。医学史专家已经列出了19世纪江南地区的一些特有病症,其中任何一种都可能解释张氏家族史中的死亡率问题。霍乱、天花、水痘、麻疹、伤寒、痢疾、白喉、猩红热以及疟疾在张家人长期生活的地区都是常见病。由于江南气候潮湿、河道密布,加之当地人的用水习惯使得排泄物易于混入饮用水源,因此伤寒、霍乱和疟疾的传播尤其广泛,也是这一地区最严重的传染性疾病。余新忠的研究指出,同治初年霍乱在上海地区频繁爆发,因而笔者猜测这或许是导致张曜孙父子死亡的原因。白喉通常爆发于秋冬,而猩红热多发于春夏,因此季节性也为我们估测死亡原因提供了大致的范围。常州是疟疾的多发区,以至在临床治疗方法上也利用了地方文化中的亲情纽带。在常州,如果未满四五岁的孩子患上疟疾,孩子的母亲则应邀请一位娘家的亲戚来到家中,给灶王爷上香。

张家那些英年早逝的男性很可能死于这些传染性疾病。这让我们注意到,闺秀还有一个从未被提及的有利之处。和孩子们生活在一个相对封闭的环境中、对病源产生抗体、饮食均出自自家厨房,这能令常州闺秀更加长寿。相反,常州男士常年外出奔波,他们要和拥挤的旅店、陌生的病毒、水土不服、陌生人的饭菜打交道,这令他们极易受到传染病的威胁,并最终被疾病夺去生命。作为张家男性中最强壮的一个,张曜孙经常抱怨自己身有病痛,史料中也称他自幼体弱多病。或许他患的是疟疾,张家资料中经常提到曜孙"卧病"或"病归"。

概言之,张氏史料中男性相对较高的死亡率暗示了明清时期精英家族的一个普遍生活模式;这种男人在外奔波、女人留守在家的模式保护了深居简出的士绅阶层女性的健康,但却使她们漂泊在外的男人们饱受因病而逝的威胁。

至于张氏兄弟的学术成就与政治立场,则与政界两个既相互关联又各自独立的话语有关。其一是与包世臣有关的农业改革派,包氏对于漕运和农事的兴趣使他晋身职业幕僚,为那些处理运河沿岸与南京地区实政的官员服务。其二是一个热衷西学——尤其是科技与数学——的官员群体,其中包括李兆洛及其门生冯桂芬。19世纪中期,农业改革派与洋务派的结合是不可避免的,哪怕只是为了解决海运漕粮的现实问题。随着漕运体系于道光初年因河道淤积而瘫痪,运输漕粮需要近海航运知识、舆图以及其他信息,因为这一带也恰好是西方舰船与商船频繁出没的区域。鸦片战争期间,在常州词派的激发下,很多文人针对这些新的问题而创作了爱国主义作品。

张氏兄弟与这些学术泰斗的交往是否能使其置身于"统治阶层"中呢?我们已经看到,要定义张家属于哪个"阶层"是多么困难。毫无疑问,他们应属于精英阶层。但他们衣食无着、漂泊不定,除非是投靠富家大族,或为塾师,或为门客。在很多与张家情况相似的家庭中,男主人在忍辱负重后才在垂垂之年获得了其辛苦一生的回报:一个官职。在这样的境遇之下,他们是如何自我界定甚至重塑为精英阶层的一员呢?张家的家族史给我们提供了一些答案。男人们必须学识渊博,并巧于利用学识博取声名。因此,我们看到张家男性在业儒、治学、著述、从教、实政以及行医之间灵活地转换。男性还要学会与保护人的相处之道——进入学术圈,或成为官署中一个善于交际、教养良好的"门客"。在相同的标准下,女性则扮演了另一些角色。她们必须忠贞、守礼;遵循男女之防;无论在才艺或女红方面(如缝纫、纺织、刺绣)都聪慧善学。她们应该和丈夫一样不惜代价地维持精英地位,她们的执著奉献总是非常关键的。在张家社会地位再生产的过程中,最后一个关键因素是否认对金钱的兴趣。纶英作为著名书法家的名气从未直接与经济利益相连。

张氏父子及其血亲、姻亲所从事的多种职业让我们对19世纪士绅身份的特殊性质有了新的认识。关于这一时期职业机会改变的原因已有诸多研究:商业网络的扩展、候补无望以及科举意愿下降、开埠地区新职业的诱惑力,以及东南沿海地区的移民潮。但关于张琦、张曜孙以及许振祎的资料中还反映出另一些问题。我们看到了农村地区社会秩序与经济保障不断恶化所导致的后果,而承担这一后果的多为派往偏远难治地区任职的官员。以张琦为例,公务要求他施展一套新的技巧和手段;作为一个不幸被派到乱象不断的县份的官员,他要面对无尽的赈灾、钱粮、刑名之事。对张琦而言具有讽刺意味的是,他在业儒之余所掌握的医术却最终成为长期治学过程中最实际、最有用的部分。研习医术应提供临床治疗,这促使张琦在获得正式职位后设立了医馆。我们知道,在解决很多问题时,这个医馆是他获得当地百姓支持的重要因素。

对于张曜孙而言,武昌就职后立刻面对的军事任务要求他立刻掌握攻防策略以及各种新的沟通技巧,从向高层官员请求军事援助到要求周边城镇与农村的地方士绅组织团练以抵御外敌。其挚友庄受祺在墓志铭中称,张曜孙去世前又应招进入一个新的领域:管理海外贸易,对此曜孙可以说知之甚少。

对 19 世纪的男性而言,确定其精英身份的特征在于能触类旁通,并与务实官员的经世之学保持一致。对女性而言,在这一身份支持体系中她们要承担另外的责任:教育子女(因此女性也应接受良好教育)、杜绝懒惰愚笨、调动所有的资源以保证教育优先。此外,女性还要劳作,不仅是家务琐事,还有刺绣、纺织之类的手工生产,当男人们离家远行或暂无生业时,这些收入能维持她们和子女的生活。此外,这些收入还用于精英家庭其他的必要开销,尤其是祭祀以及招待朋友、座主、雇主和亲戚,这些人都会对男人们的事业有所帮助。概言之,嫁入张家这类业儒世家的女性们必须要接受这种生活方式所导致的困窘,哪怕她们已全身心地接受了这种价值观。作为对长期生存困境的补偿,官员家属们都期盼的官舍中的奢华生活是忍辱负重的男人们所获得的辛苦费。对张家人而言,仆佣、大宅、园丁、跟班、轿夫、厨子、幽雅的内厅、身份与权力的彰显——这一切让长期自我压抑的生命,尤其是女人们,暂时享受到安逸与舒适。

不仅张琦常年在外奔波,其子婿们亦是如此。诗词中对四处游历的偶尔记载,乍读之下像是愉快的游记,实际反映出他们四处乞食的状态。旅行不仅花销大、充满危险,而且——正如张家男性的疾病与死亡率所显示的——有损健康。这些现象反映出在 19 世纪江南士绅文化中,要维持社会地位、践行阶层规范是如何艰难。张家的女性,尤其是孀妇们在山穷水尽之时仍坚持这一生活方式,最重要的是,她们全然知晓这种坚持会导致怎样的后果,而自己又将付出多少代价。

张家史料中证实的另一现象是女性"身份上升"的方式,其中包括为婢、为妾或婚姻,这些都可能使其身份转变,而推动这一过程的往往是家族中的女性。曜孙的侍妾李奕的人生正体现了这一过程。作为衙门书吏之女,李奕无疑出身布衣之家,而张家与这一阶层是从无交道的。但自打李奕来到张家为妾,她就不需辛苦劳作——这是李奕之母卖女的明确目的——尽管她和张氏姊妹及其女儿们的出身迥异。使李奕的情况更为复杂的还有一些因素。首先是年龄:她进入张家时与老爷的女儿年纪相仿,这使张家人对待李奕就像对待张祥珍或王采苹的一位表姊妹。由于同样原因,李奕的名字不仅出现在《棣华馆诗课》中,也出现在采苹和其他女孩为其所作的情深意切的诗作中。与李奕年纪相仿的小辈们不仅接纳了她,而且与之亲近。

对家族的长辈,即曜孙的姐姐们而言,情况则有所不同。我们已经看到,由于入赘婚和贞女过门守节,张家姊妹和兄嫂弟妇之间需要进行多么复杂的交涉和妥协。包孟仪与法氏之间颇多龃龉,但紧张关系还不止于此,纶英与弟妇相处时也谨小慎微。纨英在忆及孟仪时特别强调,三姐纶英尽管长孟仪年近十岁,但凡事皆与弟妇共谋而后行,以维持家庭和睦。当孟仪去世、法氏离去后,曜孙的姐姐们,尤其是较为年长的纶英,在家中获得了至高的地位。因此,也正是在纶英的张罗下,张家买了李奕为妾,当然后者的父母也是心甘情愿的。张氏姊妹对于李奕的权威在《棣华馆诗课书后》中体现得十分直白,当纨英谈到李奕尽管只跟采苹学诗三年,但诗艺亦有所精进时,其言语中透露出情不自禁的傲慢(纨英写道:"紫畦柔婉而乏精深,知其所短而务去之,以全其性之所近。学虽浅小,未尝不可底于成,诸女勉之矣。")。当然,李奕的命运最终取决于曜孙对她的情感与欲望。就像对待女儿和外甥女一样,曜孙似乎对李奕越来越依恋。由于孟仪已逝,曜孙移情别恋是完全自由的。曜孙尽最大努力为李奕的将来打算:他将李奕之女许配给好友庄受祺之子。这桩姻缘日后有了回报:李奕的女婿庄允懿成为四品官,李奕受封恭人。

作为曜孙侍妾的李奕所受到的待遇与王曦侍妾的命运大相径庭,后者的名字几乎从未在家族史料中出现。张家客寓山东期间,王曦曾前往东昌教书,纨英在一首送别诗中提到这位侍妾的姓。纨英让这位侍妾(她称其为"婢")将诗作带给丈夫,打发她一路上照料王曦,并在诗注中明确提到此婢是包孟仪所赠。笔者猜测此事发生在纨英四十寿诞时,或许是因为年过四十之后大家之妇就应逐渐停止行房以免有孕,此时以侍婢相赠正象征着这一人生阶段的开始。至王曦去世为止,这位侍妾诞下三儿一女,这些孩子的婚姻状况在家族史料中也未见记载,这再次证明了这位侍妾地位的卑微。而纭英自己唯一的儿子臣弼则迎娶了曜孙的长女,四个女儿也都有合适的婚配。

换言之,在张家,侍妾的地位体现了家族女性的权力。作为主持家政者,包孟仪有权赠给大姑一位婢女以示尊敬。同理,假如孟仪在世,她必定不让丈夫与侍妾李娈太过亲近,甚至可能阻止他纳妾。孟仪去世后,纶英的地位上升并为弟弟买妾,李娈的年龄(她来到张家时仅有十七岁)和卑微的出身令她对纭英的权力构不成任何威胁。这也使李娈能与曜孙及其女儿、外甥女们自由地发展感情。相反,比丈夫长寿的纭英则在丈夫生前一直排斥王曦的侍妾;王曦死后,纭英(或许)对庶出子女的命运听之任之。例如我们对他们的婚配情况就一无所知。

如果女性是以妻妾身份进入张家,男性则因为入赘、过继或临时安排——如汤瑶卿抚养钱子贞——来到张家。在张家,立堂兄弟之子为嗣是常见现象。事实上,因为曜孙与其子同时去世,曜孙死后为了延续其香火曾连续两次立嗣。张琦的妻家汤氏也多有此类过继之事。无论怎样,他们必须遵守礼法规范,即嗣子必须是同宗。过继行为并不牵涉到阶层或地位的改变。这与侍妾李娈身份之变化有着根本不同:李娈一朝为妾便摆脱了布衣身份。李娈身上反映出的女性社会地位的流动性或许可以解释招赘婚在张家这样的常州家庭受到欢迎的部分原因。尽管纶英的婚姻并不美满,但让一事无成、无力养家的丈夫做上门女婿保证了张家的女儿不至于社会等级下降。精英女性对婚姻的精心谋划是维持张家社会身份的基石中非常重要的一块,这些基石尽管脆弱,但却相当坚韧。

和女性及维持精英身份相关的最后一个疑问,是对寡妇的生存保障的无尽担忧。法氏是个极端的例子,在她身上体现出精英家庭为保障女性社会地位的稳定可能付出多少心血。然而太平天国之后大量出现的清节堂以及延请王采苹这类女塾师的行为提醒我们,维持并实践阶级身份是精英阶层的所有成员——无论男性还是女性——都要共同参与的行为。

乱世中的才女

在19世纪政治动荡所引发的后果中,女性政治诗词的重新抬头是最引人注目的现象之一;尽管女性政治诗词在历史上并不乏见,但自鸦片战争开始直至大清灭亡这段时期,此类作品的政治表达更为清晰有力。就张家女性而言,令其逐渐意识到大清政治危机的原因中显然具有偶然因素,这就是通过男性亲友而建立起的社交圈。在京城提携后进的绍英与同在京城、对政治最具敏感性的女性之一沈善宝交好。采苹因丧偶及兵燹而孤苦一身,她的大部分作品都是题赠诗,对象包括姨母和舅舅。即便如此,她激情澎湃的政治诗词也反映出家庭成员对时政话题的讨论,以及太平天国期间姨母和舅舅在诗词和书信中透露的时政消息对她的深刻影响。

张绍英和王采苹的诗作都为20世纪的"新女性"们所崇尚。例如在20世纪初,张绍英姊妹和其他女性被称为中国历史上的"女界文豪"。王采苹的部分诗作,包括舅舅曜孙的批注,被刊登在早期《妇女杂志》的"作家园地"中,该杂志于1915—1920年间发行时,与王采苹同时代的才女们还广受推崇。尽管这些文字都讲述了张门三代女性的故事,但本书中所写的张门才女的人生经历也说明,19世纪中国的社会变迁——由战乱、殖民主义、经济危机和政治冲突所引起的变迁——是怎样影响着女性意识、人生际遇以及她们的诗词主题。汤瑶卿和外孙女王采苹的经历反映出这些变迁是如何天翻地覆的。汤瑶卿还沉浸在盛清的文人环境中;而王采苹的人生、文学创作以及政治意识都预示着20世纪的转折。

19世纪的女性何以未受争议

张门才女活跃在中国妇女史的关键时期。19世纪的社会文化使女性在家庭经济与生产、再生产过程中有了相当稳定的地位。婚姻中的嫁奁制度和女主内制度为一个巨大的女性关系网络的利益保障提供了物质基础,令每个女性在家庭经济中有稳固的地位。18世纪末关于才女的大争论业已平息,而20世纪初精英阶层所热衷谈论的"妇女问题"尚未浮出水面。纵观19世纪,几乎未见"女性"成为矛盾焦点或引发历史变迁的主体。

因此,在对19世纪的研究中——无论是中国或西方学者的专著——对19世纪90年代之前的女性几乎没有任何描述。天主教传教士来华之后时常关注中国女性,19世纪后半期,传教士们大声疾呼要让年轻女孩们接受教育、废止缠足,将她们从家庭束缚和中国家族体制的压迫下解放出来。但大多数中国精英分子,无论男女,都对这些洋人的想法未予理睬。

转折发生在王采苹去世四年之后,当年梁启超(1873—1929)发表了《变法通议》,其中专门有"论女学"一节。梁氏在其救国大蓝图中将"天下积弱之本"归于女性之不学。正是这一论点引发了20世纪中国改革家和革命家所关注的"妇女问题"。梁启超在文章中并未点明自己所指的是哪一类女性,但显而易见,他针对的是闺秀作家——即本书所关注的才女——且讥讽其吟咏之作为"披风抹月"。很快,更多人参与进来,和梁启超一同抨击旧式教育培养出的才女。其中包括康有为(1858—1927)之女、大名鼎鼎的康同薇(1879—1974),她批判闺秀作家们逐名献媚,有失风化。她写道,女性这样的状态在一个危机四伏的时代是毫无地位可言的;事实上,这使男性对女性的束缚更为强烈。当然,本书的读者可以理解,此类抨击女学的文字仅仅是一种修辞性语言。它抹杀了精英女性以时政、海防和救国为主题的诗词,也忽略了这些作品所折射出的女性意识之变迁。梁启超与康同薇的批评也抹去了"女性"在阶层和地域上的种种差别,由于这些差别的存在,"女性"这一性别范畴显得过于笼统,作为分析对象是存在争议的。然而梁启超及其追随者们的话语吸引了大批听众。"妇女"被塑造为强国大计的关键支撑,因为在梁氏看来,在一个新的国家所面临的种种挑战面前,旧中国女性所扮演的角色是毫无作用的。在晚清的改革尝试中,让女性接受教育,使之成为未来公民的贤妻良母,以及让她们参与工业化国家的工厂生产过程是两个齐头并进的目标。

要理解这一转变的根本,我们必须追溯精英家族的女学对家庭、社会以及大清国政起了怎样关键的作用。毫无疑问,19世纪中国女性所受的教育与国家形态有着密切的关系。而一旦政治环境改变,女性的教育也不可避免地发生转变。让我们再次回顾"教育"是如何令精英阶层的女性融入家族、社会以及大清政治中的。

纵观19世纪,一位闺秀所受的教育对维持整个家族在士人集团中的地位起了关键作用,而这种教育涵盖了所有的持家之术。精英阶层的女性们必须精打细算,让家中的男人们能毫无后顾之忧地四处游历,以结交雇主、赞助人和人脉关系,当然还要攻习儒术并参加科举考试。换言之,大家都期待闺秀能在男人离家时做个贤内助。我们已经看到,男人离家在外时经常不能给家里寄钱。其中部分原因是收入微薄,比方说主人以提供食宿作为报酬;部分原因是缺乏可靠的汇款方式;还有部分原因是精英家族的男性普遍认为自家女人能独自生存———换言之,男人们对倚靠妻子和母亲的劳动、嫁妆和利息钱生活都有心理准备。这也表明,在士人家庭都掩口不谈的商业活动中,女性起了关键作用。为家庭带来收入的交易中,在出售家庭手工业品或艺术商品(刺绣品、书法作品、装饰品、时新花样)时,是女人——而非男人——扮演着主要角色。女性理财持家、躬身劳作、纺织刺绣,将自己的活计拿去售卖。男人们的责任是让女人们的德行留垂青史。无论是交易成功、银钱转手、子息进账还是赚取利润,都无须外传。因此,张琦只是不断地向我们,即其文章的读者,宣称自己的妻子如何巧妙掩盖家中的困窘,在其优雅大方的行为面前,所有人都对真实状况无所察觉。在张家这样的士人家族中,饱读诗书的女性们心知肚明,儒家所谓的妇德对贞洁和善于持家的要求是合二为一的。她们知道,维持并保障家族的社会地位,必须倚靠这些德行。

母亲对女儿的教育和嫁妆上容不得一丝马虎,这将保障女儿未来在婆家及其他婆家亲友面前有立足之地。姑妈、姨妈对侄女、外甥女,祖母、外祖母对孙女、外孙女也都有类似的考虑。姆教令这些年轻女性学会体力劳动和脑力劳动的实用技能以及社交技巧。她们知道如何放贷、收息、缝制衣物、伺候家人、剪彩刺绣,并赚钱获利。举止大方、善于言辞的女性懂得如何培养与亲友间的感情,建立起一个包括亲友和贵人的巨大人脉网络。这一人脉网络又能反之推动馈赠、借贷、服务和雇主的流动,这是女性收入和赚钱的主要途径。通过这种方式,女性的关系网络层层相连,不断扩展。这些话题在女性诗词作品或有关才女们的史料中基本上都被回避了。以张家而言,他们对此或暗示,或玩笑,或否认,用符合儒家道德和妇行的修辞性文字遮盖了获得商业受益,或出售手工制品和艺术品的事实。

概言之,如果作为统治阶层的学者/官员是大清朝的基石,妇德和持家之术对他们来说至关重要。而1895年的巨变之后,随着张琦和张曜孙这样的学者/官员所受的教育及其社会功能失去了存在的意义,妇德与妇功的价值也不可避免地消退了。儒家经典、辞赋、儒医、书法——它们在20世纪对现代工业、军事实力、银行、铁路、造船等新企业,以及报业、科技、法律等新职业的追求中一无所用。与男性一样,女性也需要一种新时代下的新知识。

关于这段历史转型的诸多研究都将关注点聚焦于"新女性"身上,她们的出现符合了时代变迁的需要,但人们很少回顾本书所研究的闺秀群体。因此，与梁启超一样，历史学家们大多忽视了受过教育的女性的重要性，及其在19世纪国家社会中的地位。

20世纪初的女作家们那种清晰有力的诉求在19世纪是很难听到的，即便在张门才女之中。诗选与刊刻程序基本建立在传统标准之上，且为男性所控制。尽管如此，在鸦片战争之后的动荡岁月中，张门女性们在其后期创作中仍然发出了独特的声音。大清危机给她们提供了合法的机会，可以借儒家经典或历史上的女战士形象发出自己的声音，并毫无争议地获得男性评论者的赞许。20世纪女作家们的强烈心声无疑是女性对其身为一个新国家公民意识逐渐上升的结果，这种意识也让她们看清自己在一个有主体表达与政治、经济地位独立于男性的选民群体中的位置。这些女作家中有一大批人，其中包括秋瑾，曾阅读晚清闺秀的作品，并从中受到启迪。

由帝国到民族国家的转变对中国妇女史究竟产生了如何深远的影响？对此我们尚知之甚少。明清时期的意识与文化对女性的家内劳动和才学加以肯定并予以表彰，且重视程度远超过现代民族国家。至于历史变迁，张门才女们表明19世纪的闺秀一直在向"新女性"转变。

研究与思考

延伸阅读

1. 李小江等《历史、史学与性别》，江苏人民出版社，2002年。

2. 张宏生主编《明清文学与性别研究》，江苏古籍出版社，2002年。

3. 伊佩霞著，胡志宏译《内闱：宋代的婚姻和妇女生活》，江苏人民出版社，2004年。

4. 艾梅兰著，罗琳译《竞争的话语：明清小说中的正统性、本真性及所生成的意义》，江苏人民出版社，2005年。

5. 游鉴明、胡缨、季家珍主编《重读中国女性生命故事》，五南图书出版有限公司,2011年。

6. 方秀洁、魏爱莲编《跨越闺门:明清女性作家论》,北京大学出版社,2014年。

问题与思考

1. 何为"社会性别"？引入"社会性别"范畴对中国古代文学的意义何在？
2. 西方妇女史研究以及汉学家性别研究成果的启示意义。
3. 如何认识五四妇女史观的建构和性别研究视角的建立？
4. 19世纪闺秀与近现代"新女性"的对立关系是如何形成的呢？历史地看,这两者是否构成对立呢？
5. 如何认识古代妇女的主体性？

研究实践

研究课题：

考察中国古代女性教育中妇德教育与才学教育之间的关系。

背景材料：

班昭《女诫》。

刘向《列女传》。

刘义庆《世说新语·贤媛》。

胡文楷《历代妇女著作考》。

张宏生《古代女诗人研究》。

李国彤《女子之不朽:明清时期的女教观念》。

方法提示：

1. 认真阅读上述作品,了解中国古代对女性妇德的各方面要求。
2. 结合女性作家生平和作品,考察女性作家如何兼顾妇德与文学创作。
3. 对照《历代妇女著作考》,尽可能搜集魏晋以来各时代著名女性作家的诗文作品,纵向比较不同时代女性文学创作主题和风格的异同,横向比较同一时代不同女性作家之间的异同。

研究角度提示：

1. 在不同历史阶段,社会对不同阶层女性的评价标准。

2. 女性贞节观念的变迁。

3. 古代女性获得知识的途径。

4. 女性文学创作、女性文学集团与男性文人的关系。

5. 文学创作对古代女性社会身份、地位的影响。

呈现方式：

1. 读书札记。

2. 报告研讨。

3. 论文。

图书在版编目(CIP)数据

中国古代文学 / 许结等编. —南京:南京大学出版社,2019.8(2024.7重印)
汉语言文学本科专业核心课程研究导引教材/徐兴无,徐雁平主编
ISBN 978-7-305-22284-9

Ⅰ.①中… Ⅱ.①许… Ⅲ.①中国文学-古典文学-高等学校-教材 Ⅳ.①I206.2

中国版本图书馆 CIP 数据核字(2019)第 104396 号

敬告作者

为编写《汉语言文学本科专业核心课程研究导引教材》,选编了一些优秀作品,得到许多作者的大力支持,我们表示衷心感谢! 由于地址不详等方面的困难,未能与一些作者或译者取得联系,谨表歉意。敬请有著作权的作者与我们联系,以便按国家有关规定支付稿酬并赠送样书。

出版发行　南京大学出版社
社　　址　南京市汉口路 22 号　　邮　编　210093

书　　名 中国古代文学
编　　者　许　结　俞士玲　等
责任编辑　马蓝婕
照　　排　南京紫藤制版印务中心
印　　刷　常州市武进第三印刷有限公司
开　　本　718×1000　1/16　印张 35　字数 567 千
版　　次　2019 年 8 月第 1 版　2024 年 7 月第 3 次印刷
ISBN　978-7-305-22284-9
定　　价　128.00 元

网址:http://www.njupco.com
官方微博:http://weibo.com/njupco
微信服务号:njuyuexue
销售咨询热线:(025)83594756

* 版权所有,侵权必究
* 凡购买南大版图书,如有印装质量问题,请与所购图书销售部门联系调换